MAIGRET
À LA CAMPAGNE

Georges Simenon

MAIGRET
À LA CAMPAGNE

France Loisirs
123, boulevard de Grenelle, Paris

Édition du club France Loisirs, Paris
réalisée avec l'autorisation des Éditions Omnibus.

ISBN : 2-7441-2627-6

SOMMAIRE

LA GUINGUETTE À DEUX SOUS

1

Le samedi de M. Basso

Une fin d'après-midi radieuse. Un soleil presque sirupeux dans les rues paisibles de la Rive Gauche. Et partout, sur les visages, dans les mille bruits familiers de la rue, de la joie de vivre.

Il y a des jours ainsi, où l'existence est moins quotidienne et où les passants, sur les trottoirs, les tramways et les autos semblent jouer leur rôle dans une féerie.

C'était le 27 juin. Quand Maigret arriva à la poterne de la Santé, le factionnaire attendri regardait un petit chat blanc qui jouait avec le chien de la crémière.

Il doit y avoir des jours aussi où les pavés sont plus sonores. Les pas de Maigret résonnèrent dans la cour immense. Au bout d'un couloir, il interrogea un gardien.

— Il a appris ?...

— Pas encore.

Un tour de clef. Un verrou. Une cellule très haute, très propre, et un homme qui se levait tandis que son visage semblait chercher une expression.

— Ça va, Lenoir ? questionna le commissaire.

Celui-ci avait failli sourire. Mais une idée durcissait soudain ses traits. Ses sourcils se rapprochaient, soupçonneux. L'espace de quelques secondes, il esquissa une moue hargneuse, puis il haussa les épaules, tendit la main.

— Compris ! articula-t-il.
— Compris quoi ?
Un sourire désabusé.
— Ne la faites pas à moi, hein ! Si vous êtes ici...
— C'est que je pars demain matin en vacances et...
Le prisonnier rit, d'un rire sec. C'était un grand garçon aux cheveux bruns rejetés en arrière. Des traits réguliers. De beaux yeux marron. De fines moustaches qui faisaient ressortir la blancheur de ses dents pointues comme celles de rongeurs.
— Vous êtes gentil, monsieur le commissaire...
Il s'étira, bâilla, referma le couvercle du W.-C. qui, dans un coin de la cellule, était resté ouvert.
— Faites pas attention au désordre...
Et soudain, le regard dans les yeux de Maigret :
— Le pourvoi est rejeté, pas vrai ?
C'était inutile de mentir. Il avait déjà compris. Il marchait de long en large.
— J'avais pas d'illusion !... Alors ?... demain ?
Quand même, sur le dernier mot, la voix se voila et les yeux cueillirent la lueur du jour qui filtrait d'une fenêtre étroite, très haut.

A la même heure, les journaux du soir qu'on criait aux terrasses des cafés publiaient :

Le président de la République a rejeté le pourvoi de Jean Lenoir, le jeune chef de bande de Belleville. L'exécution aura lieu demain au lever du jour.

C'est Maigret qui, trois mois plus tôt, avait mis la main au collet de Lenoir, dans un hôtel de la rue Saint-Antoine. Une seconde de plus et la balle que l'assassin tirait dans sa direction l'atteignait en pleine poitrine au lieu de se perdre dans le plafond.

N'empêche que le commissaire s'était intéressé à lui, sans rancune. D'abord, peut-être, parce que Lenoir était jeune. Un garçon de vingt-quatre ans qui, depuis l'âge de quinze ans, collectionnait les condamnations.

Puis parce qu'il était crâne. Il avait des complices. Deux d'entre eux avaient été arrêtés le même jour que lui. Ils étaient aussi coupables et, dans la dernière affaire, l'attaque à main armée d'un encaisseur, sans doute avaient-ils pris une plus grande part que le chef.

Lenoir les déchargeait néanmoins, prenait tout à son compte, refusait de « manger le morceau ».

Il était sans pose, sans forfanterie. Il ne mettait pas sa déchéance sur le compte de la société.

— J'ai perdu !... se contentait-il de dire.

C'était fini. Ou plutôt, quand le soleil qu'on voyait dorer un morceau du mur de la cellule se lèverait à nouveau, ce serait fini.

Lenoir eut malgré lui un geste sinistre. Tout en marchant, il se passa la main sur la nuque, frissonna, devint pâle, éprouva le besoin de ricaner :

— Quand même ! Ça fait un drôle d'effet...

Et brusquement, avec un flot de rancœur dans la bouche :

— Si seulement on allait là-bas avec tous ceux qui le méritent !

Il observa Maigret, hésita, fit encore le tour de l'étroite pièce, grommela :

— Ce n'est pas aujourd'hui que je vais commencer à « donner » quelqu'un... Mais quand même !...

Le commissaire évitait de le regarder. Il sentait venir la confession. Et il savait l'autre si farouche qu'un simple tressaillement, ou un intérêt trop marqué, suffirait à lui fermer la bouche.

— Naturellement, vous ne connaissez pas la guinguette à deux sous... Eh bien ! si vous allez faire un tour par là, dites-vous bien qu'il y a un type, parmi les habitués, qui ferait mieux que moi, demain, sur la machine...

Il marchait toujours. Il ne pouvait pas s'arrêter. Cela en devenait hallucinant. C'était sa seule manière de trahir sa fièvre.

— Mais vous ne l'aurez pas... Tenez ! sans « me mettre à table », je peux bien vous raconter ça... Je ne sais pas pourquoi ça me revient aujourd'hui... Peut-être parce que c'est une histoire de gosse... Je devais avoir dans les seize ans... On était deux à fréquenter les bals musettes et à chaparder... L'autre, à l'heure qu'il est, doit être dans un sanatorium... Il toussait déjà...

Est-ce que, maintenant, il ne parlait pas pour se donner l'illusion de la vie, pour se prouver à lui-même qu'il était encore un homme ?

— Une nuit... Il était dans les trois heures... On longeait la rue... Mais non ! je ne vous dirai pas le nom de la rue... Une rue quelconque. On voit de loin une porte qui s'ouvre... Il y avait une auto au bord du trottoir... Un type sort, en en poussant un autre... Non ! Pas le pousser... Imaginez un mannequin qu'on voudrait faire marcher avec soi comme si c'était un copain !... Il le met dans la bagnole, s'installe au volant... Mon ami me lance une œillade et nous voilà tous les deux sur le pare-chocs arrière... En ce temps-là, on m'appelait le Chat... C'est tout dire !... On se promène dans des tas de rues... Le frère qui conduit à l'air de chercher quelque chose, de s'être trompé... A la fin, on comprend ce qu'il cherche, car il arrive au canal Saint-Martin... Vous avez deviné, pas vrai ?... Le temps d'ouvrir la portière et de la refermer, c'était fait... Il y avait un corps dans le jus...

» Réglé comme du papier à musique ! Le bonhomme de l'auto avait dû mettre à l'avance des trucs lourds dans les poches du macchabée, car il n'a pas flotté un instant...

» Nous deux, on se tenait peinards... Nouveau coup d'œil... On remonte à notre place... Histoire de bien s'assurer de l'adresse du client... Place de la République, il s'est arrêté pour boire un verre de rhum dans le seul café encore ouvert... Puis il a conduit sa voiture au garage et il est rentré chez lui... On le voyait en ombre chinoise derrière les rideaux, en train de se déshabiller...

» Pendant deux ans, on l'a fait chanter, Victor et moi... On était novices... On avait peur d'en demander trop... Des cent francs à la fois...

» Puis un jour le type a déménagé et on ne l'a pas retrouvé... Il n'y a pas trois mois que je l'ai aperçu par hasard à la guinguette à deux sous et il ne m'a même pas reconnu...

Lenoir cracha par terre, chercha machinalement ses cigarettes, grommela :

— Quand des gars en sont où j'en suis, on pourrait quand même les laisser fumer...

Le rayon de soleil s'était éteint, là-haut. On entendait des pas dans les couloirs.

— C'est pas que je sois plus mauvais qu'un autre, mais il faut avouer que le coco dont je vous parle ferait bien, demain matin, avec moi, sur la...

Cela jaillit brusquement. Des gouttes de sueur, sur le front. Et, en même temps, les jambes qui mollissaient. Lenoir s'assit au bord de sa couchette.

— Il est temps de me laisser... soupira-t-il. Ou plutôt non... Non !... Qu'on ne me laisse pas seul aujourd'hui...

Cela vaut encore mieux de parler... Tenez ! Voulez-vous que je vous raconte l'histoire de Marcelle, la femme qui...

On ouvrait la porte. L'avocat du condamné hésitait en apercevant Maigret. Il affichait un sourire de circonstance, pour ne pas laisser deviner à son client que le pourvoi était rejeté.

— Les nouvelles sont bonnes... commença-t-il.

— Ça va !

Et, à Maigret :

— Je ne vous dis pas au revoir, hein, monsieur le commissaire... Chacun son métier... Puis, vous savez, pas la peine d'aller à la guinguette... Le bonhomme est aussi malin que vous...

Maigret tendit sa main. Il vit les narines frémir, la petite moustache brune s'humecter, les canines qui s'enfonçaient dans la lèvre inférieure.

— Ça ou la typhoïde !... plaisanta Lenoir avec un rire forcé.

Maigret ne partait pas en vacances, mais il y avait une affaire de faux bons qui lui prenait presque tout son temps. Il n'avait jamais entendu parler de la guinguette à deux sous. Il s'informa auprès de ses collègues.

— Connais pas ! De quel côté ? Sur la Marne ? En basse Seine ?

Lenoir avait seize ans au moment de l'affaire qu'il avait racontée. Donc celle-ci était vieille de huit ans et un soir Maigret ouvrit les dossiers des affaires classées de cette année-là.

Mais il n'y avait rien de sensationnel. Des disparitions, comme toujours. Une femme coupée en morceaux, dont on n'avait jamais retrouvé la tête. Quant au canal Saint-Martin, il n'avait pas rendu moins de sept cadavres.

Et l'histoire des faux bons se compliquait, exigeait des démarches multiples. Ensuite il fallut conduire Mme Maigret en Alsace, chez sa sœur où, comme chaque année, elle allait passer un mois.

Paris se vidait. L'asphalte devenait mou sous les pas. Les passants cherchaient les trottoirs ombragés et toutes les places étaient prises aux terrasses.

T'attendons sans faute dimanche. Baisers de tous.

Mme Maigret réclamait, parce que depuis quinze jours son mari n'était pas allé la voir. On était le samedi 23 juillet. Il mit de l'ordre dans ses dossiers, prévint Jean, le garçon de bureau du Quai des Orfèvres, qu'il ne rentrerait sans doute pas avant le lundi soir.

Au moment de sortir, son regard tomba sur le bord de son chapeau melon, qui était cassé depuis des semaines. Dix fois Mme Maigret lui avait dit d'en acheter un autre.

— On finira par te donner des sous dans la rue !...

Boulevard Saint-Michel, il avisa un chapelier, commença à essayer des melons qui, tous, étaient trop petits pour son crâne.

— Je vous jure que celui-ci... s'obstinait à lui répéter un blanc-bec de vendeur.

Jamais Maigret n'était aussi malheureux que quand il essayait quelque chose. Or, dans le miroir où il se regardait, il aperçut un dos, une tête, et sur cette tête un chapeau haut de forme.

Comme le client portait un complet de sport gris, c'était plutôt cocasse. Il parlait.

— Non !... Je voudrais un modèle encore plus ancien... Ce n'est pas pour m'habiller...

Maigret attendait de nouveaux chapeaux qu'on était allé lui chercher dans l'arrière-magasin.

— Si vous voulez, c'est pour une farce... Une fausse

noce, que nous organisons avec quelques amis, à la guinguette à deux sous... Il y aura la mariée, la belle-mère, les garçons d'honneur, et tout !... Comme dans une noce villageoise !... Vous voyez maintenant ce qu'il me faut ?... Moi, je fais le maire du village...

Le client disait cela avec un bon rire. C'était un homme de trente-cinq ans, bien en chair, les joues pleines et roses, qui donnait l'impression d'un commerçant prospère.

— Si vous en aviez par exemple à bord plat...

— Attendez ! Je crois qu'à l'atelier il y a exactement ce qu'il vous faut. C'est un laissé-pour-compte...

On apportait à Maigret une nouvelle pile de melons. Le premier qu'il essaya lui allait. Mais il traîna, ne sortit que quelques instants avant l'homme au gibus et arrêta à tout hasard un taxi.

Bien lui en prit. L'autre, en sortant, pénétra dans une auto rangée au bord du trottoir, se mit au volant et se dirigea vers la rue Vieille-du-Temple.

Là, il passa une demi-heure chez un brocanteur et emporta un grand carton plat qui devait contenir l'habit assorti au haut-de-forme.

Puis ce furent les Champs-Élysées, l'avenue de Wagram. Un petit bar, à un coin de rue. Il n'y resta que cinq minutes, en sortit en compagnie d'une femme d'une trentaine d'années, grassouillette et réjouie.

Deux fois Maigret avait regardé l'heure à sa montre. Son premier train était parti. Le second partirait dans un quart d'heure. Il haussa les épaules, dit au chauffeur du taxi :

— Suivez toujours !

Il s'y attendait : l'auto s'arrêta devant un meublé de l'avenue Niel. Le couple se précipita sous la voûte. Maigret attendit un quart d'heure, entra, non sans lire sur une plaque de cuivre :

Garçonnières au mois et à la journée

Dans un bureau qui sentait l'adultère, élégant, il trouva une gérante parfumée.

— Police Judiciaire !... Le couple qui vient d'entrer...

— Quel couple ?

Elle ne protesta pas longtemps.

— Des gens très bien, mariés tous les deux, qui viennent deux fois par semaine...

En sortant, le commissaire jeta un coup d'œil sur la plaque d'identité de la voiture, à travers la vitre.

Marcel Basso
32, quai d'Austerlitz, Paris

Pas un souffle de brise. Un air tiède. Et tous les tramways, tous les autobus se dirigeant vers les gares, bondés. Les taxis chargés de fauteuils transatlantiques, de cannes à pêche, de filets à crevettes et de valises.

L'asphalte bleu à force d'être luisant et des fracas de verres et de soucoupes à toutes les terrasses.

— Au fait ! il y a trois semaines que Lenoir a été...

On n'en avait pas beaucoup parlé. C'était une affaire banale, un assassin en quelque sorte professionnel. Maigret se souvint de sa moustache frémissante, soupira en regardant sa montre.

Trop tard pour aller rejoindre Mme Maigret qui, le soir, serait à la barrière de la petite gare avec sa sœur et qui ne manquerait pas de murmurer :

— Toujours le même !

Le chauffeur du taxi lisait un journal. L'homme au haut-de-forme sortit le premier, inspecta la rue dans les deux sens avant de faire signe à sa compagne, restée sous la voûte.

Arrêt place des Ternes. On les voyait s'embrasser à travers la vitre arrière. Et ils se tenaient la main alors que la voiture était déjà embrayée et que la femme avait arrêté un taxi.

— Je continue ? questionna le chauffeur de Maigret.

— Tant qu'on y est !...

Du moins tenait-il quelqu'un qui connaissait la guinguette à deux sous !

Quai d'Austerlitz. Un énorme panneau :

Marcel Basso
Importateur de charbons de toutes provenances
Gros — Demi-gros
On livre par sac à domicile
Prix d'été

Un chantier entouré d'une palissade noirâtre. En face, de l'autre côté de la rue, un quai de déchargement portant la même raison sociale et des péniches au repos près des tas de charbon déchargé du jour même.

Au milieu des chantiers, une grosse maison, genre villa. M. Basso rangea sa voiture, eut un regard machinal pour s'assurer qu'il n'y avait pas de cheveux de femme sur ses épaules, entra chez lui.

Maigret le vit reparaître dans une chambre du premier étage dont les fenêtres étaient larges ouvertes. Il était avec une femme grande, blonde, jolie. Ils riaient tous les deux. Ils parlaient avec animation. M. Basso essayait son haut-de-forme et se regardait dans la glace.

On entassait des effets dans des valises. Il y avait une bonne en tablier blanc.

Un quart d'heure plus tard — il était cinq heures — la

famille descendait. Un gamin de dix ans marchait le premier, portant un fusil à air comprimé. Puis la servante, Mme Basso, son mari, un jardinier avec les valises...

Tout cela regorgeait de bonne humeur. Des autos passaient, se dirigeant vers la campagne. A la gare de Lyon, les trains dédoublés et triplés sifflaient éperdument.

Mme Basso s'assit près de son mari. Le gosse s'installa derrière, parmi les bagages, et baissa les vitres.

L'auto était sans luxe. Une bonne voiture de série, bleu de roi, presque neuve.

Quelques minutes plus tard on roulait vers Villeneuve-Saint-Georges. Puis c'était la route de Corbeil. On traversait cette ville. Un chemin défoncé, le long de la Seine.

Mon loisir

C'était le nom de la villa, là-bas, entre Morsang et Seine-Port, au bord du fleuve. Une villa neuve, avec des briques éclatantes, des peintures fraîches, des fleurs qui semblaient avoir été lavées le matin.

Un plongeoir tout blanc, dans la Seine. Des canots.

— Vous connaissez le coin ? demanda Maigret à son chauffeur.

— Un peu...

— Il y a moyen de coucher quelque part ?

— A Morsang, au *Vieux Garçon*... Ou alors plus haut, à Seine-Port, chez *Marius*...

— Et la guinguette à deux sous ?

L'autre fit un signe d'ignorance.

Le taxi ne pouvait rester longtemps au bord de la route sans être remarqué. La voiture des Basso était déjà vidée de son contenu. Dix minutes ne s'étaient pas écoulées que Mme Basso se montrait dans le jardin vêtue d'un costume de matelot en toile de Concarneau, un bonnet de marin américain sur la tête.

Son mari devait être plus pressé d'essayer son travestissement, car il apparut à une fenêtre, déjà sanglé dans une redingote invraisemblable, coiffé du haut-de-forme.

— Qu'est-ce que tu en dis ?

— Tu n'as pas oublié l'écharpe, au moins ?

— Quelle écharpe ?

— Eh bien ! un maire, ça porte une écharpe tricolore...

Sur le fleuve, des canoës glissaient lentement. Un remorqueur sifflait, très loin. Le soleil commençait à sombrer dans les arbres de la colline d'aval.

— Allez au *Vieux Garçon* ! dit Maigret.

Il aperçut une grande terrasse, au bord de la Seine, des embarcations de toutes sortes, une dizaine de voitures rangées derrière le bâtiment.

— Je vous attends ?

— Je ne sais pas encore.

La première personne qu'il rencontra fut une femme tout en blanc qui courait et qui faillit lui tomber dans les bras. Elle portait des fleurs d'oranger sur la tête. Un jeune homme en costume de bain la poursuivait. Tous deux riaient.

D'autres assistaient à la scène, du perron de l'auberge.

— N'abîme pas la mariée !... criait quelqu'un.

— Attends au moins la noce !

La mariée s'arrêtait, essoufflée, et Maigret reconnaissait la dame de l'avenue Niel, celle qui, deux fois par semaine, pénétrait avec M. Basso dans la maison meublée.

Dans un bachot peint en vert, un homme rangeait des engins de pêche, le front plissé, comme s'il se fût livré à un travail délicat et pénible.

— Cinq Pernod, cinq !

Un jeune homme sortait de l'auberge, du blanc gras et

des fards sur le visage. Il s'était fait la tête d'un paysan boutonneux et hilare.

— Est-ce réussi ?

— Tu aurais dû avoir des cheveux roux !

Une auto arrivait. Des gens en descendaient, qui étaient déjà habillés pour la noce villageoise. Une femme portait une robe en soie puce qui traînait par terre. Son mari avait mis la chaîne d'un bachot en guise de chaîne de montre sur son abdomen arrondi par un coussin glissé sous le gilet.

Les rayons du soleil devenaient rouges. C'est à peine si le feuillage des arbres frémissait. Un canoë coulait au fil de l'eau et son passager, demi-nu, couché à l'arrière, se contentait de le diriger d'une pagaie nonchalante.

— A quelle heure viennent les chars à bancs ?

Maigret ne savait trop où se mettre.

— Les Basso sont arrivés ?

— Ils nous ont doublés sur la route !

Soudain quelqu'un vint se camper devant Maigret, un homme d'une trentaine d'années, déjà presque chauve, au visage de clown. Une flamme malicieuse pétillait dans ses yeux. Et il lança avec un accent anglais prononcé :

— Voilà un copain pour faire le notaire !

Il n'était pas tout à fait ivre. Il n'était pas tout à fait sain non plus. Les rayons du soleil couchant empourpraient son visage dont les prunelles étaient plus bleues que la rivière.

— Tu fais le notaire, pas vrai ? reprit-il avec une familiarité d'ivrogne. Mais si, mon vieux, on rigolera !

Et il ajouta en prenant Maigret sous le bras :

— Viens boire un Pernod.

Tout le monde riait. Une femme fit à mi-voix :

— Il va fort, James !

Mais l'autre, imperturbable, entraînait Maigret vers le *Vieux Garçon*, commandait :

— Deux grands'Per' !...

Et il rit lui-même de cette boutade hebdomadaire, pendant qu'on leur servait deux verres pleins jusqu'au bord.

2

Le mari de la dame

Quand on arriva en face de la guinguette à deux sous, Maigret n'avait pas encore son « tour de clef », comme il disait volontiers. Il avait suivi M. Basso sans trop de confiance. Au *Vieux Garçon*, il avait regardé d'un œil morne les gens qui s'agitaient. Mais il n'avait pas ressenti ce petit pincement, ce décalage, ce tour de clef enfin, qui le plongeait dans l'atmosphère d'une affaire.

Tandis que James le forçait à trinquer avec lui, il avait vu des clients aller et venir, essayer des vêtements saugrenus, s'aider les uns les autres, pouffer, crier. Les Basso étaient arrivés et leur fils, à qui on avait fait une tête de petit idiot de campagne, aux cheveux couleur de carotte, avait soulevé l'enthousiasme.

— Laisse-les faire ! disait James chaque fois que Maigret se tournait vers la bande. Ils rigolent et ils ne sont même pas soûls...

Deux chars à bancs s'étaient arrêtés. Encore des cris. Encore des rires et des bousculades. Maigret y avait pris place, près de James, tandis que les patrons du *Vieux Garçon* et tout le personnel étaient rangés sur la terrasse pour assister au départ.

Au soleil avait succédé un crépuscule bleuté. On voyait, de l'autre côté de la Seine, de quiètes villas dont les fenêtres éclairées scintillaient dans la pénombre.

Les chars à bancs roulaient cahin-caha. Le regard du commissaire cueillait en quelque sorte des images autour de lui : le cocher qu'on taquinait et qui riait avec l'air de vouloir mordre ; une jeune fille qui avait réussi à se maquiller en Bécassine et qui s'efforçait de prendre un accent paysan ; un monsieur à cheveux gris qui portait une robe de grand-mère...

C'était confus, trop mouvant, trop inattendu aussi. C'est à peine si Maigret pouvait deviner à quel monde chacun appartenait. Il y avait toute une mise au point nécessaire.

— Celle-là, là-bas, c'est ma femme... annonça James en désignant la plus grassouillette des femmes, qui portait des manches à gigot.

Et il disait cela d'une voix morne, avec une petite flamme dans les yeux.

On chanta. On traversa Seine-Port et les gens vinrent sur les seuils pour assister au défilé. Des gamins coururent longtemps derrière les chars en hurlant d'enthousiasme.

Les chevaux se mirent au pas. On traversait un pont. Quelque part, une enseigne était visible dans le clair-obscur :

Eugène Rougier — Débitant

La maison était toute petite, toute blanche, serrée entre le chemin de halage et la colline. Les caractères de l'enseigne étaient naïfs. A mesure que l'on approchait, on percevait des ritournelles de musique, entrecoupées de grincements.

Qu'est-ce qui provoqua le tour de clef ? Maigret eût été

bien en peine de le dire. Peut-être la mollesse du soir, la petite maison blanche avec ses deux fenêtres lumineuses et le contraste avec cette invasion carnavalesque ?

Peut-être le couple qui s'avançait pour regarder la « noce » ? Lui, un jeune ouvrier d'usine. Elle, une belle fille vêtue de soie rose, les mains aux hanches...

La maison n'avait que deux pièces. Dans celle de droite, une vieille femme s'agitait autour de son fourneau. Dans celle de gauche, on devinait un lit, des portraits de famille.

Le bistrot était derrière. C'était un grand hangar dont tout un côté était ouvert sur le jardin. Des tables et des bancs. Un comptoir. Un piano mécanique et des lampions.

Des mariniers buvaient, au comptoir. Une fillette d'une douzaine d'années surveillait le piano mécanique qu'elle remontait de temps en temps et glissait deux sous dans la fente.

Tout cela s'anima très vite. A peine descendus des chars à bancs, les nouveaux venus dansaient, bousculaient les tables, réclamaient à boire. Maigret, qui avait perdu James de vue, le retrouva au comptoir, rêveur devant un Pernod.

Dehors, sous les arbres, un garçon dressait les couverts. Et le conducteur d'un char soupirait :

— Pourvu qu'ils ne nous tiennent pas trop tard ! Un samedi !...

Maigret était seul. Il fit lentement un tour complet sur lui-même. Il vit la petite maison qui fumait, les chars, le hangar, le couple d'amoureux, la foule travestie.

— C'est cela ! grommela-t-il.

La guinguette à deux sous ! Une allusion à la pauvreté du lieu, ou encore aux deux sous qu'il fallait mettre dans le piano pour avoir de la musique.

Et c'était là qu'il y avait un assassin ! Peut-être quelqu'un de la noce ! Peut-être le jeune ouvrier ! Peut-être un marinier !...

Ou James ! Ou M. Basso ?...

Il n'y avait pas l'électricité. Le hangar était éclairé par deux lampes à pétrole et d'autres étaient posées sur les tables, dans le jardin, si bien que le décor était partagé en taches d'ombre et de lumière.

— A table !... On mange !...

Mais on dansait toujours. On buvait. Les yeux s'animaient. Quelques personnes durent prendre plusieurs apéritifs coup sur coup car, en moins d'un quart d'heure, il y eut de l'ivresse dans l'air.

La vieille femme du bistrot servait elle-même à table, s'inquiétait du succès de ses plats — du saucisson, une omelette et un lapin ! — mais personne n'y prenait garde. On mangeait sans même s'en rendre compte. Et toutes les voix réclamaient à boire.

Un charivari confus, couvrant la musique. Les mariniers, du comptoir, contemplaient la scène en continuant leur conversation lente sur les canaux du Nord et le halage électrique.

Les jeunes amoureux dansaient, joue à joue ; mais leurs regards ne quittaient pas les tables où l'on s'amusait.

Maigret ne connaissait personne. Il avait à côté de lui une femme qui s'était fait une tête ridicule, moustachue, piquée de grains de beauté multiples, et qui l'appelait sans cesse l'oncle Arthur.

— Passe-moi le sel, oncle Arthur...

— Alors, et ton viau, oncle Arthur ?...

On se tutoyait. On se donnait de grands coups de coude. Est-ce que ces gens-là se connaissaient très bien entre eux ? Est-ce que ce n'étaient que des compagnons de hasard ?

Et que pouvait bien faire dans la vie, par exemple, le bonhomme à cheveux gris habillé en vieille femme ?

Et cette dame vêtue en petite fille qui adoptait une voie de fausset ?

Des bourgeois, comme les Basso ? Marcel Basso était à côté de la mariée. Il ne la chahutait pas. De temps en temps, seulement, il avait un regard entendu qui devait signifier : « Ce qu'on était bien, après midi ! »

Avenue Niel, dans la garçonnière meublée ! Est-ce que le mari était ici aussi ?

Quelqu'un fit partir des pétards. Un feu de Bengale s'alluma dans le jardin et le couple d'ouvriers le regarda tendrement, la main dans la main.

— On dirait un décor de théâtre... dit la belle fille en rose.

Et il y avait un assassin !

— Un discours ! Un discours ! Un discours !...

Ce fut M. Basso qui se leva, un sourire ravi aux lèvres, qui toussa, feignit l'embarras, commença un discours saugrenu que hachaient les applaudissements.

A certain moment, son regard s'arrêta sur Maigret. C'était le seul visage grave autour de la table. Et le commissaire sentit une gêne chez l'homme qui détourna la tête.

Mais deux fois, trois fois, le regard revint vers lui, interrogateur, ennuyé.

— ... et vous répéterez tous avec moi : Vive la mariée !...

— Vive la mariée !

On se levait. On embrassait la mariée. On dansait. On entrechoquait les verres. Maigret vit M. Basso qui s'approchait de James et lui posait une question. Sans doute :

— Qui est-ce ?...

Il entendit la réponse :

— Je ne sais pas... Un copain !... Un chic type !...

Les tables étaient abandonnées. Tout le monde dansait dans le hangar et des gens venus on ne savait d'où restaient dans la nuit, à peine distincts des troncs d'arbre, à contempler ceux qui s'amusaient.

Les bouchons de mousseux sautèrent.

— Viens boire une fine ! dit James. Je suppose que tu ne danses pas...

Drôle de garçon ! Il avait bu déjà de quoi enivrer quatre ou cinq hommes normaux. Et il n'était pas ivre à proprement parler. Il se traînait, saumâtre, d'une démarche flegmatique. Il fit entrer Maigret dans la maison. Il s'installa dans le fauteuil Voltaire du patron.

Une grand-mère toute cassée lavait la vaisselle tandis que la patronne, qui devait être sa fille et qui n'avait pas loin de cinquante ans, s'affairait.

— Eugène !... Encore six bouteilles de mousseux... Tu ferais peut-être bien de demander au cocher d'aller en chercher à Corbeil.

Un petit intérieur de campagne, très pauvre. Une horloge à balancier, dans une caisse de noyer sculpté. Et James allongeait les jambes, saisissait la bouteille de fine qu'il avait commandée, en servait deux pleins verres.

— A ta santé !...

On ne voyait plus rien de la noce. On entendait seulement une rumeur qui couvrait la musique. Par la porte ouverte, on devinait la surface fuyante de la Seine.

— Des trucs pour s'embrasser dans les coins, et tout le reste ! dit James avec mépris.

Il avait trente ans. Mais on sentait bien qu'il n'était pas l'homme à embrasser les femmes dans les coins.

— Je parie qu'il y en a déjà dans le fond du jardin...

Il observait la grand-mère pliée en deux au-dessus de son bassin à vaisselle.

— Donne-moi un torchon, tiens ! lui dit-il.

Et il se mit en devoir d'essuyer les verres et les assiettes, en ne s'interrompant que pour avaler de temps en temps une gorgée de cognac.

Parfois quelqu'un passait devant la porte. Maigret profita d'un moment où James parlait à la vieille pour s'esquiver. Il n'avait pas fait dix pas dehors que quelqu'un lui demandait du feu. L'homme à cheveux gris, habillé en femme.

— Merci !... Vous ne dansez pas non plus ?

— Jamais !

— Ce n'est pas comme ma femme. Elle n'a pas encore raté une danse...

Maigret eut une intuition.

— La mariée ?

— Oui... Et tout à l'heure, quand elle restera tranquille, elle va prendre froid...

Il soupira. Il était grotesque, avec son visage grave d'homme de cinquante ans et sa robe de vieille. Le commissaire se demanda ce qu'il pouvait bien faire dans la vie, quel était son aspect habituel.

— Il me semble que je vous ai déjà rencontré quelque part... dit-il à tout hasard.

— J'ai la même impression... Nous nous sommes déjà vus... Mais où ?... A moins que vous soyez client de ma chemiserie...

— Vous êtes chemisier ?

— Sur les Grands Boulevards...

Sa femme était maintenant la plus bruyante de tous. Son ivresse était évidente. Elle se marquait par une exubérance inouïe. Elle dansait avec Basso, tellement rivée à lui que Maigret détourna la tête.

— Une drôle de petite fille, soupira le mari.

Une petite fille ! Cette femme de trente ans bien en

chair, aux lèvres sensuelles, au regard allumé, qui semblait s'offrir toute à son cavalier !

— Quand elle s'amuse, elle devient comme folle...

Le commissaire regarda son compagnon, ne put deviner si celui-ci était furieux ou attendri.

Au même instant, quelqu'un criait :

— On couche la mariée !... En place pour le coucher de la mariée !... Où est le marié ?...

Il y avait un petit réduit au fond du hangar. On en ouvrit la porte. Quelqu'un alla chercher le marié au fond du jardin.

Maigret, lui, observait le vrai mari, qui souriait.

— D'abord la jarretelle-souvenir !

Ce fut M. Basso qui enleva la jarretelle, la découpa en petits morceaux qu'il distribua. On poussa marié et mariée dans le réduit, dont on ferma la porte à clef.

— Elle s'amuse... murmura le compagnon de Maigret. Vous êtes marié aussi ?

— Heu !... Oui...

— Votre femme n'est pas ici ?

— Non... Elle est en vacances...

— Elle aime la jeunesse aussi ?...

Et Maigret se demandait si l'autre se payait sa tête ou parlait sérieusement. Il profita d'un moment d'inattention, pénétra dans le jardin, passa près du couple d'ouvriers collé à un arbre.

Dans la cuisine, James parlait avec la vieille, gentiment, sans cesser d'essuyer les verres, ni d'en vider.

— Qu'est-ce qu'ils f... ? demanda-t-il à Maigret. Vous n'avez pas vu ma femme ?

— Je ne l'ai pas remarquée.

— Pas faute qu'elle soit assez grosse !

Cela se précipita. Il pouvait être une heure du matin. Des gens parlaient à voix basse de partir. Quelqu'un était malade, au bord de la Seine. La mariée avait recouvré sa liberté. Il n'y avait que les plus jeunes à danser encore.

Le cocher du char vint trouver James.

— Vous croyez que ce sera encore long ?... J'ai la bourgeoise qui m'attend depuis une heure et...

— T'as une femme aussi ?

Et James donna le signal du départ. Sur les banquettes, les uns s'endormaient à moitié en dodelinant de la tête, d'autres continuaient à chanter et à rire avec plus ou moins de conviction.

On passa près d'un groupe de péniches endormies. Un train siffla. Sur le pont, on ralentit.

Les Basso descendirent en face de leur villa. Le chemisier avait déjà quitté le groupe à Seine-Port. Une femme disait à mi-voix à son mari qui était ivre :

— ... Je te le dirai demain, ce que tu as fait !... Tais-toi !... Je ne t'écoute même pas !...

Le ciel était criblé d'étoiles que l'eau du fleuve reflétait. Au *Vieux Garçon*, tout dormait. Poignées de main.

— Tu fais de la voile ?

— Nous allons au brochet...

— Bonne nuit...

Un rang de chambres. Maigret demanda à James :

— Il y en a une pour moi ?

— N'importe laquelle !... Du moment que t'en trouves une vide... Sinon, tu n'as qu'à venir chez moi...

Quelques fenêtres s'allumèrent. Des souliers tombèrent sur le plancher. Des bruits de sommier.

Un couple qui chuchotait éperdument, dans une des chambres. Peut-être la femme qui avait quelque chose à dire à son mari ?

Maintenant, ils avaient tous leur vrai visage. Il était onze heures du matin. La journée était chaude, ensoleillée.

Les serveuses en noir et blanc allaient d'une table à l'autre, sur la terrasse, pour dresser les couverts.

Et les gens se groupaient, quelques-uns encore en pyjama, d'autres en costume de matelot, d'autres encore en pantalon de flanelle.

— Gueule de bois ?

— Pas trop... Et toi ?...

Certains étaient déjà partis à la pêche, ou en revenaient. Il y avait aussi de petits voiliers, des canoës.

Le chemisier portait un complet gris bien coupé et on sentait le monsieur soigné, qui déteste se montrer en toilette négligée. Il aperçut Maigret, s'en approcha.

— Vous permettez que je me présente : M. Feinstein... Hier, je vous ai parlé de ma chemiserie... Comme chemisier, je m'appelle Marcel...

— Vous avez bien dormi ?

— Pas du tout ! Comme je m'y attendais, ma femme a été malade... C'est chaque fois la même chose... Elle sait très bien qu'elle n'a pas le cœur solide...

Pourquoi son regard semblait-il guetter les impressions de Maigret ?

— Vous ne l'avez pas vue, ce matin ?

Et il cherchait sa femme alentour. Il l'aperçut sur un bateau à voiles où ils étaient quatre ou cinq en costume de bain, et que pilotait M. Basso.

— Vous n'étiez jamais venu à Morsang ?... C'est très agréable ! Vous verrez que vous reviendrez... On est entre soi... Rien que des habitués, des amis... Vous aimez le bridge ?...

— Heu !...

— On en fera un tout à l'heure... Vous connaissez M. Basso ?... Un des plus gros marchands de charbon de Paris... Un charmant garçon !... C'est son voilier qui arrive... Mme Basso est enragée de sport.

— Et James ?...

— Il est déjà à boire, je parie ?... Il vit entre deux cuites... Tout jeune, pourtant !... Il pourrait faire quelque chose... Il préfère se laisser vivre tranquillement... Il est employé dans une banque anglaise, place Vendôme... On lui a offert des tas de situations et il les a toutes refusées... Il tient à avoir fini sa journée à quatre heures et, dès ce moment, vous pourrez le voir dans les brasseries de la rue Royale...

— Ce grand jeune homme ?...

— Le fils d'un bijoutier...

— Et ce monsieur qui pêche, là-bas ?

— Un entrepreneur de plomberie... Le plus enragé pêcheur de Morsang... Il y en a qui bridgent... D'autres font du bateau... D'autres pêchent... Cela constitue une petite population charmante... Quelques-uns ont leur villa...

On apercevait la toute petite maison blanche, au premier tournant du fleuve, et on devinait le hangar au piano mécanique.

— Tout le monde fréquente la guinguette à deux sous ?

— Depuis deux ans... C'est James qui l'a en quelque sorte découverte... Auparavant, il n'y avait là-bas que quelques ouvriers de Corbeil qui venaient danser le dimanche... James a pris l'habitude, quand les autres étaient trop bruyants, d'aller y boire tout seul... Un jour la bande l'a rejoint... On a dansé... Et l'habitude a été prise... Au point que les anciens clients, dépaysés, ont peu à peu abandonné la guinguette...

Une serveuse passait avec un plateau chargé d'apéritifs. Quelqu'un plongeait dans la rivière. Une odeur de friture s'échappait de la cuisine.

Et la cheminée fumait, là-bas, à la guinguette. Un visage

s'imposait à Maigret : des moustaches fines et brunes, des dents pointues, des narines qui frémissaient...

Jean Lenoir, marchant sans fin pour cacher son trouble, parlant, évoquant lui aussi la guinguette à deux sous.

— *Si seulement on y allait en même temps que tous ceux qui le méritent...*

Pas à la guinguette ! Ailleurs, où il était allé tout seul, le lendemain matin, avant le réveil de Paris !

Et, sans savoir pourquoi, dans cette chaleur, Maigret eut froid, l'espace de quelques secondes. Il regarda avec d'autres yeux le chemisier tiré à quatre épingles qui fumait une cigarette à bout doré. Puis il vit le bateau des Basso qui accostait, les gens demi-nus qui sautaient à terre, serraient la main des autres.

— Vous permettez que je vous présente à nos amis ? dit M. Feinstein. Monsieur... ?

— Maigret, fonctionnaire...

Cela se fit correctement, avec des inclinations du buste, des « enchanté », des « tout le plaisir est pour moi »...

— Vous étiez avec nous hier au soir, n'est-ce pas ?... Une petite plaisanterie assez réussie... Vous faites le bridge, cet après-midi ?

Un jeune homme maigre s'était approché de M. Feinstein, l'entraînait à l'écart, lui disait quelques mots à voix basse. Ce manège n'avait pas échappé à Maigret qui vit le chemisier se renfrogner, manifester un sentiment qui ressemblait à de la peur, l'observer des pieds à la tête et reprendre enfin son attitude normale.

Le groupe se rapprochait de la terrasse, cherchait une table.

— Un petit Pernod général ?... Tiens ! où est James ?...

M. Feinstein était nerveux, en dépit de l'effort qu'il faisait sur lui-même. Il ne s'occupait que de Maigret.

— Qu'est-ce que vous prenez ?

— Cela m'est tout à fait égal...

— Vous...

Il n'acheva pas la phrase commencée et feignit de regarder ailleurs. Un peu plus tard, il murmura néanmoins :

— C'est drôle que le hasard vous ait conduit à Morsang...

— Oui, c'est bizarre... approuva le commissaire.

On servait à boire. Plusieurs personnes parlaient à la fois. Le pied de Mme Feinstein était posé sur celui de M. Basso et elle le fixait de ses yeux brillants.

— Une belle journée !... Dommage que les eaux soient trop claires pour la pêche...

L'air était écœurant à force d'être calme et Maigret se souvint d'un rayon de soleil pénétrant, très haut, dans une cellule blanche.

Lenoir qui marchait, marchait, marchait comme pour oublier qu'il ne marcherait plus longtemps.

Et le regard de Maigret se posait tour à tour, lourdement, sur chaque visage, sur celui de M. Basso, sur celui du chemisier, de l'entrepreneur, de James qui arrivait, des jeunes gens et des femmes...

Il essayait d'imaginer tour à tour chacun de ces êtres, la nuit, le long du canal Saint-Martin, poussant un cadavre « comme un mannequin qu'on voudrait faire marcher »...

— A votre santé ! lui dit M. Feinstein avec un long sourire.

3

Les deux canots

Maigret avait déjeuné tout seul, à la terrasse du *Vieux Garçon*. Mais, autour de lui, les tables étaient occupées par les habitués et la conversation était générale.

Il était fixé, maintenant, sur le milieu social auquel appartenaient ses voisins : des commerçants, de petits industriels, un ingénieur, deux médecins. Des gens ayant leur voiture, mais ne disposant que du dimanche pour s'ébattre à la campagne.

Tous avaient un canot, soit à moteur, soit à voile. Tous étaient pêcheurs plus ou moins passionnés.

Ils vivaient là vingt-quatre heures par semaine, en costume de toile à voile, pieds nus, ou chaussés de sabots, et quelques-uns affectaient la démarche chaloupée de vieux loups de mer.

Davantage de couples que de jeunes gens. Et, entre les groupes, une familiarité assez poussée de gens qui, depuis des années, ont l'habitude de se retrouver chaque dimanche.

James était le personnage populaire, le trait d'union entre tous, et il n'avait qu'à paraître, flegmatique, le teint brique, les yeux vagues, pour engendrer la bonne humeur.

— Gueule de bois, James ?

— D'abord, je n'ai jamais de gueule de bois ! Quand je sens que l'estomac est barbouillé, je bois aussitôt quelques Pernod...

On évoqua surtout des souvenirs de la nuit. On riait de

quelqu'un qui avait été malade, d'un autre qui avait failli tomber dans la Seine en rentrant.

Maigret faisait partie du groupe sans en faire partie. Il était là, près de ses compagnons de la veille. Au cours de la beuverie, on l'avait tutoyé. Maintenant, on l'observait parfois à la dérobée. Ou bien on lui adressait une phrase ou deux, par politesse.

— Vous êtes pêcheur aussi ?

Les Basso déjeunaient chez eux. Les Feinstein aussi, et d'autres qui avaient leur villa. Ce qui créait déjà deux classes dans le groupe : les gens à villa et les clients de l'auberge.

Vers deux heures, ce fut le chemisier qui vint chercher Maigret, comme s'il le prenait sous sa protection personnelle.

— On vous attend pour le bridge.

— Chez vous ?

— Chez Basso ! Ce dimanche-ci, on devait jouer chez moi, mais la bonne est malade et on sera mieux chez Basso... Tu viens, James ?

— Je monterai à la voile...

La villa des Basso était un kilomètre plus haut. Maigret et Feinstein y allèrent à pied, tandis que la plupart des invités s'y rendaient soit en youyou, soit en canoë, soit en voilier.

— Un charmant garçon, ce Basso, n'est-ce pas ?

Maigret ne put savoir si son interlocuteur persiflait ou s'il parlait sérieusement.

Un drôle de bonhomme, vraiment, ni figue ni raisin, ni jeune ni vieux, ni beau ni laid, qui était peut-être vide de pensées, mais peut-être aussi bourré de secrets.

— Je suppose que dorénavant vous serez des nôtres tous les dimanches ?

On rencontrait des groupes de gens qui pique-niquaient, ainsi que des pêcheurs à la ligne plantés de cent en cent mètres sur la berge. La chaleur allait croissant. L'air était d'un calme extraordinaire, presque inquiétant.

Dans le jardin des Basso, des guêpes bourdonnaient autour des fleurs. Il y avait déjà trois automobiles. Le gamin s'ébattait au bord de l'eau.

— Vous jouez au bridge ? demanda le marchand de charbon en tendant à Maigret une main cordiale. Parfait !... Dans ce cas, ce n'est pas nécessaire d'attendre James, qui n'arrivera jamais à remonter à la voile...

Tout était neuf, pimpant. Un cottage construit comme un jouet. Une décoration fantaisiste, avec profusion de rideaux à petits carreaux rouges, de vieux meubles normands, de poteries campagnardes.

La table de jeu était dressée dans une pièce de plain-pied qui communiquait avec le jardin par une grande baie vitrée. Des bouteilles de vouvray trempaient dans un seau à champagne tout embué. Un plateau était chargé de liqueurs. Et Mme Basso, en tenue de marin, faisait les honneurs.

— Fine, quetsche, mirabelle ?... A moins que vous préfériez le vouvray ?...

De vagues présentations aux autres joueurs, qui n'appartenaient pas tous à la bande de la nuit précédente, mais qui étaient des amis du dimanche.

— Monsieur... hum...

— Maigret !

— Monsieur Maigret, qui joue au bridge...

C'était presque un décor d'opérette, tant les couleurs étaient vives, pimpantes. Rien qui fît penser que la vie est une chose sérieuse. Le gamin était monté dans une périssoire peinte en blanc et sa mère lui criait :

— Attention, Pierrot !

— Je vais à la rencontre de James !

— Un cigare, monsieur Maigret ?... Si vous aimez mieux la pipe, il y a du tabac dans ce pot... Ne craignez rien ! ma femme est habituée...

Juste en face, on voyait, sur l'autre rive, la petite maison de la guinguette à deux sous.

Et la première partie de l'après-midi fut sans histoire. Maigret nota pourtant que M. Basso ne jouait pas et qu'il paraissait un peu plus nerveux que le matin.

Son aspect était tout le contraire de celui d'un homme nerveux. Il était grand et fort, et surtout il respirait la vie par tous les pores de la peau. Un homme exubérant, un peu brutal, fait d'une pâte plébéienne.

M. Feinstein, lui, jouait avec tout le sérieux d'un véritable amateur de bridge et Maigret se fit plusieurs fois rappeler à l'ordre.

Vers trois heures, la bande de Morsang envahit le jardin, puis la pièce où l'on jouait. Quelqu'un mit le phonographe en marche. Mme Basso servit du vouvray, et un quart d'heure plus tard une demi-douzaine de couples dansaient autour des bridgeurs.

C'est à ce moment que M. Feinstein, tout accaparé par le jeu qu'il était en apparence, murmura :

— Tiens ! Où est passé notre ami Basso ?

— Je crois qu'il vient de monter dans un canot ! dit quelqu'un.

Maigret suivit le regard du chemisier, aperçut un canot qui accostait précisément à la rive d'en face, près de la guinguette à deux sous. M. Basso en sortait, se dirigeait vers la guinguette, revenait un peu plus tard, préoccupé en dépit de la fausse bonne humeur qu'il affichait.

Un autre incident, qui passa inaperçu. M. Feinstein gagnait. Mme Feinstein dansait avec Basso qui venait de rentrer. Et James, un verre de vouvray à la main, plaisantait :

— Il y en a qui sont incapables de perdre, même s'ils le voulaient !...

Le chemisier ne broncha pas. Il donnait les cartes. Maigret observait ses mains et il les trouva calmes comme d'habitude.

Une heure, deux heures s'écoulèrent de la sorte. Les danseurs commençaient à en avoir assez. Quelques invités s'étaient baignés. James, qui avait perdu aux cartes, se leva en grommelant :

— On change de crémerie !... Qui est-ce qui vient à la guinguette à deux sous ?...

Le hasard lui fit happer Maigret au passage.

— Viens avec moi, toi !

Il avait atteint le degré d'ivresse qu'il ne dépassait jamais, même s'il continuait à boire. Les autres se levaient à leur tour. Un jeune homme criait, les mains en portevoix :

— Tout le monde à la guinguette !

— Attention de ne pas tomber...

James aidait le commissaire à monter dans son voilier de six mètres, poussait le bateau d'un coup de gaffe, s'asseyait dans le fond.

Mais il n'y avait pas un souffle de vent. La voile battait. C'est à peine si l'embarcation tenait tête au courant, pourtant peu sensible.

— On n'est pas pressés, hein !

Maigret remarqua que Marcel Basso et Feinstein montaient tous les deux dans le même canot à moteur, traversaient la rivière en quelques instants, débarquaient en face de la guinguette.

Puis venaient des bachots, des canoës. Parti le premier, le bateau de James restait bon dernier, faute de vent, et l'Anglais ne paraissait pas disposé à se servir des avirons.

— Ce sont de bons types !... murmura soudain James, comme s'il suivait sa pensée.

— Qui ?

— Tous ! Ils s'embêtent ! Ils n'en peuvent rien ! Tout le monde s'embête, dans la vie...

C'était cocasse, parce qu'il avait une mine béate au fond de son bateau et que le soleil polissait son crâne dénudé.

— C'est vrai que t'es dans la police ?

— Qui a dit cela ?

— Je ne sais pas... J'en ai entendu parler tout à l'heure... Bah ! c'est un métier comme un autre...

Et James bordait sa voile qu'une risée gonflait légèrement. Il était six heures. On entendait sonner la cloche de Morsang, à laquelle celle de Seine-Port répondait. La rive était encombrée par des roseaux fourmillant d'insectes. Et le soleil commençait à devenir rougeâtre.

— Qu'est-ce que tu...

James parlait. Mais il y eut un bruit sec qui coupa sa phrase net tandis que Maigret se levait d'un bond, menaçait de faire chavirer l'embarcation.

— Attention !... lui cria son compagnon.

Et il se pencha sur l'autre bord, saisit un aviron, se mit en devoir de godiller, les sourcils froncés, les prunelles inquiètes.

— La chasse n'est pourtant pas ouverte...

— C'est derrière la guinguette ! dit Maigret.

En approchant de celle-ci, on entendit le vacarme du piano mécanique et une voix angoissée qui criait :

— Arrêtez la musique !... Arrêtez la musique !

On courait. Un couple dansait encore, s'arrêta beaucoup plus tard que le piano. La vieille grand-mère sortait de la maison, un seau à la main, restait immobile à essayer de deviner ce qui se passait.

L'accostage fut difficile, à cause des roseaux. Maigret,

en se précipitant, mit une jambe dans l'eau jusqu'au genou. James le suivait de sa démarche molle en grommelant des choses inintelligibles.

Il suffisait de suivre les gens qu'on voyait s'arrêter derrière le hangar servant de salle de danse. Le hangar contourné, on apercevait un homme qui regardait la foule de ses gros yeux troubles et qui bégayait obstinément :

— Ce n'est pas moi !...

L'homme, c'était Basso. Il tenait à la main un petit revolver à crosse de nacre dont il semblait oublier l'existence.

— Où est ma femme ?... questionna-t-il en regardant les assistants comme s'il ne les reconnaissait pas.

Les autres la cherchaient. Quelqu'un dit :

— Elle est restée là-bas pour préparer le dîner...

Maigret dut atteindre le premier rang pour distinguer une forme étendue dans les hautes herbes, un complet gris, un chapeau de paille.

Ce n'était pas tragique du tout. C'était ridicule, de par la faute des spectateurs qui ne savaient pas ce qu'ils devaient faire. Ils restaient là, ahuris, hésitants, à regarder un Basso aussi ahuri et hésitant qu'eux.

Mieux : un des membres de la bande, qui était médecin, était tout près du corps étendu et n'osait pas se pencher. Il regardait les autres comme pour leur demander conseil.

De tragique, il y eut pourtant une toute petite chose. A certain moment, le corps bougea. Les jambes parurent chercher à s'arc-bouter. Les épaules esquissèrent un mouvement tournant. On aperçut une partie du visage de M. Feinstein.

Puis, toujours comme dans un grand effort, il se raidit et retomba lentement, inerte.

Il venait seulement de mourir.

— Tâtez le cœur !... dit Maigret, d'une voix sèche, au médecin.

Et le commissaire, qui avait l'habitude de ces sortes de drames, ne perdait rien du spectacle, voyait tout à la fois, avec une netteté quasi irréelle.

Il y avait quelqu'un d'écroulé dans les derniers rangs, quelqu'un qui poussait des hurlements aigus : c'était Mme Feinstein, arrivée la dernière, parce qu'elle avait dansé la dernière. Des gens étaient penchés sur elle. Le patron de la guinguette s'approchait, avec la mine soucieuse d'un paysan méfiant.

M. Basso, lui, respirait par saccades, bombait la poitrine pour la remplir d'air, apercevait soudain le revolver dans sa main crispée.

Il était abruti. Il regarda tour à tour les gens autour de lui, comme s'il se demandait à qui il devait tendre l'arme. Il répéta :

— Ce n'est pas moi...

Il cherchait toujours sa femme des yeux, malgré la réponse qu'on lui avait faite.

— Mort !... déclara le médecin en se redressant.

— Une balle ?

— Ici...

Et le docteur montra le défaut des côtes, chercha lui aussi sa femme qui n'était vêtue que d'un costume de bain.

— Vous avez le téléphone ? demanda Maigret au patron de la guinguette.

— Non... Il faut aller à la gare... ou à l'écluse...

Marcel Basso était vêtu d'un pantalon de flanelle blanche, d'une chemise ouverte sur la poitrine, qui mettait en valeur la largeur de son torse.

Or, on le vit osciller imperceptiblement, esquisser un geste comme pour chercher un appui et soudain s'asseoir dans l'herbe, à moins de trois mètres du cadavre, et se prendre la tête dans les mains.

La note comique ne manqua pas. Une voix de femme, toute fluette, fit dans le groupe :

— Il pleure !...

Elle croyait parler bas. Tout le monde l'entendit.

— Vous avez un vélo ? demanda encore Maigret au patron.

— Pour sûr !

— Eh bien ! allez à l'écluse avertir la gendarmerie...

— Celle de Corbeil ou celle de Cesson ?

— Peu importe !

Et Maigret examina Basso d'un air ennuyé, ramassa le revolver, dans le barillet duquel il ne manquait qu'une balle.

Un revolver de dame, joli comme un bijou. Et des balles minuscules, qu'on eût dit nickelées. Une seule avait suffi, pourtant, à couper le fil de la vie chez le chemisier !

C'est à peine s'il avait saigné. Une tache roussâtre sur son complet d'été. Il restait propre, tiré à quatre épingles comme d'habitude.

— Mado a une crise, dans la maison !... vint annoncer un jeune homme.

Mado, c'était Mme Feinstein, qu'on avait étendue sur le lit très haut des tenanciers. Tout le monde épiait Maigret. Il y eut un froid quand une voix, au bord de la rivière, lança :

— Coucou !... Où êtes-vous ?...

C'était Pierrot, le fils de Basso, qui abordait en périssoire et qui cherchait la bande.

— Allez vite !... Qu'on l'empêche d'approcher...

Marcel Basso se remettait. Il découvrait son visage, se

redressait, confus de sa faiblesse d'un instant, semblait à nouveau chercher la personne à qui il devait s'adresser.

— J'appartiens à la Police Judiciaire ! lui dit Maigret.

— Vous savez... ce n'est pas moi !...

— Voulez-vous me suivre un moment ?

Le commissaire s'adressa au médecin :

— Je compte sur vous pour empêcher qu'on touche au corps ! Et je vous demande à tous de nous laisser, M. Basso et moi...

Tout cela avait traîné comme une scène mal réglée, dans l'atmosphère lourde, radieuse. Des pêcheurs à la ligne passaient sur le chemin de halage, le panier à poissons sur le dos. Basso marchait à côté de Maigret.

— C'est quelque chose d'inouï !...

Il était sans vigueur, sans ressort. Dès qu'on avait contourné le hangar, on apercevait la rivière, la villa, sur l'autre rive, et Mme Basso qui rangeait les fauteuils d'osier abandonnés dans le jardin.

— Maman demande la clef de la cave ! cria le gamin, de sa périssoire.

Mais l'homme ne répondit rien. Son regard changeait, devenait celui d'une bête traquée.

— Dites-lui où est cette clef.

Il fit un grand effort pour clamer :

— Au crochet du garage !

— Comment ?

— Au crochet du garage !

Et on percevait vaguement l'écho :

— ... rage !...

— Que s'est-il passé entre vous ? questionna Maigret en pénétrant dans le hangar au piano mécanique, où il n'y avait plus que des verres sur les tables.

— Je ne sais pas...

— A qui appartient le revolver ?

— Pas à moi !... Le mien est toujours dans ma voiture...

— Feinstein vous a attaqué ?

Un long silence. Un soupir.

— Je ne sais pas ! Je n'ai rien fait !... Surtout... surtout je jure que je ne l'ai pas tué...

— Vous aviez l'arme à la main quand...

— Oui... Je ne sais pas comment cela s'est fait...

— Vous prétendez que c'est un autre qui a tiré ?

— Non... je... vous ne pouvez pas vous figurer comme c'est terrible...

— Feinstein s'est suicidé ?

— Il a...

Il s'assit sur un banc, se prit une fois de plus la tête à deux mains. Et, comme un verre traînait sur la table, il le saisit, avala d'un trait son contenu, fit la grimace.

— Que va-t-il arriver ?... Vous m'arrêtez ?...

Et, regardant fixement Maigret, le front plissé :

— Mais... comment étiez-vous justement là ?... Vous ne pouviez pourtant pas savoir...

Il semblait s'efforcer de comprendre, de nouer ensemble des lambeaux d'idées. Il grimaçait.

— On dirait un piège qui...

La périssoire blanche revenait vers la berge après avoir touché l'autre rive.

— Papa !... La clef n'est pas au garage !... Maman demande...

Machinalement, Basso tâta ses poches. Du métal cliqueta. Il retira un trousseau de clefs qu'il posa sur la table. Et ce fut Maigret qui traversa le chemin de halage, cria au gosse :

— Attention !... Attrape !...

— Merci, m'sieur !

Et la périssoire s'éloigna. Mme Basso, dans le jardin, dressait la table pour le dîner, avec la servante. Des canoës rentraient au *Vieux Garçon*. Le débitant revenait en vélo de l'écluse où il était allé téléphoner.

— Vous êtes sûr que ce n'est pas vous qui avez tiré ?

L'autre haussa les épaules, soupira, ne répondit pas.

La périssoire abordait l'autre rive. On devinait la conversation entre la mère et le fils. Un ordre fut donné à la servante, qui entra dans la maison pour en sortir presque aussitôt.

Et Mme Basso, lui prenant les jumelles des mains, les braqua sur la guinguette à deux sous.

James était assis dans un coin, chez les débitants, et se versait de grands verres de cognac en caressant le chat qui s'était blotti sur ses genoux.

4

Les rendez-vous rue Royale

Ce fut une semaine maussade, éreintante, toute remplie de tâches sans attrait, de petits déboires, de démarches délicates, dans un Paris torride dont un orage, chaque soir vers les six heures, transformait les rues en rivières.

Mme Maigret était toujours en vacances, écrivait : *... le temps est magnifique et jamais les prunelles n'ont été si belles...*

Maigret n'aimait pas rester à Paris sans sa femme. Il mangeait, sans appétit, dans le premier restaurant venu, et il lui arriva de coucher à l'hôtel pour ne pas rentrer chez lui.

L'histoire avait commencé par un chapeau haut de forme que Basso essayait dans le magasin ensoleillé du boulevard Saint-Michel. Un rendez-vous avenue Niel, dans une garçonnière. Une noce le soir, à la guinguette à deux sous. Une partie de bridge et le drame inattendu...

Quand les gendarmes étaient arrivés, là-bas, sur les lieux, Maigret, qui n'était pas en mission officielle, leur avait laissé prendre leurs responsabilités. Ils avaient arrêté le marchand de charbon. Le Parquet avait été avisé.

Une heure plus tard, Marcel Basso était assis dans la petite gare de Seine-Port, entre deux brigadiers. La foule du dimanche attendait le train. Le brigadier de droite lui avait offert une cigarette.

Les lampes étaient allumées. La nuit était presque complète. Et voilà qu'au moment où le train entrait en gare et où tout le monde se pressait au bord du quai, Basso bousculait ses gardiens, s'élançait à travers la foule, traversait la voie et fonçait vers un bois proche !

Les gendarmes n'en croyaient pas leurs yeux. Quelques instants auparavant il était si calme, comme avachi, entre eux deux !

Maigret apprit cette fuite en arrivant à Paris. Et ce fut une nuit désagréable pour tout le monde. Aux environs de Morsang et de Seine-Port, la gendarmerie battait les campagnes, barrait les routes, surveillait les gares et questionnait tous les chauffeurs d'autos. Le filet s'étendit sur presque tout le département et les promeneurs dominicaux s'étonnaient, en rentrant, des renforts de police garnissant les portes de Paris.

En face de la maison des Basso, quai d'Austerlitz, deux hommes de la Police Judiciaire. Deux hommes aussi devant l'immeuble où les Feinstein avaient leur appartement privé, boulevard des Batignolles.

Le lundi matin, descente du Parquet à la guinguette à deux sous et Maigret dut y assister, discuter longuement avec les magistrats.

Lundi soir : rien ! Quasi-certitude que Basso était parvenu à passer à travers le filet et à se réfugier à Paris ou dans une ville des environs, comme Melun, Corbeil, Fontainebleau.

Mardi matin, rapport du médecin légiste : coup de feu tiré à une distance d'environ trente centimètres. Impossible de déterminer si le coup a été tiré par Feinstein lui-même ou par Basso.

Mme Feinstein reconnaît l'arme comme lui appartenant. Elle ignorait que son mari l'eût en poche. D'habitude, le revolver se trouvait, chargé, dans la chambre de la jeune femme.

Interrogatoire, boulevard des Batignolles. L'appartement est banal, sans luxe, très « petites gens ». Propreté douteuse. Une seule bonne à tout faire.

Mme Feinstein pleure ! Elle pleure ! Elle pleure ! C'est à peu près sa seule réponse, avec des :

— Si j'avais su !...

Il n'y a que deux mois qu'elle est la maîtresse de Basso. Elle l'aime !

— Vous avez eu d'autres amants avant lui ?

— Monsieur !...

Mais elle en a eu d'autres, c'est certain ! Une femme à tempérament ! Feinstein ne pouvait lui suffire.

— Depuis combien de temps êtes-vous mariée ?

— Huit ans !

— Votre mari était au courant de votre liaison ?

— Oh ! non.

— Il ne la soupçonnait pas un peu ?

— Jamais de la vie !

— Vous croyez qu'il a été capable de menacer Basso de son arme en apprenant quelque chose ?

— Je ne sais pas... C'était un homme très étrange, très renfermé...

Évidemment, un ménage où ne régnait pas la plus

grande intimité. Feinstein pris par ses affaires. Mado courant les magasins et les garçonnières.

Et un Maigret morne poursuivait l'enquête la plus traditionnelle, questionnait la concierge, les fournisseurs, le gérant de la chemiserie, boulevard des Capucines.

De tout cela se dégageait une impression un peu écœurante de banalité avec, par ailleurs, quelque chose d'équivoque.

Feinstein avait commencé par une toute petite chemiserie, avenue de Clichy. Puis, un an après son mariage, il avait repris une assez grosse affaire des Boulevards, en se faisant aider par les banques.

Depuis lors, c'était l'histoire de toutes les affaires qui manquent de base, les échéances plus que difficiles, les traites protestées, les expédients, les démarches humiliantes de fin de mois.

Rien de véreux. Rien de malpropre. Mais rien de solide non plus.

Et le ménage, boulevard des Batignolles, devait de l'argent à tous les fournisseurs.

Deux heures durant, dans le petit bureau du mort, derrière la chemiserie, Maigret eut le courage de se plonger dans les livres. Il ne découvrit rien d'anormal à une époque correspondant au crime dont Jean Lenoir avait parlé la veille de son exécution.

Pas de rentrées d'argent importantes. Pas de voyage. Pas d'achat particulier.

Rien enfin ! De la grisaille ! Une enquête qui piétinait.

La démarche la plus ennuyeuse fut à Morsang, auprès de Mme Basso, dont l'attitude étonna le commissaire. Elle n'était pas abattue. Triste, certes ! Mais pas désespérée ! Et d'une dignité qu'on ne pouvait pas attendre d'elle.

— Mon mari a certainement eu ses raisons pour reprendre la liberté de ses mouvements.

— Vous ne le croyez pas coupable ?

— Non !

— Pourtant, cette fuite... Il ne vous a pas donné signe de vie ?

— Non !

— Combien d'argent avait-il sur lui ?

— Pas plus de cent francs !

Quai d'Austerlitz, c'était tout le contraire de la chemiserie. Le commerce de charbons rapportait bon an mal an dans les cinq cent mille francs. Des bureaux et des chantiers bien ordonnés. Trois péniches sur l'eau. Et cela datait du père de Marcel Basso, qui n'avait fait qu'agrandir l'affaire.

Le temps n'était pas fait pour mettre Maigret de bonne humeur. Comme tous les gros, il souffrait de la chaleur et jusque trois heures, chaque jour, c'était un soleil de plomb qui stagnait dans Paris.

A ce moment, le ciel se couvrait. Il y avait de l'électricité dans l'air, des coups de vent inattendus. La poussière des rues se mettait soudain à tourbillonner.

A l'heure de l'apéritif, c'était réglé. Roulements de tonnerre. Puis l'eau, en cataractes, crépitant sur l'asphalte, transperçant le vélum des terrasses, forçant les passants à s'abriter sur les seuils.

Ce fut le mercredi que, pris de la sorte par l'ondée, Maigret pénétra à la *Taverne Royale*. Un homme se leva pour lui tendre la main. C'était James, tout seul à une table, en face d'un Pernod.

Le commissaire ne l'avait pas encore vu en tenue de ville. Il faisait un peu plus petit employé que dans ses costumes fantaisistes de Morsang, mais il gardait néanmoins quelque chose de funambulesque.

— Vous prenez quelque chose avec moi ?

Maigret était éreinté. Il y en avait pour deux bonnes

heures à pleuvoir. Puis il faudrait passer Quai des Orfèvres pour prendre les nouvelles.

— Un Pernod ?

D'habitude, il ne buvait que de la bière. Mais il ne protesta pas. Il but machinalement. James n'était pas un compagnon désagréable et tout au moins avait-il une grande qualité : il n'était pas bavard !

Il restait là, bien installé dans son fauteuil de rotin, les jambes croisées, à regarder les gens qui passaient dans la pluie et à fumer des cigarettes.

Quand un petit crieur de journaux se montra, il lui prit un quotidien du soir, le parcourut vaguement, le tendit à Maigret en soulignant un entrefilet du doigt.

Marcel Basso, le meurtrier du chemisier du boulevard des Capucines, n'a pas encore été retrouvé, malgré les actives recherches de la police et de la gendarmerie.

— Qu'est-ce que vous en pensez, vous ? questionna Maigret.

James haussa les épaules, esquissa un geste indifférent.

— Vous croyez qu'il a gagné l'étranger ?

— Il ne doit pas être loin... Sans doute à rôder dans Paris.

— Qu'est-ce qui vous fait dire ça ?

— Je ne sais pas ! Je crois... S'il a fui, c'est qu'il avait son idée... Deux Pernod, garçon !...

Maigret en but trois et il glissa tout doucement dans un état qui ne lui était pas habituel. Ce n'était pas l'ivresse. Par contre, ce n'était pas la lucidité absolue.

Un état assez agréable. Il était mou. Il se sentait bien à la terrasse. Il pensait à l'affaire sans s'inquiéter et même avec une sorte de plaisir.

James parlait de choses et d'autres, sans se presser. A huit heures exactement, il se leva, prononça :

— C'est l'heure ! Ma femme m'attend...

Maigret s'en voulut un peu du temps perdu et surtout de se sentir si lourd. Il dîna, passa à son bureau. Les gendarmeries n'avaient rien à signaler. La police non plus.

Le lendemain — c'était le jeudi — il poursuivit son enquête avec une même obstination exempte d'enthousiasme.

Recherches dans tous les dossiers vieux de dix ans. Mais rien qui semblât se rapporter à la dénonciation de Jean Lenoir !

Recherches, par ailleurs, dans les « sommiers ». Coups de téléphone aux maisons centrales et aux infirmeries spéciales dans le vague espoir de retrouver Victor, le compagnon tuberculeux dont le condamné avait parlé.

Beaucoup de Victor. Trop ! Et pas le bon !

A midi, Maigret avait des maux de tête, pas d'appétit. Il déjeuna place Dauphine, dans le petit restaurant que fréquentent presque tous les fonctionnaires de la police. Puis il téléphona à Morsang, où des agents étaient postés près de la villa des Basso.

Mais on n'avait vu personne. Mme Basso menait une vie normale, avec son fils. Elle lisait beaucoup de journaux. La villa n'avait pas le téléphone.

A cinq heures, Maigret sortait de la garçonnière de l'avenue Niel où il n'avait rien trouvé mais où il était allé fureter à tout hasard.

Et machinalement, comme si c'était déjà une vieille habitude, il se dirigea vers la *Taverne Royale,* serra la main qui se tendait et se trouva assis à côté de James.

— Rien de neuf ? questionna celui-ci.

Et aussitôt, au garçon :

— Deux Pernod !

L'orage était en retard sur l'horaire. Les rues restaient inondées de soleil. Des cars passaient, pleins d'étrangers.

— L'hypothèse la plus simple, celle que les journaux ont adoptée, murmura Maigret comme pour lui-même, c'est que Basso, attaqué par son compagnon pour une raison ou pour une autre, a saisi l'arme braquée sur lui et a tiré sur le chemisier...

— Oui, c'est idiot !

Maigret regarda James qui avait l'air, lui aussi, de parler pour lui-même.

— Pourquoi est-ce idiot ?

— Parce que, si Feinstein avait voulu tuer Basso, il s'y serait pris assez adroitement... C'était un homme prudent... Un bon joueur de bridge...

Le commissaire ne put réprimer un sourire, tant James disait tout cela sérieusement.

— Alors, à votre avis ?...

— Évidemment, je n'ai pas d'avis... Basso n'avait pas besoin de coucher avec Mado... On sent tout de suite, rien qu'à la voir, que c'est une femme qui ne lâche pas facilement un homme...

— Son mari s'était déjà montré jaloux ?

— Lui ?

Et des yeux curieux cherchèrent Maigret, pétillèrent d'ironie.

— Vous n'avez pas encore compris ?

James haussa les épaules, grommela :

— Cela ne me regarde pas... Quand même, s'il avait été jaloux, il y a longtemps que la plupart des habitués de Morsang seraient morts...

— Ils ont tous été... ?

— N'exagérons rien... Ils ont tous... Enfin, Mado a dansé avec tout le monde... Et, en dansant, on s'enfonçait dans les fourrés...

— Vous aussi ?

— Je ne danse pas... répliqua James.

— Le mari devait fatalement s'apercevoir de ce que vous dites ?

Alors l'Anglais, avec un soupir :

— Je ne sais pas ! Il leur doit de l'argent à tous !

Regardé sous un certain angle, James avait l'air d'un imbécile ou d'un ivrogne abruti. Regardé autrement, il n'était pas sans dérouter.

— Tiens ! Tiens ! siffla Maigret.

— Deux Pernod, deux !

— Oui... Mado n'a même pas besoin d'être au courant... C'est discret. Feinstein tape les amants de sa femme, sans avoir l'air de savoir, tout en y mettant une insistance équivoque...

Il n'y eut guère d'autres phrases échangées. L'orage n'éclatait pas. Maigret but ses Pernod, l'œil rivé à la rue où coulait la foule. Il était confortablement assis, la chair à l'aise, et son cerveau examinait mollement le problème tel qu'il se présentait maintenant.

— Huit heures !...

Et James lui serrait la main, s'en allait, juste au moment où l'ondée commençait.

Le vendredi, c'était déjà une habitude. Maigret alla à la *Taverne Royale* sans s'en rendre compte. A certain moment, il ne put s'empêcher de dire à James :

— En somme, vous ne rentrez jamais chez vous après le bureau ? De cinq à huit vous...

— Il faut bien avoir un petit coin à soi ! soupira l'autre.

Et ce coin-là, c'était la terrasse d'une brasserie, un guéridon de marbre, l'apéritif opalin et, pour horizon, la colonnade de la Madeleine, le tablier blanc des garçons, la foule, les voitures en mouvement.

— Il y a longtemps que vous êtes marié ?

— Huit ans...

Maigret n'osa pas lui demander s'il aimait sa femme. Il

était persuadé, d'ailleurs, que James lui répondrait oui. Seulement, après huit heures ! Après le coin intime !

Est-ce que les relations des deux hommes ne commençaient pas à friser l'amitié ?

Ce jour-là, on ne parla pas de l'affaire. Maigret but ses trois Pernod. Il avait besoin de ne pas voir la vie sous un jour trop cru. Il était assailli de petits tracas, de soucis mesquins.

C'était l'époque des vacances. Il devait s'occuper du travail de plusieurs collègues. Et le juge d'instruction chargé de l'affaire de la guinguette ne lui laissait pas de répit, l'envoyait interroger à nouveau Mado Feinstein, examiner les livres du chemisier, questionner les employés de Basso.

La Police Judiciaire avait déjà trop peu d'hommes disponibles et il en fallait pour garder tous les endroits où le fugitif était susceptible de se présenter. Cela mettait le chef de mauvaise humeur.

— Vous n'en aurez pas bientôt fini avec cette plaisanterie-là ?... avait-il demandé, le matin.

Maigret était de l'avis de James. Il flairait la présence de Basso à Paris. Mais où s'était-il procuré de l'argent ? Ou bien alors comment vivait-il ? Qu'espérait-il ? Qu'attendait-il ? A quelle tâche se livrait-il ?

Sa culpabilité n'était pas prouvée. En restant prisonnier et en prenant un bon avocat, il pouvait espérer, sinon l'acquittement, du moins une condamnation légère. Après quoi il retrouvait sa fortune, sa femme, son fils.

Or, au lieu de tout cela, il fuyait, se cachait, renonçait par le fait à tout ce qui avait été sa vie.

— Faut croire qu'il a ses raisons ! avait dit James avec sa philosophie habituelle.

Comptons sans faute sur toi, serons gare, baisers.

C'était le samedi. Mme Maigret envoyait un ultimatum affectueux. Son mari ne savait pas encore comment il y répondrait. Mais, à cinq heures, il était à la *Taverne Royale*, serrait la main à James qui se tournait vers le garçon :

— Pernod...

Comme le samedi précédent, c'était la ruée vers les gares, un défilé continu de taxis chargés de bagages, l'affairement de gens partant enfin en vacances.

— Vous allez à Morsang ? questionna Maigret.

— Comme tous les samedis !

— On va sentir un vide...

Le commissaire avait bien envie d'aller à Morsang, lui aussi. Mais, d'autre part, il avait envie de voir sa femme, d'aller pêcher la truite dans les ruisseaux d'Alsace, de respirer la bonne odeur de la maison de sa belle-sœur.

Il hésitait encore. Il regarda vaguement James qui se levait soudain et se dirigeait vers le fond de la brasserie.

Il ne s'étonna pas. Il ne fit même qu'enregistrer machinalement ce départ momentané. Il remarqua à peine que son compagnon reprenait sa place.

Cinq minutes, dix minutes passèrent. Un garçon s'approcha.

— Monsieur Maigret, s'il vous plaît ?... C'est l'un de vous ?...

— C'est moi. Pourquoi ?

— On vous demande au téléphone...

Et Maigret se leva, gagna à son tour le fond de la salle, les sourcils froncés parce que, malgré son engourdissement, il flairait quelque chose de pas naturel.

Quand il entra dans la cabine, il se retourna vers la terrasse, aperçut James, qui le regardait.

— Bizarre !... grogna-t-il. Allô !... Allô !... Ici, Maigret... Allô !... Allô !...

Il s'impatienta, fit claquer ses doigts. Enfin une voix de femme, au bout du fil.

— J'écoute !

— Allô !... Eh bien ?...

— Quel numéro demandez-vous ?

— Mais on m'a appelé à l'appareil, mademoiselle.

— C'est impossible, monsieur ! Raccrochez ! Je n'ai pas appelé votre numéro depuis dix minutes au moins...

Il ouvrit la porte d'une poigne brutale. Et ce fut rapide comme un coup de matraque. Dehors, dans l'ombre de la terrasse, un homme était debout près de James. C'était Marcel Basso, drôlement vêtu, étriqué, différent de lui-même, dont le regard fiévreux guettait la porte de la cabine.

Il vit Maigret au moment où celui-ci le voyait. Ses lèvres remuèrent. Il dut dire quelque chose et il se précipita aussitôt dans la foule.

— Combien de communications ? demandait la caissière au commissaire.

Mais celui-ci courait. La terrasse était encombrée. Le temps de la traverser, d'être au bord du trottoir, et il était impossible de dire dans quelle direction Basso avait fui. Il y avait cinquante taxis en marche. Avait-il pris place dans l'un d'eux ? Et des autobus par surcroît !...

Maigret, renfrogné, revint vers sa table, s'assit sans mot dire, sans regarder James qui n'avait pas bougé.

— La caissière vous fait demander combien de communications... vint demander un garçon.

— Zut !

Il perçut un sourire sur les lèvres de James, s'en prit à lui.

— Je vous félicite !

— Vous croyez ?...

— C'était combiné d'avance ?

— Même pas ! Deux Pernod, garçon ! Et des cigarettes !

— Qu'est-ce qu'il vous a dit ?... Qu'est-ce qu'il voulait ?...

James se renversa sur sa chaise sans répondre, soupira, comme un homme qui trouve toute conversation inutile.

— De l'argent ?... Où a-t-il pêché le complet qu'il avait sur le corps ?...

— Il ne peut quand même pas se promener à Paris en pantalon et en chemise de flanelle blanche !

C'est dans cette tenue, en effet, que Basso s'était enfui, en gare de Seine-Port. James n'oubliait rien.

— C'est la première fois que vous reprenez contact avec lui cette semaine ?

— Qu'il reprend contact avec moi !

— Et vous ne voulez rien dire ?

— Vous feriez comme moi, pas vrai ? J'ai bu cent fois chez lui ! Il ne m'a rien fait !

— Il voulait de l'argent ?

— Il y a une demi-heure qu'il nous guettait... Déjà hier j'avais cru l'apercevoir sur l'autre trottoir... Sans doute n'a-t-il pas osé...

— Et vous m'avez fait appeler au téléphone !

— Il paraissait fatigué !

— Il n'a rien dit ?

— C'est inouï comme un costume qui ne va pas peut changer un homme... soupira James sans répondre.

Maigret l'observait à la dérobée.

— Savez-vous qu'en bonne justice on pourrait vous inculper de complicité ?

— Il y a tant de choses qu'on peut faire en bonne justice ! Sans compter qu'elle n'est pas toujours si bonne que ça !

Il avait son air le plus loufoque.

— Et ces Pernod, garçon ?

— Voilà ! Voilà !

— Vous venez à Morsang aussi ?... Parce que je vais vous dire... Si vous y venez, nous avons presque autant d'avantage à prendre un taxi... C'est cent francs... Le train coûte...

— Et votre femme ?

— Elle prend toujours un taxi, avec sa sœur et ses amies... A cinq, cela leur revient vingt francs et le train coûte...

— Ça va !

— Vous ne venez pas ?

— Je viens !... Combien, garçon ?...

— Pardon ! Chacun sa part, comme d'habitude !

C'était un principe. Maigret paya ses consommations, James les siennes. Il ajouta dix francs pour la fausse commission du garçon.

Dans le taxi, il paraissait préoccupé mais, vers Villejuif, il révéla l'objet de cette préoccupation :

— Je me demande chez qui on va faire le bridge, demain après-midi.

C'était l'heure de l'orage. Des fléchettes de pluie commençaient à frapper les vitres.

5

L'auto du docteur

On aurait pu s'attendre à trouver à Morsang une autre atmosphère que d'habitude. Le drame datait du dimanche précédent. De la petite bande, il y avait un mort et un assassin en fuite.

N'empêche que, quand James et Maigret arrivèrent, ceux qui étaient déjà là entouraient une voiture neuve. Ils avaient troqué leurs vêtements de ville contre les traditionnelles tenues de sport. Seul le docteur était en complet-veston.

La voiture était à lui. Il la sortait pour la première fois. On le questionnait et il en exposait complaisamment les mérites.

— Il est vrai que la mienne consomme davantage, mais...

Presque tout le monde avait une auto. Celle du docteur était neuve.

— Écoutez les reprises...

Sa femme était si heureuse qu'elle restait assise dans la voiture en attendant la fin de ces conciliabules. Le docteur Mertens pouvait avoir trente ans. Il était maigre, chétif, et ses gestes étaient aussi délicats que ceux d'une fillette anémique.

— C'est ta nouvelle bagnole ? questionna James qui surgissait.

Il en fit le tour à grands pas, en grommelant des choses inintelligibles.

— Faudra que je l'essaie demain matin... Ça ne t'embête pas ?...

La présence de Maigret aurait pu être gênante. On s'en aperçut à peine ! Il est vrai qu'à l'auberge chacun était chez soi, chacun allait et venait à sa guise.

— Ta femme ne vient pas, James ?

— Elle va arriver avec Marcelle et Lili...

On sortait les canoës du garage. Quelqu'un réparait une canne à pêche avec du fil de soie. Jusqu'au dîner, on fut dispersé et, à table, il n'y eut guère de conversation générale. Quelques bribes de phrases.

— Mme Basso est chez elle ?

— Quelle semaine elle a dû passer !

— Qu'est-ce qu'on fait demain ?

Maigret était quand même de trop. On l'évitait sans

l'éviter trop carrément. Quand James n'était pas avec lui, il restait seul à errer à la terrasse ou au bord de l'eau. Lorsque la nuit tomba, il en profita pour aller voir ses agents postés près de la villa des Basso.

Ils étaient deux à se relayer, à prendre tour à tour leurs repas dans un bistrot de Seine-Port, à deux kilomètres de là. Quand le commissaire se montra, celui qui n'était pas de garde retirait une ligne de fond.

— Rien à signaler ?

— Rien du tout ! *Elle* mène une vie tranquille. De temps en temps, elle se promène dans le jardin. Les fournisseurs viennent comme d'habitude : le boulanger à neuf heures, le boucher un peu plus tard et, vers onze heures, le légumier avec sa charrette.

Il y avait de la lumière au rez-de-chaussée. A travers les rideaux, on devinait la silhouette du gamin qui mangeait sa soupe, une serviette nouée autour du cou.

Les policiers étaient dans un petit bois longeant la rivière et celui qui pêchait soupira :

— Vous savez ! c'est plein de lapins, par ici... Si on voulait...

En face, la guinguette à deux sous, où deux couples — sans doute des ouvriers de Corbeil — dansaient au son du piano mécanique.

Un dimanche matin comme tous les dimanches de Morsang avec des pêcheurs à la ligne le long des berges, d'autres pêcheurs immobiles dans des bachots peints en vert et amarrés à deux fiches, des canoës, un ou deux bateaux à voile...

On sentait que tout cela était réglé avec soin, que rien n'était capable de changer le cours régulier de ces journées.

Le paysage était joli, le ciel pur, les gens paisibles et peut-être à cause de tout cela c'en était écœurant comme une tarte trop sucrée.

Maigret trouva James en chandail rayé de bleu et de blanc, pantalon blanc et espadrilles, bonnet de marin américain sur la tête et buvant, en guise de petit déjeuner, un grand verre de fine à l'eau.

— T'as bien dormi ?

Un détail amusant : à Paris, il ne tutoyait pas Maigret, tandis qu'à Morsang il tutoyait tout le monde, y compris le commissaire, sans même s'en apercevoir.

— Qu'est-ce que tu fais ce matin ?

— Je crois que j'irai jusqu'à la guinguette.

— On s'y retrouvera tous... Il paraît qu'il y a rendez-vous là-bas pour l'apéritif... Tu veux un canot ?...

Maigret était seul en tenue de ville sombre. On lui donna un youyou verni où il eut de la peine à tenir en équilibre. Quand il arriva à la guinguette à deux sous, il était dix heures du matin et on ne voyait encore aucun client.

Ou plutôt il en trouva un, dans la cuisine, occupé à manger un quignon de pain avec du gros saucisson. La grand-mère lui disait justement :

— Faut soigner ça !... J'ai un de mes gars qui ne voulait pas y faire attention et qui y a passé... Et il était plus grand et plus fort que vous !...

A cet instant, le client était pris d'une quinte de toux et n'arrivait pas à avaler le pain qu'il avait en bouche. Tout en toussant, il apercevait Maigret sur le seuil, fronçait les sourcils.

— Une canette de bière ! commanda le commissaire.

— Vous n'aimez pas mieux vous installer à la terrasse ?

Mais non ! Il préférait la cuisine, avec sa table de bois

tailladé, ses chaises de paille, la grande marmite qui chantait sur le fourneau.

— Mon fils est parti à Corbeil chercher des siphons qu'on a oublié de livrer... Vous ne voulez pas m'aider à ouvrir la trappe ?...

La trappe ouverte au milieu de la cuisine laissa voir la gueule humide de la cave. Et la vieille toute cassée descendit, tandis que le client ne quittait pas Maigret du regard.

C'était un garçon d'environ vingt-cinq ans, pâle et maigre, avec des poils blonds sur les joues. Il avait les yeux très enfoncés dans les orbites, les lèvres sans couleur.

Mais ce qui frappait le plus, c'était sa tenue. Il n'était pas en loques comme un vagabond. Il n'avait pas l'allure insolente d'un rôdeur professionnel.

Non ! On trouvait en lui un mélange de timidité et de forfanterie. Il était à la fois humble et agressif. A la fois propre et sale, si l'on peut dire.

Des vêtements qui avaient été nets, bien entretenus, et qui, depuis quelques jours, avaient traîné partout.

— Tes papiers !

Maigret n'avait pas besoin d'ajouter :

— Police !

Le gars avait compris depuis longtemps. Il tirait de sa poche un livret militaire poisseux. Le commissaire lisait le nom à mi-voix :

— Victor Gaillard !

Il refermait tranquillement le livret et le rendait à son propriétaire. La vieille remontait, repoussait la trappe.

— Elle est bien fraîche ! dit-elle en ouvrant la canette.

Et elle se remettait à éplucher ses pommes de terre tandis que le dialogue des deux hommes commençait posément, sans émotion apparente.

— Dernière adresse ?

— Sanatorium municipal de Gien.

— Quand l'as-tu quitté ?

— Il y a un mois.

— Et depuis ?

— J'étais « sans un ». J'ai bricolé le long de la route. Pouvez m'arrêter pour vagabondage, mais il faudra bien qu'on me remette dans un « sana ». Je n'ai plus qu'un poumon...

Il ne disait pas cela sur un ton larmoyant, mais, au contraire, il semblait donner une référence.

— T'as reçu une lettre de Lenoir ?

— Quel Lenoir ?

— Fais pas l'idiot ! Il t'a dit que tu retrouverais l'homme à la guinguette à deux sous.

— J'en avais marre du sana !

— Et surtout envie de vivre à nouveau sur le dos du type du canal Saint-Martin !

La vieille écoutait sans comprendre, sans s'étonner. Cela se passait simplement, dans ce décor de bicoque pauvre où une poule venait picorer jusqu'au milieu de la pièce !

— Tu ne réponds pas ?

— Je ne sais pas ce que vous voulez dire.

— Lenoir a parlé.

— Je ne connais pas Lenoir.

Maigret haussa les épaules, répéta en allumant lentement sa pipe :

— Fais pas l'idiot ! Tu sais bien que je t'aurai toujours au tournant.

— Je ne risque que le sana.

— Je sais... Ton poumon enlevé...

On voyait les canoës glisser sur la rivière.

— Lenoir ne t'a pas trompé. Le bonhomme va venir.

— Je ne dirai rien !

— Tant pis pour toi ! Si tu ne t'es pas décidé avant ce

soir, je te fais fourrer en boîte pour vagabondage. Ensuite, on verra...

Maigret le regardait dans les yeux, lisait en lui aussi aisément que dans un livre tant il connaissait cette sorte d'hommes.

Une autre race que Lenoir ! Victor, lui, était de ceux qui, chez les mauvais garçons, se mettent à la remorque des autres ! Ceux à qui on fait faire le guet pendant un mauvais coup ! Ceux qui ont la plus petite part dans le partage !

Des êtres mous qui, une fois lancés dans une direction, sont incapables d'en changer. Il avait couru les rues et les bals musette, à seize ans. Avec Lenoir, il était tombé sur l'aubaine du canal Saint-Martin. Il avait pu vivre ainsi pendant un certain temps d'un chantage aussi régulier qu'une profession avouée.

Sans la tuberculose, on l'aurait sans doute retrouvé comme dernier comparse dans la bande de Lenoir. Mais sa santé l'avait conduit au sanatorium. Il avait dû y faire le désespoir des médecins et des infirmières. Chapardages, petits délits divers. Et Maigret devinait que, de punition en punition, on l'avait renvoyé d'un sanatorium à l'autre, d'un hôpital à une maison de repos, d'une maison de repos à un patronage de redressement moral !

Il ne s'effrayait pas. Il avait une bonne réponse à tout : son poumon ! Il en vivait, en attendant d'en mourir !

— Qu'est-ce que vous voulez que ça me fasse ?

— Tu refuses de me désigner l'homme du canal ?

— Connais pas !

Il prononçait ces mots tandis que ses yeux pétillaient d'ironie. Et même il reprenait son saucisson, y mordait à pleines dents, mastiquait avec application.

— D'abord, Lenoir n'a rien dit ! grommela-t-il après

réflexion. C'est pas au moment d'en finir qu'il aurait parlé...

Maigret ne s'énervait pas. Il tenait le bon bout. De toute façon, il avait maintenant un élément de plus pour arriver à la vérité.

— Encore une canette, grand-mère !

— Heureusement que j'ai pensé à en monter trois à la fois !

Elle regardait curieusement Victor en se demandant quel crime il avait pu commettre.

— Quand je pense que vous étiez bien soigné dans un sana et que vous en êtes parti !... Comme mon fils !... Ça aime mieux rôder que...

Dans le soleil qui baignait le paysage, Maigret suivait les évolutions des canots. L'heure de l'apéritif approchait. Un petit voilier, où avaient pris place la femme de James et deux amies, accostait le premier à la rive. Les trois femmes adressaient des signes à un canoë qui abordait à son tour.

Et d'autres suivaient. La vieille, qui s'en apercevait, soupirait :

— Et mon fils qui n'est pas rentré !... Je ne vais pas pouvoir les servir... Ma fille est partie au lait...

Elle n'en saisissait pas moins des verres qu'elle allait poser sur les tables de la terrasse, puis elle fouillait dans une poche cachée sous son large jupon, faisait sonnailler de la monnaie.

— Va leur falloir des gros sous pour la musique...

Maigret restait à sa place, à observer tour à tour les nouveaux arrivants et le vagabond tuberculeux qui continuait à manger avec indifférence. Il apercevait sans le vouloir la villa des Basso, avec son jardin fleuri, son plongeoir dans la rivière, les deux bateaux amarrés, l'escarpolette du gamin.

Il tressaillit soudain parce qu'il crut percevoir un coup de feu dans le lointain. Au bord de la Seine aussi, les gens avaient levé la tête. Mais on ne voyait rien. Il ne se passait rien. Dix minutes s'écoulaient. Les clients du *Vieux Garçon* s'installaient autour des tables. La vieille sortait, les bras chargés de bouteilles d'apéritif.

Alors une silhouette sombre dévala la pente de gazon, dans l'enclos des Basso. Maigret reconnut un de ses inspecteurs qui, maladroitement, enlevait la chaîne d'un canot, ramait de toutes ses forces vers le large.

Il se leva, regarda Victor.

— Tu ne bouges pas d'ici, hein !

— Si ça vous fait plaisir.

On s'était interrompu, dehors, de commander à boire, pour regarder l'homme en noir qui ramait. Maigret marchait jusqu'aux roseaux du bord de l'eau, attendait avec impatience.

— Qu'est-ce que c'est ?

L'inspecteur était essoufflé.

— Montez vite... Je vous jure que ce n'est pas ma faute...

Il ramait à nouveau, avec Maigret à bord, vers la villa.

— Tout était tranquille... Le légumier venait de partir... Mme Basso se promenait dans le jardin avec le gamin... Je ne sais pas pourquoi, je trouvais qu'ils avaient une drôle de façon de se promener, comme des gens qui attendent quelque chose... Une auto arrive, une auto toute neuve... Elle s'arrête juste devant la grille... Un homme descend...

— Un peu chauve, mais encore jeune ?

— Oui ! Il entre... Il marche dans le jardin avec Mme Basso et le garçon... Vous connaissez mon poste d'observation... J'étais assez loin d'eux... Ils se serrent la main... La femme reconduit l'homme à la grille... Il monte sur son siège, pousse le démarreur... Et, avant que j'aie pu faire un mouvement, Mme Basso se précipite à l'intérieur avec son fils tandis que la voiture file à toute allure...

— Qui a tiré ?

— Moi. Je voulais crever un pneu.

— Berger était avec toi ?

— Oui. Je l'ai envoyé à Seine-Port pour téléphoner partout.

C'était la seconde fois qu'il fallait alerter toutes les gendarmeries de Seine-et-Oise. La barque touchait terre. Maigret pénétrait dans le jardin. Mais qu'y faire ? C'était au téléphone à travailler, à alerter les gendarmes.

Maigret se pencha pour ramasser un mouchoir de femme, marqué aux initiales de Mme Basso. Il était presque réduit en charpie, tant elle l'avait tiraillé en attendant James.

Ce qui affectait peut-être le plus le commissaire, c'était le souvenir des Pernod de la *Taverne Royale*, des heures de sourd engourdissement passées côte à côte avec l'Anglais, à la terrasse de la brasserie.

Il en ressentait comme un écœurement. Il avait la sensation pénible de n'avoir pas été lui-même, de s'être laissé dominer par une sorte d'envoûtement.

— Je continue à garder la villa ?

— Par crainte que les briques s'en aillent ? Va rejoindre Berger. Aide-le à tendre le filet. Tâche de te procurer une moto pour me tenir au courant heure par heure.

Sur la table de la cuisine, à côté de légumes, une enveloppe portant, de l'écriture de James :

A remettre sans faute à Mme Basso.

C'était évidemment le légumier qui avait apporté la lettre. Elle avertissait la jeune femme de ce qui allait se passer. C'est pourquoi elle se promenait nerveusement dans le jardin avec son fils !

Maigret remonta dans le bachot. Quand il arriva à la guinguette à deux sous, la bande entourait le vagabond, que le médecin questionnait et à qui on avait offert un apéritif.

Victor eut le culot d'adresser une œillade au commissaire comme pour lui dire : « Je suis en train de tirer mon petit plan ! Laissez faire... »

Et il continua à expliquer :

— ... Il paraît que c'est un grand professeur... On m'a rempli le poumon avec de l'oxygène, comme ils disent, puis on l'a refermé comme un ballon d'enfant...

Le docteur souriait des termes employés, mais confirmait par signes, pour ses compagnons, la véracité du récit.

— On doit maintenant me faire la même chose avec la moitié de l'autre... Car on a deux poumons, bien entendu... Ce qui fait qu'il ne m'en restera qu'un demi...

— Et tu bois des apéritifs ?

— Parbleu ! A votre santé !

— Tu n'as pas des sueurs froides, la nuit ?

— Des fois ! Quand je couche dans une grange pleine de courants d'air !

— Qu'est-ce que vous buvez, commissaire ? demanda quelqu'un. Il ne s'est rien passé, au moins, qu'on est venu vous chercher de la sorte ?

— Dites, docteur, est-ce que James s'est servi ce matin de votre voiture ?

— Il m'a demandé la permission de l'essayer. Il va rentrer...

— J'en doute !

Le médecin sursauta, se dressa d'émotion, bégaya en essayant de sourire :

— Vous plaisantez...

— Je ne plaisante pas le moins du monde. Il vient de s'en servir pour enlever Mme Basso et son fils.

— James ?... questionna avec ahurissement la femme de celui-ci, qui n'en pouvait croire ses oreilles.

— James, parfaitement !

— Ce doit être une farce !... Il aime tant les mystifications !...

Celui qui s'amusait le plus, c'était Victor, qui sirotait son apéritif en contemplant Maigret avec une béate ironie.

Le débitant rentrait de Corbeil avec sa petite voiture tirée par un poney. Il en débarquait des caisses de siphons, annonçait en passant :

— Encore des histoires ! Voilà maintenant qu'on ne peut plus circuler sur les routes sans se faire arrêter par les gendarmes ! Heureusement qu'ils me connaissent...

— Sur la route de Corbeil ?

— Il y a quelques minutes... Ils sont dix, près du pont, à arrêter toutes les voitures et à exiger les papiers... Si bien qu'il y a au moins trente autos immobilisées...

Maigret détourna la tête. Il n'y était pour rien. C'était la seule méthode possible, mais une méthode lourde, inélégante, brutale. Et c'était beaucoup, deux dimanches de suite, dans le même département, pour une affaire sans envergure dont les journaux avaient à peine parlé.

Est-ce qu'il s'y était mal pris ? Est-ce qu'il avait vraiment pataugé ?

A nouveau lui revint le souvenir désagréable de la *Taverne Royale* et des heures passées avec James.

— Qu'est-ce que vous prenez ? lui demandait-on à nouveau. Un « grand'Per' » ?

Encore un mot qui lui était désagréable, car c'était comme la synthèse de toute cette semaine-là, de toute l'affaire, de la vie dominicale de la bande de Morsang.

— De la bière ! répliqua-t-il.

— A cette heure-ci ?

Le brave garçon qui voulait lui offrir l'apéritif ne dut pas comprendre pourquoi Maigret, soudain furieux, martelait :

— A cette heure-ci, oui !

Le vagabond reçut, lui aussi, un regard hargneux. Le docteur, parlant de lui, expliquait au pêcheur de brochets :

— C'est un cas... Je connaissais le traitement, mais je n'avais jamais vu une application aussi complète du pneumothorax...

Et, à voix basse :

— N'empêche qu'il n'en a plus pour un an...

Maigret déjeuna au *Vieux Garçon*, seul dans son coin comme une bête malade qui grogne à la moindre approche. Deux fois l'inspecteur vint le trouver en moto.

— Rien. La voiture a été signalée sur la route de Fontainebleau, mais ensuite on ne l'a plus vue...

C'était beau ! Un barrage sur la route de Fontainebleau ! Des milliers de voitures arrêtées !

Deux heures plus tard, on apprenait d'Arpajon qu'un garagiste avait fourni de l'essence à une auto répondant au signalement de celle du docteur.

Mais était-ce bien celle-là ? L'homme affirmait qu'il n'y avait pas de femme dedans.

A cinq heures enfin, une communication de Montlhéry. L'auto tournait sur l'autodrome, comme pour des essais de vitesse, quand une crevaison l'avait immobilisée. Par hasard un agent avait demandé au chauffeur son permis de conduire. Il n'en avait pas.

C'était James tout seul ! On attendait des instructions de Maigret pour le relâcher ou l'écrouer.

— Des pneus neufs ! se lamentait le docteur. Et à la

première sortie ! Je finirai par croire qu'il est fou... Ou alors, il était soûl, comme toujours...

Et il demanda à Maigret la permission de l'accompagner.

6

Marchandages

On fit un détour pour passer à la guinguette à deux sous prendre le vagabond qui, une fois dans la voiture, se retourna vers le patron et lui lança une œillade qui signifiait : « Vous voyez avec quels égards on me traite, hein ! »

Il était sur le strapontin, en face de Maigret. La glace était ouverte et il eut le culot de minauder :

— Cela ne vous ferait rien de fermer ?... A cause de mon poumon, n'est-ce pas ?...

A l'autodrome, il n'y avait pas de courses ce jour-là. Quelques sportsmen étaient seuls à s'entraîner sur la piste, devant les gradins vides. On n'en avait que davantage une impression d'immensité.

Quelque part, une voiture arrêtée, un uniforme de gendarme et un homme casqué de cuir agenouillé devant une moto.

— C'est par là ! dit-on au commissaire.

Victor s'intéressait surtout à un bolide qui tournoyait sur la piste à quelque deux cents kilomètres à l'heure et, cette fois, il avait ouvert lui-même la glace pour se pencher.

— C'est bien ma voiture ! dit le docteur. Pourvu que...

Alors, devant le motocycliste occupé à réparer, on distingua James qui, placide, le menton dans la main, donnait des conseils au mécanicien. Il leva la tête en voyant Maigret avec ses deux compagnons, murmura :

— Tiens ! Déjà ?...

Puis il regarda Victor des pieds à la tête, étonné, se demandant apparemment ce qu'il faisait là.

— Qui est-ce ?

Si Maigret avait mis de l'espoir dans cette rencontre, il dut déchanter. Victor regarda à peine l'Anglais, continua à s'intéresser à la ronde de l'auto de course. Le docteur avait déjà ouvert les portières de sa voiture pour s'assurer qu'elle n'avait pas souffert.

— Il y a longtemps que vous êtes ici ? grommela le commissaire à l'adresse de James.

— Je ne sais plus... Peut-être assez longtemps, oui...

Il était d'un flegme incroyable. Impossible de se douter qu'il venait d'enlever une femme et un gamin au nez de la police et qu'à cause de lui toute la gendarmerie de Seine-et-Oise était encore sur pied de guerre.

— N'aie pas peur ! dit-il au docteur. Il n'y a que le pneu... Le reste est intact... Une bonne machine... Peut-être un peu trop dure à démarrer...

— C'est Basso qui, hier, vous a demandé d'aller chercher sa femme et son fils ?

— Vous savez bien que je ne peux pas répondre à des questions pareilles, mon vieux Maigret...

— Et vous ne pouvez pas non plus me dire où vous les avez déposés...

— Avouez qu'à ma place vous...

— Il y a en tout cas quelque chose de très fort, quelque chose qu'un professionnel n'aurait pas trouvé !

James le regarda avec un étonnement plein de modestie.

— Quoi ?

— L'autodrome !... Mme Basso est en sûreté... Mais il

vaut mieux que la police ne retrouve pas la voiture tout de suite... Les routes sont gardées... Alors vous pensez à l'autodrome !... Et vous tournez, vous tournez...

— Je vous jure qu'il y a longtemps que j'avais envie de...

Mais le commissaire ne s'inquiétait plus de lui, se précipitait vers le docteur qui voulait poser la roue de rechange.

— Pardon ! L'auto reste jusqu'à nouvel ordre à la disposition de la Justice.

— Quoi ?... *Mon* auto ?... Qu'est-ce que j'ai fait, moi ?...

Il eut beau protester, la voiture fut enfermée dans un box dont Maigret emporta la clef. Le gendarme attendait des instructions. James fumait une cigarette. Le vagabond regardait toujours rouler les bolides.

— Emmenez celui-là ! dit Maigret en le désignant. Qu'on le boucle à la permanence de la Police Judiciaire.

— Et moi ? demanda James.

— Vous n'avez toujours rien à me dire ?

— Rien de spécial. Mettez-vous à ma place !

Alors Maigret, bourru, lui tourna le dos.

Le lundi, il se mit à pleuvoir et Maigret en fut ravi, car la grisaille s'harmonisait mieux avec son humeur et avec les besognes de la journée.

D'abord les rapports sur les événements de la veille, rapports qui devaient justifier le déploiement de forces commandé par le commissaire.

A onze heures, deux experts de l'Identité Judiciaire vinrent le prendre à son bureau et, en taxi, les trois hommes se rendirent à l'autodrome, où Maigret n'eut guère qu'à regarder travailler ses compagnons.

On savait que le docteur n'avait fait que soixante kilomètres avec la voiture, qui sortait de l'usine. Le compteur, maintenant, marquait deux cent dix kilomètres. Et on évaluait à cinquante kilomètres environ le parcours accompli par James sur l'autodrome.

Restait à son actif une centaine de kilomètres sur la route. De Morsang à Montlhéry, il y en a à peine quarante par la voie directe.

Dès lors, sur une carte routière, il restait à circonscrire le champ d'action de la voiture.

Le travail des experts fut minutieux. Les pneus furent grattés avec soin, les poussières et les débris recueillis, examinés à la loupe, certains mis de côté pour analyse ultérieure.

— Goudron frais ! annonçait l'un.

Et l'autre, sur une carte spéciale fournie par les Ponts et Chaussées, cherchait, dans le périmètre donné, les endroits où la route était en chargement.

Il y en avait quatre ou cinq, dans des directions différentes. Le premier expert poursuivait :

— Débris calcaires...

La carte d'état-major venait alors appuyer les deux autres cartes. Maigret faisait les cent pas en fumant d'un air maussade.

— Pas de calcaire vers Fontainebleau, mais par contre entre La Ferté-Alais et Arpajon...

— Je trouve des grains de blé entre les dessins des pneus...

Les observations s'accumulaient. Les cartes étaient surchargées de traits de crayon bleus et rouges.

A deux heures, on téléphona au maire de La Ferté-Alais pour lui demander si, dans la ville, une entreprise quelconque employait en ce moment du ciment Portland de telle sorte qu'il pût y en avoir sur la route. La réponse n'arriva qu'à trois heures.

— Les Moulins de l'Essonne font des transformations à l'aide de ciment Portland. Il y en a sur la route départementale de La Ferté à Arpajon.

C'était un point de gagné. La voiture avait passé par là et les experts emportèrent encore un certain nombre d'objets pour les étudier plus minutieusement au laboratoire.

Maigret, la carte à la main, pointa toutes les agglomérations situées dans le périmètre d'action de la voiture, avisa les gendarmeries et les municipalités.

A quatre heures, il quitta son bureau avec l'idée d'interroger le vagabond qu'il n'avait pas vu depuis la veille et qui se trouvait dans le cachot provisoire installé au pied de l'escalier de la P.J. Une idée lui vint comme il descendait cet escalier. Il rentra dans son bureau pour téléphoner au comptable de la maison Basso.

— Allô ! Police ! Voulez-vous me dire quelle est votre banque ? La Banque du Nord, boulevard Haussmann ? Merci...

Il se fit conduire à la banque, se présenta au directeur. Et, cinq minutes plus tard, Maigret avait un élément d'enquête de plus. Le matin même, vers dix heures, James s'était présenté au guichet, avait touché un chèque de trois cent mille francs tiré par Marcel Basso.

Ce chèque était daté de quatre jours auparavant.

— Patron ! C'est le type qui est en bas qui insiste pour vous voir. Il paraît qu'il a quelque chose d'important à vous dire...

Maigret descendit lourdement l'escalier, pénétra dans le cachot où Victor était assis sur un banc, les coudes sur la table, la tête entre les mains.

— Je t'écoute !

Le prisonnier se leva vivement, prit un air malin et, se balançant d'une jambe à l'autre, commença :

— Vous n'avez rien trouvé, pas vrai ?

— Va toujours !

— Vous voyez que vous n'avez rien trouvé !... Je ne suis pas plus bête qu'un autre... Alors, cette nuit, j'ai réfléchi...

— Tu es décidé à parler ?

— Attendez ! Faut qu'on s'entende... Je ne sais pas si c'est vrai que Lenoir a mangé le morceau, mais, en tout cas, s'il l'a fait, il ne vous en a pas dit assez... Sans moi, vous ne trouverez jamais rien, c'est un fait !... Vous êtes embêté !... Vous le serez toujours plus !... Alors, moi, je vous dis ceci : un secret comme celui-là vaut de l'argent... Beaucoup d'argent !... Supposez que j'aille trouver l'assassin et que je lui dise que je vais tout avouer à la police... Est-ce que vous croyez qu'il ne cracherait pas tout ce que je voudrais ?...

Et Victor avait cet air ravi des humbles, habitués à courber la tête, qui se sentent soudain forts. Toute sa vie il avait eu maille à partir avec la police. Et voilà qu'il avait l'impression de tenir le bon bout ! Il accompagnait son discours de poses étudiées, d'œillades entendues.

— Alors voilà !... Quelle raison ai-je de parler, de faire du tort à un bonhomme qui ne m'a rien fait ?... Vous voulez me mettre en prison pour vagabondage ?... Vous oubliez mon poumon !... On m'enverra à l'infirmerie, puis dans un sana !...

Maigret le regardait fixement, sans rien dire.

— Qu'est-ce que vous pensez de trente mille francs ?... Ce n'est pas cher !... Juste de quoi finir tranquillement ma vie, qui ne sera plus longue... Et trente billets, qu'est-ce que ça peut faire au gouvernement ?...

Il croyait déjà les tenir. Il exultait. Une quinte de toux

l'interrompit, lui fit monter des larmes dans les yeux, mais on eût dit des larmes de triomphe.

Et il se croyait malin ! Il se croyait fort !

— Voilà mon dernier mot ! Trente mille francs et je dis tout ! Vous pincez le type ! On vous donne de l'avancement ! On vous félicite dans les journaux ! Autrement, rien ! Je vous défie de mettre la main sur lui... Pensez que ça remonte à plus de six ans, qu'il n'y a eu que deux témoins, Lenoir, qui ne parlera plus, et bibi...

— C'est tout ? questionna Maigret qui était resté debout.

— Vous trouvez que c'est cher ?

L'inquiétude effleura l'âme du vagabond, à cause du calme de Maigret, de son visage impassible.

— Vous savez, vous ne me faites pas peur...

Il s'efforçait de rire.

— Il y a longtemps que je connais la musique !... Vous pouvez même me faire passer à tabac... Par exemple, vous verrez ce que je raconterai après... On lira dans les journaux qu'un malheureux qui n'a plus qu'un poumon...

— C'est tout ?

— Il ne faudrait pas croire non plus que vous découvririez la vérité tout seul... Alors je dis, moi, que trente mille francs c'est...

— C'est tout ?

— En tout cas, ne comptez pas que je ferai des bêtises. Même si vous me relâchez, je ne suis pas assez bête pour courir chez mon type, ni pour lui écrire, ni pour lui téléphoner...

La voix n'était plus la même. Victor perdait pied. Il essayait de garder une contenance.

— Pour commencer, je demande un avocat. Vous n'avez pas le droit de me conserver ici plus de vingt-quatre heures et...

Maigret exhala un petit nuage de fumée, enfonça ses mains dans les poches, sortit, dit à l'homme de garde :

— Fermez !

Il enrageait ! Une fois seul, il pouvait le laisser paraître sur son visage. Il enrageait parce qu'un imbécile était là, à portée de sa main, à sa merci, parce que cet imbécile savait tout, mais qu'il n'y avait rien à en tirer !

Justement parce que c'était un imbécile ! Parce qu'il se croyait fort et malin !

Il avait imaginé un chantage ! Le chantage au poumon !

Trois fois, quatre fois au cours de l'entretien, le commissaire avait été sur le point de lui appliquer sa main sur la figure, histoire de le ramener à des réalités plus saines. Il s'était contenu.

Il tenait le mauvais bout ! Aucun texte de loi ne lui donnait prise sur Victor !

C'était un individu taré, qui n'avait jamais vécu que de vols et d'expédients ? N'empêche qu'aucun délit nouveau, sinon celui de vagabondage, ne permettait de le poursuivre !

Et il avait raison, avec son poumon ! Il apitoierait tout le monde ! Il rendrait la police odieuse ! Il obtiendrait des colonnes d'articles passionnés dans certains journaux.

La police passe à tabac un homme à toute extrémité !

Alors, il réclamait tranquillement trente mille francs ! Et il avait raison quand il ajoutait qu'on allait devoir le relâcher !

— Vous lui ouvrirez la porte cette nuit, vers une heure. Vous direz au brigadier Lucas de le suivre et de ne pas le perdre de vue.

Et Maigret serrait avec force entre ses dents le tuyau de sa pipe. Le vagabond savait, n'avait qu'un mot à dire !

Il était obligé, lui, d'édifier des hypothèses sur des éléments épars, parfois contradictoires.

— A la *Taverne Royale !* lança-t-il à un chauffeur de taxi.

James n'y était pas. Il n'y vint pas entre cinq et huit heures. A sa banque, le gardien répondit qu'il était parti à la fermeture comme d'habitude.

Maigret dîna d'une choucroute, téléphona à son bureau, vers huit heures trente.

— Le prisonnier n'a pas demandé à me parler ?

— Oui ! Il dit qu'il a réfléchi, que son dernier chiffre est vingt-cinq mille, mais qu'il ne descendra pas en dessous ! Il a fait constater qu'on donnait du pain sans beurre à un homme dans son état et que la température de la cellule ne dépassait pas seize degrés...

Maigret raccrocha, erra un moment sur les boulevards et, comme la nuit tombait, se fit conduire rue Championnet, au domicile de James.

Une maison vaste comme une caserne, aux appartements moyens habités par des employés, des voyageurs de commerce, des petits rentiers.

— Quatrième à gauche !

Il n'y avait pas d'ascenseur et le commissaire gravit lentement l'escalier, recevant parfois, en passant devant une porte, des odeurs de cuisine, ou des cris d'enfants.

Ce fut la femme de James qui lui ouvrit. Elle était vêtue d'un assez joli peignoir bleu de roi. Son déshabillé, s'il n'était pas fastueux, n'avait pas l'abandon des déshabillés pauvres.

— Vous voulez parler à mon mari ?

L'antichambre était grande comme une table. Sur les murs, des photographies de bateaux à voiles, de baigneurs, de jeunes gens et de jeunes femmes en costume de sport.

— C'est pour toi, James !

Et elle poussa une porte, entra derrière Maigret, reprit sa place dans un fauteuil, près de la fenêtre, où elle continua un travail de crochet.

Les autres appartements de la maison avaient dû garder leur décoration du siècle dernier, leurs meubles Henri II ou Louis-Philippe.

Ici, au contraire, c'était une atmosphère qui tenait davantage de Montparnasse que de Montmartre. Cela rappelait les Arts décoratifs. Et cela sentait en même temps le travail d'amateur.

Avec du contreplaqué, on avait dressé des cloisons nouvelles, aux angles inattendus, et la plupart des meubles étaient remplacés par des rayonnages peints de couleurs vives.

Le tapis était uni, d'un vert agressif. Les lampes avaient des abat-jour en imitation de parchemin.

Cela faisait très frais, très pimpant. Mais on avait l'impression que tout cela manquait de solidité, qu'il était dangereux de s'appuyer aux murs fragiles et que les peintures au ripolin n'étaient pas sèches.

On avait l'impression surtout, lorsque James se levait, que c'était trop petit pour lui, qu'il était enfermé dans une boîte et qu'il devait se garder d'y faire le moindre mouvement.

Une porte entrouverte, à droite, laissait voir une salle de bains où il n'y avait place que pour la baignoire. Et un placard, en face, constituait toute la cuisine, avec un réchaud à gaz d'alcool sur une planche.

James était là, dans un petit fauteuil, cigarette aux lèvres, un livre entre les mains.

Pourquoi Maigret eut-il la certitude qu'avant son arrivée il n'y avait aucun contact entre lui et sa femme ?

Chacun dans son coin ! James lisait. La femme crochetait. On entendait tramways et autos déferler dans la rue.

Et c'était tout. Aucune intimité palpable.

Il se levait, tendait la main, esquissait un sourire gêné, comme pour s'excuser d'être surpris dans ce lieu.

— Comment ça va, Maigret ?

Mais cette cordialité familière, qui lui était habituelle, avait un autre son dans l'appartement de poupée. Elle détonnait. Elle ne s'harmonisait pas avec toutes ces petites choses, avec le tapis, les bibelots modernes posés sur les meubles, les tentures, les abat-jour joujoux...

— Ça va, merci !

— Asseyez-vous. J'étais en train de lire un roman anglais.

Et son regard disait clairement : « Ne faites pas attention !... Ce n'est pas ma faute... Je ne suis pas tout à fait chez moi... »

La femme les épiait, sans abandonner son travail.

— Il y a quelque chose à boire, Marthe ?... lui lança-t-il.

— Tu sais bien que non !

Et, au commissaire :

— C'est sa faute ! Quand j'ai des liqueurs ici, il vide les bouteilles en quelques jours ! Il boit déjà assez dehors...

— Dites donc, commissaire, si on descendait au bistrot ?...

Mais, avant que Maigret eût répondu, James se troublait en regardant sa femme, qui devait lui adresser des signes impératifs.

— C'est comme vous aimez mieux... Moi...

Il referma son livre en soupirant, changea de place un presse-papiers posé sur une table basse.

La pièce n'avait pas quatre mètres de long. Et pourtant

on sentait qu'elle était double, que deux vies s'y déroulaient sans la moindre interpénétration.

La femme d'une part, qui arrangeait son intérieur à son goût, cousait, brodait, cuisinait, se taillait des robes...

Et James qui arrivait à huit heures, devait manger sans mot dire, lisait en attendant le moment de se coucher sur le divan surchargé de coussins colorés qui, la nuit, se transformait en lit.

On comprenait mieux le « petit coin personnel » de James, à la terrasse de la *Taverne Royale*, devant un Pernod...

— Descendons, oui !... dit Maigret.

Et son compagnon se leva précipitamment en soupirant d'aise.

— Vous permettez que je me chausse ?

Il était en pantoufles. Il se faufila entre la baignoire et le mur. La porte de la salle de bains restait ouverte, mais la femme baissa à peine la voix pour déclarer :

— Il ne faut pas faire attention... Il n'est pas tout à fait comme un autre...

Elle compta ses points de crochet :

— Sept... huit... neuf... Vous croyez qu'il sait quelque chose au sujet de l'affaire de Morsang ?...

— Où est le chausse-pied ?... grommela James qui bouleversait des objets dans une armoire.

Elle regarda Maigret pour exprimer : « Vous voyez comme il est ?... »

Et James sortit enfin du cabinet de toilette, parut une fois de plus trop grand pour la pièce, dit à sa femme :

— Je reviens tout de suite !

— Je sais ce que cela veut dire...

Il faisait signe au commissaire de se presser, craignant sans doute un changement d'idée. Dans l'escalier aussi, il était trop grand, et comme mal assorti au décor.

La première maison à gauche était un bistrot de chauffeurs.

— Il n'y a que celui-ci dans le quartier...

Une lumière trouble autour du zinc. Quatre joueurs de cartes dans le fond.

— Tiens ! monsieur James, lança le patron en se levant. Comme toujours ?

Il saisissait déjà la bouteille de fine.

— Et pour vous ce sera ?...

— La même chose...

Les coudes sur le zinc, James questionnait :

— Vous êtes allé à la *Taverne Royale ?*... Je le pensais bien... Moi, je n'ai pas pu...

— A cause des trois cent mille francs...

Il ne manifesta aucune surprise, aucune gêne.

— Qu'est-ce que vous auriez fait à ma place ?... Basso est un copain... On a pris cent fois la cuite ensemble... A votre santé !

— Je vous laisse la bouteille ! dit le patron qui devait avoir l'habitude et qui avait hâte de continuer sa partie de cartes.

Et James continuait sans entendre :

— Au fond, il n'a pas eu de chance... Une femme comme Mado !... A propos, est-ce que vous l'avez revue ?... Elle est venue à mon bureau, tout à l'heure, me demander si je savais où est Marcel... Vous imaginez cela, vous ?... C'est comme l'autre, avec son auto... Un copain aussi, pourtant !... Eh bien ! il m'a téléphoné pour me dire qu'il serait forcé de me réclamer le prix de la réparation et une indemnité pour l'immobilisation de la voiture... A ta santé !... Qu'est-ce que tu penses de ma femme ?... Elle est gentille, pas vrai ?...

Et James se versait un deuxième verre.

7

Le brocanteur

Il se passait chez James un phénomène curieux, qui intéressa Maigret. A mesure qu'il buvait, son regard, au lieu de devenir plus trouble, comme c'est le cas de la plupart des gens, s'aiguisait, au contraire, arrivait à être tout pointu, d'une pénétration, d'une finesse inattendues.

Sa main ne lâchait le verre que pour le remplir. La voix était molle, hésitante, sans conviction. Il ne regardait personne en particulier. Il semblait s'enfoncer dans l'atmosphère, s'y blottir.

Les joueurs de cartes n'échangeaient que quelques mots, au fond de la pièce. Le comptoir d'étain jetait des reflets troubles.

Et trouble était James, qui soupirait :

— C'est drôle... Un homme comme vous, fort, intelligent... Et d'autres, ailleurs !... Des gendarmes avec des uniformes... Des juges... Des tas de gens... Combien y en a-t-il sur pied ?... Peut-être cent, avec les greffiers qui copient les procès-verbaux, les téléphonistes qui transmettent les ordres... Peut-être cent à travailler des jours et des nuits parce que Feinstein a reçu une toute petite balle dans la peau...

Il fixa Maigret un instant et le commissaire fut incapable de deviner si James faisait de l'ironie transcendante ou s'il était sincère.

— A ta santé !... Ça vaut bien la peine, n'est-ce pas ?... Et pendant ce temps-là, ce pauvre bougre de Basso est traqué... La semaine dernière, il était riche... Il avait une grosse affaire, une auto, une femme, un fils... Maintenant, il ne peut pas seulement sortir de son trou...

Et James haussait les épaules. Sa voix devenait plus traînante. Il regardait autour de lui avec lassitude ou dégoût.

— Qu'est-ce qu'il y a dans le fond de tout ça ?... Une femme comme Mado, qui a besoin d'hommes... Basso s'y laisse prendre... On repousse rarement des occasions pareilles, pas vrai ?... Elle est belle fille... Elle a du tempérament... On se dit que ce n'est pas bien grave... On donne un rendez-vous et on va passer de temps en temps une heure ou deux dans une garçonnière...

James avala une grande gorgée, cracha par terre.

— Est-ce bête !... Résultat : un mort et toute une famille qui est fichue !... Et toute la machine sociale qui se met en mouvement ! Les journaux qui s'en occupent...

Le plus curieux, c'est qu'il parlait sans véhémence. Il laissait tomber les mots paresseusement et son regard errait sur le décor sans s'arrêter à un objet.

— Et encore atout ! disait triomphalement le patron derrière lui.

— Et Feinstein qui a passé toute sa vie à courir après de l'argent, à essayer de faire face à ses échéances !... Car il n'a jamais fait que ça !... Un cauchemar continu de traites et de billets à ordre... Au point de s'adresser avec une insistance significative aux amants de sa femme... Il est bien avancé, maintenant qu'il est mort !...

— Qu'il a été tué ! rectifia rêveusement Maigret.

— Est-ce qu'on pourrait déterminer lequel des deux a tué l'autre ?

L'atmosphère devenait plus trouble autour d'eux. Les paroles de James, son visage empourpré y mettaient comme une sourde morbidesse.

— C'est idiot ! Je vois si bien ce qui s'est passé ! Feinstein qui avait besoin d'argent, qui épiait Basso depuis la veille au soir en attendant le moment propice... Même pendant la fausse noce, quand il était habillé en vieille femme, il pensait à ses traites !... Il regardait Basso qui dansait avec sa femme... Vous comprenez ?... Alors, le lendemain, il parle... Basso, qui a déjà été tapé, refuse... L'autre insiste... Il pleurniche... La misère !... Le déshonneur !... Plutôt le suicide... Je vous jure que ça a dû être une comédie dans ce genre-là... Tout ça par un beau dimanche, avec des canoës sur la Seine !...

» Ah ! c'est malin... Feinstein doit avoir laissé entendre qu'il n'était pas si aveugle qu'il en avait l'air...

» Bref, ils sont tous les deux derrière le hangar... De l'autre côté de l'eau, Basso a sa villa, sa femme, son gamin... Il veut faire taire l'autre... Il veut l'empêcher de tirer... Ils sont énervés...

» Et c'est tout ! Une balle est partie d'un tout petit revolver...

James regarda enfin Maigret.

— Je vous le demande, hein, qu'est-ce que ça peut bien f... !

Il rit ! Un rire de mépris !

— Et voilà des centaines de gens qui courent en tous sens comme les fourmis d'une fourmilière où on a mis le feu ! Et les Basso traqués... Et le plus beau : Mado qui se démène, qui ne se résigne pas à perdre son amant !... Patron !...

Le patron déposa ses cartes à regret.

— Qu'est-ce que je vous dois ?

— En somme, dit Maigret, Basso dispose maintenant de trois cent mille francs...

James se contenta de hausser les épaules avec l'air de dire à nouveau : « Qu'est-ce que cela peut bien f... ? »

Et soudain :

— Tenez ! je me souviens de la façon dont ça a commencé... C'était un dimanche... On dansait dans le jardin de la villa... Basso dansait avec Mme Feinstein et, à certain moment, quelqu'un les a bousculés et ils sont tombés par terre, dans les bras l'un de l'autre... Tout le monde a ri, même Feinstein...

James reprenait sa monnaie, hésitait à s'en aller, soupirait, résigné :

— Encore un verre, patron !

Il en avait bu six et il n'était pas ivre. Il devait seulement avoir la tête lourde. Il fronçait les sourcils, se passait la main sur le front.

— Vous, vous allez vous remettre en chasse...

Il semblait plaindre Maigret.

— Trois pauvres bougres, un homme, une femme et un gosse, que tout le monde harcèle parce qu'un beau jour l'homme a couché avec Mado...

Était-ce sa voix, sa silhouette, l'ambiance ? En tout cas, il se créait peu à peu une véritable obsession et Maigret avait toutes les peines du monde à voir à nouveau les événements sous un autre angle.

— A ta santé, va !... Il faut que je remonte, car ma femme serait bien capable de m'envoyer une balle de revolver aussi... C'est idiot ! Idiot !...

Il ouvrit la porte d'un geste las. Sur le trottoir mal éclairé, il regarda Maigret dans les yeux, articula :

— Drôle de métier !

— Le métier de policier ?

— Et aussi celui d'homme... Ma femme va fouiller mes poches, compter la monnaie pour savoir combien de verres j'ai bus... Au revoir... *Taverne Royale*, demain ?...

Et Maigret resta seul avec son malaise, qu'il mit longtemps à dissiper. C'était un décalage complet de toutes les idées, un renversement de toutes les valeurs. La rue en était déformée, et les gens qui passaient, et le tramway qui s'étirait comme un ver luisant.

Tout cela prenait les proportions de la fourmilière dont James avait parlé. Une fourmilière en effervescence parce qu'une fourmi était morte !

Le commissaire revoyait le corps du chemisier, là-bas, dans les hautes herbes, derrière la guinguette à deux sous ! Puis tous les gendarmes, sur toutes les routes, arrêtant toutes les autos ! La fourmilière en révolution !

— Bougre d'ivrogne ! grommela-t-il en pensant à James avec une rancune non dénuée d'affection.

Et il faisait un effort pour voir à nouveau les événements avec objectivité. Il en avait oublié ce qu'il était venu faire rue Championnet.

— Essayer de savoir où James est allé avec les trois cent mille francs...

Mais alors il évoquait les trois Basso, le père, la mère, le gosse, tapis quelque part et guettant les bruits du monde extérieur avec effroi.

— L'imbécile me fait chaque fois boire !

Il n'était pas ivre, mais il ne se sentait pas non plus dans son assiette et il se coucha de mauvaise humeur, avec la crainte de se réveiller le lendemain en proie à un solide mal de tête.

— Il faut bien que j'aie mon coin à moi ! disait James en parlant de la *Taverne Royale*.

Il avait non seulement son coin à lui, mais son monde à lui, qu'il créait de toutes pièces, à coups de Pernod ou de fine, et dans lequel il évoluait, impassible, indifférent aux choses réelles.

Un monde un peu flou, un grouillement de fourmilière, d'ombres inconsistantes où rien n'avait d'importance, où rien ne servait de rien, où on marchait sans but, sans effort, sans joie, sans tristesse, dans un brouillard cotonneux.

Un monde où, sans en avoir l'air, James, avec sa tête de clown et sa voix indifférente, avait fait peu à peu pénétrer Maigret.

Au point que le commissaire rêva des trois Basso, le père, la mère et le fils, qui collaient leur tête au soupirail de la cave où ils étaient cachés en épiant avec effroi les allées et venues du dehors.

Quand il se leva, il ressentit plus que jamais l'absence de sa femme, qui était toujours en vacances, et dont le facteur apporta une carte postale.

Nous commençons les confitures d'abricots. Quand viendras-tu les manger ?

Il s'assit pesamment devant son bureau, fit crouler la pile de lettres qui l'attendait, cria « Entrez ! » au garçon de bureau qui frappait à la porte.

— Qu'est-ce que c'est, Jean ?

— Le brigadier Lucas a téléphoné pour vous demander de passer rue des Blancs-Manteaux...

— A quelle adresse ?

— Il n'a pas précisé. Il a dit rue des Blancs-Manteaux.

Maigret s'assura qu'il n'y avait rien d'urgent au courrier, gagna à pied le quartier juif dont la rue des Blancs-Manteaux est l'artère la plus commerçante, groupant la plupart des brocanteurs à l'ombre du mont-de-piété.

Il était huit heures trente du matin. Tout était calme. Au coin de la rue, Maigret aperçut Lucas qui faisait les cent pas, les deux mains dans les poches.

— Et notre homme ? s'inquiéta-t-il.

Car Lucas avait été chargé de suivre Victor Gaillard lorsque, la veille au soir, celui-ci avait été relâché.

D'un mouvement du menton, le brigadier désigna une silhouette debout devant une vitrine.

— Qu'est-ce qu'il fait là ?

— Je n'en sais rien. Hier, il a commencé par rôder autour des Halles. Il a fini par se coucher sur un banc où il s'est endormi. A cinq heures du matin, un sergent de ville l'a fait circuler et il est venu ici presque immédiatement... Depuis lors, il tourne autour de cette maison, s'éloigne, revient, colle son visage à la vitrine avec l'intention évidente de m'intéresser à son manège...

Victor, qui avait aperçu Maigret, faisait quelques pas, les mains dans les poches, en sifflotant d'un air ironique. Puis il avisa un seuil sur lequel il s'assit en homme qui n'a rien de mieux à faire.

Sur la vitrine on lisait : *Hans Goldberg, Achat, Vente, Occasions en tous genres.*

Et, dans le clair-obscur, on apercevait un petit homme à barbiche qui semblait inquiet des mouvements anormaux du dehors.

— Attends-moi ! dit Maigret.

Il traversa la rue, entra dans la boutique, qui était encombrée de vieux vêtements, d'objets disparates d'où se dégageait une odeur écœurante.

— Vous désirez acheter quelque chose ? questionna le petit Juif sans conviction.

Au fond de la boutique, il y avait une porte vitrée et, derrière, une pièce où une femme obèse était occupée à laver le visage d'un gamin de deux à trois ans. La cuvette était sur la table de la cuisine, à côté des tasses et du beurrier.

— Police ! dit Maigret.

— Je m'en doutais...

— Vous connaissez l'individu qui rôde devant chez vous depuis ce matin ?

— Le grand maigre qui tousse ?... Je ne l'ai jamais vu... Tout à l'heure, inquiet, j'ai appelé ma femme, mais elle ne le connaît pas non plus... Ce n'est pas un Israélite...

— Et celui-ci, le connaissez-vous ?

Maigret tendit une photographie de Marcel Basso, que l'autre examina avec attention.

— Ce n'est pas un Israélite non plus ! dit-il.

— Et celui-ci ?

Cette fois, c'était un portrait de Feinstein.

— Oui !

— Vous le connaissez ?

— Non ! Mais il est de ma race...

— Vous ne l'avez jamais vu ?

— Jamais... Nous sortons si peu !...

Sa femme lançait de fréquents regards à travers les vitres, sortait un second enfant d'un berceau et celui-ci se mettait à hurler parce qu'on le débarbouillait.

Le brocanteur paraissait assez sûr de lui. Il se frottait lentement les mains l'une contre l'autre en attendant les questions du commissaire et il regardait autour de lui avec la satisfaction d'un commerçant qui n'a rien à se reprocher.

— Il y a longtemps que vous êtes installé ici ?

— Un peu plus de cinq ans... La maison est déjà très connue, car elle ne fait que du travail honnête...

— Et avant vous ? questionna Maigret.

— Vous ne savez pas ?... C'était le père Ulrich, celui qui a disparu...

Le commissaire eut un soupir de satisfaction. Il pressentait enfin quelque chose.

— Le père Ulrich était brocanteur ?

— Vous devez avoir, à la police, de meilleurs renseignements que moi... Moi, n'est-ce pas, je ne peux rien vous dire de précis... Dans le quartier, on disait qu'il ne se contentait pas de vendre et d'acheter, mais qu'il prêtait de l'argent...

— Un usurier ?

— J'ignore à quel taux il le prêtait... Il vivait tout seul... Il ne voulait pas de commis... Il ouvrait et fermait lui-même ses volets... Un jour, il a disparu et la maison est restée fermée pendant six mois... C'est moi qui l'ai reprise... Et je lui ai donné une autre réputation, vous devez le savoir...

— Si bien que vous n'avez pas connu le père Ulrich ?

— Je n'étais pas à Paris de son temps... Quand j'ai pris la succession, je venais d'Alsace...

Le gosse pleurait toujours, dans la cuisine, et son frère, qui avait ouvert la porte, regardait Maigret en suçant gravement son doigt.

— Je vous dis tout ce que je sais... Croyez que si j'en savais davantage...

— Bon !... Ça va...

Et Maigret sortit après un dernier regard autour de lui, trouva le vagabond toujours assis sur son seuil.

— C'est ici que tu voulais m'amener ?

Et Victor, avec un faux air innocent :

— Où ça ?

— Qu'est-ce que c'est, cette histoire du père Ulrich ?

— Le père Ulrich ?

— Fais pas l'idiot !

— Connais pas, je vous jure...

— C'est lui qui a fait le plongeon dans le canal Saint-Martin ?

— J'sais pas !

Maigret haussa les épaules, s'éloigna, dit à Lucas, en passant :

— Continue à le surveiller, à tout hasard.

Une demi-heure après, il était plongé dans de vieux

dossiers et il finissait par mettre la main sur celui qu'il cherchait.

Il résuma sur une feuille de papier :

Jacob Éphraïm Lévy, dit Ulrich, soixante-deux ans, originaire de Haute-Silésie, brocanteur rue des Blancs-Manteaux, soupçonné de se livrer régulièrement à l'usure.

Disparaît le 20 mars, mais les voisins ne signalent son absence au commissariat que le 22.

Dans la maison, on ne trouve aucun indice. Rien n'a disparu. Une somme de quarante mille francs est découverte dans le matelas du brocanteur.

Celui-ci, autant qu'on en peut juger, est sorti de chez lui, le 19 au soir, comme cela lui arrivait assez fréquemment.

On manque de renseignements sur sa vie intime. Les recherches faites à Paris et en province n'aboutissent pas. On écrit en Haute-Silésie et, un mois plus tard, une sœur du disparu arrive à Paris et demande à entrer en possession de l'héritage.

Ce n'est qu'après six mois qu'elle obtient un jugement de disparition.

A midi, Maigret, la tête lourde, achevait, au commissariat de La Villette — le troisième qu'il visitait —, de relever des indications dans de lourds registres.

Et il transcrivait enfin :

Le 1er juillet des mariniers ont retiré du canal Saint-Martin, à hauteur de l'écluse, un cadavre d'homme en état de décomposition avancée.

Transporté à l'Institut médico-légal il n'a pu être identifié.

Taille : 1,55 m. Age apparent : soixante à soixante-cinq ans.

Les vêtements ont été en grande partie arrachés par le frotte-

ment sur le fond et par des hélices de bateaux. On n'a rien retrouvé dans les poches.

Alors Maigret poussa un soupir. Il sortait enfin de l'atmosphère nébuleuse et loufoque que James semblait créer à plaisir autour de l'affaire.

Il tenait des éléments solides.

— C'est le père Ulrich qui a été assassiné voilà six ans et jeté ensuite dans le canal Saint-Martin.

Pourquoi ? Par qui ?

C'est ce qu'il allait essayer de savoir. Il bourra une pipe, l'alluma avec une lenteur voluptueuse, salua ses collègues du commissariat de La Villette et gagna le trottoir, souriant, sûr de lui, solide sur ses lourdes jambes.

8

La maîtresse de James

L'expert comptable entra dans le bureau de Maigret en se frottant les mains et en esquissant des œillades.

— Ça y est !

— Qu'est-ce qui y est ?

— J'ai revu hâtivement la comptabilité de la chemiserie depuis sept ans. C'était facile. Feinstein n'y comprenait rien et faisait venir une ou deux fois par semaine un petit employé de banque pour tenir ses livres. Quelques truquages afin de diminuer les impôts. Un rapide coup d'œil et on connaît l'affaire à fond : une affaire qui ne serait pas plus mauvaise qu'une autre si les capitaux ne manquaient à la base. Les vendeurs payés le 4 ou le 10 du mois. Les traites renouvelées deux ou trois fois. Les soldes destinés à faire rentrer coûte que coûte de l'argent frais dans la caisse. Enfin, Ulrich !

Maigret ne broncha pas. Il savait qu'il valait mieux laisser parler le petit homme volubile qui se promenait de long en large dans la pièce.

— Toujours l'histoire classique ! C'est dans les livres d'il y a sept ans qu'on voit apparaître pour la première fois le nom d'Ulrich. Prêt de deux mille francs, un jour d'échéance. Remboursement une semaine plus tard. A l'échéance suivante, prêt de cinq mille francs. Vous comprenez ? Le chemisier a trouvé le moyen de se procurer de l'argent quand il en a besoin. Il en prend l'habitude. Des deux mille primitifs, on passe à dix-huit mille six mois plus tard. Et ces dix-huit mille sont remboursables à vingt-cinq mille... Le père Ulrich est gourmand... Je dois ajouter que Feinstein est honnête... Il rembourse toujours... Mais d'une façon un peu spéciale. Par exemple, il rembourse quinze mille francs le 15 et il en emprunte à nouveau dix-sept mille le 20... Il les rembourse le mois suivant pour en emprunter vingt-cinq mille aussitôt après... Au mois de mars, Feinstein doit trente-deux mille francs à Ulrich...

— Il les rembourse ?

— Pardon ! Dès ce moment, on ne trouve plus trace d'Ulrich dans les livres...

Il y avait à cela une excellente raison : c'est que le vieux Juif de la rue des Blancs-Manteaux était mort ! Donc, ce décès avait rapporté à Feinstein la somme de trente-deux mille francs !

— Qui a remplacé Ulrich par la suite ?

— Personne pendant un certain temps. Un an plus tard, Feinstein, à nouveau gêné, a demandé du crédit à une petite banque et l'a obtenu. Mais la banque s'est lassée.

— Basso ?

— Je trouve son nom dans les derniers livres, non pour des prêts, mais pour des traites de complaisance.

— Et la situation à la date de la mort de Feinstein ?

— Ni meilleure, ni pire que d'habitude. Avec une vingtaine de billets, il s'en tirait... jusqu'à l'échéance suivante ! Il y a quelques milliers de commerçants, à Paris, qui sont exactement dans le même cas et qui, des années durant, courent après la somme qui leur manque toujours en évitant la faillite de justesse...

Maigret s'était levé, avait pris son chapeau.

— Je vous remercie, monsieur Fleuret.

— Est-ce que je dois pousser l'expertise plus à fond ?

— Pas pour le moment.

Tout allait bien. L'enquête avançait avec une régularité mécanique. Et, dès lors, par contraste, Maigret avait un air bourru, comme s'il se fût méfié de cette facilité même.

— Pas de nouvelles de Lucas ? alla-t-il demander au garçon de bureau.

— Il a téléphoné tout à l'heure. L'homme que vous savez s'est présenté à l'Armée du Salut et a demandé un lit. Depuis lors, il dort.

Il s'agissait de Victor, qui n'avait pas un sou en poche. Est-ce qu'il espérait toujours toucher trente mille francs en échange du nom de l'assassin du père Ulrich ?

Maigret suivit les quais à pied. En passant devant un bureau de poste, il hésita, finit par entrer, remplit une formule télégraphique.

Arriverai probablement jeudi. Stop. Baisers à tous.

On était le lundi. Depuis le début des vacances, il n'avait pas encore pu rejoindre sa femme en Alsace. Il sortit en bourrant une pipe, eut l'air d'hésiter à nouveau, héla enfin un taxi à qui il jeta l'adresse du boulevard des Batignolles.

Il avait quelques centaines d'enquêtes à son actif. Il savait que presque toutes se font en deux temps, comportent deux phases différentes.

D'abord la prise de contact du policier avec une atmosphère nouvelle, avec des gens dont il n'avait jamais entendu parler la veille, avec un petit monde qu'un drame vient d'agiter.

On entre là-dedans en étranger, en ennemi. On se heurte à des êtres hostiles, rusés ou hermétiques.

La période la plus passionnante, d'ailleurs, aux yeux de Maigret. On renifle. On tâtonne. On n'a aucun point d'appui, souvent aucun point de départ.

On regarde des gens s'agiter et chacun peut être le coupable ou un complice.

Brusquement on saisit un bout du fil et voilà la seconde période qui commence. L'enquête est en train. L'engrenage est en mouvement. Chaque pas, chaque démarche apporte une révélation nouvelle et presque toujours le rythme s'accélère pour finir par une révélation brutale.

Le policier n'est plus seul à agir. Les événements travaillent pour lui, presque en dehors de lui. Il doit les suivre, sans se laisser dépasser.

Il en était ainsi depuis la découverte Ulrich. Le matin encore, Maigret n'avait aucune indication sur l'identité de la victime du canal Saint-Martin.

Maintenant, il savait que c'était un brocanteur doublé d'un usurier, à qui le chemisier devait de l'argent.

Il fallait suivre le fil. Un quart d'heure plus tard, le commissaire sonnait à la porte de l'appartement des Feinstein, au cinquième étage d'une maison du boulevard des Batignolles. Une servante, aux cheveux défaits, à l'air stupide, vint lui ouvrir, se demanda si elle devait l'introduire ou non.

Mais au même instant, au portemanteau de l'antichambre, Maigret apercevait le chapeau de James.

Était-ce le mouvement en avant qui se précipitait, ou, au contraire, y avait-il une dent cassée dans l'engrenage ?

— Madame est ici ?

Il profita de la timidité de la domestique, qui devait arriver tout droit de sa campagne, et il entra, se dirigea vers une porte derrière laquelle on entendait des bruits de voix, frappa, ouvrit aussitôt.

Il connaissait déjà l'appartement, pareil à la plupart des appartements de petits bourgeois du quartier. Dans un salon au divan étroit, aux fragiles fauteuils à pieds dorés, il aperçut tout d'abord James, debout devant la fenêtre, le regard perdu dans la contemplation de la rue.

Mme Feinstein était habillée pour sortir, tout en noir, un petit chapeau de crêpe très coquet sur la tête. Et elle paraissait extrêmement animée.

Par contre, elle ne manifesta nulle contrariété à la vue de Maigret, tandis que James tournait vers celui-ci un visage ennuyé, un peu gêné aussi.

— Entrez, monsieur le commissaire... Vous n'êtes pas de trop... J'étais justement en train de dire à James qu'il est stupide...

— Ah !

Cela sentait la scène de ménage. James murmura sans conviction, sans espoir :

— Allons, Mado...

— Non ! Tais-toi !... Je parle en ce moment au commissaire...

Alors, résigné, l'Anglais regarda à nouveau la rue, où il ne devait apercevoir que les têtes des passants.

— Si vous étiez un policier ordinaire, monsieur le commissaire, je ne vous parlerais pas comme je le fais... Mais vous avez été notre invité à Morsang... Et on voit bien que vous êtes un homme capable de comprendre...

Et elle une femme capable de parler des heures durant ! Capable de prendre tout le monde à témoin ! Capable de réduire le plus bavard au silence !

Elle n'était ni belle, ni jolie. Mais elle était appétissante, surtout dans ses vêtements de deuil qui, au lieu de lui donner un aspect triste, la rendaient plus croustillante.

Une femme bien en chair, bien vivante, qui devait être une maîtresse tumultueuse.

Le contraste était violent avec James et son visage ennuyé, son regard toujours un peu vague, sa silhouette flegmatique.

— Tout le monde sait que je suis la maîtresse de Basso, n'est-ce pas ?... Je n'en ai pas honte !... Je ne l'ai jamais caché... Et, à Morsang, il n'y a eu personne pour m'en faire le reproche... Si mon mari avait été un autre homme...

Elle reprenait à peine haleine.

— Quand on n'est pas capable de faire face à ses affaires !... Regardez le taudis où il me faisait vivre !... Et remarquez qu'il n'y était jamais !... Ou, quand il y était, le soir, après dîner, c'était pour me parler de ses soucis d'argent, de la chemiserie, des employés, que sais-je ?... Eh bien ! je prétends, moi, que quand on n'est pas de taille à rendre une femme heureuse, on n'a rien à lui reprocher ensuite...

» D'ailleurs, Marcel et moi devions nous marier un jour ou l'autre... Vous ne le saviez pas ?... Bien entendu, on ne le criait pas sur les toits... Ce qui l'arrêtait encore, c'était son fils... Il aurait divorcé... J'en aurais fait autant de mon côté et...

» Vous avez vu Mme Basso ?... Ce n'est pas la femme qu'il faut à un homme comme Marcel...

Dans son coin, James soupirait et fixait maintenant le tapis à fleurs.

— Voulez-vous me dire quel est mon devoir ? Marcel est malheureux ! Il est poursuivi ! Il doit passer à l'étranger... Et ma place ne serait pas auprès de lui ?... Dites ?... Parlez franchement...

— Heu ! Heu !... se contenta de grommeler Maigret sans se compromettre.

— Vous voyez !... Tu vois, James !... Le commissaire est de mon avis... Tant pis pour le monde et le qu'en-dira-t-on... Eh bien ! commissaire, James refuse de me dire où est Marcel... Or, il le sait, j'en suis sûre... Il n'ose même pas le nier...

Si Maigret n'avait déjà vu quelques femmes de ce calibre dans sa vie, il en eût sans doute été suffoqué. Mais l'inconscience ne l'étonnait plus.

Il y avait moins de deux semaines que Feinstein avait été tué, par Basso autant qu'on en pouvait juger.

Et là, dans l'appartement morne où il y avait au mur le portrait du chemisier, et son fume-cigarette dans un cendrier, sa femme parlait de son devoir.

Le visage de James était d'une éloquence inouïe. Et pas seulement son visage ! Ses épaules ! Son attitude ! Son dos rond. Tout cela signifiait : « Quelle femme !... »

Elle se tournait vers lui.

— Tu vois que le commissaire...

— Le commissaire n'a rien dit du tout.

— Tiens ! tu me dégoûtes ! Tu n'es pas un homme ! Tu as peur de tout ! Si je disais pourquoi tu es venu ici aujourd'hui...

L'événement était si inattendu que James redressa d'abord la tête, tout rouge. Et il avait rougi comme un enfant. Le visage s'était empourpré d'un seul coup, les oreilles étaient devenues couleur de sang.

Il voulut dire quelque chose. Il en fut incapable. Il essaya de se ressaisir et il parvint enfin à émettre un petit rire pénible.

— Maintenant, autant le dire tout de suite...

Maigret observa la femme. Elle était un peu gênée de la phrase qui lui avait échappé.

— Je n'ai pas voulu...

— Non ! tu ne veux jamais rien... N'empêche que...

Le salon paraissait plus petit, plus intime. Mado haussait les épaules avec l'air de dire : « Et puis après ! tant pis pour toi... »

— Pardon ! intervint alors le commissaire, dont les yeux riaient, en s'adressant à James. Il y a longtemps que vous vous tutoyez ?... Il me semblait qu'à Morsang...

Et il avait peine à garder son sérieux, tant était grand le contraste entre le James qu'il connaissait et celui qu'il avait devant lui. Celui-ci avait l'air d'un écolier timide qu'on prend en faute.

Chez lui, dans le studio où sa femme crochetait, James gardait une certaine allure, renfrogné dans son isolement. Ici, il était prêt à bafouiller.

— Bah ! Vous avez déjà compris, n'est-ce pas ?... J'ai été l'amant de Mado, moi aussi...

— Heureusement que ça n'a pas duré ! ricana-t-elle.

Et il fut troublé par cette riposte. Son regard chercha un secours en Maigret.

— C'est tout... Il y a assez longtemps... Ma femme ne se doute de rien...

— Avec ça qu'elle te dit tout ce qu'elle pense !

— ... Comme je la connais, ce seraient des reproches

pendant toute notre vie... Alors, je suis venu demander à Mado, au cas où elle serait questionnée, de ne pas dire...

— Et elle a promis ?

— A condition que je lui donne l'adresse actuelle de Basso... Concevez-vous ça ?... Il est avec sa femme, son gosse... Sans doute a-t-il déjà franchi la frontière...

Le ton de cette dernière phrase fut moins ferme, prouvant que James mentait consciencieusement.

Maigret s'était assis dans un petit fauteuil qui craquait sous lui.

— Vous êtes restés amants longtemps ? questionna-t-il d'un air bonhomme.

— Trop ! lança Mme Feinstein.

— Pas longtemps... Quelques mois... soupira James.

— Et vous vous rencontriez dans un meublé comme celui de l'avenue Niel ?

— Non ! James avait loué une garçonnière du côté de Passy !

— Vous alliez déjà chaque dimanche à Morsang ?

— Oui...

— Et Basso aussi ?

— Oui... La bande est la même depuis sept ou huit ans, à quelques exceptions près...

— Et Basso savait que vous étiez amants ?

— Oui... Il n'était pas encore amoureux... Cela lui a pris il y a seulement un an...

Maigret, malgré lui, avait un air de jubilation intense. Il regardait le petit appartement autour de lui, avec tous ses bibelots inutiles et plus ou moins affreux. Il se souvenait du studio de James, plus prétentieux, plus moderne avec ses cloisons de contreplaqué paraissant faites pour des poupées.

Morsang enfin, le *Vieux Garçon*, les canoës, les petits

bateaux à voiles et les tournées générales, sur la terrasse ombragée, dans un décor d'une douceur irréelle.

Depuis sept ou huit ans, tous les dimanches, les mêmes gens prenaient l'apéritif à la même heure, jouaient au bridge l'après-midi, dansaient au son du phonographe.

Mais, au début, c'était James qui s'enfonçait dans le parc en compagnie de Mado. C'était lui sans doute que Feinstein regardait d'un air sarcastique, lui encore qui la retrouvait en semaine dans Paris.

Tout le monde le savait, fermait les yeux, aidait à l'occasion les amants.

Y compris Basso qui, un beau jour, tombait amoureux à son tour et prenait la suite !

Du coup, la situation, dans l'appartement, devenait beaucoup plus savoureuse, et l'attitude piteuse de James, et l'assurance de Mado !

C'est à celle-ci que Maigret s'adressa.

— Il y a combien de temps que vous n'êtes plus la maîtresse de James ?

— Attendez... Cinq... Non... A peu près six ans...

— Comment cela s'est-il terminé ?... Est-ce lui, est-ce vous qui... ?

James voulut parler, mais elle lui coupa la parole.

— Tous les deux... On s'est aperçus qu'on n'était pas faits l'un pour l'autre... Malgré ses airs, James a un caractère de petit bourgeois maniaque, peut-être encore plus bourgeois que mon mari...

— Et vous êtes restés bons amis ?

— Pourquoi pas ?... Ce n'est pas parce qu'on ne s'aime plus qu'il faut...

— Une question, James ! A cette époque vous est-il arrivé de prêter de l'argent à Feinstein ?

— Moi ?

Mais ce fut Mado qui répondit :

— Qu'est-ce que vous voulez dire ?... Prêter de l'argent à mon mari ?... Pourquoi ?...

— Rien... Une idée qui m'est passée par la tête, comme ça... Pourtant, Basso en a prêté...

— Ce n'est pas la même chose !... Basso est riche !... Mon mari avait des embarras momentanés... Il parlait de partir en Amérique avec moi. Alors, pour éviter des complications, Basso a...

— Je comprends ! Je comprends ! Mais, par exemple, votre mari aurait pu parler de partir en Amérique voilà six ans, quand...

— Qu'est-ce que vous voulez insinuer ?

Elle était prête à s'indigner. Et, à l'idée d'une scène de vertu outragée, Maigret préféra faire dévier l'entretien.

— Excusez-moi... Je pense à haute voix... Croyez surtout que je ne veux rien insinuer du tout... James et vous, étiez libres... C'est ce que me disait un ami de votre mari, Ulrich...

Les yeux mi-clos, il les observait tous les deux. Mme Feinstein regarda Maigret avec étonnement.

— Un ami de mon mari ?

— Ou une relation d'affaires...

— Plutôt cela, car je n'ai jamais entendu ce nom-là... Qu'est-ce qu'il vous disait ?...

— Rien... Nous parlions des hommes et des femmes en général...

Et James regardait le commissaire avec un certain étonnement, en homme qui flaire quelque chose, qui essaie de deviner où son interlocuteur veut en venir.

— N'empêche qu'il sait où est Marcel et qu'il refuse de me le dire ! reprit Mme Feinstein en se levant. Mais je le trouverai bien moi-même ! Et, d'ailleurs, je suis certaine qu'il va m'écrire pour me demander d'aller le rejoindre. Il ne peut pas vivre sans moi...

James risqua une œillade à l'adresse de Maigret, une œillade ironique, certes, mais surtout lugubre. On pouvait la traduire par : « Vous imaginez s'il va lui écrire, pour qu'elle lui tombe à nouveau sur le dos !... Une femme comme elle !... »

Et elle l'interpellait :

— C'est ton dernier mot, James ? C'est là ta reconnaissance pour tout ce que j'ai fait pour toi ?...

— Vous avez fait beaucoup pour lui ? questionna Maigret.

— Mais... il a été mon premier amant !... Avant lui, je n'imaginais même pas que je pourrais tromper mon mari... Remarquez que, depuis lors, il a changé... Il ne buvait pas encore... Il se soignait... Il avait des cheveux...

Et l'aiguille de la balance continuait ainsi à osciller entre le tragique et le bouffon. Il fallait faire un effort pour se souvenir qu'Ulrich était mort, que quelqu'un l'avait porté jusqu'au canal Saint-Martin, que six ans plus tard, derrière le hangar de la guinguette à deux sous, Feinstein avait été tué d'une balle et que Basso, avec toute sa famille, était en fuite, traqué par la police.

— Est-ce que vous croyez qu'il a pu gagner la frontière, commissaire ?

— Je ne sais pas... Je...

— Au besoin vous... vous l'y aideriez, n'est-ce pas ?... Vous avez été reçu chez lui aussi... Vous avez pu l'apprécier...

— Il faut que j'aille à mon bureau ! L'heure est déjà passée ! dit James, en cherchant son chapeau sur toutes les chaises.

— Je sors en même temps que vous... se hâta de prononcer Maigret.

Car il ne voulait surtout pas rester en tête à tête avec Mme Feinstein.

— Vous êtes pressé ?

— C'est-à-dire que j'ai à faire, oui... Mais je reviendrai...

— Vous verrez que Marcel saura vous marquer sa reconnaissance de ce que vous ferez pour lui...

Elle était fière de sa diplomatie. Elle voyait très bien Maigret conduisant Basso à la frontière et recevant avec gratitude quelques billets de mille francs en échange de sa complaisance.

D'ailleurs, quand il lui tendit la main, elle la serra longuement, d'une façon qui voulait être significative. Et, montrant James, elle murmura :

— On ne peut pas trop lui en vouloir... Depuis qu'il boit !...

Les deux hommes descendaient sans rien dire le boulevard des Batignolles. James, tout en marchant à grands pas, regardait par terre devant lui. Maigret fumait sa pipe à petites bouffées gourmandes et paraissait savourer le spectacle de la rue.

Au coin du boulevard Malesherbes seulement, le commissaire questionna comme sans y attacher d'importance :

— C'est vrai que Feinstein ne vous a jamais demandé de service d'argent ?

James haussa les épaules.

— Il savait bien que je n'en avais pas !

— Vous étiez déjà à la banque de la place Vendôme ?

— Non ! J'étais traducteur dans une maison américaine d'huiles de pétrole, boulevard Haussmann... Je ne me faisais pas tout à fait mille francs par mois...

— Vous aviez une voiture ?

— Je prenais le métro, oui !... Comme je le prends encore, d'ailleurs !...

— Vous aviez déjà votre appartement ?

— Même pas ! Nous étions en meublé, rue de Turenne...

Il était las. Il y avait comme du dégoût dans l'expression de son visage.

— On boit quelque chose ?

Et, sans attendre de réponse, il entra au bar du coin, commanda deux fines à l'eau.

— Moi, ça m'est égal, vous comprenez ?... Mais ce n'est pas la peine d'embêter ma femme... Elle a déjà assez de soucis comme ça...

— Elle n'est pas bien portante ?

Nouveau haussement d'épaules.

— Si vous croyez que sa vie est drôle !... A part le dimanche, à Morsang, où elle s'amuse un peu...

Et, sans transition, après avoir jeté un billet de dix francs sur le comptoir :

— Vous venez ce soir à la *Taverne Royale* ?

— C'est possible...

Au moment de serrer la main de Maigret, il hésita, finit par murmurer en regardant ailleurs :

— Pour Basso... On n'a rien trouvé ?...

— Secret professionnel ! répliqua Maigret avec un sourire plein de bonhomie. Vous l'aimez bien ?

Mais James s'en allait déjà, maussade, sautait sur la plate-forme d'un autobus en marche dans la direction de la place Vendôme.

Maigret resta au moins cinq minutes immobile, à fumer, au bord du trottoir.

9

Vingt-deux francs de jambon

Quai des Orfèvres, on cherchait Maigret partout, car la gendarmerie de La Ferté-Alais venait de télégraphier :

Famille Basso retrouvée, attendons instructions.

Et c'était un beau cas de travail scientifique aidé par le hasard.

Travail scientifique d'abord : l'examen que Maigret avait ordonné de l'auto abandonnée par James à Montlhéry, examen qui avait circonscrit les recherches dans un tout petit secteur ayant La Ferté-Alais pour centre.

Ici, le hasard intervenait, dans des circonstances piquantes. C'est en vain que les gendarmes avaient fouillé les auberges et observé les passants. C'est en vain qu'on avait interrogé une bonne centaine d'habitants.

Or, ce jour-là, au moment où le brigadier Piquart rentrait chez lui pour déjeuner, sa femme, qui allaitait un bébé, lui dit :

— Tu devrais aller chercher des oignons à l'épicerie. Je les ai oubliés...

Une boutique de petite ville, place du marché. Il y avait quatre ou cinq commères. Le gendarme, qui n'aimait pas ce genre de mission, se tenait près de la porte, l'air dégagé. Comme on servait une vieille femme, connue sous le nom de mère Mathilde, il entendit la marchande qui disait :

— Il me semble que vous vous soignez, depuis quelque

temps ! Vingt-deux francs de jambon ! Et vous allez manger cela toute seule ?

Machinalement, Piquart regarda la vieille, dont la pauvreté était évidente. Et, tandis qu'on découpait le jambon, son esprit travailla. Même chez lui, où ils étaient trois, on n'achetait jamais pour vingt-deux francs de jambon.

Il sortit derrière la femme. Celle-ci habitait au bout de la ville, sur la route de Ballancourt, une petite maison entourée d'un jardinet où picoraient des poules. Il la laissa pénétrer chez elle. Puis il frappa et entra d'autorité.

Mme Basso, la taille ceinte d'un tablier, s'affairait devant le feu. Dans un coin, sur une chaise de paille, Basso lisait le journal qu'on venait de lui apporter et le gamin, assis par terre, jouait avec un chiot.

On avait téléphoné boulevard Richard-Lenoir, au domicile de Maigret, puis à divers endroits où il était susceptible de se trouver. On ne pensa pas à s'adresser à la maison Basso, quai d'Austerlitz.

C'est là pourtant qu'il s'était rendu en quittant James. Il était de bonne humeur. La pipe aux dents, les mains dans les poches, il plaisantait avec les employés qui, faute d'instructions, continuaient le travail comme par le passé. Et dans les chantiers on chargeait et on déchargeait le charbon que des péniches apportaient chaque jour.

Les bureaux n'étaient pas modernes. Ils n'étaient pas vieillots non plus et il suffisait d'examiner la disposition des locaux pour se rendre compte de l'atmosphère dans laquelle on y vivait.

Pas de bureau particulier pour le patron. Sa place était dans un coin, près de la fenêtre. En face de lui, il avait le chef comptable, et sa dactylo était à une table voisine.

Peu de hiérarchie, c'était évident. On ne devait pas se

gêner pour bavarder et les employés travaillaient la pipe ou la cigarette aux lèvres.

— Un répertoire d'adresses ? avait répondu le comptable à la demande du commissaire. Bien entendu, nous en avons un, mais il ne contient que les adresses de nos clients, par ordre alphabétique. Si vous voulez le voir...

Maigret y jeta un coup d'œil à tout hasard, à la lettre U, mais, comme il s'y attendait, il n'y trouva pas le nom d'Ulrich.

— Vous êtes sûr que M. Basso n'avait pas un petit répertoire personnel ?... Attendez donc ! Qui était ici quand son fils est né ?

— Moi ! répondit la dactylo, non sans un rien de gêne, car elle avait trente-cinq ans et voulait en paraître vingt-cinq.

— Bon ! M. Basso a dû envoyer des faire-part.

— C'est moi qui m'en suis chargée.

— Il vous a donc donné une liste de ses amis.

— Un petit carnet, oui ! dit-elle. C'est exact ! Je l'ai même classé ensuite dans le dossier personnel.

— Et où est ce dossier ?

Elle hésita, regarda ses collègues pour leur demander conseil. Le chef comptable répondit d'un geste qui signifiait : « Je pense qu'il n'y a rien d'autre à faire... »

— C'est chez lui... dit-elle alors. Voulez-vous me suivre ?

On traversa les chantiers. Au rez-de-chaussée de la maison, meublée très simplement, il y avait un bureau qui ne devait jamais servir et qu'on appelait d'ailleurs la bibliothèque.

Bibliothèque de gens pour qui la lecture n'est qu'une distraction de second plan. Bibliothèque de famille aussi, où viennent s'entasser des choses inattendues.

Par exemple, il y avait encore, sur les rayons du bas, les

prix gagnés par Basso lorsqu'il était au collège. Puis toute une collection reliée du *Magazine des Familles* d'il y a cinquante ans.

Des livres pour jeunes filles, que Mme Basso avait dû apporter lors de son mariage. Puis des romans à couverture jaune, achetés sur la foi de la publicité des journaux.

Enfin des livres illustrés plus neufs, appartenant au gamin, des jouets installés sur les rayons restés libres.

La secrétaire ouvrit les tiroirs du bureau et Maigret lui désigna une grosse enveloppe jaune qui était fermée.

— Qu'est-ce que c'est ?

— Les lettres de monsieur à madame quand ils étaient fiancés.

— Vous avez le carnet ?

Elle le trouva, au fond d'un tiroir où il y avait une dizaine de vieilles pipes. Le carnet avait quinze ans pour le moins. On n'y trouvait que l'écriture de Basso, mais cette écriture avait changé avec le temps, de même que l'intensité de l'encre.

C'était un peu comme les couches de varech au bord de la mer, révélant par leur degré de sécheresse la marée qui les a apportées.

Des adresses étaient là depuis quinze ans, des adresses de camarades sans doute oubliés. Certaines étaient raturées, peut-être à la suite d'une dispute ou d'un décès.

Il y avait des adresses de femmes. L'une était caractéristique :

Lola, Bar des Églantiers, 18, rue Montaigne.

Mais un trait de crayon bleu avait supprimé Lola de la vie de Basso.

— Vous trouvez ce que vous cherchez ? s'informa la secrétaire.

Il trouvait, oui ! Une adresse honteuse, puisque le marchand de charbon n'avait pas osé écrire le nom en entier.

Ul. 13 bis, rue des Blancs-Manteaux.

L'encre appartenait à la couche des adresses anciennes, l'écriture aussi. Et, comme certaines autres, elle avait reçu un bon coup de crayon bleu, qui n'empêchait pourtant pas de lire.

— Pouvez-vous me dire vers quelle époque ces mots ont été écrits ?

La secrétaire se pencha, répliqua :

— C'est encore du temps où M. Basso était jeune homme et où son père vivait toujours...

— A quoi le voyez-vous ?

— Parce que c'est la même encre que l'adresse de femme de l'autre page... Et il m'a dit un jour que c'était une aventure de jeunesse...

Maigret referma le calepin, le glissa dans sa poche, tandis que la secrétaire lui lançait un regard de reproche.

— Vous croyez qu'il reviendra ?... questionna-t-elle après un moment d'hésitation.

Le commissaire répondit par un geste évasif.

Quand il arriva au Quai des Orfèvres, Jean, le garçon de bureau, courut au-devant de lui.

— Il y a deux heures qu'on vous cherche ! Les Basso sont retrouvés.

— Ah !...

Et il soupirait sans enthousiasme, à regret même, eût-on dit.

— Lucas n'a pas téléphoné ?

— Il téléphone toutes les trois ou quatre heures. L'homme est toujours à l'Armée du Salut. Comme on voulait le mettre dehors après lui avoir donné à manger, il s'est offert pour balayer les locaux...

— L'inspecteur Janvier est ici ?

— Je crois qu'il vient de rentrer.

Maigret alla trouver Janvier dans son bureau.

— Une mission bien embêtante comme tu les aimes, vieux. Il faudrait essayer de me retrouver une certaine Lola qui, il y a dix ou quinze ans, se faisait écrire au *Bar des Églantiers*, rue Montaigne...

— Et depuis lors ?

— Elle est peut-être morte à l'hôpital ! Elle a peut-être épousé un lord anglais... Débrouille-toi !...

Dans le train qui le conduisait à La Ferté-Alais, il compulsa le carnet d'adresses, avec parfois un sourire attendri, car il y avait certaines mentions qui suffisaient à évoquer toute une jeunesse d'homme.

Le lieutenant de gendarmerie était à la gare. Il conduisit lui-même le commissaire à la maison de la vieille Mathilde et on aperçut, dans le jardinet, Piquart qui montait gravement la garde.

— On s'est assuré qu'il n'y a pas moyen de fuir par-derrière... expliqua le lieutenant. Et il fait si petit là-dedans que mon factionnaire est resté dehors... J'entre avec vous ?...

— Il vaut peut-être mieux que non.

Maigret frappa à la porte, qui s'ouvrit aussitôt. Il était tard. Dehors, il faisait encore clair, mais la fenêtre était si étroite que, dans la bicoque, on ne voyait guère que des ombres qui bougeaient.

Basso, à califourchon sur une chaise, dans la pose d'un homme qui attend depuis de longues heures, se leva. Sa femme, qu'on n'apercevait pas, devait se tenir dans la pièce voisine avec le gamin.

— Voulez-vous allumer ? dit Maigret à la vieille.

Et celle-ci, d'une voix aigrelette :

— Faudrait d'abord voir si j'ai du pétrole !

Elle en avait, d'ailleurs ! Le verre de la lampe cliqueta, la mèche fuma, se couronna d'une flamme jaunâtre qui éclaira peu à peu tous les recoins de ses rayons.

Il faisait très chaud. Et cela sentait la pauvreté en même temps que la campagne.

— Vous pouvez vous rasseoir ! dit Maigret à Basso. Vous, la vieille, passez donc à côté.

— Et ma soupe ?

— Allez ! Je m'en occuperai.

Elle s'en alla en grognant, referma la porte, parla à voix basse, dans la chambre voisine.

— Il n'y a que ces deux pièces ? questionna alors le commissaire.

— Oui. Derrière, c'est la chambre à coucher.

— Vous y avez dormi tous les trois ?

— Les deux femmes et mon fils. Moi, je couchais ici, sur une botte de paille...

Il y en avait encore des brins entre les carreaux inégaux. Basso était très calme, mais d'un calme qui succédait à plusieurs jours de fièvre. On eût dit que son arrestation l'avait soulagé, et d'ailleurs il se hâta de le proclamer.

— J'allais quand même me rendre !

Il devait s'attendre à la surprise de Maigret, mais il n'en fut rien. Le commissaire ne releva même pas le mot. Il regardait son interlocuteur des pieds à la tête.

— Ce n'est pas un complet de James ?

Un complet gris, trop étroit. Or, Basso avait de larges épaules, un torse aussi puissant que celui de Maigret. Peu de choses peuvent amoindrir l'aspect d'un être dans la force de l'âge comme un vêtement étriqué.

— Puisque vous le savez...

— Je sais beaucoup de choses encore... Mais... Vous êtes sûr que cette soupe doive continuer à bouillir ?...

Il se dégageait de la casserole une vapeur insupportable et le couvercle ne cessait de danser. Maigret retira la soupe du feu, fut éclairé un instant par les flammes rougeâtres.

— Vous connaissiez la vieille Mathilde ?

— J'allais vous en parler et vous demander, si c'est possible, qu'elle ne soit pas inquiétée à cause de moi... C'est une ancienne domestique de mes parents... Elle m'a connu tout petit... Quand je suis arrivé chez elle pour m'y cacher, elle n'a pas osé refuser...

— Bien entendu ! Et elle a commis la gaffe d'aller acheter pour vingt-deux francs de jambon...

Basso avait considérablement maigri. Il est vrai qu'il n'était pas rasé de quatre ou cinq jours, ce qui le rendait patibulaire.

— Je suppose aussi, soupira-t-il, que ma femme n'a rien à voir avec la Justice...

Il se leva, gauche, emprunté, comme un homme qui cherche une contenance avant d'aborder un grave sujet.

— J'ai commis la faute de fuir, de rester caché aussi longtemps... Et cela indique déjà que je ne suis pas un criminel... Vous me comprenez ?... J'ai été affolé... J'ai vu toute mon existence brisée à cause de cette stupide affaire... Mon idée a été de gagner l'étranger, d'y faire venir ma femme et mon fils, de recommencer une vie...

— Et vous avez chargé James d'amener votre femme ici, d'aller toucher pour vous trois cent mille francs à la banque et de vous apporter des vêtements...

— Évidemment !

— Seulement, vous avez senti que vous étiez traqué...

— C'est la vieille Mathilde qui m'a dit qu'on se heurtait à des gendarmes à chaque carrefour...

On entendait toujours du bruit, à côté. Le gamin devait se remuer. Peut-être Mme Basso écoutait-elle à la porte, car de temps en temps elle faisait « Chut !... chut !... » parce que son fils l'empêchait d'entendre.

— Ce midi, j'ai envisagé la seule solution possible : me rendre... Mais il est écrit que je me rencontrerai toujours avec la fatalité... Le gendarme est arrivé...

— Vous n'avez pas tué Feinstein ?

Basso regarda Maigret dans les yeux, ardemment.

— Je l'ai tué ! articula-t-il à voix basse. Ce serait de la folie, n'est-ce pas ? de prétendre le contraire. Mais je vous jure, sur la tête de mon fils, que je vais vous dire toute la vérité...

— Un instant...

Et Maigret se leva à son tour. Ils étaient là deux hommes, à peu près de même taille, sous un plafond bas, dans une pièce trop petite pour eux.

— Vous aimiez Mado ?

Une moue pleine de rancœur souleva les lèvres de Basso.

— Vous n'avez pas compris ça, vous, un homme ?... Il y a six ou sept ans que je la connais, peut-être davantage... Jamais je n'avais pensé à elle... Un jour, voilà un an, je ne sais pas au juste ce qui s'est passé... Tenez ! c'était une fête dans le genre de celle à laquelle vous avez assisté... On buvait... On dansait... Il m'est arrivé de l'embrasser... Puis, au fond du jardin...

— Et après ?

Il haussa les épaules avec lassitude.

— Elle a pris cela au sérieux. Elle m'a juré qu'elle m'avait toujours aimé, qu'elle ne pourrait plus se passer de moi ! Je ne suis pas un saint. J'avoue que j'ai commencé ! Mais je ne voulais pas nouer une liaison de cette sorte, ni surtout compromettre mon ménage...

— Il y a un an, donc, que vous voyez Mme Feinstein deux ou trois fois par semaine, à Paris...

— Et qu'elle me téléphone tous les jours, oui ! Je lui ai prêché en vain la prudence ! Elle inventait des ruses ridicules. Je vivais avec la certitude qu'un jour ou l'autre tout serait découvert... Vous ne pouvez pas vous imaginer cela !... Si seulement elle n'avait pas été sincère ! Mais non ! je crois qu'elle m'aimait vraiment...

— Et Feinstein ?

Basso redressa vivement la tête.

— Oui ! grogna-t-il. C'est bien pour cela que je n'imaginais même pas la possibilité d'aller me défendre en cour d'assises. Il y a des limites aux compromissions... Il y a des limites aussi à la compréhension du public... Me voyez-vous, moi, l'amant de Mado, accusant son mari de...

— ... de vous avoir fait chanter !

— Je n'ai pas de preuves ! Ce n'est pas cela tout en étant cela ! Jamais il n'a dit carrément qu'il savait quelque chose ! Jamais il ne m'a menacé d'une façon catégorique ! Vous vous souvenez du bonhomme ? Un petit personnage en apparence très doux et inoffensif... Un garçon malingre, toujours tiré à quatre épingles, toujours poli, trop poli, avec un sourire un peu triste... Une première fois il est venu me montrer une traite protestée et il m'a supplié de lui prêter de l'argent, en m'offrant des tas de garanties... J'ai marché... J'aurais marché aussi sans l'histoire de Mado...

» Seulement, il en a pris l'habitude. J'ai compris que c'était un plan systématique... J'ai essayé de refuser... Et c'est alors que le chantage a commencé...

» Il m'a pris comme confident... Il m'affirmait que sa seule consolation dans la vie était sa femme... C'est pour elle qu'il se mettait la corde au cou en engageant des dépenses supérieures à ses moyens, etc.

» Et s'il devait lui refuser quelque chose, il préférait se tuer... Et que deviendrait-elle en cas de catastrophe ?...

» Imaginez-vous cela ? Comme par un fait exprès, il arrivait la plupart du temps alors que je quittais Mado... Je craignais même de le voir reconnaître le parfum de sa femme encore accroché à mes vêtements...

» Un jour, il a retiré un cheveu de femme — de la sienne — resté sur le col de mon veston...

» Ce n'était pas le genre menaçant... C'était le genre gémissant...

» Et c'est pire ! On se défend contre des menaces. Mais que voulez-vous faire contre un homme qui pleure ? Car il lui est arrivé de pleurer, dans mon bureau...

» Et quels discours !

» — Vous, vous êtes jeune, vous êtes fort, vous êtes beau, vous êtes riche... Avec tout cela, ce n'est pas difficile d'être aimé... Mais moi qui...

» J'en étais malade de dégoût. Et pourtant il m'était impossible d'avoir la certitude qu'il savait...

» Le dimanche que vous savez, il m'avait déjà parlé, un peu avant le bridge, d'une somme de cinquante mille francs dont il avait besoin...

» Le morceau était trop gros... Je ne voulais pas marcher... J'en avais assez... Alors j'ai dit non, carrément ! Et je l'ai menacé de ne plus le voir s'il continuait à me harceler de la sorte...

» D'où le drame... Un drame aussi laid, aussi stupide que tout le reste... Vous vous souvenez ?... Il s'était arrangé pour traverser la Seine en même temps que moi... Il m'avait entraîné derrière la guinguette...

» Là, brusquement, il tira un petit revolver de sa poche et, le braquant sur lui-même, il articula :

» — Voilà à quoi vous me condamnez... Je ne vous demande qu'une grâce : occupez-vous de Mado !...

Et Basso se passait la main sur le front pour chasser cet ignoble souvenir.

— On dirait une fatalité : ce jour-là, j'étais gai... Peut-être le soleil... Je me suis approché de lui pour lui prendre son arme.

» — Non ! Non ! a-t-il crié. Trop tard... Vous m'avez condamné...

— Bien entendu, il était bien décidé à ne pas tirer ! grommela Maigret.

— J'en suis persuadé ! Et c'est bien le tragique de l'affaire. Sur le moment, je me suis affolé. J'aurais dû le laisser faire et il n'y aurait pas eu de drame. Il s'en serait tiré avec de nouvelles larmes ou une pirouette... Mais non ! J'ai été naïf, comme je l'ai été avec Mado, comme je l'ai toujours été...

» J'ai voulu lui reprendre le revolver... Il a reculé... Je l'ai poursuivi... J'ai saisi son poignet... Et ce qui ne devait pas arriver est arrivé... Le coup est parti... Feinstein est tombé, sans un mot, sans un gémissement, tout d'une pièce...

» N'empêche que, quand je raconterai cela aux jurés, ils ne me croiront pas, ou bien ils n'en seront que plus sévères à mon égard...

» Je suis le monsieur qui a tué le mari de sa maîtresse et qui l'accuse par-dessus le marché !...

Il s'animait.

— J'ai voulu fuir. J'ai fui. Et j'ai voulu aussi tout dire à ma femme, lui demander si, malgré tout, elle se considérait encore comme liée à moi... J'ai rôdé dans Paris où j'ai tenté de rencontrer James...

» C'est un ami, sans doute, le seul ami, parmi toute la bande de Morsang...

» Vous savez le reste... Ma femme aussi... J'aurais préféré passer à l'étranger et éviter le procès qui se prépare et qui sera pénible pour tout le monde... Les trois cent mille francs sont ici... Avec ça et mon énergie, je suis capable de me refaire une situation, en Italie, par exemple, ou en Égypte...

» Mais... est-ce que seulement vous me croyez ?...

Il se troublait soudain. Ce doute l'effleurait seulement, tant il avait été pris par son sujet.

— Je crois que vous avez tué Feinstein sans le vouloir ! répondit Maigret, lentement, en détachant toutes les syllabes.

— Vous voyez !...

— Attendez ! Ce que je voudrais savoir, c'est si Feinstein n'avait pas un atout plus fort dans son jeu que l'infidélité de sa femme. En bref...

Il s'interrompit, tira de sa poche le petit carnet d'adresses qu'il ouvrit à la lettre *U*.

— ... En bref, dis-je, je voudrais savoir qui a tué, il y a six ans, un certain Ulrich, brocanteur, rue des Blancs-Manteaux, et qui a jeté ensuite le cadavre dans le canal Saint-Martin...

Il avait dû faire un effort pour aller jusqu'au bout, tant la transformation, chez son interlocuteur, était brutale. Brutale au point que Basso perdait presque l'équilibre, voulait s'appuyer à quelque chose, posait la main sur le poêle et la retirait en grondant :

— Nom de D... !

Ses prunelles écarquillées fixaient Maigret avec épouvante. Il recula, recula, rencontra sa chaise et s'y assit, comme sans force, sans ressort, en répétant machinalement :

— Nom de D... !

La porte s'ouvrait sous une poussée fiévreuse. Et Mme Basso se précipitait dans la pièce en criant :

— Marcel !... Marcel !... Ce n'est pas vrai, n'est-ce pas ?... Dis que ce n'est pas vrai !...

Il la regardait à son tour sans comprendre, sans rien voir peut-être, et soudain, avec un râle, il se prenait la tête à deux mains et éclatait en sanglots.

— Papa !... Papa !... glapit le gamin qui accourait et mettait le comble au désordre.

Basso n'entendait rien, repoussait son fils, repoussait sa femme. Écrasé littéralement, il était incapable de retenir ses larmes. Il était tout courbé sur sa chaise, tout tassé. Ses épaules se soulevaient, retombaient à un rythme puissant.

Le gamin pleurait aussi. Mme Basso se mordait les lèvres, lançait à Maigret un regard de haine.

Et la vieille Mathilde, qui n'osait pas entrer mais qui avait assisté à la fin de la scène, grâce à la porte ouverte, pleurait aussi, dans la chambre à coucher, comme pleurent les vieilles, à petits sanglots réguliers, en s'essuyant les yeux du coin de son tablier à carreaux.

Elle finit pourtant, en trottinant, en pleurant, en reniflant, par venir remettre sa soupe sur le feu qu'elle aviva à coups de tisonnier.

10

L'absence du commissaire Maigret

Ces scènes-là ne durent pas, sans doute parce que la résistance nerveuse a des limites. Le paroxysme atteint, c'est soudain le calme plat, sans transition, un calme qui confine à l'abrutissement, comme la fièvre précédente confinait à la folie.

On dirait alors qu'on a honte de sa frénésie, de ses larmes, des mots qu'on a prononcés, comme si l'homme n'était pas fait pour les gestes pathétiques.

Maigret attendait, mal à l'aise, en regardant par la petite fenêtre le crépuscule bleuté où se dessinait le képi d'un gendarme. Il sentait pourtant ce qui se passait derrière lui, devinait Mme Basso qui s'approchait de son mari, le saisissait par les épaules, prononçait d'une voix hachée :

— Dis donc que ce n'est pas vrai !...

Et Basso reniflait, se levait, repoussait sa femme, regardait autour de lui avec des gros yeux troubles d'homme ivre. Le poêle était ouvert. La vieille y jetait du charbon. Cela faisait un grand cercle de lumière rouge au plafond dont les poutres saillaient.

Le gamin regardait son père et, comme lui, cessait de pleurer, par une sorte de mimétisme.

— C'est fini... excusez-moi... murmura Basso, debout au milieu de la pièce.

On le sentait endolori. Sa voix était lasse. Il ne restait plus en lui la moindre énergie.

— Vous avouez ?

— Je n'avoue pas... Écoutez...

Il regarda les siens avec une moue douloureuse, un long froncement des sourcils.

— Je n'ai pas tué Ulrich... Si j'ai eu cette... cette faiblesse, c'est que je me rends compte que... que je...

Il était si vide qu'il ne trouvait pas ses mots.

— Que vous ne pourrez pas vous disculper ?

Il approuva de la tête. Il ajouta :

— Je ne l'ai pas tué...

— Vous disiez la même chose, tout de suite après la mort de Feinstein... Et pourtant vous venez d'avouer...

— Ce n'est pas la même chose...

— Vous connaissiez Ulrich...

Un sourire amer.

— Regardez la date qui se trouve à la première page de ce calepin... Il y a douze ans... Il y en a peut-être dix que j'ai vu le père Ulrich pour la dernière fois...

Il reprenait peu à peu son sang-froid, mais sa voix trahissait un même désespoir.

— Mon père vivait encore... Parlez du père Basso à ceux qui l'ont connu... C'était un homme austère, dur aux autres et à lui-même... Il me laissait moins d'argent pour mes menus frais que les plus pauvres de mes camarades... Alors, on m'a conduit rue des Blancs-Manteaux, chez le père Ulrich, qui avait l'habitude de ces sortes d'opérations...

— Et vous ne savez pas qu'il est mort ?

Basso se tut. Maigret martela sans reprendre haleine :

— Vous ne savez pas qu'il a été tué, transporté en auto vers les quais du canal Saint-Martin et jeté dans l'écluse ?

L'autre ne répondit pas. Ses épaules se tassaient davantage. Il regarda sa femme, son fils, la vieille qui, parce que c'était l'heure, mettait la table sans cesser de pleurnicher.

— Qu'est-ce que vous allez faire ?

— Je vous arrête... Mme Basso et votre fils peuvent rester ici, ou rentrer chez vous...

Maigret entrouvrit la porte, dit au gendarme :

— Vous m'amènerez une voiture...

Il y avait des groupes de curieux, sur la route, mais ils se tenaient à distance, en paysans prudents qu'ils étaient. Quand Maigret se retourna, Mme Basso était dans les bras de son mari. Et celui-ci lui tapotait le dos machinalement, en regardant dans le vide.

— Jure-moi de bien te soigner, disait-elle dans un souffle, et surtout, surtout de... de ne pas... faire de bêtise !

— Oui...

— Jure-le !

— Oui...

— C'est pour ton fils, Marcel !

— Oui... répéta-t-il avec un rien d'énervement, tout en se dégageant.

Est-ce qu'il ne craignait pas de se laisser reprendre par l'émotion ? Il attendait avec impatience l'auto qu'il avait entendu commander. Il ne voulait plus parler, ni écouter, ni regarder. Ses doigts étaient agités d'un tremblement fébrile.

— Tu n'as pas tué cet homme, n'est-ce pas ?... Écoute-moi, Marcel... Il faut que tu m'écoutes... Pour... pour l'autre, on n'osera pas te condamner... Tu ne l'as pas fait exprès... Et on prouvera que cet homme était un vilain individu... Je vais tout de suite m'adresser à un bon avocat, au meilleur...

Elle parlait passionnément. Elle voulait se faire entendre.

— Tout le monde sait que tu es un honnête homme... Peut-être même qu'on obtiendra ta mise en liberté provisoire... Surtout, il ne faut pas te laisser abattre !... Du moment que... que l'autre crime, ce n'est pas toi...

Et son regard défiait le commissaire.

— Je verrai l'avocat demain matin... Je vais faire venir mon père de Nancy, pour me conseiller... Dis !... Est-ce que tu te sens du courage ?...

Elle ne comprenait pas qu'elle lui faisait mal, parce qu'elle menaçait de lui enlever le peu de sang-froid qui lui restait. Est-ce que seulement il l'entendait ? Il guettait surtout les bruits du dehors. Il souhaitait de toutes les fibres de son être l'arrivée de l'auto.

— J'irai te voir, avec ton fils...

On percevait enfin un ronronnement de moteur et Maigret mit fin à la scène.

— En route...

— Tu m'as juré, Marcel !...

Elle ne pouvait pas le laisser partir. Elle poussait le gamin vers lui, pour l'attendrir plus sûrement. Basso était sur le seuil, descendait les trois marches.

Alors elle saisit le bras de Maigret, avec tant de fièvre qu'elle le pinça.

— Attention !... haleta-t-elle. Faites attention qu'il ne se tue pas !... Je le connais !...

Elle vit le groupe de curieux, mais elle lança de ce côté un regard ferme, sans honte, sans timidité.

— Attends !... Mets ton foulard...

Et elle courut le chercher dans la pièce, le tendit par la portière de la voiture alors que celle-ci était déjà en marche.

Dans l'auto, on eût dit que le fait d'être entre hommes suffisait à créer une détente. Maigret et Basso restèrent au moins dix minutes sans rien dire, le temps de quitter la route départementale pour la grand-route de Paris. Et les premiers mots de Maigret semblaient n'avoir aucun rapport avec le drame.

— Vous avez une femme admirable ! dit-il.

— Oui... elle a compris... Peut-être parce qu'elle est mère !... Est-ce que je pourrais dire pourquoi, moi-même, je suis devenu l'amant de... de l'autre ?...

Un silence. Il poursuivit sur un ton de confidence :

— Au moment même, on n'y réfléchit pas... C'est un jeu... puis on n'a pas le courage de rompre... On craint les larmes, les menaces... Et voilà où on en arrive !...

Le décor se bornait aux arbres qui défilaient dans le

halo des phares. Maigret bourra une pipe, passa sa blague à son compagnon.

— Merci... Je ne fume que la cigarette...

Cela faisait du bien de dire des choses banales, des petites phrases de tous les jours.

— Il y a pourtant une dizaine de pipes dans votre tiroir...

— Oui... Avant... J'étais même un amateur de pipes enragé... C'est ma femme qui m'a demandé...

La voix se cassa. Maigret devina les yeux embués de son compagnon. Il se hâta d'ajouter :

— Votre secrétaire, elle aussi, vous est très dévouée.

— C'est une bonne fille... Elle défend âprement mes intérêts... Elle doit être bouleversée, n'est-ce pas ?...

— Je dirais plutôt qu'elle semble avoir confiance... La preuve en est qu'elle m'a demandé quand vous rentreriez... En somme, tout le monde, autour de vous, vous aime...

Le silence retomba. On traversait Juvisy. A Orly, les projecteurs du terrain d'aviation balayaient le ciel.

— C'est vous qui avez donné à Feinstein l'adresse du père Ulrich ?

Mais Basso, méfiant, ne répondit pas.

— Feinstein a eu souvent recours à l'usurier de la rue des Blancs-Manteaux... Le nom est en toutes lettres dans ses livres, et les sommes... Lors du meurtre du brocanteur, Feinstein lui devait au moins trente mille francs...

Non ! Basso ne voulait pas répondre. Et son silence avait quelque chose d'obstiné, de volontaire.

— Quelle est la profession de votre beau-père ?

— Il est professeur dans un lycée de Nancy... Ma femme sort de Normale, elle aussi...

On eût dit que le drame s'approchait et s'éloignait selon les paroles prononcées. A certain moment, Basso parlait d'une voix presque naturelle, comme s'il eût oublié sa situation. Puis soudain c'était un silence lourd de choses inexprimées.

— Votre femme a raison... Pour l'affaire Feinstein, vous avez des chances d'être acquitté. Au maximum risquez-vous un an... Par exemple, pour l'affaire Ulrich...

Et, sans transition :

— Je vais vous laisser pour la nuit à la permanence de la Police Judiciaire... Il sera temps, demain, de vous écrouer officiellement...

Maigret secoua sa pipe, baissa la glace pour dire au chauffeur :

— Quai des Orfèvres !... Vous entrerez dans la cour...

Cela se passa très simplement. Basso suivit le commissaire jusqu'à la porte de la cellule où le vagabond de la guinguette avait, lui aussi, été enfermé.

— Bonne nuit ! dit Maigret en regardant s'il ne manquait rien dans la pièce. Je vous verrai demain. Réfléchissez. Vous êtes sûr que vous n'avez rien à me dire ?...

L'autre était peut-être trop ému pour parler. Toujours est-il qu'il se contenta de secouer négativement la tête.

Confirme arrivée jeudi. Stop. Resterai quelques jours. Stop. Baisers.

C'est le mercredi matin que Maigret adressa ce télégramme à sa femme. Il était installé dans son bureau du Quai des Orfèvres et il l'envoya porter à la poste par Jean.

Quelques instants plus tard, le juge d'instruction chargé de l'affaire Feinstein lui téléphonait.

— Ce soir, j'espère vous remettre le dossier complet de l'affaire ! affirma le commissaire.

— Oui ! le coupable aussi, bien entendu...

— ...

— Pas du tout ! Une affaire aussi banale que possible ! Oui ! A ce soir, monsieur le juge !

Il se leva, pénétra dans le bureau des inspecteurs où il aperçut Lucas occupé à rédiger un rapport.

— Notre vagabond ?

— J'ai repassé la consigne à l'inspecteur Dubois... Rien d'intéressant à signaler... Victor a commencé par travailler à l'asile de l'Armée du Salut... Il avait l'air de prendre son rôle au sérieux... Comme il avait parlé de son poumon, les salutistes étaient bien disposés à son égard et je crois qu'on le considérait comme une recrue sérieuse... Dans un mois, on l'aurait sans doute vu avec l'uniforme à col rouge...

— Et alors ?

— Une rigolade ! Hier au soir, un lieutenant de l'Armée du Salut est arrivé et a commandé je ne sais plus quoi à notre homme. Celui-ci a refusé d'obéir, s'est mis à crier que c'était une honte de faire travailler sans pitié un homme comme lui, atteint de toutes les maladies... Puis, comme on le priait de sortir, il en est venu aux mains... On a dû le mettre dehors de force... Il a passé la nuit sous le pont Marie... A cette heure, il traîne le long des quais... D'ailleurs, Dubois téléphonera bientôt pour vous mettre au courant...

— Comme je ne serai pas ici, tu lui diras d'amener l'homme et de l'enfermer dans la cellule où il y a déjà quelqu'un.

— Compris.

Et Maigret rentra chez lui où, jusque midi, il prépara ses bagages. Il déjeuna dans une brasserie des environs de la République, consulta l'indicateur des chemins de fer et s'assura qu'il avait un excellent train pour l'Alsace à dix heures quarante du soir.

Ces occupations paresseuses le menèrent tout doucement jusque quatre heures de l'après-midi et, un peu plus tard, il prenait place à la terrasse de la *Taverne Royale*. Il était à peine assis que James arrivait à son tour, tendait la main, cherchait le garçon des yeux, questionnait :

— Pernod ?

— Ma foi...

— Deux Pernod, garçon !

Et James croisa les jambes, soupira, regarda devant lui en homme qui n'a rien à dire, ni à penser. Le temps était gris. Des coups de vent imprévus balayaient la chaussée et soulevaient des nuages de poussière.

— Il y aura encore un orage ! soupira James.

Et, sans transition :

— C'est vrai, ce que disent les journaux ? Vous avez arrêté Basso ?

— Hier après-midi, oui !

— A votre santé... C'est idiot...

— Qu'est-ce qui est idiot ?

— Ce qu'il a fait... Voilà un homme sérieux, qui a l'air solide, sûr de lui, et qui s'affole comme un gamin... Il aurait été mieux avisé de se rendre dès le début, de se défendre... Qu'est-ce qu'il risquait, au fond ?...

Maigret avait déjà entendu le même discours, des lèvres de Mme Basso, et il eut un sourire amusé.

— A votre santé !... Vous avez peut-être raison, mais peut-être aussi avez-vous tort...

— Que voulez-vous dire ? Le crime n'était pas prémédité, n'est-ce pas ? Au fond, cela ne peut même pas s'appeler un crime...

— Justement ! Si Basso n'a que la mort de Feinstein à

se reprocher, c'est un impulsif et un faible qui a sottement perdu son sang-froid...

Et le commissaire, brusquement, si brusquement que James sursauta :

— Cela fait combien, garçon ?

— Six cinquante...

— Vous partez ?

— C'est-à-dire que je dois avoir une entrevue avec Basso.

— Ah !

— Au fait, cela vous ferait-il plaisir de le voir ?... Entendu ! je vous emmène...

Dans le taxi, ils n'échangèrent que des phrases banales.

— Mme Basso a bien supporté le coup ?

— C'est une femme très courageuse... Et très cultivée ! Je ne l'aurais pas cru en la voyant si simple... Et surtout en la voyant le dimanche, à Morsang, en tenue de marin...

Et Maigret questionna :

— Comment va votre femme ?

— Très bien... Comme toujours...

— Ces événements ne l'ont pas troublée ?

— Pourquoi ?... Sans compter qu'elle n'est pas femme à se troubler... Elle s'occupe de son ménage... Elle coud... Elle brode... Elle passe une heure ou deux dans les grands magasins, à la recherche d'une occasion...

— Nous sommes arrivés... Venez !...

Et Maigret pilota son compagnon à travers la cour, jusqu'au corps de garde où il questionna :

— Ils sont là ?

— Oui.

— Tranquilles ?

— Sauf celui que Dubois a amené ce matin et qui prétend qu'il s'adressera à la Ligue des droits de l'homme...

Maigret sourit à peine, ouvrit la porte de la cellule, fit passer James devant lui.

Il n'y avait qu'une couchette et c'était le vagabond qui s'y était installé, après avoir retiré ses espadrilles et son veston.

Basso, lui, au moment où la porte s'ouvrait, se promenait de long en large, les mains derrière le dos. Son regard alla aussitôt, interrogateur, à ses deux visiteurs, s'arrêta sur Maigret.

Quant à Victor Gaillard, il se leva avec mauvaise humeur, se rassit et grommela entre ses dents des choses inintelligibles.

— J'ai rencontré votre ami James, dit Maigret, et j'ai pensé que cela vous ferait plaisir de...

— Bonjour, James... fit Basso en lui serrant la main.

Mais il manquait quelque chose. On n'eût pu dire quoi. Il y avait dans l'atmosphère une réticence, un froid indéfinissable, qui décida peut-être Maigret à brusquer les choses.

— Messieurs, commença-t-il, je vous demande de vous asseoir, car nous en avons pour quelques minutes... Toi, fais de la place sur la couchette... Et surtout essaie de rester un quart d'heure sans tousser... Cela ne prend pas ici !...

Le vagabond se contenta de ricaner, en homme qui attend son heure.

— Asseyez-vous, James... Et vous aussi, monsieur Basso... Parfait !... Maintenant, si vous le voulez bien, je vais essayer de résumer en quelques mots la situation... Vous m'écoutez attentivement, n'est-ce pas ?... Il y a quelque temps, un condamné à mort du nom de Lenoir portait, au moment de mourir, une accusation contre quelqu'un dont il se refusait à livrer le nom...

» Il s'agissait d'un vieux crime dont la banalité même a assuré l'impunité...

» En bref, voilà six ans, une voiture quittait une rue de Paris et se dirigeait vers le canal Saint-Martin... Là, le conducteur de l'auto descendait, chargeait sur son bras un cadavre qui se trouvait à l'intérieur et le poussait dans l'eau profonde...

» On n'en aurait jamais rien su si deux rôdeurs n'avaient assisté à la scène... Deux rôdeurs qui avaient nom Lenoir et Victor Gaillard...

» L'idée ne leur vient pas de s'adresser à la police... Ils préfèrent profiter de leur découverte et les voilà qui vont trouver l'assassin et qui lui soutirent régulièrement des sommes d'argent plus ou moins fortes...

» Seulement, ils sont encore jeunes dans le métier... Ils ne prennent pas toutes leurs précautions et, un beau matin, leur banquier a changé d'adresse...

» C'est tout ! La victime s'appelle Ulrich ! Il s'agit d'un brocanteur juif qui est seul à Paris et dont, par conséquent, personne ne s'inquiète !

Maigret alluma lentement sa pipe, sans regarder ses interlocuteurs. Dans la suite, il ne les regarda pas davantage, mais fixa obstinément ses chaussures.

— Six ans plus tard, Lenoir retrouve par hasard l'assassin en question, mais il n'a pas le temps de renouer avec lui des relations fructueuses, car un crime qu'il commet pour son compte lui vaut une condamnation à mort...

» Écoutez-moi bien, je vous en prie... Avant de mourir, comme je l'ai déjà dit, il prononce quelques mots qui me suffisent à circonscrire mes recherches dans un petit cercle bien déterminé. Mais aussi il écrit à son ancien camarade pour lui annoncer la nouvelle et celui-ci accourt à la guinguette à deux sous...

» Voilà, si vous voulez, le second acte... Ne m'interrompez pas, James !... Toi non plus, Victor...

» Et revenons au dimanche où Feinstein est mort... Ce jour-là, l'assassin d'Ulrich était à la guinguette à deux sous... C'était vous, Basso, ou moi, ou vous, James, ou Feinstein, ou n'importe quel autre...

» Une seule personne qui puisse nous fixer avec certitude : Victor Gaillard ici présent...

Celui-ci ouvrit la bouche et Maigret cria littéralement :

— Silence !

Il ajouta ensuite sur un autre ton :

— Or Victor Gaillard, qui est un malin et une crapule par surcroît, n'a pas du tout envie de parler pour rien... Il réclame trente mille francs pour livrer le nom... Mettons qu'à vingt-cinq mille il marcherait... Silence, sacrebleu ! Laissez-moi finir...

» La police n'a pas l'habitude d'offrir de pareilles primes et tout ce qu'elle peut faire pour Gaillard, c'est le poursuivre sous l'inculpation de chantage...

» Revenons aux coupables possibles... J'ai dit tout à l'heure que toutes les personnes présentes le dimanche en question à la guinguette pouvaient être soupçonnées...

» Mais il y a des degrés... Par exemple, il est prouvé que Basso, jadis, a connu le sieur Ulrich... Il est prouvé que non seulement Feinstein le connaissait aussi, mais que la mort du brocanteur lui a permis de ne pas rembourser la forte somme qu'il lui devait...

» Feinstein est mort... L'enquête a démontré que c'était un personnage assez peu recommandable...

» Si c'est lui qui a tué Ulrich, l'action pénale s'éteint d'elle-même et le dossier de cette affaire en restera où il en est...

» Victor Gaillard pourrait nous fixer, mais je n'ai pas le droit d'accepter son chantage...

» Silence, sacrebleu !... Vous parlerez quand on vous questionnera...

C'était le vagabond qui s'agitait et qui ouvrait la bouche à chaque instant pour prendre la parole.

Maigret ne regardait toujours personne. Il avait parlé d'une voix monotone, comme on récite une leçon.

Et soudain il se dirigea vers la porte en grommelant :

— Je reviens dans un instant... Un coup de téléphone urgent à donner...

La porte s'ouvrit, se referma, et on entendit des pas qui s'éloignaient dans l'escalier.

11

L'assassin d'Ulrich

— Allô oui !... D'ici une dizaine de minutes, monsieur le juge... Qui ?... Je ne sais pas encore... Je vous jure !... Est-ce que j'ai l'habitude de plaisanter ?...

Et il raccrocha, se promena de long en large dans son bureau, s'approcha de Jean.

— A propos, je serai absent pendant quelques jours, à partir de ce soir... Voici l'adresse à laquelle il faudra faire suivre mon courrier...

Il regarda plusieurs fois sa montre, se décida enfin à descendre vers la cellule où il avait laissé les trois hommes.

Quand il entra, la première chose qu'il vit, ce fut le visage haineux du vagabond, qui n'était plus à la même place mais qui arpentait la pièce à pas rageurs. Basso, lui, assis au bord de la couchette, se tenait la tête dans les mains.

Quant à James, il était appuyé au mur, les bras croisés, et il fixait Maigret avec un drôle de sourire.

— Excusez-moi de vous avoir fait attendre... Je...

— C'est fait ! dit James. Mais votre absence était inutile.

Et son sourire était plus ému à mesure que Maigret se montrait déconfit.

— Victor Gaillard ne gagnera ses trente mille francs ni en parlant, ni en se taisant... C'est moi qui ai tué Ulrich...

Le commissaire ouvrit la porte, appela un inspecteur qui passait.

— Enfermez-moi cet homme n'importe où jusque tout à l'heure...

Il désigna le vagabond qui lança encore à Maigret :

— Vous vous souviendrez que c'est moi qui vous ai conduit chez Ulrich !... Sans cela... Et cela vaut bien...

Cette obstination à tirer coûte que coûte profit du drame n'était même plus ignoble, mais pitoyable.

— Cinq mille !... cria-t-il de l'escalier.

Ils n'étaient plus que trois dans la cellule. Basso, des trois, était le plus accablé. Il hésita longtemps, se leva, se campa devant Maigret.

— Je vous jure, commissaire, que j'ai voulu donner les trente mille francs... Qu'est-ce que cela peut me faire ?... James n'a pas voulu...

Maigret les regarda l'un après l'autre avec un étonnement qui se teintait d'une sympathie grandissante.

— Vous étiez au courant, Basso ?

— Depuis longtemps... murmura celui-ci.

Et James de préciser :

— C'est lui qui m'a donné les sommes que les deux voyous m'extorquaient... Pour cela, je lui ai tout avoué...

— C'est malin ! s'énerva Basso. Il suffisait de trente mille francs pour...

— Mais non ! Mais non ! soupira James. Tu ne peux pas comprendre... Le commissaire non plus...

Il regarda autour de lui comme pour chercher quelque chose.

— Personne n'a une cigarette ?

Basso lui tendit son étui.

— Pas de Pernod, bien entendu !... Cela ne fait rien... Il faut que je commence à m'habituer... N'empêche que cela aurait été plus facile...

Et il remuait les lèvres comme un buveur que tourmente le besoin de la boisson.

— Au fait, je n'ai pas grand-chose à dire... J'étais marié... Un petit mariage tranquille... Une petite vie quelconque... J'ai rencontré Mado... Et, bêtement, j'ai cru que c'était arrivé... Toute la littérature... *Ma vie pour un baiser... Une vie courte mais bonne... Dégoût de la banalité...*

Il avait une façon flegmatique de dire cela qui donnait à sa confession quelque chose d'inhumain, de clownesque.

— Il y a un âge où tout cela prend ! Garçonnière ! Rendez-vous secrets ! Petits fours et porto ! Et ces choses-là coûtent cher. Et je gagnais mille francs par mois ! C'est toute l'histoire, une histoire bête à pleurer ! Je n'osais pas parler d'argent à Mado ! Je n'osais pas lui dire que je n'avais pas de quoi payer la garçonnière de Passy ! Et c'est le mari, par hasard, qui m'a donné le tuyau Ulrich...

— Vous lui avez emprunté beaucoup ? questionna Maigret.

— Pas même sept mille... Mais c'est beaucoup quand on gagne mille francs par mois... Un soir que ma femme était chez sa sœur, à Vendôme, Ulrich est venu, m'a menacé, si je ne payais pas tout au moins les intérêts, de s'adresser à mes patrons d'une part, de me faire saisir ensuite... Vous imaginez la catastrophe ?... Mon directeur et ma femme qui apprenaient tout en même temps ?

Et la voix restait calme, ironique.

— J'ai fait l'idiot... D'abord, je ne voulais qu'impressionner Ulrich en lui cassant la figure... Mais, quand il a eu le nez en sang, il a essayé de hurler... J'ai serré le cou... Pourtant, j'étais très calme... C'est une erreur de croire que, dans ces moments-là, on perd la tête... Au contraire ! Je crois que je n'ai jamais eu tant de lucidité... Je suis allé louer une voiture... Et je tenais le cadavre de telle sorte qu'on pût croire que c'était un camarade ivre... Vous savez le reste...

Il faillit tendre le bras vers la table pour y prendre un verre qui ne s'y trouvait pas.

— C'est tout... Après cela, on voit la vie autrement... Avec Mado, ça a encore traîné un mois... Ma femme a pris l'habitude de m'engueuler parce que je buvais... Et il me fallait donner de l'argent aux deux individus... J'ai tout dit à Basso... On prétend que cela fait du bien de se confier... Tout cela, c'est de la littérature... Ce qui fait du bien, c'est de recommencer sa vie au début, de redevenir un petit enfant dans son berceau...

C'était si cocasse et surtout si cocassement dit que Maigret ne put s'empêcher de sourire. Il s'aperçut que Basso souriait aussi.

— Seulement, n'est-ce pas ? ce serait encore plus idiot d'aller un beau jour au commissariat et de raconter qu'on a tué un bonhomme.

— Alors, on se crée son coin à soi !... dit Maigret.

— Puisqu'il faut vivre !...

C'était plus morne que tragique ! A cause, sans doute, de l'étrange personnalité de James ! Il mettait son point d'honneur à rester simple. Il avait la pudeur de la moindre émotion.

Si bien qu'en fin de compte c'était lui le plus calme et qu'il avait l'air de se demander pourquoi les deux autres avaient des mines bouleversées.

— Il faut que les hommes soient bêtes pour que Basso lui-même, un beau jour... Et avec Mado encore !... Pas avec une autre !... Et cela a mal tourné !... Si je l'avais pu, j'aurais dit que c'était moi qui avais tué Feinstein... On en était quitte une bonne fois... Mais je n'étais même pas sur les lieux !... Il a fait l'imbécile jusqu'au bout... Il s'est enfui... Je l'ai aidé de mon mieux...

Il y avait tout de même quelque chose dans la gorge de James et c'est pour cela qu'il garda le silence un bon moment, avant de reprendre de sa même voix monotone :

— Comme s'il n'aurait pas mieux fait de dire la vérité !... Tout à l'heure encore, il voulait donner les trente mille francs...

— C'était quand même plus simple ! grommela Basso. Maintenant, au contraire...

— Maintenant, j'en suis quitte une bonne fois ! acheva James. De tout ! De cette saloperie d'existence ! Du bureau, du café, de ma...

Il n'acheva pas. Mais il avait failli dire : de ma femme ! De sa femme avec qui il n'avait plus le moindre point commun. Du studio de la rue Championnet où il passait ses soirées en lisant sans conviction ce qui lui tombait sous la main ! De Morsang où il allait de groupe en groupe racoler des compagnons pour l'apéritif.

Il reprit :

— Je vais être tranquille !

Au bagne ! Ou en prison ! Il n'aurait plus besoin d'attendre quelque chose qui ne se produisait pas !

Tranquille dans son coin à lui, mangeant, buvant, dormant, à heure fixe, cassant des cailloux sur la route ou confectionnant des accessoires de cotillon !

— En somme, on me donnera bien vingt ans ?...

Basso le regarda. Il devait à peine voir son ami, car des larmes embuaient ses yeux, roulaient sur ses joues.

— Mais tais-toi donc ! cria-t-il, les doigts crispés.

— Pourquoi ?

Maigret se moucha, essaya machinalement d'allumer sa pipe qui était vide.

Il avait l'impression de n'être jamais descendu aussi bas dans le noir du désespoir.

Même pas le noir ! Non ! Un désespoir gris et terne ! Un désespoir sans phrases, sans ricanements, sans contorsions.

Un désespoir au Pernod, sans même accompagnement d'ivresse. James ne s'enivrait jamais !

Le commissaire comprenait maintenant le sens de l'attirance qui les réunissait le soir à la terrasse de la *Taverne Royale*.

Ils buvaient, côte à côte. Ils échangeaient des propos quelconques, mollement.

Et, au fond de lui-même, James espérait bien qu'à un certain moment son compagnon lui mettrait la main au collet ! Il guettait chez Maigret le soupçon naissant. Ce soupçon, il le nourrissait, le regardait grandir. Il attendait.

— Un Pernod, vieux ?

Il le tutoyait. Il l'aimait comme un ami qui allait le délivrer de lui-même.

Et tandis que Maigret et Basso échangeaient un regard indéfinissable, on entendit James qui disait, en écrasant le bout de sa cigarette contre la table de bois blanc :

— Le malheur, c'est qu'on ne puisse pas partir tout de

suite... Le procès... Les interrogatoires... Des gens qui pleurent ou s'apitoient...

Un inspecteur entrouvrit la porte.

— Le juge d'instruction est arrivé ! annonça-t-il.

Et Maigret resta indécis, ne sachant comment s'en aller. Il s'avança, tendit la main en soupirant.

— Dites donc ! Vous voulez bien me recommander à lui ? Simplement lui demander que ça aille vite ! J'avoue tout ce qu'on veut ! Mais qu'on m'envoie le plus tôt possible dans un coin...

Il voulut corriger la gravité de ces dernières phrases et lança en guise de conclusion :

— Un qui va tirer une tête, c'est le garçon de la *Taverne Royale* !... Vous irez encore, commissaire ?...

Trois heures plus tard, celui-ci roulait vers l'Alsace, dans un compartiment de seconde classe, et, le long de la Marne, il vit des guinguettes toutes pareilles à la guinguette à deux sous, avec le piano mécanique sous un hangar en planches.

Quand il se réveilla au petit jour, il y avait, devant le train arrêté, une barrière peinte en vert, une petite gare entourée de fleurs.

Mme Maigret et sa sœur, déjà inquiètes, regardaient les portières les unes après les autres.

Et tout cela, la gare, la campagne, la maison des parents, les collines d'alentour, le ciel lui-même, tout était frais comme si chaque matin c'eût été lavé à grande eau.

— Hier, à Colmar, je t'ai acheté des sabots vernis... Regarde...

Des beaux sabots jaunes que Maigret voulut essayer avant même de quitter son complet sombre de Paris.

LE CHARRETIER DE *LA PROVIDENCE*

1

L'écluse 14

Des faits le plus minutieusement reconstitués, il ne se dégageait rien, sinon que la découverte des deux charretiers de Dizy était pour ainsi dire impossible.

Le dimanche — c'était le 4 avril — la pluie s'était mise à tomber à verse dès trois heures de l'après-midi.

A ce moment, il y avait dans le port, au-dessus de l'écluse 14, qui fait la jonction entre la Marne et le canal latéral, deux péniches à moteur avalantes, un bateau en déchargement et une vidange.

Un peu avant sept heures, alors que commençait le crépuscule, un bateau-citerne, l'*Eco III,* s'était annoncé et avait pénétré dans le sas.

L'éclusier avait manifesté de la mauvaise humeur, parce qu'il avait chez lui des parents en visite. Il avait adressé un signe négatif à un bateau-écurie qui arrivait l'instant d'après au pas lent de ses deux chevaux.

Rentré chez lui, il n'avait pas tardé à voir entrer le charretier, qu'il connaissait.

— Je peux passer ? Le patron voudrait coucher demain à Juvigny...

— Passe si tu veux. Mais tu tourneras les portes toi-même...

La pluie tombait de plus en plus dru. De sa fenêtre,

l'éclusier vit la silhouette trapue du charretier qui allait lourdement d'une porte à l'autre, faisait avancer ses bêtes, accrochait les amarres aux bittes.

La péniche s'éleva peu à peu au-dessus des murs. Ce n'était pas le patron qui tenait la barre, mais sa femme, une grosse Bruxelloise aux cheveux d'un blond criard, à la voix aiguë.

A sept heures vingt, *La Providence* était arrêtée en face du *Café de la Marine,* derrière l'*Eco III*. Les chevaux rentrèrent à bord. Le charretier et le patron se dirigèrent vers le café, où se trouvaient d'autres mariniers et deux pilotes de Dizy.

A huit heures, alors que la nuit était tout à fait tombée, un remorqueur amena en dessous des portes les quatre bateaux qu'il traînait.

Cela augmenta le contingent du *Café de la Marine*. Il y eut six tables occupées. On s'interpellait de l'une à l'autre. Ceux qui entraient laissaient derrière eux des rigoles d'eau, secouaient leurs bottes gluantes.

Dans la pièce voisine, éclairée par une lampe à pétrole, les femmes venaient aux provisions.

L'air était lourd. On discuta d'un accident qui s'était produit à l'écluse 8 et du retard que pourraient subir les bateaux montants.

A neuf heures, la marinière de *La Providence* vint chercher son mari et le charretier, qui s'en allèrent après un salut à la ronde.

A dix heures, les lampes étaient éteintes à bord de la plupart des bateaux. L'éclusier accompagna ses parents jusqu'à la grand-route d'Épernay, qui franchit le canal à deux kilomètres de l'écluse.

Il ne vit rien d'anormal. En passant, au retour, devant *la Marine,* il y jeta un coup d'œil, fut hélé par un pilote.

— Viens boire la goutte ! T'es tout mouillé...

Il prit un rhum, debout. Deux charretiers se levaient, lourds de vin rouge, les yeux luisants, et se dirigeaient vers l'écurie attenante au café, où ils couchaient sur la paille, près de leurs chevaux.

Ils n'étaient pas tout à fait ivres. Mais ils avaient assez bu pour dormir d'un sommeil pesant.

Il y avait cinq chevaux à l'écurie, qui n'était éclairée que par une lanterne-tempête mise en veilleuse.

A quatre heures, un des charretiers réveilla son compagnon et tous deux commencèrent à soigner leurs bêtes. Ils entendirent les chevaux de *La Providence* qu'on sortait de la péniche et qu'on attelait.

A la même heure, le patron du café se levait et allumait la lampe dans sa chambre, au premier étage. Il entendit, lui aussi, *La Providence* qui se mettait en marche.

A quatre heures et demie, le moteur Diesel du bateau-citerne se mettait à tousser, mais il ne partit qu'un quart d'heure plus tard, après que le patron eut avalé un grog au café dont on ouvrait les portes.

Il était à peine sorti et son bateau n'était pas encore au pont que les deux charretiers faisaient leur découverte.

L'un des deux tirait ses chevaux vers le chemin de halage. L'autre fouillait la paille pour y retrouver son fouet quand sa main rencontra un corps froid.

Impressionné d'avoir cru reconnaître un visage humain, il se munit de sa lanterne, éclaira le cadavre qui allait bouleverser Dizy et troubler la vie du canal.

Le commissaire Maigret, de la Première Brigade Mobile, était en train de récapituler ces faits en les plaçant dans leur cadre.

C'était le lundi soir. Le matin même, le Parquet d'Épernay avait fait, sur les lieux, la descente légale et, après la visite de l'Identité Judiciaire et des médecins légistes, le corps avait été transporté à la morgue.

Il pleuvait toujours, une pluie fine, serrée et froide qui n'avait pas cessé de tomber de la nuit et de toute la journée.

Des silhouettes allaient et venaient sur les portes de l'écluse où un bateau s'élevait insensiblement.

Depuis une heure qu'il était là, le commissaire n'avait songé qu'à se familiariser avec un monde qu'il découvrait soudain et sur lequel il n'avait en arrivant que des notions fausses ou confuses.

L'éclusier lui avait dit :

— Il n'y avait presque rien dans le bief : deux moteurs avalants, un moteur montant, qui a éclusé l'après-midi, une vidange et deux panamas. Puis le chaudron est arrivé avec ses quatre bateaux...

Et Maigret apprenait qu'un chaudron est un remorqueur, qu'un panama est un bateau qui n'a ni moteur ni chevaux à bord et qui loue un charretier avec ses bêtes pour un parcours déterminé, ce qui constitue de la navigation au long jour.

En arrivant à Dizy, il n'avait vu qu'un canal étroit, à trois kilomètres d'Épernay, et un village peu important près d'un pont de pierre.

Il lui avait fallu patauger dans la boue, le long du chemin de halage, jusqu'à l'écluse, qui était elle-même distante de deux kilomètres de Dizy.

Et là il avait trouvé la maison de l'éclusier, en pierres grises, avec son écriteau : *Bureau de Déclaration*.

Et il avait pénétré au *Café de la Marine*, qui était la seule autre construction de l'endroit.

A gauche, une salle de café pauvre, avec de la toile cirée brune sur les tables, des murs peints moitié en brun, moitié en jaune sale.

Mais il y régnait une odeur caractéristique qui suffisait à marquer la différence avec un café de campagne. Cela sentait l'écurie, le harnais, le goudron et l'épicerie, le pétrole et le gasoil.

La porte de droite était munie d'une petite sonnette et des réclames transparentes étaient collées aux vitres.

Là, c'était bourré de marchandises : des cirés, des sabots, des vêtements de toile, des sacs de pommes de terre, des barils d'huile alimentaire et des caisses de sucre, de pois, de haricots, pêle-mêle avec des légumes et de la faïence.

On ne voyait pas un client. A l'écurie, il n'y avait plus que le cheval que le propriétaire attelait pour aller au marché, une grande bête grise aussi familière qu'un chien, qui n'était pas attachée et qui se promenait de temps en temps dans la cour, parmi les poules.

Tout ruisselait de l'eau du ciel. C'était la note dominante. Et les gens qui passaient étaient noirs et luisants, penchés en avant.

A cent mètres, un petit train Decauville allait et venait dans un chantier, et son conducteur, à l'arrière de la locomotive en miniature, avait fixé un parapluie sous lequel il se tenait, frileux, les épaules rentrées.

Une péniche se détachait du bord, s'en allait à la gaffe jusqu'à l'écluse d'où une autre sortait.

Comment la femme était-elle venue là ? Pourquoi ? C'était la question que la police d'Épernay, le Parquet, les médecins, les techniciens de l'Identité Judiciaire s'étaient posée avec ahurissement et que Maigret tournait et retournait dans sa lourde tête.

Elle avait été étranglée, c'était une première certitude. La mort remontait au dimanche soir, vraisemblablement vers dix heures et demie.

Et le cadavre avait été découvert, dans l'écurie, un peu après quatre heures du matin.

Aucune route ne passe près de l'écluse. Rien n'y peut attirer quelqu'un qui ne s'occupe pas de navigation. Le chemin de halage est trop étroit pour permettre le passage à une auto. Et, cette nuit-là, il eût fallu patauger jusqu'à mi-jambe dans les flaques d'eau et dans la boue.

Or, la femme appartenait de toute évidence à un monde qui se déplace plus souvent en voiture de luxe et en *sleeping* qu'à pied.

Elle ne portait qu'une robe de soie crème et des chaussures en daim blanc qui étaient plutôt des chaussures de plage que des souliers de ville.

La robe était fripée, mais on n'y relevait pas une tache de boue. Seul le bout du soulier gauche était encore mouillé au moment de la découverte.

— Trente-huit à quarante ans ! avait dit le médecin après l'avoir examinée.

Ses boucles d'oreilles étaient deux perles véritables, valant environ quinze mille francs. Son bracelet, en or et platine, travaillé dans le goût ultramoderne, était plus esthétique que coûteux mais portait la signature d'un joaillier de la place Vendôme.

Les cheveux étaient bruns, ondulés, coupés très court sur la nuque et aux tempes.

Quant au visage, défiguré par la strangulation, il avait dû être d'une joliesse assez remarquable.

Une femme, sans doute, du genre pétillant.

Ses ongles, manucurés, vernis, étaient sales.

On n'avait pas retrouvé de sac à main près d'elle. Les polices d'Épernay, de Reims et de Paris, munies d'une photographie du cadavre, essayaient en vain, depuis le matin, d'établir son identité.

Et la pluie tombait sans trêve sur un vilain paysage. A

gauche et à droite, l'horizon était borné par des collines crayeuses, aux traînées blanches et noires, où les vignes, à cette saison, n'apparaissaient que comme des croix de bois dans un cimetière du front.

L'éclusier, qu'une casquette galonnée d'argent permettrait seule de reconnaître, tournait d'un air accablé autour de son bassin où l'eau se mettait à bouillonner chaque fois qu'il ouvrait les vannes.

Et à chaque marinier, tandis qu'un bateau s'élevait ou descendait, il racontait l'histoire.

Parfois les deux hommes, les feuilles réglementaires une fois signées, gagnaient à grands pas le *Café de la Marine*, vidaient des verres de rhum ou une chopine de vin blanc.

Régulièrement l'éclusier montrait du menton Maigret qui, rôdant sans but précis, devait donner une impression de désarroi.

C'était un fait. L'affaire se présentait d'une façon tout à fait anormale. Il n'y avait même pas un témoin à questionner.

Car le Parquet, après avoir interrogé l'éclusier, puis s'être entendu avec l'ingénieur des Ponts et Chaussées, avait décidé de laisser tous les bateaux poursuivre leur route.

Les deux charretiers étaient partis les derniers vers midi, convoyant chacun un panama.

Comme il y a une écluse tous les trois ou quatre kilomètres et que ces écluses sont reliées téléphoniquement entre elles, on pouvait savoir, à n'importe quel moment, l'endroit où n'importe quel bateau se trouvait et lui barrer la route.

Au surplus, un commissaire de police d'Épernay avait questionné tout le monde et Maigret avait à sa disposition le procès-verbal de ces interrogatoires d'où rien ne ressortait, sinon que la réalité était invraisemblable.

Tous ceux qui se trouvaient la veille au *Café de la Marine* étaient connus, soit du patron, soit de l'éclusier, le plus souvent des deux.

Les charretiers couchaient au moins une fois par semaine dans la même écurie, et toujours dans le même état assez proche de l'ivresse.

— Vous comprenez ! A chaque écluse, on boit le coup... Presque tous les éclusiers vendent à boire...

Le bateau-citerne arrivé le dimanche après-midi et reparti le lundi matin transportait de l'essence et appartenait à une grosse compagnie du Havre.

Quant à *La Providence*, dont le patron était propriétaire, elle passait vingt fois par an, avec ses deux chevaux et son vieux charretier. Et il en était de même des autres !

Maigret était maussade. Cent fois il entra dans l'écurie, puis dans le café ou dans la boutique.

On le vit marcher jusqu'au pont de pierre avec l'air de compter ses pas ou de chercher quelque chose dans la boue. Il assista, renfrogné, dégouttant d'eau, à dix éclusées.

On se demandait quelle était son idée et en réalité il n'en avait pas. Il n'essayait même pas de découvrir un indice à proprement parler, mais plutôt de s'imprégner de l'ambiance, de saisir cette vie du canal si différente de ce qu'il connaissait.

Il s'était assuré qu'on pourrait lui prêter une bicyclette s'il désirait rejoindre l'un ou l'autre des bateaux.

L'éclusier lui avait remis le *Guide officiel de la Navigation intérieure* où des localités inconnues, comme Dizy, prennent, pour des raisons topographiques, ou à cause d'une jonction, d'un croisement, de la présence d'un port, d'une grue, voire d'un bureau de déclaration, une importance insoupçonnée.

Il essayait de suivre, en esprit, péniches et charretiers :

Ay — Port — Écluse n° 13.

Mareuil-sur-Ay — Chantier de construction de bateaux — Port — Bassin de virement — Écluse n° 12 — Côte 74,36...

Puis *Bisseuil, Tours-sur-Marne, Condé, Aigny...*

Tout à l'autre bout du canal, par-delà le plateau de Langres, que les bateaux escaladaient écluse par écluse et qu'ils redescendaient sur l'autre versant, la Saône, Chalon, Mâcon, Lyon...

— Qu'est-ce que cette femme est venue faire ici ?

Dans une écurie, avec ses perles aux oreilles, son bracelet de style, ses souliers de daim blanc !

Elle avait dû arriver vivante, puisque le crime s'était commis après dix heures du soir.

Mais comment ? Mais pourquoi ? Et personne n'avait rien entendu ! Elle n'avait pas crié ! Les deux charretiers ne s'étaient pas réveillés !

Sans le fouet perdu, on n'aurait sans doute découvert le cadavre que quinze jours ou un mois plus tard, par hasard, en remuant la paille !

Et d'autres charretiers seraient venus ronfler à côté de ce corps de femme !

Malgré la pluie froide, il y avait toujours dans l'atmosphère quelque chose de pesant, d'implacable. Et le rythme de vie était lent.

Des pieds chaussés de bottes ou de sabots se traînaient sur les murs de l'écluse ou le long du chemin de halage. Des chevaux tout mouillés attendaient la fin de la bassinée pour repartir en s'étirant dans un effort progressif, arc-boutés sur leurs pattes de derrière.

Et le soir allait tomber, comme la veille. Déjà les péniches montantes ne poursuivaient plus leur route, mais s'amarraient pour la nuit, tandis que les mariniers engourdis s'avançaient par groupes vers le café.

Maigret alla jeter un coup d'œil à la chambre qu'on venait de lui préparer, à côté de celle du patron. Il y resta une dizaine de minutes, changea de chaussures et nettoya sa pipe.

Au moment où il redescendait, un yacht que conduisait un matelot en ciré longeait la rive au ralenti, battait en arrière et s'arrêtait sans heurt entre deux bittes.

Le matelot effectua seul toutes ces manœuvres. Deux hommes sortirent un peu plus tard de la cabine, regardèrent autour d'eux avec ennui et finirent par se diriger vers le *Café de la Marine*.

Ils avaient endossé des cirés, eux aussi. Mais, quand ils les retirèrent, ils se trouvèrent en chemise de flanelle ouverte sur la poitrine et un pantalon blanc.

Les mariniers les regardaient sans que les nouveaux venus manifestassent la moindre gêne. Au contraire ! Ce genre de décor semblait leur être familier.

L'un d'eux était grand, gros, grisonnant, avec un teint brique et des yeux saillants, au regard glauque qui glissait sur les gens et les choses comme sans les voir.

Il se renversa sur sa chaise de paille, attira une seconde chaise sous ses pieds, fit claquer ses doigts pour appeler le patron.

Son compagnon, qui devait avoir vingt-cinq ans, lui parlait anglais avec une nonchalance qui sentait le snobisme.

Ce fut lui qui demanda sans accent :

— Vous avez du champagne naturel ?... Non mousseux ?...

— J'en ai...

— Apportez-en une bouteille...

Ils fumaient des cigarettes à bout de carton importées de Turquie.

La conversation des mariniers, un instant suspendue, reprenait progressivement.

Un peu après que le patron eut servi le vin, le matelot entra, en pantalon blanc, lui aussi, et en jersey de marin à rayures bleues.

— Ici, Vladimir...

Le plus gros bâillait, exprimait un ennui compact. Il vida son verre avec une moue qui n'était qu'à demi satisfaite.

— Une bouteille ! souffla-t-il à l'adresse du plus jeune.

Et celui-ci répéta plus haut, comme s'il eût été habitué à transmettre ainsi les ordres :

— Une bouteille !... Du même !...

Maigret sortit de son coin, où il était attablé devant une canette de bière.

— Pardon, messieurs... Puis-je me permettre de vous poser une question ?...

L'aîné désigna son compagnon d'un geste qui signifiait :

— Adressez-vous à lui !

Il ne montrait ni surprise, ni intérêt. Le matelot se versait à boire, coupait le bout d'un cigare.

— Vous arrivez par la Marne ?

— Par la Marne, bien entendu...

— Vous étiez amarré loin d'ici la nuit dernière ?

Le plus gros tourna la tête, dit en anglais :

— Réponds-lui que ça ne le regarde pas !

Maigret feignit de n'avoir pas compris et, sans rien ajouter, tira de son portefeuille la photographie du cadavre, la posa sur la toile cirée brune de la table.

Les mariniers, assis ou debout devant le comptoir, suivaient la scène des yeux.

Le yachtman bougea à peine la tête pour regarder le portrait. Puis il examina Maigret, soupira :

— Police ?

Il avait un fort accent anglais, une voix fatiguée.

— Police Judiciaire ! Un crime a été commis ici la nuit dernière. La victime n'a pas encore pu être identifiée.

— Où elle est ? questionna l'autre en se levant et en désignant le portrait.

— A la morgue d'Épernay. Vous la connaissez ?

La face de l'Anglais était impénétrable. Maigret remarqua pourtant que son cou énorme, apoplectique, était devenu violacé.

Il prit sa casquette blanche qu'il posa sur son crâne dégarni, grommela d'abord en anglais en se tournant vers son compagnon :

— Encore des complications !

Puis enfin, indifférent à l'attention des mariniers, il déclara en tirant une bouffée de sa cigarette :

— C'est mon femme !

On entendit plus nettement le crépitement de la pluie sur les vitres et même le grincement des manivelles de l'écluse. Le silence dura quelques secondes, absolu, comme si toute vie eût été suspendue.

— Vous paierez, Willy...

L'Anglais jeta son ciré sur ses épaules, sans passer les manches, grogna à l'adresse de Maigret :

— Venez dans le bateau...

Le matelot qu'il avait appelé Vladimir acheva d'abord la bouteille de champagne, puis s'en fut comme il était venu, en compagnie de Willy.

La première chose que vit le commissaire en arrivant à bord fut une femme en peignoir, pieds nus, cheveux défaits, qui sommeillait sur une couchette de velours grenat.

L'Anglais lui toucha l'épaule et, avec le même flegme que précédemment, sur un ton exempt de galanterie, commanda :

— Va dehors...

Puis il attendit, le regard errant sur la table pliante où il y avait un flacon de whisky et une demi-douzaine de verres sales, ainsi qu'un cendrier débordant de bouts de cigarette.

Il finit, machinalement, par se verser à boire, poussa la bouteille vers Maigret d'un geste qui signifiait :

— Si vous en voulez...

Une péniche passait à ras des hublots et le charretier, à cinquante mètres de là, arrêtait ses chevaux dont on entendait tinter les grelots.

2

Les hôtes du Southern Cross

Maigret était à peu près aussi haut et large que l'Anglais. Au Quai des Orfèvres, sa placidité était légendaire. Pourtant, cette fois, il était impatienté par le calme de son interlocuteur.

Et ce calme semblait être le mot d'ordre à bord. Depuis le matelot Vladimir jusqu'à la femme qu'on venait d'arracher à son sommeil, chacun avait le même air indifférent ou abruti. On eût dit des gens qu'on tirait du lit au lendemain d'une terrible ivresse.

Un détail, entre cent. Tout en se levant et en cherchant une boîte de cigarettes, la femme aperçut la photographie que l'Anglais avait posée sur la table et qui, dans le court trajet du *Café de la Marine* au yacht, s'était mouillée.

— Mary ?... questionna-t-elle avec, à peine, un tressaillement.

— Mary, yes !

Et ce fut tout ! Elle sortit par une porte qui s'ouvrait vers l'avant et qui devait conduire au cabinet de toilette.

Willy arrivait sur le pont, se penchait devant l'écoutille. Le salon était exigu. Les cloisons d'acajou verni étaient minces et, de l'avant, on devait tout entendre, car le propriétaire regarda d'abord de ce côté, les sourcils froncés, puis du côté du jeune homme à qui il dit avec quelque impatience :

— Allons !... Entrez !...

Et à Maigret, brusquement :

— Sir Walter Lampson, colonel en retraite de l'Armée des Indes !

Il accompagna sa propre présentation d'un petit salut sec et d'un geste qui désignait la banquette.

— Monsieur ?... questionna le commissaire tourné vers Willy.

— Un ami... Willy Marco...

— Espagnol ?

Le colonel haussa les épaules. Maigret scrutait du regard le visage manifestement israélite du jeune homme.

— Grec par mon père... Hongrois par ma mère...

— Je me vois obligé de vous poser un certain nombre de questions, sir Lampson...

Willy s'était assis avec désinvolture sur le dossier d'une chaise et se balançait tout en fumant une cigarette.

— J'écoute !

Mais, au moment où Maigret allait parler, le yachtman prononça :

— Qui est-ce qui a fait ? On sait ?

Il parlait de l'auteur du crime.

— On n'a rien découvert jusqu'à présent. C'est pourquoi vous serez très utile à l'enquête en me renseignant sur certains points...

— Avec corde ? fit-il encore en portant la main à son cou.

— Non ! L'assassin ne s'est servi que de ses mains. Quand avez-vous vu Mrs Lampson pour la dernière fois ?

— Willy...

Willy était décidément l'homme à tout faire, à commander les boissons et à répondre aux questions posées au colonel.

— A Meaux, jeudi soir... dit-il.

— Et vous n'avez pas signalé sa disparition à la police ?

Sir Lampson se servait un nouveau whisky.

— Pourquoi ? Elle faisait ce qu'elle voulait, n'est-ce pas ?

— Elle s'éclipsait souvent de la sorte ?

— Quelquefois...

L'eau crépitait sur le pont, au-dessus des têtes. Le crépuscule faisait place à la nuit et Willy Marco tourna le commutateur électrique.

— Les accus sont chargés ? lui demanda le colonel en anglais. Ce ne sera pas comme l'autre jour ?

Maigret faisait un effort pour donner un sens précis à son interrogatoire. Mais il était sollicité sans cesse par des impressions nouvelles.

Malgré lui, il regardait tout, pensait à tout à la fois, si bien qu'il avait la tête pleine d'un bouillonnement d'idées informes.

Il n'était pas tant indigné que gêné devant cet homme qui, au *Café de la Marine*, avait jeté un coup d'œil au portrait et avait déclaré sans un tressaillement :

— C'est mon femme...

Il revoyait l'inconnue en peignoir questionnant :

— Mary ?...

Et maintenant Willy Marco se balançait sans arrêt, la cigarette aux lèvres, tandis que le colonel s'inquiétait des accumulateurs !

Dans l'atmosphère neutre de son bureau, le commissaire eût sans doute mené à bien un interrogatoire ordonné. Ici, il commença par retirer son manteau sans y être invité, reprit le portrait qui était sinistre, comme toutes les photographies de cadavres.

— Vous habitez la France ?

— La France, l'Angleterre... Quelquefois l'Italie... Toujours avec mon bateau, le *Southern Cross*...

— Vous venez de... ?

— Paris ! répliqua Willy à qui le colonel avait fait signe de parler. Nous y sommes restés une quinzaine de jours, après avoir passé un mois à Londres...

— Vous viviez à bord ?

— Non ! Le bateau était à Auteuil. Nous sommes descendus à l'*Hôtel Raspail*, à Montparnasse...

— Le colonel, sa femme, la personne que j'ai vue tout à l'heure et vous ?

— Oui ! Cette dame est la veuve d'un député chilien, Mme Negretti.

Sir Lampson poussa un soupir d'impatience, employa à nouveau l'anglais :

— Expliquez vite, sinon il est encore ici demain matin...

Maigret ne sourcilla pas. Seulement, dès lors, il posa ses questions avec un rien de brutalité.

— Mme Negretti n'est pas votre parente ? demanda-t-il à Willy.

— Pas du tout...

— Elle vous est donc tout à fait étrangère, à vous et au

colonel... Voulez-vous me dire comment sont aménagées les cabines ?

Sir Lampson avala une gorgée de whisky, toussa, alluma une cigarette.

— A l'avant, il y a le poste d'équipage, où couche Vladimir. C'est un ancien aspirant de la marine russe... Il a fait partie de la flotte Wrangel...

— Il n'y a pas d'autre matelot ? Pas de domestique ?

— Vladimir s'occupe de tout...

— Ensuite ?

— Entre le poste d'équipage et ce salon se trouvent, à droite la cuisine, à gauche le cabinet de toilette...

— Et à l'arrière ?

— Le moteur...

— Vous étiez donc quatre dans cette cabine ?

— Il y a quatre couchettes... Les deux banquettes que vous voyez, d'abord, qui se transforment en divans... Ensuite...

Willy se dirigea vers une cloison, ouvrit une sorte de long tiroir et découvrit un lit complet.

— Il y en a un de chaque côté... Vous voyez...

Maigret, en effet, commençait à y voir un peu plus clair, comprenait qu'il ne tarderait pas à être au courant des secrets de cette cohabitation singulière.

Les yeux du colonel étaient glauques et humides comme des yeux d'ivrogne. Il semblait se désintéresser de la conversation.

— Que s'est-il passé à Meaux ? Et, avant tout, quand y êtes-vous arrivés ?

— Mercredi soir... Meaux est à une étape de Paris... Nous avions emmené deux amies de Montparnasse...

— Continuez...

— Le temps était très beau... Nous avons fait du phonographe et dansé sur le pont... Vers quatre heures du matin, j'ai conduit nos amies à l'hôtel et elles ont dû reprendre le train le lendemain...

— Où était amarré le *Southern Cross* ?

— Près de l'écluse...

— Aucun événement ne s'est produit le jeudi ?

— Nous nous sommes levés très tard, après avoir été souvent réveillés par une grue qui chargeait des pierres dans une péniche tout près de nous... Le colonel et moi, nous avons pris l'apéritif en ville... L'après-midi... attendez... Le colonel a dormi... J'ai joué aux échecs avec Gloria... Gloria, c'est Mme Negretti...

— Sur le pont ?

— Oui... Je crois bien que Mary se promenait.

— Elle n'est plus revenue ?

— Pardon ! Elle a dîné à bord... Le colonel a proposé de passer la soirée au dancing et Mary a refusé de nous accompagner... Quand nous sommes rentrés, vers trois heures du matin, elle n'était plus là...

— Vous n'avez effectué aucune recherche ?

Sir Lampson tambourinait du bout des doigts sur la table vernie.

— Le colonel vous a dit que sa femme était libre d'aller et venir à sa guise... Nous l'avons attendue jusque samedi et nous sommes repartis... Elle connaissait l'itinéraire et elle savait où elle pouvait nous rejoindre...

— Vous allez en Méditerranée ?

— A l'île de Porquerolles, en face d'Hyères, où on passe la plus grande partie de l'année... Le colonel a acheté là-bas un ancien fort, le petit Langoustier...

— Pendant la journée de vendredi, tout le monde est resté à bord ?

Willy eut une hésitation, répondit avec une certaine vivacité :

— Je suis allé à Paris...

— Pour quoi faire ?

Il rit, d'un rire déplaisant, qui imprimait à sa bouche une torsion anormale.

— Je vous ai parlé de nos deux amies... J'avais envie de les revoir... Une d'elles, tout au moins...

— Vous voulez me donner leur nom ?

— Leur prénom... Suzy et Lia... Elles sont chaque soir à *La Coupole*... Elles habitent l'hôtel qui fait le coin de la rue de la Grande-Chaumière...

— Des professionnelles de la galanterie ?

— De braves petites femmes...

La porte s'ouvrit. Mme Negretti, qui avait passé une robe de soie verte, se montra.

— Je peux venir ?

Et le colonel répondit par un haussement d'épaules. Il devait en être à son troisième whisky et il les prenait avec très peu d'eau.

— Willy... Demandez... pour les formalités...

Maigret n'avait pas besoin d'intermédiaire pour comprendre. Cette façon saugrenue et nonchalante de lui poser des questions commençait à l'agacer.

— Il est bien entendu que vous devez avant tout reconnaître le corps... Après l'autopsie, vous obtiendrez sans doute le permis d'inhumer. Vous désignerez le cimetière et...

— On peut aller tout de suite ? Il y a un garage, pour louer une auto ?

— A Épernay...

— Willy... Téléphonez pour une voiture... Tout de suite, n'est-ce pas ?...

— Il y a le téléphone au *Café de la Marine* ! fit Maigret tandis que le jeune homme, avec mauvaise humeur, endossait son ciré.

— Où est Vladimir ?

— Je l'ai entendu rentrer tout à l'heure...

— Dites que nous dînerons à Épernay...

Mme Negretti, qui était grasse, avec des cheveux d'un noir luisant, une chair très claire, s'était assise dans un coin, sous le baromètre, et assistait à cette scène, le menton dans la main, l'air absent ou profondément réfléchi.

— Vous viendrez avec nous ? lui demanda sir Lampson.

— Je ne sais pas... Il pleut encore ?...

Maigret était hérissé et la dernière question du colonel ne fut pas pour le calmer.

— Combien de jours vous croyez avoir besoin, pour tout ?

Alors, férocement :

— Y compris l'enterrement, je suppose ?

— Yes... Trois jours ?...

— Si les médecins légistes délivrent le permis d'inhumer et si le juge d'instruction ne s'y oppose pas, vous pourriez matériellement en finir en vingt-quatre heures...

L'autre sentit-il l'amère ironie de ces paroles ?

Maigret, lui, eut besoin de regarder le portrait : un corps cassé, sali, froissé, un visage qui avait été bien joli, bien poudré, avec du rouge parfumé sur les lèvres et sur les joues et dont on ne pouvait plus contempler la grimace sans avoir froid dans le dos.

— Vous buvez ?...

— Merci...

— Alors...

Sir Walter Lampson se leva pour signifier qu'il considérait l'entretien comme terminé, appela :

— Vladimir !... Un costume !...

— J'aurai sans doute d'autres questions à vous poser, dit le commissaire. Peut-être me verrai-je forcé de visiter le yacht à fond...

— Demain... D'abord Épernay, n'est-ce pas ?... Combien de temps pour la voiture ?...

— Je vais rester toute seule ? s'effraya Mme Negretti.

— Avec Vladimir... Vous pouvez venir...

— Je ne suis pas habillée...

Willy rentrait en coup de vent, enlevait son ciré ruisselant.

— L'auto sera ici dans dix minutes...

— Alors, commissaire, si vous voulez...

Le colonel montrait la porte.

— Nous devons nous habiller...

En sortant, Maigret aurait volontiers cassé la figure à quelqu'un, tant il était énervé. Il entendit l'écoutille se refermer derrière lui.

Du dehors, on ne voyait que la lumière de huit hublots ainsi que le fanal blanc accroché au mât. A moins de dix mètres se profilait l'arrière trapu d'une péniche et à gauche, sur la rive, un gros tas de charbon.

C'était peut-être une illusion. Mais Maigret avait l'impression que la pluie redoublait, que le ciel était plus noir et plus bas qu'il ne l'avait jamais vu.

Il marcha vers le *Café de la Marine* où les voix se turent tout d'un coup à son arrivée. Tous les mariniers étaient là, en cercle autour du poêle de fonte. L'éclusier était accoudé au comptoir, près de la fille de la maison, une grande fille rousse en sabots.

Sur la toile cirée des tables traînaient des litres de vin, des verres sans pied, des flaques.

— Alors, c'est bien sa dame ? finit par questionner le patron en prenant son courage à deux mains.

— Oui ! Donnez-moi de la bière ! Ou plutôt non ! Quelque chose de chaud... Un grog...

Les mariniers se remettaient à parler, petit à petit. La

fille apporta le verre brûlant en frôlant l'épaule de Maigret de son tablier.

Et le commissaire imaginait les trois personnages en train de s'habiller dans la cabine étroite, avec Vladimir par surcroît.

Il imaginait bien d'autres choses, mais mollement et non sans répugnance.

Il connaissait l'écluse de Meaux, qui est d'autant plus importante que, comme celle de Dizy, elle fait la jonction entre la Marne et le canal où se trouve un port en demi-lune, toujours encombré de péniches pressées bord à bord.

Là-dedans, au milieu des mariniers, le *Southern Cross* illuminé, avec les deux femmes de Montparnasse, la grasse Gloria Negretti, Mme Lampson, Willy et le colonel dansant sur le pont au son du phonographe, buvant...

Dans un coin du *Café de la Marine*, deux hommes en blouse bleue mangeaient du saucisson qu'ils coupaient au fur et à mesure avec leur couteau de poche, en même temps que leur pain, en buvant du vin rouge.

Et quelqu'un racontait un accident qui était arrivé le matin à la « voûte », c'est-à-dire à l'endroit où le canal, pour franchir la partie la plus haute du plateau de Langres, devient souterrain sur une longueur de huit kilomètres.

Un marinier avait eu le pied pris dans la corde des chevaux. Il avait crié sans pouvoir se faire entendre du charretier et, au moment où les bêtes se remettaient en marche après un temps d'arrêt, il avait été projeté dans l'eau.

Le tunnel n'était pas éclairé. Le bateau ne portait qu'un fanal qui jetait à peine quelques reflets sur l'eau. Le frère du marinier — la péniche s'appelait *Les Deux Frères* — avait sauté dans le canal.

On n'en avait repêché qu'un, quand il était déjà mort. On cherchait l'autre...

— Ils n'avaient plus que deux annuités à payer sur leur bateau. Mais il paraît que, d'après le contrat, les femmes n'auront pas à les verser...

Un chauffeur en casquette de cuir entra, chercha quelqu'un des yeux.

— Qui est-ce qui a commandé une auto ?

— Moi ! dit Maigret.

— J'ai été obligé de la laisser au pont... Je ne tiens pas à verser dans le canal...

— Vous mangez ici ? vint demander le patron au commissaire.

— Je ne sais pas encore...

Il sortit avec le chauffeur. Le *Southern Cross*, peint en blanc, faisait une tache laiteuse dans la pluie et deux gosses d'une péniche voisine, dehors malgré l'averse, le regardaient avec admiration.

— Joseph !... criait une voix de femme. Ramène ton frère !... Tu vas être rossé !...

— *Southern Cross*... lut le chauffeur sur la proue. C'est des Anglais ?...

Maigret traversa la passerelle, frappa. Willy qui était prêt, élégant dans un complet sombre, ouvrit la porte et on aperçut le colonel congestionné, sans veston, à qui Gloria Negretti faisait la cravate.

La cabine sentait l'eau de Cologne et la brillantine.

— L'auto est arrivée ? questionna Willy. Elle est ici ?

— Au pont, à deux kilomètres...

Maigret resta dehors. Il entendit vaguement le colonel et le jeune homme qui discutaient en anglais. Enfin Willy vint dire :

— Il ne veut pas patauger dans la boue... Vladimir va mettre le youyou à l'eau... Nous vous rejoindrons là-bas...

— Hum !... Hum !... grogna le chauffeur qui avait entendu.

Dix minutes plus tard, Maigret et lui faisaient les cent pas sur le pont de pierre, près de la voiture dont les phares étaient en veilleuse. Il s'écoula près d'une demi-heure avant qu'on entendît le bourdonnement d'un petit moteur à deux temps.

Enfin la voix de Willy cria :

— C'est ici ?... Commissaire !...

— Ici, oui !

Le canot à moteur amovible décrivit un cercle, aborda. Vladimir aida le colonel à mettre pied à terre, prit rendez-vous pour le retour.

Dans la voiture, sir Lampson ne prononça pas un mot. Malgré sa corpulence, il était d'une élégance remarquable. Haut en couleur, très soigné, flegmatique, c'était bien le gentleman anglais tel que le représentent les gravures du siècle dernier.

Willy Marco fumait cigarette sur cigarette.

— Quelle bagnole ! soupira-t-il comme on sursautait à un caniveau.

Maigret remarqua qu'il avait au doigt une chevalière en platine ornée d'un gros diamant jaune.

Lorsqu'on pénétra dans la ville aux pavés luisants de pluie, le chauffeur souleva la glace, questionna :

— A quelle adresse dois-je... ?

— A la morgue ! répliqua le commissaire.

Ce fut bref. Le colonel desserra à peine les dents. Il n'y avait qu'un gardien dans le local où trois corps étaient étendus sur les dalles.

Toutes les portes étaient déjà fermées à clef. On entendit les serrures qui grinçaient. Il fallut faire de la lumière.

Ce fut Maigret qui souleva le drap.

— Yes !

Willy était plus ému, plus impatient d'échapper au spectacle.

— Vous la reconnaissez aussi ?

— C'est bien elle... Comme elle est...

Il n'acheva pas. Il pâlissait à vue d'œil. Ses lèvres devenaient sèches. Sans doute, si le commissaire ne l'eut entraîné dehors, se fût-il trouvé mal.

— Vous ne savez pas qui a fait ?... articula le colonel.

Peut-être aurait-on pu relever dans le son de sa voix un trouble à peine perceptible. Mais n'était-ce pas l'effet des nombreux verres de whisky ?

Maigret, quand même, nota ce petit décalage.

Ils se retrouvaient sur un trottoir mal éclairé par un réverbère, en face de l'auto dont le chauffeur n'avait pas quitté le siège.

— Vous dînez, n'est-ce pas ? fit encore sir Lampson sans même se tourner vers Maigret.

— Merci... Je vais profiter de ce que je suis ici pour effectuer quelques démarches...

Le colonel s'inclina sans insister.

— Venez, Willy...

Maigret resta un moment sur le seuil de la morgue, tandis que le jeune homme, après avoir conféré avec l'Anglais, se penchait vers le chauffeur.

Il était question de savoir quel était le meilleur restaurant de la ville. Des gens passaient, ainsi que des tramways éclairés et sonnaillants.

A quelques kilomètres s'étirait le canal et tout le long, près des écluses, des péniches qui dormaient s'en iraient à quatre heures du matin, dans une odeur de café chaud et d'écurie.

3

Le collier de Mary

Quand Maigret se coucha, dans la chambre dont l'odeur caractéristique ne fut pas sans l'incommoder, il se complut longtemps à rapprocher deux images.

A Épernay, d'abord, à travers les baies illuminées de *La Bécasse*, le meilleur restaurant de la ville, le colonel et Willy, correctement attablés, entourés de maîtres d'hôtel de grand style...

C'était moins d'une demi-heure après la visite à la morgue. Sir Walter Lampson se tenait un peu raide et l'impassibilité de son visage coloré, surmonté de rares cheveux d'argent, était prodigieuse.

A côté de son élégance, ou plus exactement de sa race, celle de Willy, pourtant désinvolte, sentait la contrefaçon.

Maigret avait dîné ailleurs, s'était mis en rapport téléphonique avec la Préfecture, puis avec la police de Meaux.

Enfin il avait arpenté à pied, tout seul, dans la nuit pluvieuse, le long ruban de route. Il avait aperçu les hublots éclairés du *Southern Cross*, en face du *Café de la Marine*.

Et il avait eu la curiosité de s'y présenter, sous prétexte d'une pipe oubliée.

C'était là qu'il avait recueilli la seconde image : dans la cabine d'acajou, Vladimir, toujours en tricot rayé de marin, une cigarette aux lèvres, était assis en face de Mme Negretti, dont les cheveux huileux pendaient à nouveau sur les joues.

Ils jouaient aux cartes — à *soixante-six*, un jeu de l'Europe centrale.

Il y avait eu un petit moment de stupeur. Mais pas même un tressaillement ! Les souffles suspendus l'espace d'une seconde. Après quoi Vladimir s'était levé pour chercher la pipe. Gloria Negretti avait questionné en zézayant :

— Ils ne reviennent pas encore ?... C'est bien Mary ?...

Le commissaire avait failli monter sur son vélo et suivre le canal, afin de rejoindre les péniches qui avaient passé la nuit du dimanche au lundi à Dizy. La vue du chemin détrempé, du ciel noir, l'avait découragé.

Quand on frappa à sa porte, il se rendit compte, avant même d'ouvrir les yeux, que la fenêtre laissait pénétrer dans la chambre la grisaille de l'aube.

Il avait eu un sommeil agité, tout plein de piétinements de chevaux, d'appels confus, de pas dans l'escalier, de verres heurtés, en bas, et enfin de relents de café et de rhum chaud qui étaient montés jusqu'à lui.

— Qu'est-ce que c'est ?

— Lucas ! J'entre ?...

Et l'inspecteur Lucas, qui travaillait presque toujours avec Maigret, poussa la porte, serra la main moite que son chef lui tendait par une ouverture des draps.

— Vous avez déjà quelque chose ? Pas trop fatigué, vieux ?

— Pas trop ! Tout de suite après votre coup de téléphone, je suis allé à l'hôtel en question, au coin de la rue de la Grande-Chaumière. Les petites n'y étaient pas. J'ai pris les noms à tout hasard... *Suzanne Verdier, dite Suzy, née à Honfleur en 1906... Lia Lauwenstein, née dans le grand-duché de Luxembourg en 1903*... La première est arrivée à Paris voilà quatre ans comme bonne à tout faire, puis a travaillé quelque temps comme modèle... La Lauwenstein a surtout vécu sur la Côte d'Azur... Ni l'une ni l'autre, je m'en suis assuré, ne figure sur les registres de la police des mœurs... Mais c'est tout comme !...

— Dites, vieux, vous ne voudriez pas me passer ma pipe et commander du café ?

On entendait des remous d'eau dans l'écluse et un moteur Diesel tournant au ralenti. Maigret sortit du lit, se dirigea vers un lavabo dérisoire où il versa de l'eau fraîche dans la cuvette.

— Allez toujours...

— Je me suis rendu à *La Coupole*, comme vous me l'aviez dit... Elles n'y étaient pas, mais tous les garçons les connaissent... Ils m'ont envoyé au *Dingo*, puis à *La Cigogne*... Enfin, dans un petit bar américain dont j'ai oublié le nom, rue Vavin, je les ai trouvées, solitaires, pas très fières... Lia n'est vraiment pas mal... Elle a surtout un genre à elle... Suzy est une brave petite blonde sans méchanceté qui aurait pu faire, si elle était restée dans sa province, une gentille mère de famille... Elle a des taches de son plein la figure et...

— Vous ne voyez pas une serviette quelque part ? interrompit Maigret, le visage ruisselant, les yeux clos. A propos, est-ce qu'il pleut toujours ?

— Il ne pleuvait pas quand je suis arrivé, mais cela va tomber d'un moment à l'autre. A six heures du matin, il y avait un brouillard qui glaçait les poumons... J'ai donc offert à boire à ces demoiselles... Elles ont tout de suite demandé des sandwichs, ce qui ne m'a pas étonné tout d'abord... Mais j'ai fini par apercevoir le collier de perles que la Lauwenstein avait au cou... En manière de plaisanterie, j'ai mordu dedans... Elles sont tout ce qu'il y a de plus authentiques... Pas un collier de milliardaire américaine, mais quelque chose dans les cents mille francs quand même... Or, quand des petites femmes de ce genre préfèrent des sandwichs et du chocolat à des cocktails...

Maigret, qui fumait sa première pipe, alla ouvrir la porte à la fille qui apportait du café. Puis, à travers la fenêtre, il jeta un coup d'œil au yacht, où il n'y avait pas encore trace de vie. Une péniche passait près du *Southern Cross*. Le marinier adossé au gouvernail regardait son voisin avec une admiration grincheuse.

— Alors... Continuez...

— Je les ai conduites ailleurs, dans un café tranquille...

» Là, j'ai montré soudain ma médaille, puis le collier, et j'ai lancé à tout hasard :

» — Les perles de Mary Lampson, n'est-ce pas ?

» Mes compagnes ne savaient sans doute pas qu'elle est morte. En tout cas, si elles le savaient, elles ont joué leur rôle à la perfection.

» Elles ont mis quelques minutes à avouer. C'est Suzy qui a fini par conseiller à l'autre :

» — Dis-lui donc la vérité, du moment qu'il en sait déjà tant !

» Et cela a été une jolie histoire... Vous voulez un coup de main, patron ?...

Maigret faisait, en effet, de vains efforts pour attraper les bretelles qui pendaient sur ses cuisses.

— Le point principal, d'abord : elles ont juré toutes les deux que c'est Mary Lampson elle-même qui leur a donné les perles vendredi dernier, à Paris, où elle est venue les voir... Vous devez mieux comprendre que moi, qui ne connais l'affaire que par ce que vous m'en avez dit au téléphone...

» J'ai demandé si Mme Lampson était accompagnée de Willy Marco. Elles prétendent que non, affirment qu'elles n'ont pas vu Willy depuis le jeudi, lorsqu'elles l'ont quitté à Meaux...

— Doucement ! interrompit Maigret en nouant sa cravate devant un miroir grisâtre qui le déformait. Le mercredi soir, le *Southern Cross* arrive à Meaux... Nos deux jeunes personnes sont à bord... La nuit se passe gaiement, en compagnie du colonel, de Willy, de Mary Lampson et de la Negretti...

» Très tard, on conduit Suzy et Lia à l'hôtel et elles s'en vont par le train le jeudi matin... Est-ce qu'on leur a donné de l'argent ?

— Cinq cent francs, disent-elles.

— Elles ont connu le colonel à Paris ?

— Quelques jours plus tôt...

— Et que s'est-il passé à bord du yacht ?

Lucas eut un drôle de sourire.

— Des choses pas excessivement jolies... L'Anglais, paraît-il, ne vit que pour le whisky et les femmes... Mme Negretti est sa maîtresse...

— Sa femme le savait ?

— Parbleu ! Elle était elle-même la maîtresse de Willy... Ce qui ne les empêchait pas d'emmener des Suzy et des Lia avec eux... Vous comprenez ?... Et Vladimir, par surcroît, dansait avec les unes et les autres... Au petit jour, il y a eu une dispute, parce que Lia Lauwenstein prétendait que les cinq cents francs n'étaient qu'une aumône... Le colonel ne leur a même pas répondu, laissant ce soin à Willy... Tout le monde était ivre... La Negretti dormait sur le roof et Vladimir dut la transporter dans la cabine...

Campé devant la fenêtre, Maigret laissait errer son regard sur la ligne noire du canal et il pouvait apercevoir sur la gauche le petit train Decauville qui charriait toujours de la terre et de la pierraille.

Le ciel était gris, avec, plus bas, des lambeaux de nuages noirâtres, mais il ne pleuvait pas.

— Ensuite ?

— C'est à peu près tout... Vendredi, Mary Lampson serait venue à Paris où, à *La Coupole*, elle aurait rencontré nos deux créatures.

» Elle leur aurait donné son collier...

— Tiens donc ! Un petit cadeau de rien du tout...

— Pardon ! Donné avec mission de le vendre et de lui verser la moitié de la somme... Elle a prétendu que son mari ne lui laissait pas d'argent entre les mains...

La tapisserie de la chambre était à petites fleurs jaunes. Le broc d'émail y mettait une note livide.

Maigret vit l'éclusier qui arrivait en hâte en compagnie d'un marinier et de son charretier pour boire un coup de rhum au comptoir.

— C'est tout ce que j'ai tiré d'elles ! acheva Lucas. Je les ai quittées à deux heures du matin en chargeant l'inspecteur Dufour de les surveiller discrètement. Puis je suis allé à la Préfecture compulser les sommiers, selon les instructions... J'ai trouvé la fiche de Willy Marco, expulsé voilà quatre ans de Monaco à la suite d'une affaire de jeux pas très claire, inquiété à Nice l'année suivante sur la plainte d'une Américaine délestée de quelques bijoux. Mais la plainte a été retirée, j'ignore pourquoi, et Marco laissé en liberté. Vous croyez que c'est lui qui... ?

— Je ne crois rien du tout. Et je vous jure que je suis sincère en disant cela. N'oubliez pas que le crime a été commis le dimanche après dix heures du soir, alors que le *Southern Cross* était amarré à La Ferté-sous-Jouarre...

— Qu'est-ce que vous pensez du colonel ?

Maigret haussa les épaules, désigna Vladimir qui jaillissait de l'écoutille avant et qui se dirigeait vers le *Café de la Marine*, en pantalon blanc, espadrilles et chandail, un béret américain sur l'oreille.

— On demande M. Maigret au téléphone, vint crier la fille rousse à travers la porte.

— Descendez avec moi, vieux...

L'appareil se trouvait dans le corridor, à côté d'un portemanteau.

— Allô !... C'est Meaux ?... Vous dites que... ? Oui, *La Providence*... Elle a chargé toute la journée de jeudi à Meaux ?... Partie vendredi à trois heures du matin... Pas d'autres ?... L'*Eco III*... C'est un bateau-citerne, n'est-ce pas ?... Vendredi soir à Meaux... Départ samedi matin... Je vous remercie, commissaire... Oui, interrogez à tout hasard... Toujours à la même adresse !...

Lucas avait écouté cette conversation sans en saisir le sens. Maigret n'avait pas eu le temps d'ouvrir la bouche pour le lui expliquer qu'un agent cycliste se montrait à la porte.

— Une communication de l'Identité Judiciaire... Urgence !...

L'agent avait des taches de boue jusqu'à la ceinture.

— Allez vous sécher un moment et boire un grog à ma santé...

Maigret entraîna l'inspecteur sur le chemin de halage, décacheta le pli, lut à mi-voix :

Résumé des premières analyses faites au sujet de l'affaire de Dizy : relevé dans les cheveux de la victime de nombreuses traces de résine ainsi que des poils de cheval d'une teinte acajou.

Les taches de la robe sont des taches de pétrole.

L'estomac, au moment du décès, contenait du vin rouge, et de la viande de bœuf conservée similaire à celle qu'on trouve dans le commerce sous le nom de corned beef.

— Huit chevaux sur dix ont des poils acajou ! soupira Maigret.

Vladimir, dans le café, se renseignait sur l'endroit le plus proche où il pourrait faire ses provisions et il y avait trois personnes à le renseigner, y compris l'agent cycliste d'Épernay qui, en fin de compte, s'en alla vers le pont de pierre en compagnie du matelot.

Maigret, suivi de Lucas, se dirigea vers l'écurie où il y avait, depuis la veille au soir, en plus du cheval gris du patron, une jument couronnée qu'on parlait d'abattre.

— Ce n'est pas ici qu'elle a pu ramasser de la résine... remarqua le commissaire.

Il fit deux fois le chemin du canal à l'écurie, en contournant les bâtiments.

— Vous vendez de la résine ? questionna-t-il en apercevant le propriétaire qui poussait une brouette pleine de pommes de terre.

— Ce n'est peut-être pas tout à fait de la résine... Nous appelons ça du goudron de Norvège... On en enduit les péniches en bois au-dessus de la ligne de flottaison... Plus bas, on se contente de goudron de gaz, qui est vingt fois moins cher...

— Vous en avez ?

— Il y en a toujours une vingtaine de bidons dans la boutique... Mais, par ce temps-là, on n'en vend pas... Les mariniers attendent le soleil pour remettre leur bateau à neuf...

— L'*Eco III* est en bois ?

— En fer, comme la plupart des bateaux à moteur.

— Et *La Providence*...

— En bois... Vous avez découvert quelque chose ?

Maigret ne répondit pas.

— Vous savez ce qu'ils disent ? poursuivit l'homme, qui avait abandonné sa brouette.

— Qui, « ils » ?

— Les gens du canal, les mariniers, les pilotes, les éclusiers. Bien sûr qu'une auto aurait de la peine à suivre le chemin de halage... Mais une motocyclette !... Et une moto, ça peut venir de loin, sans laisser beaucoup plus de traces qu'un vélo...

La porte de la cabine du *Southern Cross* s'ouvrait. Mais on ne voyait encore personne.

Un instant, un point du ciel devint jaunâtre, comme si le soleil allait enfin parvenir à percer. Maigret et Lucas, silencieux, faisaient les cent pas le long du canal.

Cinq minutes ne s'étaient pas écoulées que le vent courbait les roseaux et une minute plus tard l'averse tombait.

Maigret tendit la main d'un geste machinal. D'un geste aussi machinal, Lucas prit un paquet de tabac gris dans sa poche et le remit à son compagnon.

Ils s'arrêtèrent un moment devant l'écluse qui était vide et qu'on préparait, car un remorqueur invisible avait sifflé trois coups dans le lointain, ce qui signifiait qu'il amenait trois bateaux.

— Où croyez-vous que soit *La Providence* à l'heure qu'il est ? demanda Maigret à l'éclusier.

— Attendez... Mareuil... Condé... Vers Aigny, il y a une dizaine de péniches qui se suivent et qui lui feront perdre du temps... L'écluse de Vraux n'a plus que deux vannes en état... Mettons qu'elle soit à Saint-Martin...

— C'est loin ?

— Tout juste trente-deux kilomètres...

— Et l'*Eco III* ?

— Il devrait être à La Chaussée... Mais un avalant m'a dit hier au soir qu'il avait cassé son hélice à l'écluse 12... Si bien que vous le rencontrerez à Tours-sur-Marne, à quinze kilomètres... C'est leur faute !... D'ailleurs, le règlement interdit de charger à deux cent quatre-vingts tonnes comme ils s'obstinent tous à le faire...

Il était dix heures du matin. Quand Maigret monta sur la bicyclette qu'il avait louée, il aperçut le colonel installé dans un *rocking-chair*, sur le pont du yacht, ouvrant les journaux de Paris que le facteur venait d'apporter.

— Rien de spécial ! dit-il à Lucas. Restez par ici... Ne les perdez pas trop de vue...

Les hachures de pluie s'espaçaient. La route était droite. A la troisième écluse, le soleil se montra, encore un peu pâle, faisant scintiller les gouttelettes d'eau sur les roseaux.

De temps en temps, Maigret devait descendre de machine pour dépasser les chevaux d'une péniche qui, accouplés, prenaient la largeur du chemin, s'avançaient, une jambe après l'autre, dans un effort qui soulignait tous leurs muscles.

Deux bêtes étaient conduites par une petite fille de huit à dix ans, en robe rouge, qui portait sa poupée à bout de bras.

Les villages, pour la plupart, étaient assez éloignés du canal. Si bien que cette bande régulière d'eau plate semblait s'étirer dans une solitude absolue.

Un champ, par-ci par-là, avec des hommes courbés sur la terre sombre. Mais presque toujours c'étaient des bois. Et des roseaux hauts d'un mètre cinquante à deux mètres ajoutaient encore à l'impression de calme.

Une péniche chargeait de la craie près d'une carrière, dans un poudroiement qui blanchissait sa coque et les hommes qui s'agitaient.

Dans l'écluse de Saint-Martin, il y avait un bateau, mais ce n'était pas encore *La Providence*.

— Ils doivent déjeuner dans le bief au-dessus de Châlons ! annonça l'éclusière qui allait et venait d'une porte à l'autre, suivie de deux gosses accrochées à ses jupons.

Maigret avait un front têtu. Il fut surpris, vers onze heures, de se trouver dans un décor printanier, dans une atmosphère toute vibrante de soleil et de tiédeur.

Devant lui, le canal se profilait en ligne droite sur une distance de six kilomètres, bordé des deux côtés par des bois de sapins.

Tout au bout, on devinait les murs clairs d'une écluse dont les portes laissaient gicler des filets d'eau.

A mi-chemin, une péniche était arrêtée, un peu en travers. Ses deux chevaux, dételés, la tête enfouie dans un sac, mangeaient l'avoine en s'ébrouant.

La première impression gaie, ou tout au moins reposante ! Pas une maison en vue. Et les reflets, sur l'eau calme, étaient larges et lents.

Quelques coups de pédale encore et le commissaire vit, à l'arrière de la péniche, une table dressée sous le taud protégeant la barre. La toile cirée était à carreaux bleus et blancs. Une femme à chevelure blonde posait au milieu un plat fumant.

Il descendit de machine après avoir lu, sur la coque arrondie, patinée, luisante : *La Providence.*

Un des chevaux le regarda longuement, remua les oreilles, poussa un drôle de grognement avant de se remettre à manger.

Entre la péniche et la rive, il n'y avait qu'une planche étroite et mince qui ploya sous le poids de Maigret. Deux hommes déjeunaient, en le suivant des yeux, tandis que la femme s'avançait au-devant de lui.

— Qu'est-ce que c'est ? questionna-t-elle tout en boutonnant son corsage à demi ouvert sur une poitrine opulente.

Son accent était presque aussi chantant que celui du Midi. Elle n'était pas troublée. Elle attendait. Elle semblait protéger les deux hommes de sa joyeuse corpulence.

— Un renseignement, dit le commissaire. Vous savez sans doute qu'un crime a été commis à Dizy...

— Les gens du *Castor et Pollux*, qui nous a trématés ce matin, nous l'ont raconté... Est-ce que c'est vrai ?... C'est presque impossible, n'est-ce pas ?... Comment aurait-on fait ?... Et sur le canal, où on est si tranquille !...

Ses joues s'ornaient de couperose. Les deux hommes mangeaient toujours sans cesser d'observer Maigret. Celui-ci, machinalement, jeta un coup d'œil au plat rempli d'une viande noirâtre dont le fumet étonnait ses narines.

— Un chevreau, que j'ai acheté ce matin à l'écluse d'Aigny... Vous vouliez nous demander un renseignement ?... Nous, n'est-ce pas ? nous sommes partis avant qu'on ait découvert le cadavre... A propos, cette pauvre dame, est-ce qu'on sait enfin qui elle est ?...

Un des deux hommes était petit, brun de poil, avec des moustaches tombantes et quelque chose de doux, de docile dans toute sa personne.

C'était le mari. Il s'était contenté de saluer vaguement l'intrus, laissant à sa femme le soin de parler.

L'autre pouvait avoir soixante ans. Ses cheveux, très drus, mal taillés, étaient blancs. Une barbe de trois ou quatre centimètres couvrait son menton et la plus grande partie de ses joues, si bien que, les sourcils étant très épais, il semblait aussi velu qu'un animal.

Par contraste, ses yeux étaient clairs, inexpressifs.

— C'est à votre charretier que je voudrais poser quelques questions...

La femme rit.

— A Jean ?... Je dois vous prévenir qu'il ne parle pas beaucoup... C'est notre ours !... Regardez-le manger... Mais c'est aussi le meilleur charretier qu'on puisse trouver...

La fourchette du vieux s'était immobilisée. Il regardait Maigret avec des prunelles d'une limpidité troublante.

Certains innocents de village ont de ces regards-là, et aussi certaines bêtes habituées à être bien traitées et que l'on brutalise soudain.

Un peu d'hébétude. Mais autre chose aussi, d'inexprimable, comme un repliement sur soi-même.

— A quelle heure vous êtes-vous levé pour soigner vos chevaux ?

— Comme toujours...

Il avait des épaules d'une largeur d'autant plus étonnante qu'il était très court sur pattes.

— Jean se lève tous les matins à deux heures et demie ! intervint la patronne. Vous pouvez regarder nos bêtes... Elles sont pansées chaque jour comme des chevaux de luxe... Et, le soir, vous ne lui feriez pas prendre un coup de blanc avant qu'il les ait bouchonnées...

— Vous dormez dans l'écurie ?

Jean n'avait pas l'air de comprendre. Ce fut encore la femme qui désigna une construction plus haute, au milieu du bateau.

— C'est l'écurie ! dit-elle. Il couche toujours là. Nous, nous avons notre cabine à l'arrière... Voulez-vous visiter ?...

Le pont était d'une propreté méticuleuse, les cuivres mieux astiqués qu'à bord du *Southern Cross*. Et quand la femme ouvrit une double porte de pitchpin, surmontée d'une écoutille en verres de couleurs, Maigret aperçut un petit salon attendrissant.

On y trouvait les mêmes meubles de chêne Henry III que dans le plus traditionnel des intérieurs de petits-bourgeois. La table était couverte d'un tapis brodé à l'aide de soies de teintes différentes et supportait des vases, des photographies montées sur supports, une jardinière débordante de plantes vertes.

Il y avait encore de la broderie sur un buffet. Les fauteuils étaient protégés par des housses au filet.

— Si Jean l'avait voulu, on lui aurait arrangé un lit près de nous... Mais il prétend qu'il ne peut dormir qu'à l'écurie... Même que nous avons toujours peur qu'un jour il reçoive un coup de pied... Les bêtes ont beau le connaître, n'est-ce pas ?... Quand elles dorment...

Elle s'était mise à manger, en ménagère qui prépare des petits plats pour les autres et qui choisit les plus mauvais morceaux sans même y penser...

Jean s'était levé, regardait tantôt ses chevaux, tantôt le commissaire, tandis que le patron roulait une cigarette.

— Et vous n'avez rien vu, rien entendu ? questionna Maigret en fixant le charretier.

Ce dernier se tourna vers la patronne qui, la bouche pleine, répondit :

— Vous devez bien penser que, s'il avait vu quelque chose, il l'aurait dit.

— La *Marie* arrive !... annonça son mari avec inquiétude.

Depuis quelques instants, il y avait dans l'air des trépidations de moteur. Maintenant, on distinguait, derrière *La Providence,* la forme d'une péniche.

Jean regarda la femme, qui regarda Maigret avec hésitation.

— Écoutez, dit-elle enfin, si vous devez parler à Jean, cela ne vous fait-il rien de parler en route ?... La *Marie,* malgré son moteur, va plus lentement que nous... Si elle nous trémate avant l'écluse, elle en aura pour deux jours à nous barrer la route...

Jean n'avait pas attendu les dernières phrases. Il avait

retiré les sacs d'avoine de la tête des chevaux qu'il conduisait à cent mètres en avant de la péniche.

Le patron saisit une trompette de fer-blanc, en tira des sons tremblotants.

— Vous restez à bord ?... Nous, vous comprenez, nous vous dirons ce que nous savons... Tout le monde nous connaît sur les canaux, depuis Liège jusqu'à Lyon...

— Je vous rejoindrai à l'écluse, dit Maigret dont le vélo était resté à terre.

La passerelle fut retirée. Une silhouette venait d'apparaître sur les portes de l'écluse et on ouvrait les vannes. Les chevaux se mirent en marche, dans un bruit de grelots, balançant le pompon rouge qu'ils avaient au sommet de la tête.

Jean allait à leur côté, lent, indifférent.

Et la péniche à moteur, deux cents mètres derrière, ralentissait en s'apercevant qu'elle arrivait trop tard.

Maigret suivit, en tenant le guidon de son vélo d'une main. Il pouvait voir la femme qui achevait de manger en hâte et son mari, tout petit, tout maigre, inconsistant, presque couché sur la barre d'un gouvernail trop lourd pour lui.

4

L'amant

— J'ai déjeuné ! annonça Maigret en pénétrant au *Café de la Marine,* où Lucas était installé près d'une fenêtre.

— A Aigny ? questionna le patron. C'est mon beau-frère qui tient l'auberge...

— Servez-nous de la bière...

C'était comme une gageure. A peine le commissaire, peinant sur sa bicyclette, se rapprochait-il de Dizy, que le temps se remettait au gris. Et maintenant des gouttes de pluie hachuraient le dernier rayon de soleil.

Le *Southern Cross* était toujours à sa place. On ne voyait personne sur le pont. Et il n'arrivait aucun bruit de l'écluse, si bien que, pour la première fois, Maigret eut une impression de vraie campagne en entendant les poules piailler dans la cour.

— Rien ? demanda-t-il à l'inspecteur.

— Le matelot est revenu avec des provisions. La femme s'est montrée un instant, en peignoir bleu. Le colonel et Willy sont venus boire l'apéritif. Je crois qu'ils m'ont regardé de travers...

Maigret prit le tabac que son compagnon lui tendait, bourra sa pipe en attendant que le patron qui les avait servis eût disparu dans sa boutique.

— Rien non plus ! grommela-t-il alors. Des deux bateaux qui pourraient avoir amené Mary Lampson, l'un est en panne à quinze kilomètres d'ici et l'autre se traîne à une allure de trois kilomètres à l'heure le long du canal...

» Le premier est en fer... Donc, impossible que le cadavre y ait récolté de la résine...

» Le second est en bois... Les mariniers s'appellent Canelle... Une bonne grosse mère, qui a voulu à toute force me faire boire un verre d'affreux rhum, avec un tout petit mari qui court autour d'elle comme un épagneul...

» Il n'y aurait que leur charretier...

» Ou bien il fait la bête, et alors il est prodigieux de vérité, ou bien c'est une brute épaisse... Il y a huit ans qu'il est avec eux... Si le mari est l'épagneul, ce Jean serait le bouledogue...

» Il se lève à deux heures et demie du matin, soigne ses

chevaux, avale un bol de café et commence à marcher à côté des bêtes...

» Il tire ainsi ses trente à quarante kilomètres tous les jours, du même pas, avec un coup de vin blanc à chaque écluse...

» Le soir, il bouchonne les animaux, soupe sans desserrer les dents et se laisse tomber sur sa botte de paille, la plupart du temps tout habillé...

» J'ai vu ses papiers : un vieux carnet militaire dont on peut à peine tourner les pages, tant elles poissent, au nom de Jean Liberge, né à Lille en 1869.

» C'est tout !... Ou plutôt non !... Il faudrait admettre que *La Providence* eût embarqué Mary Lampson le jeudi soir, à Meaux... Or, elle était vivante... Elle vivait encore en arrivant ici le dimanche soir...

» Il est matériellement impossible de cacher un être humain contre son gré pendant deux jours dans l'écurie du bateau...

» Si bien que tous les trois seraient coupables...

Et la grimace de Maigret disait qu'il n'y croyait pas.

— Quant à supposer que la victime s'est embarquée de son plein gré... Savez-vous ce que vous allez faire, vieux ? Demandez donc à sir Lampson le nom de jeune fille de sa femme... Accrochez-vous au téléphone et trouvez-moi des renseignements sur elle...

Il traînait encore à deux ou trois endroits du ciel des rayons de soleil, mais la pluie tombait de plus en plus serrée. Lucas était à peine sorti du *Café de la Marine*, se dirigeant vers le yacht, que Willy Marco en descendait, en tenue de ville, souple et nonchalant, le regard vague.

C'était décidément un trait commun à tous les hôtes du *Southern Cross* d'avoir toujours l'air de gens qui n'ont pas assez dormi, ou qui digèrent mal de trop nombreuses libations.

Les deux hommes se croisèrent sur le chemin de halage. Willy parut hésiter en voyant l'inspecteur monter à bord puis, allumant une nouvelle cigarette à celle qu'il achevait de fumer, il marcha droit vers le café.

C'était Maigret qu'il cherchait, sans essayer de donner le change.

Il ne quitta pas son feutre mou, qu'il toucha distraitement du doigt, murmura :

— Bonjour, commissaire... Bien dormi ?... Je voudrais vous dire deux mots...

— J'écoute...

— Pas ici, si cela vous est égal... Il n'est pas possible de monter dans votre chambre, par exemple ?

Il n'avait rien perdu de sa désinvolture. Ses petits yeux pétillaient et ils n'étaient pas loin d'être joyeux, ou malicieux.

— Vous fumez ?

— Merci...

— C'est vrai que vous êtes un fumeur de pipe...

Maigret se décida à le conduire dans sa chambre, qui n'était pas encore faite. Tout de suite, après un regard au yacht, Willy s'assit au bord du lit, commença :

— Bien entendu, vous avez déjà pris des renseignements sur moi...

Il chercha un cendrier des yeux, n'en trouva pas, laissa tomber sa cendre par terre.

— Pas fameux, hein ?... Je n'ai d'ailleurs jamais essayé de me faire passer pour un petit saint... Et le colonel me répète trois fois par jour que je suis une canaille...

Ce qui était extraordinaire, c'était l'expression de franchise de son visage. Maigret s'avouait même que son interlocuteur, qui lui avait été antipathique au premier abord, lui devenait supportable.

Un étrange mélange. De la rouerie, de l'astuce. Mais en

même temps une étincelle qui faisait pardonner le reste, un rien de drôlerie aussi, qui désarmait.

— Remarquez que j'ai fait mes études à Eton, comme le prince de Galles... Si nous étions du même âge, nous serions peut-être les meilleurs amis du monde... Seulement mon père est marchand de figues, à Smyrne... Et j'ai horreur de ça !... Il y a eu des histoires... La mère d'un de mes camarades d'Eton, pour tout dire, m'a un moment tiré d'embarras...

» Du moment que je ne vous dis pas son nom, n'est-ce pas ?... Une femme délicieuse... Mais son mari est devenu ministre et elle a eu peur de le compromettre...

» Après... On a dû vous parler de Monaco, puis de l'histoire de Nice... La vérité n'est peut-être pas si vilaine... Un bon conseil : ne croyez jamais ce que raconte une Américaine d'âge mûr qui passe son temps joyeusement sur la Riviera et dont le mari arrive sans prévenir de Chicago... Les bijoux volés ne sont pas toujours volés... Passons !...

» J'arrive au collier... Ou vous savez déjà, ou vous ne savez pas encore... J'aurais voulu vous en parler hier soir mais, étant donné la situation, ce n'eût peut-être pas été très correct...

» Le colonel est malgré tout un gentleman... Il aime un peu trop le whisky, soit... Mais il a des excuses...

» Il devait finir général et il était un des hommes les plus en vue, à Lima, quand, à cause d'une histoire de femme — il s'agissait de la fille d'un haut personnage indigène —, il a été mis à la retraite...

» Vous l'avez vu... Un homme magnifique, aux appétits formidables... Là-bas, il avait trente boys, des ordonnances, des secrétaires, je ne sais combien de voitures et de chevaux à sa disposition...

» Tout d'un coup, plus rien : quelque chose comme une centaine de mille francs par an...

» Est-ce que je vous ai dit qu'il avait déjà été marié deux fois avant de connaître Mary ?... Sa première femme est morte aux Indes... La seconde fois, il a divorcé en prenant tous les torts à son compte après avoir surpris sa compagne avec un boy...

» Un vrai gentleman !...

Et Willy, renversé en arrière, balançait sa jambe à une molle cadence tandis que Maigret, la pipe aux dents, restait immobile, adossé au mur.

— Voilà !... Maintenant, il passe son temps comme il peut... A Porquerolles, il habite son vieux fort, qu'on appelle le Petit Langoustier... Quand il y a fait assez d'économies, il va à Paris ou à Londres...

» Mais pensez qu'aux Indes il donnait chaque semaine des dîners de trente ou quarante couverts...

— C'est du colonel que vous vouliez me parler ? murmura Maigret. Willy ne sourcilla pas.

— A vrai dire, j'essaie de vous mettre dans l'atmosphère... Comme vous n'avez jamais vécu aux Indes, ni à Londres, que vous n'avez pas eu trente boys et je ne sais combien de jolies filles à votre disposition...

» Je ne cherche pas à vous vexer... Bref, je l'ai rencontré voilà deux ans...

» Vous n'avez pas connu Mary vivante... Une femme délicieuse, mais avec une cervelle d'oiseau... Un peu criarde... Si on ne s'occupait pas sans cesse d'elle, elle piquait une crise de nerfs, ou déclenchait un scandale...

» Au fait, savez-vous l'âge du colonel ?... Soixante-huit ans...

» Elle le fatiguait, vous comprenez ?... Elle lui passait bien ses fantaisies — car il en a encore ! — mais elle était un peu encombrante...

» Elle s'est toquée de moi... Je l'aimais bien...

— Je suppose que Mme Negretti est la maîtresse de sir Lampson ?

— Oui ! admit le jeune homme avec une moue. C'est difficile à vous expliquer... Il ne peut pas vivre ni boire tout seul... Il a besoin de gens autour de lui... On l'a rencontrée au cours d'une escale à Bandol... Le lendemain matin, elle n'est pas partie... Avec lui, ça suffit !... Elle restera là tant qu'il lui plaira...

» Moi, c'est une autre question... Je suis un des rares hommes à tenir le whisky aussi bien que le colonel...

» A part peut-être Vladimir, que vous avez vu, et qui, neuf fois sur dix, nous met dans nos couchettes...

» Je ne sais pas si vous imaginez au juste ma situation... Certes, je n'ai pas à m'inquiéter de la matérielle... Encore que parfois nous restions quinze jours dans un port à attendre un chèque de Londres pour acheter de l'essence !

» Tenez ! Le collier dont je vous parlerai tout à l'heure a été mis vingt fois au mont-de-piété...

» Peu importe ! Le whisky manque rarement...

» Ce n'est pas une vie fastueuse... Mais on dort tout son saoul... On va... On vient...

» Pour ma part, je préfère encore ça aux figues paternelles...

» Dans les débuts, le colonel avait offert quelques bijoux à sa femme... Elle lui réclamait de temps en temps de l'argent...

» De quoi s'habiller et avoir quelques sous en poche, vous comprenez ?...

» Je vous jure, malgré ce que vous pouvez penser, que cela a été pour moi un coup, hier, d'apprendre que c'était elle, sur cette affreuse photo... Au colonel aussi, d'ailleurs !... Mais il se laisserait couper en petits morceaux plutôt que d'en laisser voir quelque chose... C'est son genre ! Et bien anglais !...

» Quand nous avons quitté Paris la semaine dernière — nous sommes mardi, je crois ? — la caisse était très bas... Le colonel a télégraphié à Londres pour demander une avance sur sa pension... Nous l'attendions à Épernay... Le mandat est peut-être arrivé à l'heure qu'il est...

» Seulement, à Paris, je laissais quelques dettes... Deux ou trois fois, déjà, j'avais demandé à Mary pourquoi elle ne vendait pas son collier... Elle aurait pu dire à son mari qu'elle l'avait perdu, ou qu'on le lui avait volé...

» Il y a eu jeudi soir la fête que vous savez... Surtout, ne vous faites pas d'idées folles à ce sujet... Du moment que Lampson voit des jolies femmes, il faut qu'il les invite à bord...

» Puis, deux heures après, une fois saoul, il me charge de les mettre dehors avec le moins de frais possible...

» Jeudi, Mary était levée beaucoup plus tôt que d'habitude et, quand nous sommes sortis de nos couchettes, elle était déjà dehors...

» Après déjeuner, nous sommes restés seuls un moment, elle et moi... Elle s'est montrée très tendre... D'une tendresse spéciale, assez triste...

» A un certain moment, elle m'a mis son collier dans la main en disant :

» — Tu n'auras qu'à le vendre...

» Tant pis si vous ne me croyez pas !... J'ai été un peu gêné, un peu remué... Si vous l'aviez connue, vous comprendriez...

» Autant elle pouvait être parfois désagréable, autant, à d'autres moments, elle était émouvante...

» Vous savez... Elle avait quarante ans... Elle se défendait... Mais elle devait bien sentir que c'était la fin...

» Quelqu'un est entré... J'ai mis le collier dans ma poche... Le soir, le colonel nous a entraînés au dancing et Mary est restée seule à bord...

» Lorsque nous sommes revenus, elle n'était pas là... Lampson ne s'en est pas inquiété, car ce n'était pas la première fois qu'elle faisait une fugue...

» Et pas du tout les fugues que vous pourriez croire !... Une fois, par exemple, à l'occasion de la fête de Porquerolles, il y a eu au Petit Langoustier une bonne petite orgie, qui a duré près d'une semaine...

» Les premiers jours, Mary était la plus en train... Le troisième jour, elle disparaît...

» Et savez-vous où nous l'avons retrouvée ? Dans une auberge de Giens, où elle passait son temps à jouer à la maman avec deux gosses mal lavés...

» L'histoire du collier m'ennuyait... Le vendredi, je suis allé à Paris... J'ai failli le vendre... Puis je me suis dit que, s'il y avait du vilain, cela risquait de m'attirer des ennuis...

» J'ai pensé aux deux petites de la veille... Ces gamines-là, on en fait ce qu'on en veut... En outre, j'avais déjà rencontré Lia à Nice et je savais pouvoir compter sur elle...

» Je lui ai confié le bijou... A tout hasard, je lui ai recommandé de dire, si on la questionnait, que Mary le lui avait remis elle-même pour le vendre...

» C'est simple comme bonjour... C'est idiot !... J'aurais mieux fait de rester tranquille... N'empêche que, si je ne tombe pas sur des policiers intelligents, c'est une histoire à m'envoyer en cour d'assises...

» Je l'ai compris quand j'ai su hier que Mary avait été étranglée...

» Je ne vous demande pas ce que vous pensez... Je m'attends même, pour être franc, à être arrêté...

» Ce sera une erreur, un point c'est tout... Maintenant, si vous voulez que je vous aide, je suis prêt à vous donner un coup de main...

» Il y a des choses qui peuvent vous sembler bizarres et qui sont au fond toutes simples...

Il était presque étendu sur le lit et il fumait toujours, les yeux braqués au plafond.

Maigret alla se camper devant la fenêtre afin de cacher son embarras.

— Le colonel est au courant de cette démarche ? questionna-t-il en se retournant soudain.

— Pas plus que de l'affaire du collier... Et même... Je n'ai rien à réclamer, c'est entendu... Mais j'aimerais autant qu'il continue à l'ignorer...

— Mme Negretti ?...

— Un poids mort ! Une belle femme incapable de vivre autrement que sur un divan, de fumer des cigarettes et de boire des liqueurs douces... Du jour où elle est arrivée à bord, elle y est restée... Pardon ! Elle joue aux cartes !... Je crois bien que c'est sa seule passion...

Des criaillements de fer rouillé annoncèrent qu'on était en train d'ouvrir les portes de l'écluse. Deux mulets passèrent devant la maison, s'arrêtèrent un peu plus loin, tandis qu'une péniche vide continuait à glisser sur son erre, comme si elle voulait escalader le talus de la berge.

Vladimir, le corps plié en deux, écopait l'eau de pluie qui menaçait de remplir le youyou.

Une auto traversa le pont de pierre, voulut s'engager sur le chemin de halage, stoppa, esquissa des manœuvres maladroites et finit par s'arrêter définitivement.

Un homme en noir en sortit. Willy, qui s'était levé, lança un coup d'œil par la fenêtre, annonça :

— Les Pompes funèbres...

— Quand le colonel compte-t-il partir ?

— Tout de suite après l'enterrement...

— Qui aura lieu ici ?

— N'importe où ! Il a déjà une femme enterrée près de Lima, une autre remariée avec un New-Yorkais et qui finira sous le sol américain...

Maigret le regarda malgré lui, comme pour voir s'il plaisantait. Mais Willy Marco était sérieux, avec néanmoins cette petite flamme équivoque sur les prunelles.

— Pourvu que le mandat soit arrivé !... Sinon, les funérailles devront attendre...

L'homme en noir hésitait devant le yacht, s'adressait à Vladimir qui lui répondait sans interrompre son travail, montait enfin à bord, où il disparut dans la cabine.

Maigret n'avait pas revu Lucas.

— Allez ! dit-il à son interlocuteur.

Willy hésita. Un instant, une inquiétude passa sur ses traits.

— Vous allez lui parler du collier ?

— Je ne sais pas...

C'était déjà fini. A nouveau désinvolte, Willy rectifiait la fente de son chapeau souple, saluait d'un geste de la main, descendait l'escalier.

Quand Maigret descendit à son tour, il y avait deux mariniers au comptoir, devant une canette de bière.

— Votre ami est au téléphone... lui dit le patron. Il a demandé Moulins...

Un remorqueur sifflait dans le lointain et machinalement Maigret compta les coups, grommela pour lui-même :

— Cinq...

C'était la vie du canal. Cinq péniches qui arrivaient. L'éclusier en sabots sortait de sa maison et s'en allait vers ses vannes.

Lucas revint du téléphone avec le visage rouge.

— Ouf !... Cela a été dur...

— Qu'est-ce qu'il y a ?

— Le colonel m'a déclaré que sa femme était née Marie Dupin... Pour le mariage, elle a produit un extrait d'acte de naissance à ce nom émanant de Moulins... Je viens de téléphoner là-bas, en réclamant la priorité...

— Alors ?

— Une seule Marie Dupin est inscrite sur les registres. Elle a quarante-deux ans, trois enfants et est la femme d'un certain Piedbœuf, boulanger dans la rue Haute... Le secrétaire de la mairie qui m'a répondu l'a encore aperçue hier derrière son comptoir et il paraît qu'elle pèse dans les cent quatre-vingts livres...

Maigret ne dit rien. Comme un rentier désœuvré, il se dirigea vers l'écluse, sans s'inquiéter de son compagnon, suivit des yeux toutes les manœuvres, mais en donnant à chaque instant de petits coups de pouce rageurs dans sa pipe.

Un peu plus tard, Vladimir s'approchait de l'éclusier et, après avoir porté la main à son bonnet blanc, demandait où il pourrait faire le plein d'eau potable.

5

L'insigne de l'Y.C.F.

Maigret s'était couché de bonne heure, tandis que l'inspecteur Lucas, à qui il avait donné des instructions, s'en allait à Meaux, Paris et Moulins.

Au moment où il avait quitté la salle du café, il y avait trois consommateurs, des mariniers et la femme de l'un d'eux qui était venue rejoindre son mari et qui tricotait dans un coin.

C'était morne et lourd. Dehors, une péniche s'était rangée à moins de deux mètres du *Southern Cross* dont tous les hublots étaient éclairés.

Or, brusquement, le commissaire était tiré d'un rêve si vague qu'il ne s'en souvint plus en ouvrant les yeux. On frappait à la porte à coups précipités tandis qu'une voix affolée criait :

— Commissaire !... Commissaire !... Vite !... Mon père...

Il courut ouvrir, en pyjama, vit la fille de l'aubergiste se jeter sur lui avec une nervosité inattendue, se blottir littéralement dans ses bras.

— Là !... Allez vite... Non ! restez... Je n'ose pas demeurer seule... Je ne veux pas... J'ai peur...

Il n'avait jamais beaucoup pris garde à elle. Il l'avait considérée comme une fille solide, bien en chair, sans nerfs.

Et voilà qu'elle se raccrochait à lui, le visage bouleversé, le corps pantelant, avec une insistance gênante. Tout en essayant de se dégager, il se dirigea vers la fenêtre, qu'il ouvrit.

Il devait être six heures du matin. Le jour se levait à peine, froid comme une aube d'hiver.

A cent mètres du *Southern Cross*, dans la direction du pont de pierre et de la route d'Épernay, quatre ou cinq hommes essayaient de saisir quelque chose flottant sur l'eau à l'aide d'une lourde gaffe de péniche, tandis qu'un marinier détachait son bachot, commençait à godiller.

Maigret portait un pyjama tout fripé. Il jeta son pardessus sur ses épaules, chercha ses bottines qu'il chaussa à même ses pieds nus.

— Vous savez !... C'est *lui*... Ils l'ont...

D'un mouvement brusque, il se libéra de l'étreinte de l'étrange fille, descendit l'escalier, arriva dehors au moment où une femme qui portait un bébé sur le bras s'avançait vers le groupe.

Il n'avait pas assisté à la découverte du corps de Mary Lampson. Mais cette découverte-ci fut peut-être plus sinistre car, par le fait de cette répétition de crimes, une angoisse quasi mystique plana sur le bout de canal.

Les hommes s'interpellaient. Le patron du *Café de la Marine*, qui avait vu le premier une forme humaine flotter sur l'eau, dirigeait leurs efforts.

Deux fois la gaffe avait atteint le cadavre. Mais le croc avait glissé. Le corps s'était enfoncé de quelques centimètres avant de remonter à la surface.

Maigret avait déjà reconnu le complet sombre de Willy. On ne pouvait pas voir le visage car la tête, plus lourde, restait immergée.

Le marinier en bachot la heurta soudain, saisit le mort par la poitrine, d'une seule main, le hissa. Mais il fallait le faire passer par-dessus le bord de la barque.

L'homme était sans répugnance. Il souleva les jambes l'une après l'autre, lança son amarre à terre, essuya d'un revers de main son front ruisselant.

Un instant Maigret aperçut la tête endormie de Vladimir qui surgissait de l'écoutille du yacht. Le Russe se frottait les yeux. Puis il disparut.

— Ne touchez à rien...

Un marinier protesta, derrière lui, murmura que son beau-frère, en Alsace, avait été rappelé à la vie après être resté près de trois heures dans l'eau.

Le patron du café, lui, désignait la gorge du cadavre. C'était net : deux traces de doigts, toutes noires, comme sur le cou de Mary Lampson.

Cette tragédie fut la plus impressionnante. Willy avait les yeux grands ouverts, beaucoup plus grands même que d'habitude. Sa main droite était crispée sur une poignée de roseaux.

Maigret eut la sensation d'une présence insolite derrière

lui, se retourna et vit le colonel, en pyjama, lui aussi, une robe de chambre de soie passée par-dessus, les pieds dans des mules de chevreau bleu.

Ses cheveux argentés étaient en désordre, son visage un peu bouffi. Et c'était étrange de le voir ainsi, en cette tenue, parmi les mariniers en sabots et en vêtements de gros drap, dans la boue et l'humidité du petit jour.

Il était le plus grand, le plus large. Il émanait de lui un vague parfum d'eau de Cologne.

— C'est Willy !... articula-t-il d'une voix rauque.

Puis il dit quelques mots en anglais, trop vite pour que Maigret pût comprendre, se pencha, toucha le visage du jeune homme.

La fille qui avait éveillé le commissaire sanglotait, appuyée à la porte du café. L'éclusier accourait.

— Téléphonez à la police d'Épernay... Un médecin...

La Negretti elle-même se montrait, débraillée, pieds nus, mais n'osait pas quitter le pont du yacht, appelait le colonel :

— Walter !... Walter !...

A l'arrière-plan, il y avait des gens qu'on n'avait pas vus arriver, le conducteur du petit train, des terrassiers, un paysan dont la vache suivait toute seule le chemin de halage.

— Qu'on le transporte au café... En le touchant le moins possible...

La mort ne faisait aucun doute. L'élégant complet, qui n'était plus qu'une loque, traîna par terre, tandis qu'on soulevait le corps.

Le colonel suivit à pas lents et sa robe de chambre, ses mules bleues, son crâne coloré où le vent soulevait quelques longs cheveux le rendaient à la fois saugrenu et hiératique.

La fille redoubla de sanglots quand le cadavre passa

près d'elle, courut s'enfermer dans la cuisine. Le patron hurlait dans le cornet du téléphone :

— Mais non, mademoiselle !... La police !... Vite !... C'est un crime... Ne coupez pas... Allô !... Allô !...

Maigret empêcha le plus gros des curieux d'entrer. Mais les mariniers qui avaient découvert le cadavre et aidé à le repêcher se trouvèrent tous dans le café où traînaient encore sur les tables les verres et les litres vides de la veille. Le poêle ronflait. Un balai était au milieu du chemin.

Derrière une fenêtre, le commissaire aperçut la silhouette de Vladimir qui avait trouvé le temps de mettre son calot de marin américain sur sa tête. Les mariniers lui parlaient, mais il ne répondait pas.

Le colonel regardait toujours le cadavre étendu sur les dalles rougeâtres du sol et on n'eût pu dire s'il était ému, ou ennuyé, ou effrayé.

— Quand l'avez-vous vu pour la dernière fois ? questionna Maigret en s'approchant.

Sir Lampson soupira, eut l'air de chercher autour de lui celui qu'il chargeait d'habitude de répondre à sa place.

— C'est très affreux... articula-t-il enfin.

— Il n'a pas dormi à bord ?

D'un geste de la main, l'Anglais désigna les mariniers qui les écoutaient. Et c'était comme un rappel à la décence. Cela signifiait : « Est-ce que vous croyez nécessaire et convenable que ces gens... »

Maigret les fit sortir.

— Il était dix heures, hier soir... Il n'y avait plus de whisky à bord... Vladimir n'en avait pas trouvé à Dizy... J'ai voulu aller à Épernay...

— Willy vous a accompagné ?

— Pas longtemps... Un peu après le pont, il m'a quitté...

— Pourquoi ?

— Nous avons échangé des paroles...

Et tandis que le colonel prononçait ces mots, le regard fixé sur le visage défait, blafard, tordu du mort, ses traits se brouillèrent.

Peut-être le fait qu'il avait trop peu dormi et que ses chairs étaient bouffies lui donnait-il un air plus ému ? Maigret, en tout cas, eût juré qu'il y avait des larmes derrière ses paupières épaisses.

— Vous vous êtes disputés ?

Le colonel haussa les épaules, comme pour se résigner à ce terme vulgaire et brutal.

— Vous lui reprochiez quelque chose ?...

— No ! Je voulais savoir... Je répétais : « Willy, vous êtes une canaille... Mais vous devez me dire... »

Il se tut, accablé, regarda autour de lui pour ne pas se laisser hypnotiser par le mort.

— Vous l'accusiez du meurtre de votre femme ?...

Il haussa les épaules, soupira :

— Il est parti, tout seul... Quelquefois, c'est arrivé... Le lendemain, on buvait le premier whisky ensemble sans se souvenir...

— Vous êtes allé à pied jusqu'à Épernay ?

— Yes !

— Vous avez bu ?

Ce fut un regard apitoyé que le colonel laissa peser sur son interlocuteur.

— J'ai aussi joué, au club... On m'avait dit, à *La Bécasse*, qu'il y avait un club... Je suis revenu en auto...

— A quelle heure ?

Il fit comprendre d'un mouvement de la main qu'il n'en savait rien.

— Willy n'était pas dans sa couchette ?

— No... Vladimir m'a dit, en me déshabillant...

Une moto avec side-car stoppa devant la porte. Un brigadier en descendit, suivi d'un médecin. L'huis s'ouvrit, se referma.

— Police Judiciaire ! dit Maigret en se présentant à son collègue d'Épernay. Voulez-vous maintenir les gens à distance, téléphoner au Parquet...

Le médecin n'eut besoin que d'un bref examen pour déclarer :

— Il était mort au moment de l'immersion... Regardez ces traces...

Maigret les avait vues. Il savait. Machinalement il observa la main droite du colonel, qui était musclée, avec des ongles taillés carrés, des veines qui saillaient.

Il faudrait au moins une heure pour réunir le Parquet et l'amener sur les lieux. Des agents cyclistes arrivaient, formaient cordon autour du *Café de la Marine*, et du *Southern Cross*.

— Je peux m'habiller ? avait questionné le colonel.

Et malgré sa robe de chambre, ses mules, ses chevilles nues, il fut étonnant de dignité, tandis qu'il traversait les rangs de curieux. A peine entré dans la cabine, il en sortit la tête, appela :

— Vladimir !...

Et toutes les écoutilles du yacht se refermèrent.

Maigret interrogeait l'éclusier, qu'un bateau à moteur appelait à ses portes.

— Je suppose que, dans un canal, il n'y a pas de courant. Si bien qu'un corps doit rester à l'endroit où il a été jeté...

— Dans les grands biefs, de dix ou quinze kilomètres, il en est aïnsi... Mais ce bief n'en a même pas cinq... Si un bateau descend l'écluse 13, au-dessus de la mienne, je sens l'arrivée d'eau quelques minutes plus tard... Si moi-même j'écluse un bateau avalant, ce sont des mètres cubes de liquide que je tire du canal et qui créent un courant momentané...

— A quelle heure commencez-vous le travail ?

— En principe, au lever du soleil... En fait, beaucoup plus tôt... Les écuries, dont la marche est lente, partent vers trois heures du matin, éclusent le plus souvent eux-mêmes sans que nous les entendions... On ne dit rien, parce qu'on les connaît...

— Si bien que ce matin ?...

— Le *Frédéric*, qui a couché ici, a dû partir vers trois heures et demie, écluser à Ay à cinq heures...

Maigret fit demi-tour. En face du *Café de la Marine* et sur le chemin de halage, quelques groupes s'étaient formés. Comme le commissaire passait, se dirigeant vers le pont de pierre, un vieux pilote au nez bourgeonnant s'approcha de lui.

— Voulez-vous que je vous montre l'endroit où le jeune homme a été jeté à l'eau ?

Et il regarda fièrement ses camarades qui hésitaient à se mettre en marche dans la même direction.

Il avait raison. A cinquante mètres du pont de pierre, les roseaux étaient couchés sur une distance de plusieurs mètres. Non seulement on y avait marché, mais un corps lourd avait été traîné sur le sol, car le sillage était large, les roseaux aplatis.

— Vous voyez ?... J'habite à cinq cents mètres, une des premières maisons de Dizy... En arrivant ce matin, pour voir si des bateaux descendaient la Marne et avaient besoin de moi, ça m'a frappé... D'autant plus que j'ai trouvé ce machin-ci sur le chemin...

L'homme était fatigant, avec ses grimaces malicieuses, les regards qu'il continuait à lancer à ses compagnons qui suivaient à distance.

Mais l'objet qu'il tira de sa poche était du plus haut intérêt. C'était un insigne d'émail finement travaillé qui portait, outre une ancre à jet, les initiales : *Y.C.F.*

— Yachting Club de France ! traduisit le pilote. Ils ont tous ça à la boutonnière...

Maigret se tourna vers le yacht qu'on apercevait à deux kilomètres environ et, sous les mots *Southern Cross*, aperçut les mêmes lettres : *Y.C.F.*

Sans se préoccuper davantage de son compagnon, qui lui avait remis l'insigne, il marcha lentement jusqu'au pont. A droite, la route d'Epernay s'étendait, toute droite, encore luisante des pluies de la veille, et des voitures passaient en trombe.

A gauche, le chemin faisait un coude dans le village de Dizy. Au-delà, sur le canal, il y avait quelques péniches en réparation, en face des chantiers de la Compagnie Générale de Navigation.

Maigret revint sur ses pas, un peu fiévreux, parce que le Parquet allait arriver et que pendant une heure ou deux ce serait la bousculade habituelle, les questions, les allées et venues, les hypothèses les plus saugrenues.

Quand il fut à hauteur du yacht, celui-ci était toujours fermé. Un agent en uniforme faisait les cent pas à distance, priait les curieux de circuler, mais ne pouvait empêcher deux journalistes d'Épernay de prendre des photographies.

Le temps n'était ni beau, ni laid. Une grisaille lumineuse, uniforme comme un plafond de verre dépoli.

Maigret traversa la passerelle, frappa à la porte.

— Qui est là ? questionna la voix du colonel.

Il entra. Il n'avait pas envie de parlementer. Il aperçut la Negretti toujours aussi débraillée, les cheveux sur les joues et sur la nuque, qui essuyait ses larmes et reniflait.

Sir Lampson, assis sur la banquette, tendait ses pieds à Vladimir qui les chaussait de souliers acajou.

De l'eau devait bouillir quelque part sur un réchaud, car on entendait un jet de vapeur.

Les deux couchettes du colonel et de Gloria n'avaient pas encore été faites. Et des cartes à jouer traînaient sur la table, ainsi qu'une carte des voies navigables de France.

Toujours cette odeur sourde et épicée tout ensemble, rappelant à la fois le bar, le boudoir et l'alcôve. Une casquette de yachting en drap blanc pendait au portemanteau, à côté d'une cravache à manche d'ivoire.

— Est-ce que Willy faisait partie du Yacht Club de France ? questionna Maigret d'une voix qu'il essaya de rendre neutre.

Le haussement d'épaules du colonel lui fit comprendre que la question était ridicule. Et elle l'était, car l'Y.C.F. est un des clubs les plus fermés.

— Moi ! laissa tomber sir Lampson. Et aussi du Royal Yacht Club d'Angleterre...

— Voulez-vous me montrer le veston que vous portiez hier au soir ?

— Vladimir...

Il était chaussé. Il se leva, se pencha vers une petite armoire aménagée en cave à liqueurs. On n'y voyait aucune bouteille de whisky. Mais il y avait d'autres alcools, entre lesquels il hésita.

Enfin il sortit une bouteille de fine, murmura sans insister :

— Vous prenez ?

— Merci...

Il emplit un gobelet d'argent qui se trouvait dans un râtelier, au-dessus de la table, chercha un siphon, sourcilla comme un homme dont toutes les habitudes sont bouleversées et qui en souffre.

Vladimir revenait du cabinet de toilette avec un complet de cheviotte noire, et un geste de son maître lui ordonna de le remettre à Maigret.

— L'insigne de l'Y.C.F. se trouvait d'habitude à ce veston ?

— Yes... Est-ce que ce n'est pas encore fini ?... Willy est toujours par terre, là-bas ?...

Il avait vidé son verre, debout, à petites gorgées, et il hésitait à se servir à nouveau.

Il jeta un regard par le hublot, aperçut des jambes, poussa un grognement indistinct.

— Voulez-vous m'écouter un instant, colonel ?

Il fit signe qu'il écoutait. Maigret sortit le bouton d'émail de sa poche.

— Il a été trouvé ce matin à l'endroit où le corps de Willy a été traîné dans les roseaux avant d'être poussé dans le canal...

La Negretti retint un cri, se jeta sur la banquette de velours grenat et, la tête dans les mains, se mit à sangloter convulsivement.

Vladimir, lui, ne bougea pas. Il attendait qu'on lui remît le veston afin de le suspendre à nouveau à sa place.

Le colonel eut un drôle de rire, répéta quatre ou cinq fois :

— Yes !... Yes !...

Et, en même temps, il se versait de l'alcool.

— Chez nous, la police questionne autrement... Elle doit rappeler que toutes les paroles pourront servir contre celui qui les prononce... Je veux dire une fois... Vous ne devez pas écrire ?... Je ne répéterai pas tout le temps...

» Nous échangions des paroles, avec Willy... Je demandais... Peu importe...

» Ce n'est pas une canaille comme toutes les canailles... Il y a des sympathiques canailles...

» J'ai dit des mots trop durs et il a pris mon veston par ici...

Il montrait les revers, lançait un regard impatient aux pieds chaussés de sabots ou de lourds souliers qu'on apercevait toujours par les hublots.

— C'est tout... Je ne sais pas... Le bouton est peut-être tombé... C'était de l'autre côté du pont...

— Et pourtant l'insigne a été retrouvé de ce côté-ci...

Vladimir ne semblait même pas écouter. Il enlevait les objets qui traînaient, disparaissait à l'avant, revenait sans se presser.

Avec un accent russe très prononcé il demanda à Gloria, qui ne pleurait plus mais qui restait immobile, étendue de tout son long, la tête entre les mains :

— Vous voulez quelque chose ?

Des pas retentirent sur la passerelle. On frappa à la porte et la voix du brigadier prononça :

— Vous êtes là, commissaire ?... C'est le Parquet...

— Je viens !...

Le brigadier ne bougeait pas, invisible derrière la porte d'acajou à poignées de cuivre.

— Une question encore, colonel... Quand a lieu l'enterrement ?...

— A trois heures...

— Aujourd'hui ?

— Yes !... Je n'avais rien à faire ici...

Lorsqu'il eut avalé son troisième cognac trois étoiles, il montra des yeux plus troubles, ceux-là que Maigret avait déjà vus.

Et, flegmatique, indifférent, vraiment grand seigneur, il questionna, comme le commissaire faisait mine de sortir :

— Est-ce que je suis prisonnier ?...

Du coup, la Negretti redressa la tête, toute pâle.

6

Le béret américain

La fin de l'entrevue entre le juge et le colonel fut presque solennelle et il n'y eut pas que Maigret, qui se tenait à l'écart, à le remarquer. Le regard du commissaire rencontra celui du substitut au procureur de la République et y lut le même sentiment.

Le Parquet était rassemblé dans la salle du *Café de la Marine*. Une des portes donnait sur la cuisine, où on devinait des heurts de casseroles. L'autre porte, vitrée, couverte de transparents-réclames pour des pâtes à fourneaux et du savon minéral, permettait d'entrevoir les sacs et les caisses de la boutique.

Devant la fenêtre passait et repassait le képi d'un agent et les curieux étaient massés plus loin, silencieux, mais obstinés.

Une chopine qui contenait encore un peu de liquide était restée, près d'une flaque de vin, sur une des tables.

Le greffier écrivait, assis sur un banc sans dossier, le visage maussade.

Quant au cadavre, les constatations terminées, il avait été déposé dans le coin le plus éloigné du poêle et recouvert momentanément d'une toile cirée brune prise sur une table qui montrait maintenant ses planches disjointes.

L'odeur persistait : épices, écurie, goudron, vinasse.

Et le juge, qui passait pour un des magistrats les plus désagréables d'Épernay — un Clairfontaine de Lagny, fier de ses particules —, essuyait son lorgnon, le dos au feu.

Dès le début, il avait dit, en anglais :

— Je suppose que vous préférez employer votre langue...

Il la parlait lui-même correctement, avec, peut-être, un rien d'affectation, une torsion de la bouche commune à ceux qui veulent en vain adopter l'accent.

Sir Lampson s'était incliné, avait répondu lentement à toutes les questions, tourné vers le greffier qui écrivait, attendant de temps à autre que celui-ci l'eût rattrapé.

Il avait répété, sans plus, ce qu'il avait dit à Maigret lors de leurs deux entrevues.

Pour la circonstance, il avait revêtu un complet de croisière bleu marine d'une coupe presque militaire, dont la boutonnière était ornée d'un seul ruban : celui de l'ordre du Mérite.

Il tenait à la main une casquette à large écusson doré portant les armes du Yacht Club de France.

C'était tout simple. Un homme qui questionnait. L'autre qui s'inclinait chaque fois imperceptiblement avant de répondre.

N'empêche que Maigret admirait, en même temps qu'il ressentait une certaine humiliation au souvenir de ses intrusions, à lui, à bord du *Southern Cross*.

Il ne possédait pas assez l'anglais pour saisir toutes les nuances. Il comprit du moins le sens des dernières répliques.

— Je vous demanderai, sir Lampson, disait le juge, de vous tenir à ma disposition jusqu'à ce que ces deux affaires soient éclaircies. Je me vois forcé, en outre, de refuser quant à présent le permis d'inhumer de lady Lampson...

Une inclinaison de tête.

— Ai-je l'autorisation de quitter Dizy avec mon bateau ?

Et, du geste, le colonel désignait les badauds attroupés dehors, le décor, le ciel même.

— Ma maison est à Porquerolles... Il me faut une semaine rien que pour atteindre la Saône...

Ce fut au tour du juge de s'incliner.

Ils ne se serrèrent pas la main, mais ce fut tout juste. Le colonel regarda autour de lui, parut ne pas voir le médecin qui avait l'air ennuyé, ni Maigret qui détourna la tête, salua le substitut.

L'instant d'après il traversait le court espace séparant le *Café de la Marine* du *Southern Cross*.

Il ne pénétra même pas dans la cabine. Vladimir était sur le pont. Il lui donna des ordres, s'installa à la barre.

Et, à la grande stupeur des mariniers, on vit le matelot en chandail rayé descendre dans la chambre du moteur, mettre celui-ci en marche, faire sauter, du pont et d'un geste précis, les amarres de leurs bittes.

Quelques instants plus tard, un petit groupe s'éloignait en gesticulant vers la grand-route où attendaient les voitures : c'était le Parquet.

Maigret restait seul sur la berge. Il avait pu enfin bourrer sa pipe et il enfonçait ses mains dans ses poches d'un geste plébéien, plus plébéien que d'habitude, tout en grommelant :

— *Autant !...*

Est-ce que tout n'était pas à recommencer ?

Des opérations du Parquet, il ne ressortait que quelques points dont on ne pouvait encore apprécier l'importance.

D'abord le corps de Willy Marco portait, outre les traces de strangulation, des meurtrissures aux poignets et au torse. Selon le médecin, il fallait écarter l'idée de guet-apens et admettre la thèse d'un combat avec un adversaire d'une force exceptionnelle.

D'autre part, sir Lampson avait déclaré qu'il avait rencontré sa femme à Nice où, bien que divorcée d'avec un Italien du nom de Ceccaldi, elle portait encore son nom.

Le colonel n'avait pas été précis. Ses phrases volontairement ambiguës laissaient supposer qu'à cette époque Marie Dupin, dite Ceccaldi, était dans un état proche de la misère et vivait de la générosité de quelques amis, sans tomber complètement dans la galanterie.

Il l'avait épousée lors d'un voyage à Londres et c'est alors qu'elle avait fait venir de France un extrait d'acte de naissance au nom de Marie Dupin.

— C'était une femme tout à fait charmante...

Maigret revoyait le visage gras, digne et coloré du colonel, tandis qu'il prononçait ces paroles, sans affectation, avec une simplicité grave que le juge avait paru apprécier.

Il dut reculer pour laisser passer la civière qui emportait le corps de Willy.

Et brusquement, haussant les épaules, il pénétra dans le café, se laissa tomber sur un banc, commanda :

— Un demi !...

Ce fut la fille qui le servit, les yeux encore rouges, le nez luisant. Il la regarda avec intérêt et, avant qu'il l'eût questionnée, elle murmura en s'assurant qu'on ne pouvait l'entendre :

— Est-ce qu'il a beaucoup souffert ?

Elle avait un visage fruste, des chevilles épaisses, de gros bras rouges. C'était néanmoins le seul être à s'inquiéter de l'élégant Willy qui, peut-être, par jeu, la veille, lui avait pincé la taille — s'il l'avait fait !

Cela rappelait à Maigret la conversation qu'il avait eue avec le jeune homme à demi étendu sur le lit défait, là-haut, fumant cigarette sur cigarette.

On réclamait la fille ailleurs. Un marinier lui lançait :

— Paraît que t'es toute retournée, Emma...

Et elle essayait de sourire, en regardant Maigret d'un air complice.

Le trafic était interrompu depuis le matin. Il y avait sept bateaux, dont trois moteurs, en face de *la Marine*. Les femmes venaient aux provisions et chaque fois tintait la grêle sonnerie de la boutique.

— Quand vous voudrez déjeuner... dit le patron à Maigret.

— Tout à l'heure !

Et, du seuil, il regarda l'endroit où le matin encore le *Southern Cross* était amarré.

Dans la soirée, deux hommes en étaient sortis, bien portants. Ils s'étaient dirigés vers le pont de pierre. S'il fallait en croire le colonel, ils s'étaient séparés après une discussion et sir Lampson avait poursuivi son chemin sur la route déserte, toute droite, longue de trois kilomètres, qui conduit aux premières maisons d'Épernay.

Nul n'avait revu Willy vivant. Quand le colonel était revenu, en taxi, il n'avait rien remarqué d'anormal.

Aucun témoin ! Personne n'avait rien entendu ! Le boucher de Dizy, qui habitait à six cents mètres du pont, prétendait que son chien avait aboyé, mais, comme il ne s'en était pas inquiété, il ne pouvait dire à quelle heure.

Le chemin de halage, avec ses flaques, ses mares, était trop piétiné par les hommes et les chevaux pour qu'on pût y relever des traces précises.

Le jeudi précédent, Mary Lampson, bien portante, elle aussi, dans un état en apparence normal, quittait le *Southern Cross* où elle se trouvait seule.

Auparavant — selon Willy — elle avait remis à son amant un collier de perles, le seul bijou de valeur qu'elle possédât.

Et l'on perdait sa trace. Nulle part on ne la revoyait en vie. Deux jours s'écoulaient sans qu'on l'aperçût.

Le dimanche soir, elle était étranglée, enfouie sous la paille d'une écurie de Dizy, à cent kilomètres de son point de départ, et deux charretiers ronflaient près de son cadavre.

C'était tout ! Sur l'ordre du juge, on allait placer les deux corps dans une glacière de l'Institut médico-légal !

Le *Southern Cross* venait de partir, vers le Midi, vers Porquerolles, vers le Petit Langoustier qui avait vu tant d'orgies.

Maigret, tête basse, contournait les bâtiments du *Café de la Marine*. Il repoussa une oie furieuse qui avançait vers lui, son bec ouvert dans un râle de colère.

A la porte de l'écurie, il n'y avait pas de serrure, mais un simple loquet de bois. Et le chien de chasse qui rôdait dans la cour, la panse trop nourrie, se jetait en tournoyant de joie au-devant de tous les visiteurs.

La porte ouverte, le commissaire se trouva en tête à tête avec le cheval gris du propriétaire qui n'était pas plus attaché que les autres jours et qui profita de l'occasion pour aller se promener dehors.

La jument couronnée était toujours couchée dans son box, l'œil triste.

Maigret poussait la paille du pied, comme s'il eût espéré trouver quelque chose qui eût échappé à son premier examen des lieux.

A deux ou trois reprises, il répéta avec mauvaise humeur :

— *Autant !...*

Et il était presque décidé à retourner à Meaux, voire à Paris, à refaire pas à pas le chemin parcouru par le *Southern Cross*.

Il traînait de tout : de vieilles longes, des morceaux de harnais, un bout de bougie, une pipe cassée...

De loin, il vit quelque chose de blanc qui dépassait d'un tas de foin et il s'approcha sans confiance. L'instant d'après, il avait à la main un calot de marin américain pareil à ceux de Vladimir.

Le tissu était souillé de boue et de fumier, déformé comme si on l'eût tiraillé dans tous les sens.

Mais c'est en vain qu'aux alentours Maigret chercha un autre indice. De la paille fraîche avait été jetée à l'endroit où on avait découvert le corps, afin que ce fût moins sinistre.

— *Est-ce que je suis prisonnier ?*

Il n'eût pu dire pourquoi cette phrase du colonel lui revenait à la mémoire tandis qu'il marchait vers la porte de l'écurie. En même temps il revoyait sir Lampson, à la fois aristocratique et dégradé, avec ses gros yeux toujours humides, son ivresse latente, son flegme étonnant.

Il évoquait son court dialogue avec le magistrat guindé, dans cette salle d'auberge aux tables couvertes de toile cirée brune que la magie de quelques intonations, de quelques attitudes, avait transformée un moment en salon.

Et il tripotait ce bonnet, méfiant, le regard sournois.

— Soyez prudent ! lui avait dit M. de Clairfontaine de Lagny en lui touchant la main.

L'oie, féroce, suivait à la piste le cheval qu'elle agonissait d'injures. Et l'autre laissait pendre sa grosse tête, reniflait les détritus qui encombraient la cour.

De chaque côté de la porte il y avait une borne de pierre et le commissaire s'assit sur l'une d'elles, sans lâcher le béret, ni sa pipe éteinte.

Devant lui il n'y avait qu'un énorme tas de fumier, puis une haie trouée par endroits et, au-delà, des champs où il ne poussait encore rien, la colline aux traînées noires et blanches sur laquelle semblait peser de tout son poids un nuage dont le centre était tout noir.

D'un bord jaillissait un rayon de soleil oblique, qui mettait des étincelles sur le fumier.

— *Une charmante femme*... avait dit le colonel en parlant de Mary Lampson.

— *Un vrai gentleman !* avait dit Willy du colonel.

Seul Vladimir n'avait rien dit, s'était contenté d'aller et venir, d'acheter des provisions, de l'essence, de remplir les réservoirs d'eau potable, d'écoper le youyou et d'aider son maître à s'habiller.

Des Flamands passaient sur la route en parlant haut. Soudain Maigret se pencha. La cour était pavée de pierres inégales. Or, à deux mètres de lui, entre deux d'entre elles, quelque chose venait d'être atteint par le soleil et brillait.

C'était un bouton de manchette en or, traversé par deux filets de platine. Maigret avait vu des boutons pareils, la veille, aux poignets de Willy, alors que le jeune homme était étendu sur son lit, lançait vers le plafond la fumée de ses cigarettes et discourait avec nonchalance.

Dès lors, il ne s'occupa plus du cheval, ni de l'oie, ni de rien de ce qui l'entourait. Un peu plus tard, il tournait la manivelle du téléphone.

— Épernay... La morgue, oui !... Police !...

Un des Flamands, qui sortait du café, s'arrêta pour le regarder avec étonnement, tant il était animé.

— Allô !... Ici, le commissaire Maigret, de la P.J... On vient de vous amener un corps... Mais non ! Il ne s'agit pas de l'accident d'auto... Le noyé de Dizy... Oui... Voyez tout de suite au greffe, parmi ses effets... Vous devez trouver un bouton de manchette... Vous me direz comment il est... J'attends, oui !...

Trois minutes après, il raccrochait, renseigné, tenant toujours à la main le béret et le bouton.

— Votre déjeuner est prêt...

Il ne se donna pas la peine de répondre à la fille rousse qui lui disait pourtant cela aussi gentiment que possible. Il sortit, avec la sensation qu'il tenait peut-être un bout du fil, mais aussi avec l'angoisse de le lâcher.

— Le béret dans l'écurie... Le bouton de manchette dans la cour... Et l'insigne de l'Y.C.F. près du pont de pierre...

C'est dans cette direction qu'il se mit à marcher, très vite. Des raisonnements s'esquissaient et fondaient tour à tour dans son esprit.

Il n'avait pas parcouru un kilomètre qu'il regardait devant lui avec stupeur.

Le *Southern Cross*, parti une bonne heure plus tôt d'un air pressé, était amarré à droite du pont, dans les roseaux. On ne voyait personne dehors.

Mais, quand le commissaire n'en fut plus qu'à une centaine de mètres, sur l'autre rive, une auto arrivant d'Épernay stoppa près du yacht et Vladimir, toujours en tenue de matelot, assis à côté du chauffeur, sauta par terre, se dirigea vers le bateau en courant.

Il ne l'avait pas atteint que l'écoutille s'ouvrait et que le colonel se montrait le premier sur le pont, tendait la main à quelqu'un se trouvant à l'intérieur.

Maigret ne se cachait pas. Il ne put savoir si le colonel le vit ou non.

La scène fut rapide. Le commissaire n'entendait pas les paroles prononcées. Mais les mouvements des personnages lui donnèrent une idée assez précise de ce qui se passait.

C'était la Negretti que sir Lampson aidait à sortir de la

cabine. Pour la première fois, on la voyait en tenue de ville. Même de loin, on comprenait qu'elle était en colère.

Vladimir avait saisi deux valises qui étaient prêtes et les portait dans la voiture.

Le colonel tendit la main à sa compagne pour traverser la passerelle, mais elle refusa, s'élança si brusquement qu'elle faillit tomber tête première dans les roseaux.

Et elle marcha sans l'attendre. Il la suivait à quelques pas, impassible. Elle se jeta dans l'auto avec la même rage, montra un instant sa tête animée à la portière, cria quelque chose qui devait être une injure ou une menace.

Sir Lampson, pourtant, au moment où la voiture se mettait en route, s'inclinait galamment, la regardait s'éloigner et revenait vers son bateau en compagnie de Vladimir.

Maigret n'avait pas bougé. Il eut la sensation très nette d'un changement qui se produisait chez l'Anglais.

Il ne souriait pas. Il restait aussi flegmatique qu'à son ordinaire. Mais, par exemple, au moment de gagner la cabine de commandement, il toucha, tout en parlant, d'un geste cordial, voire affectueux, l'épaule de Vladimir.

Et la manœuvre fut magnifique. Il n'y avait plus que les deux hommes à bord. Le Russe amena la passerelle, d'un seul effort, fit sauter la boucle des amarres.

L'avant du *Southern Cross* était engagé dans les roseaux. Une péniche arrivait derrière, cornait.

Lampson se retourna. Il dut presque fatalement voir Maigret, mais il n'en laissa rien paraître. D'une main, il embraya. De l'autre, il donna deux tours à la roue de cuivre et le yacht glissa en arrière, juste de quoi se dégager, évita l'étrave de la péniche, stoppa à temps et repartit en laissant derrière lui un bouillonnement d'écume.

Il n'avait pas fait cent mètres qu'il lançait trois coups de sirène pour avertir l'écluse d'Ay de son arrivée.

— Ne perdez pas de temps... Suivez la route... Si c'est possible, rejoignez cette voiture...

Maigret avait arrêté la camionnette d'un boulanger qui passait dans la direction d'Épernay. On apercevait l'auto occupée par la Negretti à un kilomètre à peu près, mais elle roulait assez lentement, car le macadam était gras, glissant.

Dès que le commissaire avait décliné son titre, le livreur l'avait regardé avec une curiosité amusée.

— Vous savez, il ne me faudrait pas cinq minutes pour les rattraper...

— Pas trop vite...

Et c'était au tour de Maigret de sourire en voyant son compagnon prendre des poses qu'on voit aux poursuivants dans les films policiers américains.

Il n'y eut aucune manœuvre périlleuse à faire, aucune difficulté à surmonter. Dans une des premières rues de la ville, la voiture stoppa quelques instants, sans doute pour permettre à la voyageuse de conférer avec le chauffeur, puis elle repartit, s'arrêta trois minutes plus tard devant un hôtel assez luxueux.

Maigret quitta sa camionnette à cent mètres de là, remercia le boulanger qui ne voulut pas accepter de pourboire mais qui, bien décidé à en voir davantage, alla se ranger à proximité de l'hôtel.

Un chasseur transporta les deux valises. Gloria Negretti traversa vivement le trottoir.

Dix minutes plus tard, le commissaire se présentait au gérant.

— La dame qui vient d'arriver ?...

— Chambre 9... Je me suis douté qu'il y avait quelque chose... Je n'ai jamais vu quelqu'un d'aussi agité... Elle parlait avec une vitesse folle, en truffant son discours de mots étrangers... J'ai cru comprendre qu'elle ne voulait pas être dérangée et qu'on devait lui monter des cigarettes et du kummel... Il n'y aura pas de scandale, au moins ?

— Rien du tout ! affirma Maigret. Un renseignement à lui demander...

Il ne put s'empêcher de sourire en approchant de la porte marquée du numéro 9. Car il y avait dans la chambre un véritable vacarme. Les hauts talons de la jeune femme frappaient le parquet à une cadence désordonnée.

Elle allait et venait en tous sens. On l'entendait fermer la fenêtre, bousculer une valise, faire couler l'eau d'un robinet, se jeter sur le lit, se lever et envoyer enfin promener un soulier à l'autre bout de la pièce.

Maigret frappa.

— Entrez !...

Et la voix vibrait de colère, d'impatience. La Negretti n'était pas là de dix minutes et pourtant elle avait eu le temps de changer de tenue, de mettre ses cheveux en désordre et de reprendre en somme, en plus déjeté, l'aspect qu'elle avait à bord du *Southern Cross*.

Quand elle reconnut le commissaire, il y eut un éclair de colère dans ses yeux bruns.

— Qu'est-ce que vous me voulez ?... Que venez-vous faire ici ?... Je suis chez moi !... Je paie cette chambre et...

Elle continua en langue étrangère, sans doute en espagnol, déboucha un flacon d'eau de Cologne dont elle se versa la plus grande partie sur les mains avant d'en humecter son front brûlant.

— Vous me permettez une question ?...

— J'ai dit que je ne voulais voir personne... Partez !... Vous entendez ?...

Elle marchait sur ses bas de soie et sans doute n'avait-elle pas de jarretières, car ils commençaient à glisser le long de ses jambes, dévoilant déjà un genou empâté et très blanc.

— Vous feriez mieux de poser vos questions à ceux qui pourraient y répondre... Mais vous n'osez pas, hein !... Parce qu'il est colonel... Parce que c'est *sir* Lampson... Un joli *sir*... Ha ! ha ! si seulement je racontais la moitié de ce que je sais...

» Tenez !...

Elle fouillait fébrilement son sac dont elle tira cinq billets de mille francs chiffonnés.

— Voilà ce qu'il vient de me donner !... Et il y a deux ans, n'est-ce pas ? que je vis avec lui, que...

Elle jeta les billets sur le tapis puis, se ravisant, les ramassa, les remit dans le sac.

— Naturellement, il a promis de m'envoyer un chèque... Mais on sait ce qu'elles valent, ses promesses... Un chèque ?... Il n'aura pas seulement assez d'argent pour aller jusqu'à Porquerolles... N'empêche qu'il se saoulera au whisky tous les jours...

Elle ne pleurait pas et pourtant il y avait des larmes dans sa voix. C'était une agitation toute spéciale que celle de cette femme que Maigret avait toujours vue confite dans une paresse béate, dans une atmosphère de serre chaude.

— C'est comme son Vladimir... Il a osé me dire, en essayant de me baiser la main :

» — Adieu, madame...

» Ha ! ha !... Ils ont ce toupet... Mais quand le colonel n'était pas là, Vladimir...

» Cela ne vous regarde pas !... Pourquoi restez-vous ici ?... Qu'est-ce que vous attendez ? Est-ce que vous espérez que je vais vous dire quelque chose ?

» Rien du tout !...

» Et pourtant, avouez que ce serait mon droit...

Elle circulait toujours, saisissait des objets dans sa valise, les posait quelque part pour les reprendre ensuite et les placer ailleurs.

— Me laisser à Épernay !... Dans ce sale trou pluvieux... Je l'ai supplié de me conduire au moins à Nice, où j'ai des amis... C'est à cause de lui que je les ai quittés...

» Il est vrai que je devrais être contente qu'il ne m'ait pas tuée...

» Je ne dirai rien, vous entendez !... Vous pouvez partir... La police me dégoûte !... Autant que les Anglais !... Si vous en êtes capable, allez l'arrêter...

» Mais vous n'oserez pas !... Je sais si bien comment cela se passe...

» Pauvre Mary !... Elle était ce que l'on voudra. Bien sûr qu'elle avait mauvais caractère, qu'elle aurait tout fait pour ce Willy que je n'ai jamais pu sentir...

» Mais mourir ainsi...

» Ils sont partis ?... Qui allez-vous arrêter, en fin de compte ?... Peut-être moi, au fait ?... Non ?...

» Eh bien ! écoutez... Je vais vous dire une chose, oui !... Une seule !... Vous en ferez ce que vous voudrez... Ce matin, quand il s'habillait pour se présenter au juge — car il faut qu'il impressionne les gens, qu'il sorte ses insignes, ses décorations ! —, quand il s'habillait, Walter a dit à Vladimir, en russe, parce qu'il croit que je ne comprends pas cette langue...

Elle parlait si vite qu'elle finissait par manquer de souffle, s'embrouillait dans ses phrases, y mêlait à nouveau des termes espagnols.

— Il lui a dit d'essayer de savoir où se trouve *La Providence*... Comprenez-vous ?... C'est un bateau qui était près de nous, à Meaux...

» Ils veulent le rejoindre et ils ont peur de moi...

» J'ai fait semblant de ne pas entendre...

» Mais je sais si bien que vous n'oserez pas...

Elle regarda ses valises bouleversées, la chambre qu'en quelques minutes elle était parvenue à mettre en désordre et à imprégner de son âpre parfum...

— Est-ce que vous avez seulement des cigarettes ?... Qu'est-ce que cet hôtel ?... J'en ai commandé, et du kummel...

— Vous avez vu, à Meaux, le colonel en conversation avec quelqu'un de *La Providence* ?

— Je n'ai rien vu du tout... Je ne m'occupais pas de ça... J'ai seulement entendu, ce matin... Pourquoi s'inquiéteraient-ils d'une péniche, autrement ?... Est-ce qu'on sait seulement comment est morte la première femme de Walter, aux Indes ?... Si l'autre a divorcé, c'est qu'elle avait ses raisons...

Un garçon frappait, apportant cigarettes et liqueur. La Negretti prit le paquet et l'envoya rouler dans le couloir en criant :

— J'ai dit des Abdullah !

— Mais, madame...

Elle joignit les mains d'un geste qui laissait prévoir la crise de nerfs et râla :

— Oh !... Ces gens !... Ces...

Elle se tourna vers Maigret qui l'examinait avec intérêt, lui lança :

— Qu'est-ce que vous attendez encore ?... Je ne dirai plus rien ! Je ne sais rien ! Je n'ai rien dit... Vous entendez ?... Je ne veux pas qu'on m'ennuie avec cette histoire !... C'est déjà assez malheureux que j'aie perdu deux ans de ma vie à...

Le garçon, en se retirant, lança une œillade au commissaire. Et tandis que la jeune femme se jetait sur son lit, à bout de nerfs, il sortit à son tour.

Dans la rue, le boulanger attendait toujours.

— Eh bien ? Vous ne l'avez pas arrêtée ? questionna-t-il, dépité. Je croyais...

Maigret dut marcher jusqu'à la gare pour trouver un taxi et se faire reconduire au pont de pierre.

7

La pédale faussée

Quand le commissaire dépassa le *Southern Cross* qui, de ses remous, agitait les roseaux longtemps encore après son passage, le colonel était toujours à la barre et, à l'avant, Vladimir lovait un filin.

Maigret attendit le yacht à l'écluse d'Aigny. La manœuvre s'effectua correctement et, le bateau amarré, le Russe descendit à terre pour remettre ses papiers et un pourboire à l'éclusier.

— Ce bonnet est bien à vous ? questionna le policier en s'avançant vers lui.

Vladimir examina l'objet, qui n'était plus qu'un chiffon sale, puis son interlocuteur.

— Merci ! dit-il enfin en prenant le béret.

— Un instant ! Voulez-vous me dire quand vous l'avez perdu ?

Le colonel suivait la scène des yeux, sans trahir la plus légère émotion.

— Il est tombé à l'eau hier au soir, expliqua Vladimir, alors que, penché sur l'étambot, je retirais avec une gaffe des herbes qui bloquaient l'hélice... Il y avait une péniche derrière nous... La femme, à genoux dans le bachot, rinçait son linge... C'est elle qui a repêché le béret et je l'ai laissé sur le pont pour qu'il sèche...

— Autrement dit, il était cette nuit sur le pont ?

— Oui... Ce matin, je n'ai pas remarqué qu'il ne s'y trouvait plus...

— Il était déjà sale hier ?

— Non ! La marinière, en le repêchant, l'a passé dans la savonnée dont elle se servait...

Le yacht s'élevait par saccades et déjà l'éclusier tenait à deux mains la manivelle de la porte d'amont.

— Si je me souviens bien, c'était le *Phénix* qui était derrière vous, n'est-ce pas ?

— Je crois... Je ne l'ai pas revu aujourd'hui...

Maigret esquissa un vague salut, se dirigea vers son vélo tandis que le colonel, impassible, embrayait le moteur, inclinait la tête en passant devant l'éclusier.

Le commissaire resta un bon moment à le regarder partir, rêveur, troublé par l'étonnante simplicité avec laquelle les choses se passaient à bord du *Southern Cross*.

Le yacht poursuivait sa route sans s'inquiéter de lui. C'est à peine si, de son poste, le colonel posait une question au Russe, qui répondait d'une seule phrase.

— Le *Phénix* est loin ? s'informa Maigret.

— Peut-être dans le bief de Juvigny, à cinq kilomètres d'ici... Ça ne file pas comme ce machin-là...

Maigret y arriva quelques instants avant le *Southern Cross* et Vladimir dut le voir, de loin, questionner la marinière.

Les détails étaient exacts. La veille, tandis qu'elle rinçait son linge, qu'on apercevait, gonflé par le vent, sur un fil de fer tendu au-dessus de la péniche, elle avait repêché le béret du matelot. Celui-ci, un peu plus tard, avait donné deux francs à son gamin.

Il était quatre heures de l'après-midi. Le commissaire se

remit en selle, la tête lourde d'hypothèses confuses. Il y avait du gravier sur le chemin de halage et les pneus le faisaient crisser, envoyaient de petits cailloux des deux côtés des roues.

A l'écluse 9, Maigret avait une bonne avance sur l'Anglais.

— Vous pouvez me dire où se trouve à ce moment *La Providence* ?

— Pas loin de Vitry-le-François... Ils vont bon train, car ils ont de rudes bêtes, et surtout un charretier qui ne regarde pas à sa peine...

— Ils ont l'air de se presser ?

— Ni plus ni moins que d'habitude... Sur le canal, n'est-ce pas ? on est toujours pressé... On ne sait jamais ce qui vous attend... On peut perdre des heures à une seule écluse comme on peut passer en dix minutes... Et plus vite on va, plus on gagne...

— Vous n'avez rien entendu d'anormal, cette nuit ?

— Rien !... Pourquoi ?... Il y a quelque chose ?...

Maigret partit sans répondre, s'arrêta désormais à chaque écluse, à chaque bateau.

Il n'avait pas eu de peine à juger Gloria Negretti. Tout en se défendant de dire quoi que ce fût contre le colonel, elle avait sorti en réalité tout ce qu'elle savait.

Car elle était incapable de se contenir ! Incapable de mentir aussi ! Ou alors, elle eût inventé des choses infiniment plus compliquées.

Elle avait donc entendu sir Lampson prier Vladimir de s'informer de *La Providence.*

Or, le commissaire s'était préoccupé, lui aussi, de cette péniche qui était arrivée le dimanche soir, peu avant la mort de Mary Lampson, venant de Meaux, et qui, construite en bois, était enduite de résine.

Pourquoi le colonel voulait-il la rejoindre ? Quel lien y

avait-il entre le *Southern Cross* et le lourd bateau qui s'en allait au pas lent de ses deux chevaux ?

Tout en roulant dans le décor monotone du canal et en appuyant avec de plus en plus de peine sur les pédales, Maigret ébauchait des raisonnements, mais ils ne l'amenaient qu'à des conclusions fragmentaires ou inacceptables.

L'histoire des trois indices, pourtant, ne se trouvait-elle pas éclairée par la rageuse accusation de la Negretti ?

Dix fois Maigret avait essayé de reconstituer les allées et venues des personnages au cours de cette nuit sur laquelle on ne savait rien, sinon que Willy Marco était mort.

Chaque fois, il avait senti une fissure ; il avait eu l'impression qu'il manquait un personnage, qui n'était ni le colonel, ni le mort, ni Vladimir...

Or, le *Southern Cross* allait maintenant retrouver quelqu'un à bord de *La Providence*.

Quelqu'un qui, de toute évidence, était mêlé aux événements ! Ne pouvait-on pas supposer que ce quelqu'un avait participé au second drame, c'est-à-dire au meurtre de Willy, tout comme au premier ?

Les distances sont vite franchies, la nuit, en vélo par exemple, le long d'un chemin de halage.

— Vous n'avez rien entendu, cette nuit ?... Vous n'avez rien remarqué d'anormal à bord de *La Providence* quand elle est passée ?

C'était de la vilaine besogne, décevante, surtout dans l'espèce de crachin qui tombait des nuages bas.

— Rien...

L'espace augmentait entre Maigret et le *Southern Cross*, qui perdait un minimum de vingt minutes par écluse. Le commissaire remontait toujours plus lourdement sur sa machine, reprenait obstinément, dans la solitude d'un bief, un des fils de son raisonnement.

Il avait déjà parcouru quarante kilomètres quand l'éclusier de Sarry répondit à sa question.

— Mon chien a aboyé... Je crois bien qu'il est passé quelque chose sur la route... Peut-être un lapin ?... Je me suis rendormi tout de suite...

— Vous savez où a couché *La Providence* ?

Son interlocuteur fit un calcul mental.

— Attendez ! Cela ne m'étonnerait pas qu'elle soit allée jusqu'à Pogny... Le patron voulait être ce soir à Vitry-le-François...

Deux écluses encore ! Rien ! Maigret devait suivre les éclusiers sur les portes car, à mesure qu'il avançait, le trafic était plus intense. A Vésigneul, trois bateaux attendaient leur tour. A Pogny, ils étaient cinq.

— Du bruit, non ! grogna le préposé à cette dernière écluse. Mais je voudrais bien savoir qui a eu le culot de se servir de mon vélo...

Le commissaire s'épongea en entrevoyant enfin un semblant de but. Il avait le souffle court et chaud. Il venait de parcourir cinquante kilomètres sans même boire un verre de bière.

— Où est votre bicyclette ?

— Tu ouvriras les vannes, François ? cria l'éclusier à un charretier.

Et il entraîna Maigret vers sa maison. Dans la cuisine, qui ouvrait de plain-pied, des mariniers avalaient du vin blanc qu'une femme leur servait sans lâcher son bébé.

— Vous n'allez pas faire un rapport, au moins ? C'est défendu de vendre à boire... Mais tout le monde le fait... C'est plutôt pour rendre service... Tenez !...

Il désigna une cabane en planches adossée à la muraille. Il n'y avait pas de porte.

— Voici le vélo... C'est celui de ma femme... Pensez qu'il faut aller à quatre kilomètres d'ici pour trouver une épicerie... Je lui dis toujours de rentrer la machine pour la nuit, mais elle prétend que ça salit la maison... Remarquez que celui qui s'en est servi est un drôle de bonhomme... J'aurais pu ne m'apercevoir de rien...

» Justement, avant-hier, mon neveu, qui est mécanicien à Reims, est venu passer la journée... La chaîne était cassée... Il l'a réparée et il en a profité pour nettoyer le vélo à fond et le graisser...

» Hier, on ne s'en est pas servi... On avait remis aussi un pneu neuf à l'arrière...

» Eh bien ! ce matin, la bécane était propre, bien qu'il ait plu toute la nuit... Vous avez vu la boue sur le chemin...

» Seulement la pédale de gauche est faussée et le pneu porte des traces comme s'il avait fait au moins cent kilomètres...

» Est-ce que vous y comprenez quelque chose ?... Le vélo a roulé, c'est sûr !... Et celui qui l'a ramené a pris la peine de le nettoyer...

— Quels sont les bateaux qui ont couché à proximité ?

— Attendez !... La *Madeleine* a dû aller à La Chaussée, où le beau-frère du patron est bistro... La *Miséricorde* a couché en dessous de mon écluse...

— Venant de Dizy ?

— Non ! C'est un avalant, qui arrive de la Saône... Je ne vois que *La Providence*... Elle est passée hier à sept heures du soir... Elle est allée jusqu'à Omey, à deux kilomètres, où il y a un bon port...

— Vous avez un autre vélo ?

— Non... Mais on peut se servir de celui-ci quand même...

— Pardon ! Vous allez l'enfermer quelque part... Vous

en louerez un autre si c'est nécessaire... Je compte sur vous ?

Les mariniers sortaient de la cuisine et l'un d'eux lançait à l'éclusier :

— C'est ainsi que tu régales, Désiré ?...

— Un instant... Je suis avec monsieur...

— Où croyez-vous que je puisse rattraper *La Providence* ?

— Ben ! il va encore bon train... Cela m'étonnerait si vous l'aviez avant Vitry...

Maigret allait partir. Il revint sur ses pas, tira une clef anglaise de sa trousse et démonta les deux pédales du vélo de l'éclusière.

Quand il poursuivit sa route, les pédales qu'il avait enfouies dans ses poches faisaient deux bosses à son veston.

L'éclusier de Dizy lui avait dit en plaisantant :

— Quand il ne pleut nulle part ailleurs, il y a au moins deux endroits où on est sûr de voir tomber de l'eau : c'est ici et à Vitry-le-François...

Maigret approchait de cette ville et il commençait à pleuvoir à nouveau ; une pluie toute fine, paresseuse, éternelle.

L'aspect du canal changeait. Sur les rives se dressaient des usines et longtemps le commissaire roula au milieu d'un essaim d'ouvrières qui sortaient de l'une d'elles.

Un peu partout il y avait des bateaux en déchargement, d'autres, en vidange, qui attendaient.

Et on revoyait des petites maisons de faubourg, avec des clapiers faits de vieilles caisses, des jardins pitoyables.

Tous les kilomètres, une fabrique de ciment ; ou une carrière, ou un four à chaux. Et la pluie mêlait la poudre blanche éparse dans l'atmosphère à la boue du chemin.

Le ciment ternissait tout : les toits de tuiles, les pommiers et les herbes.

Maigret commençait à adopter le mouvement de droite à gauche et de gauche à droite du cycliste fatigué. Il pensait sans penser. Il mettait bout à bout des idées qu'il n'était pas encore possible de rassembler en un faisceau solide.

Quand il aperçut l'écluse de Vitry-le-François, la nuit tombait, piquetée des fanaux blancs d'une soixantaine de bateaux en file indienne.

Quelques-uns dépassaient les autres, se mettaient en travers. Et, quand il en arrivait en sens inverse, on entendait des cris, des jurons, des renseignements lancés à la volée.

— Hé !... Le *Simoun* !... Ta belle-sœur, qui était à Chalon-sur-Saône, te fait dire qu'elle te retrouvera sur le canal de Bourgogne... On attendra pour le baptême... Des amitiés de Pierre !...

Sur les portes de l'écluse, il y avait dix silhouettes affairées.

Et, par-dessus tout, un brouillard bleuâtre, pluvieux, dans lequel on distinguait les silhouettes des chevaux arrêtés, des hommes qui allaient d'un bateau à l'autre.

Maigret lisait les noms, à l'arrière des péniches. Une voix lui cria :

— Bonjour, monsieur !...

Il mit quelques secondes à reconnaître le patron de l'*Eco III*.

— Déjà réparé ?

— Ce n'était rien du tout !... Mon commis est un imbécile... Le mécanicien, qui est venu de Reims, en a eu pour cinq minutes...

— Vous n'avez pas vu *La Providence* ?

— Elle est devant... Mais nous passerons encore avant

elle... A cause de l'embouteillage, on va écluser toute la nuit, et peut-être bien la nuit prochaine... Pensez qu'il y a au moins soixante bateaux et qu'il en arrive encore... En principe, les moteurs ont le droit de trématage sur les écuries... Cette fois-ci, l'ingénieur a décidé qu'on écluserait alternativement une péniche à chevaux et un bateau à moteur...

Et l'homme, sympathique, le visage ouvert, de tendre le bras.

— Tenez !... Juste en face de la grue... Je reconnais son gouvernail peint en blanc...

En passant devant les péniches, on devinait, par les écoutilles, des gens qui mangeaient dans la lueur jaune de lampes à pétrole.

Maigret trouva le patron de *La Providence* sur le quai, en grande discussion avec d'autres mariniers.

— Bien sûr que les moteurs ne devraient pas avoir plus de droits !... Pour prendre l'exemple de la *Marie*, nous lui gagnons un kilomètre dans un bief de cinq... Alors ?... Avec ce système de trématage, elle va nous passer devant... Tiens !... C'est le commissaire !...

Et le petit homme tendait sa main, comme à un camarade.

— Vous voici encore avec nous ?... La patronne est à bord... Elle va être contente de vous revoir, car elle dit que, pour un policier, vous êtes un homme bien comme il faut...

Dans l'obscurité, on voyait luire le bout rouge des cigarettes et tous les fanaux, si proches les uns des autres qu'on se demandait comment les bateaux pouvaient encore circuler.

Maigret trouva la grosse Bruxelloise qui passait sa soupe et qui s'essuya la main à son tablier avant de la lui tendre.

— Vous n'avez pas trouvé l'assassin ?...

— Hélas !... Je viens encore vous demander quelques renseignements...

— Asseyez-vous... Une petite goutte ?...

— Merci !...

— Merci oui !... Allons ! Par un temps pareil, ça ne fait de mal à personne... Vous n'êtes pas venu en vélo de Dizy, au moins ?

— De Dizy, oui !...

— Mais il y a soixante-huit kilomètres !...

— Votre charretier est ici ?

— Il doit être sur l'écluse, à discuter... On veut nous prendre notre tour et ce n'est pas le moment de nous laisser faire, car on a déjà perdu assez de temps...

— Il a une bicyclette ?

— Qui, Jean ?... Non !...

Elle rit. Elle expliqua, tout en reprenant son travail :

— Je ne le vois pas bien en vélo, avec ses petites jambes... Mon mari en a un... Mais il y a bien un an qu'il ne s'en est pas servi et je crois que les pneus sont crevés...

— Vous avez passé la nuit à Omey ?

— C'est cela ! On essaie toujours de s'amarrer à un endroit où on puisse faire les provisions... Parce que si, pendant la journée, on a le malheur de s'arrêter, il y a toujours d'autres bateaux qui vous passent devant...

— A quelle heure y êtes-vous arrivés ?

— A peu près à l'heure qu'il est maintenant... On s'occupe plus du soleil que de l'heure, vous comprenez ?... Encore une petite goutte ?... C'est du genièvre que nous rapportons de Belgique à chaque voyage...

— Vous êtes allée à l'épicerie ?

— Oui, pendant que les hommes prenaient l'apéritif... Il devait être un peu plus de huit heures quand on s'est couchés...

— Jean était à l'écurie ?

— Où aurait-il été ?... Il n'y a qu'avec ses bêtes qu'il se trouve bien...

— Vous n'avez pas entendu de bruit pendant la nuit ?

— Rien du tout... A trois heures, comme toujours, Jean est venu préparer le café... C'est l'habitude... Puis nous sommes partis...

— Vous n'avez rien remarqué d'anormal ?

— Que voulez-vous dire ?... Vous ne soupçonnez pas le vieux Jean, au moins ?... Vous savez, il a l'air drôle, comme ça, quand on ne le connaît pas... Nous, voilà huit ans que nous sommes avec lui... Eh bien ! s'il s'en allait, *La Providence* ne serait plus ce qu'elle est...

— Votre mari dort avec vous ?

Elle rit encore. Et, comme Maigret était près d'elle, elle lui donna un coup de coude dans les côtes.

— Dites donc ! Est-ce qu'on a l'air si vieux que ça ?...

— Je puis aller faire un tour à l'écurie ?

— Si vous voulez... Prenez la lanterne qui est sur le pont... Les chevaux sont restés dehors, parce qu'on espère passer quand même cette nuit... Et, une fois à Vitry, nous sommes tranquilles... La plupart des bateaux prennent le canal de la Marne au Rhin... Vers la Saône, c'est plus calme... A part la voûte de huit kilomètres qui me fait toujours peur...

Maigret se dirigea tout seul vers le milieu de la péniche, où se dressait l'écurie. Saisissant la lanterne-tempête qui servait de fanal, il se glissa dans le domaine de Jean, tout imprégné d'une chaude odeur de fumier et de cuir.

Mais c'est en vain qu'il y pataugea pendant près d'un quart d'heure, sans cesser d'entendre la conversation qui se poursuivait sur le quai entre le patron de *La Providence* et les mariniers.

Quand il arriva un peu plus tard à l'écluse où, pour

regagner le retard, tout le monde travaillait à la fois dans le vacarme de manivelles rouillées et d'eau bouillonnante, il aperçut le charretier sur une des portes, son fouet en collier autour de la nuque, manœuvrant une vanne.

Il était vêtu, comme à Dizy, d'un vieux complet de velours à côtes, coiffé d'un feutre passé qui avait perdu son ruban depuis longtemps.

Une péniche sortit du sas, se poussant à la gaffe, car il était impossible d'avancer autrement parmi tous les bateaux agglutinés.

Les voix qui se répondaient d'une péniche à l'autre étaient rauques, hargneuses, et les visages, qu'éclairait parfois un feu, profondément marqués par la fatigue.

Tous ces gens étaient en route depuis trois ou quatre heures du matin, ne rêvaient qu'à la soupe, puis au lit sur lequel on s'abattrait enfin.

Mais chacun voulait franchir d'abord l'écluse encombrée, afin de commencer dans de bonnes conditions l'étape du lendemain.

L'éclusier allait et venait, happait au vol les papiers de l'un et de l'autre, courait dans son bureau où il signait, apposait le cachet, enfouissait les pourboires dans sa poche.

— Pardon !...

Maigret avait touché le bras du charretier, qui se retourna lentement, le regarda de ses yeux à peine visibles derrière l'épais buisson des sourcils.

— Vous avez d'autres bottes que celles que vous portez ?

Jean n'eut pas l'air de comprendre tout de suite. Son visage se plissa davantage. Il fixa ses pieds avec ahurissement.

Enfin il secoua la tête, tira sa pipe de sa bouche, murmura seulement :

— D'autres ?...

— Vous n'avez que ces chaussures-là ?

Un signe affirmatif, très lent, de la tête.

— Vous savez monter à vélo ?

Des gens se rapprochaient, intrigués par ce colloque.

— Venez par ici !... dit Maigret. J'ai besoin de vous...

Le charretier le suivit dans la direction de *La Providence,* amarrée à près de deux cents mètres. En passant devant ses chevaux, qui se tenaient tête basse, le dos luisant, sous la pluie, il caressa l'encolure du plus proche.

— Montez...

Le patron, tout petit, tout maigre, était arc-bouté à une gaffe plantée au fond de l'eau et poussait son bateau contre la rive pour permettre à une péniche avalante de passer.

Il vit de loin les deux hommes qui pénétraient dans l'écurie, mais il n'eut pas le temps de s'en occuper.

— Vous avez dormi ici cette nuit ?

Un grognement, qui signifiait oui.

— Toute la nuit ? Vous n'avez pas emprunté un vélo à l'éclusier de Pogny ?...

Le charretier avait l'air malheureux d'un simple d'esprit que l'on taquine ou d'un chien qui n'a jamais reçu de coups et qu'on s'avise soudain de battre sans raison.

De la main, il repoussa son chapeau en arrière, frotta son crâne planté de cheveux blancs et durs comme des crins.

— Retirez vos bottes...

L'homme ne bougea pas, jeta un regard à la rive où l'on apercevait les jambes des chevaux. L'un d'eux hennissait, comme s'il eût compris que le charretier était dans l'embarras.

— Vos bottes... Vite !...

Et, joignant le geste à la parole, Maigret fit asseoir Jean

sur une planche qui courait le long d'une des parois de l'écurie.

Alors seulement le vieux devint docile et, regardant son bourreau avec des yeux de reproche, il se mit en devoir de retirer une de ses bottes.

Il ne portait pas de chaussettes, mais des bandes de toile graissée au suif étaient enroulées autour de ses pieds et de ses chevilles, faisaient corps avec la peau.

La lanterne éclairait mal. Le patron, qui avait terminé sa manœuvre, vint s'accroupir sur le pont pour voir ce qui se passait dans l'écurie.

Tandis que Jean, grognon, le front dur, mauvais, soulevait la seconde jambe, Maigret nettoyait avec de la paille la semelle de la botte qu'il avait à la main.

Puis il sortait la pédale gauche de sa poche, l'appliquait à la chaussure.

C'était un spectacle étrange que celui du vieillard hébété qui contemplait ses pieds déchaussés. Ses pantalons, qui avaient dû être faits pour un homme plus petit que lui encore, ou qui avaient été recoupés, n'arrivaient qu'à mi-jambe.

Et les bandes de toile suiffée étaient noirâtres, criblées de brins de paille et de crasse.

Maigret, tout près de la lampe, confrontait la pédale, dont certaines dents étaient cassées, avec les traces à peine visibles sur le cuir.

— Vous avez pris, cette nuit, à Pogny, le vélo de l'éclusier ! accusa-t-il lentement, sans quitter les deux objets des yeux. Jusqu'où êtes-vous allé de la sorte ?

— Ohé !... *La Providence* !... Avancez !... L'*Étourneau* renonce à son tour et couche dans le bief...

Jean se tourna vers les gens qui s'agitaient dehors, puis vers le commissaire.

— Vous pouvez faire l'éclusée ! dit Maigret. Tenez ! Enfilez vos bottes...

Le patron maniait déjà la gaffe. La Bruxelloise accourait.

— Jean !... Les chevaux !... Si nous perdons notre tour...

Le charretier avait glissé ses jambes dans ses bottes, se hissait sur le pont, modulait curieusement :

— Ho ! Hue !... Hue !...

Et les chevaux, en s'ébrouant, se mettaient en marche, tandis qu'il sautait à terre, leur emboîtait le pas, pesamment, le fouet toujours sur les épaules.

— Ho !... Hue !...

La patronne, pendant que son mari poussait la gaffe, appuyait de tout son poids sur la barre afin d'éviter la péniche qui arrivait en sens inverse et dont on distinguait à peine l'avant arrondi, le halo du fanal installé à l'arrière.

La voix impatiente de l'éclusier criait :

— Alors... *La Providence* ?... Pour quand est-ce ?...

Elle glissait sans bruit sur l'eau noire. Mais elle heurta trois fois le mur de pierre avant de se faufiler dans l'écluse dont elle occupa toute la largeur.

8

Salle 10

D'habitude, on n'ouvre les quatre vannes d'une écluse que l'une après l'autre, petit à petit, afin d'éviter les remous qui pourraient casser les amarres du bateau.

Mais soixante péniches attendaient. Les mariniers dont

le tour était proche aidaient à la manœuvre, tandis que l'éclusier n'avait plus qu'à viser les papiers.

Maigret était sur le quai, tenant son vélo d'une main, suivant des yeux les ombres qui s'agitaient dans l'obscurité. Les deux chevaux étaient allés s'arrêter à cinquante mètres des portes d'amont, d'eux-mêmes. Jean tournait une des manivelles.

L'eau s'engouffra avec un bruit de torrent. On pouvait la voir, toute blanche, dans les étroits espaces laissés libres par la *Madeleine*.

Or, au moment où la chute battait son plein, il y eut un cri étouffé, suivi d'un heurt sur l'avant de la péniche, puis d'un remue-ménage confus.

Le commissaire devina le drame plutôt qu'il le comprit. Le charretier n'était plus à sa place, sur la porte. Et les autres couraient le long des murs. On criait de tous les côtés à la fois.

Pour éclairer la scène, il n'y avait que deux lampes : une au milieu du pont-levis précédant l'écluse, l'autre sur la péniche qui continuait à s'élever à une cadence rapide.

— Fermez les vannes !...

— Ouvrez les portes !...

Quelqu'un passa avec une gaffe énorme qui heurta Maigret en pleine joue.

Des mariniers accouraient de loin. Et l'éclusier sortait de chez lui, affolé à l'idée de sa responsabilité.

— Qu'est-ce que c'est ?...

— Le vieux...

Des deux côtés de la péniche, il n'y avait pas, entre le bordé et le mur, plus de trente centimètres d'eau libre. Or cette eau, qui arrivait des vannes, glissait à toute vitesse dans l'étroit passage, revenait sur elle-même en bouillonnant.

Il y eut des manœuvres maladroites. Entre autres quelqu'un tourna une vanne de la porte d'aval et on entendit cette porte qui menaçait de sauter de ses gonds tandis que l'éclusier se précipitait pour réparer le mal.

Après, seulement, le commissaire apprit que le bief tout entier eût pu être inondé, cinquante péniches avariées.

— Tu le vois ?...

— Il y a quelque chose de noir, là-bas...

La péniche montait toujours, plus lentement. Trois vannes sur quatre étaient refermées. Mais à chaque instant le bateau heurtait violemment le mur du sas, écrasant peut-être le charretier.

— Quelle profondeur ?

— Au moins un mètre sous le bateau...

C'était épouvantable. A la faible lueur de la lanterne d'écurie, on voyait la Bruxelloise qui courait en tous sens, une bouée de sauvetage à la main.

Elle clama, en détresse :

— Je crois qu'il ne sait pas nager !...

Et Maigret entendit une voix grave qui disait près de lui :

— Tant mieux ! Il aura moins souffert...

Cela dura un quart d'heure. Trois fois des gens crurent apercevoir un corps qui émergeait. Mais en vain enfonça-t-on des gaffes dans les directions désignées.

La *Madeleine* sortit lentement de l'écluse et un vieux charretier grommela :

— Tout ce que vous voulez qu'il est accroché sous le gouvernail ! J'ai vu ça à Verdun...

Il se trompait. La péniche était à peine arrêtée à cinquante mètres de là que des hommes qui, à l'aide d'une perche, tâtonnaient les portes d'aval, appelaient à l'aide.

Il fallut amener un bachot. On sentait quelque chose,

sous l'eau, à un mètre de profondeur. Et au moment où quelqu'un se décidait à plonger tandis que sa femme, les larmes aux yeux, tentait de le retenir, un corps arriva brusquement à la surface.

On le hissa. Dix mains saisirent à la fois la veste de velours qui était déchirée, car elle s'était accrochée à un des boulons de la porte.

Le reste se déroula comme dans un cauchemar. On entendait la sonnerie du téléphone, dans la maison de l'éclusier. Un gamin était parti en vélo pour avertir un médecin.

Mais c'était inutile. Le corps du vieux charretier était à peine sur la berge, immobile, sans vie apparente, qu'un marinier retirait sa veste, s'agenouillait près de la poitrine formidable du noyé, commençait des tractions de la langue.

Quelqu'un avait apporté la lanterne. Le corps paraissait plus court, plus épais que jamais, et le visage ruisselant, plaqué de vase, était décoloré.

— Il bouge !... Je te dis qu'il bouge !...

Il n'y avait pas de bousculade. Le silence était tel que la moindre parole résonnait comme dans une cathédrale. Et toujours, on entendait le jet d'eau d'une vanne mal fermée.

— Alors ?... questionna l'éclusier en revenant.

— Ça remue... Pas bien fort...

— Faudrait un miroir...

Le patron de la *Madeleine* courut en chercher un à bord. L'homme qui pratiquait la respiration artificielle était en nage et un autre prit sa place, donna de plus fortes secousses au noyé.

Quand on annonça le docteur, qui arrivait en voiture par une route latérale, chacun pouvait voir la poitrine du vieux Jean se soulever au ralenti.

On lui avait retiré sa veste. La chemise ouverte laissait voir une poitrine aussi velue que celle d'un fauve. Sous le sein droit, il y avait une longue cicatrice et Maigret aperçut confusément comme un tatouage à l'épaule.

— Au suivant ! cria l'éclusier, les mains en porte-voix. Vous ne pouvez tout de même rien y faire...

Et un marinier s'éloigna à regret en appelant sa femme qui, avec d'autres, se lamentait à quelque distance.

— Tu n'as pas arrêté le moteur, au moins ?...

Le docteur fit reculer les spectateurs, sourcilla dès qu'il tâta la poitrine.

— Il vit, n'est-ce pas ? fit avec orgueil le premier soigneur.

— Police Judiciaire ! intervint Maigret. C'est grave ?

— La plupart des côtes sont défoncées... C'est vrai qu'il vit !... Mais cela m'étonnerait qu'il vive longtemps... Il a été coincé entre deux bateaux ?...

— Entre un bateau et l'écluse, sans doute...

— Tenez !...

Et le médecin fit tâter au commissaire le bras gauche cassé en deux endroits.

— Il y a une civière ?...

Le moribond poussa un faible soupir.

— Je vais toujours lui faire une piqûre... Mais qu'on prépare la civière au plus vite... L'hôpital est à cinq cents mètres...

Il y en avait une à l'écluse, selon le règlement, mais elle se trouvait au grenier où, à travers la fenêtre à tabatière, on vit aller et venir la flamme d'une bougie.

La Bruxelloise sanglotait, loin de Maigret qu'elle regardait d'un air de reproche.

Il y eut dix hommes pour soulever le charretier, qui émit un nouveau râle. Puis une lanterne s'éloigna dans la direction de la grand-route, auréolant un groupe compact, tandis qu'une péniche à moteur, parée de ses feux vert et rouge, donnait trois coups de sirène, allait s'amarrer en pleine ville pour être la première à partir le lendemain.

Salle 10. Ce fut par hasard que Maigret vit le numéro. Il n'y avait là que deux malades, dont l'un vagissait comme un bébé.

Le commissaire passa la plus grande partie du temps à arpenter le couloir dallé de blanc où des infirmières passaient en courant, se transmettaient des ordres à mi-voix.

Dans la salle 8, en face, pleine de femmes, on s'interrogeait sur le nouveau pensionnaire, on faisait des pronostics.

— Du moment qu'on le met au 10 !...

Le docteur était un homme grassouillet, à lunettes d'écaille. Il passa deux ou trois fois, en blouse blanche, sans rien dire à Maigret.

Il était près de onze heures quand il s'approcha enfin de lui.

— Vous voulez le voir ?

Ce fut un spectacle déroutant. Le commissaire reconnut à peine le vieux Jean, qu'on avait rasé afin de soigner deux coupures qu'il s'était faites à la joue et au front.

Il était là, tout propre, dans un lit blanc, dans la clarté neutre d'une lampe au verre dépoli.

Le docteur souleva le drap.

— Regardez cette carcasse !... Il est bâti comme un ours... Je crois n'avoir jamais rencontré un pareil squelette... Comment a-t-il fait son compte ?...

— Il est tombé de la porte au moment où les vannes étaient ouvertes...

— Je comprends... Il a dû être serré entre le mur et la

péniche... La poitrine est littéralement défoncée... Les côtes ont cédé...

— Le reste ?...

— Il faudra que nous l'examinions demain, mes confrères et moi, s'il vit encore... C'est très délicat... Un faux mouvement risque de le tuer...

— Il a repris connaissance ?

— Je n'en sais rien ! C'est peut-être le plus renversant... Tout à l'heure, comme je sondais les plaies, j'ai eu l'impression très nette qu'il avait les yeux entrouverts et qu'il me suivait du regard... Mais, dès que je le fixais, il rabattait les paupières... Il n'a pas déliré... C'est à peine s'il râle de temps en temps...

— Son bras ?

— Sans gravité ! La double fracture est déjà réduite... Mais on ne répare pas une poitrine comme un humérus... D'où vient-il ?

— Je l'ignore...

— Je vous demande cela parce qu'il porte de drôles de tatouages... J'ai vu ceux des bataillons d'Afrique, mais cela n'y ressemble pas... Je vous les montrerai demain, quand on fera sauter le plâtre pour la consultation...

Le portier vint annoncer que des gens insistaient pour voir le blessé. Maigret se rendit lui-même dans la loge, trouva les deux mariniers de *La Providence* qui s'étaient mis en tenue de ville.

— Nous pouvons le voir, n'est-ce pas, commissaire ?... C'est votre faute, vous savez !... Vous l'avez troublé avec vos histoires... Est-ce qu'il va mieux ?...

— Il va mieux... Les médecins se prononceront demain...

— Laissez-moi le voir... Même de loin !... Il faisait tellement partie du bateau !...

Elle ne disait pas *de la famille,* mais *du bateau,* et peut-être était-ce plus émouvant ?

Son mari s'effaçait derrière elle, mal à l'aise dans un complet de serge bleu, le cou maigre dans un faux col en celluloïd.

— Je vous recommande de ne pas faire de bruit...

Ils le regardèrent tous les deux, du couloir, d'où on ne distinguait qu'une forme confuse sous le drap, un peu d'ivoire à la place du visage, quelques cheveux blancs.

Dix fois la marinière fut sur le point de se précipiter en avant.

— Dites !... Si on payait quelque chose, est-ce qu'il serait mieux traité ?...

Elle n'osait pas ouvrir son sac à main, mais elle le maniait nerveusement.

— Il y a des hôpitaux, n'est-ce pas ? où en payant... Les autres ne sont pas contagieux, au moins ?...

— Vous restez à Vitry ?...

— Bien sûr qu'on ne va pas repartir sans lui !... Tant pis pour le chargement... A quelle heure peut-on venir, demain matin ?...

— Dix heures ! intervint le médecin qui avait écouté avec impatience.

— Il n'y a pas quelque chose qu'on pourrait lui apporter ?... Une bouteille de champagne ?... Des raisins d'Espagne ?...

— On lui donnera ce dont il aura besoin...

Et le docteur les poussait vers la loge du concierge. Quand elle y arriva, la brave femme, d'un geste furtif, tira un billet de dix francs de son sac, le mit dans la main du portier qui la regarda avec étonnement.

Maigret se coucha à minuit, après avoir télégraphié à Dizy de lui faire suivre les communications qui pourraient arriver à son adresse.

Au dernier moment, il avait appris que le *Southern Cross*, trématant la plupart des péniches, était à Vitry-le-François et s'était amarré au bout de la file des bateaux qui attendaient.

Le commissaire avait pris une chambre à l'*Hôtel de la Marne*, dans la ville, assez loin du canal, et il n'y retrouvait rien de l'atmosphère dans laquelle il avait vécu les derniers jours.

Les clients qui jouaient aux cartes étaient des voyageurs de commerce.

L'un d'eux, arrivé après les autres, annonça :

— Il paraît qu'il y a un noyé à l'écluse...

— Tu fais le quatrième ?... Lamperrière perd tout ce qu'il veut... Le type est mort ?...

— Je ne sais pas...

Ce fut tout. La patronne sommeillait à la caisse. Le garçon répandait de la sciure de bois sur le plancher et chargeait pour la nuit le poêle à feu continu.

Il y avait une salle de bains, une seule, dont la baignoire avait perdu une partie de son émail. Maigret n'en usa pas moins, le lendemain, à huit heures, envoya le garçon lui acheter une chemise neuve et un faux col.

Mais, à mesure que le temps passait, il s'impatientait. Il avait hâte de revoir le canal. Comme il entendait une sirène, il questionna :

— C'est pour l'écluse ?

— Pour le pont-levis... Il y en a trois dans la ville...

Il faisait gris. Il ventait. Il ne retrouva pas le chemin de l'hôpital et dut demander sa route à plusieurs reprises, car toutes les rues le ramenaient invariablement à la place du Marché.

Le portier le reconnut, marcha à sa rencontre en s'écriant :

— On ne l'aurait jamais cru, pas vrai ?

— Quoi ?... Il vit ?... Il est mort ?...

— Comment ? Vous ne savez pas ? Le directeur vient de téléphoner à votre hôtel...

— Dites vite !...

— Eh bien ! parti !... Envolé !... Le médecin jure que ce n'est pas possible, qu'il n'a pas pu parcourir cent mètres dans l'état où il était... N'empêche qu'il n'est plus là !...

Le commissaire entendit des bruits de voix dans le jardin, derrière le bâtiment, se précipita dans cette direction.

Il y trouva un vieillard qu'il n'avait pas encore vu et qui était le directeur de l'hôpital. Il parlait sévèrement au docteur de la veille et à une infirmière aux cheveux roux.

— Je vous jure !... répétait le médecin. Vous savez aussi bien que moi ce que c'est... Quand je dis dix côtes défoncées, je suis sans doute au-dessus de la vérité... Et je ne parle pas de la noyade, de la commotion !...

— Par où est-il parti ? questionna Maigret.

On lui montra la fenêtre, qui était à près de deux mètres au-dessus du sol. Sur la terre, on distinguait les traces de deux pieds nus, ainsi qu'une grande traînée qui laissait supposer que le charretier était d'abord tombé de tout son long.

— Voilà !... L'infirmière, Mlle Berthe, a passé la nuit au corps de garde, comme d'habitude... Elle n'a rien entendu... Vers trois heures, elle a dû donner des soins salle 8, et elle a jeté un coup d'œil au 10... Les lampes étaient éteintes... Tout était calme... Elle ne peut pas dire si l'homme était encore dans son lit...

— Les deux autres malades ?...

— Il y en a un qui doit être trépané d'urgence... On attend le chirurgien... L'autre a dormi sans se réveiller...

Maigret suivit des yeux les traces qui conduisaient à un parterre, où un petit rosier avait été piétiné.

— La grille reste toujours ouverte ?

— Ce n'est pas une prison ! riposta le directeur. Et peut-on prévoir qu'un malade va se jeter par la fenêtre ?... La porte du bâtiment, seule, était fermée, comme toujours...

Dehors, il était inutile de chercher des empreintes. C'était du pavé. Entre deux maisons, on apercevait la double rangée d'arbres du canal.

— Pour tout dire, ajouta le médecin, j'étais presque sûr que nous le retrouverions mort ce matin... Mais, du moment qu'il n'y avait rien à tenter... C'est pour cela que je l'ai mis au 10...

Il était agressif, car il ne digérait pas les reproches que le directeur lui avait adressés.

Maigret tourna un moment en rond dans le jardin, comme un cheval de cirque, et soudain, soulevant le bord de son chapeau melon en guise de salut, il se dirigea vers l'écluse.

Le *Southern Cross* y pénétrait. Vladimir, avec son habileté de vrai marin, lançait la boucle d'un filin sur une bitte, arrêtait net le bateau.

Quant au colonel, vêtu d'un long ciré, la casquette blanche sur la tête, il restait impassible devant la petite roue du gouvernail.

— Les portes !... cria l'éclusier.

Il n'y avait plus qu'une vingtaine de bateaux à passer.

— C'est son tour ? s'informa Maigret en désignant le yacht.

— Son tour et pas son tour... Si on le considère comme un moteur, il a le droit de trématage sur les écuries... Mais, comme plaisance... Bah ! Il en passe si peu qu'on n'est pas très fixé sur les règlements... Seulement, comme ils ont donné la pièce aux mariniers...

C'étaient ces derniers qui manœuvraient les vannes.

— *La Providence* ?

— Elle gênait le passage... Ce matin, elle est allée s'amarrer au tournant, cent mètres plus haut, devant le deuxième pont... Vous avez des nouvelles du vieux ?... C'est une histoire à me coûter cher... Mais allez vous y retrouver, vous !... En principe, je dois faire écluser seul... Si je le faisais, il y aurait tous les jours cent bateaux à attendre... Quatre portes !... Seize vannes !... Et savez-vous combien je suis payé ?...

Il dut s'éloigner un instant, parce que Vladimir lui tendait ses papiers et un pourboire.

Maigret en profita pour longer le canal. Au tournant, il aperçut *La Providence* que, désormais, il eût reconnue de loin d'entre cent péniches.

Un peu de fumée sortait du tuyau de cheminée ; on ne voyait personne sur le pont ; toutes les issues étaient fermées.

Il faillit monter par la passerelle arrière, donnant accès au logement des mariniers.

Mais il se ravisa, emprunta le large pont servant à amener les chevaux à bord.

Un des panneaux couvrant l'écurie était retiré. La tête d'une des bêtes dépassait, humant le vent.

En plongeant le regard à l'intérieur, Maigret aperçut, derrière ses pattes, une forme sombre étendue sur la paille. Et, tout près, la Bruxelloise était accroupie, un bol de café à la main.

Maternelle, étrangement douce, elle murmurait :

— Allons, Jean !... Buvez-le tant qu'il est chaud !... Cela vous fera du bien, vieux fou... Voulez-vous que je vous soulève la tête ?...

Mais l'homme couché à côté d'elle ne bougeait pas, regardait le ciel.

Sur ce ciel se découpait la tête de Maigret, qu'il devait voir.

Et le commissaire avait l'impression que sur le visage zébré de taffetas flottait un sourire content, ironique, voire agressif.

Le vieux charretier essaya de soulever la main pour repousser la tasse que sa compagne approchait de ses lèvres. Mais elle retomba sans force, toute ridée, calleuse, piquetée des petits points bleus qui devaient être des vestiges d'anciens tatouages.

9

Le docteur

— Vous voyez ! Il est revenu à la niche en se traînant, comme un chien blessé...

Est-ce que la marinière se rendait compte de l'état du blessé ? Toujours est-il qu'elle ne s'affolait pas. Elle était aussi calme que si elle eut soigné un enfant atteint de la grippe.

— Du café, cela ne peut pas lui faire de mal, n'est-il pas vrai ?... Mais il ne veut rien prendre... Il devait être quatre heures du matin quand mon mari et moi nous avons été réveillés en sursaut par un grand bruit à bord... J'ai pris le revolver... Je lui ai dit de me suivre avec la lanterne...

» Vous me croirez si vous voulez : Jean était là, à peu près tel que vous le voyez... Il a dû tomber du pont... Cela fait presque deux mètres...

» Au début, on ne voyait pas très clair... J'ai cru un moment qu'il était mort...

» Mon mari voulait appeler des voisins, pour nous aider à le porter sur un lit... Mais Jean a compris... Il s'est mis à me serrer la main... A me la serrer !... On aurait dit qu'il se cramponnait...

» Et je le voyais renifler...

» J'ai compris... Parce que, depuis huit ans qu'il est avec nous, n'est-ce pas ?... Il ne peut pas parler... Mais je crois qu'il entend ce que je dis... Pas vrai, Jean ?... Cela te fait mal ?...

Il était difficile de savoir si les prunelles du blessé brillaient d'intelligence ou de fièvre.

La femme enleva un brin de paille qui lui touchait l'oreille.

— Moi, ma vie, c'est mon petit ménage, mes cuivres, mes quatre meubles... Je pense que si on me donnait un palais j'y serais malheureuse...

» Jean, lui, c'est son écurie... Et ses bêtes !... Tenez !... Il y a naturellement des jours où on ne marche pas parce qu'on décharge... Jean n'a rien à faire... Il pourrait aller au bistro...

» Non ! Il se couche, à cette place-ci... Il s'arrange pour qu'il entre un rayon de soleil...

Et Maigret se mit en pensée à l'endroit où se trouvait le charretier, vit la cloison passée à la résine à sa droite, avec le fouet qui pendait à un clou tordu, la tasse d'étain suspendue à un autre, un pan de ciel entre les panneaux du haut et, à droite, la croupe musclée des chevaux.

Il se dégageait de l'ensemble une chaleur animale, une vie multiple, épaisse, qui prenait à la gorge comme le vin râpeux de certains coteaux.

— On pourra le laisser là, dites ?

Elle fit signe au commissaire de la suivre dehors. L'écluse fonctionnait au même rythme que la veille. Et alentour c'étaient les rues de la ville, avec leur animation étrangère au canal.

— Il va quand même mourir, non ?... Qu'est-ce qu'il a

fait ?... Vous pouvez bien me le dire... Mais, moi, je ne pouvais pas parler, avouez-le !... D'abord je ne sais rien... Une fois, une seule, mon mari a surpris Jean avec la poitrine nue... Il a vu des tatouages... Pas ceux que portent certains mariniers... On a supposé ce que vous auriez supposé...

» Je crois que je l'ai aimé encore plus... Je me suis dit qu'il n'était sans doute pas ce qu'il avait l'air d'être, qu'il se cachait...

» Je ne l'aurais pas questionné pour tout l'or du monde... Vous ne pensez pas qu'il a tué la femme ?... Ou alors, écoutez, s'il a fait ça, je vous jure qu'elle le méritait !...

» Jean, c'est...

Elle chercha un mot qui exprimât sa pensée, n'en trouva pas.

— Bon ! voilà mon homme qui se lève... Je l'ai envoyé se coucher, car il n'a jamais été bien solide de la poitrine... Est-ce que vous croyez que si je préparais du bouillon bien fort...

— Les médecins vont venir. Il vaut mieux, en attendant...

— C'est nécessaire qu'ils viennent ?... Ils vont le faire souffrir, lui gâter les derniers moments que...

— C'est indispensable...

— Il est si bien là, avec nous !... Je peux vous laisser un moment ?... Vous n'allez pas le tourmenter ?...

Maigret esquissa un signe de tête rassurant, rentra dans l'écurie, tira de sa poche une boîte de métal qui contenait un petit tampon imprégné d'encre grasse.

Il était toujours impossible de savoir si le charretier avait sa connaissance. Ses paupières étaient entrouvertes. Il en filtrait un regard neutre, serein.

Mais, quand le commissaire souleva la main droite du

blessé, appuya ses doigts l'un après l'autre sur le tampon, il eut l'impression que, l'espace d'un dixième de seconde à peine, l'ombre d'un sourire errait à nouveau sur le visage.

Il prit les empreintes digitales sur une feuille de papier, observa un moment le moribond, comme s'il eût espéré quelque chose, jeta un dernier regard aux cloisons, à la croupe des bêtes qui manifestaient de l'impatience, sortit.

Près du gouvernail, le marinier et sa femme buvaient leur café au lait trempé de pain en regardant de son côté. A moins de cinq mètres de *La Providence,* le *Southern Cross* était amarré, sans personne sur le pont.

La veille, Maigret avait laissé son vélo à l'écluse, où il le retrouva. Dix minutes plus tard, il était dans les bureaux de la police, envoyait un agent en motocyclette à Épernay avec mission de transmettre les empreintes à Paris par bélinographe.

Quand il revint à bord de *La Providence,* il était accompagné de deux médecins de l'hôpital avec qui il fallut entamer une discussion.

Les médecins voulaient reprendre leur blessé. La Bruxelloise, alarmée, lançait à Maigret des regards suppliants.

— Est-ce que vous pouvez le guérir ?

— Non ! La poitrine est défoncée. Une côte a pénétré dans le poumon droit...

— Combien de temps a-t-il à vivre ?

— N'importe qui serait déjà mort !... Dans une heure, ou dans cinq...

— Alors, laissez-le !

Le vieux n'avait pas bougé, n'avait pas eu un tressaillement. Comme Maigret passait devant la marinière, elle lui toucha la main, timidement, dans un geste de reconnaissance.

Les docteurs traversèrent la passerelle d'un air mécontent.

— Le laisser mourir dans une écurie !... grommela l'un d'eux.

— Bah !... On l'y a bien laissé vivre...

Le commissaire n'en plaça pas moins un agent à proximité de la péniche et du yacht, avec mission de l'avertir s'il se passait quelque chose.

De l'écluse, il se mit en relation téléphonique avec le *Café de la Marine* de Dizy, où on lui apprit que l'inspecteur Lucas venait de passer et qu'il avait loué une auto à Épernay pour se faire conduire à Vitry-le-François.

Il y eut une grande heure creuse. Le marinier de *La Providence* profitait de ce répit pour passer au goudron le bachot qu'il avait en remorque. Vladimir astiquait les cuivres du *Southern Cross*.

Quant à la femme, on la voyait passer sans cesse sur le pont, allant de la cuisine à l'écurie. Une fois, elle portait un oreiller d'une blancheur éclatante, une autre un bol de liquide fumant, sans doute le bouillon qu'elle s'était entêtée à préparer.

Vers onze heures, Lucas arriva à l'*Hôtel de la Marne*, où Maigret l'attendait.

— Ça va, vieux ?

— Ça va ! Vous êtes fatigué, patron...

— Votre enquête ?

— Pas grand-chose ! A Meaux, rien, sinon que le yacht a déclenché un petit scandale... Les mariniers, qui ne pouvaient pas dormir à cause de la musique et des chants, parlaient de tout casser...

— *La Providence* y était ?

— Elle a chargé à moins de vingt mètres du *Southern Cross*... Mais on n'a rien remarqué de spécial...

— A Paris ?

— J'ai revu les deux petites... Elles ont avoué que ce n'était pas Mary Lampson qui leur avait donné le collier, mais Willy Marco... On m'a confirmé la chose à l'hôtel, où on a reconnu sa photographie et où Mme Lampson n'a pas été aperçue... Je n'en suis pas sûr, mais je crois que Lia Lauwenstein connaissait Willy plus intimement qu'elle veut bien le dire et qu'à Nice il lui est déjà arrivé de l'aider...

— A Moulins ?

— Rien ! J'ai rendu visite à la boulangère, qui est bien la seule Marie Dupin de l'endroit... Une brave femme sans malice, qui ne comprend rien à ce qui lui arrive et qui se lamente parce qu'elle craint que ces histoires lui fassent du tort... L'extrait d'acte de naissance date de huit ans... Or, il y a un nouveau secrétaire depuis trois ans et l'ancien est mort l'année dernière... On a fouillé les archives, sans rien trouver concernant ce papier...

Après un silence, Lucas questionna :

— Et vous ?

— Je ne sais pas encore... Rien !... Ou tout !... Cela se décidera d'une heure à l'autre... Que raconte-t-on à Dizy ?...

— Que si le *Southern Cross* n'avait pas été un yacht, on ne l'aurait sûrement pas laissé partir et on rappelle que le colonel n'en est pas à sa première femme.

Maigret se tut, entraîna son compagnon à travers les rues de la petite ville jusqu'au bureau du télégraphe.

— Vous me donnerez l'Identité Judiciaire, à Paris...

Le bélinogramme avec les empreintes du charretier devait être arrivé depuis près de deux heures à la Préfecture. Et, dès lors, c'était une question de chance. On pouvait trouver tout de suite, parmi quatre-vingt mille autres, la fiche correspondant aux empreintes, comme le travail pouvait durer des heures.

— Prenez un écouteur, vieux... Allô !... Qui est à l'appareil ?... C'est vous, Benoît ?... Ici, Maigret... On a reçu ma communication ?... Vous dites ?... C'est vous-même qui avez fait les recherches ?... Attendez un instant...

Il sortit de la cabine, se dirigea vers le bureau des Postes.

— J'aurai peut-être besoin de la ligne pendant très longtemps ! Veillez à ce qu'on ne coupe en aucun cas...

Quand il reprit l'écouteur, il avait le regard plus animé.

— Asseyez-vous, Benoît, car vous allez me lire tout le dossier... Lucas, qui est à côté de moi, prendra des notes... Allez-y...

Il imaginait son interlocuteur avec autant de netteté que s'il eut été près de lui, car il connaissait les locaux, là-haut, dans les combles du Palais de Justice, où des armoires de fer contiennent les fiches de tous les malfaiteurs de France et de bon nombre de bandits étrangers.

— D'abord son nom...

— Jean Évariste Darchambaux, né à Boulogne, actuellement âgé de cinquante-cinq ans...

Machinalement, Maigret cherchait à se souvenir d'une affaire de ce nom, mais déjà la voix indifférente de Benoît, qui articulait les syllabes avec minutie, reprenait, tandis que Lucas écrivait :

— Docteur en médecine... Marié, à vingt-cinq ans, à une certaine Céline Mornet, d'Étampes... Installé à Toulouse, où il a fait ses études... Vie assez mouvementée... Vous m'entendez, commissaire ?

— Très bien ! Allez...

— J'ai pris tout le dossier, car la fiche ne dit presque rien... Le couple ne tarde pas à être criblé de dettes... Deux ans après son mariage, à vingt-sept ans, Darchambaux est accusé d'avoir empoisonné sa tante, Julia Darchambaux, qui était venue rejoindre le ménage à Toulouse et qui réprouvait son genre de vie... La tante était fortunée... Les Darchambaux étaient les seuls héritiers...

» L'instruction a duré huit mois, car on ne trouvait pas de preuve formelle... Du moins l'assassin prétendait-il — et certains experts le soutenaient — que les médicaments ordonnés à la vieille femme ne constituaient pas un poison en eux-mêmes et qu'il ne s'agissait que d'une cure audacieuse...

» Il y a eu des polémiques... Vous ne voulez pas que je vous lise les rapports ?...

» Le procès a été houleux et il a fallu suspendre plusieurs fois l'audience... La plupart croyaient à l'acquittement, surtout après la déposition de la femme du docteur, qui vint jurer que son mari était innocent et que, si on l'envoyait au bagne, elle l'y rejoindrait...

— Condamné ? fit Maigret.

— Quinze ans de travaux forcés... Attendez !... C'est fini pour nos dossiers... Mais j'ai envoyé un cycliste au ministère de l'Intérieur... Il vient de rentrer...

On l'entendit qui parlait à quelqu'un se trouvant derrière lui, puis qui maniait des papiers.

— Voici !... Cela ne donne pas grand-chose... Le directeur de Saint-Laurent-du-Maroni a voulu faire travailler Darchambaux dans un des hôpitaux de la colonie pénitentiaire... Il s'y est refusé... Les notes sont bonnes... Forçat docile... Une seule tentative d'évasion, en compagnie de quinze compagnons qui l'avaient entraîné...

» Cinq ans plus tard, un nouveau directeur tente ce qu'il appelle le repêchage de Darchambaux, mais note aussitôt en marge de son rapport que rien, dans le forçat qu'on lui amène, ne rappelle l'intellectuel d'autrefois, ni même l'homme d'une certaine éducation...

» Bon ! Ceci vous intéresse ?...

» Placé comme infirmier à Saint-Laurent, il sollicite lui-même son retour à la colonie...

» Il est doux, têtu, silencieux. Un de ses confrères, intéressé par son cas, l'examine du point de vue mental et ne peut se prononcer.

» Il y a, comme il l'écrit en soulignant ces mots à l'encre rouge, une sorte d'extinction progressive des facultés intellectuelles, parallèle à une hypertrophie de la vie physique.

» Darchambaux vole à deux reprises. Les deux fois, il vole de la nourriture, la seconde à un compagnon de chaîne qui le blesse à la poitrine d'un coup de silex aiguisé...

» Des journalistes de passage lui conseillent en vain de demander sa grâce.

» Ses quinze ans finis, il reste relégué, s'embauche comme valet dans une scierie où il s'occupe des chevaux.

» A quarante-cinq ans, il est quitte avec la loi. On perd sa trace...

— C'est tout ?

— Je puis vous envoyer le dossier... Je ne vous en ai donné qu'une analyse...

— Aucun renseignement sur sa femme ?... Vous avez dit qu'elle est née à Étampes, n'est-ce pas ?... Je vous remercie, Benoît... Pas la peine d'expédier les pièces... Ce que vous m'avez dit suffit...

Quand il sortit de la cabine, suivi de Lucas, il était en nage.

— Vous allez téléphoner à la mairie d'Étampes. Si Céline Mornet est morte, vous le saurez... Du moins si elle est morte sous ce nom-là... Voyez aussi à Moulins si Marie Dupin a de la famille à Étampes...

Il traversa la ville sans rien voir, les mains dans les poches, dut attendre cinq minutes au bord du canal, parce que le pont-levis était levé et qu'une péniche lourdement chargée avançait à peine, traînait son ventre plat sur le fond dont la vase montait à la surface avec des bulles d'air.

Devant *La Providence*, il s'approcha de l'agent qu'il avait posté sur le chemin de halage.

— Vous pouvez aller...

Il apercevait le colonel qui faisait les cent pas sur le pont de son yacht.

La patronne de la péniche accourait, beaucoup plus troublée que le matin, des sillons luisants sur les joues.

— C'est affreux, commissaire...

Maigret pâlit, questionna, les traits durs :

— Mort ?

— Non !... Taisez-vous... Tout à l'heure, j'étais près de lui, toute seule... Parce qu'il faut vous dire que, s'il aimait mon mari aussi, il avait une préférence pour moi...

» Je suis beaucoup plus jeune... Eh bien ! quand même, il me regardait un peu comme une maman...

» On restait des semaines sans parler... Seulement... Un exemple !... La plupart du temps, mon mari oublie la date de ma fête... La Sainte-Hortense... Eh bien ! depuis huit ans, Jean n'a jamais manqué de m'offrir des fleurs... Quelquefois, quand nous étions en pleine campagne, je me demandais où il allait les chercher...

» Et, ce jour-là, il mettait une cocarde aux œillères des chevaux...

» Alors... Je m'étais assise tout près de lui... Sans doute que ce sont ses dernières heures... Mon mari voudrait faire sortir les chevaux, qui ne sont pas habitués à rester enfermés si longtemps...

» Je n'ai pas accepté, parce que je suis sûre qu'il tient à les avoir là aussi...

» J'avais pris sa grosse main...

Elle pleurait. Elle ne sanglotait pas. Elle continuait de parler, avec des larmes fluides qui roulaient sur ses joues couperosées.

— Je ne sais pas comment c'est venu... Je n'ai pas d'enfant... Même que nous avons toujours décidé d'en adopter un quand nous aurons l'âge que la loi exige...

» Je lui disais que ce n'était rien, qu'il guérirait, que nous essaierions d'avoir un chargement pour l'Alsace, où, l'été, le pays est très joli...

» J'ai senti que ses doigts serraient les miens... Je ne pouvais pas lui avouer qu'il me faisait mal...

» C'est alors qu'il a voulu parler...

» Est-ce que vous comprenez ça ?... Un homme comme lui, qui hier encore était fort comme ses chevaux... Il ouvrait la bouche... Il faisait un si grand effort que ses veines devenaient toutes violettes et toutes gonflées aux tempes...

» Et j'entendais un bruit rauque, comme un cri d'animal...

» Je le suppliais de rester tranquille... Mais il s'obstinait... Il s'est assis sur la paille, je ne sais comment... Et il ouvrait toujours la bouche...

» Il en sortait du sang, qui coulait sur son menton...

» J'aurais voulu appeler mon mari... Mais Jean me tenait toujours... Il me faisait peur...

» Vous ne pouvez pas vous figurer ça... J'essayais de comprendre... Je questionnais...

» — A boire ?... Non ?... Il faut aller chercher quelqu'un ?...

» Et il était tellement désespéré de ne pouvoir rien dire !... J'aurais dû deviner... J'ai bien cherché...

» Dites ! Qu'est-ce qu'il pouvait me demander ?... Voilà maintenant qu'il a quelque chose de déchiré dans la gorge... Je ne sais pas, moi...

» Il a eu une hémorragie. Il a fini par se recoucher, les dents serrées, justement sur son bras cassé... Cela lui fait sûrement mal et pourtant on dirait qu'il ne sent rien...

» Il regarde droit devant lui...

» Je donnerais tant pour savoir ce qui lui ferait plaisir avant... avant qu'il soit trop tard...

Maigret marcha sans bruit vers l'écurie où il regarda par le panneau ouvert.

C'était aussi prenant, aussi âpre que l'agonie d'une bête avec laquelle on n'a aucun moyen de communiquer.

Le charretier était replié sur lui-même. Il avait arraché en partie l'appareil que, la nuit, le médecin avait posé autour de son torse.

Et on entendait le sifflement très espacé de sa respiration.

Un des chevaux s'était pris une patte dans sa longe mais restait immobile, comme s'il eût compris qu'il se passait quelque chose de solennel.

Maigret hésitait, lui aussi. Il évoquait la femme morte, enfouie sous la paille de l'écurie de Dizy, puis le corps de Willy qui flottait sur le canal et que des gens, dans le froid matin, essayaient d'accrocher avec une gaffe.

Sa main, dans sa poche, tripotait l'insigne du Yacht Club de France, le bouton de manchette.

Et il revoyait le colonel s'inclinant devant le juge d'instruction, demandant d'une voix qui ne tremblait pas l'autorisation de poursuivre son voyage.

A la morgue d'Épernay, dans une chambre glaciale, tapissée de casiers métalliques comme les sous-sols d'une banque, deux corps attendaient, chacun dans une boîte numérotée.

Et à Paris, deux petites femmes aux fards mal appliqués devaient traîner leur sourde angoisse de bar en bar.

Lucas arrivait.

— Eh bien ? lui cria Maigret, de loin.

— Céline Mornet n'a plus donné signe de vie à Étampes depuis le jour où elle a réclamé les papiers nécessaires à son mariage avec Darchambaux...

L'inspecteur observa curieusement le commissaire.

— Qu'avez-vous ?

— Chut !...

Mais Lucas avait beau regarder autour de lui : il ne voyait rien qui justifiât la moindre émotion.

Alors Maigret l'amena jusqu'au panneau de l'écurie, lui désigna la forme étendue dans la paille.

La marinière se demandait ce qu'ils allaient faire. D'un bateau à moteur qui passait, une voix lançait gaiement :

— Alors ?... En panne ?...

Elle se mit à nouveau à pleurer, sans savoir pourquoi. Son mari remontait à bord, un seau de goudron d'une main, une brosse de l'autre, annonçait de l'arrière :

— Il y a quelque chose qui brûle sur le feu...

Elle gagna la cuisine, machinalement. Et Maigret dit à Lucas, comme à regret :

— Descendons...

Un des chevaux hennit faiblement. Le charretier ne bougea pas.

Le commissaire avait pris la photographie de la femme morte dans son portefeuille, mais il ne la regardait pas.

10

Les deux maris

— Écoute, Darchambaux...

Maigret avait dit cela, debout, en scrutant le visage du charretier. Sans même s'en rendre compte, il avait tiré sa pipe de sa poche, mais il ne songeait pas à la bourrer.

La réaction ne fut-elle pas celle qu'il espérait ? Toujours est-il qu'il se laissa tomber sur le banc de l'écurie, se pencha en avant, le menton dans les mains, reprit d'une autre voix :

— Écoutez... Ne vous agitez pas... Je sais que vous ne pouvez pas parler...

Une ombre insolite qui passait sur la paille lui fit lever la tête et il aperçut le colonel, debout sur le pont de la péniche, au bord du panneau ouvert.

L'Anglais ne bougea pas, continua à suivre la scène des yeux, de haut en bas, les pieds plus haut que la tête des trois personnages.

Lucas se tenait à l'écart autant que le permettait l'exiguïté de l'écurie. Maigret, un peu plus nerveux, poursuivit :

— On ne vous emmènera pas d'ici... Vous comprenez, Darchambaux ?... Dans quelques instants, je vais me retirer... Mme Hortense prendra ma place...

C'était poignant, sans qu'on eût pu dire exactement pourquoi. Maigret, malgré lui, parlait avec presque autant de douceur que la Bruxelloise.

— Il faut, d'abord, que vous répondiez par des battements de paupières à quelques questions... Plusieurs personnes peuvent être accusées, arrêtées d'un moment à l'autre... Ce n'est pas ce que vous voulez, n'est-ce pas ?... Alors, j'ai besoin que vous me confirmiez la vérité...

Et, tout en parlant, le commissaire ne cessait de guetter l'homme, de se demander qui il avait à cet instant devant lui, du docteur de jadis, du bagnard obstiné, du charretier abruti ou enfin de l'assassin exacerbé de Mary Lampson.

La silhouette était fruste, les traits rudes. Mais les yeux n'avaient-ils pas une expression nouvelle, d'où toute ironie était exclue ?

Une expression de tristesse infinie.

Deux fois Jean essaya de parler. Deux fois on entendit un bruit qui ressemblait au gémissement d'un animal et de la salive rose perla aux lèvres du moribond.

Maigret voyait toujours l'ombre des jambes du colonel.

— Quand vous êtes parti au bagne, jadis, vous aviez la conviction que votre femme tiendrait sa promesse, qu'elle vous suivrait là-bas... C'est elle que vous avez tuée à Dizy !...

Pas un tressaillement ! Rien ! Le visage prenait une teinte grisâtre.

— Elle n'est pas venue et... vous avez perdu courage... Vous... vous avez voulu tout oublier, jusqu'à votre personnalité...

Maigret parlait plus vite, comme pris d'impatience. Il avait hâte d'en finir. Et il craignait par-dessus tout de voir Jean succomber pendant cet interrogatoire épouvantable.

— Vous l'avez retrouvée par hasard, alors que vous étiez devenu un autre homme... C'était à Meaux... N'est-ce pas ?...

Il fallut attendre un bon moment avant que le charretier, docile, consentît à fermer les paupières en signe de confirmation.

L'ombre des jambes bougea. La péniche oscilla un instant au passage d'un bateau à moteur.

— Elle était restée la même, elle !... Jolie... Et coquette !... Et gaie !... On dansait, sur le pont du yacht... Vous n'avez pas pensé tout de suite à la tuer... Sinon, il n'était pas besoin de la conduire d'abord à Dizy...

Est-ce que seulement le mourant entendait encore ? Couché comme il l'était, il devait voir le colonel juste au-dessus de sa tête. Mais ses yeux n'exprimaient rien ! Rien, du moins, que l'on pût comprendre.

— Elle avait juré de vous suivre partout... Vous aviez été au bagne... Vous viviez dans une écurie... Et l'idée vous est venue soudain de la reprendre, telle qu'elle était, avec ses bijoux, son visage fardé, sa robe blanche, et de lui faire partager votre paille... N'est-ce pas, Darchambaux ?...

Les paupières ne battirent pas. Mais la poitrine se souleva. Il y eut un nouveau râle. Lucas, qui n'en pouvait plus, remua dans son coin.

— C'est cela ! Je le sens ! prononça Maigret de plus en plus vite, comme pris de vertige. Devant son ancienne femme, Jean le charretier, qui avait à peu près oublié le docteur Darchambaux, retrouvait des souvenirs, des bouffées d'autrefois... Et une étrange vengeance s'ébauchait... Une vengeance ?... A peine !... Un besoin obscur de ramener à son niveau celle qui avait promis d'être à lui pour toute la vie...

» Et Mary Lampson a vécu trois jours, cachée dans cette écurie, presque de son plein gré...

» Car elle a eu peur... Peur du revenant qu'elle sentait prêt à tout, qui lui ordonnait de le suivre !...

» D'autant plus peur qu'elle avait conscience de la lâcheté qu'elle avait commise...

» Elle est venue d'elle-même... Et vous, Jean, vous lui avez apporté de la viande conservée, du gros vin rouge...

Vous l'avez rejointe, deux nuits de suite, après les interminables étapes le long de la Marne...

» A Dizy...

Une fois encore le moribond s'agita. Mais il était sans force. Il retomba, tout mou, vide de nerfs.

— Elle a dû se révolter... Elle ne pouvait pas supporter plus longtemps pareille vie... Vous l'avez étranglée, dans un moment de fureur, plutôt que de la laisser repartir une seconde fois... Vous avez porté le cadavre dans l'écurie... Est-ce vrai ?

Il dut répéter cinq fois la question et à la fin les paupières bougèrent.

« Oui... » disaient-elles avec indifférence.

Il y eut un léger bruit sur le pont. Le colonel écartait la Bruxelloise qui voulait se rapprocher. Elle obéissait, impressionnée par son air solennel.

— Le chemin de halage... Votre vie, à nouveau, le long du canal... Mais vous étiez inquiet... Vous aviez peur... Car vous avez peur de mourir, Jean... Peur d'être repris... Peur du bagne... Une peur atroce, surtout, de quitter vos chevaux, votre écurie, votre paille, le petit coin qui est devenu votre univers... Alors, une nuit, vous avez pris le vélo d'un éclusier... Je vous avais questionné... Vous deviniez mes soupçons...

» Vous êtes venu rôder à Dizy, avec l'idée de faire quelque chose, n'importe quoi, pour les détourner...

» Est-ce exact ?...

Jean, maintenant, était d'un calme si absolu qu'on pouvait le croire mort. Son visage n'exprimait plus que l'ennui. Ses paupières, pourtant, s'abaissèrent une fois de plus.

— Quand vous êtes arrivé, le *Southern Cross* n'était pas éclairé. Vous pouviez croire que tout le monde était endormi. Sur le pont séchait un bonnet de marin... Vous l'avez pris... Vous êtes allé à l'écurie, afin de le cacher sous la paille... C'était le moyen de changer le cours de l'enquête, de la faire dévier vers les hôtes du yacht...

» Vous ne pouviez pas savoir que Willy Marco, qui était dehors, tout seul, et qui vous avait vu prendre le béret, vous suivait pas à pas... Il vous a attendu, à la porte de l'écurie, où il a perdu un bouton de manchette...

» Intrigué, il vous a suivi tandis que vous retourniez vers le pont de pierre, où vous aviez laissé votre vélo...

» Est-ce qu'il vous a interpellé ?... Est-ce que vous avez entendu du bruit derrière vous ?...

» Il y a eu lutte... Vous l'avez tué, de vos doigts terribles, qui avaient déjà étranglé Mary Lampson... Vous avez traîné son corps jusqu'au canal...

» Puis vous avez dû marcher, tête basse... Vous avez vu, sur le chemin, quelque chose qui brillait, l'insigne de l'Y.C.F... Et, à tout hasard, sachant que cet insigne appartenait à quelqu'un, l'ayant peut-être vu à la boutonnière du colonel, vous l'avez jeté à l'endroit où avait eu lieu la bataille... Répondez, Darchambaux... C'est bien ainsi que les choses se sont passées ?...

— En panne, *La Providence* ?... lançait à nouveau un marinier, dont la péniche passa si près qu'on vit sa tête glisser à hauteur du panneau.

Et, chose étrange, troublante, les yeux de Jean s'humectèrent. Il battit des paupières, très vite, comme pour tout admettre, pour en finir. Il entendit la marinière qui répondait, de l'arrière où elle attendait :

— C'est Jean qui s'est blessé...

Alors Maigret, en se levant :

— Hier soir, quand j'ai examiné vos bottes, vous avez compris que j'arriverais fatalement à la vérité... Vous avez voulu vous tuer, en vous jetant dans les remous de l'écluse...

Mais le charretier était si bas, il respirait avec tant de peine que le commissaire n'attendit même pas de réponse. Il fit un signe à Lucas, regarda une dernière fois autour de lui.

Il tombait dans l'écurie un rayon de soleil oblique qui atteignait l'oreille gauche du charretier et le sabot d'un des chevaux.

Au moment où les deux hommes sortaient, sans rien trouver à ajouter, Jean essaya encore une fois de parler, avec véhémence, sans souci de la douleur. Il se dressa à demi sur sa couche, les yeux fous.

Maigret ne s'occupa pas tout de suite du colonel. Il adressa des gestes d'appel à la femme qui, de loin, l'observait.

— Eh bien ?... Comment va-t-il ?... questionna-t-elle.

— Restez près de lui...

— Je peux ?... On ne viendra plus le...

Elle n'osa pas achever. Elle s'était figée en entendant les appels indistincts de Jean qui semblait avoir peur de mourir tout seul.

Puis soudain elle courut vers l'écurie.

Vladimir, assis sur le cabestan du yacht, une cigarette aux lèvres, son bonnet blanc en travers sur sa tête, faisait une épissure.

Un agent attendait sur le quai et Maigret lui demanda, de la péniche :

— Qu'est-ce que c'est ?

— On a la réponse de Moulins...

Il tendit un pli qui disait simplement :

La boulangère Marie Dupin déclare qu'elle avait, à Étampes, une arrière-cousine nommée Céline Mornet.

Alors Maigret regarda le colonel des pieds à la tête. Il portait sa casquette blanche à large écusson. Ses yeux étaient à peine glauques, ce qui signifiait sans doute qu'il avait bu relativement peu de whisky.

— Vous aviez des soupçons sur *La Providence* ? lui demanda-t-il à brûle-pourpoint.

C'était tellement évident ! Est-ce que Maigret, lui aussi, n'eût pas soupçonné la péniche si ses doutes ne s'étaient portés un instant sur les hôtes du yacht ?

— Pourquoi ne m'avez-vous rien dit ?

La réponse fut digne du dialogue entre sir Lampson et le juge d'instruction, à Dizy.

— Je voulais *faire* moi-même...

Et cela suffisait à exprimer le mépris du colonel pour la police.

— Mon femme ?... questionna-t-il presque aussitôt.

— Comme vous l'avez dit, comme Willy Marco l'a dit, c'était une charmante femme...

Maigret parlait sans ironie. D'ailleurs, il était plus attentif aux bruits qui arrivaient de l'écurie qu'à cette conversation.

On entendait le murmure étouffé d'une seule voix, celle de la marinière, qui avait l'air de consoler un enfant malade.

— Quand elle a épousé Darchambaux, elle avait déjà envie de luxe... Et, sans doute, est-ce pour elle que le médecin pauvre qu'il était a aidé sa tante à mourir... Je ne dis pas qu'elle était complice... Je dis que c'était pour elle !... Et elle le savait si bien qu'elle a juré en cour d'assises d'aller le rejoindre...

» Une charmante femme... Ce qui n'est pas la même chose qu'une héroïne...

» Le goût de la vie a été le plus fort... Vous devez comprendre cela, colonel...

Il y avait à la fois du soleil, du vent et des nuages menaçants. Une ondée pouvait tomber d'un moment à l'autre. La lumière était équivoque.

— On revient si rarement du bagne !... Elle était jolie... Toutes les joies étaient à sa portée... Il n'y avait que son nom à la gêner... Alors, sur la Côte d'Azur, où elle avait rencontré un premier admirateur prêt à l'épouser, elle a eu l'idée de faire venir de Moulins l'extrait d'acte de naissance d'une petite-cousine dont elle se souvenait...

» C'est facile ! Si facile qu'on parle en ce moment de prendre les empreintes digitales des nouveau-nés et de les apposer sur les registres d'état civil...

» Elle a divorcé... Elle est devenue votre femme...

» Une charmante femme... Pas méchante, j'en suis sûr... Mais elle aimait la vie, n'est-ce pas ?... Elle aimait la jeunesse, l'amour, le luxe...

» Avec peut-être, parfois, comme des retours de flamme qui la poussaient à une fugue inexplicable...

» Tenez ! Je suis persuadé qu'elle a suivi Jean moins à cause de ses menaces que par besoin de se faire pardonner...

» Le premier jour, cachée dans l'écurie de ce bateau, parmi les odeurs fortes, elle a dû goûter une satisfaction trouble à l'idée qu'elle expiait...

» La même chose que jadis, quand elle criait aux jurés qu'elle suivrait son mari en Guyane.

» Des êtres charmants, dont le premier mouvement est toujours bon, voire théâtral... Ils sont tout pétris de bonnes intentions...

» Seulement la vie, avec ses lâchetés, ses compromissions, ses besoins impérieux, est plus puissante...

Maigret avait parlé avec un certain emportement, sans cesser de guetter les bruits de l'écurie en même temps que son regard suivait les mouvements des bateaux qui entraient dans l'écluse ou en sortaient.

Le colonel, devant lui, tenait la tête basse. Quand il la releva, ce fut pour observer Maigret avec une sympathie évidente, peut-être même avec une émotion contenue.

— Vous venez boire ? dit-il en désignant son yacht.

Lucas se tenait à l'écart.

— Vous me préviendrez ? lui lança le commissaire.

Entre eux, il n'y avait pas besoin d'explications. L'inspecteur avait compris, rôdait, silencieux, autour de l'écurie.

Le *Southern Cross* était en ordre comme si rien ne se fût passé. Il n'y avait pas un grain de poussière sur les cloisons d'acajou de la cabine.

Au milieu de la table, un flacon de whisky, un siphon et des verres.

— Restez dehors, Vladimir !...

L'impression de Maigret était nouvelle. Il n'entrait plus là pour essayer de découvrir un lambeau de vérité. Il était moins lourd, moins brutal.

Et le colonel le traitait comme il avait traité M. de Clairfontaine de Lagny.

— Il va mourir, n'est-ce pas ?...

— D'une minute à l'autre, oui !... Il le sait depuis hier...

L'eau gazeuse gicla du siphon. Sir Lampson prononça gravement :

— Santé !...

Et Maigret but, avec autant d'avidité que son hôte.

— Pourquoi il a quitté l'hôpital ?...

Le rythme des répliques était lent. Avant de répondre, le commissaire regarda autour de lui, observa les moindres détails de la cabine.

— Parce que...

Il chercha ses mots, cependant que son compagnon emplissait déjà les verres.

— ... un homme sans attaches... un homme qui a coupé tous les liens avec son passé, avec son ancienne personnalité... Il lui faut bien se raccrocher à quelque chose !... Il a eu son écurie... l'odeur... les chevaux... le café avalé tout brûlant à trois heures du matin avant de marcher jusqu'au soir... Son terrier, si vous voulez !... Son coin à lui... Tout plein de sa chaleur animale...

Et Maigret regarda le colonel dans les yeux. Il le vit détourner la tête. Il ajouta tout en saisissant son verre :

— Il y a des terriers de toutes sortes... Il y en a qui sentent le whisky, l'eau de Cologne et la femme... Avec des airs de phonographe et...

Il se tut pour boire. Quand il redressa la tête, son compagnon avait eu le temps de vider un troisième verre.

Et sir Lampson le regardait de ses gros yeux troubles, lui tendait la bouteille.

— Merci... protesta Maigret.

— Yes !... J'ai besoin...

Est-ce qu'il n'y avait pas de l'affection dans son regard ?

— Mon femme... Willy...

A cet instant, une pensée aiguë traversa l'esprit du commissaire. Est-ce que sir Lampson ne se trouvait pas aussi seul, aussi désemparé que Jean, qui était en train de mourir dans son écurie ?

Encore le charretier avait-il près de lui ses chevaux et la Bruxelloise maternelle.

— Buvez !... Yes !... Je demande... Vous êtes un gentleman...

Il était quasi suppliant. Il tendait sa bouteille avec un regard un peu honteux. On entendait Vladimir qui allait et venait sur le pont.

Maigret tendit son verre. Mais on frappa à la porte. Lucas appela à travers l'huis :

— Commissaire !...

Et, la porte à peine ouverte, il ajouta :

— C'est fait...

Le colonel ne bougea pas. Il regarda les deux hommes s'éloigner d'un air lugubre. Quand il se retourna, Maigret le vit boire le verre qu'il venait de lui servir, d'un trait, et il l'entendit crier :

— Vladimir !...

Près de *La Providence*, quelques personnes étaient arrêtées, car, de la berge, on percevait des sanglots.

C'était Hortense Canelle, la marinière, à genoux près de Jean, qui lui parlait encore bien que, depuis plusieurs minutes, il eût cessé de vivre.

Son mari, sur le pont, guettait l'arrivée du commissaire. Il sautilla vers lui, tout maigre, tout agité, murmura avec angoisse :

— Qu'est-ce que je dois faire ?... Il est mort !... Ma femme...

Une image que Maigret ne devait pas oublier : dans l'écurie, vue d'en haut, encombrée par les deux chevaux, un corps presque roulé sur lui-même, avec la moitié de la tête enfouie dans la paille. Et les cheveux blonds de la Bruxelloise qui prenaient tout le soleil tandis qu'elle gémissait doucement, en répétant parfois :

— Mon petit Jean...

Tout comme si Jean eût été un enfant et non ce vieillard dur comme pierre, à la carcasse de gorille, qui avait dérouté les médecins !

11

Trématage

Personne ne s'en aperçut, à part Maigret.

Deux heures après la mort de Jean, tandis qu'on emportait le corps sur une civière vers une voiture qui attendait, le colonel avait demandé, les yeux striés de rouge, mais la démarche pleine de dignité :

— Vous pensez qu'on me donnera le permis d'inhumer ?

— Dès demain...

Cinq minutes plus tard, Vladimir, avec sa précision habituelle de mouvements, larguait les amarres.

Deux bateaux attendaient devant l'écluse de Vitry-le-François, se dirigeant vers Dizy.

Le premier se poussait déjà à la perche vers le sas quand le yacht le frôla, contourna son avant arrondi et pénétra dans l'écluse ouverte.

Il y eut des protestations. Le marinier cria à l'éclusier que c'était son tour, qu'il ferait des réclamations, et cent autres choses.

Mais le colonel, en casquette blanche, en complet d'officier, ne se retourna même pas.

Il était debout devant la roue de cuivre du gouvernail, impassible, regardant droit devant lui.

Quand les portes de l'écluse furent refermées, Vladimir descendit à terre, tendit ses papiers, le pourboire traditionnel.

— Parbleu ! Les yachts ont tous les droits ! grommela un charretier... Avec dix francs à chaque écluse...

Le bief, au-dessous de Vitry-le-François, était encombré. C'est à peine s'il paraissait possible de se faufiler à la gaffe entre les bateaux qui attendaient leur tour.

Et pourtant, les portes à peine ouvertes, l'eau bouillonna autour de l'hélice. Le colonel, d'un geste indifférent, embraya.

Et le *Southern Cross* prit d'un seul coup toute sa vitesse, frôla les lourds chalands, au milieu des cris, des protestations, mais n'en toucha pas un seul.

Deux minutes plus tard, il disparaissait au tournant et Maigret prononçait à l'adresse de Lucas qui l'avait accompagné :

— Ils sont tous les deux ivres morts !

Nul ne l'avait soupçonné. Le colonel était correct et digne, avec l'énorme écusson d'or au milieu de sa casquette.

Vladimir, en tricot rayé, le calot sur le sommet du crâne, n'avait pas eu un faux mouvement.

Seulement, si le cou apoplectique de sir Lampson était violacé, son visage était d'une pâleur maladive, ses yeux soulignés de lourdes poches, ses lèvres sans couleur.

Quant au Russe, le moindre choc lui eût fait perdre l'équilibre, car il dormait debout.

A bord de *La Providence,* tout était clos, silencieux. Les deux chevaux, à cent mètres de la péniche, étaient attachés à un arbre.

Et les mariniers s'en étaient allés en ville, commander des vêtements de deuil.

LE FOU DE BERGERAC

1

Le voyageur qui ne peut pas dormir

Hasard sur toute la ligne ! La veille, Maigret ne savait pas qu'il allait entreprendre un voyage. C'était pourtant la saison où Paris commençait à lui peser : un mois de mars épicé d'un avant-goût de printemps, avec un soleil clair, pointu, déjà tiède.

Mme Maigret était en Alsace pour une quinzaine de jours, auprès de sa sœur qui attendait un bébé.

Or, le mercredi matin, le commissaire recevait une lettre d'un collègue de la Police Judiciaire qui avait pris sa retraite deux ans plus tôt et qui s'était installé en Dordogne.

... Surtout, si un bon vent t'amène dans la région, ne manque pas de venir passer quelques jours chez moi. J'ai une vieille servante qui n'est contente que quand il y a du monde à la maison. Et la saison du saumon commence...

Un détail fit rêver Maigret : le papier à lettres était à en-tête. Il y avait, gravé, le profil d'une gentilhommière flanquée de deux tours rondes. Puis les mots :

La Ribaudière
par Villefranche-en-Dordogne

A midi, Mme Maigret téléphonait d'Alsace qu'on espérait la délivrance de sa sœur pour la nuit suivante et elle ajoutait :

— On se croirait en été... Il y a des arbres fruitiers en fleurs !...

Hasard... Hasard... Un peu plus tard, Maigret était dans le bureau du chef, à bavarder.

— A propos... Vous n'êtes jamais allé à Bordeaux pour faire ces vérifications dont nous avons parlé ?...

Une affaire insignifiante. Ce n'était pas urgent. A l'occasion, Maigret devrait passer à Bordeaux pour fouiller les archives de la ville.

Une association d'idées : *Bordeaux-la Dordogne...*

Et il y avait, à cet instant-là, un rayon de soleil sur le globe de cristal qui servait de presse-papiers au chef.

— C'est une idée !... Je n'ai rien en train pour le moment...

Vers la fin de l'après-midi, il prit le train à la gare d'Orsay, avec un billet de première classe pour Villefranche. L'employé lui recommanda de ne pas oublier de changer à Libourne.

— A moins que vous soyez dans le wagon-couchettes qu'on accroche à la correspondance...

Maigret ne prêta pas attention à ces mots, lut quelques journaux, se dirigea vers le wagon-restaurant où il resta jusqu'à dix heures du soir.

Quand il revint dans son compartiment, les rideaux étaient tirés, la lampe en veilleuse, et un vieux couple avait conquis les deux banquettes.

Un employé passait.

— Est-ce que, par hasard, il n'y aurait pas une couchette libre ?

— Pas en première... Mais je crois qu'il y en a une en seconde... Si cela vous est égal...

— Parbleu !

Et voilà Maigret transportant le long des couloirs son sac de voyage. L'employé ouvre plusieurs portes, découvre enfin le compartiment où la couchette du haut seule est occupée.

Ici encore, la lampe est en veilleuse, les rideaux tirés.

— Désirez-vous que j'allume ?

— Merci.

Il règne une chaleur moite. On entend quelque part un léger sifflement comme s'il y avait une fuite à la tuyauterie du chauffage. Quelqu'un bouge, là-haut, bouge et respire dans la couchette supérieure.

Alors, sans bruit, le commissaire retire ses chaussures, son veston, son gilet. Il s'étend, reprend bientôt son chapeau melon qu'il pose en travers sur sa tête car il y a un mince courant d'air qui vient on ne sait d'où.

Est-ce qu'il s'endort ? Il s'assoupit en tout cas. Peut-être une heure. Peut-être deux. Peut-être plus. Mais il garde une demi-conscience.

Et, dans cette demi-conscience, c'est une sensation de malaise qui domine. A cause de la chaleur, que contrarie le courant d'air ?

Plutôt à cause de l'homme d'en haut, qui ne reste pas un instant tranquille !

Combien de fois se retourne-t-il par minute ? Or, il est juste au-dessus de la tête de Maigret. Chaque mouvement déclenche des vacarmes.

Il respire d'une façon irrégulière, comme s'il avait la fièvre.

Au point que Maigret, excédé, se lève, passe dans le couloir où il fait les cent pas. Seulement, dans le couloir, il fait trop froid.

Et c'est à nouveau le compartiment, la somnolence qui décale les sensations et les idées.

On est séparé du reste du monde. L'atmosphère est une atmosphère de cauchemar.

Est-ce que l'homme, là-haut, ne vient pas de se soulever sur les coudes, de se pencher pour essayer d'apercevoir son compagnon ?

Par contre, Maigret n'a pas le courage de faire un mouvement. La demi-bouteille de bordeaux et les deux fines qu'il a bues au wagon-restaurant lui restent sur l'estomac.

La nuit est longue. Aux arrêts, on entend des voix confuses, des pas dans les couloirs, des portières qui claquent. On se demande si le train se remettra jamais en marche.

A croire que l'homme pleure. Il y a des moments où il cesse de respirer. Puis soudain il renifle. Il se retourne. Il se mouche.

Maigret regrette de n'être pas resté dans son coupé de première, avec le vieux couple.

Il s'assoupit. Il s'éveille. Il s'endort à nouveau. Enfin il n'y tient plus. Il tousse pour se raffermir la voix.

— Je vous en prie, monsieur, essayez donc de rester tranquille !

Il est gêné, car sa voix est beaucoup plus bourrue qu'il le voudrait. Si l'homme est malade, pourtant ?

Il ne répond pas. Il reste immobile. Il doit faire un effort inouï pour éviter le plus léger bruit. Et Maigret se demande soudain si c'est bien un homme. Cela pourrait être une femme ! Il ne l'a pas vu ! L'autre est invisible, coincé entre le sommier et le plafond du train.

Et la chaleur qui monte doit, là-haut, être suffocante. Voilà Maigret qui essaie de régler le radiateur ! L'appareil est détraqué !

Ouf ! Trois heures du matin...

— Cette fois-ci, il faut que je m'endorme !

Il n'a plus du tout sommeil. Il est devenu presque aussi nerveux que son compagnon. Il guette.

— Bon ! Il recommence...

Et Maigret s'oblige à respirer régulièrement en comptant jusqu'à cinq cents avec l'espoir de s'endormir.

Décidément, l'homme pleure ! Sans doute quelqu'un qui est allé à Paris pour un enterrement ! Ou le contraire ! Un pauvre bougre qui travaillait à Paris et qui a reçu une mauvaise nouvelle de sa province : sa mère malade, ou morte... Ou bien sa femme... Maigret se repent d'avoir été dur avec lui... Qui sait ?... Parfois on accroche au train un fourgon mortuaire...

Et la belle-sœur, en Alsace, qui accouche ! Trois enfants en quatre ans !

Maigret dort. Le train s'arrête, repart... Il franchit un pont métallique qui fait un bruit de catastrophe et Maigret ouvre brusquement les yeux.

Alors il reste immobile à regarder les deux jambes qui pendent devant lui. L'homme d'en haut s'est assis sur sa couchette. Avec des précautions infinies, il lace ses chaussures. C'est la première chose que le commissaire voit de lui et, malgré la lampe en veilleuse, il remarque que ce sont des souliers vernis, à tige. Les chaussettes, par contre, sont de laine grise et semblent avoir été tricotées à la main.

L'homme s'arrête, écoute. Peut-être guette-t-il la respiration de Maigret qui a changé de rythme ? Le commissaire recommence à compter.

C'est d'autant plus difficile qu'il est intéressé au plus haut point par les mains qui nouent les lacets et qui tremblent tellement qu'elles recommencent quatre fois le même nœud.

On traverse une petite gare, sans s'arrêter. On ne voit que des lumières qui percent la toile des rideaux.

L'homme descend ! Cela tient de plus en plus du cauchemar. Il pourrait descendre d'une façon naturelle. Est-ce la crainte de recevoir une nouvelle semonce qui l'embarrasse ?

Son pied cherche longtemps l'escabeau. Il est sur le point de dégringoler. Il tourne le dos au commissaire.

Et le voilà dehors, oubliant de refermer la porte. Il plonge vers le fond du couloir.

Si ce n'était cette porte ouverte, sans doute Maigret en profiterait-il pour se rendormir. Mais il doit se lever pour la refermer. Il regarde.

Il a juste le temps d'endosser son veston, en oubliant son gilet.

Car l'inconnu, au bout du couloir, a ouvert la porte du wagon. Ce n'est pas un hasard ! Au même moment, le train ralentit. On devine une forêt qui défile le long de la voie. Quelques nuages sont éclairés par une lune invisible.

Les freins grincent. De quatre-vingts kilomètres à l'heure, on doit être descendu à trente, peut-être plus bas.

Et l'homme bondit, disparaît derrière le talus qu'il doit descendre sur les reins. Maigret réfléchit à peine. Il se précipite. Le train a encore ralenti. Il ne risque rien.

Le voilà dans le vide. Il tombe sur le côté. Il roule. Il fait trois tours sur lui-même, s'arrête près d'un rang de fils de fer barbelés.

Un feu rouge s'éloigne avec le fracas du convoi.

Le commissaire ne s'est rien cassé. Il se relève. La chute de son compagnon a dû être plus brutale car, à cinquante mètres de là, il commence seulement à se redresser, lentement, péniblement.

La situation est ridicule. Maigret se demande à quel instinct il a obéi en sautant sur le remblai, tandis que ses bagages continuent vers Villefranche-en-Dordogne. Il ne sait même pas où il est !

Il ne voit que des bois : une grande forêt sans doute.

Quelque part, il y a le ruban clair d'une route qui s'enfonce dans la futaie.

Pourquoi l'homme ne bouge-t-il plus ? Il n'est qu'une ombre agenouillée. A-t-il vu son suiveur ? Est-il blessé ?

— Hé ! là-bas... lui crie Maigret qui cherche son revolver dans sa poche.

Il n'a pas le temps de le saisir. Il voit du rouge. Et il reçoit un choc à l'épaule avant même d'entendre la détonation.

Cela n'a pas duré un dixième de seconde et déjà l'homme s'est levé, court à travers un taillis, traverse la grand-route, s'enfonce dans l'obscurité complète.

Maigret, lui, a poussé un juron. Ses yeux sont humides, non pas de douleur, mais de stupéfaction, de rage, de désarroi. Cela a été si vite fait ! Et sa situation est tellement pitoyable !

Il lâche son revolver, se baisse pour le ramasser, grimace parce que son épaule est douloureuse.

Plus exactement, c'est autre chose : la sensation que du sang s'écoule en abondance, qu'à chaque pulsation du cœur le liquide chaud gicle de l'artère coupée.

Il n'ose plus courir. Il n'ose plus bouger. Il ne ramasse même pas son arme.

Ses tempes sont moites, sa gorge serrée. Et sa main, comme il s'y attend, rencontre à hauteur de l'épaule du liquide gluant. Il serre, cherche l'artère, tâtonne pour empêcher ce sang de s'en aller.

Et dans une demi-conscience il a l'impression que le train s'arrête à moins d'un kilomètre de là, reste arrêté longtemps, longtemps, tandis que Maigret tend l'oreille, angoissé.

Qu'est-ce que cela peut bien lui faire que le train s'arrête ? C'est machinal ! L'absence du bruit du convoi l'effraie comme un vide.

Enfin ! Le bruit recommence, là-bas. Il y a un peu de rouge mouvant dans le ciel, derrière les arbres.

Plus rien !

Que Maigret, debout, qui tient son épaule de la main droite. Au fait, c'est l'épaule gauche ! Il essaie de bouger le bras gauche. Il arrive à le soulever légèrement, mais le bras retombe, trop lourd.

Dans le bois, on n'entend rien. A croire que l'homme n'a pas continué à fuir, mais qu'il s'est tapi dans les broussailles. Et, quand Maigret va rejoindre la grand-route, ne tirera-t-il pas à nouveau pour l'achever ?

— Idiot ! idiot ! idiot !... gronde Maigret, qui se sent infiniment misérable.

Qu'est-ce qu'il avait besoin de sauter sur le ballast ? Au petit jour, son ami Leduc l'attendra à la gare de Villefranche et la servante aura préparé un saumon.

Maigret marche. Une démarche molle. Il s'arrête après trois mètres, repart, s'arrête encore.

Il n'y a que la route d'un peu claire dans la nuit, une route blanche, poussiéreuse comme en plein été. Mais le sang coule toujours. Moins fort. La main de Maigret retient le plus gros du flot. N'empêche que cette main est engluée.

On ne dirait pas qu'il a été blessé trois fois dans sa vie. Il est aussi impressionné qu'en montant sur une table d'opération. Il préférerait une douleur franche à ce lent écoulement de son sang.

Parce que ce serait bête, quand même, de mourir, ici, tout seul, cette nuit ! Sans même savoir où il est ! Avec ses bagages qui continuent le voyage sans lui !

Tant pis si l'homme tire ! Il marche aussi vite qu'il peut, penché en avant, dans un vertige. Il y a un poteau indicateur. Mais la partie de droite seule est éclairée par un halo de lune : *3,5 km*.

Qu'est-ce qu'il y a à 3,5 km ? Quelle ville ? Quel village ?

Une vache meugle dans cette direction. Le ciel est un peu plus pâle. C'est l'est, sans doute ! Et le jour qui va poindre !

L'inconnu ne doit plus être là. Ou alors, il a renoncé à achever le blessé. Maigret calcule qu'il a encore de l'énergie pour trois ou quatre minutes et il essaie de les mettre à profit. Il marche comme à la caserne, à pas réguliers, en les comptant pour s'empêcher de penser.

La vache qui a meuglé doit appartenir à une ferme. Les fermiers se lèvent tôt... Donc...

Cela coule jusqu'à son flanc gauche, sous la chemise, sous la ceinture du pantalon...

Est-ce de la lumière qu'il aperçoit ? Est-ce déjà le délire ?

— Si je perds plus d'un litre de sang... pense-t-il.

C'est de la lumière. Mais il y a un champ labouré à traverser et ça, c'est plus pénible. Ses pieds s'enfoncent dans la terre. Il frôle un tracteur abandonné.

— Quelqu'un !... Allô !... Quelqu'un !... Vite !...

Ce *vite* de désespoir lui a échappé et le voilà appuyé au tracteur. Il glisse. Il est assis par terre. Il entend une porte qu'on ouvre et il devine une lanterne qui se balance au bout d'un bras.

— Vite !

Pourvu que l'homme qui va venir, qui s'approche, pense à empêcher le sang de couler ! La main de Maigret, elle, lâche prise, retombe, toute molle, à son côté !

— Un... deux... un... deux...

Chaque fois c'est un flot de sang qui veut s'enfuir.

Des images confuses, avec des vides entre elles. Et toutes sont marquées au coin de cette note d'effroi que donne le cauchemar.

Un rythme... Les pas d'un cheval... De la paille sous la tête et des arbres défilant à droite...

Cela, Maigret le comprit. Il était étendu dans une charrette. Il faisait jour. On avançait lentement le long d'une route bordée de platanes...

Il ouvrit les yeux, sans bouger... Il finit par voir dans le champ de son regard un homme qui marchait avec nonchalance, en balançant le fouet qu'il tenait à la main.

Cauchemar ? Maigret n'avait pas vu l'homme du train en face. Il ne connaissait de lui qu'une vague silhouette, des chaussures en chevreau verni et des chaussettes de laine grise...

Alors, pourquoi croyait-il que ce paysan qui le conduisait était l'homme du train ?

Il voyait un visage buriné, avec de grosses moustaches grises, des sourcils épais... Et des yeux clairs qui regardaient droit devant eux sans s'occuper du blessé...

Où était-on ?... Où allait-on ?...

La main du commissaire bougea et il sentit quelque chose d'anormal autour de sa poitrine, quelque chose comme un épais pansement.

Puis les idées se brouillèrent dans sa tête au moment même où un rayon de soleil le pénétrait brutalement par les yeux...

Après, il y eut des maisons, des façades blanches... Une rue large, toute baignée de lumière... Du bruit derrière la charrette, un bruit de foule en marche... Et des voix... Mais il ne distinguait pas les mots... Les cahots de la charrette lui faisaient mal...

Plus de cahots... Rien qu'un mouvement de tangage, de roulis qu'il n'avait jamais connu...

Il était sur une civière... Devant lui marchait un homme en blouse blanche... On refermait une grande grille derrière laquelle grouillait de la foule... Quelqu'un courait...

— Conduisez-le tout de suite à l'amphithéâtre...

Il ne bougeait pas la tête. Il ne pensait pas. Et pourtant il regardait.

On traversait un parc où s'élevaient des petits bâtiments très propres, en briques blanches. Sur des bancs, il y avait des gens vêtus d'un uniforme gris. Certains avaient la tête bandée ou la jambe... Des infirmières s'affairaient...

Et dans son esprit paresseux il essayait sans y parvenir de formuler le mot hôpital...

Où était le paysan qui ressemblait à l'homme du train ?... Aïe !... On montait un escalier... Cela faisait mal...

Et Maigret se réveillait à nouveau pour voir un homme qui se lavait les mains en le regardant avec gravité...

Il en avait comme un choc à la poitrine... Cet homme avait une barbiche, de gros sourcils !

Est-ce qu'il ressemblait au paysan ?... En tout cas, il ressemblait à l'homme du train !...

Maigret ne pouvait pas parler. Il ouvrait la bouche. L'homme à barbiche disait tranquillement :

— Mettez-le au 3... Cela vaut mieux qu'il soit isolé, à cause de la police...

Comment, à cause de la police ? Qu'est-ce qu'on voulait dire ?...

Des gens en blanc l'emmenaient, lui faisaient à nouveau traverser le parc. Il y avait du soleil comme le commissaire n'en avait jamais vu : un soleil si clair, si gai, qui semblait remplir les moindres recoins !...

On le couchait dans un lit. Les murs étaient blancs. Il faisait presque aussi chaud que dans le train.

Quelque part, une voix disait :

— C'est le commissaire qui demande quand il pourra...

Le commissaire, n'était-ce pas lui ? Il n'avait rien demandé ! Tout cela était ridicule !

Et surtout cette histoire de paysan qui ressemblait au docteur et à l'homme du train !

En somme, est-ce que l'homme du train avait une barbiche grise ? De la moustache ? De gros sourcils ?

— Desserrez-lui les dents... Bien... Pas davantage...

C'était le docteur qui lui versait quelque chose dans la bouche.

Pour l'achever, parbleu, en l'empoisonnant !

Quand Maigret, vers le soir, reprit ses sens, l'infirmière qui le veillait se dirigea vers le couloir de l'hôpital où cinq hommes attendaient : le juge d'instruction de Bergerac, le procureur, le commissaire de police, un greffier et le médecin légiste.

— Vous pouvez entrer ! Mais le professeur recommande que vous ne le fatiguiez pas trop. D'ailleurs, il a un si drôle de regard que je ne serais pas étonnée qu'il soit fou !

Et les cinq hommes se regardèrent avec un sourire entendu.

2

Cinq hommes déçus

Cela ressembla à une scène de mélodrame, jouée par de mauvais acteurs : l'infirmière, en se retirant, souriait, avec un dernier regard à Maigret.

Un regard qui voulait dire : « Je vous le laisse ! »

Et les cinq messieurs prenaient possession de la pièce

avec des sourires divers, mais tous aussi menaçants ! A croire que ce n'était pas vrai, qu'ils le faisaient exprès, qu'ils voulaient jouer une bonne blague à Maigret !

— Passez, monsieur le procureur...

Un tout petit homme, avec des cheveux coupés en brosse, un regard terrible qu'il avait dû étudier pour l'harmoniser avec sa profession. Et une affectation de froideur, de méchanceté !

Il ne fit que passer devant le lit de Maigret en lançant à ce dernier un bref coup d'œil puis, comme à une cérémonie, il alla se placer devant le mur, son chapeau à la main.

Et le juge d'instruction défilait de même, ricanait en regardant le blessé, se plantait à côté de son supérieur.

Puis le greffier... Ils étaient déjà trois le long du mur, pareils à trois conjurés !... Et voilà que le médecin allait les rejoindre !...

Il ne restait que le commissaire de police, un gros aux yeux saillants, qui allait jouer le rôle d'exécuteur des hautes œuvres.

Un coup d'œil aux autres. Ensuite, il laissa tomber lentement sa main sur l'épaule de Maigret.

— Pincé, hein !

A d'autres moments, cela aurait pu être extrêmement amusant. Maigret ne sourit même pas, fronça au contraire les sourcils avec inquiétude.

Inquiétude à son propre égard ! Il avait toujours l'impression que la ligne de démarcation entre la réalité et le rêve était imprécise, s'effaçait à chaque instant davantage.

Et voilà qu'on lui jouait cette véritable parodie d'enquête ! Le commissaire de police, grotesque, prenait des airs finauds.

— J'avoue que je ne suis pas fâché de voir enfin comment est faite ta bobine !

Et les quatre autres, contre le mur, qui regardaient sans broncher !

Maigret fut étonné de pousser un long soupir, de sortir sa main droite des draps.

— A qui en voulais-tu, cette nuit ?... Encore une femme, ou une jeune fille ?...

Alors seulement, Maigret se rendit compte de toutes les paroles qu'il lui faudrait prononcer pour rétablir la situation et il en fut épouvanté. Il était harassé. Il avait sommeil. Tout son corps était endolori...

— Autant !... balbutia-t-il machinalement, avec un geste mou.

Les autres ne comprirent pas. Il répéta plus bas :

— Autant !... Demain...

Et il ferma les yeux, confondant bientôt le procureur, le juge, le médecin, le commissaire et le greffier dans un même personnage qui ressemblait au chirurgien, au paysan et à l'homme du train.

Le lendemain matin, il était assis sur son lit, ou plutôt il avait le torse légèrement soulevé par deux oreillers et il regardait l'infirmière qui allait et venait dans le soleil, mettant la chambre en ordre.

C'était une belle fille, grande, forte, d'un blond agressif, et à chaque instant elle avait une façon à la fois provocante et craintive de regarder le blessé.

— Dites donc... Il est bien venu cinq messieurs, hier ?...

Elle le prit de haut, ricana :

— Ça ne prend pas !

— Si vous voulez... Alors, dites-moi ce qu'ils venaient faire ici...

— Je n'ai pas le droit de vous adresser la parole et

j'aime mieux vous déclarer que je répéterai tout ce que vous pourrez me dire !

Le plus curieux, c'est que Maigret puisait une sorte de jouissance dans cette situation comme, au petit jour, quand on fait certains rêves que l'on s'entête à terminer avant le réveil complet.

Le soleil était aussi vibrant que dans les contes de fées illustrés. Quelque part, dehors, des soldats passaient à cheval et quand ils tournèrent l'angle d'une rue, la sonnerie des trompettes éclata triomphalement.

Au même moment, l'infirmière passait près du lit et Maigret, qui voulait attirer son attention pour la questionner à nouveau, saisit le bas de sa robe entre deux doigts.

Elle se retourna, poussa un cri terrible et s'enfuit.

Les choses ne s'arrangèrent qu'un peu avant midi. Le chirurgien était occupé à retirer le pansement de Maigret quand le commissaire de police arriva. Il portait un chapeau de paille tout neuf, une cravate bleu de roi.

— Vous n'avez même pas eu la curiosité d'ouvrir mon portefeuille ? lui dit Maigret gentiment.

— Vous savez très bien que vous n'avez pas de portefeuille !

— Bon. Tout s'explique. Téléphonez à la P.J. On vous dira que je suis le commissaire divisionnaire Maigret. Si vous voulez aller plus vite en besogne, avertissez mon collègue Leduc, qui a une campagne à Villefranche... Mais, avant tout, veuillez me dire où je suis !...

L'autre résista encore. Il eut des sourires pleins de finesse. Il donna même de petits coups de coude au chirurgien.

Et jusqu'à l'arrivée de Leduc, qui s'amena dans une vieille Ford, les gens se tinrent sur la réserve.

Il fallut enfin convenir que Maigret était bien Maigret et non le *Fou de Bergerac* !

Leduc avait le teint rose, fleuri, d'un bon petit rentier et depuis qu'il avait quitté la P.J. il affectait de ne fumer qu'une pipe en écume dont le tuyau de merisier dépassait de sa poche.

— Voilà l'histoire en quelques phrases. Je ne suis pas de Bergerac, mais j'y viens chaque samedi pour le marché, avec ma voiture... J'en profite pour faire un bon dîner à l'*Hôtel d'Angleterre*... Eh bien ! il y a un mois à peu près, on a découvert sur la grand-route une femme morte... Étranglée plus exactement... Et pas seulement étranglée !... Une fois le corps inerte, l'assassin avait poussé le sadisme jusqu'à enfoncer une grande aiguille dans le cœur...

— Qui était cette femme ?

— Léontine Moreau, de la ferme du Moulin-Neuf. On ne lui a rien volé...

— Et pas de... ?

— Pas d'outrages, bien que ce soit une belle fille d'une trentaine d'années... Le crime a eu lieu à la tombée de la nuit, alors qu'elle revenait de chez sa belle-sœur... Et d'une !... L'autre...

— Il y en a deux ?

— Deux et demie... L'autre est une gamine de seize ans, la fille du chef de gare, qui était allée se promener en vélo... On l'a retrouvée dans le même état...

— Le soir ?

— Le lendemain matin. Mais le crime a été commis le soir... Enfin, la troisième est une servante de l'hôtel, qui avait été voir son frère, qui est cantonnier et qui travaille sur la route à cinq ou six kilomètres... Elle était à pied... Quelqu'un, tout à coup, l'a saisie par-derrière et l'a renversée... Mais elle est vigoureuse... Elle est parvenue à mordre le poignet de l'homme... Il a poussé un juron et s'est enfui... Elle ne l'a vu que de dos, vaguement, courant dans le sous-bois...

— C'est tout ?

— C'est tout ! Les gens sont persuadés qu'il s'agit d'un fou réfugié dans les bois des environs. On ne veut à aucun prix admettre que c'est peut-être quelqu'un de la ville... Quand le fermier est venu annoncer qu'il t'avait trouvé sur la route, on a cru que c'était toi l'assassin et que, tentant un nouveau crime, tu avais été blessé...

Leduc était grave. Il ne paraissait pas apprécier le comique de cette méprise.

— D'ailleurs, ajouta-t-il, il y a des gens qui n'en démordront pas.

— Qui est-ce qui enquête sur ces crimes ?

— Le Parquet et la police locale.

— Laisse-moi dormir, veux-tu ?

C'était à cause de sa faiblesse, sans doute : Maigret avait sans cesse une envie irrésistible de sommeiller. Il n'était bien que dans une demi-veille, les yeux clos, de préférence tourné vers le soleil dont les rayons traversaient ses paupières.

Maintenant, il avait des personnages nouveaux à évoquer, à animer dans son esprit comme un enfant fait marcher les soldats multicolores de sa boîte.

La fermière de trente ans... La fille du chef de gare... La servante de l'hôtel...

Il se souvenait du bois, des grands arbres, de la route claire et il imaginait l'agression, la victime roulant dans la poussière, l'autre brandissant sa longue aiguille...

C'était fantastique ! Surtout évoqué dans cette chambre d'hôpital d'où l'on entendait les bruits paisibles de la rue. Quelqu'un resta au moins dix minutes avant de pouvoir mettre son auto en marche, sous la fenêtre même de Maigret. Le chirurgien arriva dans une voiture souple et rapide qu'il conduisait lui-même.

Il était huit heures du soir et les lampes étaient allumées quand il se pencha au chevet de Maigret.

— C'est grave ?

— Ce sera surtout long... Une quinzaine de jours d'immobilité...

— Je ne pourrais pas, par exemple, m'installer à l'hôtel ?

— Vous n'êtes pas bien ici ?... Évidemment, si vous avez quelqu'un pour vous soigner...

— Dites donc ! Entre nous, qu'est-ce que vous pensez, vous, du fou de Bergerac ?

Le médecin resta un bon moment sans répondre. Maigret fut plus précis.

— Vous croyez, comme les gens, que c'est une espèce de forcené qui vit dans les bois ?

— Non !

Parbleu ! Maigret avait eu le temps d'y penser, de se souvenir des quelques affaires analogues qu'il avait connues ou dont il avait entendu parler.

— Un homme qui, dans la vie courante, doit se comporter comme vous et moi, n'est-il pas vrai ?

— C'est probable !

— Autrement dit, il y a beaucoup de chances pour qu'il habite Bergerac et qu'il y exerce une profession quelconque...

Le chirurgien lui lança un drôle de regard, hésita, se troubla.

— Vous avez une idée ? poursuivit Maigret sans le quitter des yeux.

— J'en ai eu beaucoup, tour à tour... Je les prends... Je les rejette avec indignation... Je les reprends... Étudiés sous un certain angle, les gens deviennent tous suspects de dérangement cérébral...

Maigret rit.

— Et toute la ville y a passé ! Depuis le maire et même depuis le procureur jusqu'au premier passant venu... Sans oublier vos collègues, le portier de l'hôpital...

Non ! le chirurgien ne riait pas !

— Un instant... Ne bougez plus... dit-il, comme il sondait la plaie à l'aide d'une fine lame. C'est plus terrible que vous croyez...

— Combien d'habitants, à Bergerac ?

— Dans les seize mille... Tout me porte à croire que le fou appartient à une classe sociale supérieure... Et même...

— L'aiguille, évidemment ! grommela Maigret en grimaçant, parce que le chirurgien lui faisait mal.

— Que voulez-vous dire ?

— Que cette aiguille plantée exactement dans le cœur, sans coup férir, deux fois de suite, prouve déjà quelques connaissances anatomiques...

Ce fut le silence. Le chirurgien avait le front soucieux. Il rétablit le pansement autour de l'épaule et du torse de Maigret, se redressa en soupirant.

— Vous disiez que vous préférez être installé dans une chambre d'hôtel ?

— Oui... J'y ferai venir ma femme...

— Vous voulez vous occuper de cette affaire ?

— Et comment !

La pluie eût suffi à tout gâcher. Mais il n'y eut pas une goutte de pluie pendant quinze jours pour le moins.

Et Maigret fut installé dans la plus belle chambre de l'*Hôtel d'Angleterre*, au premier étage. Son lit fut tiré près des fenêtres, si bien qu'il jouissait du panorama de la grand-place, où il voyait l'ombre quitter un rang de maisons pour passer lentement au rang opposé.

Mme Maigret acceptait la situation comme elle acceptait tout, sans étonnement, sans fièvre. Elle n'était pas depuis une heure dans la chambre, que cette chambre devenait sa chambre, qu'elle y apportait ses petites commodités, sa note personnelle.

Deux jours avant, elle devait être la même au chevet de sa sœur qui accouchait, en Alsace.

— Une grosse fille ! Si tu la voyais ! Elle pèse près de cinq kilos...

Elle questionnait le chirurgien.

— Qu'est-ce qu'il peut manger, docteur ? Un bon bouillon de poule ? Il y a une chose que vous devez lui interdire : c'est sa pipe !... C'est comme la bière ! Dans une heure, il va m'en demander...

Il y avait au mur un papier peint merveilleux rouge et vert ! Un rouge sanglant ! Un vert criard ! De longues raies qui chantaient dans le soleil !

Et les méchants petits meubles d'hôtel, en pitchpin verni, mal d'aplomb sur des jambes trop grêles !

Une chambre immense, à deux lits. Et une cheminée vieille de deux siècles dans laquelle on avait installé un radiateur bon marché !

— Ce que je me demande, c'est pourquoi tu es descendu derrière cet homme... Suppose que tu sois tombé sur les rails... Une idée !... Je vais te préparer une crème au citron... J'espère qu'ils me laisseront disposer de la cuisine...

Les moments de rêve étaient plus rares, maintenant. Même quand il fermait les yeux dans un rayon de soleil, Maigret avait des idées à peu près nettes.

Mais il continuait à agiter des personnages créés ou reconstitués par son imagination.

— La première victime... La fermière... Mariée ?... Des enfants ?...

— Mariée avec le fils des fermiers... Mais elle ne s'entendait pas fort avec sa belle-mère qui l'accusait d'être trop coquette et de mettre des combinaisons en soie pour traire les vaches...

Alors, patiemment, avec amour, comme un peintre brosse une toile, Maigret échafaudait en esprit un portrait de la fermière, qu'il voyait appétissante, bien en chair, bien lavée, apportant dans la maison de ses beaux-parents des idées modernes et consultant des catalogues de Paris.

Elle revenait de la ville... Et il voyait très bien la route... Elles devaient se ressembler toutes, à cause des grands arbres mettant de l'ombre des deux côtés... Et du sol crayeux, très blanc, vibrant au moindre rayon de soleil...

Puis la gamine sur son vélo.

— Est-ce qu'elle avait un amoureux ?

— On n'en parle pas ! Tous les ans, elle allait passer quinze jours de vacances à Paris chez une tante...

Le lit était moite. Le chirurgien venait deux fois par jour. Après le déjeuner, Leduc arrivait dans sa Ford, faisait des manœuvres maladroites sous les fenêtres avant de se mettre dans l'alignement.

Le troisième matin, il vint avec un chapeau de paille, lui aussi, comme le commissaire de police.

Le procureur fit une visite. Il prit Mme Maigret pour la servante et lui tendit sa canne et son chapeau melon.

— Bien entendu, vous excuserez la méprise... Mais le fait que vous n'aviez pas de papiers sur vous...

— Oui ! Mon portefeuille a disparu. Mais asseyez-vous donc, cher monsieur...

Il avait toujours un air agressif. Il n'en pouvait rien. Cela tenait à son petit nez en boule, aux poils trop raides de ses moustaches.

— Cette affaire est lamentable et menace la tranquillité d'un si beau pays... Que cela arrive à Paris, où le vice règne à l'état endémique... Mais ici !...

Sacrebleu ! Lui aussi avait d'épais sourcils ! Comme le paysan ! Comme le docteur ! Des sourcils gris pareils à ceux que Maigret attribuait machinalement à l'homme du train !

Et une canne à pommeau d'ivoire sculpté.

— Enfin ! J'espère que vous vous rétablirez rapidement et que vous ne garderez pas un trop mauvais souvenir de notre région !...

Ce n'était qu'une visite de politesse. Il avait hâte de s'en aller.

— Vous avez un excellent médecin... Il est élève de Martel... Dommage que, pour le reste...

— Quel reste ?...

— Je m'entends... Ne vous tracassez pas... A bientôt... Je ferai prendre chaque jour de vos nouvelles...

Maigret mangea sa crème au citron, qui était un pur chef-d'œuvre. Mais il souffrait de sentir un fumet de truffes qui montait de la salle à manger.

— C'est inouï ! disait sa femme. Ici, ils servent les truffes comme ailleurs les pommes à l'huile ! A croire qu'elles ne coûtent que deux sous ! Même au menu à quinze francs...

Et c'était le tour de Leduc.

— Assieds-toi... Un peu de crème ?... Non ?... Qu'est-ce que tu sais de la vie intime de mon docteur, dont j'ignore même le nom...

— Le docteur Rivaud !... Je ne sais pas grand-chose... Des on-dit... Il vit avec sa femme et sa belle-sœur... Les gens du pays prétendent que la belle-sœur est autant sa femme que l'autre... Mais...

— Et le procureur ?

— M. Duhourceau ?... On t'a déjà dit ?...

— Va toujours !

— Sa sœur, qui est veuve d'un capitaine au long cours, est folle... D'autres affirment qu'il l'a fait interner à cause de sa fortune...

Maigret jubilait. Son ancien camarade le regardait avec ahurissement, assis sur son lit, faisant de petits yeux pour contempler la place.

— Et encore ?

— Rien ! Dans les petites villes...

— Seulement, vois-tu, mon vieux Leduc, ceci n'est pas une petite ville comme une autre ! C'est une petite ville où il y a un fou !

Le plus drôle, c'est que Leduc manifestait une réelle inquiétude.

— Un fou en liberté ! Un fou qui n'est fou que par intermittence et qui, le reste du temps, va et vient, parle comme toi et moi...

— Ta femme ne s'ennuie pas trop ici ?

— Elle bouleverse les cuisines ! Elle donne des recettes au chef et recopie celles qu'il lui refile... Au fond, c'est peut-être le chef qui est fou...

Il y a une véritable griserie d'avoir échappé à la mort, d'être convalescent, d'être dorloté, surtout, dans une atmosphère irréelle.

Et de faire travailler son cerveau quand même, par dilettantisme...

D'étudier un pays, une ville, de son lit, de sa fenêtre...

— Est-ce qu'il existe une bibliothèque municipale ?

— Parbleu !

— Eh bien ! tu serais un amour d'aller m'y chercher tous les bouquins qui traitent des maladies mentales, des perversions, des manies... Et aussi de me monter l'annuaire des téléphones... Très instructif, l'annuaire des téléphones !... Demande donc en bas si leur appareil a un grand fil et si on peut de temps en temps me l'apporter ici...

La somnolence arrivait. Maigret la sentait monter en lui comme une fièvre, l'envahir jusqu'en ses fibres les plus profondes.

— Au fait, demain, tu déjeunes ici... C'est samedi...

— Et je dois acheter une chèvre ! acheva Leduc en cherchant son chapeau de paille.

Quand il sortit, Maigret avait déjà les yeux clos et un souffle régulier s'exhalait de sa bouche entrouverte.

Le commissaire retraité rencontra le docteur Rivaud dans le corridor du rez-de-chaussée. Il le prit à part, hésita longtemps avant de murmurer :

— Vous êtes sûr que cette blessure ne peut pas avoir influé sur... sur l'intelligence de mon ami ?... Tout au moins sur... Je ne sais comment dire... Vous me comprenez ?...

Le médecin esquissa un geste vague de la main.

— D'habitude, c'est un homme intelligent ?

— Très intelligent ! Il n'en a pas toujours l'air mais...

— Ah !...

Et le chirurgien s'engagea dans l'escalier, le regard rêveur.

3

Le billet de deuxième classe

Maigret avait quitté Paris le mercredi après-midi. Dans la nuit, il recevait un coup de feu à proximité de Bergerac.

Il passait à l'hôpital les journées de jeudi et de vendredi. Le samedi sa femme arrivait d'Alsace et Maigret s'installait avec elle dans la grande chambre du premier étage, à l'*Hôtel d'Angleterre*.

C'est le lundi que Mme Maigret lui dit tout à coup :

— Pourquoi n'as-tu pas voyagé avec ton libre parcours ?

Il était quatre heures de l'après-midi. Mme Maigret, qui ne tenait jamais en place, mettait, pour la troisième fois, de l'ordre dans la chambre.

Devant les fenêtres, les stores clairs étaient descendus jusqu'à mi-hauteur et, derrière leur écran lumineux, l'atmosphère bourdonnait de vie.

Maigret, qui fumait une de ses premières pipes, regarda sa femme avec un certain étonnement. Il lui sembla qu'en attendant sa réponse elle évitait de se tourner vers lui et qu'elle était rose, gênée.

La question était saugrenue. En effet, il possédait, comme tous les commissaires de la Brigade Mobile, un libre parcours de première classe lui permettant de voyager dans la France entière. Il s'en était servi pour venir de Paris.

— Viens t'asseoir ici ! grommela-t-il.

Et il vit sa femme hésiter. Il la força presque à s'asseoir au bord du lit.

— Raconte !

Il la regardait malicieusement et elle se troublait davantage.

— J'ai eu tort de te poser la question comme cela. Si je l'ai fait, c'est que par instants tu es bizarre.

— Toi aussi !

— Que veux-tu dire ?

— Qu'ils me trouvent tous bizarre et qu'au fond ils

n'ont pas une foi entière dans mon histoire du train. Et maintenant...

— Oui ! Eh bien, voilà ! Tout à l'heure, dans le corridor, juste en face de notre porte, je changeais le paillasson de place et j'ai trouvé ceci...

Bien que vivant à l'hôtel, elle portait un tablier, pour se sentir un peu chez elle, comme elle disait. Elle tira un petit carton de sa poche. C'était un billet de seconde classe Paris-Bergerac, à la date du mercredi précédent.

— Près du paillasson... répéta Maigret. Prends un papier et un crayon...

Elle obéit sans comprendre, mouilla la mine.

— Écris... D'abord le patron de l'hôtel, qui est venu vers neuf heures du matin prendre de mes nouvelles... Puis le chirurgien, un peu avant dix heures... Mets les noms en colonne... Le procureur est passé à midi et le commissaire de police est entré au moment où il s'en allait...

— Il y a encore Leduc ! risque Mme Maigret.

— C'est cela ! Ajoute Leduc ! Est-ce tout ? Plus, bien entendu, n'importe quel domestique de l'hôtel ou n'importe quel voyageur qui peut avoir laissé tomber le billet dans le corridor.

— Non !

— Pourquoi non ?

— Parce que le corridor ne conduit qu'à cette chambre ! Ou alors, il s'agirait de quelqu'un qui est venu écouter à la porte !

— Demande-moi le chef de gare au téléphone !

Maigret ne connaissait ni la ville, ni la gare, ni aucun des endroits dont les gens lui parlaient. Et pourtant il avait déjà reconstitué en esprit un Bergerac assez précis, où il ne manquait presque rien.

Un guide Michelin lui avait fourni un plan de la cité.

Or, il était installé au cœur même de celle-ci. La place qu'il voyait était la place du Marché. Le bâtiment qui s'amorçait à droite était le Palais de Justice.

Le guide disait : *Hôtel d'Angleterre. Premier ordre. Chambres depuis vingt-cinq francs. Salles de bains. Repas à 15 et 18 francs. Spécialité de truffes, foie gras, ballottines de volaille, saumon de la Dordogne.*

La Dordogne était derrière Maigret, invisible. Mais il en suivait le cours à l'aide de toute une série de cartes postales. Une carte postale encore lui montrait la gare. Il savait que l'*Hôtel de France*, de l'autre côté de la place, était le concurrent de l'*Hôtel d'Angleterre*.

Et il imaginait les rues convergeant vers les grandes routes comme celle qu'il avait suivie d'une démarche vacillante.

— Le chef de gare est à l'appareil !

— Demande-lui si des voyageurs sont descendus du train de Paris, jeudi matin.

— Il dit que non !

— C'est tout !

C'était presque mathématiquement sûr que le billet appartenait à l'homme qui avait sauté sur la voie un peu avant Bergerac et qui avait tiré sur le commissaire !

— Sais-tu ce que tu devrais faire ? Aller voir la maison de M. Duhourceau, le procureur, puis celle du chirurgien...

— Pourquoi ?

— Pour rien ! Pour me raconter ce que tu auras vu.

Il resta seul et en profita pour dépasser le nombre de pipes qui lui était permis. Le soir tombait doucement et la grand-place était toute rose. Les voyageurs de commerce rentraient les uns après les autres de leur tournée, arrêtaient leur auto sur le terre-plein, devant l'hôtel. On entendait, en bas, le heurt des billes de billard.

C'était l'apéritif, dans la salle claire où le patron en bonnet blanc de cuisinier venait, de temps en temps, jeter un coup d'œil.

— *Pourquoi l'homme du train est-il descendu avant l'arrêt, au risque de se tuer, et pourquoi, se voyant suivi, a-t-il tiré ?*

En tout cas, l'homme connaissait la ligne, car il avait sauté sur le ballast au moment précis où le train ralentissait !

S'il n'était pas allé jusqu'à la gare, c'est que les employés le connaissaient !

Ce qui ne suffisait pas à prouver, d'ailleurs, que c'était l'assassin de la fermière du Moulin-Neuf et de la fille du chef de gare !

Maigret se souvenait de l'agitation de son compagnon de couchette, de sa respiration irrégulière, des silences suivis de soupirs désespérés.

— A cette heure-ci, Duhourceau doit être chez lui, dans son bureau, à lire les journaux de Paris ou à compulser des dossiers... Le chirurgien fait le tour des salles, suivi de l'infirmière... Le commissaire de police...

Maigret était sans hâte. D'habitude, au début d'une enquête, il était en proie à une impatience qui ressemblait à du vertige. L'incertitude lui était pénible. Il n'avait de paix que quand il commençait à pressentir la vérité.

Cette fois, c'était le contraire, peut-être à cause de son état.

Le docteur ne lui avait-il pas dit qu'il ne se lèverait pas avant une quinzaine de jours et qu'alors encore il devrait être très prudent ?

Il avait le temps. De longues journées à tuer en reconstituant, de son lit, un Bergerac aussi vivant que possible, avec tous les personnages à leur place.

— Il va falloir que je sonne pour qu'on fasse de la lumière !

Mais il était si paresseux qu'il n'en fit rien et que sa femme, en rentrant, le trouva dans l'obscurité complète. La fenêtre était toujours ouverte, laissant pénétrer l'air frais du soir. Les lampes dessinaient une guirlande de lumière autour de la place.

— Tu veux attraper une pneumonie ?... A-t-on idée de rester la fenêtre ouverte quand...

— Eh bien ?

— Eh bien quoi ? J'ai vu les maisons ! Je ne comprends d'ailleurs pas à quoi cela peut servir.

— Raconte !

— M. Duhourceau habite de l'autre côté du Palais de Justice, sur une place presque aussi grande que celle-ci. Une grosse maison à deux étages. Il y a un balcon de pierre au premier. Ce doit être son bureau, car la pièce était éclairée. J'ai vu un domestique qui fermait les volets du rez-de-chaussée.

— C'est gai ?

— Que veux-tu dire ? C'est une grosse maison comme toutes les grosses maisons ! Plutôt sombre... En tout cas, il y a des rideaux en velours grenat qui ont dû coûter dans les deux mille francs par fenêtre. Un velours souple, soyeux, qui tombe en gros plis...

Maigret était ravi. A petites touches, il corrigeait l'image qu'il s'était faite de la maison.

— Le domestique ?

— Quoi, le domestique ?

— Il porte un gilet rayé ?

— Oui !

Et Maigret aurait bien applaudi : une maison solide, solennelle, aux riches rideaux de velours, au balcon de pierre de taille, aux meubles anciens ! Un domestique en gilet rayé ! Et le procureur en jaquette, avec des pantalons gris, des souliers vernis, des cheveux blancs coupés en brosse.

— C'est vrai, pourtant, qu'il porte des souliers vernis !

— Des souliers à boutons ! Je l'ai remarqué hier...

L'homme du train aussi portait des souliers vernis. Mais étaient-ils à boutons ? Étaient-ils à lacets ?

— Et la maison du docteur ?

— C'est presque au bout de la ville ! Une villa comme on en voit sur les plages...

— Cottage anglais !

— C'est cela ! Avec un toit bas, des pelouses, des fleurs, un joli garage, du gravier blanc dans les allées, des volets peints en vert, une lanterne en fer forgé... Les volets n'étaient pas fermés... J'ai aperçu sa femme qui brodait dans le salon.

— Et la belle-sœur ?

— Elle est rentrée en auto avec le docteur. Elle est très jeune, très jolie, très bien habillée... On ne croirait pas qu'elle vit dans une petite ville et elle doit faire venir ses robes de Paris...

Quel rapport cela pouvait-il avoir avec un maniaque qui attaquait les femmes sur la route, les étranglait pour leur transpercer ensuite le cœur d'une aiguille ?

Maigret n'essayait pas de le savoir. Il se contentait de mettre les gens à leur place.

— Tu n'as rencontré personne ?

— Personne que je connaisse. Les habitants ne doivent guère sortir le soir.

— Il y a un cinéma ?

— J'en ai aperçu un, dans une ruelle... On passe un film que j'ai vu à Paris il y a trois ans...

Leduc arriva vers dix heures du matin, laissa sa vieille Ford devant l'hôtel, frappa un peu plus tard à la porte de

Maigret. Celui-ci était occupé à déguster un bol de bouillon que sa femme avait préparé elle-même à la cuisine.

— Ça va toujours ?

— Assieds-toi !... Non ! pas dans le soleil... Tu m'empêches de voir la place...

Depuis qu'il avait quitté la P.J., Leduc avait pris de l'embonpoint. Et il y avait en lui quelque chose de plus doux, de plus peureux que jadis.

— Qu'est-ce qu'elle te fait à déjeuner, aujourd'hui, ta cuisinière ?

— Des côtelettes d'agneau à la crème... Il faut que je mange assez légèrement...

— Dis donc ! Tu n'es pas allé à Paris, ces derniers temps ?

Mme Maigret tourna vivement la tête, surprise par cette question brutale. Et Leduc se troubla, regarda son collègue avec reproche.

— Que veux-tu dire ?... Tu sais bien que...

Évidemment ! Maigret savait bien que... Mais il observait la silhouette de son collègue, qui avait une petite moustache rousse... Il regardait ses pieds chaussés de gros souliers de chasse...

— Entre nous, qu'est-ce que tu t'offres, ici, en fait d'amour ?

— Tais-toi, intervint Mme Maigret.

— Pas du tout ! C'est une question très importante ! A la campagne, on ne trouve pas toutes les commodités de la ville... Ta cuisinière. Quel âge a-t-elle ?...

— Soixante-cinq ! Tu vois que...

— Rien d'autre ?

Le plus gênant, c'était peut-être le sérieux avec lequel Maigret posait ces questions, que d'habitude on profère sur un ton léger ou ironique.

— Pas de bergère dans les environs ?

— Il y a sa nièce, qui vient parfois donner un coup de main.

— Seize ans ?... Dix-huit ?...

— Dix-neuf... Mais...

— Et tu... vous... enfin...

Leduc ne savait plus comment se tenir et Mme Maigret, plus gênée que lui, fonça vers les profondeurs de l'appartement.

— Tu es indiscret !

— Autrement dit, c'est fait ?... Eh bien, mon vieux !...

Et Maigret parut ne plus y penser, grogna quelques instants plus tard :

— Duhourceau n'est pas marié... Est-ce que... ?

— On voit bien que tu viens de Paris ! Tu parles de ces choses-là comme si elles étaient les plus naturelles du monde. Crois-tu que le procureur raconte à tout le monde ses fredaines ?

— Mais, comme tout se sait, je suis persuadé que tu es au courant.

— Je ne sais que ce qu'on raconte.

— Tu vois !

— M. Duhourceau va à Bordeaux une ou deux fois par semaine... Et là...

Maigret ne cessait d'étudier son compagnon et un drôle de sourire flottait sur ses lèvres. Il avait connu un Leduc différent, qui n'avait pas de ces phrases prudentes, de ces gestes réservés, de ces frayeurs provinciales.

— Sais-tu ce que tu devrais faire, toi qui as la facilité d'aller et venir à ta guise ? Ouvrir une petite enquête pour savoir qui, mercredi dernier, était absent de la ville. Attends ! Ceux qui m'intéressent surtout sont le docteur Rivaud, le procureur, le commissaire de police, toi et...

Leduc s'était levé. Vexé, il regardait son chapeau de

paille comme quelqu'un qui va le mettre sur sa tête d'un geste sec et sortir.

— Non ! C'est assez de plaisanterie... Je ne sais d'ailleurs pas ce que tu as... Depuis cette blessure, tu... enfin, tu n'es pas naturel !... Tu me vois, dans un petit pays comme ici, où tout se dit, faire une enquête sur le procureur de la République ?... Et sur le commissaire de police !... Moi qui n'ai plus aucun titre officiel !... Sans compter que tes insinuations...

— Assieds-toi, Leduc !

— Je n'ai plus beaucoup de temps.

— Assieds-toi, te dis-je ! Tu vas comprendre ! Il existe, ici à Bergerac, un monsieur qui, dans la vie courante, a toutes les apparences d'un homme normal et qui, sans doute, exerce une profession quelconque. C'est ce monsieur qui, tout à coup, en proie à une crise de folie...

— Et tu me mets dans le tas des assassins possibles ! Tu crois que je n'ai pas compris le sens de tes questions ? Ce besoin de savoir si j'ai des maîtresses... Parce que, n'est-ce pas, tu te dis qu'un homme qui en est privé est plus susceptible qu'un autre de se laisser aller à...

Il se fâchait vraiment. Il était rouge. Ses yeux luisaient.

— Le Parquet s'occupe de cette affaire, ainsi que la police locale ! Moi, elle ne me regarde pas ! Maintenant, si tu veux te mêler de...

— ... ce qui ne me regarde pas !... Tant pis !... Mais suppose maintenant que, dans un jour ou deux, ou trois, ou huit, on découvre ta petite amie de dix-neuf ans avec une aiguille dans le cœur...

Ce ne fut pas long. La main de Leduc saisit le chapeau et il l'enfonça si fort sur sa tête que la paille craqua. Puis il sortit en refermant la porte d'un geste sec.

Mme Maigret, qui n'attendait que ce signal, entrait de son côté, nerveuse, inquiète.

— Qu'est-ce que Leduc t'a fait ? Je t'ai rarement vu aussi désagréable avec quelqu'un. A croire que tu le soupçonnes de...

— Sais-tu ce que tu devrais faire ? Tout à l'heure ou demain il reviendra, et je suis persuadé qu'il s'excusera de sa sortie trop brutale. Eh bien ! je te demanderai d'aller déjeuner chez lui, à la Ribaudière...

— Moi ? Mais...

— Maintenant, si tu veux être bien gentille, bourre-moi une pipe et relève un peu mes oreillers...

Une demi-heure plus tard, quand le docteur entra, Maigret eut un sourire ravi. Et il interpella Rivaud avec bonne humeur.

— Qu'est-ce qu'il vous a dit ?

— Qui ?

— Mon collègue Leduc... Il est inquiet ! Il a dû vous demander de me faire subir un sérieux examen mental. Non, docteur, je ne suis pas fou... Mais...

Il se tut, car on lui mettait un thermomètre sur la langue. Pendant la prise de température, le chirurgien découvrait la plaie, qui était lente à se cicatriser.

— Vous vous remuez beaucoup trop !... Trente-huit sept... Je n'ai pas besoin de vous demander si vous avez fumé... L'air est opaque.

— Vous devriez lui interdire complètement la pipe, docteur ! intervint Mme Maigret.

Mais son mari l'interrompit.

— Pouvez-vous me dire à quels intervalles les crimes de notre fou ont été commis ?

— Attendez... Le premier a eu lieu il y a un mois... Le second une semaine plus tard... Puis, la tentative manquée, le vendredi suivant et...

— Savez-vous ce que je pense, docteur ? C'est qu'il y a bien des chances pour que nous soyons à la veille d'un nouvel attentat. Je dirais plus : s'il ne se produit pas, c'est sans doute que l'assassin se sent surveillé. Et, s'il se produit...

— Eh bien ?

— Eh bien ! on pourra procéder par élimination. Supposez qu'au moment du crime, vous soyez dans cette chambre. Vous voilà du coup hors de cause ! Supposez que le procureur soit à Bordeaux, le commissaire de police à Paris ou ailleurs, mon ami Leduc au diable...

Le médecin regardait fixement le malade.

— En somme, vous restreignez le champ des possibilités...

— Non ! des probabilités.

— C'est égal ! Vous le restreignez, dis-je, au petit groupe que vous avez trouvé à votre réveil, après l'opération...

— Pas exactement, puisque j'oublie le greffier ! Je le restreins aux personnes qui m'ont rendu visite pendant la journée d'hier et qui ont pu laisser tomber par mégarde un billet de chemin de fer. Au fait, où étiez-vous mercredi dernier ?

— Mercredi ?

Et le docteur, confus, fouillait dans sa mémoire. C'était un homme jeune, actif, ambitieux, aux gestes nets, aux allures élégantes.

— Je crois que... Attendez... Je suis allé à La Rochelle pour...

Mais il se raidit devant le sourire amusé du commissaire.

— Dois-je considérer ceci comme un interrogatoire ? Dans ce cas, je vous préviens que...

— Calmez-vous ! Pensez que je n'ai rien à faire de toute la journée, moi qui ai l'habitude d'une vie terriblement active. Alors, j'invente de petits jeux pour moi seul. Le jeu du fou ! Rien n'empêche un médecin d'être fou, ni un fou d'être médecin. On dit même que les aliénistes sont presque tous leurs propres clients. Rien n'empêche non plus un procureur de la République de...

Et Maigret entendit son compagnon demander tout bas à sa femme :

— Il n'a rien bu ?

Le plus beau, ce fut quand le docteur Rivaud fut parti. Mme Maigret s'approcha du lit, le front lourd de reproches.

— Est-ce que tu te rends compte de ce que tu fais ?... Vrai ! je ne te comprends plus !... Tu voudrais faire croire aux gens que c'est toi qui es fou que tu ne t'y prendrais pas autrement !... Le docteur n'a rien dit... Il est trop bien élevé... Mais j'ai senti que... Qu'est-ce que tu as à sourire ainsi ?...

— Rien ! Le soleil ! Ces lignes rouges et vertes de la tapisserie... Ces femmes qui caquettent sur la place... Cette petite voiture couleur citron qui a l'air d'un gros insecte... Et ce fumet de foie gras... Seulement voilà !... Il y a un fou... Regarde la jolie fille qui passe, avec des mollets bien ronds de montagnarde... Elle a de tout petits seins en forme de poire... C'est peut-être elle que le fou...

Mme Maigret le regarda dans les yeux et elle comprit qu'il ne plaisantait plus, qu'il parlait très sérieusement, qu'il y avait de l'angoisse dans sa voix.

Il lui prit la main pour achever :

— Vois-tu, je suis persuadé que ce n'est pas fini ! Et je voudrais de toute mon âme empêcher qu'une belle fille, aujourd'hui bien vivante, passe un de ces jours sur cette place dans un corbillard, escortée par des gens en noir. Il y a un fou dans la ville, dans le soleil ! Un fou qui parle, qui rit, qui va et vient...

Et, d'une voix câline, il balbutia, les yeux mi-clos :

— Donne-moi une pipe quand même !

4

Le rendez-vous des fous

Maigret avait choisi l'heure qu'il préférait, neuf heures du matin, à cause de la qualité rare que le soleil avait à cette heure-là et aussi du rythme de la vie qui, sur la grand-place, partant de la porte ouverte par une ménagère, du bruit des roues d'une charrette, d'un volet brusquement écarté, allait en s'amplifiant jusqu'à midi.

De sa fenêtre, il pouvait voir sur un platane une des affiches qu'il avait fait poser par toute la ville.

Mercredi à neuf heures, Hôtel d'Angleterre, le commissaire Maigret remettra une prime de cent francs à toute personne lui apportant un renseignement sur les agressions de Bergerac, qui paraissent être l'œuvre d'un fou.

— Est-ce que je dois rester dans la chambre ? questionnait Mme Maigret qui, même à l'hôtel, trouvait le moyen de travailler presque autant que dans son ménage.

— Tu peux rester !

— Je n'y tiens pas ! D'ailleurs, il ne viendra personne.

Maigret souriait. Il n'était que huit heures et demie et, tout en allumant sa pipe, il murmura en tendant l'oreille à un bruit de moteur :

— En voilà déjà un !

C'était le bruit familier de la vieille Ford qu'on reconnaissait dès qu'elle s'engageait dans la montée du pont.

— Pourquoi Leduc n'est-il pas venu hier ?

— Nous avons échangé quelques paroles. Nous

n'avons pas tout à fait les mêmes idées sur le fou de Bergerac. N'empêche qu'il sera ici tout à l'heure !...

— Le fou ?

— Leduc... Le fou aussi !... Et peut-être même plusieurs fous !... C'est pour ainsi dire mathématique... Une annonce comme celle-là exerce une attirance irrésistible sur tous les détraqués, les imaginatifs, les grands nerveux, les épileptiques... Entre, Leduc !

Leduc n'avait même pas eu le temps de frapper à la porte. Il montra un visage un peu confus.

— Tu n'as pas pu venir hier ?

— Justement !... Je te prie de m'excuser... Bonjour, madame Maigret... J'ai été obligé d'aller chercher le plombier, à cause d'une conduite d'eau crevée... Ça va mieux ?

— Ça va !... Toujours le dos raide comme un cercueil, mais à part ça... Tu as vu mon affiche ?...

— Quelle affiche ?

Il mentait. Maigret faillit le lui dire. Mais, en fin de compte, il n'eut pas cette cruauté.

— Assieds-toi ! Donne ton chapeau à ma femme. Dans quelques minutes, nous allons recevoir du monde. Et, entre autres, je mettrais ma main à couper que le fou sera ici.

On frappait à la porte. Pourtant, personne n'avait traversé la place. L'instant d'après, le patron de l'hôtel entrait.

— Excusez-moi... Je ne savais pas que vous aviez une visite... C'est à propos de l'affiche...

— Vous avez quelque chose à m'apprendre ?

— Moi ?... Non !... A quoi pensez-vous !... Si j'avais eu quelque chose à dire, je l'aurais déjà dit... Je voulais seulement savoir si on doit laisser monter tous ceux qui se présenteront...

— Mais oui ! Mais oui !

Et Maigret le regardait à travers ses cils mi-clos. Cela devenait une manie, chez lui, de faire ainsi de petits yeux. Ou peut-être cela tenait-il à ce qu'il vivait obstinément dans un rayon de soleil ?

— Vous pouvez nous laisser.

Et aussitôt, à Leduc :

— Un curieux homme aussi ! Puissant, sanguin, fort comme un arbre, avec une peau rose qui semble toujours sur le point d'éclater...

— C'est un ancien garçon de ferme des environs, qui a commencé par épouser sa patronne. Il avait vingt ans et elle quarante-cinq...

— Et depuis lors ?

— C'est son troisième mariage ! Une fatalité ! Elles meurent toutes...

— Il reviendra tout à l'heure.

— Pourquoi ?

— Ça, je n'en sais rien ! Mais il reviendra, quand tout le monde sera ici. Il trouvera un prétexte. A ce moment, le procureur doit sortir de chez lui, déjà vêtu de sa jaquette. Quant au docteur, je parierais qu'il galope à travers les salles pour expédier en cinq sec sa consultation du matin.

Maigret n'avait pas fini sa phrase qu'on voyait M. Duhourceau déboucher d'une rue et traverser la place à pas pressés.

— Et de trois !

— Comment, trois ?

— Le procureur, le patron et toi.

— Encore ? Écoute, Maigret...

— Chut ! Va ouvrir la porte à M. Duhourceau, qui hésite à frapper...

— Je reviendrai dans une heure ! annonça Mme Maigret, qui avait mis son chapeau.

Le procureur la salua cérémonieusement, serra la main du commissaire sans le regarder en face.

— On m'a mis au courant de votre expérience. J'ai tenu à vous voir auparavant. Tout d'abord, il est bien entendu que vous agissez à titre privé. Malgré cela, j'aurais aimé être consulté, étant donné qu'il y a une instruction en cours...

— Asseyez-vous, je vous prie. Leduc, débarrasse monsieur le procureur de son chapeau et de sa canne. Je disais justement à Leduc, monsieur le procureur, que tout à l'heure l'assassin sera certainement ici... Bon ! Voici le commissaire, qui regarde l'heure et qui va boire quelque chose en bas avant de monter...

C'était vrai ! On vit entrer le commissaire à l'hôtel, mais il ne se présenta que dix minutes plus tard à la porte de la chambre. Il parut stupéfait de trouver le procureur, s'excusa, bafouilla :

— J'ai cru de mon devoir de...

— Parbleu ! Leduc, cherche des chaises. Il doit y en avoir dans la chambre voisine... Voici nos clients qui commencent à arriver. Seulement, personne ne veut être le premier...

Trois ou quatre personnes, en effet, erraient sur la place en jetant de fréquents regards à l'hôtel. On sentait qu'elles cherchaient une contenance. Toutes suivirent des yeux la voiture du docteur qui stoppa juste devant la porte.

Il y avait, malgré le soleil printanier, de la nervosité dans l'air. Le médecin, comme ses prédécesseurs, eut un mouvement de contrariété en trouvant déjà tant de monde dans la chambre.

— C'est un véritable conseil de guerre ! remarqua-t-il en ricanant.

Et Maigret nota qu'il était mal rasé, que sa cravate était beaucoup moins bien nouée qu'à l'ordinaire.

— Vous croyez que le juge d'instruction...

— Il est parti à Saintes pour un interrogatoire et il ne rentrera pas avant ce soir.

— Et son greffier ? questionna Maigret.

— J'ignore s'il l'a emmené... Ou plutôt... Tenez ! le voilà qui sort de chez lui... Car il habite juste en face de l'hôtel, au premier étage de la maison à volets bleus...

Des pas dans l'escalier. Les pas de plusieurs personnes. Puis des chuchotements.

— Ouvre, Leduc.

Cette fois c'était une femme, et qui ne venait pas du dehors. C'était la servante qui avait failli être victime du fou et qui travaillait toujours à l'hôtel. Un homme la suivait, timide, embarrassé.

— C'est mon fiancé, qui est employé au garage. Il ne voulait pas me laisser venir, sous prétexte que, moins on en parlera...

— Entrez !... Vous aussi, le fiancé... Et vous aussi, patron...

Car le patron de l'hôtel était sur le palier, sa toque blanche à la main.

— Je voulais seulement savoir si ma domestique...

— Entrez ! Entrez ! Et vous, comment vous appelle-t-on ?

— Rosalie, monsieur... Seulement je ne sais pas si, pour la prime... Parce que, n'est-ce pas ? j'ai déjà dit tout ce que je savais...

Et le fiancé, rageur, grogna sans regarder personne :

— Pour autant que ce soit vrai !

— Bien sûr que c'est vrai ! Je n'aurais pas inventé...

— Tu n'as pas inventé non plus l'histoire du client qui voulait t'épouser ? Et quand tu me racontais que ta mère avait été enlevée par des romanichels...

La fille était furieuse, mais elle ne se démontait pas.

C'était une forte paysanne aux attaches solides, à la chair drue. Dès qu'elle s'était un peu remuée elle avait les cheveux en désordre comme après une bataille et, en levant les bras pour se recoiffer, elle montrait des aisselles humides, aux poils roux.

— J'ai dit ce que j'ai dit... On m'a attaquée par-derrière et j'ai senti une main près de mon menton... Alors, j'ai mordu de toutes mes forces... Même, tenez, qu'il y avait une bague en or au doigt...

— Vous n'avez pas vu l'homme ?

— Il s'est sauvé tout de suite dans le bois. Il était de dos. Et moi j'avais de la peine à me relever, vu que...

— Vous êtes donc incapable de le reconnaître ! C'est bien ce que vous avez déclaré à l'instruction ?

Rosalie se tut, mais il y avait quelque chose de menaçant dans l'expression butée de son visage.

— Reconnaîtriez-vous la bague ?

Et le regard de Maigret errait sur toutes les mains, sur les mains grassouillettes de Leduc, qui portait une lourde chevalière, sur celles, fines et longues, du docteur, qui n'avait qu'une alliance au doigt, sur celles encore, très pâles, à la peau cassante, du procureur, qui avait tiré son mouchoir de sa poche.

— C'était une bague en or !

— Et vous n'avez aucune idée de l'identité de votre agresseur ?

— Monsieur, je vous assure... commença le fiancé, le front en sueur.

— Parlez !

— Je ne voudrais pas qu'il arrive des malheurs. Rosalie est une bonne fille, je le dis devant elle. Mais elle rêve toutes les nuits. Parfois elle me raconte ses rêves. Puis, quelques jours après, il lui arrive de croire que c'est arrivé. C'est comme pour les romans qu'elle lit...

— Bourre-moi une pipe, veux-tu, Leduc ?

Sous les fenêtres, Maigret voyait maintenant un groupe d'une dizaine de personnes qui se consultaient et parlaient à mi-voix.

— Donc, Rosalie, vous avez quand même une petite idée...

La fille se tut. Seulement son regard se posa l'espace d'une seconde sur le procureur et Maigret vit une fois de plus les bottines de vernis noir, à boutons.

— Tu lui donneras ses cent francs, Leduc. Excuse-moi de t'employer comme secrétaire... Vous êtes content d'elle, vous, patron ?

— Comme femme de chambre, je n'ai rien à dire.

— Eh bien ! qu'on fasse entrer les suivants.

Le greffier s'était faufilé dans la pièce et se tenait le dos au mur.

— Vous étiez là ? Asseyez-vous donc...

— J'ai peu de temps devant moi... murmura le médecin en tirant sa montre de sa poche.

— Bah ! ce sera bien assez.

Et Maigret allumait sa pipe, regardait la porte s'ouvrir, un jeune homme entrer, vêtu de loques, les cheveux filasse, les yeux chassieux.

— J'espère que vous n'allez pas... murmura le procureur.

— Entre, mon garçon ! Quand as-tu eu ta dernière crise ?

— Il est sorti de l'hôpital il y a huit jours ! dit le docteur.

C'était évidemment un épileptique, le type même de ce que les gens des campagnes appellent l'idiot du village.

— Qu'est-ce que tu as à me dire ?

— Moi ?

— Oui, toi !... Raconte...

Mais, au lieu de parler, le jeune homme se mit à pleurer et après quelques instants ses sanglots étaient convulsifs. On pouvait craindre une crise. On devinait quelques syllabes mal articulées.

— C'est toujours après moi qu'on en a... Je n'ai rien fait !... Je le jure !... Alors, pourquoi ne me donne-t-on pas cent francs pour acheter un complet ?...

— Cent francs ! Au suivant ! dit Maigret à Leduc.

Le procureur s'impatientait visiblement. Le commissaire de police avait pris un air dégagé et il remarqua :

— Si la police municipale procédait de la même manière, il est probable qu'au prochain conseil général...

Dans un coin, Rosalie et son fiancé se disputaient à voix basse. Le patron passait la tête par l'entrebâillement de la porte pour écouter les bruits du rez-de-chaussée.

— Vous espérez vraiment découvrir quelque chose ? soupira M. Duhourceau.

— Moi ?... Rien du tout...

— Dans ce cas...

— Je vous ai promis que le fou serait ici et il est probable qu'il y est.

Il n'était entré que trois personnes : un cantonnier qui avait vu, trois jours auparavant, une « ombre se faufiler entre les arbres » et s'enfuir à son approche.

— L'ombre ne vous a rien fait ?

— Non !

— Et vous ne l'avez pas reconnue ? Va pour cinquante francs !

Maigret était le seul à garder sa bonne humeur. Sur la place, il y avait une bonne trentaine d'habitants, par groupes, qui regardaient les fenêtres de l'hôtel.

— Et toi ?

C'était un vieux paysan en deuil qui attendait, le regard farouche.

— Je suis le père de la première qui est morte. Eh bien ! je suis venu dire que, si je mets la main sur ce monstre-là, je...

Et lui aussi avait une tendance à se tourner plutôt vers le procureur.

— Vous n'avez aucune idée ?

— Une idée, peut-être pas ! Mais je dis ce que je dis, moi ! On ne peut rien faire à un homme qui a perdu sa fille ! On ferait mieux de chercher du côté où il y a déjà eu quelque chose. Je sais bien que vous n'êtes pas du pays... Vous ne savez pas... Tout le monde vous dira qu'il est arrivé des choses dont on n'a jamais su le fin mot...

Le médecin s'était levé, en proie à l'impatience. Le commissaire de police regardait ailleurs, en homme qui ne veut pas entendre. Quant au procureur, il était de pierre.

— Je vous remercie, mon vieux.

— Et surtout je ne veux ni de vos cinquante, ni de vos cent francs... Si un jour vous pouvez passer à la ferme... N'importe qui vous dira où elle se trouve...

Il ne demanda pas s'il devait rester. Il ne salua personne et s'en alla, les épaules rondes.

Son départ fut suivi d'un long silence et Maigret affecta d'être très occupé à tasser, de la seule main qu'il avait valide, la cendre dans sa pipe.

— Une allumette, Leduc...

Ce silence avait quelque chose de pathétique. Et on eût dit que les groupes épars sur la place évitaient, eux aussi, de faire le moindre bruit.

Rien que les pas du vieux fermier sur les graviers...

— Je te prie de te taire, entends-tu ?

C'était le fiancé de Rosalie qui se surprenait à parler haut et la fille regardait droit devant elle, peut-être matée, peut-être hésitante.

— Eh bien, messieurs, soupira enfin Maigret, il me semble que cela ne va déjà pas si mal...

— Tous ces interrogatoires ont déjà été faits ! répliqua le commissaire en se levant et en cherchant son chapeau.

— Seulement, cette fois, le fou est ici !

Maigret ne regardait personne. Il parlait en fixant la courtepointe blanche de son lit.

— Est-ce que vous croyez, docteur, que, ses crises passées, il se souvienne de ce qu'il a fait ?

— C'est à peu près certain.

Le patron de l'hôtel était debout au milieu de la pièce et ce détail accroissait son embarras car, avec ses vêtements blancs, il attirait les regards.

— Va voir, Leduc, s'il y a encore du monde qui attend !

— Vous m'excuserez, mais je n'ai plus le temps ! fit le docteur Rivaud en se levant. J'ai une consultation à onze heures et, là aussi, il s'agit de la vie d'un homme...

— Je vous accompagne... murmura le commissaire de police.

— Et vous, monsieur le procureur ? murmura Maigret.

— Heu !... je... Oui... je...

Depuis quelques instants, Maigret ne paraissait pas satisfait et à plusieurs reprises il regarda vers la place avec impatience. Soudain, comme tout le monde était debout, prêt à partir, il se dressa légèrement sur son lit, murmura :

— Enfin !... Un instant, messieurs... Je crois que voici du nouveau...

Et il désignait une femme qui courait, se dirigeant vers l'hôtel. De sa place, le chirurgien pouvait la voir et il dit avec étonnement :

— Françoise !...

— Vous la connaissez ?

— C'est ma belle-sœur... Sans doute un malade a-t-il téléphoné... ou un accident...

On courait dans l'escalier. On parlait. La porte s'ouvrait et une jeune femme, haletante, pénétrait dans la chambre, regardait autour d'elle avec épouvante.

— Jacques !... Commissaire !... Monsieur le procureur...

Elle n'avait pas plus de vingt ans. Elle était mince, nerveuse, jolie.

Mais il y avait des traces de poussière sur sa robe. Son corsage était en partie déchiré. Elle portait sans cesse les deux mains à son cou.

— Je... Je l'ai vu... Et il m'a...

Personne ne bougeait. Elle avait de la peine à parler. Elle fit encore deux pas dans la direction de son beau-frère.

— Regarde !

Elle lui montrait son cou où l'on voyait des ecchymoses. Elle continuait à parler.

— Là... dans le bois du Moulin-Neuf... Je me promenais quand un homme...

— Je vous disais bien que nous saurions quelque chose ! grommela Maigret qui avait retrouvé sa placidité.

Leduc, qui le connaissait à fond, le regarda avec étonnement.

— Vous l'avez vu, vous, n'est-ce pas ? poursuivit Maigret.

— Pas longtemps ! Je ne sais pas comment j'ai fait pour me débarrasser de son étreinte... Je crois qu'il a heurté du pied une souche d'arbre... J'en ai profité pour frapper...

— Décrivez-le donc...

— Je ne sais pas... Un vagabond, sans doute... Avec des vêtements de paysan... De grandes oreilles très décollées... Je ne l'avais jamais vu...

— Il s'est enfui ?

— Il a compris que j'allais crier... On entendait le bruit d'une auto sur la route... Il s'est précipité vers les fourrés...

Elle reprenait peu à peu son souffle, gardait une main sur son cou, l'autre sur son sein.

— J'ai eu tellement peur... Peut-être que, sans le bruit de l'auto... J'ai couru jusqu'ici...

— Pardon ! N'étiez-vous pas plus près de la villa ?

— Là-bas, je savais qu'il n'y avait que ma sœur.

— C'était à gauche de la ferme ? questionna le commissaire de police.

— Tout de suite après la carrière abandonnée.

Et le commissaire, au procureur :

— Je vais faire fouiller le bois... Peut-être est-il encore temps ?

Le docteur Rivaud paraissait contrarié. Les sourcils froncés, il regardait sa belle-sœur qui s'était appuyée à la table et qui respirait plus normalement.

Leduc cherchait le regard de Maigret et, quand il parvint à le rencontrer, il ne cacha pas son ironie.

— Tout ceci semble prouver, en tout cas, éprouva-t-il le besoin d'insister, que le fou n'était pas ici ce matin.

Le commissaire de police descendait l'escalier, tournait à droite vers la mairie où il avait ses bureaux. Le procureur, lentement, brossait son chapeau melon du revers de la manche.

— Dès que le juge d'instruction reviendra de Saintes, mademoiselle, je vous demanderai de vous présenter à son cabinet, afin de renouveler vos déclarations et de signer le procès-verbal.

Il tendit à Maigret une main sèche.

— Je suppose que vous n'avez plus besoin de nous !

— Bien entendu ! Je n'espérais d'ailleurs pas vous voir vous déranger...

Maigret fit un signe à Leduc, qui comprit qu'il devait mettre tout le monde dehors. Rosalie et son fiancé se disputaient toujours.

Quand Leduc revint vers le lit, un sourire aux lèvres, il fut étonné de voir à son ami un visage sévère, anxieux.

— Eh bien ?

— Rien !

— Cela n'a pas donné !

— Cela a trop donné ! Bourre-moi encore une pipe, veux-tu, tant que ma femme n'est pas ici...

— Il me semblait que le fou devait venir ce matin.

— Parbleu !

— Pourtant...

— N'insiste pas, mon vieux. Ce qui serait terrible, vois-tu, c'est qu'il y ait encore une morte. Parce que, cette fois-ci...

— Quoi ?

— N'essaie pas de comprendre. Bon ! Voilà ma femme qui traverse la place. Elle va me dire que je fume trop et cacher mon tabac. Glisses-en donc un peu sous l'oreiller...

Il avait chaud. Peut-être même était-il légèrement congestionné.

— Va !... Laisse l'appareil téléphonique à côté de moi...

— Je compte déjeuner à l'hôtel. C'est le jour du confit d'oie. Je viendrai te serrer la main après-midi...

— Si tu veux !... A propos, la petite... Tu sais, celle dont tu m'as parlé... Il y a longtemps que vous... que tu ne l'as pas vue ?...

Leduc tressaillit, regarda son camarade dans les yeux, gronda :

— C'est trop fort !

Et il sortit en oubliant son chapeau de paille sur la table.

5

Les souliers vernis

— Oui, madame... A l'*Hôtel d'Angleterre*... Il est bien entendu que vous êtes tout à fait libre de ne pas venir...

Leduc venait de sortir. Mme Maigret montait l'escalier. Le docteur, sa belle-sœur et le procureur étaient arrêtés sur la place, près de l'auto de Rivaud.

C'était à Mme Rivaud, qui devait être seule chez elle, que Maigret téléphonait. Il la priait de venir à l'hôtel, ne s'étonnait pas d'entendre une voix inquiète à l'autre bout du fil.

Mme Maigret écoutait la fin de la conversation, se débarrassait de son chapeau.

— C'est vrai qu'il y a encore eu une agression ?... J'ai rencontré des gens qui se précipitaient vers le Moulin-Neuf...

Maigret ne répondit pas, absorbé qu'il était par ses réflexions. Il voyait peu à peu changer le mouvement de la ville. La nouvelle circulait rapidement et des gens de plus en plus nombreux convergeaient vers un chemin s'amorçant à gauche de la place.

— Il doit y avoir un passage à niveau !... murmura Maigret, qui commençait à connaître la topographie de la ville.

— Oui ! C'est une longue rue, qui ressemble d'abord à une rue de ville et qui finit en chemin de terre. Le Moulin-Neuf est après le deuxième tournant. Il n'y a d'ailleurs plus de moulin, mais une grosse ferme, aux murs blancs.

Quand je suis passée, on attelait des bœufs, dans une cour pleine de volailles. Il y a entre autres de beaux dindons...

Maigret écoutait à la façon d'un aveugle à qui on décrit un paysage.

— Il y a beaucoup de terres ?

— Ici, ils comptent par journaux. On m'a dit deux cents journaux, mais je ne sais pas combien cela fait. En tout cas, les bois commencent tout de suite. Plus loin, on croise la grand-route qui va à Périgueux...

Les gendarmes devaient être là-bas, et les quelques gardiens de la paix de Bergerac. Maigret les imaginait allant et venant à grandes enjambées dans les broussailles, comme pour une battue au lapin. Et les groupes arrêtés sur la route, les gosses grimpés sur les arbres...

— Maintenant, tu devrais me laisser. Retourne là-bas, veux-tu ?

Elle ne discuta pas. Comme elle sortait, elle croisa une jeune femme qui entrait à l'hôtel et elle se retourna avec étonnement, peut-être avec un rien de mauvaise humeur.

C'était Mme Rivaud.

— Asseyez-vous, je vous en prie. Et pardonnez-moi de vous avoir dérangée, surtout pour si peu de chose. Car je me demande même si j'ai des questions à vous poser ! Cette affaire est tellement embrouillée...

Il ne la quittait pas des yeux et elle restait comme hypnotisée sous son regard.

Maigret était étonné, mais pas désorienté. Il avait vaguement deviné que Mme Rivaud l'intéresserait et il s'apercevait que c'était une figure beaucoup plus curieuse qu'il n'avait osé l'espérer.

Sa sœur Françoise était fine, élégante, et rien en elle ne trahissait la campagne ou la petite ville.

Mme Rivaud attirait beaucoup moins le regard et ce n'était même pas ce que l'on peut appeler une jolie femme. Elle avait entre vingt-cinq et trente ans. Elle était de taille moyenne, un peu grasse. Ses vêtements étaient faits par une petite couturière, ou alors, s'ils sortaient d'une bonne maison, elle ne savait pas les porter.

Ce qui frappait le plus en elle, c'étaient ses yeux inquiets, douloureux. Inquiets et pourtant résignés.

Par exemple, elle regardait Maigret. On sentait qu'elle avait peur, mais qu'elle était incapable de réagir. En exagérant un peu, on pourrait dire qu'elle attendait d'être frappée.

Très petite-bourgeoise. Très *comme il faut* ! Maniant machinalement un mouchoir dont elle pourrait se tamponner les yeux au besoin !

— Il y a longtemps que vous êtes mariée, madame ?

Elle ne répondait pas tout de suite ! La question lui faisait peur. Tout lui faisait peur !

— Cinq ans ! soufflait-elle enfin d'une voix neutre.

— Vous habitiez déjà Bergerac ?

Et à nouveau elle regardait Maigret pendant un long moment avant de répondre.

— J'habitais l'Algérie, avec ma sœur et ma mère.

Il osait à peine continuer, tant il sentait que le moindre mot était capable de l'effaroucher.

— Le docteur Rivaud a habité l'Algérie ?

— Il est resté deux ans à l'hôpital d'Alger...

Il regardait les mains de la jeune femme. Il avait l'impression qu'elles ne s'harmonisaient pas tout à fait avec sa tenue de bourgeoise. Ces mains-là avaient travaillé. Mais c'était délicat d'amener la situation sur ce terrain.

— Votre mère...

Il ne continua pas. Elle faisait face à la fenêtre et voilà qu'elle se levait, tandis que son visage exprimait l'effroi. En même temps, on entendait claquer dehors une portière d'auto.

C'était le docteur Rivaud qui descendait de sa voiture, pénétrait en courant dans l'hôtel, frappait rageusement à la porte.

— Vous êtes ici ?

Il dit cela à sa femme, sans regarder Maigret, d'une voix sèche, puis il se retourna vers le commissaire.

— Je ne comprends pas... Vous avez besoin de ma femme ?... Dans ce cas, vous auriez pu...

Elle baissait la tête. Maigret observait Rivaud avec un doux étonnement.

— Pourquoi vous fâchez-vous, docteur ? J'ai éprouvé le désir de faire la connaissance de Mme Rivaud. Je suis malheureusement incapable de circuler et...

— L'interrogatoire est terminé ?

— Il ne s'agit pas d'un interrogatoire, mais d'un entretien paisible. Quand vous êtes entré, nous parlions de l'Algérie. Vous aimez ce pays ?

La quiétude de Maigret n'était qu'apparente. Toute son énergie était mise en œuvre, tandis qu'il parlait lentement. Il fixait ces deux êtres qu'il avait devant lui, Mme Rivaud qui paraissait prête à pleurer, Rivaud qui regardait autour de lui comme pour chercher des traces de ce qui s'était passé, et il voulait comprendre.

Il y avait quelque chose de caché. Il y avait quelque chose d'anormal.

Mais où ? Mais quoi ?

Il y avait quelque chose d'anormal aussi chez le procureur. Seulement tout cela était confus, embrouillé.

— Dites-moi, docteur, c'est en soignant votre femme que vous avez fait sa connaissance ?

Regard rapide de Rivaud à Mme Rivaud.

— Laissez-moi vous dire que cela importe peu. Si vous le permettez, je reconduirai ma femme en voiture et...

— Évidemment... Évidemment...

— Évidemment quoi ?

— Rien !... Pardon !... Je ne savais même pas que je parlais à voix haute... C'est une curieuse affaire, docteur ! Curieuse et effrayante. Plus j'avance et plus je la trouve effrayante. Par contre, votre belle-sœur a été prompte à reprendre son sang-froid après une émotion aussi forte. C'est une personne énergique !

Et il voyait Rivaud rester immobile, en proie à un malaise, attendant la suite. Est-ce que le docteur ne croyait pas que Maigret en savait beaucoup plus qu'il n'en disait ?

Le commissaire se sentait avancer, mais soudain tout fut bouleversé, les théories qu'il échafaudait, la vie de l'hôtel, de la ville.

Cela commença par l'arrivée sur la place d'un gendarme en vélo. Le gendarme contourna un pâté de maisons, se dirigeant vers celle du procureur. Au même moment, la sonnerie du téléphone retentit et Maigret décrocha.

— Allô, ici l'hôpital. Est-ce que le docteur Rivaud est toujours chez vous ?

Le docteur prit nerveusement le cornet, écouta avec stupeur, raccrocha, si ému qu'il resta un bon moment à regarder dans le vide.

— On l'a retrouvé ! dit-il enfin.

— Qui ?

— L'homme !... Du moins un cadavre... Dans le bois du Moulin-Neuf...

Mme Rivaud les fixait tour à tour sans comprendre.

— On me demande si je puis pratiquer l'autopsie... Mais...

Et voilà que c'était son tour, frappé par une pensée, de regarder Maigret soupçonneusement.

— Quand vous avez été attaqué... c'était dans le bois...

vous avez riposté... vous avez tiré au moins un coup de revolver...

— Je n'ai pas tiré.

Et une autre idée venait au médecin, qui se passait la main sur le front dans un geste fébrile.

— La mort remonte à plusieurs jours... Mais alors, comment Françoise, ce matin ?... Venez...

Il emmenait sa femme, qui se laissait conduire docilement et un peu plus tard il la faisait prendre place dans sa voiture. Le procureur, lui, avait dû téléphoner pour commander un taxi, car il en arrivait un en face de chez lui. Et le gendarme repartait. Ce n'était plus la curiosité du matin. C'était une fièvre plus violente qui s'emparait de la ville.

Tout le monde, bientôt, y compris le patron de l'hôtel, se dirigea vers le Moulin-Neuf et il n'y eut que Maigret à rester dans son lit, le dos raide, son regard lourd braqué sur la place chaude de soleil.

— Qu'est-ce que tu as ?

— Rien.

Mme Maigret qui rentrait ne voyait son mari que de profil, mais elle comprenait qu'il y avait quelque chose, qu'il regardait dehors d'un air trop farouche. Elle ne fut pas longue à deviner et elle vint s'asseoir au bord du lit, prit machinalement la pipe vide qu'elle se mit en devoir de bourrer.

— Ce n'est rien... Je vais essayer de te donner tous les détails... J'étais là quand on l'a trouvé et les gendarmes m'ont laissée approcher...

Maigret regardait toujours dehors mais, tandis qu'elle parlait, ce furent d'autres images que celles de la place qui s'imprimèrent sur sa rétine.

— A cet endroit-là, le bois est en pente... Il y a des chênes au bord de la route... Puis c'est un bois de sapins... Des curieux étaient arrivés avec des autos qui stationnaient au tournant, sur le bas-côté... Les gendarmes d'un village voisin contournaient le bois, afin de cerner l'homme... Ceux d'ici s'avançaient lentement et le vieux fermier du Moulin-Neuf les accompagnait, un revolver d'ordonnance à la main... On n'osait rien lui dire... Je crois qu'il aurait abattu l'assassin...

Maigret évoquait le bois, le sol couvert d'aiguilles de pin et les taches d'ombre et de lumière, les uniformes des gendarmes.

— Un gamin qui courait au côté du groupe a poussé un cri en montrant une forme étendue au pied d'un arbre...

— Des souliers vernis ?

— Oui ! Et des chaussettes de laine grise tricotées à la main. J'ai bien regardé, parce que je me suis souvenue de...

— Quel âge ?

— Peut-être cinquante ans. On ne sait pas exactement... Il avait la face contre terre... Quand on a découvert son visage, j'ai dû regarder ailleurs parce que... Tu comprends !... il paraît qu'il y a au moins huit jours qu'il est là... J'ai attendu qu'on recouvre la tête d'un mouchoir... J'ai entendu dire que personne, en tout cas, ne le connaît. Ce n'est pas quelqu'un du pays...

— Une blessure ?

— Un grand trou à la tempe... Et quand il est tombé, il a dû mordre la terre dans son agonie...

— Qu'est-ce qu'ils font, maintenant ?

— Tout le pays arrive. On empêche les curieux d'entrer dans le bois. Lorsque je suis partie, on attendait le procureur et le professeur Rivaud... Ensuite, on transportera le corps à l'hôpital pour l'autopsie...

La place était déserte comme jamais encore Maigret ne l'avait vue. En tout et pour tout, un petit chien couleur café au lait qui se chauffait au soleil.

Et midi sonna, lentement. Des ouvriers et des ouvrières sortirent d'une imprimerie, dans une rue voisine, se précipitèrent vers le Moulin-Neuf, la plupart en vélo.

— Comment est-il habillé ?

— En noir, avec un pardessus droit... C'est difficile à dire, à cause de l'état dans lequel...

Mme Maigret en avait mal au cœur. Pourtant elle proposa :

— Veux-tu que je retourne là-bas ?...

Il resta seul. Il vit revenir le patron de l'hôtel, qui lui cria, du trottoir :

— Vous êtes au courant ?... Dire qu'il faut que je vienne servir mes déjeuners !...

Et le silence, le ciel uni, la place jaune de soleil, les maisons vides.

Ce ne fut qu'une heure plus tard qu'il y eut un bruit de foule dans une rue proche : le corps qu'on ramenait à l'hôpital et que tout le monde escortait.

Puis l'hôtel se remplit. La place s'anima. Des verres s'entrechoquèrent au rez-de-chaussée. Des coups timides furent frappés à la porte et Leduc entra, hésitant à esquisser un léger sourire.

— Je peux entrer ?

Il s'assit près du lit, alluma sa pipe avant de reprendre la parole.

— Et voilà !... soupira-t-il alors.

Il fut étonné, quand Maigret se tourna vers lui, de voir un visage souriant et surtout d'entendre prononcer :

— Alors, content ?

— Mais...

— Et tous ! Le docteur ! Le procureur ! Le commissaire ! Tous ravis, en somme, de la bonne farce que l'on joue au méchant policier de Paris ! Il s'est trompé sur toute la ligne, le policier ! Il s'est cru très intelligent, il a fait tant de manière qu'à certain moment on était sur le point de le prendre au sérieux et que même certains ont eu peur...

— Tu avoueras que...

— Que je me suis trompé ?

— On a retrouvé l'homme, quoi ! Et la description correspond à celle que tu as faite de l'inconnu du train. Je l'ai vu. Un individu entre deux âges, plutôt mal habillé, encore qu'avec une certaine recherche. Il a reçu une balle dans la tempe, presque à bout portant, autant qu'on en puisse juger dans l'état où...

— Oui !

— M. Duhourceau est d'accord avec la police pour croire qu'il s'est suicidé, voilà une huitaine de jours, peut-être tout de suite après t'avoir attaqué.

— On a retrouvé l'arme près de lui ?

— Justement ! Ce n'est pas tout à fait cela. On a retrouvé dans la poche de son pardessus un revolver où il ne manquait qu'une balle...

— La mienne, parbleu !

— C'est ce qu'on va essayer d'établir... S'il s'est suicidé, l'affaire se simplifie... Se sentant traqué, sur le point d'être pris, il...

— Et s'il ne s'est pas suicidé ?

— Il y a des hypothèses très plausibles... Un paysan, la nuit, peut avoir été attaqué par lui et avoir tiré... Puis, ensuite, avoir eu peur des complications, ce qui est assez dans l'esprit des campagnes.

— Et l'attentat contre la belle-sœur du docteur ?

— Ils en ont parlé aussi. On est en droit de penser qu'un mauvais plaisant a simulé une agression et...

— Autrement dit, on a envie d'en finir ! soupira Maigret en exhalant une bouffée de fumée qui s'étira en forme d'auréole.

— Ce n'est pas tout à fait vrai ! Mais il est évident qu'il est inutile de traîner les choses en longueur et que, du moment...

Maigret rit de l'embarras de son collègue.

— Il y a encore le billet de chemin de fer ! dit-il. Il faudra qu'on explique comment ce billet est venu de la poche de notre inconnu au corridor de l'*Hôtel d'Angleterre*...

Leduc regardait obstinément le tapis cramoisi et soudain il se décida à prononcer :

— Veux-tu un bon conseil ?

— C'est de laisser tout cela tranquille ! De me rétablir le plus vite possible et de quitter Bergerac...

— Pour venir passer quelques jours à la Ribaudière, comme c'était convenu entre nous ! J'en ai parlé au docteur, qui dit qu'avec des précautions on pourrait dès maintenant te transporter là-bas...

— Et le procureur, qu'est-ce qu'il a dit, lui ?

— Je ne comprends pas.

— Il a dû mettre son grain de sel aussi. Est-ce qu'il ne t'a pas rappelé que je n'ai absolument aucun titre, sinon celui de victime, à m'occuper de cette affaire ?

Pauvre Leduc ! Il voulait être gentil ! Il tenait à ménager tout le monde ! Et Maigret était impitoyable !

— Il faut reconnaître qu'administrativement...

Et soudain, prenant son courage à deux mains :

— Écoute, vieux ! J'aime mieux être franc ! Il est certain que, surtout après ta petite comédie de ce matin, tu as plutôt mauvaise presse dans le pays. Le procureur dîne chaque jeudi avec le préfet et il m'a dit tout à l'heure qu'il lui parlerait de toi, afin que tu reçoives des directives de Paris. Il y a surtout une chose qui te fait du tort : cette distribution de billets de cent francs... On dit...

— Que je veux encourager la lie de la population à vider son sac...

— Comment le sais-tu ?

—... que je prête l'oreille à des insinuations malpropres et qu'en somme j'excite le mauvais esprit... Ouf !

Leduc se tut. Il n'avait rien à répondre. C'était bien là son avis, au fond. Plusieurs minutes plus tard, il risqua timidement :

— Si encore tu avais vraiment une piste !... Dans ce cas-là, je dois dire que je changerais d'avis et que...

— Je n'ai pas de piste ! Ou plutôt j'en ai quatre ou cinq. Ce matin, j'espérais que deux d'entre elles au moins me conduiraient à quelque chose. Eh bien ! non. Elles m'ont claqué dans la main !

— Tu vois !... Tiens ! Encore une gaffe, et peut-être une des plus graves, parce qu'elle te vaut un ennemi féroce... Cette idée de téléphoner à la femme du docteur !... Alors qu'il est tellement jaloux que peu de gens peuvent se vanter de l'avoir vue !... C'est tout juste s'il la laisse sortir de la villa...

— Et pourtant il est l'amant de Françoise ! Il ne serait donc jaloux que de l'une et pas de l'autre ?

— Cela ne me regarde pas. Françoise va et vient. Elle fait même de l'auto toute seule. Quant à la femme légitime... Bref, j'ai entendu Rivaud dire au procureur qu'il considérait ta démarche comme une goujaterie et que, en arrivant ici, il avait une forte envie de t'apprendre à vivre...

— Cela promet !

— Que veux-tu dire ?

— Que c'est lui qui fait mes pansements et sonde la plaie trois fois par jour !

Et Maigret rit, trop largement, trop bruyamment pour que ce fût sincère.

Il rit comme quelqu'un qui s'est mis dans une situation ridicule et qui s'obstine, parce qu'il est trop tard pour reculer, mais qui ne sait pas du tout comment s'en tirer.

— Tu ne vas pas déjeuner ? Il me semble t'avoir entendu parler de confit d'oie...

Et il rit encore ! Il y avait une partie passionnante à jouer ! Il y avait à faire partout, dans le bois, à l'hôpital, à la ferme du Moulin-Neuf, chez le docteur et dans la grave maison du procureur à rideaux peut-être, partout enfin, et du confit d'oie à manger, et des truffes en serviette, et toute une ville que Maigret n'avait même pas vue !

Lui était bouclé dans un lit, à une fenêtre, et il avait envie de crier chaque fois qu'il esquissait un geste un peu brusque ! On devait lui bourrer ses pipes parce qu'il était incapable de se servir de son bras gauche, si bien que Mme Maigret en profitait pour le mettre au régime !

— Tu acceptes de venir chez moi ?

— Quand ce sera fini, je le promets.

— Mais puisqu'il n'y a plus de fou !

— Est-ce qu'on sait ? Va déjeuner ! Si on te demande quelles sont mes intentions, réponds que tu n'en sais rien ! Et maintenant, au travail !

Il disait cela exactement comme s'il eût été tête à tête avec une tâche matérielle écrasante, comme de brasser de la pâte à pain, ou de remuer des tonnes de terre.

Et il avait en effet beaucoup de choses à remuer : un amas confus, inextricable.

Mais c'était dans le domaine immatériel : des visages plus ou moins flous qui hantaient sa rétine, visage grognon et hautain du procureur, visage inquiet du docteur, pauvre figure chiffonnée de sa femme qui avait été soignée à l'hôpital d'Alger — soignée de quoi ? —, silhouette nerveuse et trop décidée de Françoise... Et Rosalie qui rêvait toutes les nuits, au grand désespoir de son fiancé — au fait, est-ce qu'ils couchaient déjà ensemble ? Et cette insinuation à l'égard du procureur — des choses qui auraient été étouffées ! Et cet homme du train qui n'avait sauté du wagon en marche que pour tirer sur Maigret et mourir ! Leduc et la nièce de sa cuisinière — tellement dangereux, cela ! Le patron de l'hôtel qui avait déjà eu trois femmes — mais il avait un tempérament à en tuer vingt !

Pourquoi Françoise avait-elle... ?

Pourquoi le docteur avait-il... ?

Pourquoi ce cachottier de Leduc... ?

Pourquoi ? Pourquoi ? Pourquoi ?

Et on voulait se débarrasser de Maigret en l'envoyant à la Ribaudière ?

Il rit une dernière fois, d'un rire d'homme gros. Et quand sa femme entra un quart d'heure plus tard, elle le trouva béatement endormi.

6

Le phoque

Maigret fit un rêve éreintant. C'était au bord de la mer. Il faisait excessivement chaud et le sable, que la marée basse découvrait, était d'un roux de blés mûrs. Il y avait plus de sable que de mer. Celle-ci existait, quelque part, très loin, mais, jusqu'à l'horizon, on ne voyait que de petites mares entre les bancs de sable.

Est-ce que Maigret était un phoque ? Peut-être pas exactement ! Mais pas exactement une baleine non plus ! Un animal très gros, très rond, d'un noir luisant.

Il était tout seul dans cette immensité torride. Et il se rendait compte qu'il lui fallait, coûte que coûte, s'en aller, s'en aller là-bas, vers la mer, où il serait enfin libre.

Seulement il ne pouvait pas bouger. Il avait des espèces de moignons comme les phoques, mais il ne savait pas s'en servir. C'était tout raide. Quand il se soulevait, il retombait lourdement dans le sable qui lui cuisait le dos.

Et il fallait absolument gagner la mer ! Sinon, il s'enliserait dans ce sable qui se creusait sous lui à chaque mouvement.

Pourquoi était-il aussi raide ? Est-ce qu'un chasseur ne l'avait pas blessé ? Il n'arrivait pas à se souvenir. Et il tournait sur lui-même. Il était un gros tas noir, suant, pitoyable.

Quand il ouvrit les yeux, il vit le rectangle déjà ensoleillé de la fenêtre et sa femme qui, assise devant une table, prenait son petit déjeuner en le regardant.

Or, dès ce premier regard, il comprit qu'il y avait quelque chose. C'était un regard qu'il connaissait bien, trop grave, trop maternel, avec une pointe d'inquiétude.

— Tu as eu mal ?

Sa deuxième impression fut qu'il avait la tête lourde.

— Pourquoi demandes-tu cela ?

— Tu t'es agité toute la nuit. A plusieurs reprises tu as gémi...

Elle s'était levée pour venir l'embrasser.

— Tu as mauvaise mine ! acheva-t-elle. Tu as dû avoir le cauchemar...

C'est alors qu'il se souvint du phoque et il fut partagé entre un sourd malaise et l'envie de rire. Mais il ne rit pas ! Tout s'enchaînait. Mme Maigret, assise au bord du lit, disait doucement, comme si elle eût craint de l'effaroucher :

— Je crois qu'il faudra prendre une décision.

— Une décision ?

— J'ai parlé à Leduc, hier soir. Il est évident que tu seras mieux chez lui pour te reposer et achever de te rétablir.

Elle n'osait pas le regarder en face ! Il connaissait tout ça et il murmura :

— Toi aussi ?

— Que veux-tu dire ?

— Tu crois que je me trompe, n'est-ce pas ? Tu es persuadée que je ne réussirai pas et que...

Cela suffisait à lui mettre la sueur aux tempes et au-dessus de la lèvre.

— Calme-toi ! Le docteur va venir et...

C'était l'heure, en effet. Maigret ne l'avait pas revu depuis les scènes de la veille et l'idée de cette entrevue chassa pour un instant ses préoccupations.

— Tu me laisseras seul avec lui.

— Et nous partirons chez Leduc ?

— Nous ne partirons pas... Voilà sa voiture qui stoppe... Laisse-moi...

D'habitude, le docteur Rivaud montait les marches trois à trois, mais, ce matin-là, il fit une entrée plus digne, esquissa un salut à l'adresse de Mme Maigret qui sortait, posa sa trousse sur la table de nuit, sans mot dire.

La visite du matin se déroulait toujours de la même manière. Maigret se mettait le thermomètre dans la bouche pendant que le chirurgien lui retirait son pansement.

Il en fut comme les jours précédents et c'est dans cette attitude qu'eut lieu leur conversation.

— Bien entendu, commença le docteur, je ferai jusqu'au bout mon devoir envers le blessé que vous êtes. Je vous demande seulement de considérer que, dès maintenant, nos rapports devront se borner là. Vous voudrez bien noter, en outre, qu'étant donné que vous n'avez aucun caractère officiel, je vous interdis d'inquiéter des membres de ma famille.

Cela sentait la phrase préparée. Maigret ne broncha pas. Il avait le torse nu. On lui prenait le thermomètre des lèvres et il entendait grommeler :

— Encore 38° !

C'était beaucoup, il le savait. Le docteur fronçait les sourcils et, en évitant de le regarder, poursuivait :

— Sans votre attitude d'hier, je vous dirais, en médecin, que le mieux que vous ayez à faire est d'achever votre convalescence dans un endroit tranquille. Mais ce conseil pourrait être interprété autrement et... Est-ce que je vous fais mal ?

Car, tout en parlant, il sondait la blessure, où subsistaient des points d'infection.

— Non... Continuez...

Mais Rivaud n'avait plus rien à dire. La fin de la consultation se déroula dans le silence et c'est dans le silence aussi que le chirurgien rangea sa trousse, se lava les mains. Au moment de sortir, seulement, il regarda à nouveau Maigret en face.

Était-ce un regard de médecin ? Était-ce le regard du beau-frère de Françoise, du mari de l'étrange Mme Rivaud ?

En tout cas, c'était un regard où il y avait de l'inquiétude. Avant de sortir, il faillit parler. Il préféra se taire et, dans l'escalier seulement, il y eut des chuchotements entre lui et Mme Maigret.

Le plus grave c'est que le commissaire, maintenant, se souvenait de tous les détails de son rêve. Et il sentait d'autres avertissements. Tout à l'heure, il n'avait rien dit, mais l'auscultation avait été beaucoup plus douloureuse que la veille, ce qui était mauvais signe. Mauvais signe aussi cette fièvre persistante !

Au point qu'après avoir pris sa pipe sur la table de nuit, il la repoussa.

Sa femme entrait en soupirant.

— Qu'est-ce qu'il t'a dit ?

— Il ne veut rien dire ! C'est moi qui l'ai questionné. Il paraît qu'il t'a conseillé le repos complet.

— Où en est l'enquête officielle ?

Mme Maigret s'assit, résignée. Mais tout disait nettement qu'elle désapprouvait son mari, qu'elle ne partageait pas son entêtement, ni sa confiance.

— L'autopsie ?

— A quelques heures près, l'homme doit être mort peu après t'avoir attaqué.

— On n'a toujours pas trouvé l'arme ?

— Rien ! La photographie du cadavre est reproduite ce matin par tous les journaux, car personne ne le connaît. Même les journaux de Paris la publient.

— Montre...

Et Maigret prenait le journal avec une certaine émotion. En regardant la photographie, il avait l'impression qu'il était, en somme, le seul à connaître le mort.

Il ne l'avait pas vu. Mais ils avaient vécu une nuit ensemble. Il se souvenait du sommeil agité — était-ce vraiment du sommeil ? — de son compagnon de couchette, des soupirs, des espèces de sanglots qui éclataient soudain...

Puis des deux jambes qui pendaient, des souliers vernis, des chaussettes tricotées à la main...

La photographie était horrible, comme toutes les photographies de cadavres auxquels on essaie de rendre les apparences de la vie pour faciliter l'identification.

Un visage terne. Des yeux vitreux. Et Maigret n'était pas étonné de voir les joues envahies de barbe grise.

Pourquoi avait-il eu cette pensée, déjà dans le compartiment du train ? Il n'avait jamais imaginé son compagnon qu'avec une barbe grise !

Et il en avait une, ou plutôt des poils de trois centimètres qui poussaient partout sur le visage.

— Au fond, cette affaire ne te regarde pas !

Sa femme revenait à la charge, avec douceur, en s'excusant. Elle était navrée de l'état de santé de Maigret. Elle le regardait comme on regarde un être gravement atteint.

— J'ai écouté parler les gens, hier soir, au restaurant. Ils sont tous contre toi. Tu peux les questionner : personne ne te dira ce qu'il sait. Dans ces conditions...

— Veux-tu prendre un papier et une plume ?

Il dicta un télégramme pour un vieux camarade qu'il avait à la Sûreté d'Alger.

Prière câbler urgence Bergerac tous renseignements concernant stage Dr Rivaud, hôpital d'Alger, il y a cinq ans. Merci. Cordialités. Maigret.

Le visage de sa femme était éloquent. Elle écrivait. Mais elle ne croyait pas en cette enquête. Elle n'avait pas la foi.

Et il le sentait. Il enrageait. Il permettait le scepticisme chez d'autres. Chez sa femme, il lui était insupportable ! Si bien qu'il s'emporta, ou plutôt fut mordant.

— Voilà ! Inutile que tu corriges, ni que tu donnes ton

avis ! Expédie ce télégramme ! Renseigne-toi sur les progrès de l'enquête ! Je ferai le reste.

Elle le regarda comme pour lui demander de faire la paix, mais il était déjà trop avant dans la colère.

— Je te demanderai en outre de garder désormais tes opinions pour toi ! Autrement dit, inutile de faire des confidences au docteur, à Leduc, ou à n'importe quel imbécile !

Il se tourna de l'autre côté, si lourdement, si maladroitement, que cela lui rappela le phoque de la nuit.

Il écrivait de la main gauche, ce qui rendait les caractères encore plus gras que d'habitude. Il respirait bruyamment, parce que sa pose était inconfortable. Deux gamins jouaient aux billes sur la place, juste au-dessous des fenêtres, et dix fois il faillit leur crier de se taire.

Premier crime : la belle-fille du fermier du Moulin-Neuf est assaillie sur le chemin, étranglée, puis une longue aiguille est enfoncée dans sa poitrine et atteint le cœur.

Il soupira, nota en marge :

(heure, lieu exact, vigueur de la victime ?)

Il ne savait rien ! Dans une enquête ordinaire, ces détails n'eussent demandé que quelques démarches. Actuellement, c'était tout un monde.

Deuxième crime : la fille du chef de gare est assaillie, étranglée et a le cœur transpercé à l'aide d'une aiguille.

Troisième crime (raté) : Rosalie est attaquée par-derrière, mais elle met l'agresseur en fuite.

(Rêve toutes les nuits et lit des romans. Déposition du fiancé.)

Quatrième crime : un homme qui descend du train en marche

et que je poursuis me blesse d'une balle à l'épaule. A noter que cela se passe, comme les trois autres événements, dans les bois du Moulin-Neuf.

Cinquième crime : l'homme est tué d'une balle dans la tête, dans les mêmes bois.

Sixième crime (?) : Françoise est assaillie, dans les bois du Moulin-Neuf, et a le dessus sur l'agresseur.

Il froissa la feuille qu'il jeta en haussant les épaules. Il en prit une autre, traça d'une main négligente :

Duhourceau : fou ?
Rivaud : fou ?
Françoise : folle ?
Mme Rivaud : folle ?
Rosalie : folle ?
Commissaire : fou ?
Hôtelier : fou ?
Leduc : fou ?
Inconnu aux souliers vernis : fou ?

Mais, au fait, pourquoi y avait-il besoin d'un fou dans l'histoire ? Maigret fronçait soudain les sourcils, évoquait ses premières heures à Bergerac.

Qui donc lui avait parlé de folie ? Qui avait insinué que les deux crimes n'avaient pu être commis que par un fou ?

Le docteur Rivaud !

Et qui avait aussitôt approuvé, qui avait aiguillé les recherches officielles dans ce sens ?

Le procureur Duhourceau !

Et si on ne cherchait pas de fou ? Si on cherchait tout simplement une explication logique à l'enchaînement des faits ?

Par exemple, cette histoire d'aiguille plantée dans le

cœur ne pouvait-elle avoir pour seul but de faire croire, précisément, au crime d'un sadique ?

Sur une autre feuille, Maigret écrivit le titre : *Questions*. Et il orna les caractères comme un écolier désœuvré.

1. Rosalie a-t-elle vraiment été assaillie ou ne l'a-t-elle été que dans son imagination ?

2. Françoise a-t-elle été assaillie ?

3. Si elle l'a été, est-ce par le même assassin que celui des deux premières femmes ?

4. L'homme aux chaussettes grises est-il l'assassin ?

5. Qui est l'assassin de l'assassin ?

Mme Maigret entra, ne jeta qu'un coup d'œil vers le lit, alla dans le fond de la chambre retirer son chapeau et son manteau et vint enfin s'asseoir près de son mari.

D'un geste machinal, elle lui prit les papiers et le crayon des mains, soupira :

— Dicte !

Alors, un instant, il fut partagé entre le désir de faire une nouvelle scène, de considérer cette attitude comme un défi, comme une insulte, et le besoin de rétablir l'ordre dans le ménage, de s'attendrir.

Il détournait la tête, maladroit comme il l'était toujours dans ces circonstances-là. Elle parcourait des yeux les lignes qu'il avait écrites.

— Tu as une idée ?

— Rien du tout !

Il éclatait ! Non, il n'avait pas d'idée ! Non, il ne s'y retrouvait pas dans cette histoire compliquée comme à plaisir ! Il enrageait ! Il était sur le point de se laisser décourager ! Il avait envie de se reposer, de vivre les quelques jours de congé qu'il avait encore dans le petit manoir de Leduc, parmi la volaille, les bruits reposants de la ferme, l'odeur des vaches, des chevaux...

Mais il ne voulait pas reculer ! Il ne voulait pas de conseils !

Est-ce qu'elle comprenait enfin ? Est-ce qu'elle allait vraiment l'aider, au lieu de le pousser bêtement au repos ?

Voilà ce que disaient ses prunelles troubles !

Et elle répondait par un mot qu'elle n'employait pas souvent :

— Mon pauvre Maigret !

Car elle l'appelait Maigret dans certaines circonstances, quand elle reconnaissait qu'il était l'homme, le maître, la force et l'intelligence du ménage ! Elle ne le faisait peut-être pas cette fois avec beaucoup de conviction. Mais ne guettait-il pas sa réponse comme un enfant qui a besoin d'être encouragé ?

Voilà ! Maintenant, c'était passé !

— Mets-moi un troisième oreiller, veux-tu ?

Finis les bêtes attendrissements, les petites colères, les enfantillages.

— Et bourre-moi une pipe !

Les deux gamins se disputaient, sur la place. L'un d'eux recevait une gifle et s'en allait droit vers une maison basse, se mettait à pleurer au moment d'y entrer et de se plaindre à sa mère.

— En somme, il faut, avant tout, concevoir un plan de travail. Eh bien ! je crois que le mieux est de faire comme si nous ne devions plus recevoir d'éléments nouveaux ! Autrement dit, tabler sur ce que nous connaissons et essayer toutes les hypothèses jusqu'à ce que l'une d'elles rende un son pur...

— J'ai rencontré Leduc, en ville.

— Il t'a parlé ?

— Bien entendu ! dit-elle en souriant. Il a de nouveau insisté pour que je te décide à quitter Bergerac et à nous installer chez lui. Il sortait de chez le procureur.

— Tiens ! Tiens !

— Il a parlé avec volubilité, comme un homme ennuyé.

— Tu es allée à la morgue, revoir le cadavre ?

— Il n'y a pas de morgue. On l'a mis dans la chambre d'arrêt. Cinquante personnes s'entassent à la porte. J'ai attendu mon tour.

— Tu as vu les chaussettes ?

— De la belle laine. Elles ont été tricotées à la main.

— Ce qui indique un homme qui a une vie organisée ou qui, tout au moins, a une femme, une sœur ou une fille qui s'occupe de lui. Ou encore un vagabond ! Car les vagabonds reçoivent des chaussettes qui sont tricotées dans les ouvroirs par les jeunes filles de bonne famille.

— Seulement les vagabonds ne voyagent pas en couchette.

— Ni, généralement, les petits-bourgeois. Moins encore les petits employés. Du moins en France. La couchette laisse supposer quelqu'un qui est habitué à faire de grands trajets. Les souliers ?...

— Il y a une marque. On en vend les mêmes dans cent ou deux cents succursales.

— Le costume ?

— Un complet noir très usé, mais en bon drap, et qui a été fait sur mesure. Il a été porté trois ans, au moins, comme le pardessus.

— Le chapeau ?

— On ne l'a pas retrouvé. Le vent a dû l'emporter plus loin.

Maigret chercha dans sa mémoire, ne parvint pas à se souvenir du chapeau de l'homme du train.

— Tu n'as rien remarqué d'autre ?

— La chemise était reprisée au col et aux poignets. Du travail assez bien fait.

— Ce qui semble indiquer qu'une femme s'occupait de

cet homme. Portefeuille, papiers, petits objets dans les poches ?

— Rien qu'un fume-cigarette en ivoire, très court.

Ils parlaient tous les deux simplement, naturellement, comme deux bons collaborateurs. C'était la détente, après des heures d'énervement. Maigret fumait sa pipe à petites bouffées.

— Voilà Leduc qui arrive !

On le voyait traverser la place et sa démarche était plus désordonnée que d'habitude, son chapeau de paille un peu renversé sur la nuque. Quand il arriva sur le palier, Mme Maigret lui ouvrit la porte et il oublia de la saluer.

— Je sors de chez le procureur.

— Je sais.

— Oui... ta femme t'a dit... Je suis passé ensuite au commissariat pour m'assurer que la nouvelle était vraie. C'est quelque chose d'inouï, de renversant.

— J'écoute.

Leduc s'épongeait. Il but machinalement la moitié d'un verre de limonade préparé pour Maigret.

— Tu permets ?... C'est la première fois que cela arrive... Naturellement, on a envoyé à Paris les empreintes digitales !... On vient de recevoir la réponse... Eh bien !...

— Eh bien ?

— Notre cadavre est mort depuis des années !

— Tu dis ?

— Je dis qu'officiellement notre cadavre est cadavre depuis des années. Il s'agit d'un certain Meyer, connu sous le nom de Samuel, condamné à mort à Alger et...

Maigret s'était soulevé sur les coudes.

— Et exécuté ?

— Non ! Décédé à l'hôpital quelques jours avant son exécution !

Mme Maigret ne put s'empêcher d'esquisser un sourire

attendri, un tout petit peu moqueur, devant le visage rayonnant de son mari.

Il surprit ce sourire, faillit sourire à son tour. La dignité l'emporta. Il eut le front grave qui convenait.

— Qu'est-ce qu'il avait fait, Samuel ?

— La réponse de Paris ne le dit pas. Nous n'avons reçu qu'un télégramme chiffré. Nous aurons ce soir copie de sa fiche. Il ne faut pas oublier que Bertillon reconnaît lui-même qu'il y a une chance sur cent mille, si je ne me trompe, pour que les empreintes de deux hommes se ressemblent. Rien n'empêche que nous soyons tombés sur cette exception-là...

— Le procureur tire une tête ?

— Bien entendu, il est ennuyé. Il parle maintenant de faire appel à la Brigade Mobile. Mais il a peur de tomber sur des inspecteurs qui viendront prendre leurs instructions chez toi. Il m'a demandé si tu avais beaucoup d'influence dans la maison, etc.

— Bourre-moi une pipe ! dit Maigret à sa femme.

— C'est la troisième !

— Peu importe ! Je parie que je n'ai même plus 37 de fièvre ! Samuel ! Les souliers à élastique ! Samuel est un Juif. Les Juifs ont généralement les pieds sensibles. Ils ont aussi le culte de la famille : chaussettes tricotées. Et le culte de l'économie : le complet vieux de trois ans, en drap inusable...

Il s'interrompit.

— Je plaisante, mes enfants ! Mais je puis bien vous dire la vérité ! Je viens de passer quelques vilaines heures ! Rien que de penser à ce rêve... Maintenant, du moins, le phoque — à moins que ce phoque soit une baleine ! — le phoque, dis-je, a démarré... Et vous verrez qu'il ira cahin-caha son petit bonhomme de chemin.

Il éclata de rire, parce que Leduc regardait Mme Maigret avec inquiétude.

7

Samuel

Les deux nouvelles arrivèrent à peu près en même temps, dans la soirée, quelques minutes avant la visite du chirurgien.

D'abord un télégramme d'Alger :

Docteur Rivaud inconnu hôpitaux. Amitiés. Martin.

Maigret en avait à peine fait sauter la bande que Leduc entrait, sans oser demander à son collègue ce qu'il lisait.

— Regarde ceci !

Il jeta les yeux sur la dépêche, hocha la tête, soupira.

— Évidemment !

Et son geste signifiait : « Évidemment qu'il ne faut pas s'attendre à rencontrer de la simplicité dans cette affaire ! Nous trouverons à chaque pas, au contraire, des obstacles nouveaux ! Et j'ai raison de dire que le mieux à faire est de s'installer confortablement à la Ribaudière. »

Mme Maigret était sortie. Malgré le crépuscule, Maigret ne pensait pas à tourner le commutateur. Les réverbères de la place étaient allumés et il aimait, à cette heure-là, retrouver leur guirlande régulière. Il savait que la maison qui s'éclairerait la première était la seconde à gauche du garage et, sous la lampe, il devinerait alors la silhouette, toujours penchée sur un ouvrage, d'une couturière.

— La police a des nouvelles aussi ! grommela Leduc.

Il était embarrassé. Il ne voulait pas avoir l'air de venir mettre Maigret au courant. Peut-être même lui avait-on demandé de le laisser dans l'ignorance des résultats de l'enquête officielle.

— Des nouvelles de Samuel ?

— Justement ! D'abord on a reçu sa fiche. Ensuite Lucas, qui a eu à s'occuper de lui jadis, a téléphoné de Paris, afin de donner des détails.

— Raconte !

— On ne sait pas exactement d'où il est. Mais on a de bonnes raisons de croire qu'il est né en Pologne, ou en Yougoslavie. Quelque part par là, en tout cas ! Un homme taciturne, qui ne mettait pas volontiers les gens au courant de ses affaires. A Alger, il avait un bureau. Devine de quoi ?

— Une spécialité terne, j'en suis sûr !

— Commerce de timbres-poste !

Et Maigret était ravi, parce que cela cadrait à merveille avec l'individu du train.

— Commerce de timbres-poste qui cachait autre chose, comme de juste ! Le plus fort, c'est que c'était si bien fait que la police ne s'est aperçue de rien et qu'il a fallu un double crime pour... Je répète *grosso modo* ce que Lucas a dit au téléphone. Le bureau en question était à peu près une des plus grosses usines de faux passeports et surtout de faux contrats de travail. Samuel avait des correspondants à Varsovie, à Vilna, en Silésie, à Constantinople...

La nuit, maintenant, était toute bleue. Les maisons se découpaient en blanc nacré. En bas, c'était la rumeur habituelle de l'apéritif.

— Curieux ! articula Maigret.

Mais ce qu'il trouvait curieux, ce n'était pas la profession de Samuel. C'était de voir aboutir à Bergerac des fils tendus jadis entre Varsovie et Alger !

Et surtout de retomber, en partant d'une affaire purement locale, d'un crime de petite ville, sur la pègre internationale.

Des gens comme Samuel, il en avait eu des centaines à étudier, à Paris et ailleurs, et il l'avait toujours fait avec une curiosité mêlée de gêne, pas tout à fait de répulsion, comme s'ils eussent été d'une espèce différente de l'espèce humaine ordinaire.

Des individus que l'on retrouve barmen en Scandinavie, gangsters en Amérique, tenanciers de maisons de jeu en Hollande ou ailleurs, maîtres d'hôtel ou directeurs de théâtre en Allemagne, négociants en Afrique du Nord...

C'était là, devant la place idéalement paisible de Bergerac, l'évocation d'un monde effrayant par sa force, sa multitude et par le tragique de son destin.

Le centre et l'est de l'Europe, depuis Budapest jusqu'à Odessa, depuis Tallinn jusqu'à Belgrade, grouillant d'une humanité trop dense...

Des centaines de milliers de Juifs affamés s'en allant chaque année dans toutes les directions : cales d'émigrants à bord des paquebots, trains de nuit, enfants sur les bras, vieux parents que l'on traîne, visages résignés, tragiques, défilant près des poteaux frontière...

Chicago compte plus de Polonais que d'Américains... La France en a absorbé des trains et des trains et les secrétaires de mairie, dans les villages, doivent se faire épeler les noms que les habitants viennent décliner lors des naissances ou des décès...

Il y a tous ceux qui s'exilent officiellement, avec des papiers en règle...

Il y a les autres, qui n'ont pas la patience d'attendre leur tour, ou qui ne peuvent pas obtenir de visa...

Et alors, ce sont des Samuel qui interviennent ! Des Samuel qui connaissent tous les villages-réservoirs et toutes les destinations, toutes les gares frontière, tous les timbres de consulats et les signatures de fonctionnaires...

Des Samuel qui parlent dix langues et autant de dialectes...

Et qui cachent leur activité derrière un commerce prospère, autant que possible international.

Bien trouvés, les timbres-poste !

Monsieur Lévy, à Chicago,

Je vous adresse par le prochain paquebot deux cents timbres rares, vignette orange, de Tchécoslovaquie...

Et, bien entendu, Samuel, comme la plupart de ses pareils, ne devait pas s'occuper que des hommes !

Dans les maisons spéciales de l'Amérique du Sud, ce sont les Françaises qui constituent le dessus du panier. Leurs expéditeurs travaillent à Paris, sur les Grands Boulevards.

Mais le gros de la troupe, la marchandise à bon marché, est fourni par l'est de l'Europe. Des filles de la campagne qui partent là-bas à quinze ans ou à seize et en reviennent à vingt — ou n'en reviennent pas ! — après avoir gagné leur dot !

Tout cela, c'est la pâture quotidienne, au Quai des Orfèvres.

Ce qui troublait Maigret, c'était la brusque irruption de ce Samuel dans l'affaire de Bergerac où il n'y avait eu jusque-là que le procureur Duhourceau, le docteur et sa femme, Françoise, Leduc, le patron de l'hôtel...

L'intrusion d'un monde nouveau, d'une atmosphère violemment différente...

Toute l'affaire, en somme, qui changeait de ton ! En face de lui, Maigret voyait une petite épicerie dont il finissait par connaître tous les bocaux. Plus loin, la pompe à essence du garage, pompe qui ne devait être là que pour garnir, car on servait toujours l'essence par bidons !

Leduc racontait :

— Encore une idée étonnante d'avoir installé l'affaire en Algérie... Samuel avait d'ailleurs une clientèle importante d'Arabes et même de nègres venus de l'intérieur...

— Son crime ?

— Deux crimes ! Deux hommes de sa race, inconnus à Alger, qu'on a retrouvés morts dans un terrain vague. Ils venaient tous les deux de Berlin. On a fait des recherches. On a appris, de fil en aiguille, qu'ils travaillaient depuis longtemps avec Samuel. L'enquête a duré des mois. On ne trouvait pas de preuves. Samuel est tombé malade et, de l'infirmerie de la prison, il a fallu le transporter à l'hôpital.

» On a à peu près reconstitué le drame : les deux associés de Berlin venant se plaindre d'irrégularités. Samuel devait être un malin qui les volait tous. De là à des menaces...

» Et notre homme les a supprimés !

» Il a été condamné à mort. Mais on n'a pas eu besoin de l'exécuter, puisqu'il est mort à l'hôpital quelques jours après le verdict...

» C'est tout ce que je sais !

Le docteur fut étonné de trouver les deux hommes dans l'obscurité et ce fut lui qui, d'un geste sec, tourna le commutateur. Puis il posa sa trousse sur la table, après un salut rapide, se débarrassa de son pardessus de demi-saison, fit couler de l'eau chaude dans le lavabo.

— Je te laisse ! dit Leduc en se levant. Je te verrai demain...

Il ne devait pas être ravi d'avoir été surpris par Rivaud

dans la chambre de Maigret. Il habitait le pays, lui ! Il avait intérêt à ménager les deux camps, puisque aussi bien il existait maintenant deux camps !

— Soigne-toi bien ! Au revoir, docteur !

Et celui-ci, qui se savonnait les mains, répondit par un grognement.

— La température ?

— Couci-couça ! riposta Maigret.

Il se sentait d'humeur enjouée, comme au début de l'affaire, quand c'était un si grand bonheur pour lui de se sentir encore vivant.

— La douleur ?

— Bah ! Je commence à m'habituer...

Il y avait une série de gestes quotidiens, toujours les mêmes, qui étaient devenus une sorte de rite, et cela s'accomplit une fois de plus.

Pendant ce temps, le visage de Rivaud était sans cesse très près de celui de Maigret, qui remarqua soudain :

— Vous n'avez pas le type israélite très prononcé !

Pas de réponse, mais la respiration régulière, un peu sifflante, du docteur qui sondait la blessure. Quand ce fut fini, le pansement remis en place, il déclara :

— Vous êtes désormais transportable.

— Que voulez-vous dire ?

— Que vous n'êtes plus prisonnier dans cette chambre d'hôtel. N'était-il pas question que vous alliez passer quelques jours chez votre ami Leduc ?

Un homme maître de lui, c'était un fait ! Depuis un quart d'heure au moins, Maigret le tenait sous son regard et il ne bronchait pas, esquissant les gestes délicats de sa profession sans un frémissement des doigts.

— Dorénavant, je ne viendrai que tous les deux jours et, pour les autres soins, je vous enverrai mon assistant. Vous pouvez avoir toute confiance en lui.

— Autant qu'en vous ?

Il y avait des moments — c'était rare, d'ailleurs ! — où Maigret ne pouvait s'empêcher de lancer une petite phrase de ce genre, avec un air benêt qui lui donnait tout son sel.

— Bonsoir !

Et voilà ! Il était parti ! Maigret restait à nouveau seul avec tous ses personnages dans la tête, plus le fameux Samuel qui était venu s'ajouter à la collection et qui, d'emblée, avait pris la première place.

Un Samuel qui, comme ultime originalité, avait celle, peu courante, d'être mort deux fois !

Était-ce lui, l'assassin des deux femmes, le maniaque de l'aiguille ?

Dans ce cas, il y avait déjà plusieurs bizarreries, deux au moins : d'abord qu'il ait choisi Bergerac pour théâtre de ses exploits.

Les gens de cette sorte préfèrent les villes, où les habitants sont plus mélangés et où, par conséquent, ils ont des chances de passer inaperçus.

Or, on n'avait jamais vu Samuel à Bergerac, ni dans tout le département, et il n'était pas homme, avec ses souliers vernis, à vivre dans les bois comme un bandit d'opérette.

Fallait-il supposer qu'il trouvait abri chez quelqu'un ? Chez le docteur ? Chez Leduc ? Chez Duhourceau ? A l'*Hôtel d'Angleterre* ?

Deuxièmement, les crimes d'Alger étaient des crimes réfléchis, des crimes intelligents, visant à la suppression de complices devenus dangereux.

Les crimes de Bergerac, au contraire, étaient l'œuvre d'un maniaque, d'un obsédé sexuel ou d'un sadique !

Entre les premiers et les autres, Samuel était-il devenu fou ? Ou bien, pour une raison subtile, avait-il éprouvé le besoin de simuler la folie, et l'histoire de l'aiguille n'était-elle qu'un sinistre paravent ?

— Je serais curieux de savoir si Duhourceau est déjà allé en Algérie ! grommela Maigret à mi-voix.

Sa femme entrait. Elle était lasse. Elle jeta son chapeau sur la table, se laissa tomber dans la bergère.

— Quel métier tu as choisi ! soupira-t-elle. Quand je pense que tu t'agites de la sorte toute ta vie...

— Du nouveau ?

— Rien d'intéressant. J'ai entendu dire qu'on avait reçu le rapport de Paris au sujet de Samuel. On le garde secret.

— Je le connais.

— Leduc ? C'est bien de sa part. Car tu n'as pas meilleure presse dans le pays. Les gens sont déroutés. Il y en a qui prétendent que l'histoire Samuel n'a rien de commun avec les crimes du fou, qu'il s'agit tout simplement d'un homme qui est venu se suicider dans les bois et qu'un jour ou l'autre il y aura une autre femme assassinée...

— Tu t'es promenée du côté de la villa de Rivaud ?

— Oui ! Je n'ai rien vu. Par contre, j'ai appris une toute petite chose qui n'a peut-être pas d'importance. A deux ou trois reprises, il est venu à la villa une femme d'un certain âge, assez vulgaire, qu'on croit être la belle-mère du docteur. Mais personne ne sait où elle habite, ni si elle vit encore. La dernière fois, c'était il y a deux ans.

— Passe-moi l'appareil téléphonique !

Et Maigret demanda le commissariat.

— C'est le secrétaire ?... Non, pas la peine de déranger le patron... Dites-moi simplement le nom de jeune fille de Mme Rivaud... Je suppose que vous n'y voyez aucun inconvénient.

Quelques instants plus tard il souriait. La main sur le micro, il dit à sa femme :

— On est allé appeler le commissaire pour savoir si l'on doit me donner le renseignement ! Ils sont embarrassés ! Ils voudraient bien refuser. Allô !... Oui... Vous dites ?... Beausoleil ?... Je vous remercie...

Et, après avoir raccroché :

— Un nom magnifique ! Et maintenant, je vais te donner un travail de bénédiction ! Tu vas prendre le Bottin ! Tu feras une liste de toutes les écoles de médecine de France. Tu téléphoneras à chacune d'elles et tu demanderas s'il y a eu un diplôme décerné, voilà quelques années, à un certain Rivaud...

— Tu crois qu'il ne serait pas... Mais... mais alors, comme c'est lui qui t'a soigné...

— Va toujours !

— Tu veux que je téléphone de la cabine qui est en bas ? J'ai remarqué que, de la salle, on entend tout ce qui se dit...

— Justement !

Et il resta seul une fois de plus, bourra une pipe, ferma la fenêtre, car la température fraîchissait.

Il n'avait besoin d'aucun effort pour imaginer la villa du médecin, la maison sombre du procureur.

Lui qui éprouvait une telle volupté à aller renifler des atmosphères !

Celle de la villa ne devait-elle pas être des plus curieuses ? Un décor simple, net de lignes ! Une de ces maisons qui font envie à ceux qui passent et qui se disent :

— Comme ils sont heureux là-dedans !

On voit des pièces claires, des rideaux éblouissants, des fleurs dans le jardin, des cuivres qui étincellent... L'auto ronronne à la porte du garage... Une jeune fille svelte saute au volant, ou bien c'est le chirurgien aux allures si nettes...

Que pouvaient-ils se dire, le soir, tous les trois ? Est-ce

que Mme Rivaud était au courant des amours de sa sœur et de son mari ?

Elle n'était pas jolie ! Elle le savait ! Elle n'avait rien d'une amoureuse, mais faisait plutôt penser à une mère de famille résignée...

Et Françoise, elle, qui éclatait de vie !

Est-ce qu'on se cachait pour elle ? Les baisers s'échangeaient-ils, furtifs, derrière les portes ?

Était-ce au contraire une situation admise une fois pour toutes ? Maigret avait vu cela ailleurs, dans une maison bien plus austère d'apparence. Et c'était en province aussi !

D'où sortaient ces Beausoleil ? L'histoire de l'hôpital d'Alger était-elle vraie ?

En tout cas, Mme Rivaud devait être, en ce temps-là, une petite fille du peuple. Cela se sentait à de menus détails, à certains regards, à certains gestes, à un rien dans le maintien, dans la façon de s'habiller...

Deux petites filles du peuple... L'aînée, qui *marquait* davantage, trahissait même après des années ses origines...

La plus jeune, au contraire, beaucoup mieux adaptée et capable de faire illusion...

Est-ce qu'elles se détestaient ? Est-ce qu'elles se faisaient des confidences ? Étaient-elles jalouses l'une de l'autre ?

Et la mère Beausoleil, qui était venue deux fois à Bergerac ? Sans savoir pourquoi, Maigret évoquait une grosse commère ravie d'avoir casé ses filles, leur recommandant d'être bien gentilles avec un monsieur aussi important et aussi riche que le chirurgien.

On lui faisait sans doute une petite rente !

— Je la vois très bien à Paris, dans le dix-huitième arrondissement, ou mieux encore, à Nice...

S'entretenait-on des crimes, en dînant ?

Faire une visite là-bas, une seule, de quelques minutes seulement ! Regarder les murs, les bibelots, les menus objets traînant dans toute maison et révélant si bien la vie intime d'une famille !

Chez M. Duhourceau aussi ! Car il y avait un lien, peut-être extrêmement ténu, mais il y en avait un !

Tout cela formait un clan ! Cela se soutenait !

Brusquement Maigret sonna, fit prier le patron de monter. Et il lui demanda à brûle-pourpoint :

— Savez-vous si M. Duhourceau dîne souvent chez les Rivaud ?

— Tous les mercredis. Je le sais parce qu'il ne veut pas avoir sa voiture à lui et que c'est mon neveu qui fait le taxi et...

— Merci !

— C'est tout ?

L'hôtelier s'en allait, ahuri. Et Maigret, autour de la nappe blanche qu'il imaginait, plaçait un convive de plus : le procureur de la République, qu'on devait mettre à droite de Mme Rivaud.

— Et c'est un mercredi, ou plutôt la nuit de mercredi à jeudi, que j'ai été assailli en sautant du train et que Samuel a été tué ! découvrit-il soudain.

Donc, ils avaient dîné ensemble, là-bas. Maigret avait l'impression d'avancer soudain à pas de géant. Il décrocha le récepteur téléphonique.

— Allô ! Le bureau de Bergerac ? Ici, police, mademoiselle...

Il faisait la grosse voix, car il avait peur d'être éconduit.

— Voulez-vous me dire si, mercredi dernier, M. Rivaud a reçu une communication téléphonique de Paris ?

— Je vais consulter sa feuille.

Cela ne prit pas une minute.

— Il a reçu à deux heures de l'après-midi une communication d'Archives 14-67...

— Vous avez là-bas la liste des abonnés de Paris classés par numéros ?

— Il me semble avoir vu ça quelque part. Vous gardez l'appareil ?

Une jolie fille, sûrement ! Et gaie ! Maigret lui parlait en souriant.

— Allô !... J'ai trouvé. C'est le restaurant des *Quatre Sergents,* place de la Bastille.

— Une communication de trois minutes ?

— Non ! Trois unités ! Autrement dit neuf minutes.

Neuf minutes ! A deux heures ! Le train partait à trois ! Le soir, pendant que Maigret roulait, dans le wagon surchauffé, sous la couchette de son compagnon tourmenté par l'insomnie, le procureur dînait chez les Rivaud...

Maigret était en proie à une impatience folle. Pour un peu, il eût sauté de son lit ! Car il sentait qu'il approchait du but mais que ce n'était plus le moment de se tromper.

La vérité était là, quelque part, à portée de la main. Ce n'était plus qu'une question de flair, d'interprétation des éléments qu'il possédait...

Seulement, c'est à ces moments-là qu'on risque de se lancer tête baissée sur une fausse piste.

— Voyons... Ils sont à table... Qu'est-ce que Rosalie a insinué contre M. Duhourceau ?... Sans doute des ardeurs incompatibles avec son âge et ses fonctions... Dans les petites villes, on ne peut pas caresser le menton d'une fillette sans passer pour un vilain monsieur... Est-ce que Françoise ?... C'est assez bien le type de femme à enflammer un homme d'un certain âge... Donc, ils sont à table... Dans le train, Samuel et moi... Et Samuel a déjà peur... Car c'est un fait qu'il a peur... Il tremble... Il respire mal...

Maigret était en nage. Il entendait, en bas, les serveuses remuer des assiettes.

— Est-ce qu'il saute du train en marche *parce qu'il se croit poursuivi ou parce qu'il se croit attendu* ?

Ça, c'est une question-base ! Maigret le sent. Il a touché un point sensible. Il répète à mi-voix, comme si quelqu'un allait lui répondre :

— ... *parce qu'il se sent poursuivi ou parce qu'il se croit attendu...*

Or, le coup de téléphone...

Sa femme entre, si agitée qu'elle ne remarque pas l'animation de Maigret.

— Il faut faire venir tout de suite un médecin, un vrai ! C'est inouï ! C'est un crime... Quand je pense...

Et elle le regarde comme pour chercher sur son visage des stigmates inquiétants.

— Il n'a pas de diplôme !... Il n'est pas médecin !... On ne l'a trouvé nulle part sur les registres... Je comprends maintenant cette fièvre qui dure, cette plaie qui ne se referme pas...

— Et voilà ! triomphe Maigret. *C'est parce qu'il se sait attendu !*

La sonnerie résonne. La voix du patron, à l'appareil :

— M. Duhourceau demande s'il peut monter !

8

Un bibliophile

D'un instant à l'autre, la physionomie de Maigret se transforma, devint neutre, morne, résignée, comme celle d'un malade quelconque qui s'enfonce dans l'ennui.

Peut-être à cause de cela la physionomie de la chambre, elle aussi, changea. Elle était sans prestige, avec le lit défait qu'on avait changé de place, le rectangle de tapis plus neuf là où il se trouvait auparavant, des médicaments sur la table de nuit, le chapeau de Mme Maigret ailleurs.

Comme par hasard, Mme Maigret venait d'allumer un petit réchaud à alcool pour y préparer une tisane.

L'ensemble, vu ainsi, était un peu écœurant. On frappa de petits coups secs à la porte. Mme Maigret alla au-devant du procureur et celui-ci, après s'être incliné, lui tendit tout naturellement sa canne et son chapeau, se dirigea vers le lit.

— Bonsoir, commissaire.

Il n'était pas trop embarrassé. Il faisait plutôt penser à un homme qui s'est remonté pour accomplir une tâche déterminée.

— Bonsoir, monsieur le procureur. Asseyez-vous, je vous en prie...

Et, pour la première fois, Maigret vit un sourire sur le visage renfrogné de M. Duhourceau. Un retroussis des lèvres ! C'était préparé aussi !

— J'ai eu presque des remords à cause de vous... Cela vous étonne ?... Oui, je m'en suis voulu d'avoir été un peu trop sévère à votre égard... Il est vrai que vous avez parfois une attitude tellement crispante...

Il était assis, les deux mains à plat sur les cuisses, le corps penché en avant et Maigret le regardait en face, mais avec de gros yeux qui paraissaient vides de pensées.

— Bref, j'ai résolu de vous mettre au courant de...

Certes, le commissaire entendait. Mais il eût été bien incapable de répéter la moindre des phrases de son interlocuteur. Il était occupé, en réalité, à l'étudier trait par trait, tant au physique qu'au moral.

Un teint très clair, presque trop clair, que les cheveux

gris et les poils des moustaches mettaient encore en valeur... M. Duhourceau n'avait pas de maladie de foie... Il n'était pas sanguin, ni goutteux...

De quel côté donnait-il prise à la maladie ? Car on n'atteint pas soixante-cinq ans sans se sentir un point faible !

— Artériosclérose ! répondit Maigret.

Et il fixait les doigts maigres, les mains à la peau soyeuse mais aux veines saillantes et dures comme du verre.

Un petit homme sec, nerveux, intelligent, rageur !

— Et moralement, quel est son point faible, quel est son vice ?

Il y en avait un ! Cela se sentait ! Sous toute la dignité du procureur, il y avait quelque chose de flou, de fuyant, de honteux...

Il parlait :

— ... dans deux ou trois jours au plus tard, l'instruction sera close... Car les faits parlent d'eux-mêmes !... Comment Samuel a-t-il échappé à la mort et a-t-il fait enterrer un autre à sa place, ceci regarde le Parquet d'Alger, s'il lui plaît de déterrer cette vieille histoire... A mon avis, il n'en sera même pas question...

Il y avait des moments où sa voix baissait d'un ton. C'était quand il cherchait le regard de Maigret et qu'il ne trouvait que du vide ! Alors, il se demandait si le commissaire l'écoutait, s'il ne fallait pas prendre cette absence comme une ironie supérieure.

Il faisait un effort, sa voix se raffermissait.

— Toujours est-il que ce Samuel, qui n'était peut-être déjà pas trop sain d'esprit là-bas, arrive en France, se cache un peu partout et est bientôt en proie à la folie... C'est un cas fréquent, le docteur Rivaud vous le dira... Il commet ses crimes... Dans le train, il croit que vous êtes sur sa piste... Il tire dans votre direction et, de plus en plus affolé, il finit par se suicider...

Le procureur ajouta, avec un geste beaucoup trop désinvolte :

— Remarquez que je n'attache guère d'importance à l'absence du revolver près du cadavre... Les annales judiciaires nous fournissent des centaines d'exemples de ce genre... Un rôdeur peut être passé par là, ou un enfant... Et cela se saura dans dix ans ou dans vingt... L'important, c'est que le coup de feu ait été tiré d'assez près et l'autopsie démontre que c'est le cas... Voilà, en quelques mots...

Maigret, lui, se répétait :

— Quel est son vice ?

Pas l'alcool ! Pas le jeu ! Et, chose étrange, le commissaire était tenté de répondre : pas les femmes !

L'avarice ? C'était déjà plus plausible ! On imaginait mieux M. Duhourceau, toutes portes closes, ouvrant son coffre-fort et alignant sur la table des liasses de billets, des petits sacs d'or...

Pour tout dire, il donnait plutôt l'impression d'un solitaire ! Or, le jeu est un vice en commun ! L'amour aussi ! L'alcool presque toujours...

— Monsieur Duhourceau, êtes-vous déjà allé en Algérie ?

— Moi ?

Quand quelqu'un répond *moi* de la sorte, c'est neuf fois sur dix qu'il veut gagner du temps.

— Pourquoi me demandez-vous ça ? Est-ce que j'ai l'air d'un colonial ? Non, je ne suis jamais allé en Algérie, ni même au Maroc. Mon plus grand voyage a consisté à visiter les fjords de Norvège. C'était en 1923...

— Oui... Je ne sais vraiment pas pourquoi je vous ai posé cette question... Vous ne pouvez vous imaginer à quel point cette perte de sang m'a affaibli...

Encore un vieux truc de Maigret : passer d'un sujet à un autre et parler tout à coup de choses qui n'ont aucun lien avec la conversation.

L'interlocuteur, qui craint un piège, essaie de deviner une intention cachée là où il n'y en a pas. Il fait un effort cérébral violent, s'énerve, se fatigue et finit par perdre le fil de ses propres idées.

— C'est ce que je disais au docteur. Au fait, qui fait la cuisine, chez eux ?

— Mais...

Et Maigret ne lui donnait pas le temps de répondre.

— Si c'est une des deux sœurs, ce n'est certainement pas Françoise ! On la voit mieux au volant d'une voiture de luxe qu'en train de surveiller un ragoût... Voulez-vous être assez aimable pour me passer le verre d'eau ?...

Et Maigret, soulevé sur un coude, se mit à boire, mais si maladroitement qu'il laissa tomber le verre et son contenu sur la jambe de M. Duhourceau.

— Excusez-moi !... C'est stupide !... Ma femme va vous essuyer immédiatement... Encore heureux que cela ne fasse pas tache...

L'autre était furieux. L'eau, qui avait transpercé le pantalon, devait lui couler le long du mollet.

— Ne vous dérangez pas, madame... Comme votre mari dit, cela ne fait pas tache... Cela n'a donc pas d'importance...

Il y mettait de l'ironie.

Les discours de Maigret, ce petit incident par surcroît, lui avaient fait perdre la bonne humeur de commande affichée au début. Il était debout. Il se souvenait qu'il avait encore différentes choses à dire.

Mais maintenant il jouait mal son rôle, n'atteignant qu'à une cordialité très relative.

— Quant à vous, commissaire, quelles sont vos intentions ?

— Toujours les mêmes !

— C'est-à-dire ?...

— Arrêter l'assassin, bien entendu ! Puis ma foi, si j'ai encore du temps devant moi, aller voir enfin cette Ribaudière où je devrais me trouver depuis une dizaine de jours.

M. Duhourceau était blême de colère, d'indignation. Comment ? Il s'était donné la peine de rendre cette visite, de raconter tout ce qu'il avait raconté, de faire presque la cour à Maigret !

Puis après lui avoir renversé un verre d'eau sur la jambe — et le procureur était persuadé que Maigret l'avait fait exprès ! — on lui déclarait tranquillement :

— Je vais arrêter l'assassin !

On lui disait cela, à lui, magistrat, au moment même où il venait d'affirmer qu'il n'y avait plus d'assassin ! Est-ce que cela n'avait pas l'air d'une menace ? Fallait-il partir une fois de plus en claquant les portes ?

Eh bien ! M. Duhourceau parvint à sourire.

— Vous êtes obstiné, commissaire !

— Vous savez, quand on est couché toute la journée et qu'on n'a rien à faire... Vous n'auriez pas, par hasard, quelques livres à me prêter ?...

Encore un coup de sonde. Et Maigret eut bien l'impression que le regard de son interlocuteur était plus inquiet.

— Je vous en enverrai...

— Des ouvrages gais, n'est-ce pas ?

— Il est temps que je m'en aille...

— Ma femme va vous apporter votre chapeau et votre canne ! Vous dînez chez vous ?

Et il tendit sa main au procureur, qui n'osa pas la refuser. La porte refermée, Maigret resta immobile, le regard au plafond, et sa femme commença :

— Tu crois que... ?

— Est-ce que Rosalie travaille toujours à l'hôtel ?

— Je crois que c'est elle que j'ai rencontrée dans l'escalier.

— Tu devrais aller me la chercher.

— Les gens vont encore dire...

— Peu importe !

En attendant, Maigret se répétait :

— Duhourceau a peur ! Il a eu peur dès le début ! Peur qu'on découvre l'assassin et peur qu'on pénètre dans sa vie privée ! Rivaud aussi a peur. Mme Rivaud a peur...

Restait à établir quel rapport ces gens pouvaient avoir avec Samuel, exportateur de pauvres diables de l'Europe centrale et spécialiste en fausses pièces officielles !

Le procureur n'était pas israélite. Rivaud l'était peut-être, mais ce n'était pas sûr.

La porte s'ouvrait. Rosalie entrait, suivie de Mme Maigret, et elle essuyait de grosses mains rouges à son tablier de toile.

— Monsieur m'a fait appeler ?

— Oui, mon petit... Entrez... Asseyez-vous ici...

— Nous n'avons pas le droit de nous asseoir dans les chambres !

Le ton faisait présager de la suite ! Ce n'était plus la fille bavarde et familière des jours précédents. On avait dû la chapitrer, l'intimider peut-être par des menaces...

— Je voulais vous demander un simple renseignement. Vous n'avez jamais travaillé chez le procureur ?

— J'y ai travaillé deux ans !

— C'est bien ce que je pensais ! Comme cuisinière ? Comme femme de chambre ?

— Il n'a pas besoin de femme de chambre, puisque c'est un homme !

— Évidemment !... Dans ce cas, vous faisiez les gros travaux... C'est vous qui deviez cirer les parquets, prendre les poussières...

— Je faisais le ménage, quoi !

— C'est cela ! Et c'est ainsi que vous avez surpris les petits secrets de la maison ! Il y a combien d'années de ça ?

— Il y a un an que j'ai quitté la place !

— Autrement dit, vous étiez aussi belle fille qu'aujourd'hui... Mais si !...

Maigret ne riait pas. Il avait un art tout particulier pour dire ces choses avec un air de conviction admirable. Rosalie, d'ailleurs, n'était pas laide. Elle avait des formes plantureuses qui avaient déjà dû attirer bien des mains curieuses.

— Est-ce que le procureur venait vous regarder travailler ?

— Il n'aurait plus manqué que ça ! C'est moi qui l'aurais laissé traîner dans mes seaux et mes torchons !

Une chose adoucissait un peu Rosalie : c'était de voir Mme Maigret vaquer à de menus travaux de ménage. C'était elle, surtout, qu'elle regardait et à certain moment elle ne put s'empêcher de dire :

— Je vous apporterai une petite brosse... Il y en a en bas... Avec le balai, c'est trop fatigant...

— Le procureur recevait beaucoup de femmes ?

— Je ne sais pas !

— Mais si ! Répondez-moi gentiment, Rosalie ! Vous n'êtes pas seulement une belle fille, vous êtes une bonne fille, et vous vous souvenez que j'ai été le seul à vous défendre, l'autre jour, quand ils insinuaient...

— Ça ne servirait quand même à rien !

— Quoi ?

— Que je parle ! D'abord Albert — c'est mon fiancé — y perdrait son avenir, car il veut entrer dans l'administration... Puis on me ferait enfermer comme folle !... Tout ça parce que je rêve toutes les nuits et que je raconte mes rêves...

Elle s'animait. Il n'y avait plus qu'à la pousser un peu.

— Vous parliez de scandale...

— Si ce n'était que cela !

— Donc, vous me disiez que M. Duhourceau ne recevait pas de femmes ! Mais il va souvent à Bordeaux...

— Ça, je m'en moque !

— Alors, le scandale...

— Tout le monde pourrait vous le raconter... Car ça s'est su... Il y a bien deux ans de ça... Un paquet était arrivé à la poste, un petit paquet recommandé qui venait de Paris... Or, quand le facteur a voulu le prendre, il s'est aperçu que l'étiquette s'était décollée... On ne savait plus pour qui c'était... Il n'y avait pas de nom d'expéditeur...

» On a attendu huit jours avant de l'ouvrir, parce qu'on espérait que quelqu'un viendrait le réclamer... Et savez-vous ce qu'on a trouvé ?...

» Des photographies !... Mais pas des photographies comme les autres... Rien que des femmes nues... Et pas seulement des femmes... Des couples...

» Alors, pendant deux ou trois jours, on s'est demandé qui recevait des choses pareilles à Bergerac... Le receveur des postes avait même appelé le commissaire...

» Eh bien ! un beau jour, on a vu passer un paquet tout pareil, emballé dans le même papier... L'étiquette était du même modèle que celle qui s'était décollée et le colis était adressé à M. Duhourceau ! Voilà !...

Maigret n'était pas étonné du tout. N'avait-il pas conclu tout à l'heure : vice solitaire ?

Ce n'était pas pour compter son argent que le vieillard s'enfermait le soir dans son bureau sombre du premier étage ! C'était pour contempler des photographies, sans doute aussi des livres libertins.

— Écoutez-moi, Rosalie ! Je vous promets de ne pas parler de vous ! Avouez que, quand vous avez appris ce que vous venez de dire, vous avez regardé dans les bibliothèques...

— Qui est-ce qui vous l'a dit ?... D'abord, celles du bas, qui ont des grillages, étaient toujours fermées... Une fois seulement j'en ai trouvé une qui avait sa clef...

— Et qu'est-ce que vous avez vu ?

— Vous le savez bien ! Même que j'en ai eu le cauchemar pendant des nuits et que je suis restée plus d'un mois à ne pas vouloir approcher d'Albert...

Hum ! Ses relations avec le blond fiancé se précisaient !

— Des livres très gros, n'est-ce pas ? Sur du beau papier, avec des gravures...

— Oui... Et des autres... Des choses qu'on n'imagine pas...

Est-ce que c'était là tout le secret de M. Duhourceau ? Dans ce cas, c'était pitoyable ! Un pauvre bonhomme, célibataire, isolé à Bergerac où il ne pouvait sourire à une femme sans que cela fît scandale...

Il se consolait en devenant bibliophile à sa manière, en collectionnant les estampes galantes, les photographies érotiques, les livres que les catalogues nomment aimablement « ouvrages pour connaisseurs »...

Et il avait peur...

Seulement, cette passion-là n'avait guère de rapport avec les deux femmes assassinées ni surtout avec Samuel !

A moins que Samuel fût son fournisseur de photos ? Oui ? Non ?... Maigret hésitait. Rosalie se balançait d'une jambe à l'autre, très rouge, étonnée elle-même d'en avoir tant dit.

— Si votre femme n'avait pas été ici, je n'aurais jamais osé...

— Est-ce que le docteur Rivaud venait souvent chez M. Duhourceau ?

— Presque jamais ! Il téléphonait !

— Personne de sa famille ?

— Sauf Mlle Françoise, qui lui a servi de secrétaire !

— Au procureur ?

— Oui ! Elle avait même apporté une petite machine à écrire qui se renfermait dans une boîte.

— Elle s'occupait des affaires judiciaires ?

— Je ne sais pas de quoi elle s'occupait, mais c'était un travail à part, qu'elle faisait dans le petit bureau qu'une tenture sépare de la bibliothèque... Une grosse tenture en velours vert...

— Et ?... commença Maigret.

— Je n'ai pas dit ça ! Je n'ai rien vu !

— Cela n'a pas continué ?

— Pendant six mois... Puis la demoiselle est allée chez sa mère, à Paris ou à Bordeaux, je ne sais pas au juste...

— En résumé, M. Duhourceau ne vous a jamais fait la cour ?

— Il aurait été bien reçu !

— Et vous ne savez rien ! Je vous remercie ! Je vous promets que vous ne serez pas inquiétée, que votre fiancé ne saura pas que vous êtes venue ici ce soir.

Quand elle fut sortie, Mme Maigret, qui avait refermé la porte, soupira :

— Si ce n'est pas malheureux !... Des hommes intelligents, qui occupent une pareille situation...

Elle s'étonnait toujours, Mme Maigret, quand elle découvrait quelque chose de pas joli ! Elle ne concevait même pas la possibilité d'instincts plus troubles que ses instincts de brave épouse désolée de n'avoir pas d'enfant.

— Tu crois que cette fille n'exagère pas ? Si tu veux mon avis, elle cherche à se rendre intéressante ! Elle raconterait n'importe quoi, pourvu qu'on l'écoute ! Et, maintenant, je parierais qu'elle n'a jamais été attaquée...

— Moi aussi !

— C'est comme la belle-sœur du docteur... Elle n'est pas forte... On la renverserait d'une main... Et elle serait parvenue à se débarrasser de l'homme ?...

— Tu as raison !

— Je vais plus loin ! Je pense que si cela continue, dans huit jours on ne s'y reconnaîtra plus entre la vérité et le mensonge ! Ces histoires-là font travailler les cervelles ! Les gens racontent le matin, comme leur étant arrivées, des histoires qu'ils ont pensées le soir en s'endormant... Voilà déjà M. Duhourceau qui devient un vilain monsieur !... Demain, on te dira que le commissaire de police trompe sa femme et que... Mais toi ! Qu'est-ce qu'on peut bien dire sur toi ?... Car il n'y a pas de raison pour qu'on n'en parle pas... Il faudra un jour ou l'autre que je leur montre notre livret de famille si je ne veux pas passer pour ta maîtresse...

Maigret la regardait en riant avec attendrissement. Elle s'emballait. Toutes ces complications l'effrayaient.

— C'est comme ce docteur qui n'est pas docteur...

— Qui sait ?

— Comment, qui sait ? Puisque j'ai téléphoné à toutes les universités, à toutes les écoles de médecine et que...

— Donne-moi ma tisane, veux-tu ?

— Celle-là, au moins, ne te fera pas de mal, car ce n'est pas lui qui l'a ordonnée.

Tout en buvant, il gardait la main de sa femme dans la sienne. Il faisait chaud. Un filet de vapeur fusait du radiateur avec un sifflement régulier, comme un ronron de matou.

En bas, le dîner était terminé. Les parties de jacquet et de billard commençaient.

— Une bonne tisane, c'est encore ce qui...

— Oui, chérie... Une bonne tisane...

Et il lui embrassa la main, avec une tendresse qui se cachait sous des airs ironiques.

— Tu verras ! Si tout va bien, dans deux ou trois jours, nous serons chez nous...

— Et tu commenceras une nouvelle enquête !

9

L'enlèvement de la chanteuse légère

Maigret s'amusait de l'air embarrassé de Leduc, qui grommelait :

— Qu'appelles-tu me confier une mission délicate ?

— Une mission, si tu veux, que tu es seul capable de remplir ! Allons ! Ne fais pas cette tête-là ! Il ne s'agit ni d'aller cambrioler le procureur, ni de pénétrer par escalade et effraction dans la villa des Rivaud...

Et Maigret attira à lui un journal de Bordeaux, souligna de l'ongle une petite annonce.

On recherche une dame Beausoleil, anciennement à Alger, pour héritage. S'adresser notaire Maigret, Hôtel d'Angleterre, à Bergerac. Urgent.

Leduc ne riait pas. Il regardait son collègue d'un air saumâtre.

— Tu veux que je fasse le faux notaire ?

Et il disait cela avec un tel enthousiasme à rebours que Mme Maigret, qui était au fond de la chambre, ne put s'empêcher de rire.

— Mais non ! L'annonce a paru dans une dizaine de journaux de la région bordelaise et dans les principaux quotidiens de Paris...

— Pourquoi Bordeaux ?

— Ne t'inquiète pas. Combien arrive-t-il de trains par jour à Bergerac ?

— Trois ou quatre !

— Il ne fait ni trop chaud, ni trop froid. Il ne pleut pas. Est-ce qu'il y a un bistrot devant la gare ? Oui. Voici donc la mission : te trouver sur le quai à l'arrivée de chaque train jusqu'à ce que tu aperçoives Mme Beausoleil...

— Mais je ne la connais pas !

— Moi non plus ! Je ne sais même pas si elle est grosse ou maigre. Elle doit avoir entre quarante et soixante ans. Et j'ai plutôt dans l'idée qu'elle est grasse.

— Cependant, puisque l'annonce dit de se présenter ici, je ne vois pas pourquoi je...

— Très subtil ! Seulement, moi, je prévois qu'il y aura à la gare une troisième personne, qui empêchera la dame de venir ici. Compris la mission ? Amener la dame quand même. En souplesse !

Maigret n'avait jamais vu la gare de Bergerac mais il avait sous les yeux une carte postale qui la représentait. On distinguait le quai éclairé en plein par le soleil, le petit bureau du chef de gare, la lampisterie.

C'était assez savoureux d'imaginer le pauvre Leduc, avec son chapeau de paille, faisant les cent pas en attendant chaque train, dévisageant les voyageurs, suivant toutes les dames mûres, leur demandant au besoin si elles s'appelaient Beausoleil.

— Je compte sur toi ?

— Puisque c'est nécessaire !

Et il s'en alla, piteux. On le vit essayer le démarreur de sa voiture et, n'arrivant pas à mettre celle-ci en marche, tourner longtemps la manivelle.

Un peu plus tard, l'assistant du docteur Rivaud, qui remplaçait celui-ci auprès de Maigret, entrait dans la chambre, adressait de grands saluts à Mme Maigret, puis au commissaire.

C'était un jeune homme roux, timide, osseux, qui se heurtait à tous les meubles, s'excusait par des kyrielles de *pardon*.

— Pardon, madame... Pouvez-vous me dire où il y a de l'eau chaude ?...

Et, comme il manquait de renverser la table de nuit :

— Pardon !... Oh ! pardon...

Tout en soignant Maigret, il s'inquiétait :

— Je ne vous fais pas mal ?... Pardon... Vous ne voudriez pas vous tenir un peu plus droit ?... Pardon...

Maigret souriait en pensant à Leduc garant sa vieille Ford devant la gare.

— Le docteur Rivaud a beaucoup de travail ?

— Il est très occupé, oui ! Il est toujours très occupé.

— C'est un homme assez actif, n'est-ce pas ?

— Très actif !... Je veux dire qu'il est extraordinaire !... Pardon !... Pensez qu'il commence le matin à sept heures, par la consultation gratuite... Puis il a sa clinique... Puis l'hôpital... Remarquez qu'il ne se fie pas à ses assistants, comme tant d'autres, et qu'il veut voir tout par lui-même...

— L'idée ne vous est jamais venue qu'il n'est peut-être pas médecin ?

L'autre faillit suffoquer, prit le parti de rire.

— Vous plaisantez ! Le docteur Rivaud n'est pas un

médecin : c'est un très grand médecin. Et, s'il voulait vivre à Paris, il aurait bientôt une réputation unique.

L'opinion était sincère. On sentait chez le jeune homme un enthousiasme réel, exempt d'arrière-pensées.

— Vous savez à quelle université il a fait ses études ?

— A Montpellier, je crois. Oui ! C'est bien cela... Il m'a parlé de ceux qui ont été ses professeurs, là-bas. Ensuite, il a été assistant, à Paris, du docteur Martel.

— Vous en êtes certain ?

— J'ai vu, dans son laboratoire, une photographie représentant le docteur Martel entouré de tous ses élèves.

— C'est curieux.

— Pardon ! Est-ce que, vraiment, l'idée vous est venue que le docteur Rivaud n'est pas médecin ?

— Pas spécialement...

— Je vous le répète et vous pouvez m'en croire : c'est un maître ! Je ne lui fais qu'un seul reproche, c'est celui de trop travailler car, à ce régime, il s'usera vite. Je l'ai vu plusieurs fois dans un état de nervosité qui...

— Ces derniers temps ?

— Entre autres, oui ! Or, vous avez vu qu'il ne m'a permis de le remplacer auprès de vous que quand la guérison a été assurée. Et il ne s'agit pas d'un cas très grave ! Un autre vous aurait passé dès le premier jour à son assistant...

— Ses collaborateurs l'aiment beaucoup ?

— Tous l'admirent !

— Je vous demande s'ils l'aiment.

— Oui... je crois... il n'y a pas de raison...

Mais il y avait une restriction dans l'accent. L'assistant faisait évidemment une différence entre l'admiration et l'affection.

— Vous allez souvent chez lui ?

— Jamais ! Je le vois chaque jour à l'hôpital.

— Si bien que vous ne connaissez pas sa famille.

Pendant toute cette conversation, c'étaient les soins habituels, les gestes que Maigret pouvait maintenant prévoir les uns après les autres. Le store était baissé, tamisant le soleil, mais on entendait les bruits de la place.

— Il a une bien jolie belle-sœur.

Le jeune homme ne répondit pas, feignit de ne pas avoir entendu.

— Il se rend assez souvent à Bordeaux, n'est-ce pas ?

— On l'y appelle parfois ! S'il le voulait, il aurait des opérations à faire partout, à Paris, à Nice, et même à l'étranger...

— Malgré sa jeunesse !

— Pour un chirurgien, c'est une qualité ! On n'aime pas, en général, les chirurgiens d'un certain âge.

C'était fini. L'assistant se lavait les mains, cherchait une serviette, bafouillait à l'adresse de Mme Maigret qui lui en apportait une :

— Oh ! pardon...

Encore de nouveaux traits, pour Maigret, à ajouter à la physionomie du docteur Rivaud. Ses confrères en parlaient comme d'un maître. Il était d'une activité dévorante !

Ambitieux ? C'était probable ! Et pourtant il ne s'installait pas à Paris, où sa place était tout indiquée.

— Tu y comprends quelque chose ? dit Mme Maigret quand ils furent seuls.

— Moi ?... Lève le store, veux-tu ?... Il est évident qu'il est médecin. Sinon, il ne tromperait pas longtemps son entourage, surtout en travaillant, non dans le secret d'un cabinet de consultation, mais dans un hôpital...

— Pourtant, les universités...

— Une chose à la fois. Pour le moment, j'attends Leduc, qui sera bien embarrassé de sa compagne. Tu n'as pas entendu un train ? Si c'est celui de Bordeaux, il y a des chances que...

— Qu'est-ce que tu espères ?

— Tu verras ! Donne-moi les allumettes...

Il allait mieux. La température était tombée à 37,5 et la raideur de son bras droit avait presque disparu. Ce qui était meilleur signe encore, c'est que, dans son lit, il ne pouvait plus rester immobile. Il passait son temps à changer de position, à arranger les oreillers, à se soulever, à s'étendre...

— Tu devrais donner quelques coups de téléphone...

— A qui ?

— Je voudrais connaître la position de chaque personnage qui m'intéresse. Demande d'abord le procureur. Quand tu entendras sa voix au bout du fil, raccroche...

Ce fut fait. Pendant ce temps-là, Maigret contemplait la place et fumait sa pipe à petites bouffées.

— Il est chez lui !

— Maintenant, téléphoner à l'hôpital. Demande le docteur...

Il y était, lui aussi !

— Reste à téléphoner à sa villa... Si c'est sa femme qui répond, demande Françoise... Si c'est Françoise, demande Mme Rivaud...

Mme Rivaud répondit. Elle déclara que sa sœur était absente et demanda si elle ne pouvait pas lui faire la commission.

— Raccroche !

Des gens qui devaient être intrigués et qui passeraient la matinée à chercher l'auteur du coup de téléphone !

Cinq minutes plus tard, l'autobus de l'hôtel arrivait de la gare avec trois voyageurs, et le garçon montait leurs bagages. Puis ce fut, en vélo, le facteur qui apportait le sac postal au bureau de poste.

Enfin la corne caractéristique de la vieille Ford, puis la vieille Ford elle-même, qui s'arrêta sur le terre-plein. Maigret vit qu'il y avait quelqu'un à côté de Leduc et il crut apercevoir une troisième personne sur la banquette du fond.

Il ne se trompait pas. Le pauvre Leduc descendait le premier, regardait autour de lui, d'un air anxieux, en homme qui craint le ridicule, aidait à descendre une grosse dame qui faillit lui tomber dans les bras.

Une jeune fille avait déjà sauté à terre. Son premier soin était de lancer un coup d'œil méchant à la fenêtre de Maigret.

C'était Françoise, vêtue d'un coquet tailleur vert tendre.

— Je peux rester ? demanda Mme Maigret.

— Pourquoi pas ?... Ouvre la porte... Ils arrivent...

C'était un vacarme dans l'escalier. On devinait la respiration forte de la grosse dame, qui entra en s'épongeant.

— C'est ici le notaire qui n'est pas un notaire !

Une voix vulgaire. Et pas seulement la voix ! Peut-être n'avait-elle pas plus de quarante-cinq ans ? En tout cas, elle avait encore des prétentions à la beauté, car elle était maquillée comme une femme de théâtre.

Une blonde à la chair abondante et fluide, aux lèvres un peu molles.

En la regardant, on avait l'impression de l'avoir déjà vue quelque part. Et soudain on comprenait : c'était le type même, devenu rare, de la chanteuse légère des cafés-concerts de jadis ! La bouche en cœur. La taille pincée. Le regard provocant. Et ces épaules laiteuses largement dénudées. Cette façon particulière de se dandiner en marchant, de regarder l'interlocuteur comme, des tréteaux, on regarde le public...

— Madame Beausoleil ? questionna Maigret très galamment. Asseyez-vous, je vous en prie... Vous aussi, mademoiselle...

Mais Françoise ne s'asseyait pas. Elle était à cran.

— Je vous préviens, dit-elle, que je porterai plainte ! On n'a jamais vu une chose pareille...

Leduc restait près de la porte, si piteux qu'on devinait que les choses n'avaient pas marché toutes seules.

— Calmez-vous, mademoiselle. Et excusez-moi d'avoir désiré voir votre mère...

— Qui vous dit que c'est ma mère ?

Mme Beausoleil ne comprenait pas. Elle regardait tour à tour Maigret, très calme, et Françoise raidie par la rage.

— Je le suppose, du moins, puisque vous êtes allée l'attendre à la gare...

— Mademoiselle voulait empêcher sa mère de venir ici ! soupira Leduc qui fixait le tapis.

— Et alors, qu'as-tu fait ?

Ce fut Françoise qui répondit :

— Il nous a menacées... Il a parlé de mandat d'arrêt, comme si nous étions des voleuses... Qu'il le montre, le mandat d'arrêt, sinon...

Et elle tendait la main vers le récepteur téléphonique. Il était évident que Leduc avait quelque peu outrepassé ses droits. Il n'en était pas fier.

— Je voyais le moment où elles déclenchaient un scandale dans la salle des pas perdus !

— Un instant, mademoiselle. Qui voulez-vous appeler ?

— Mais... le procureur...

— Asseyez-vous !... Remarquez que je ne vous empêche pas de lui téléphoner... Au contraire !... Mais peut-être, dans l'intérêt de tout le monde, vaut-il mieux ne pas vous presser...

— Maman, je te défends de répondre !

— Moi, je n'y comprends plus rien ! Enfin, êtes-vous notaire ou commissaire de police ?

— Commissaire !

Et elle esquissa un geste comme pour dire : « Dans ce cas-là... »

On sentait la femme qui a déjà eu affaire à la police et qui en garde le respect ou tout au moins la crainte de cette institution.

— Je ne vois quand même pas pourquoi, moi...

— Ne craignez rien, madame... Vous allez comprendre... J'ai simplement quelques questions à vous poser et...

— Il n'y a pas d'héritage ?

— Je ne sais pas encore...

— C'est odieux ! gronda Françoise. Maman, ne réponds pas !

Elle ne tenait pas en place. Du bout des doigts, elle déchiquetait son mouchoir. Et parfois elle lançait un regard haineux à Leduc.

— Je suppose que, de votre profession, vous êtes artiste lyrique ?

Il savait que ces deux petits mots-là allaient chatouiller sa partenaire au point sensible.

— Oui, monsieur... J'ai chanté à l'*Olympia* au temps où...

— Je crois, en effet, me souvenir de votre nom... Beausoleil... Yvonne, n'est-ce pas ?...

— Joséphine Beausoleil !... Mais les médecins me recommandaient les pays plus chauds et j'ai entrepris des tournées en Italie, en Turquie, en Syrie, en Égypte...

Au temps des cafés chantants ! Il la voyait très bien, sur les petits tréteaux de ces sortes d'établissements à la mode de Paris, fréquentés par tous les gommeux et les officiers de la ville... Puis elle descendait dans la salle, faisait le tour des tables, un plateau à la main, buvait enfin le champagne avec les uns ou les autres...

— Vous avez échoué en Algérie ?

— Oui ! J'avais eu une première fille, au Caire.

Françoise était prête à piquer une crise de nerfs. Ou encore à se jeter sur Maigret !

— Père inconnu ?

— Pardon, je le connaissais très bien ! Un officier anglais attaché à...

— En Algérie, vous avez eu votre seconde fille, Françoise...

— Oui... Et cela a été la fin de ma carrière théâtrale... En effet, je suis restée assez longtemps malade... Quand j'ai été rétablie, j'avais perdu la voix...

— Et ?...

— Le père de Françoise s'est occupé de moi, jusqu'au jour où il a été rappelé en France... Car il appartenait à l'administration des douanes...

Tout ce que Maigret avait pensé était confirmé. Maintenant, il pouvait reconstituer la vie de la mère et des deux filles à Alger : Joséphine Beausoleil, restée appétissante, avait des amis sérieux. Les filles grandissaient...

Est-ce qu'elles n'allaient pas suivre tout naturellement la même voie que leur mère ?

L'aînée avait seize ans...

— Je voulais en faire des danseuses ! Parce que la danse, c'est beaucoup moins ingrat que le chant ! Surtout à l'étranger ! Germaine a commencé à prendre des leçons avec un ancien camarade établi à Alger...

— Et elle est tombée malade...

— Elle vous l'a dit ?... Oui, elle n'avait jamais été bien forte... Peut-être d'avoir trop voyagé quand elle était toute petite !... Car je ne voulais pas la mettre en nourrice... J'accrochais une sorte de berceau entre les filets du compartiment...

Une brave femme, en somme ! Elle était très à l'aise, maintenant ! Elle ne paraissait même pas comprendre la rage de sa fille ! Est-ce que Maigret ne lui parlait pas poliment, avec prévenance ? Et il employait un langage tout simple qu'elle comprenait !

Elle était artiste. Elle avait voyagé. Elle avait eu des amants, puis des enfants. Est-ce que ce n'était pas dans l'ordre des choses ?

— Elle a souffert de la poitrine ?

— Non ! c'était dans la tête... Elle se plaignait toujours d'avoir mal... Puis, un beau jour, elle a fait une méningite et elle a dû être transportée d'urgence à l'hôpital...

Temps d'arrêt ! Jusque-là, cela avait été tout seul. Mais Joséphine Beausoleil arrivait au point critique. Elle ne savait plus ce qu'elle devait dire et elle cherchait Françoise du regard.

— Le commissaire n'a pas le droit de t'interroger, maman ! Ne réponds plus...

C'était facile à dire ! Seulement elle savait, elle, qu'il est dangereux de se mettre la police à dos. Elle aurait bien voulu contenter tout le monde.

Leduc, qui avait repris son aplomb, adressait à Maigret des œillades qui signifiaient : « Cela avance ! »

— Écoutez, madame... Vous pouvez parler ou vous taire... C'est votre droit... Ce qui ne signifie pas qu'on ne vous obligera pas à parler dans un autre endroit que celui-ci... Par exemple, en cour d'assises...

— Mais je n'ai rien fait !

— Justement ! C'est pourquoi, à mon avis, le plus sage est de parler. Quant à vous, mademoiselle Françoise...

Elle n'écoutait pas. Elle avait décroché le récepteur téléphonique. Et elle parlait d'une voix anxieuse, regardait

Leduc à la dérobée, comme si elle craignait de voir celui-ci lui arracher l'appareil des mains.

— Allô !... Il est à l'hôpital ?... Peu importe !... Il faut l'appeler tout de suite... Ou plutôt, dites-lui qu'il vienne sans perdre un instant à l'*Hôtel d'Angleterre*... Oui !... Il comprendra... De la part de Françoise !...

Elle écouta encore un instant, raccrocha, regarda Maigret froidement, avec défi.

— Il va venir... Ne parle pas, maman...

Elle tremblait. Des perles de sueur roulaient sur son front, collaient les petits cheveux châtains des tempes.

— Vous voyez, monsieur le commissaire...

— Mademoiselle Françoise... Vous remarquerez que je ne vous ai pas empêchée de téléphoner... Au contraire !... Je cesse d'interroger votre mère... Maintenant, voulez-vous un conseil ?... Appelez également M. Duhourceau qui est chez lui...

Elle chercha à deviner sa pensée. Elle hésita. Elle finit par décrocher d'un geste nerveux.

— Allô !... 167, s'il vous plaît...

— Viens ici, Leduc.

Et Maigret lui chuchota quelques mots à l'oreille. Leduc parut surpris, gêné.

— Tu crois que... ?

Il se décida à partir et on le vit tourner la manivelle de sa voiture.

— Ici, c'est Françoise... Oui... Je vous téléphone de la chambre du commissaire... Ma mère est arrivée... Oui ! le commissaire demande que vous veniez... Non !... Non !... Je vous jure que non !...

Et cette cascade de *non* était prononcée avec force, avec angoisse.

— *Puisque je vous dis que non !*

Elle resta debout près de la table, toute raide.

Maigret, en allumant sa pipe, la regardait en souriant, tandis que Joséphine Beausoleil se mettait de la poudre.

10

Le billet

Le silence durait depuis quelques instants, quand Maigret vit Françoise sourciller en regardant vers la place, puis détourner brusquement la tête avec inquiétude.

C'était Mme Rivaud qui traversait le terre-plein, se dirigeant vers l'hôtel. Illusion d'optique ? Ou bien le fait qu'il se passait des choses graves teintait-il tout de sombre ? Toujours est-il que, vue à distance, elle faisait penser à un personnage de drame. Elle semblait poussée en avant par une force invisible à laquelle elle ne tenait pas de résister.

On distingua bientôt son visage. Il était pâle. Les cheveux étaient en désordre. Le manteau n'était pas boutonné.

— Voilà Germaine... remarqua enfin Mme Beausoleil. On a dû lui dire que je suis ici...

Mme Maigret, machinalement, alla ouvrir la porte. Et quand on vit Mme Rivaud de tout près, on comprit qu'elle vivait vraiment une heure tragique.

Pourtant elle faisait un effort pour être calme, pour sourire. Mais il y avait de l'égarement dans son regard. Ses traits avaient des frémissements soudains qu'elle ne pouvait pas réprimer.

— Excusez-moi, monsieur le commissaire... On m'a dit que ma mère et ma sœur étaient ici et...

— Qui vous a dit cela ?

— Qui ?... répéta-t-elle en tremblant.

Quelle différence entre elle et Françoise ! Mme Rivaud était la sacrifiée, la femme qui avait gardé ses allures plébéiennes et qu'on devait traiter sans le moindre égard. Sa mère elle-même la regardait avec une certaine sévérité.

— Comment, tu ne sais pas qui ?

— C'était sur la route...

— Tu n'as pas vu ton mari ?

— Oh non !... Non !... Je jure que non...

Et Maigret, inquiet, regardait tour à tour les trois femmes, puis regardait la grand-place où Leduc n'arrivait pas encore. Qu'est-ce que cela signifiait ? Le commissaire avait voulu s'assurer que le chirurgien resterait à sa disposition. Il avait chargé Leduc de le surveiller et, de préférence, de l'accompagner jusqu'à l'hôtel.

Il ne faisait pas attention à sa femme. Il regardait les souliers poussiéreux de Mme Rivaud, qui avait dû courir sur la route, puis le visage tiré de Françoise.

Soudain Mme Maigret se pencha sur lui, murmura :

— Donne-moi ta pipe...

Il allait protester. Mais non ! Il s'apercevait qu'elle laissait tomber sur les draps un petit papier. Et il lut :

Mme Rivaud vient de passer un billet à sa sœur, qui le tient dans le creux de sa main.

Le soleil, dehors. Tous les bruits de la ville dont Maigret connaissait l'orchestration par cœur. Mme Beausoleil qui attendait, bien droite sur sa chaise, en femme qui sait se tenir. Mme Rivaud, au contraire, incapable d'adopter une contenance et faisant penser à une écolière sournoise qu'on vient de prendre en faute.

— Mademoiselle Françoise... commença Maigret.

Elle tressaillit des pieds à la tête. L'espace d'une seconde, son regard croisa celui de Maigret. Le regard dur, intelligent, de quelqu'un qui ne perd pas la tête.

— Voudriez-vous vous approcher un instant et...

Brave Mme Maigret ! Devinait-elle ce qui allait se passer ? Elle esquissait un mouvement tournant pour atteindre la porte. Mais Françoise avait déjà bondi. Elle courait dans le corridor, s'élançait dans les escaliers.

— Qu'est-ce qu'elle fait ? s'effarait Joséphine Beausoleil.

Maigret ne bougeait pas, ne pouvait pas bouger. Il ne pouvait pas non plus envoyer sa femme à la poursuite de la fugitive.

— Quand votre mari vous a-t-il remis le billet ? se contenta-t-il de demander à Mme Rivaud.

— Quel billet ?

A quoi bon commencer un interrogatoire pénible ? Maigret appela sa femme.

— Va donc à une fenêtre donnant sur le derrière de l'hôtel...

Ce fut le moment que le procureur choisit pour faire son entrée. Il était guindé. Parce qu'il avait peur, sans doute, il donnait à son visage une expression sévère, presque menaçante.

— On me téléphone pour me dire...

— Asseyez-vous, monsieur Duhourceau.

— Mais... la personne qui m'a téléphoné...

— Françoise vient de s'échapper. Il est possible qu'on mette la main sur elle. Mais le contraire est possible aussi ! Je vous en prie, asseyez-vous. Vous connaissez Mme Beausoleil, n'est-ce pas ?...

— Moi ?... Mais pas du tout !...

Et il essayait de suivre le regard de Maigret. Car on sentait que le commissaire parlait pour parler, en pensant à autre chose, ou plutôt en ayant l'air de suivre un spectacle qui n'existait que pour lui seul. Il regardait la place, tendait l'oreille, fixait Mme Rivaud.

Soudain il y eut un violent remue-ménage dans l'hôtel même. Des gens se mirent à courir dans les escaliers. Des portes claquèrent. On crut même reconnaître un coup de feu.

— Qu'est-ce... qu'est-ce... ?

Des cris. De la vaisselle cassée. Puis des bruits de poursuite encore, à l'étage supérieur, et une vitre volant en éclats, les débris tombant sur le trottoir.

Mme Maigret rentrait précipitamment dans la chambre, en refermait la porte à clef.

— Je crois que Leduc les a... haleta-t-elle.

— Leduc ? prononça soupçonneusement le procureur.

— La voiture du docteur était dans la petite rue de derrière. Le docteur était là, à attendre quelqu'un. Au moment où Françoise arrivait à la porte et allait prendre place dans l'auto, la vieille Ford de Leduc est arrivée. J'ai failli lui crier de se hâter. Je le voyais qui restait sur son siège... Mais il avait son idée et, tranquillement, il a crevé un pneu d'une balle de revolver...

» Les deux autres ne savaient plus où aller... Le docteur regardait en tous sens comme une girouette... Quand il a vu Leduc descendre de son siège, le revolver toujours à la main, il a poussé la jeune fille dans l'hôtel et il a couru avec elle...

» Leduc les poursuit dans les couloirs... Ils sont là-haut...

— Je continue à ne pas comprendre ! articula le procureur, livide.

— Ce qui a précédé ? C'est facile ! Grâce à une petite

annonce, je fais venir ici Mme Beausoleil. Le docteur, qui ne désire pas cette rencontre, envoie Françoise à la gare afin qu'elle empêche sa mère de venir...

» J'avais prévu ça... J'avais posté Leduc sur le quai et, au lieu de m'en amener une, il me les amène toutes les deux...

» Vous allez voir combien tout s'enchaîne... Françoise, qui sent que les choses se gâtent, téléphone à son beau-frère pour lui demander de venir...

» Moi, j'envoie Leduc surveiller Rivaud... Leduc arrive trop tard à l'hôpital... Le docteur est déjà parti... Il est chez lui... Il rédige un billet pour Françoise et il force sa femme à venir ici le lui remettre discrètement...

» Comprenez-vous ?... Lui, avec sa voiture, est dans la petite rue, derrière l'hôtel... Il attend Françoise pour partir avec elle...

» Une demi-minute de plus et le coup réussissait... Seulement, Leduc, avec sa Ford, arrive à son tour, se doute que ce qui se passe n'est pas très catholique, crève le pneu et...

Pendant qu'il parlait, le vacarme qui régnait dans l'hôtel s'intensifiait l'espace de quelques secondes. C'était là-haut. Mais quoi ?

Et puis soudain un silence de mort ! Au point que tout le monde, impressionné, resta immobile.

La voix de Leduc donnait des ordres, à l'étage supérieur. Mais on ne comprenait pas ce qu'il disait.

Un heurt sourd... Un second... Un troisième... Enfin le fracas d'une porte défoncée...

On attendait de nouveaux bruits et cette attente était douloureuse. Pourquoi ne bougeaient-ils plus, là-haut ?

Pourquoi ces pas lents, tranquilles, d'un seul homme sur le plancher ?

Mme Rivaud écarquillait les yeux. Le procureur tiraillait ses moustaches. Joséphine Beausoleil était sur le point d'éclater en sanglots d'énervement.

— Ils doivent être morts ! prononça lentement Maigret en regardant le plafond.

— Comment ?... Qu'est-ce que vous dites ?...

Mme Rivaud s'animait, se précipitait vers le commissaire, le visage décomposé, les yeux fous.

— Ce n'est pas vrai !... Dites que ce n'est pas vrai...

Des pas encore... La porte s'ouvrait... Leduc entrait, une mèche de cheveux sur le front, le veston à moitié arraché, la mine lugubre.

— Morts ?

— Tous les deux !

Il arrêta, de ses bras tendus, Mme Rivaud qui voulait franchir la porte.

— Pas maintenant...

— Ce n'est pas vrai ! Je sais bien que ce n'est pas vrai ! Je veux le voir...

Elle était à bout de souffle. Sa mère, elle, ne savait plus quelle contenance prendre.

Et M. Duhourceau regardait fixement le tapis. A croire qu'il était le plus ahuri, le plus bouleversé par cette nouvelle.

— Comment, tous les deux ?... finit-il par balbutier en se tournant vers Leduc.

— Je les poursuivais dans l'escalier et dans les couloirs. Ils ont pu entrer dans une chambre ouverte et refermer la porte avant mon arrivée... Je ne suis pas de force à défoncer un pareil panneau... J'ai envoyé chercher le patron, qui est fort... Je pouvais les voir par la serrure...

Germaine Rivaud le regardait comme une démente.

Quant à Leduc, il cherchait les yeux de Maigret pour savoir s'il devait continuer à parler.

Pourquoi pas ? Ne fallait-il pas aller jusqu'au bout ? Jusqu'au bout du drame, de la vérité !

— Ils s'étreignaient... Elle surtout, toute nerveuse dans les bras de l'homme... J'entendais qu'elle disait :

» — *Je ne veux pas... Pas ça !... Non !... Plutôt...*

» Et c'est elle qui lui a pris son revolver dans la poche. Elle le lui a mis dans la main... J'entendais :

» — *Tire... Tire en m'embrassant...*

» Je n'ai plus rien vu, parce que le patron arrivait et que...

Il s'épongea. On pouvait voir, malgré le pantalon, que ses genoux tremblaient.

— Pas plus de vingt secondes trop tard. Rivaud était déjà mort quand je me suis penché sur lui... Françoise avait les yeux ouverts... J'ai d'abord cru que c'était fini... Mais, au moment où je m'y attendais le moins...

— Eh bien ? sanglota presque le procureur.

— Elle m'a souri... J'ai fait mettre le panneau en travers du passage... On ne touchera à rien... On a téléphoné à l'hôpital...

Joséphine Beausoleil ne devait pas avoir bien compris. Elle fixait Leduc avec hébétude. Puis elle se tourna vers Maigret et dit d'une voix de rêve :

— Ce n'est pas possible, n'est-ce pas ?

L'action était partout à la fois autour de Maigret immobile sur son lit. La porte s'ouvrait. L'hôtelier montrait un visage congestionné. Et, tandis qu'il parlait, il envoyait devant lui une haleine chargée d'alcool.

Pour se remettre, il avait dû aller vider un grand verre à son comptoir. L'épaule de sa veste blanche était sale, déchirée.

— C'est le docteur... Est-ce que... ?

— J'y vais ! dit Leduc, à regret.

— Vous êtes ici, monsieur le procureur ?... Vous êtes au courant ?... Si vous voyiez ça !... C'est à vous tirer toutes les larmes du corps... Et ils sont beaux, tous les deux !... On dirait...

— Laissez-nous ! cria Maigret.

— Est-ce que je dois fermer la porte de l'hôtel ?... Les gens commencent à s'amasser sur la place... Le commissaire n'est pas à son bureau... Des agents arrivent, mais...

Quand Maigret chercha des yeux Germaine Rivaud, il la trouva étendue de tout son long, sur le lit de Mme Maigret, la tête dans l'oreiller. Elle ne pleurait pas. Elle ne sanglotait pas. Elle poussait de longs gémissements, lugubres comme la plainte d'une bête blessée.

Mme Beausoleil, elle, s'essuyait les yeux, se levait et demandait avec beaucoup d'énergie :

— Est-ce que je peux aller les voir ?

— Tout à l'heure... Quand le médecin aura terminé...

Mme Maigret tournait autour de Germaine Rivaud sans rien trouver à faire pour la soulager. Et le procureur soupirait :

— Je vous le disais bien...

Les bruits de la rue montaient jusqu'à la chambre. Deux agents qui arrivaient en vélo forçaient les curieux à s'écarter. Certains protestaient.

Maigret bourrait une pipe, en regardant dehors, en regardant exactement — sans s'en apercevoir d'ailleurs — la petite épicerie d'en face, dont il avait fini par connaître tous les clients.

— Vous avez laissé l'enfant à Bordeaux, madame Beausoleil ?

Elle se tourna vers le procureur pour lui demander conseil.

— Je... oui...

— Il doit avoir trois ans, maintenant ?

— Deux...

— C'est un garçon ?

— Une petite fille... Mais...

— La fille de Françoise, n'est-ce pas ?

Et le procureur, se levant d'un air décidé :

— Commissaire, je vous demande de...

— Vous avez raison... Tout à l'heure... Ou plutôt, à ma première sortie, je me permettrai de vous rendre visite...

Il lui sembla que son interlocuteur en était soulagé.

— A ce moment-là, tout sera fini... Que dis-je ? Tout est fini dès maintenant, n'est-ce pas ?... Ne croyez-vous pas que votre place est là-haut, où il faudra bien faire une descente du Parquet ?...

Le procureur, dans sa précipitation, oublia de prendre congé. Il fuyait comme un écolier dont on lève soudain la punition.

Et, la porte refermée, ce fut une autre intimité qui se créa. Germaine gémissait toujours. Elle restait sourde aux appels de Mme Maigret qui lui posait des compresses d'eau froide sur le front. Mais la malade les repoussait d'un geste nerveux et l'eau détrempait peu à peu l'oreiller.

A côté de Maigret, une autre femme : Joséphine Beausoleil, qui se rassit en poussant un soupir.

— Qui m'aurait dit ça !

Une brave femme, au fond ! D'une moralité foncière ! Toute sa vie, elle la trouvait normale, naturelle ! Pouvait-on lui en vouloir ?

Des larmes fluides commençaient à gonfler ses paupières plissées de femme mûre et bientôt elles roulaient sur les joues dont l'émail se diluait.

— C'était votre préférée...

Elle ne se gêna pas pour Germaine qui, il est vrai, ne devait pas écouter.

— C'est logique ! Elle était si belle, si fine ! Et tellement plus intelligente que l'autre ! Ce n'est pas la faute de Germaine ! Elle a toujours été malade. Alors, elle ne s'est pas très développée... Quand le docteur a voulu épouser Germaine, Françoise était trop jeune... A peine treize ans... Eh bien ! vous le croirez si vous voulez, je me suis doutée que cela ferait des histoires, plus tard... Et c'est ce qui est arrivé.

— Comment s'appelait Rivaud, à Alger ?

— Le docteur Meyer... Je suppose que ce n'est plus la peine de mentir... D'ailleurs, si vous avez fait tout ça, c'est que vous le saviez déjà...

— C'est lui qui a fait fuir son père de l'hôpital ?... Samuel Meyer...

— Oui... Et c'est même comme ça que les choses ont commencé avec Germaine... Il n'y avait que trois malades dans la salle des méningites... Ma fille, Samuel, comme on disait, et un autre... Alors, une nuit, le docteur s'est arrangé pour mettre le feu... Il a toujours juré que l'autre, celui qu'on a laissé dans les flammes et qui a passé ensuite pour Meyer, était déjà mort... Je veux bien le croire, parce que ce n'était pas un mauvais garçon... Il aurait pu ne plus s'occuper de son père, qui avait fait des bêtises...

— Je comprends ! L'autre a donc été inscrit sur les registres de décès comme Samuel Meyer... Le docteur a épousé Germaine... Il vous a emmenées toutes les trois en France...

— Pas tout de suite... Nous avons d'abord son passage en Espagne... Il attendait des papiers qui ne venaient pas...

— Samuel ?

— On l'avait envoyé en Amérique en lui recommandant de ne plus mettre les pieds en Europe. Il n'avait déjà plus l'air d'un homme qui a tous ses esprits.

— Enfin, votre gendre a reçu des papiers au nom de Rivaud. Il est venu s'installer ici avec sa femme et sa belle-sœur. Et vous ?

— Il me passait une petite pension pour rester à Bordeaux... J'aurais préféré Marseille, par exemple, ou Nice... Nice surtout ! Mais il voulait me garder sous la main... Il travaillait beaucoup... Malgré tout ce qu'on peut dire de lui, c'était un bon docteur qui n'aurait pas fait tort à un malade pour...

Afin d'échapper à la rumeur du dehors, Maigret avait fermé la fenêtre. Les radiateurs chauffaient. L'odeur de pipe emplissait la chambre.

Comme une enfant, Germaine gémissait toujours et sa mère expliquait :

— Depuis qu'elle a été trépanée, c'est encore pis qu'avant... Déjà elle n'était pas gaie... Pensez ! une enfant qui a passé toute sa jeunesse dans son lit !... Après, c'étaient des larmes pour un rien... Et elle avait peur de tout...

Bergerac n'avait rien deviné ! Toute cette vie trouble, dramatique, s'était greffée sur sa vie de petite ville et personne ne s'en était douté.

On disait : *la villa du docteur... l'auto du docteur... la femme du docteur... la belle-sœur du docteur...*

Et on ne voyait que la villa jolie et proprette, l'auto de bonne marque, au capot allongé, la jeune fille sportive, aux lignes nerveuses, la femme un peu lasse...

A Bordeaux, dans quelque appartement bourgeois, Mme Beausoleil finissait paisiblement une vie agitée. Elle qui avait tant eu à s'inquiéter du lendemain, elle qui avait dépendu du caprice de tant d'hommes, pouvait enfin prendre des allures de rentière !

Elle devait être considérée dans son quartier. Elle avait des habitudes. Elle payait régulièrement les fournisseurs.

Et quand ses enfants venaient la voir, c'était dans une solide voiture...

Voilà qu'elle pleurait à nouveau. Elle se mouchait, dans un mouchoir trop petit, presque tout en dentelle.

— Si vous aviez connu Françoise... Tenez !... quand elle est venue accoucher chez moi... Car c'est chez moi que cela s'est passé... On peut parler devant Germaine !... Elle le sait bien...

Mme Maigret écoutait, épouvantée. Car, pour elle, c'était la découverte d'un monde affolant.

Des voitures s'étaient rangées sous les fenêtres. Le médecin légiste était arrivé, ainsi que le juge d'instruction, le greffier, le commissaire qu'on avait enfin trouvé à la foire d'un village voisin où il voulait acheter des lapins.

On frappa à la porte. C'était Leduc, qui regarda timidement Maigret pour savoir s'il pouvait entrer.

— Laisse-nous, vieux, veux-tu ?

Il valait mieux rester dans cette atmosphère d'intimité. Pourtant, Leduc s'approcha du lit, dit à voix basse :

— Si elles veulent encore les voir tels qu'ils sont tombés...

— Mais non ! Mais non !

A quoi bon ? Mme Beausoleil attendait le départ de l'intrus. Elle avait hâte de reprendre ses confidences. Avec ce gros homme couché, qui la regardait avec bienveillance, elle se sentait en confiance.

Il la comprenait. Il ne s'étonnait pas. Il ne posait pas de questions ridicules.

— Je crois que vous parliez de Françoise...

— Oui... Eh bien ! quand l'enfant est né... Mais... Sans doute ne savez-vous pas encore tout...

— Je sais !

— C'est elle qui vous l'a dit ?

— M. Duhourceau était là !

— Oui ! Je n'ai jamais vu un homme aussi nerveux, aussi malheureux... Il disait que c'était un crime de faire des enfants, parce qu'on risque toujours de tuer la mère... Il écoutait les cris... J'avais beau lui offrir des petits verres...

— Votre appartement est grand ?

— Trois pièces...

— Il y avait une sage-femme ?

— Oui... Rivaud ne voulait pas prendre tout seul la responsabilité... Alors...

— Vous habitez vers le port ?

— Tout près du pont, dans une petite rue où...

Encore une scène que Maigret voyait comme s'il y avait assisté. Mais, en même temps, il en voyait une autre : celle qui se déroulait au même instant juste au-dessus de sa tête.

Rivaud et Françoise que le docteur, aidé des gens des pompes funèbres, séparait de force...

Le procureur devait être plus blanc que les formulaires remplis d'une main tremblante par le greffier...

Et le commissaire de police, qui, une heure plus tôt, au marché, ne s'occupait que de ses lapins !

— Quand M. Duhourceau a su que c'était une fille, il s'est mis à pleurer et, aussi vrai que je suis ici, il a mis sa tête sur ma poitrine... Même que je croyais qu'il allait se trouver mal... Moi, j'essayais de ne pas le laisser entrer, parce que...

Et elle s'arrêtait à nouveau, méfiante, regardait Maigret à la dérobée.

— Je ne suis qu'une pauvre femme qui a toujours fait son possible... Ce ne serait pas bien d'en abuser pour...

Germaine Rivaud avait cessé de gémir. Assise au bord du lit, elle regardait droit devant elle d'un air égaré.

C'était le plus dur moment à passer. On transportait les corps, étendus sur des civières, et on entendait celles-ci qui heurtaient les murs.

Et les pas lourds, prudents, des porteurs descendant marche par marche...

Et une voix qui disait :

— Attention à la rampe...

Un peu plus tard, on frappait à la porte. C'était Leduc, qui sentait l'alcool, lui aussi, et qui balbutia :

— C'est fini...

En effet, dehors, une voiture démarrait.

11

Le père

— Vous annoncerez le commissaire Maigret !

Il souriait malgré lui, parce que c'était sa première sortie et qu'il était heureux de marcher comme tout le monde ! Il en était même fier d'une fierté d'enfant qui fait ses premiers pas !

Et pourtant il avait une démarche molle, vacillante. Le domestique ayant oublié de le faire asseoir, il dut attirer un siège à lui, car il sentait déjà une sueur inquiétante lui perler au front.

Le valet de chambre, à gilet rayé ! Une tête de paysan promu à un plus haut grade et qui en ressentait un orgueil insensé !

— Si monsieur veut se donner la peine de me suivre...

Monsieur le procureur va recevoir monsieur tout de suite...

Le valet ne se doutait pas de ce qu'un escalier peut être pénible à gravir. Maigret tenait la rampe. Il avait chaud. Il comptait les marches...

Encore huit...

— Par ici... Un instant...

Et la maison était exactement telle que Maigret l'avait imaginée ! Il était dans le fameux bureau du premier étage, qu'il avait tant de fois évoqué !

Un plafond blanc, aux lourdes solives de chêne verni. Un âtre immense. Et surtout des bibliothèques qui couvraient tous les murs...

Il n'y avait personne. On n'entendait pas les pas, dans la maison, car tous les planchers étaient garnis d'épais tapis.

Alors Maigret, malgré sa hâte d'être assis, marcha vers le bas des bibliothèques, là où un treillage métallique et un rideau vert défendaient les livres contre les regards.

Il eut de la peine à passer son doigt dans une maille du treillage. Il attira le rideau. Derrière, il n'y avait plus rien, que des rayons vides !

Et quand il se retourna, il vit M. Duhourceau qui avait assisté à cette expérience.

— Voilà deux jours que je vous attends... J'avoue...

A jurer qu'il avait maigri de dix kilos ! Ses joues étaient ravagées. Et surtout les plis de la bouche étaient deux fois plus profonds.

— Asseyez-vous, je vous en prie.

M. Duhourceau était mal à l'aise. Il n'osait pas regarder le visiteur en face. Il s'assit lui-même à sa place habituelle, devant un bureau chargé de dossiers.

Alors Maigret jugea qu'il serait plus charitable d'en finir en quelques mots. Plusieurs fois le procureur lui avait manqué. Plusieurs fois aussi il s'était vengé de lui. Maintenant, il n'était pas loin de le regretter.

Un homme de soixante-cinq ans, tout seul dans cette grande maison, tout seul dans la ville dont il était le plus haut magistrat, tout seul dans la vie...

— Je vois que vous avez brûlé vos livres.

Il n'y eut pas de réponse. Rien qu'un peu de sang rose aux pommettes du vieillard.

— Permettez-moi d'en finir d'abord avec la partie judiciaire de l'affaire... Je crois, d'ailleurs, qu'à l'heure qu'il est, tout le monde est d'accord là-dessus...

» Samuel Meyer, qui est ce que j'appellerai un aventurier bourgeois, c'est-à-dire un commerçant patenté naviguant dans les eaux défendues, a l'ambition de faire de son fils un homme important...

» Études de médecine... Le docteur Meyer devient l'assistant du professeur Martel... Tous les rêves d'avenir lui sont permis...

» Premier acte : à Alger. Le vieux Meyer reçoit des complices qui le menacent... Il les expédie dans l'autre monde...

» Deuxième acte : à Alger toujours. Il est condamné à mort. Sur les conseils de son fils, il simule une méningite. Et le fils le sauve.

» Celui qui va être enterré sous son nom est-il déjà mort à ce moment-là ? Nous ne le saurons sans doute jamais !

» Le fils Meyer, qui prend désormais le nom de Rivaud, n'est pas un de ces hommes qui ont besoin de s'épancher. Il est fort. Il se suffit à lui-même...

» C'est un ambitieux ! Un être d'une intelligence aiguë, qui connaît sa valeur et qui veut en profiter coûte que coûte...

» Une seule faiblesse : il tombe vaguement amoureux

d'une petite malade et il l'épouse, pour s'apercevoir, un peu plus tard, qu'elle est sans intérêt...

Le procureur ne bougeait pas. Pour lui aussi, cette partie du récit était sans intérêt. Il attendait la suite avec autrement d'angoisse.

— Le nouveau Rivaud expédie son père en Amérique. Il s'installe ici avec sa femme et sa jeune belle-sœur... Il installe enfin sa belle-mère à Bordeaux...

» Et, bien entendu, ce qui doit arriver arrive... Cette jeune fille qu'il a sous son toit l'intrigue, l'irrite, finit par le séduire.

» C'est le troisième acte. Car, à ce moment, le procureur de la République, par des moyens que je ne connais pas encore, est sur le point de découvrir la vérité sur le chirurgien de Bergerac.

» Est-ce exact ?

Et, nettement, sans une hésitation, M. Duhourceau répliqua :

— C'est exact.

— Donc, il faut le faire taire... Rivaud sait que ce procureur a une manie relativement inoffensive... Les livres érotiques, qu'on appelle par euphémisme : éditions pour bibliophiles...

» C'est la manie des vieux garçons qui ont de l'argent à dépenser et qui trouvent trop fade une collection de timbres-poste...

» Rivaud va s'en servir... Sa belle-sœur vous est présentée comme une secrétaire modèle... Elle viendra vous aider à certains classements... Et elle vous forcera peu à peu à lui faire la cour...

» Excusez-moi, monsieur le procureur... Ce n'est pas difficile... Le plus difficile, c'est ceci : Françoise est enceinte... Et il faut, pour vous avoir à merci, que vous soyez persuadé que l'enfant est de vous...

» Rivaud ne veut plus fuir à nouveau, changer de nom, chercher une autre situation... On commence à parler de lui... L'avenir est magnifique...

» Françoise réussit...

» Et, bien entendu, quand elle vous annonce qu'elle va être mère, vous marchez...

» Désormais, vous ne direz plus rien ! On vous tient ! Accouchement clandestin à Bordeaux, chez Joséphine Beausoleil, où vous continuerez à aller voir ce que vous prenez pour votre enfant...

» C'est la Beausoleil elle-même qui me l'a dit...

Et Maigret, par pudeur, évitait de regarder son interlocuteur.

— Comprenez-vous ? Rivaud qui est un arriviste ! Un homme supérieur ! Un homme qui ne veut pas être entravé par son passé ! Il aime réellement sa belle-sœur ! Eh bien ! malgré cela, le souci de l'avenir est plus fort et il tolère qu'une fois au moins, elle passe dans vos bras. C'est la seule question que je me permettrai de vous poser. Une fois ?...

— Une fois !

— Après, elle s'est dérobée, n'est-ce pas ?

— Sous divers prétextes... Elle avait honte...

— Mais non ! Elle aimait Rivaud ! Elle ne vous avait cédé que pour le sauver...

Maigret continuait à éviter de regarder vers le fauteuil de son interlocuteur. Il fixait l'âtre où flambaient trois belles bûches.

— Vous êtes persuadé que l'enfant est de vous ! Désormais, vous vous tairez ! Vous êtes reçu à la villa ! Vous allez à Bordeaux voir votre fille...

» Et voilà le drame. En Amérique, Samuel — notre Samuel de Pologne et d'Alger — est devenu complètement fou... Il a assailli deux femmes, aux environs de Chicago, et les a achevées d'un coup d'aiguille dans le cœur... Cela, je l'ai découvert dans les archives...

» Pourchassé, il arrive en France... Il n'a plus d'argent... Il gagne Bergerac... On lui donne des fonds pour disparaître à nouveau mais, en partant, dans une nouvelle crise, il commet un autre forfait...

» Le même !... Strangulation... Aiguille... C'est dans le bois du Moulin-Neuf, qui conduit de la villa du docteur à la gare... Mais soupçonnez-vous déjà la vérité ?...

— Non ! je le jure.

— Il revient... Il recommence... Il revient encore et il rate... Chaque fois, Rivaud lui a donné de l'argent pour s'en aller... Il ne peut pas le faire interner... Il peut encore moins le faire arrêter...

— Je lui ai dit qu'il fallait que cela finisse.

— Oui ! Et il a pris ses dispositions en conséquence. Le vieux Samuel lui téléphone. Son fils lui dit de sauter du train un peu avant la gare...

Le juge était blafard, incapable d'une parole, d'un mouvement.

— C'est tout ! Rivaud l'a tué ! Il ne tolérait rien entre lui et l'avenir pour lequel il se sentait fait... Pas même sa femme, qu'il aurait envoyée un jour ou l'autre dans un monde meilleur !... Car il aimait Françoise, dont il avait une fille... Cette fille que...

— Assez !

Alors Maigret se leva, simplement, comme après une visite quelconque.

— C'est fini, monsieur le procureur.

— Mais...

— C'était un couple ardent, voyez-vous ! Un couple qui n'admettait pas d'obstacles ! Rivaud avait la femme qu'il lui fallait : Françoise qui, pour lui, acceptait votre étreinte...

Il ne parlait plus qu'à un pauvre bonhomme incapable de réactions.

— Le couple est mort... Il reste une femme qui n'a jamais été bien intelligente, ni bien dangereuse : Mme Rivaud, qui recevra une pension... Elle ira vivre avec sa mère dans un logement de Bordeaux ou d'ailleurs... Ces deux-là ne parleront pas...

Il prit son chapeau sur une chaise.

— Moi, il est temps que je rentre à Paris, car mon congé est fini...

Il fit quelques pas vers le bureau, tendit la main.

— Adieu, monsieur le procureur...

Et, comme son interlocuteur se précipitait sur cette main avec une reconnaissance qui menaçait de se manifester par un flot de paroles, il trancha :

— Sans rancune !

Il sortit derrière le valet de chambre en gilet rayé, retrouva la place mijotant dans le soleil, atteignit non sans peine l'*Hôtel d'Angleterre* où il dit au patron :

— Pour aujourd'hui, enfin, des truffes en serviette, du foie gras du pays... Et l'addition !... On fout le camp !

MAIGRET À VICHY

1

— Tu les connais ? demanda Mme Maigret à mi-voix comme son mari se retournait sur un couple qu'ils venaient de croiser.

L'homme aussi s'était retourné, avait souri. On aurait même dit qu'il hésitait à revenir sur ses pas pour serrer la main du commissaire.

— Non... Je ne crois pas... Je ne sais pas...

Le personnage était petit, replet, sa femme guère plus grande que lui et grassouillette. Pourquoi Maigret avait-il l'impression qu'elle était belge ? A cause de son teint clair, de ses cheveux presque jaunes, de ses yeux bleus à fleur de tête ?

C'était au moins la cinquième fois qu'ils se rencontraient. La première fois, l'homme s'était arrêté net et son visage s'était éclairé comme sous le coup de la jubilation. Il avait entrouvert la bouche, hésitant, tandis que le commissaire, sourcils froncés, cherchait en vain dans sa mémoire.

La silhouette, la face lui semblaient familières. Mais qui diable cela pouvait-il être ? Où avait-il rencontré ce petit bonhomme hilare et sa femme en massepain coloré ?

— Vraiment, je ne vois pas...

Cela n'avait pas d'importance. D'ailleurs les gens, ici, n'étaient pas les mêmes que dans la vie normale. D'un instant à l'autre, la musique allait éclater. Dans le kiosque aux colonnes grêles, aux ornements tarabiscotés, les musiciens en uniforme étaient prêts à emboucher leurs instruments de cuivre, l'œil fixé sur le chef d'orchestre. Etait-ce la fanfare des pompiers, les employés municipaux ? Ils avaient autant de galons et de dorures que des généraux sud-américains, des pattes d'épaules rouge sang, des baudriers blancs.

Des centaines, des milliers, semblait-il, de chaises de fer peintes en jaune entouraient le kiosque, en cercles de plus en plus larges, et sur presque toutes des gens étaient assis, des hommes et des femmes, qui attendaient gravement en silence.

Dans une ou deux minutes, à neuf heures, le concert commencerait sous les grands arbres du parc. La soirée était presque fraîche, après une journée lourde, et la brise faisait bruisser doucement le feuillage tandis que les rangs de candélabres aux globes laiteux mettaient, dans la verdure sombre, des taches d'un vert plus clair.

— Tu ne veux pas t'asseoir ?

Quelques chaises restaient libres, mais ils ne s'asseyaient jamais. Ils marchaient, sans se presser. D'autres aussi allaient et venaient, comme eux, sans but, écoutant vaguement la musique, des couples, mais aussi beaucoup de solitaires, des hommes et des femmes qui avaient presque tous dépassé le milieu de la vie.

C'était un peu irréel. Le casino était illuminé, blanc et surchargé de moulures à la mode de 1900. A certains moments on pouvait croire que le cours du temps s'était arrêté, jusqu'à ce que s'élève un bruit de Klaxon du côté de la rue Georges-Clemenceau.

— Elle est là... chuchota Mme Maigret avec un mouvement du menton.

C'était devenu un jeu. Elle avait pris l'habitude de

suivre le regard de son mari et elle devinait quand il était surpris, ou intéressé.

Qu'avaient-ils d'autre à faire de leurs journées ? Ils marchaient, d'un pas nonchalant. De temps en temps, ils s'arrêtaient, non pas parce qu'ils étaient essoufflés, mais pour regarder un arbre, une maison, un effet de lumière ou un visage.

Ils auraient juré qu'ils étaient à Vichy depuis une éternité alors qu'ils n'en étaient qu'à leur cinquième jour. Déjà ils s'étaient créé un horaire qu'ils suivaient minutieusement comme si cela avait de l'importance et les journées étaient marquées d'un certain nombre de rites auxquels ils se prêtaient avec le plus grand sérieux.

Maigret était-il vraiment sérieux ? Sa femme, parfois, se le demandait, en lui lançant des regards furtifs. Il n'était pas le même qu'à Paris. Sa démarche était plus molle, les traits de son visage moins marqués. La plupart du temps, son sourire vague exprimait la satisfaction, certes, mais aussi comme une ironie morose.

— Elle porte son châle blanc...

A parcourir chaque jour, aux mêmes heures, les allées du parc et du bord de l'Allier, les boulevards plantés de platanes, les rues grouillantes ou vides, ils avaient repéré un certain nombre de visages, de silhouettes qui faisaient déjà partie de leur univers.

Chacun, ici, n'accomplissait-il pas le même geste aux mêmes heures de la journée, et pas seulement autour des sources pour les verres d'eau sacro-saints ?

Le regard de Maigret cueillait quelqu'un dans la foule, devenait plus aigu. Celui de sa femme suivait.

— Tu crois que c'est une veuve ?

Celle-là, ils auraient pu l'appeler la dame en mauve, ou plutôt la dame en lilas, car il y avait toujours du lilas dans sa toilette. Ce soir, elle avait dû arriver en retard et elle n'avait trouvé une chaise que dans les derniers rangs.

La veille, elle offrait un spectacle à la fois inattendu et touchant. Les Maigret étaient passés près du kiosque dès huit heures du soir, une heure avant le concert. Les petites chaises jaunes formaient des cercles si réguliers qu'ils auraient pu avoir été tracés au compas.

Toutes ces chaises étaient inoccupées, sauf une au premier rang, où la dame en lilas était assise. Elle ne lisait pas à la lueur du plus proche candélabre. Elle ne tricotait pas. Elle ne faisait rien, ne montrait aucune impatience. Très droite, les deux mains à plat sur son giron, elle restait immobile, regardant droit devant elle, comme une personne distinguée.

Elle aurait pu sortir d'un livre d'images. Elle portait un chapeau blanc, alors que la plupart des femmes, ici, venaient tête nue. Le châle qui couvrait ses épaules était blanc aussi, vaporeux, la robe de cette teinte lilas qu'elle semblait affectionner.

Son visage était très long, étroit, ses lèvres minces.

— Cela doit être une vieille fille, tu ne crois pas ?

Maigret évitait de se prononcer. Il n'enquêtait pas, ne suivait aucune piste. Rien ne l'obligeait à observer les gens et à s'efforcer de découvrir leur vérité.

Il le faisait malgré lui, par-ci par-là, parce que c'était devenu machinal. Il lui arrivait de s'intéresser sans raison à un promeneur dont il essayait de deviner la profession, la situation de famille, le genre de vie quand il n'était pas en cure.

C'était difficile. Chacun, après quelques jours ou quelques heures, s'était intégré au petit cercle... La plupart des regards avaient la même sérénité un peu vide, sauf ceux des grands malades qu'on reconnaissait à leurs déformations, à leur démarche, mais surtout à un mélange d'angoisse et d'espoir.

La dame en lilas faisait partie de ce qu'on aurait pu appeler le cercle d'intimes de Maigret, de ceux qu'il avait repérés dès le début et qui l'intriguaient.

Il était difficile de lui donner un âge. Elle pouvait aussi bien avoir quarante-cinq ans que cinquante-cinq et les années avaient passé sur elle sans laisser de traces précises.

On devinait l'habitude du silence, comme chez les religieuses, l'habitude de la solitude, peut-être même le goût de cette solitude. Que ce soit quand elle marchait ou quand elle était assise comme à présent, elle n'accordait aucune attention aux passants ni à ses voisins et sans doute aurait-elle été surprise d'apprendre que le commissaire Maigret s'efforçait, en dehors de toute obligation professionnelle, de percer à jour sa personnalité.

— Je ne pense pas qu'elle ait jamais vécu avec un homme... dit-il au moment où la musique éclatait dans le kiosque.

Ni avec des enfants. Peut-être avec une personne très âgée et réclamant des soins, une vieille mère, par exemple ?

Dans ce cas, elle devait être une mauvaise garde-malade, car il lui manquait le moelleux, le don de communication. Si son regard ne se posait pas sur les gens mais glissait sur eux sans les voir, c'est qu'il était fixé sur l'intérieur. C'était elle, elle seule, qu'elle regardait, et sans doute en retirait-elle une satisfaction secrète.

— Nous faisons le tour ?

Ils n'étaient pas là pour écouter la musique. Cela faisait simplement partie de leur routine de passer à ce moment près du kiosque, où il n'y avait d'ailleurs pas de la musique tous les jours.

Certains soirs, cette partie du parc était presque déserte. Ils la traversaient, tournaient à droite, s'engageaient dans l'allée couverte qui longeait une rue pleine d'enseignes lumineuses. On y voyait des hôtels, des restaurants, des magasins, un cinéma. Ils n'étaient pas encore allés au cinéma. Cela ne figurait pas dans leur emploi du temps.

D'autres accomplissaient le même tour qu'eux, à peu près du même pas, d'autres encore en sens inverse. Certains coupaient au court pour se rendre au théâtre du casino où ils arriveraient en retard et on entrevoyait de rares smokings, quelques robes du soir.

Ailleurs, ces gens menaient des existences différentes, dans des quartiers différents de Paris, dans des villes de province ou à Bruxelles, à Amsterdam, à Rome ou à Philadelphie.

Ils appartenaient à des milieux déterminés qui avaient leurs règles, leurs tabous, leurs mots de passe. Certains étaient riches, d'autres pauvres. Il y en avait de très malades que la cure ne faisait que prolonger et d'autres à qui elle permettait de ne pas trop se surveiller pendant le reste de l'année.

Ici, tous étaient confondus. Pour Maigret, cela avait commencé d'une façon banale, un soir qu'ils dînaient chez les Pardon. Mme Pardon avait préparé un canard au sang qu'elle réussissait à merveille et dont le commissaire était friand.

— Il n'est pas bon ? s'était-elle inquiétée en voyant Maigret n'en manger que quelques bouchées.

Pardon, lui, regardait soudain son hôte plus sérieusement.

— Vous avez mal ?

— A peine... Ce n'est rien...

Le médecin n'en avait pas moins remarqué que le

visage de son ami s'était décoloré et que des gouttelettes de sueur avaient perlé à son front.

Pendant le repas, il n'avait pas insisté. Le commissaire avait à peine trempé les lèvres dans son verre. Quand, avec le café, on voulut lui servir un vieil armagnac, il tendit la main.

— Pas ce soir... Je m'excuse...

Plus tard, seulement, Pardon avait murmuré :

— Si nous passions un moment dans mon cabinet ?

Maigret l'avait suivi à contrecœur. Depuis quelque temps, il prévoyait que cela arriverait un jour, mais il remettait ce jour-là à plus tard. Le cabinet du médecin n'était ni grand ni luxueux. Sur le bureau, le stéthoscope voisinait avec des flacons, des tubes de pommades, des papiers administratifs, et la couche sur laquelle les malades s'étendaient paraissait garder l'empreinte profonde du dernier patient.

— Qu'est-ce qui ne va pas, Maigret ?

— Je ne sais pas. L'âge, sans doute...

— Cinquante-deux ?

— Cinquante-trois... J'ai eu beaucoup de travail ces derniers temps, des soucis... Pas d'enquêtes sensationnelles... Rien de passionnant, au contraire... D'une part, de la paperasserie, car on est en train de changer toute l'organisation de la P.J... D'autre part, cette épidémie d'attentats contre les jeunes filles et les femmes seules, avec viol ou non... La presse fait beaucoup de bruit et je n'ai pas assez d'effectifs pour organiser les patrouilles nécessaires sans démantibuler le service...

— Vous digérez mal ?

— Certains jours... Il m'arrive, comme ce soir, d'avoir l'estomac serré, des douleurs, ou plutôt une sorte de constriction dans la poitrine et l'abdomen... Je me sens lourd, fatigué...

— Cela vous ennuyerait que je vous ausculte ?

Sa femme, à côté, devait avoir deviné, Mme Pardon aussi, et cela gênait Maigret. Il avait horreur de tout ce qui touche de près ou de loin à la maladie.

En retirant sa cravate, son veston, sa chemise, son gilet de corps, il se souvenait d'une de ses idées d'adolescent.

— Je ne veux pas vivre, déclarait-il alors, avec des pilules, des potions, un régime, une activité amoindrie. Plutôt mourir jeune qu'entrer en « état de maladie » ...

Il appelait « état de maladie » cette partie de l'existence pendant laquelle on écoute son cœur, on est attentif à son estomac, à son foie ou à ses reins, avec, à intervalles plus ou moins réguliers, l'exhibition de son corps nu au médecin.

Il n'avait plus envie de mourir jeune, mais il repoussait le moment d'entrer en maladie.

— Mon pantalon aussi ?

— Baissez-le un peu...

Pardon prenait sa tension, l'auscultait, lui tâtait l'estomac et le ventre, enfonçant les doigts à certains endroits.

— Je vous fais mal ?

— Non... Peut-être un peu de sensibilité... Non, plus bas...

Voilà qu'il était comme les autres, anxieux, honteux de ses craintes et n'osant pas regarder son ami en face. Il se rhabillait gauchement. La voix de Pardon n'avait pas changé.

— Depuis combien de temps n'avez-vous pas pris de vacances ?

— L'an dernier, j'ai pu m'échapper une semaine, puis on m'a rappelé parce que...

— Et l'année précédente ?

— Je suis resté à Paris...

— Avec la vie que vous menez, vous devriez avoir les organes cinq fois plus délabrés qu'ils ne le sont...

— Le foie ?

— Il a bravement résisté au travail que vous lui imposez... Il est un peu gros, certes, mais pas énorme, et il a conservé son élasticité...

— Qu'est-ce qui cloche ?

— Rien de précis... Un peu tout... Vous êtes fatigué, c'est un fait, et ce n'est pas une semaine de vacances qui vous débarrassera de cette fatigue... Comment vous sentez-vous au réveil ?

— Maussade...

Cela fit rire Pardon.

— Vous dormez bien ?

— Ma femme prétend que je m'agite et qu'il m'arrive de parler dans mon sommeil...

— Vous ne bourrez pas votre pipe ?

— J'essaie de moins fumer...

— Pourquoi ?

— Je ne sais pas... J'essaie aussi de boire moins...

— Asseyez-vous...

Pardon s'asseyait aussi et, devant son bureau, était beaucoup plus médecin que dans la salle à manger ou dans le salon.

— Ecoutez-moi bien... Vous n'êtes pas malade et vous jouissez d'une santé exceptionnelle, étant donné votre âge et votre activité... Cela, enfoncez-vous-le dans la tête une fois pour toutes... Cessez d'être attentif à quelques tiraillements ici ou là, à des douleurs vagues, et ne commencez pas à monter les escaliers avec précaution...

— Comment savez-vous ? ...

— Et vous, quand vous interrogez un suspect, comment savez-vous ? ...

Ils sourirent tous les deux.

— Nous sommes fin juin. Paris est torride. Vous allez gentiment partir en vacances, si possible sans laisser d'adresse, en tout cas en évitant de téléphoner chaque jour au Quai des Orfèvres...

— Cela peut se faire, grommela-t-il. Notre petite maison de Meung-sur-Loire...

— Vous aurez le temps d'en jouir une fois à la retraite... Cette année, j'ai un autre plan en ce qui vous concerne... Vous connaissez Vichy ? ...

— Je n'y ai jamais mis les pieds, bien que je sois né à moins de cinquante kilomètres de là, près de Moulins... En ce temps-là, chacun ne possédait pas encore son automobile...

— Au fait, votre femme a passé son permis ?

— Nous avons même acheté une quatre chevaux...

— Je crois qu'une cure à Vichy vous ferait le plus grand bien... Un bon nettoyage de l'organisme...

Il faillit éclater de rire en voyant l'expression qu'avait prise le visage du commissaire.

— Une cure ?

— Quelques verres d'eau par jour... Je ne pense pas que le spécialiste vous infligera les bains de boue ou gazeux, la mécanothérapie et tout le tralala... Vous n'êtes pas un cas sérieux... Vingt et un jours d'une existence régulière, sans souci...

— Sans bière, sans vin, sans plats cuisinés, sans...

— Pendant combien d'années en avez-vous profité ?

— J'en ai eu ma part... avoua-t-il.

— Et vous l'aurez encore, même si cette part est un peu plus réduite... C'est décidé ? ...

Maigret s'étonna de s'entendre dire en se levant, tout comme n'importe quel client de Pardon :

— C'est décidé.

— Quand ?

— Dans quelques jours, une semaine au plus, le temps de mettre mes dossiers en ordre...

— Je suis obligé de vous envoyer à un de mes confrères de là-bas qui connaît mieux la question que moi... J'en connais une demi-douzaine... Voyons... Rian est un garçon encore jeune qui n'a rien de pompeux... Je vous donne son adresse et son numéro de téléphone... Je lui écrirai demain pour le mettre au courant...

— Merci, Pardon...

— Je ne vous ai pas fait trop de mal ? ...

— Vous avez opéré en douceur...

Dans le salon, il sourit à sa femme, d'un sourire rassurant, mais ils ne parlèrent pas de maladie chez les Pardon.

Rue Popincourt seulement, où ils marchaient bras dessus bras dessous, Maigret murmura, comme s'il s'agissait d'une chose sans importance :

— Nous passerons nos vacances à Vichy...

— Tu feras la cure ?

— Tant que j'y suis ! ... ironisa-t-il. Je ne suis pas malade. Il paraît même que je suis exceptionnellement bien portant. C'est pourquoi on m'envoie boire de l'eau...

Cela ne datait pas seulement de cette visite à Pardon. Depuis un certain temps, il avait la curieuse impression que tout le monde était plus jeune que lui, qu'il s'agisse du préfet ou des juges d'instruction, des prévenus qu'il interrogeait ou, maintenant, de ce docteur Rian, blond et affable, qui n'avait pas quarante ans.

Un gamin, en somme, un jeune homme tout au plus, néanmoins grave et sûr de lui, qui allait plus ou moins décider de son sort.

Cette pensée l'irritait et l'inquiétait tout ensemble, car

il ne se sentait pas un homme âgé, ni même un homme vieillissant.

Sa jeunesse n'empêchait pas le docteur Rian d'habiter un bel hôtel particulier en briques roses, boulevard des Etats-Unis, et, si le décor rappelait un peu 1900, il n'en était pas moins cossu, avec ses escaliers de marbre, ses tapis, ses meubles astiqués, la femme de chambre au bonnet orné de broderie anglaise.

— Je suppose que vous n'avez plus vos parents ? ... De quoi votre père est-il mort ?

Le médecin notait les réponses sur une fiche, minutieusement, d'une écriture régulière de sergent-major.

— Votre mère ? ... Vous avez des frères ? ... Des sœurs ? ... Maladies infantiles ? ... La rougeole ? ... Scarlatine ? ...

Pas la scarlatine, mais la rougeole, très jeune, alors que sa mère vivait encore. C'était même le souvenir le plus chaud, le plus rassurant qu'il eût gardé d'elle, car il devait la perdre peu de temps après.

— Quels sports avez-vous pratiqués ? ... Pas d'accidents ? ... Faites-vous des angines fréquentes ? ... Gros fumeur, je suppose ? ...

Le jeune docteur souriait, malicieux, afin de montrer à Maigret qu'il le connaissait de réputation.

— On ne peut pas dire que vous menez une vie sédentaire...

— Cela dépend des moments. Il m'arrive, pendant trois semaines ou un mois, de passer mes journées au bureau et, tout à coup, d'être dehors pendant plusieurs jours...

— Repas réguliers ? ...

— Non...

— Vous ne suivez aucun régime ? ...

N'était-il pas obligé d'avouer qu'il aimait les plats mitonnés, les ragoûts, les sauces parfumées de toutes les herbes de la Saint-Jean ?

— Non seulement gourmet, mais gros mangeur, hein ?
— Assez, oui...
— Et le vin ? Un demi-litre, un litre par jour ? ...
— Oui... Non... Davantage... A table, d'habitude, je n'en bois que deux ou trois verres... Au bureau, parfois un verre de bière, que je me fais monter d'une brasserie voisine...
— Apéritif ?
— Assez souvent, avec l'un ou l'autre de mes collaborateurs...

A la Brasserie Dauphine. Ce n'était pas par ivrognerie, mais pour l'ambiance, le coude à coude familier, l'odeur de cuisine, d'anis, de calvados qui avait fini par imprégner les murs. Pourquoi en avait-il honte, tout à coup, devant ce jeune homme si propre et si bien logé ?

— En somme, pas de véritable excès...

Il voulait être honnête.

— Cela dépend de ce que vous appelez excès. Le soir, je ne déteste pas un verre ou deux de prunelle que ma belle-sœur nous envoie d'Alsace... Mes enquêtes exigent souvent que je passe un certain temps dans des cafés ou dans des bars... C'est difficile à vous expliquer... Si je commence une de ces enquêtes au vouvray, par exemple, parce que je me trouve dans un bistrot dont c'est la spécialité, j'ai tendance à la continuer au vouvray...
— Combien par jour ?

Cela lui rappelait son enfance, le confessionnal du village qui sentait le vieux bois moisi et le curé qui prisait.

— Beaucoup ?
— Vous diriez sans doute que c'est beaucoup...
— Cela dure longtemps ?
— Tantôt trois jours, tantôt huit ou dix, sinon plus. Cela dépend de la chance...

On ne lui adressait pas de reproches. On ne lui donnait

pas de chapelet à réciter, mais il devinait ce que le médecin blond, assis dans le soleil, perché sur un beau bureau en acajou, pensait de lui.

— Pas de grosses indigestions ? Pas d'aigreurs d'estomac, de vertiges ? ...

Des vertiges, justement. Rien de grave. Il lui arrivait, surtout depuis quelques semaines, de se sentir dans un univers moins ferme qui aurait perdu de sa réalité. Lui-même était flottant, mal assuré sur ses jambes.

Ce n'était pas assez fort pour l'inquiéter réellement, mais c'était désagréable. Heureusement que cela ne durait que quelques minutes. Une fois, cela l'avait pris alors qu'il allait traverser le boulevard du Palais et il avait attendu pour s'aventurer sur la chaussée.

— Je vois... Je vois...

Que voyait-il ? Qu'il était malade ? Qu'il fumait et buvait trop ? Qu'il était temps, à son âge, de suivre un régime ?

Maigret n'était pas accablé. Il souriait, de ce sourire que sa femme lui voyait depuis qu'ils étaient à Vichy. Il avait l'air de se moquer de lui-même mais il était quand même un peu morose.

— Nous allons passer à côté...

Toute la gamme, cette fois ! On lui fit même gravir et redescendre pendant trois minutes les marches d'un escabeau. Tension artérielle dans la position couchée, assise, debout. Puis l'écran.

— Respirez... Plus profondément... Ne respirez plus... Aspirez... Gardez l'air... Expirez...

C'était drôle et navrant, dramatique et loufoque. Il avait peut-être trente ans à vivre encore, mais on pouvait tout aussi bien, dans quelques minutes, lui annoncer avec ménagements que sa vie d'homme bien portant, d'homme normal, était finie et qu'il ne serait désormais qu'un invalide.

Ils avaient tous passé par là, tous ceux qu'on rencontrait dans le parc, autour des sources, sous les arbres somptueux, le long du plan d'eau, et même ceux qui se doraient sur la plage, les joueurs de boules, les joueurs de tennis qu'on apercevait de l'autre côté de l'Allier sous les ombrages du Sporting Club.

— Mademoiselle Jeanne...

— Oui, monsieur...

L'infirmière savait ce qu'elle devait apporter. Tout cela faisait partie d'une routine comme celle que les Maigret allaient adopter.

D'abord le petit appareil pour lui piquer le bout du doigt et recueillir des gouttes de sang qu'on distribuait dans différentes éprouvettes.

— Détendez-vous... Serrez un moment le poing...

Une aiguille lui piquait la veine du bras.

— Desserrez...

Ce n'était pas la première fois qu'on lui faisait une prise de sang mais il lui semblait que celle-ci revêtait une sorte de solennité.

— Je vous remercie... Vous pouvez vous rhabiller...

Ils se retrouvaient un peu plus tard dans le bureau aux murs couverts de livres et de revues médicales reliées année par année.

— Je ne crois pas qu'un traitement sévère soit nécessaire dans votre cas... Je vous reverrai après-demain à la même heure, lorsque j'aurai les résultats des analyses... D'ici là, je vais vous établir un régime... Vous êtes à l'hôtel, je suppose ? ... Vous n'aurez qu'à remettre ce papier à votre hôtelier... Il comprendra...

Une carte imprimée avec, dans une colonne, les plats

autorisés et, dans l'autre, les plats interdits. Il y avait même, au dos, des exemples de menus.

— Je ne sais pas si vous êtes au courant de l'action curative des différentes sources. Il existait, sur ce sujet, un petit ouvrage très bien fait, par deux de mes confrères, mais je crois qu'il est épuisé... Nous allons essayer d'abord d'alterner l'eau de deux sources, Chomel et Grande Grille, que vous trouverez toutes deux dans le parc...

Ils étaient sérieux l'un comme l'autre. Maigret n'avait pas envie de hausser les épaules ni de rire pendant que le docteur remplissait une feuille de bloc-notes.

— Vous avez l'habitude de vous lever tôt et de prendre votre petit déjeuner ? ... Je vois... Votre femme vous a accompagné ? ... Dans ce cas je ne vais pas vous envoyer à jeun à travers la ville... Voyons... Commencez, le matin, vers dix heures et demie, à la Grande Grille... Vous trouverez des chaises pour vous reposer et, s'il pleut, un vaste hall vitré... Chaque demi-heure, par trois fois, vous absorberez un verre d'eau, que vous prendrez aussi chaude que possible...

» L'après-midi, vers cinq heures, vous agirez de même à la source Chomel...

» Ne vous étonnez pas si, le lendemain, vous vous sentez un peu las... C'est un effet passager de la cure... D'ailleurs, je vous reverrai alors...

Tout cela était déjà lointain. Il n'était alors qu'un novice confondant une source avec une autre. Maintenant, il s'était installé dans la cure, comme les milliers, les dizaines de milliers d'hommes et de femmes qu'il coudoyait du matin au soir.

A certaines heures, toutes les petites chaises jaunes du parc étaient occupées, comme le soir autour du kiosque à musique, chacun et chacune attendant le moment d'aller boire sa seconde, sa troisième, sa quatrième dose.

Il avait, comme les autres, acheté un verre gradué et Mme Maigret avait insisté pour avoir le sien.

— Tu ne vas pourtant pas suivre la cure ?

— Pourquoi pas ? Qu'est-ce que je risque ? J'ai lu, sur les dépliants, que les eaux font maigrir...

Les verres étaient enfermés dans des étuis en paille tressée et Mme Maigret les portait tous les deux en bandoulière à la façon dont les turfistes portent leurs jumelles.

Ils ne s'étaient jamais tant promenés tous les deux. Dès neuf heures du matin ils étaient dehors et, à part les livreurs, il n'y avait guère qu'eux dans les rues paisibles du quartier où ils habitaient, le quartier de France, non loin de la source des Célestins.

Il y avait, à quelques minutes de leur hôtel, un jardin pour enfants, avec une piscine peu profonde, des balançoires, des jeux de toutes sortes et même un guignol plus important que celui des Champs-Elysées.

— Vous avez votre billet, monsieur ?

Ils avaient payé un franc chacun, avaient marché sous les arbres, regardant s'ébattre les gosses presque nus, et étaient revenus le lendemain.

— Si vous prenez un carnet de vingt tickets, cela vous reviendra moins cher...

Il n'osa pas. C'était trop prémédité. Ils étaient passés par hasard. C'est seulement par habitude, par désœuvrement, qu'ils revenaient chaque jour à la même heure.

Après, ils s'arrêtaient de même à l'endroit réservé aux joueurs de boules et Maigret suivait gravement deux ou trois parties, retrouvant sous un même arbre le grand maigre qui n'avait qu'un bras et qui pourtant était le meilleur tireur.

Dans une autre quadrette, où résonnait l'accent méridional, un homme au teint rose, aux cheveux très blancs, vêtu avec recherche, jouait avec dignité et les autres l'appelaient sénateur.

Un peu plus loin commençait la plage, avec la baraque des C.R.S., les ballons flottants qui délimitaient la baignade, et on y retrouvait aussi les mêmes gens sous les mêmes parasols.

— Tu ne t'ennuies pas ? lui avait-elle demandé le second jour.

— Pourquoi ? s'était-il étonné.

Car il ne s'ennuyait pas. Il adoptait petit à petit un nouveau rythme, d'autres manies. Ainsi s'aperçut-il avec étonnement qu'il bourrait machinalement une pipe en arrivant au pont de Bellerive. Il y eut la pipe du Yacht Club où, de la rive, ils regardaient des jeunes gens et des jeunes filles se livrer au ski nautique.

— Tu ne crois pas que c'est un sport dangereux ?

— Pourquoi ?

Le parc, enfin, les verres d'eau qu'une employée leur remplissait à la source et que chacun buvait à petites gorgées. C'était chaud et salé. A la source Chomel, l'eau avait un fort goût de soufre, et Maigret s'empressait d'allumer une nouvelle pipe.

Mme Maigret s'étonnait de le trouver si docile, si calme, et il lui arrivait de s'en inquiéter.

C'est alors qu'elle découvrit qu'il jouait en quelque sorte au détective. Il observait les gens, comme malgré lui, notait de menus détails, les classait par catégories. Par exemple, à leur hôtel, l'Hôtel de la Bérézina, du genre pension de famille, il avait déjà distingué, selon leur régime, les hépatiques des diabétiques.

Il s'efforçait de deviner l'histoire de chacun, de les situer dans leur vie normale et, parfois, il faisait participer sa femme à cette distraction.

Les deux qu'il appelait « les hilares » le fascinaient, cet

homme replet qui semblait toujours sur le point de venir lui serrer la main et sa petite bonne femme qui ressemblait à un bonbon. Que pouvaient-ils faire dans la vie ? Avaient-ils reconnu le commissaire pour avoir vu sa photographie dans les journaux ?

Au fait, ici, peu de gens le reconnaissaient, beaucoup moins qu'à Paris. Il est vrai que sa femme lui avait fait acheter un veston léger, presque blanc, en mohair, comme les hommes d'un certain âge en portaient l'été quand il était enfant.

Même sans cela, on n'aurait sans doute pas pensé à lui. Il était sûr que ceux qui fronçaient les sourcils en le voyant, ou qui se retournaient, se disaient : « Tiens ! On croirait Maigret... »

Mais ils ne pensaient pas qu'il était Maigret. D'ailleurs, il l'était si peu !

L'autre personnage fascinant... La dame en lilas... Elle suivait la cure aussi, seulement à la Grande Grille, où ils la voyaient chaque matin... Elle avait sa place, un peu à l'écart des autres, près du kiosque à journaux... Elle ne prenait qu'une gorgée d'eau à la fois puis, après avoir rincé et essuyé son verre, elle le replaçait avec soin dans son étui de paille, toujours digne et lointaine...

Trois ou quatre personnes la saluèrent. Les Maigret ne la voyaient pas l'après-midi. Se rendait-elle à l'établissement d'hydrothérapie ? Son médecin lui ordonnait-il de rester étendue ?

— Vitesse de sédimentation parfaite... avait annoncé le docteur Rian. Moyenne horaire : 6 mm... Cholestérol un peu fort, mais dans les limites acceptables... Urée normale... Fer sérique en quantité assez faible, ce qui n'a rien d'inquiétant... L'acide urique non plus... Je vous ai supprimé le gibier, les abats, les crustacés... Quant à l'examen hématologique, il est excellent, avec 98 d'hémoglobine...

» Tout ce dont vous avez besoin, c'est d'un bon nettoyage de l'organisme... Vous ne ressentez pas de lourdeurs, de maux de tête ? ... Nous allons donc continuer le même régime pendant les prochains jours... Venez me voir samedi...

Ce soir-là, le soir de la musique au kiosque, ils ne virent pas la dame en lilas rentrer chez elle, car ils n'attendaient jamais la fin du concert mais, de bonne heure, regagnaient le quartier de France, ses rues désertes, ses façades fraîchement peintes, leur Hôtel de la Bérézina dont la double porte était flanquée de deux arbustes dans des baquets.

Ils dormaient dans un lit de cuivre et tous les meubles dataient du début du siècle, comme la baignoire à pieds et les robinets en col de cygne.

L'hôtel était bien tenu, silencieux, sauf quand le fils des Gagnaire, qui étaient au premier, jouait tout seul à l'Indien dans le jardin.

Tout le monde dormait.

Cinquième jour ? Sixième jour ? C'était Mme Maigret la plus déroutée, le matin, de ne pas avoir à préparer le café. A sept heures, on leur apportait le petit déjeuner sur un plateau, avec des croissants frais et le journal de Clermont-Ferrand, qui consacrait deux pages à la vie vichyssoise.

Maigret avait pris l'habitude de les lire de la première à la dernière ligne, de sorte qu'il était au courant des moindres événements locaux. Il lisait même les avis mortuaires et les petites annonces.

— Villa 3 chambres, salle de bains, tout confort, excellent état, vue imprenable sur...

— Tu as l'intention d'acheter une villa ?

— Non, mais c'est intéressant. Je me demande si ce sont des habitués de la cure qui tiennent à avoir une villa à eux pour y passer un mois par an ou si ce sont des retraités de Paris ou d'ailleurs qui...

Ils s'habillaient tour à tour et le patron ne manquait pas de les saluer au bas de l'escalier orné d'un tapis rouge retenu par des tringles de cuivre. Le patron n'était pas du pays, mais de Montélimar, et cela s'entendait à son accent.

Ils grignotaient les heures... Le parc des enfants... Les joueurs de boules...

— Au fait, j'ai vu qu'il y a tous les mercredis et tous les samedis un grand marché... Nous pourrons y jeter un coup d'œil...

Il avait toujours aimé les marchés, l'odeur des légumes et des fruits, la vue des quartiers de bœuf, des poissons, des homards encore vivants...

— Rian m'a bien recommandé de faire cinq kilomètres de marche par jour...

Sa voix était ironique.

— Il ne se doute pas que nous en abattons une moyenne de quinze !...

— Tu crois ?

— Calcule... Nous marchons un minimum de cinq heures... Si nous n'allons pas au pas de gymnastique, on n'en peut pas moins compter entre trois et quatre kilomètres à l'heure...

— Je ne l'aurais jamais cru...

Le verre d'eau. La chaise jaune et la lecture des journaux de Paris qui venaient d'arriver. Le déjeuner dans la salle à manger toute blanche où, sur certaines tables, on voyait une bouteille de vin entamée, avec une étiquette au nom du pensionnaire. Il n'y en avait pas sur la table des Maigret.

— Il t'a interdit le vin ?

— Pas formellement. Mais, tant que j'y suis...

Elle n'en revenait pas de le voir devenir un curiste consciencieux et conserver pourtant sa bonne humeur.

Il s'offrait une courte sieste, puis la routine reprenait, de l'autre côté de la ville cette fois, les rues commerçantes, les magasins, la foule qui les séparait sans cesse sur le trottoir.

— Tu as remarqué le nombre de pédicures et d'orthopédistes ?

— Si tout le monde marche autant que nous ! ...

Il n'y avait pas concert au kiosque, ce soir-là, mais dans le jardin du Grand Casino. Les instruments à cordes avaient remplacé les cuivres et la musique était plus sérieuse, comme les visages de ceux qui l'écoutaient.

Ils n'aperçurent pas la dame en lilas. Ils ne la rencontrèrent pas non plus dans les allées du parc où ils ne manquèrent pas de croiser les deux hilares. Ceux-ci étaient vêtus avec plus de soin que d'habitude et marchaient vite en direction du théâtre du casino où on donnait une pièce comique.

Le lit de cuivre. Le temps passait à une vitesse surprenante, à ne rien faire. Les croissants, le café, les morceaux de sucre enveloppés de papier huilé, le journal de Clermont-Ferrand.

Maigret, dans son fauteuil, près de la fenêtre, fumait sa première pipe, en pyjama, avec encore, dans sa tasse, du café qu'il faisait durer aussi longtemps que possible.

Quand il poussa une exclamation, Mme Maigret surgit de la salle de bains, en peignoir à fleurs bleues, sa brosse à dents à la main.

— Qu'est-ce qu'il y a ?

— Regarde...

Sur la première page consacrée à Vichy, une photographie, celle de la dame en lilas. Elle devait être plus jeune de quelques années et elle avait fait l'effort, pour le photographe, d'amener un mince sourire à ses lèvres.

— Que lui est-il arrivé ?

— Elle a été assassinée...

— La nuit dernière ?

— Si cela s'était passé la nuit dernière, le journal ne pourrait en parler ce matin... La nuit d'avant...

— Nous l'avons vue au kiosque...

— Vers neuf heures, oui... Elle est rentrée chez elle, à deux rues d'ici, rue du Bourbonnais... Je ne me doutais pas que nous étions presque voisins... Elle a eu le temps de retirer son châle, son chapeau, d'entrer dans le salon, à gauche du corridor...

— Avec quoi l'a-t-on tuée ?

— Elle a été étranglée... Hier matin, ses locataires se sont étonnés de ne pas entendre de bruit au rez-de-chaussée...

— Ce n'est pas une curiste ?

— Elle habite Vichy toute l'année... Elle est propriétaire de la maison dont elle loue, meublées, les chambres du premier étage...

Maigret restait assis et sa femme savait au prix de quel effort.

— Tu crois que c'est un crime crapuleux ?

— Le meurtrier a tout fouillé, mais semble n'avoir rien emporté... On a retrouvé quelques bijoux et une certaine somme d'argent dans un tiroir qui a cependant été ouvert...

— Elle n'a pas été...

— Violée ? Non...

Il regarda la fenêtre en silence.

— Sais-tu qui dirige l'enquête ?

— Évidemment non.

— Lecœur, qui a été un de mes inspecteurs et qui est à

présent chef de la Police judiciaire à Clermont-Ferrand... Il est ici... Il ne se doute pas que j'y suis aussi...

— Tu comptes aller le voir ?

Il ne répondit pas tout de suite.

2

A neuf heures moins cinq, Maigret n'avait toujours pas répondu à la question de sa femme. On aurait dit qu'il mettait son point d'honneur à se comporter exactement comme les autres matins, à suivre, sans le moindre écart, leur routine de Vichy.

Il avait lu le journal jusqu'au bout, en finissant son café, s'était rasé, baigné, tout en écoutant comme d'habitude les nouvelles à la radio. A neuf heures moins cinq, il était prêt et ils descendaient tous les deux l'escalier au tapis rouge et aux tringles de cuivre.

Le patron, en veste blanche, toque de cuisinier sur la tête, le guettait dans le corridor.

— Alors, monsieur Maigret, on vous soigne à Vichy ! On va jusqu'à vous offrir un beau crime...

Il parvint à sourire vaguement.

— Vous allez vous en occuper, j'espère ?

— Ce qui se passe en dehors de Paris n'est pas de ma compétence...

Mme Maigret l'épiait. Elle croyait qu'il ne s'en apercevrait pas, mais il en était conscient. Au lieu de descendre la rue d'Auvergne, dans la direction de l'Allier et du parc des enfants, il tournait à droite, l'air innocent.

Certes, il leur arrivait de changer d'itinéraire, mais c'était toujours au retour de la ville. Elle s'émerveillait chaque fois du sens de l'orientation dont son mari faisait preuve. Il n'avait consulté aucun plan. Il semblait marcher au hasard, s'enfonçait dans des petites rues qui paraissaient l'éloigner de son but et elle sursautait en reconnaissant soudain la façade de leur hôtel, les deux arbustes dans leurs baquets peints en vert.

Cette fois, il tournait encore à droite, puis encore et, sur un trottoir, on apercevait une quinzaine de badauds qui regardaient au-delà de la chaussée.

Une petite lueur éclaira les yeux de Mme Maigret. Le commissaire semblait hésiter, changeait de trottoir, s'arrêtait pour vider sa pipe en la frappant contre son talon et pour en bourrer lentement une autre. Il lui faisait l'effet d'un grand enfant et, à ces moments-là, elle se sentait déborder de tendresse.

Une lutte se livrait en lui. Enfin, comme s'il ignorait où il se trouvait, il se mêlait au groupe de curieux, regardait, lui aussi, la maison d'en face, devant laquelle une voiture était arrêtée, non loin d'un C.R.S. en faction.

La maison était pimpante, comme la plupart des maisons de la rue. La façade avait été assez fraîchement repeinte en blanc teinté de rose et les volets étaient vert amande ainsi que le balcon.

Sur une plaque de marbre on lisait, en lettres anglaises de fantaisie : *Les Iris.*

Mme Maigret devinait le petit drame qui se jouait en lui. Il n'avait pas voulu se rendre au siège de la police comme, à présent, il se refusait à traverser la rue, à dire au C.R.S. qui il était, à se faire introduire dans la maison.

Il n'y avait pas un nuage au ciel. La rue était propre, l'air limpide, léger, joyeux. Une femme, un peu plus loin, battait ses tapis à la fenêtre en regardant les curieux d'un air apitoyé. Mais elle-même, la veille, quand le crime avait été découvert et que la police était arrivée en force, ne s'était-elle pas mêlée aux voisins pour contempler une façade qu'elle connaissait pourtant depuis des années ?

Certains échangeaient des commentaires.

— Il paraît que c'est un drame d'amour...

— Allons ! Allons ! Elle avait près de cinquante ans...

Au premier étage, un visage se devinait derrière les vitres, des cheveux sombres, un nez pointu, et parfois on devinait à l'arrière-plan la silhouette d'un homme encore jeune.

La porte était blanche. Une voiture de laitier passait et des bouteilles étaient déposées sur la plupart des seuils. Le livreur s'avança vers la porte blanche, une bouteille de lait à la main. Le C.R.S. lui dit quelque chose, sans doute que ce n'était pas la peine, mais le laitier haussa les épaules et laissa quand même sa bouteille.

Est-ce que quelqu'un allait s'apercevoir que Maigret... Il ne pouvait pas rester là indéfiniment...

Au moment où il allait se mettre en mouvement, un grand garçon aux cheveux hirsutes s'encadra dans la porte, traversa la rue, marcha droit vers le commissaire.

— Le divisionnaire aimerait que vous veniez le voir...

Sa femme réussit à ne pas sourire.

— Où est-ce que je t'attends ? demanda-t-elle.

— A notre place habituelle, devant la source...

L'avait-on reconnu par la fenêtre ? Il traversait dignement la chaussée, s'efforçant de donner à son visage une expression grognonne. Le corridor était frais, avec, à droite, un portemanteau en bambou où étaient accrochés deux chapeaux. Il y ajouta le sien, un chapeau de paille que sa femme lui avait fait acheter en même temps que le veston de mohair et dont il avait un peu honte.

— Entrez, patron...

Une voix joyeuse, familière, un visage, une silhouette que Maigret reconnaissait tout de suite.

— Lecœur !

Ils ne s'étaient pas revus depuis quinze ans, depuis que Désiré Lecœur, alors inspecteur, faisait encore partie de l'équipe de Maigret au Quai des Orfèvres.

— Eh oui, patron, on prend de la bouteille, du ventre et du grade. Me voilà divisionnaire à Clermont-Ferrand, ce qui me vaut d'avoir cette empoisonnante affaire sur le dos... Entrez...

Il l'introduisait dans un petit salon bleu de fumée, s'asseyait devant la table qui lui servait provisoirement de bureau et qui était couverte de papiers.

Maigret s'installa non sans précaution dans un fragile fauteuil en imitation Louis XVI et il devait y avoir une question dans son regard puisque Lecœur s'empressa de dire :

— Vous vous demandez sans doute comment j'ai su que vous étiez ici ? D'abord Moinet, que vous n'avez pas connu et qui commande la police de Vichy, a vu votre nom parmi les fiches d'hôtel... Bien sûr qu'il n'a pas osé vous déranger, mais ses hommes vous voient passer chaque jour... Il paraît même que les C.R.S. de la plage se demandent quand vous vous déciderez à jouer aux boules... Chaque matin, vous vous montrez un peu plus passionné par la pétanque, si bien...

— Vous êtes arrivé hier ?

— De Clermont-Ferrand, bien entendu, avec deux de mes hommes, dont le jeune Dicelle qui est allé vous cueillir sur le trottoir. J'ai hésité à vous envoyer chercher. J'ai pensé que vous étiez ici pour une cure et non pour nous donner un coup de main. Je savais d'ailleurs que si l'affaire vous intéressait vous finiriez...

Maigret parvenait vraiment à avoir l'air maussade.

— Un crime crapuleux ? grommela-t-il.

— Certainement pas.

— Passionnel ?

— Peu probable. Je dis ça mais, après vingt-quatre heures, je n'en sais guère plus que quand je suis arrivé hier matin...

Il fouilla parmi ses paperasses.

— La victime s'appelle Hélène Lange. Elle avait quarante-huit ans et elle est née à Marsilly, à une dizaine de kilomètres de La Rochelle. J'ai téléphoné à la mairie de Marsilly qui m'a appris que sa mère, veuve de bonne heure, a tenu longtemps une petite mercerie place de l'Eglise.

» Elle avait deux filles et Hélène, l'aînée, a suivi, à La Rochelle, des cours de sténo-dactylo... Ensuite, elle a travaillé un certain temps dans les bureaux d'un armateur avant de partir pour Paris où on perd sa trace...

» Elle n'a jamais demandé d'extrait de son acte de naissance, ce qui laisse supposer qu'elle ne s'est pas mariée. D'ailleurs, sa carte d'identité porte la mention célibataire...

» Elle avait une sœur plus jeune de six ou sept ans qui a été manucure, à La Rochelle, elle aussi. Comme l'aînée, elle a gagné Paris, d'où elle est revenue au pays après une dizaine d'années.

» Elle a dû amasser une certaine somme qui lui a permis d'acheter, place d'Armes, un salon de coiffure qu'elle tient toujours... J'ai essayé de lui téléphoner... Je n'ai eu au bout du fil qu'une aide qui la remplace, car elle est en vacances aux Baléares... Je lui ai télégraphié à son hôtel pour lui demander de revenir d'urgence et je l'attends dans le courant de la journée...

» Cette sœur, Francine, n'est pas mariée non plus... La mère est morte il y a plus de vingt ans... On ne connaît pas d'autre famille...

Maigret, malgré lui, avait son visage professionnel. On

aurait dit que c'était lui qui dirigeait l'enquête et qu'un de ses collaborateurs lui faisait un rapport dans son bureau.

Il manquait ses pipes, devant lui, qu'il avait l'habitude de tripoter dans ces circonstances-là, la vue de la Seine, au-delà de la fenêtre, son fauteuil solide au dossier duquel il pouvait s'appuyer.

Pendant que Lecœur parlait, il avait remarqué deux ou trois détails, en particulier que, dans ce salon qui servait de living-room, il n'y avait que des photographies d'Hélène Lange. Sur un bahut, on la voyait à cinq ou six ans, dans une robe trop longue pour elle, une tresse maigre de chaque côté du visage.

Au mur, un portrait, plus grand, par un bon photographe, la montrait dans une pose romantique, le regard éthéré, âgée d'une vingtaine d'années.

Sur une troisième, elle se tenait debout au bord de la mer. Elle n'était pas en costume de bain mais portait une robe blanche que la brise faisait flotter vers la gauche comme un drapeau et elle tenait à deux mains un chapeau clair à large bord.

— Vous savez quand et comment le crime a été commis ?

— Il est difficile de reconstituer les événements... Nous y travaillons depuis hier matin, mais nous ne sommes guère plus avancés...

» Avant-hier, donc lundi soir, Hélène Lange a dîné seule dans sa cuisine. Elle a fait la vaisselle, puisque nous n'avons pas trouvé d'assiettes sales, s'est habillée et est sortie après avoir éteint toutes les lumières. Si cela vous intéresse, elle a mangé deux œufs à la coque. Elle portait une robe mauve et un châle de laine blanche ainsi qu'un chapeau également blanc...

Maigret hésita, ne put résister, en fin de compte, au désir de déclarer :

— Je sais...

— Vous avez déjà enquêté ?

— Non, mais, lundi soir, je l'ai aperçue assise devant le kiosque à musique où l'on donnait un concert...

— Vous ignorez quand elle a quitté le parc ?

— Nous nous sommes éloignés, ma femme et moi, avant neuf heures et demie pour notre promenade habituelle...

— Elle était seule ?

— Elle était toujours seule.

Lecœur n'essayait pas de cacher sa stupeur.

— Vous l'avez remarquée d'autres fois ?

Un Maigret plus souriant faisait un signe affirmatif de la tête.

— Pourquoi ?

— Ici, on passe son temps à se promener et, machinalement, on se regarde les uns les autres. Comme les gens se retrouvent aux mêmes heures aux mêmes endroits...

— Vous avez une idée ?

— De quoi ?

— Du genre de femme que c'était ?

— Elle n'était certainement pas banale, c'est tout ce que je sais...

— Bon... Je continue... Deux des trois chambres du premier étage sont louées... La première est occupée par un ingénieur de Grenoble, un nommé Maleski, et par sa femme... Ils sont sortis quelques minutes après Mlle Lange pour se rendre au cinéma et ils ne sont rentrés qu'à onze heures et demie... Tous les volets de la maison étaient fermés, comme d'habitude, mais de la lumière apparaissait entre les fentes de ceux du rez-de-chaussée... Une fois dans le corridor, ils ont remarqué que la lumière filtrait sous la porte du salon et sous celle de la chambre à coucher de Mlle Lange, qui est à droite...

— Ils n'ont rien entendu ?

— Maleski n'a rien entendu... Sa femme, bien qu'avec beaucoup d'hésitation, parle d'un murmure de voix... Ils se sont couchés presque tout de suite et rien ne les a réveillés jusqu'au lendemain matin...

» L'autre locataire s'appelle Mme Vireveau, une veuve, qui habite rue Lamarck, à Paris... C'est une personne imposante, d'une soixantaine d'années, qui vient chaque année à Vichy pour perdre quelques kilos... C'est la première fois qu'elle louait une chambre chez Mlle Lange... Les années précédentes, elle descendait à l'hôtel...

» Il paraît qu'elle a connu un autre genre de vie, que son mari était un homme riche, mais trop généreux, qui l'a laissée dans une situation difficile... Bref, elle est couverte de bijoux faux et parle comme dans les mauvaises pièces de théâtre... Elle est sortie à neuf heures... Elle n'a vu personne et a laissé la maison dans l'obscurité complète...

— Chaque locataire a sa clef ?

— Oui... La veuve Vireveau s'est rendue au club de bridge du Carlton, qu'elle a quitté un peu avant minuit... Elle est rentrée à pied, comme d'habitude... Elle n'a pas de voiture. Les Maleski ont une petite auto mais s'en servent rarement pendant leur séjour à Vichy et elle reste le plus souvent dans un garage du quartier...

— Les lumières étaient toujours allumées ?

— Attendez, patron... Bien entendu, je n'ai pu questionner la Vireveau qu'une fois le crime découvert et alors que toute la rue était en émoi... Je ne sais pas si elle a autant d'imagination que de goût pour les bijoux de fantaisie... Elle prétend qu'en arrivant au coin de la rue, c'est-à-dire à l'angle du boulevard de La Salle et de la rue du Bourbonnais, elle s'est presque heurtée à un homme... Il n'avait pu la voir venir et elle jure qu'il a sursauté, puis porté la main à son visage comme pour éviter d'être reconnu...

— Elle l'a reconnu quand même !

— Non. Elle affirme qu'elle le reconnaîtrait malgré tout si elle était mise en face de lui... Il était très grand, très fort... Une énorme poitrine de gorille, dit-elle... Il marchait vite, penché en avant... Elle a eu peur, s'est néanmoins retournée sur lui alors qu'il continuait à foncer vers la ville...

— Un homme de quel âge ?

— Pas jeune... Pas vieux non plus... Très fort... Effrayant... Elle a presque couru et elle n'a été rassurée qu'une fois la clef dans la serrure...

— Les lumières étaient toujours visibles au rez-de-chaussée ?

— Justement, elles ne l'étaient plus, pour autant qu'on puisse se fier à ce témoignage. Elle n'a rien entendu. Elle s'est couchée, si émue qu'elle a pris une cuillerée d'alcool de menthe sur un morceau de sucre...

— Qui a découvert le crime ?

— J'y viens, patron. Mlle Lange voulait bien louer ses chambres à des personnes convenables, mais elle ne leur servait pas les repas... Elle ne leur permettait pas non plus de cuisiner et ne tolérait même pas un réchaud à alcool pour le café du matin...

» Vers huit heures, hier, Mme Maleski est descendue avec sa Thermos afin, comme chaque jour, de la remplir de café dans un bar des environs et d'acheter des croissants... Elle n'a rien remarqué de particulier... A son retour non plus... Ce qui l'a surprise, c'est de ne pas entendre de bruit, surtout la seconde fois, car Mlle Lange se levait de bonne heure et on l'entendait aller et venir d'une pièce à l'autre...

» — Je me demande si elle n'est pas malade... a-t-elle dit à son mari tandis qu'ils mangeaient.

» Car la propriétaire se plaignait volontiers de sa santé. A neuf heures, le couple est descendu tandis que Mme Vireveau était encore chez elle et, dans le corridor, ils ont trouvé Charlotte interloquée...

— Charlotte ?

— Une petite bonne que Mlle Lange employait chaque matin de neuf heures à midi pour faire les chambres... Elle vient à vélo d'un village situé à une dizaine de kilomètres et elle est un peu simplette...

» — Toutes les portes sont fermées... a-t-elle dit aux Maleski.

» Les autres matins, quand elle arrivait, portes et fenêtres du rez-de-chaussée étaient ouvertes car Mlle Lange prétendait toujours manquer d'air.

» — Vous n'avez pas la clef ?

» — Non... Si elle n'est pas là, autant que je m'en aille...

» Maleski a essayé d'ouvrir avec la clef de sa chambre, n'y est pas parvenu et a fini par téléphoner à la police, du même bar où sa femme venait d'aller chercher le café.

» C'est à peu près tout. Le lieutenant de la police de Vichy est bientôt arrivé avec un serrurier. La clef de la porte du salon manquait. Les autres portes, celle de la cuisine et celle de la chambre, étaient fermées de l'intérieur, la clef sur la serrure...

» Dans ce salon, ici, exactement, au bord du tapis, Hélène Lange était étendue, ou plutôt repliée sur elle-même, et elle n'était pas belle à voir car elle avait été étranglée...

» Elle portait encore sa robe mauve, mais elle avait retiré son châle et son chapeau qu'on a retrouvés au porte-manteau du corridor... Les tiroirs des meubles étaient ouverts, des papiers, des boîtes de carton éparpillés sur le plancher...

— Pas de viol ?

— Pas même de tentative... Pas de vol non plus, pour autant que nous sachions... Le compte rendu de *la Tribune*, ce matin, est assez fidèle... Dans un tiroir, nous avons retrouvé cinq billets de cent francs... Le sac à main de la victime a été fouillé, son contenu éparpillé comme le reste, y compris quatre cents francs en billets de dix et de vingt ainsi que de la monnaie et qu'un abonnement au théâtre du Grand Casino...

— Il y a longtemps qu'elle a acheté cette maison ?

— Neuf ans... Elle venait alors de Nice, où elle a habité un certain temps...

— Elle y travaillait ?

— Non... Elle occupait un logement assez modeste, près du boulevard Albert-Ier, et semblait vivre de ses rentes...

— Elle voyageait ?

— Des voyages de deux ou trois jours, à peu près tous les mois...

— On ne sait pas où elle se rendait ?

— Elle était muette sur ses allées et venues...

— Et ici ?

— Les deux premières années, elle n'a pas pris de locataires... Ensuite, elle a mis trois chambres à louer pendant la saison, mais les trois chambres n'étaient pas toujours occupées... C'est le cas à présent... La chambre bleue est vide... Car il y a la chambre blanche, la chambre rose et la chambre bleue...

Maigret fit une autre remarque. Il ne voyait autour de lui aucune tache de vert, pas un bibelot de cette couleur, pas un coussin, une garniture.

— Elle était superstitieuse ?

— Comment le savez-vous ? Un jour, elle s'est fâchée parce que Mme Maleski avait apporté un bouquet d'œillets et elle lui a déclaré qu'elle ne voulait pas de ces fleurs de malheur dans la maison...

» De même a-t-elle fait remarquer à Mme Vireveau qu'elle était imprudente de porter une robe verte et que cela lui coûterait certainement cher...

— Elle recevait des visites ?

— D'après les voisins, jamais.

— Du courrier ?

— De temps en temps une lettre de La Rochelle. Le facteur a été interrogé. Des prospectus. Des factures de quelques magasins de Vichy.

— Elle avait un compte en banque ?

— Au Crédit Lyonnais, au coin de la rue Georges-Clemenceau.

— Vous y êtes allé, bien entendu ?

— Elle faisait des versements réguliers, environ cinq mille francs chaque mois, pas toujours à la même date.

— En espèces ?

— Oui... Pendant la saison, les versements étaient plus élevés, à cause des locataires qui lui payaient leur loyer...

— Il lui arrivait de signer des chèques ?

— A des fournisseurs, presque tous de Vichy ou de Moulins, où elle se rendait de temps en temps... Parfois, elle payait par chèque des objets qu'elle commandait à Paris sur catalogue... Vous trouverez une pile de catalogues dans ce coin...

Lecœur observait le commissaire, que son veston presque blanc rendait très différent de l'homme qu'on rencontrait Quai des Orfèvres.

— Qu'est-ce que vous en pensez, patron ?

— Qu'il faut que je m'en aille... Ma femme m'attend...

— Et votre premier verre d'eau !

— La police de Vichy sait ça aussi ? grommela-t-il.

— Vous reviendrez ? La P.J. n'a pas de bureau à Vichy. Je rentre chaque soir en voiture à Clermont-Ferrand, ce qui ne fait qu'une soixantaine de kilomètres. Le commandant de la police d'ici m'a proposé de mettre une pièce et un téléphone à ma disposition, mais j'aime autant travailler sur place... Mes hommes essayent de retrouver des passants ou des voisins qui auraient aperçu la demoiselle Lange lundi soir quand elle est rentrée, car nous ignorons si elle était accompagnée, si elle a trouvé quelqu'un dans la place ou si...

— Excusez-moi, mon vieux... Ma femme...

— Mais oui, patron...

Maigret était partagé entre sa curiosité et sa routine. Il s'en voulait un peu d'avoir tourné à droite au lieu de tourner à gauche en quittant l'Hôtel de la Bérézina. Il se serait arrêté comme chaque matin au jardin des enfants, puis, plus loin, aurait observé les joueurs de boules.

Est-ce que Mme Maigret avait accompli, seule, leur tournée quotidienne, en s'arrêtant à chacun des endroits où ils avaient coutume de s'arrêter ?

— Vous ne voulez pas qu'on vous conduise ? J'ai ma voiture à la porte et le petit Dicelle ne demandera pas mieux que de...

— Merci... Je suis ici pour marcher...

Et il marcha, seul, d'un pas rapide, pour rattraper le temps perdu.

Il avait bu son premier verre d'eau et retrouvé sa place, entre le vaste hall vitré des sources et le premier arbre. Il sentait que, si elle ne lui posait pas de questions, sa femme était attentive à ses moindres gestes, à ses expressions de physionomie.

Son journal sur les genoux, il regardait à travers le feuillage à peine animé le ciel d'un bleu toujours aussi pur dans lequel flottait un petit nuage d'un blanc éclatant.

Il se plaignait parfois, à Paris, de ne plus retrouver certaines sensations dont il gardait la nostalgie : une bouffée d'air tiédi par le soleil sur la joue, le jeu de la lumière dans les feuilles ou sur le gravier, le crissement de celui-ci sous les pas de la foule et même le goût de la poussière...

Ici, le miracle se produisait. Alors qu'il pensait à son entretien avec Lecœur, il se sentait comme enveloppé dans l'ambiance et rien de ce qui se passait autour de lui ne lui échappait.

Pensait-il vraiment ? Rêvassait-il ? On voyait passer des familles, comme partout, mais les couples d'âge mûr étaient plus nombreux.

Parmi les solitaires, étaient-ce les hommes ou les femmes qui dominaient ? Les femmes, surtout les vieilles, avaient tendance à s'agglomérer. On les voyait arranger les chaises en cercles de six, de huit, et elles se penchaient les unes vers les autres avec l'air d'échanger des confidences alors qu'elles ne se connaissaient que de quelques jours.

Qui sait ? C'étaient peut-être de vraies confidences. Elles s'entretenaient de leurs maux, de leur médecin, de leur traitement, puis de leurs enfants mariés, de leurs petits-enfants dont elles tiraient des photographies de leur sac à main.

Rares étaient celles qui s'asseyaient seules à l'écart, comme la demoiselle en lilas dont il connaissait maintenant le nom.

Les isolés étaient plus nombreux parmi les hommes, souvent marqués par la fatigue ou la maladie et s'efforçant de traverser la foule avec dignité. On n'en devinait pas moins sur leurs traits, dans leur regard, une sorte de détresse, une crainte vague de s'écrouler, parmi les jambes des passants, dans une flaque d'ombre ou de soleil.

Hélène Lange était une solitaire et son attitude, son maintien trahissaient une sorte de fierté. Elle ne voulait pas être traitée de vieille fille, n'acceptait pas de pitié, allait très droite, la démarche légère, le menton haut.

Elle ne frayait avec personne, n'avait nul besoin de soulager son âme ou son esprit par de faciles confidences.

Avait-elle choisi de vivre seule ?

Il se le demandait, intrigué, s'efforçant de la revoir, assise, debout, immobile, en mouvement.

— Ils ont une piste ?

Mme Maigret commençait à être jalouse de sa rêverie. A Paris, elle n'aurait pas osé questionner son mari au cours d'une enquête. Ici, marchant côte à côte pendant des heures, n'avaient-ils pas pris l'habitude de penser à voix haute ?

Ce n'était jamais une vraie conversation, un échange de répliques précises, mais presque toujours quelques mots, une remarque qui suffisait à indiquer le cours des pensées de l'un ou de l'autre.

— Non. Ils attendent la sœur...

— Elle n'a pas d'autre famille ?

— Il semble bien que non...

— C'est l'heure de ton second verre...

Ils pénétrèrent dans le hall où les têtes des serveuses d'eau dépassaient de la fosse dans laquelle elles travaillaient. Hélène Lange venait boire ici chaque jour. Etait-ce sur l'ordre du médecin ou seulement pour se créer un but de promenade ?

— A quoi penses-tu ?

— Je me demande pourquoi Vichy.

Il y avait près de dix ans qu'elle s'était installée dans cette ville et y avait acheté une maison. Elle avait donc trente-sept ans à l'époque et elle ne paraissait pas avoir besoin de gagner sa vie puisque, les deux premières années, elle n'avait pas sous-loué les chambres de l'étage.

— Et pourquoi pas ? ripostait Mme Maigret.

— Il existe des centaines de petites et de moyennes villes en France où elle aurait pu se fixer, sans compter La Rochelle, qu'elle a connue pendant son enfance et son adolescence... Sa sœur, après avoir vécu à Paris, est retournée à La Rochelle et s'y est fixée...

— Peut-être les deux sœurs ne s'entendaient-elles pas ?

Ce n'était pas si simple. Maigret regardait toujours les gens marcher et leur rythme lui rappela un même défilé incessant, ailleurs, dans le soleil chaud. A Nice, sur la Promenade des Anglais.

Car, avant de venir à Vichy, Hélène Lange avait vécu cinq ans à Nice.

— Elle a vécu cinq ans à Nice, dit-il à voix haute.

— Beaucoup de petits rentiers...

— Justement... Des petits rentiers, mais aussi des gens de toutes les couches sociales, comme ici... Je me demandais avant-hier ce que me rappelait la foule qui marche dans ce parc ou s'assoit sur les chaises... C'est la même que devant la mer, à Nice... Une foule dont les origines sont si diverses qu'elle en devient neutre... Ici aussi, il doit y avoir ou il y a eu de vieilles gloires de la galanterie, du théâtre, du cinéma... Nous avons découvert un quartier de riches hôtels particuliers où l'on aperçoit encore des valets de chambre à gilet rayé...

» Sur les collines, on devine des villas cossues et secrètes...

» Comme à Nice...

— Qu'est-ce que tu en déduis ?

— Rien. Elle avait trente-deux ans quand elle a

commencé à vivre à Nice et elle y était aussi seule qu'ici. Généralement, la solitude commence plus tard...

— Les peines de cœur existent...

— Je sais, mais elles ne donnent pas ce visage-là.

— Il y a aussi les ménages brisés...

— Quatre-vingt-quinze pour cent des femmes se remarient.

— Et les hommes ?

Il lui sourit largement et lança, sans qu'elle puisse savoir si c'était une plaisanterie :

— Cent pour cent !

A Nice, on trouvait une population flottante, des succursales des magasins de Paris, plusieurs casinos. A Vichy, des dizaines de milliers de curistes changeaient tous les vingt et un jours et on retrouvait les mêmes magasins, trois casinos, une douzaine de cinémas.

Ailleurs, on l'aurait connue, on se serait occupé d'elle, on aurait épié ses faits et gestes.

Pas à Nice. Pas à Vichy. Mais avait-elle quelque chose à cacher ?

— Tu dois retrouver Lecœur ?

— Il m'a invité à passer le voir quand je voudrais... Il continue à m'appeler patron comme quand il était encore dans mon service...

— Ils le font tous...

— C'est vrai... Par habitude...

— Tu ne crois pas que c'est plutôt par affection ?

Il haussa les épaules et ils ne tardèrent pas à se retrouver sur le chemin du retour. Cette fois ils prirent par la vieille ville, s'arrêtant devant les objets parfois touchants étalés à la vitrine des antiquaires.

Ils savaient qu'à table les autres pensionnaires les observaient, mais il fallait bien s'y habituer. Maigret s'efforçait de manger comme le docteur Rian lui avait recommandé de le faire. Ne rien avaler avant d'avoir mâché avec soin, pas même de la purée de pommes de terre. Ne pas piquer un morceau avec sa fourchette avant que la bouchée précédente ne soit avalée. Ne pas boire plus d'une ou deux gorgées d'eau, à la rigueur teintée d'un peu de vin...

Il préférait pas de vin du tout.

Il s'offrait quelques bouffées de pipe en montant l'escalier avant de s'étendre tout habillé pour la sieste. Assez de lumière pénétrait à travers les volets pour que sa femme, dans le fauteuil, puisse à son tour parcourir le journal, et à travers sa somnolence il entendait parfois le froissement de la page qu'elle tournait.

Il était étendu depuis vingt minutes à peine quand on frappa à la porte. Mme Maigret se précipita sur le palier, referma la porte. Il y eut des chuchotements, puis elle descendit, ne resta absente que quelques minutes.

— C'était Lecœur.

— Il a du nouveau ?

— La sœur vient d'arriver à Vichy. Elle s'est rendue au siège de la police et on va la conduire à la morgue pour reconnaître le corps. Lecœur l'attend rue du Bourbonnais. Il demande si cela te ferait plaisir de le rejoindre afin d'assister à son interrogatoire.

Maigret était déjà debout, grommelant, et il commençait par ouvrir les volets pour rendre la chambre à la lumière et à la vie.

— Je te retrouve à la source ?

La source, le premier verre d'eau, la chaise de fer, c'était cinq heures de l'après-midi.

— Cela ne durera pas si longtemps. Attends-moi plutôt sur un des bancs près des joueurs de boules...

Il hésita à prendre son chapeau de paille.

— Tu as peur qu'on se moque de toi ?

Tant pis. Il était en vacances, après tout, et il le posa crânement sur sa tête.

Des curieux continuaient à passer, à s'arrêter devant la maison que gardait toujours un C.R.S. Quand ils constataient qu'il n'y avait à voir que des fenêtres fermées, ils ne tardaient pas à s'éloigner en hochant la tête.

— Asseyez-vous, patron... Si vous placiez le fauteuil dans le coin, près de la fenêtre, vous la verriez en pleine lumière...

— Vous ne l'avez pas encore rencontrée ?

— J'étais à table, dans un excellent restaurant d'ailleurs, quand on m'a averti qu'elle était au siège de la police... Ils se chargent de la conduire à la morgue et de me l'amener...

A travers le tulle des rideaux, ils apercevaient en effet une voiture noire, conduite par un policier en uniforme, qui précédait une longue auto rouge découverte. Le couple installé à l'avant, cheveux défaits, teint bruni, faisait très retour de vacances.

La femme et l'homme discutaient un moment, penchés l'un sur l'autre, puis, après un bref baiser, la femme descendait de voiture et claquait la portière, tandis que son compagnon restait assis devant le volant et allumait une cigarette.

Il était brun, le visage fermement dessiné, avec une carrure de sportif que dessinait son polo jaune. Il observait la maison d'un regard sans curiosité tandis que le C.R.S. introduisait la jeune femme dans le salon.

— Commissaire Lecœur... Je suppose que vous êtes Francine Lange ?...

— C'est exact...

Elle eut un vague coup d'œil pour Maigret qu'on ne lui présenta pas et qui était assis à contre-jour.

— Madame ou mademoiselle ?

— Je ne suis pas mariée, si c'est ce que vous voulez dire. Mon ami, qui est dans la voiture, est avec moi. Mais je connais trop les hommes pour en épouser un. Après, c'est la croix et la bannière pour s'en débarrasser...

C'était une belle créature, qui ne paraissait pas ses quarante ans et qui promenait dans l'étroit salon conventionnel des formes provocantes. Elle portait une robe couleur feu, si légère qu'on la voyait au travers, et on aurait juré qu'elle sentait encore la mer.

— Le télégramme m'est parvenu hier soir... Lucien s'est débrouillé pour nous trouver des places dans le premier avion pour Paris... A Orly, nous avons repris notre voiture que nous avions laissée en partant...

— Je suppose que c'est bien de votre sœur qu'il s'agit ?

Elle fit oui de la tête, sans émotion.

— Vous ne préférez pas vous asseoir ?

— Merci. Je peux fumer ?

Elle regardait la fumée qui s'échappait de la pipe de Maigret avec l'air de dire : « Si celui-là peut tirer sur sa bouffarde, j'ai bien le droit de griller une cigarette... »

— Je vous en prie... Je suppose que ce crime vous surprend autant que nous ?

— Bien sûr que je ne m'y attendais pas...

— Vous ne connaissiez pas d'ennemis à votre sœur ?

— Pourquoi Hélène aurait-elle eu des ennemis ?

— Quand l'avez-vous vue pour la dernière fois ?

— Il y a six ou sept ans, je ne sais pas au juste... Je me rappelle que c'était en hiver et qu'il y avait une tempête... Elle ne m'avait pas prévenue de sa visite et j'ai été surprise en la voyant entrer tranquillement dans mon salon de coiffure...

— Vous vous entendiez bien avec elle ?

— Comme on s'entend entre sœurs... Je ne l'ai pas tellement connue, à cause de la différence d'âge... Elle sortait de l'école alors que j'y entrais... Puis elle suivait des cours à La Rochelle bien avant que je n'y devienne manucure... Ensuite, elle a quitté la ville...

— A quel âge ?

— Attendez... Il y avait un an que j'étais en apprentissage... J'avais donc seize ans... Ajoutez sept... Elle avait vingt-trois ans...

— Vous lui écriviez ?

— Rarement... Dans notre famille, ce n'est pas le genre...

— Votre mère était déjà morte ?

— Non... Elle est morte deux ans plus tard et Hélène est venue à Marsilly pour le partage... Il n'y avait pas grand-chose à partager... La boutique ne valait pas deux sous...

— Que faisait votre sœur à Paris ?

Maigret ne cessait de la détailler, tout en évoquant la silhouette et le visage de la morte. Il y avait peu de points communs entre les deux femmes, et Francine n'avait pas le visage long de sa sœur, ni ses yeux sombres. Ses yeux à elle étaient bleus, ses cheveux d'un blond peut-être accentué par la teinture car on y trouvait, sur le devant, une étrange mèche d'un roux ardent.

Au premier abord, c'était la brave fille, qui devait recevoir ses clientes avec une humeur exubérante, voire un peu canaille. Elle n'essayait pas de paraître distinguée et elle accentuait au contraire comme à plaisir ce qu'il y avait chez elle de vulgaire.

Moins d'une demi-heure après avoir contemplé le cadavre de sa sœur à la morgue, elle répondait presque gaiement aux questions de Lecœur dont elle semblait, par habitude, entreprendre la conquête.

— Ce qu'elle faisait à Paris ?... Je suppose qu'elle était dactylo dans un bureau, mais je ne suis pas allée y voir...

Nous ne nous ressemblions pas beaucoup toutes les deux... A quinze ans, j'avais déjà un ami, qui était chauffeur de taxi, et, depuis, j'en ai eu beaucoup d'autres... Je ne pense pas que cela ait été le genre d'Hélène, ou alors elle cachait bien son jeu...

— A quelle adresse lui écriviez-vous ?

— Je me souviens, au début, d'un hôtel de l'avenue de Clichy, mais j'en ai oublié le nom... Elle a changé d'hôtel assez souvent... Puis elle a eu un appartement rue Notre-Dame-de-Lorette, je ne sais plus à quel numéro...

— Quand vous êtes allée à Paris à votre tour, vous ne lui avez pas rendu visite ?...

— Si... justement, c'était rue Notre-Dame-de-Lorette, et j'ai été étonnée de la voir si bien logée... Je le lui ai fait remarquer... Elle avait une belle chambre donnant sur la rue, un living-room, une cuisinette et une vraie salle de bains...

— Il y avait un homme dans sa vie ?

— Je n'ai pas pu le savoir... Je voulais rester quelques jours chez elle en attendant de trouver une chambre à ma convenance... Elle m'a répondu qu'elle me conduirait dans un hôtel très propre et pas cher, mais qu'elle ne pourrait pas vivre avec quelqu'un...

— Pas même trois ou quatre jours ?

— C'est ce que j'ai compris.

— Cela ne vous a pas surprise ?

— Pas plus que ça... Vous savez, il en faut beaucoup pour me surprendre... Du moment que les gens me laissent faire ce qui me plaît, ils sont libres aussi et je ne pose pas de questions...

— Combien de temps êtes-vous restée à Paris ?

— Onze ans...

— Toujours comme manucure ?

— D'abord comme manucure, dans des salons de quartier puis, à la fin, dans un palace des Champs-Elysées... J'ai appris le métier de visagiste...

— Vous viviez seule ?

— Parfois seule, d'autres fois pas...

— Vous rencontriez votre sœur ?

— Pour ainsi dire jamais...

— De sorte que vous ne savez à peu près rien de sa vie à Paris ?

— Tout ce que je sais, c'est qu'elle travaillait...

— Quand vous êtes retournée à La Rochelle pour vous installer à votre compte, vous aviez beaucoup d'économies ?

— Assez...

Il ne lui demandait pas comment elle avait gagné cet argent. Elle n'en parlait pas non plus, mais on pouvait penser qu'elle tenait pour acquis qu'ils se comprenaient.

— Vous ne vous êtes jamais mariée ?

— Je vous ai déjà répondu. Je ne suis pas assez sotte pour ça...

Et, se tournant vers la fenêtre à travers laquelle on apercevait son compagnon qui prenait des attitudes au volant de sa voiture rouge :

— Regardez comme il a l'air malin...

— Vous vivez pourtant avec lui...

— C'est mon employé, un très bon coiffeur, d'ailleurs... A La Rochelle, nous vivons à part, car je n'aimerais pas l'avoir jour et nuit dans les jambes... En vacances, passe encore...

— La voiture vous appartient ?

— Bien sûr.

— C'est lui qui l'a choisie ?

— Vous avez deviné...

— Votre sœur n'a jamais eu d'enfant ?

— Pourquoi me demandez-vous ça ?

— Je ne sais pas... C'était une femme...

— A ma connaissance, elle n'en a pas eu... Il me semble que ça se saurait, non ?

— Et vous ?

— J'en ai eu un, alors que je vivais encore à Paris, il y a quinze ans de ça... Ma première idée était de le faire partir et cela aurait mieux valu... C'est ma sœur qui m'a conseillé de le laisser venir...

— Vous vous voyiez donc à cette époque ?

— Je suis allée la voir à cause de ça... J'avais besoin d'en parler à quelqu'un de la famille... Cela peut paraître rigolo, mais il y a des moments où on se souvient qu'on a une famille... Bref, j'ai eu un fils, Philippe... Je l'ai mis en nourrice dans les Vosges...

— Pourquoi les Vosges ? Vous y avez des attaches ?

— Pas du tout. Hélène a trouvé cette adresse dans je ne sais quel bulletin... Je suis allée le voir une dizaine de fois en deux ans... Il était bien, chez des paysans très gentils... Leur ferme était propre... Puis, un beau jour, ils m'ont fait savoir que le petit s'était noyé dans la mare...

Elle resta un moment rêveuse, haussa les épaules.

— Après tout, c'était peut-être mieux pour lui...

— Vous ne connaissez à votre sœur aucune relation, ni ami, ni amie ?

— Elle ne devait guère en avoir. A Marsilly, déjà, elle regardait les autres filles de haut et on l'appelait la princesse. Je crois qu'à l'école de sténo-dactylo, à La Rochelle, c'était la même chose...

— Elle était orgueilleuse ?

Elle hésita, réfléchit.

— Je ne sais pas. Je ne choisirais pas ce mot-là. Elle n'aimait pas les gens. Elle n'aimait pas le contact avec les gens. Voilà ! Elle préférait rester seule...

— Elle n'a jamais tenté de se suicider ?

— Pourquoi ? Vous croyez que...

Lecœur sourit.

— Non... On ne se suicide pas en s'étranglant... Je me demande seulement si, auparavant, elle n'a pas été tentée d'en finir avec la vie...

— Je suis sûre que non... Elle s'aimait bien comme elle était... Au fond, elle était très satisfaite...

Le mot frappa Maigret et il revit la demoiselle en lilas assise face au kiosque. Il avait essayé alors de définir l'expression de son visage et il n'y était pas parvenu.

Francine venait de le faire : elle s'aimait bien !

Elle s'aimait tellement que, rien que dans son salon, il y avait trois photographies d'elle, et sans doute s'en trouvait-il dans la salle à manger et dans la chambre qu'il n'avait pas visitées. Personne d'autre. Aucun portrait de sa mère, de sa sœur, d'amis ou d'amies. Au bord de la mer, c'était seule qu'elle s'était fait photographier devant les vagues.

— Jusqu'à nouvel avis, je suppose que vous êtes sa seule héritière ?... Nous n'avons pas trouvé de testament parmi ses papiers... Il est vrai que ceux-ci ont été éparpillés par le meurtrier, mais je ne vois pas pour quelle raison il aurait emporté un testament... Aucun notaire ne s'est encore fait connaître...

— Quand a lieu l'enterrement ?

— C'est à vous de décider... Le médecin légiste en a fini avec le corps, qui peut vous être remis dès que vous le désirerez...

— Où croyez-vous que je doive l'enterrer ?

— Je n'en ai aucune idée.

— Ici, je ne connais personne... A Marsilly, tout le village serait aux obsèques par curiosité... Je me demande si elle aurait tellement aimé retourner à Marsilly... Ecoutez, si vous n'avez plus besoin de moi, je vais chercher une chambre d'hôtel et prendre un bon bain, car j'en sens le besoin... J'essayerai de réfléchir et, demain matin...

— Je vous attends donc demain matin...

Au moment de partir, après avoir serré la main de Lecœur, elle se tourna un instant vers Maigret, comme en se demandant ce qu'il faisait là, silencieux dans son coin, et elle eut alors un froncement de sourcils.

L'avait-elle reconnu ?

— A demain... Vous avez été très gentil...

On la vit s'installer dans l'auto, se pencher vers son compagnon pour lui dire quelques mots et la voiture démarra.

Les deux hommes, dans le salon, se regardaient, et Lecœur fut le premier à lancer un presque comique :

— Alors ?

A quoi Maigret répondit, en tirant sur sa pipe :

— Eh oui ! Alors ?

Il n'avait pas envie de discuter et il n'oubliait pas son rendez-vous avec sa femme près des joueurs de boules.

— A demain, vieux...

— A demain...

Il eut droit, en sortant, au salut militaire du C.R.S., mais il n'en fut pas plus fier.

3

Il était assis une fois de plus dans le fauteuil vert, près de la fenêtre ouverte. Le temps était le même qu'à leur arrivée, un soleil généreux et chaud, avec pourtant, le matin, de l'air frais dans les rues que parcouraient les arroseuses municipales, de la fraîcheur aussi, pendant la journée, sous les arbres qu'on retrouvait partout, que ce soit au parc, le long de l'Allier ou des nombreuses avenues.

Il avait mangé ses trois croissants. La tasse de café était encore à moitié pleine. Sa femme, à côté, faisait couler l'eau d'un bain et il entendait à l'étage au-dessus les pas de pensionnaires qui venaient de se lever.

Ce n'était pas sans ironie qu'il s'enfonçait ainsi dans ses nouvelles habitudes. Où qu'il soit, il se créait machinalement une routine à laquelle il obéissait comme si elle lui était imposée.

On aurait pu dire que chacune de ses enquêtes, à Paris, avait son rythme, ses moments de pause dans des bistrots ou des brasseries déterminés, ses odeurs, sa lumière.

Ici, il se sentait en vacances bien plus qu'en cure et la mort de la demoiselle en lilas s'inscrivait sur un fond de vie paresseuse.

La veille au soir, comme les autres soirs, ils étaient allés faire le tour du parc, où ils étaient quelques centaines à passer de l'ombre à la lumière des globes dépolis. C'était l'heure des théâtres, des casinos, des cinémas. Les gens sortaient de leur hôtel, de leur pension, des chambres meublées où ils avaient mangé de la charcuterie, et chacun fonçait vers la distraction qu'il avait choisie.

Beaucoup se contentaient des chaises de fer jaune aux lignes romantiques et Maigret avait cherché machinalement la silhouette droite et digne, le visage tout en longueur, le menton haut, le regard à la fois nostalgique et dur.

Hélène Lange était morte et, dans une chambre d'hôtel, Francine discutait sans doute avec son gigolo de l'endroit où on enterrerait sa sœur.

Quelque part dans la ville, un homme connaissait le

mystère des *Iris* et de la femme solitaire : l'homme qui l'avait étranglée.

Continuait-il à faire sa promenade dans le parc ou se dirigeait-il en ce moment vers un théâtre ou un cinéma ?

Ils s'étaient couchés, sa femme et lui, sans en parler, mais chacun savait que l'autre y pensait.

Maigret allumait sa pipe, tournait la page du journal afin de trouver les nouvelles locales. Il tiqua en voyant sa photographie sur deux colonnes, une photographie qu'il ne connaissait pas, prise à son insu alors qu'il buvait un de ses verres d'eau quotidiens. A son côté, on distinguait un tiers environ de la silhouette de sa femme et, derrière, plus flous, deux ou trois visages anonymes.

Maigret enquête ?

Par discrétion, nous n'avions pas signalé à nos lecteurs la présence, parmi nous, du commissaire Maigret qui est à Vichy non par devoir professionnel mais pour profiter, comme tant d'autres personnages illustres avant lui, des vertus curatives de nos eaux.

Le commissaire, pourtant, résistera-t-il au désir d'éclaircir le mystère de la rue du Bourbonnais ?

Il semble bien qu'il ait été reconnu aux alentours de la maison du crime et même qu'il ait eu des contacts avec le sympathique commissaire Lecœur, chef de la P.J. de Clermont-Ferrand, qui dirige l'enquête.

La cure l'emportera-t-elle ou bien...

Il rejeta le journal, sans colère, car il avait l'habitude de ce genre d'échos, et, haussant les épaules, il regarda vaguement dehors.

Jusqu'à neuf heures, ses faits et gestes furent ceux des

autres matins et quand Mme Maigret apparut, en tailleur rose, ils se dirigèrent tout naturellement vers l'escalier.

— Bonne journée, messieurs-dames...

C'était l'inévitable salut matinal du patron. Maigret avait déjà aperçu deux silhouettes sur le trottoir, un reflet sur l'objectif d'un appareil photographique.

— Ils vous attendent depuis une heure... Ce ne sont pas ceux de *la Montagne,* où on parle de vous, ce matin, mais de *la Tribune,* de Saint-Etienne...

L'homme à la caméra était un grand roux, l'autre un petit brun avec une épaule plus haute que l'autre. Ils se précipitaient vers le seuil.

— Vous permettez qu'on prenne une photo, une seule ?

A quoi bon refuser ? Il resta un instant immobile entre les deux arbustes qui flanquaient l'entrée tandis que Mme Maigret reculait dans la pénombre.

— Levez un peu la tête, à cause du chapeau...

C'était la première fois depuis longtemps qu'on le photographiait avec un chapeau de paille, et il n'en portait qu'à Meung-sur-Loire, un vieux chapeau de jardinier.

— Encore une... Juste une seconde... Merci...

— Dites-moi, monsieur Maigret, puis-je vous demander si vous vous occupez vraiment de l'affaire ? ...

— En tant que chef de la Brigade Criminelle du Quai des Orfèvres, je n'ai pas à me mêler de ce qui se passe en dehors de Paris...

— Ce crime vous intéresse cependant ?

— Comme il intéresse la plupart de vos lecteurs...

— Ne présente-t-il pas un caractère particulier ?

— Je ne vois pas ce que vous voulez dire...

— La victime était une solitaire... Elle ne fréquentait personne... On ne voit aucun motif à...

— Quand on la connaîtra davantage, le motif deviendra sans doute évident...

La phrase était banale et ne le compromettait pas. Pourtant, elle exprimait une vérité. Maigret n'était pas le seul à s'efforcer, depuis longtemps, de connaître le caractère des victimes. Les criminologues attachent de plus en plus d'importance au mort et ils vont même, dans beaucoup de cas, jusqu'à lui attribuer une bonne part de responsabilité.

N'y avait-il pas, dans la vie, dans le comportement d'Hélène Lange, quelque chose qui la prédestinait en quelque sorte à mourir de mort violente ? Dès qu'il l'avait aperçue sous les ombrages du parc, elle avait attiré l'attention du commissaire.

Il est vrai que d'autres, comme les deux hilares, l'avaient intéressé aussi.

— Le commissaire Lecœur n'a-t-il pas fait partie de votre équipe ?

— Il a travaillé à la P.J. de Paris.

— Vous l'avez vu ?

— Je lui ai serré la main.

— Vous le reverrez ?

— C'est probable.

— Vous discuterez du meurtre avec lui ?

— Peut-être. A moins que nous ne parlions que du temps qu'il fait et de la lumière particulière à votre ville...

— Qu'a-t-elle de particulier ?

— Une certaine vibration, une certaine douceur...

— Vous comptez revenir à Vichy l'an prochain ?

— Cela dépendra de mon médecin...

— Merci...

Ils sautaient tous les deux dans une vieille voiture, tandis que Maigret et sa femme faisaient quelques pas sur le trottoir.

— Où est-ce que je t'attends ?

Cela impliquait que son mari allait se rendre rue du Bourbonnais.

— A la source ?

— Au jeu de boules...

Autrement dit, il ne comptait pas rester longtemps avec Lecœur. Il le trouva dans le salon exigu, occupé à téléphoner.

— Asseyez-vous, patron... Allô ! ... Oui... C'est une chance que la concierge soit restée à son poste pendant tant d'années... Oui... Elle ne sait pas où ? ... Elle prenait le métro ? ... Oui, à la station Saint-Georges... Ne coupez pas, mademoiselle... Continue, vieux...

Cela dura encore deux ou trois minutes.

— Je te remercie. Je te ferai envoyer une commission rogatoire pour régulariser la situation... Il sera temps alors de m'expédier ton rapport... Ta femme ? ... Bien entendu... Les gosses donnent toujours du souci... J'en sais quelque chose, avec mes quatre garçons...

Il raccrocha, se tourna vers Maigret.

— C'était Julien, que vous avez dû connaître et qui est actuellement inspecteur dans le IXe... Je lui ai demandé hier de fouiller dans les paperasses de son arrondissement... Il a retrouvé l'adresse exacte d'Hélène Lange, rue Notre-Dame-de-Lorette, où elle a habité quatre ans...

— Donc, de vingt-huit à trente-deux ans...

— A peu près... La concierge n'a pas changé... Il paraît que Mlle Lange était une jeune fille tranquille... Elle sortait et rentrait à des heures régulières, comme une personne qui travaille... Elle sortait rarement le soir pour, semble-t-il, aller au théâtre ou au cinéma...

» Son bureau ne devait pas se trouver dans le quartier, puisqu'elle prenait le métro... De bonne heure, elle allait faire son marché et elle n'avait pas de femme de ménage... Vers midi vingt, elle rentrait pour déjeuner et repartait à une heure et demie... On la revoyait ensuite à six heures et demie...

— Elle ne recevait personne ?
— Un homme, un seul, toujours le même.
— La concierge ne connaît pas son nom ?
— Elle ne sait rien de lui. Il ne venait qu'une ou deux fois par semaine, vers huit heures et demie, et il était toujours reparti à dix heures...
— Quel genre ?
— Un homme bien, paraît-il. Il possédait une voiture. La concierge n'a jamais eu l'idée d'en relever le numéro. Une grosse auto noire, sans doute américaine...
— Quel âge ?
— La quarantaine... Plutôt fort... Très soigné, très bien habillé...
— C'est lui qui payait le loyer ?
— Il n'est jamais entré dans la loge...
— Ils allaient ensemble en week-end ?
— Une seule fois.
— En vacances ?
— Non... Hélène Lange, à cette époque, ne prenait que deux semaines de vacances et se rendait presque chaque année à Etretat, où on lui faisait suivre son courrier dans une pension de famille...
— Elle recevait beaucoup de courrier ?
— Très peu... De temps en temps, une lettre de sa sœur... Elle avait un abonnement de lecture dans une librairie des environs et elle lisait beaucoup...
— Je peux faire le tour de l'appartement ?
— Vous êtes chez vous, patron...

Il remarqua que la télévision n'était pas dans le salon mais dans la salle à manger meublée en style provençal, avec beaucoup de cuivres bien entretenus. On y voyait, sur le dressoir, une photographie d'Hélène Lange jouant au cerceau et une autre, en maillot de bain, devant une falaise, à Etretat probablement. Elle avait un corps bien proportionné, longiligne comme son visage, mais sans maigreur, sans sécheresse. C'était une de ces femmes qu'on risque de mal juger en les voyant habillées.

La cuisine, moderne et gaie, comportait une machine à laver la vaisselle et tous les instruments qui facilitent le travail d'une ménagère.

On tournait en quelque sorte autour du couloir et on se trouvait dans une salle de bains, moderne aussi, puis enfin dans la chambre de la morte.

Maigret fut amusé d'y trouver le même lit de cuivre qu'à l'hôtel et presque les mêmes meubles aux nombreuses arabesques. Le papier rayé, sur les murs, mélangeait le rose pâle à un bleu légèrement violacé et, ici aussi, une photographie montrait Hélène Lange vers sa trentième année.

L'expression du visage était très différente et son sourire spontané, sans mystère, exprimait la joie de vivre.

C'était un instantané agrandi et du feuillage permettait de penser qu'il avait été pris dans un bois. Elle regardait l'objectif avec une certaine tendresse.

— Je serais curieux de savoir qui tenait l'appareil, grommela Maigret à l'adresse de Lecœur qui l'avait rejoint.

— Drôle de fille, hein ?

— Je suppose que vous vous êtes occupé des locataires ?

— J'ai pensé, moi aussi, que le crime pouvait avoir été commis par quelqu'un de l'intérieur. La veuve est hors de cause et, d'ailleurs, elle n'est pas assez vigoureuse, malgré son volume, pour étrangler une personne aussi résistante que Mlle Lange... Nous avons vérifié au Carlton, où elle a bien joué au bridge jusqu'à onze heures vingt... Or, d'après le médecin légiste, le crime a dû être commis entre dix et onze heures du soir...

— Autrement dit, quand Mme Vireveau est rentrée, Hélène Lange était déjà morte.

— C'est à peu près certain.

— Les Maleski ont vu de la lumière sous la porte du salon... Comme on devait trouver plus tard les lumières éteintes, le meurtrier était encore dans la place...

— Je me le répète toute la journée... Ou bien il est rentré avec sa victime et l'a étranglée avant de fouiller les meubles, ou bien elle l'a surpris dans son travail et il l'a étouffée...

— L'homme que Mme Vireveau prétend avoir rencontré au coin de la rue ?

— On y travaille... Un tenancier de bar, qui baissait son rideau de fer, a vu vers la même heure un individu corpulent qui marchait vite... Il affirme qu'il paraissait essoufflé...

— Dans quelle direction ?

— Vers les Célestins...

— Pas de description ?

— Il n'y a pas prêté attention... Il sait seulement qu'il était vêtu de sombre et qu'il ne portait pas de chapeau... Il croit se rappeler que son front était assez dégarni...

— Aucune lettre anonyme ?

— Pas encore...

Cela viendrait. Aucune affaire un peu mystérieuse ne se termine sans que la police reçoive un certain nombre de lettres anonymes et de coups de téléphone énigmatiques.

— Vous n'avez pas revu la sœur ?

— Je l'attends pour savoir ce que je dois faire du corps...

Il ajouta après un silence :

— Les deux sœurs se ressemblent aussi peu que possible, hein ? ... Autant l'une paraît avoir été réservée, repliée sur elle-même, avec un certain dédain pour ce qui l'entourait, autant l'autre est ouverte à la vie, débordante de santé... Pourtant...

Maigret sourit en regardant Lecœur qui, avec les années, avait pris du ventre, et qui avait quelques poils blancs dans ses moustaches rousses. Ses yeux clairs étaient naïfs, presque enfantins, et cependant Maigret se souvenait de lui comme d'un de ses meilleurs collaborateurs.

— Pourquoi souriez-vous ?

— Parce que, moi, je l'ai vue vivante et que, d'après ses photographies et ce qu'on vous a dit d'elle, vous en arrivez aux mêmes conclusions que moi...

— Hélène Lange était une fausse sentimentale, une fausse romantique, non ?

— Je crois qu'elle jouait un rôle, peut-être pour elle-même, mais elle ne pouvait empêcher son regard d'être dur et précis...

— Comme sa sœur...

— Francine Lange, elle, joue les émancipées, les filles qui n'ont pas froid aux yeux, qui se fichent du quart et du tiers... A La Rochelle, je suis persuadé qu'elle est un personnage populaire dont on se raconte les frasques et les bons mots...

— Ce qui ne l'empêche pas, de temps en temps...

Ils n'avaient pas besoin d'achever leurs phrases.

— Elle sait compter !

— Et elle sait ce qu'elle veut, malgré tous les gigolos de la terre... Partie d'une pauvre boutique de Marsilly, la voilà patronne, à quarante ans, d'un des plus importants salons de coiffure de La Rochelle... Je connais la ville, la place d'Armes...

Il tira sa montre de sa poche.

— Ma femme m'attend...

— A la source ?

— Je vais d'abord me rafraîchir les idées en regardant jouer aux boules... Je m'y suis essayé jadis, à Porquerolles... Si ces messieurs insistaient un peu...

Il s'éloigna en bourrant une nouvelle pipe et l'air avait eu le temps de se réchauffer. Il se réjouit de retrouver l'ombre des grands arbres.

— Du nouveau ?

— Rien d'intéressant...

— On ne sait toujours rien de sa vie à Paris ?

Sa femme l'observait pour savoir à quel moment elle devrait se taire mais elle se sentait enhardie par son humeur enjouée.

— Rien de précis... Seulement qu'elle a eu au moins un amant...

— On dirait que cela te fait plaisir...

— Peut-être... Cela indique qu'à une période de son existence au moins elle a eu du bon temps... Elle n'est pas toujours restée enfermée en elle-même, à ressasser Dieu sait quelles idées ou quels rêves...

— Que sait-on de lui ?

— Presque rien, sinon qu'il conduisait une grosse voiture noire, qu'il ne venait la voir qu'une ou deux fois par semaine, qu'il s'en allait avant dix heures du soir et qu'ils ne passaient jamais les vacances ou les week-ends ensemble...

— Un homme marié...

— Probablement... Une quarantaine d'années... Dix ans de plus qu'elle...

— Les habitants de la rue du Bourbonnais ne l'ont jamais vu ?

— D'abord, il n'a plus quarante ans... Il approche de la soixantaine, s'il ne l'a pas atteinte...

— Tu crois que...

— Je ne crois rien... J'aimerais savoir comment elle

vivait à Nice, s'il y a eu une transition ou si elle se comportait en vieille fille comme ici... Attention... Il va tirer au cochonnet...

C'était le joueur manchot, qui prit son temps, lança sa boule et envoya le cochonnet de bois dans la pelouse.

— Je les envie... murmura-t-il malgré lui.

— Pourquoi ?

Il la trouvait rajeunie, avec des taches d'ombre et de soleil qui se jouaient sur son visage lisse. Ses yeux pétillaient. Il se sentait à nouveau en vacances.

— Tu n'as pas remarqué leur attitude, leur air d'importance, l'expression de satisfaction intense quand ils ont réussi un beau coup ? ... Nous, quand on met le point final à une enquête...

Il n'acheva pas, mais sa moue était éloquente. Eux, ils envoyaient un homme s'expliquer avec la Justice... La prison, parfois la mort...

Il se secoua, lança après avoir vidé sa pipe :

— On marche ? ...

N'étaient-ils pas ici pour ça ?

Les collaborateurs de Lecœur avaient interrogé tous les voisins. Non seulement personne n'avait rien vu ni entendu le soir du crime, mais tous étaient unanimes pour affirmer qu'Hélène Lange n'avait pas d'amis, pas d'amies et qu'elle ne recevait aucune visite.

— Parfois elle s'en va, une petite valise à la main, et les volets restent fermés pendant deux ou trois jours.

Elle n'emportait jamais de plus gros bagages. Elle n'avait pas de voiture, n'appelait pas de taxi.

On ne la rencontrait pas non plus dans les rues en compagnie d'une autre personne, homme ou femme.

Le matin, elle faisait ses achats dans les boutiques du

quartier. Elle ne se montrait pas particulièrement avare mais elle connaissait la valeur de l'argent et, le samedi, elle se rendait au grand marché pour ses provisions, toujours chapeautée de blanc l'été, de sombre l'hiver.

Quant à ses locataires actuels, ils étaient hors de cause. Mme Vireveau avait loué une chambre sur la recommandation d'une amie de Montmartre qui avait habité plusieurs saisons de suite chez Mlle Lange. Si elle était assez voyante, à cause de son embonpoint et de ses faux bijoux, elle n'était pas la femme à assassiner quelqu'un, surtout sans motif. Son mari avait été fleuriste et, jusqu'à sa mort, elle l'avait aidé dans son commerce, boulevard des Batignolles, avant de se retirer dans un petit appartement de la rue Lamarck.

— Je n'ai rien à lui reprocher, disait-elle d'Hélène Lange, sinon qu'elle n'était pas causante.

Les Maleski faisaient la cure de Vichy depuis quatre ans. La première année, ils étaient descendus à l'hôtel et c'est au cours de leurs promenades qu'ils avaient aperçu un écriteau annonçant une chambre à louer rue du Bourbonnais. Ils s'étaient enquis du prix et avaient retenu la chambre pour l'été suivant. C'était leur troisième été dans la maison.

Maleski souffrait d'une insuffisance hépatique qui l'obligeait à se ménager et à suivre un régime sévère. A quarante-deux ans c'était déjà un homme éteint, au sourire triste, qui n'en était pas moins, selon les témoignages recueillis téléphoniquement à Grenoble, d'une grande valeur professionnelle et d'une conscience scrupuleuse.

Sa femme et lui avaient compris, dès la première année, que Mlle Lange ne désirait pas entretenir de rapports étroits avec ses locataires. Ils n'étaient entrés que deux ou trois fois dans le salon et ne connaissaient pas les autres pièces du rez-de-chaussée. Elle ne les avait jamais invités à prendre un verre ou une tasse de café.

Les jours de pluie, il leur arrivait, le soir, d'entendre la télévision au-dessous d'eux, mais elle cessait de bonne heure.

Maigret avait ces détails en tête tandis que, comme tous les après-midi, il somnolait sur son lit cependant que Mme Maigret lisait près de la fenêtre. A travers ses paupières, il devinait la pénombre dorée, les raies plus claires dessinées sur le mur par les fentes des volets.

Ses pensées tournaient en rond, déformées, et soudain il se demanda, comme si cette question était primordiale :

— Pourquoi ce soir-là ?

Pourquoi ne l'avait-on pas assassinée la veille, ou le lendemain, un mois, deux mois plus tôt ?

La question paraissait saugrenue et pourtant, dans sa somnolence, il lui accordait une extrême importance.

Depuis dix ans, dix longues années, elle vivait seule dans cette rue paisible de Vichy. Personne ne venait la voir. Elle ne rendait apparemment visite à personne, sinon, peut-être, au cours de ses brefs voyages mensuels.

Les voisins la voyaient entrer, sortir. On pouvait la voir aussi sur une chaise jaune du parc, buvant son verre d'eau ou, le soir, écoutant le concert devant le kiosque.

S'il s'était rendu lui-même chez les commerçants, Maigret aurait posé des questions qui les auraient probablement étonnés.

— Lui arrivait-il de prononcer des mots inutiles ? ... Se penchait-elle parfois pour caresser votre chien ? ... Parlait-elle aux ménagères qui attendaient leur tour et adressait-elle un léger salut à celles qu'elle retrouvait presque chaque jour à la même heure...

Et enfin :

— L'avez-vous jamais vue rire ? ... Seulement sourire ? ...

Il fallait remonter à plus de quinze ans pour lui trouver un contact personnel avec un être humain : l'homme qui venait une ou deux fois par semaine dans son appartement de la rue Notre-Dame-de-Lorette.

Peut-on vivre tant d'années sans se laisser aller parfois à des confidences, sans tout au moins exprimer à voix haute ce qu'on a sur le cœur ?

On l'avait étranglée.

— *Mais pourquoi ce soir-là ?*

Pour Maigret assoupi, cela devenait la question numéro un et, quand sa femme lui annonça qu'il était trois heures, il en était encore à essayer d'y répondre.

— Tu as dormi ?

— A moitié...

— Nous sortons tous les deux ?

— Bien entendu que nous sortons tous les deux. Ne le faisons-nous pas chaque jour ? Pourquoi demandes-tu ça ?

— Tu aurais pu avoir rendez-vous avec Lecœur.

— Je n'ai aucun rendez-vous...

Et, pour lui en donner la preuve, ils firent le grand tour, commençant par le parc des enfants, côtoyant ensuite les jeux de boules, la plage, puis, au-delà du pont de Bellerive, continuant le boulevard jusqu'au Yacht Club où ils regardèrent évoluer les amateurs de ski nautique.

Ils allèrent beaucoup plus loin, vers les maisons neuves qui, hautes de douze étages, se dressaient toutes blanches dans le ciel, formant une ville en bordure de la ville.

Sur l'autre rive de l'Allier, des chevaux couraient le long des barrières blanches de l'hippodrome et on voyait des rangs de têtes et d'épaules dans les tribunes, des silhouettes sombres et des silhouettes claires sur la pelouse.

— La propriétaire de l'hôtel m'a dit que les retraités viennent de plus en plus nombreux s'installer à Vichy...

Il ironisa :

— C'est à cela que tu me prépares ?

— Nous avons notre maison de Meung...

Ils découvrirent des rues vieillottes. Chaque quartier avait son âge, son style. Les maisons étaient différentes et on devinait le genre de personnes qui les avaient construites.

Maigret s'amusait à s'arrêter devant les petits restaurants qu'on trouvait partout et à lire les menus.

— Chambre à louer... Chambre avec cuisine... Belle chambre meublée...

Cela expliquait les restaurants, et aussi les dizaines de milliers de personnes qui gravitaient dans les rues et le long des promenades.

A cinq heures, ils s'assirent tous les deux près de la source, les jambes fatiguées, et ils se regardèrent avec un sourire complice. N'en avaient-ils pas fait un peu trop ? N'essayaient-ils pas de se prouver à eux-mêmes qu'ils étaient encore jeunes ?

Ils reconnaissaient un couple dans la foule, les deux hilares, et il y avait quelque chose de changé dans le regard que l'homme adressait à Maigret. D'ailleurs, au lieu de passer, il marchait droit vers le commissaire et lui tendait la main.

Que faire d'autre, sinon la prendre ?

— Vous ne me reconnaissez pas ?

— Je suis persuadé que je vous ai déjà vu, mais je cherche en vain dans ma mémoire...

— Bébert, ça ne vous dit rien ?

Il avait connu beaucoup de Bébert, de P'tit Louis et de Grand Jules au cours de sa carrière.

— Le métro...

Il se tournait vers sa femme comme pour la prendre à témoin et il était plus hilare que jamais.

— Vous m'avez arrêté la première fois boulevard des Capucines, un jour de défilé... Par exemple, je ne sais plus quel chef d'Etat défilait entre les gardes municipaux à cheval... La seconde fois, c'était à la sortie du métro Bastille... Vous me suiviez depuis un bout de temps... Ce n'est pas d'hier... J'étais jeune... Vous aussi, sauf votre respect...

Maigret se souvenait de l'histoire du métro car, au cours de la poursuite, à travers la place de la Bastille, il avait perdu son chapeau, un canotier comme on en portait alors. Tiens ! Cela prouvait qu'il avait déjà porté le chapeau de paille.

— Vous avez tiré combien ?

— Deux ans... J'ai compris... Je me suis rangé... J'ai d'abord travaillé chez un brocanteur, où je rafistolais des tas de vieilleries, car j'ai toujours été habile de mes mains...

Un clin d'œil laissait entendre que cela lui était fort utile quand il vivait du vol à la tire.

— Puis j'ai rencontré Madame...

Il prononçait ce mot avec emphase et aussi avec une certaine fierté.

— Pas de casier judiciaire. Elle n'a jamais fait le tapin. Elle venait à peine d'arriver de sa Bretagne et elle travaillait dans une crémerie... Avec elle, cela a été tout de suite du sérieux et on est passé par la mairie... Elle a même tenu à ce que nous allions dans son village pour nous marier à l'église et c'était un vrai mariage en blanc...

Il jouissait de la vie par tous les pores.

— Je croyais bien vous avoir reconnu... Chaque jour, je vous regardais, mais j'hésitais... Ce matin, quand j'ai ouvert le journal et que j'ai vu votre photo...

Il désigna les étuis à gobelets.

— Ce n'est pas grave, dites ?

— Je me porte très bien...

— Moi aussi... Tous les docteurs me le disent... Ils ne m'en ont pas moins envoyé ici à cause des douleurs qui me prennent dans les genoux... Hydrothérapie, massages sous l'eau, rayons, toute la lyre... Et vous ? ...

— Des verres d'eau...

— Alors, ce n'est rien... Mais je ne veux pas vous retenir ni retenir votre dame... Vous avez été bien honnête avec moi, jadis... C'était le bon temps, non ? ... Au revoir, monsieur le commissaire... Dis au revoir, Bobonne...

A l'instant où le couple s'éloignait, Maigret souriait encore de la truculence et du destin de l'ancien voleur à la tire. Puis sa femme vit son visage devenir progressivement plus grave, son front se plisser. Enfin il poussa un soupir de soulagement.

— Je crois que j'ai trouvé pourquoi...

— Pourquoi cette femme a été assassinée ?

— Non... Pourquoi ce jour-là... Pourquoi pas il y a un mois ou un an...

— Que veux-tu dire ?

— Depuis que nous sommes ici, nous rencontrons les mêmes gens deux ou trois fois par jour et leur visage finit par nous être familier... C'est aujourd'hui seulement, à cause de la photo dans le journal, que ce loufoque a été sûr de me reconnaître et est venu vers moi...

» Or, c'est notre première cure, la seule probablement... Si nous revenions l'an prochain, nous retrouverions un certain nombre d'habitués...

» Quelqu'un est venu, comme nous, pour la première fois à Vichy... Il a suivi la routine, choisi un médecin, examen, analyses, et on lui a donné son programme, le nom des sources, le nombre de centilitres à boire à telle et à telle heure...

» Il a rencontré Hélène Lange et a eu l'impression de la reconnaître...

» Puis il l'a rencontrée une seconde fois, une troisième... Il était peut-être non loin d'elle, l'autre soir, quand elle écoutait la musique...

Cela paraissait tout simple à Mme Maigret et elle s'étonnait qu'il se réjouisse d'une découverte qui n'en était pas une.

Le commissaire s'empressait lui-même d'ironiser :

— D'après les dépliants publicitaires, il vient environ deux cent mille curistes par an. Ils se répartissent sur six mois, ce qui donne plus de trente mille par mois. Mettons qu'un tiers soient des nouveaux, comme nous, et il nous reste une dizaine de mille suspects... Non ! Car il faut écarter les femmes et les enfants... Combien de femmes et d'enfants, à ton idée ? ...

— Plus de femmes que d'hommes... Quant aux enfants...

— Attends ! ... On rencontre un certain nombre de gens dans des voitures d'infirmes... D'autres marchent avec des béquilles ou une canne... La plupart des vieillards seraient incapables d'étrangler une femme encore vigoureuse...

Elle se demandait s'il était sérieux ou s'il plaisantait.

— Mettons mille hommes en état de tuer par strangulation... Comme, d'après le témoignage de Mme Vireveau et du propriétaire de bar, il s'agit d'un personnage grand et fort, cela élimine les petits et les malingres... Nous en gardons cinq cents...

Elle fut soulagée de l'entendre rire.

— De qui te moques-tu ?

— De la police. De notre métier. Tout à l'heure, je vais annoncer au brave Lecœur qu'il ne lui reste que cinq cents suspects, à moins qu'on n'en trouve d'autres à éliminer, ceux qui étaient au théâtre ce soir-là, par exemple, et qui peuvent le prouver, ceux qui jouaient au bridge ou à n'importe quoi... Et dire que c'est souvent ainsi qu'on finit par arrêter un coupable ! ... Une fois, Scotland Yard a entrepris d'interroger tous les habitants d'une ville de deux cent mille âmes... Cela a duré des mois...

— Ils ont trouvé ?

Et Maigret de laisser tomber :

— Dans une autre ville, par hasard, un soir que le type était ivre et a trop parlé...

Il serait sans doute trop tard pour voir Lecœur ce jour-là, car il avait encore deux verres d'eau à prendre, avec un intervalle d'une demi-heure entre les deux. Il essaya de s'intéresser au journal du soir, qui parlait surtout des célébrités en vacances. C'était assez curieux. Même ceux qui menaient une vie de bâtons de chaise se faisaient photographier avec leurs enfants ou leurs petits-enfants, prétendant qu'ils leur consacraient tout leur temps...

Plus tard, alors que la brise devenait un peu plus fraîche, ils tournèrent le coin de la rue d'Auvergne. Une camionnette était arrêtée devant la maison de Mlle Lange.

Lorsqu'ils en approchèrent, ils entendirent des coups de marteau.

— Je rentre à l'hôtel ? murmura Mme Maigret.

— Je te suis dans un instant...

La porte du salon était ouverte et des hommes en blouse beige appliquaient des tentures noires sur les murs.

Lecœur surgissait.

— Je pensais bien que vous viendriez... Venez donc par ici...

Il le conduisait dans la chambre à coucher qui était plus calme.

— On l'enterre à Vichy ? questionna Maigret. C'est la sœur qui a décidé ?

— Oui... Elle est venue me voir en fin de matinée...

— Avec son gigolo ?
— Non. En taxi...
— Quand a lieu l'enterrement ?
— Après-demain, afin de laisser aux gens du quartier la possibilité de défiler dans la chapelle ardente...
— Il y aura une absoute ?
— Il paraît que non.
— La famille Lange n'était pas catholique ?
— Les vieux, oui... Les enfants ont été baptisés et ont fait leur première communion... Depuis...
— A moins qu'elle ne soit divorcée, par exemple ? ...
— Il faudrait d'abord prouver qu'elle a été mariée...

Lecœur regardait Maigret en jouant avec les pointes de sa moustache rousse.

— Vous ne les aviez jamais vues ni l'une ni l'autre, évidemment ?
— Jamais...
— Mais vous avez passé un certain temps à La Rochelle ? ...
— J'y suis allé deux fois... Mettons dix jours en tout... Pourquoi ? ...
— Parce que, ce matin, je n'ai pas trouvé Francine Lange tout à fait la même... Elle était moins enjouée... Les phrases ne jaillissaient pas aussi directement... J'ai eu tout le temps l'impression qu'elle avait une arrière-pensée, ou qu'elle hésitait à me confier un secret...

» A certain moment, elle m'a dit :

» — C'était le commissaire Maigret qui était ici hier, n'est-ce pas ?

» Je lui ai demandé si elle vous avait déjà vu et elle a répondu qu'elle avait reconnu ce matin votre photo dans le journal...

— Quelques dizaines de personnes, parmi les milliers de celles que je croise chaque jour, ont eu la même réaction... Tout à l'heure, un de mes anciens clients est venu à moi la main tendue et c'est tout juste s'il ne m'a pas donné des claques dans le dos...

— Je crois que c'est plus compliqué, dit Lecœur, comme s'il suivait une pensée encore floue.

— Vous croyez que j'aurais eu à m'occuper d'elle du temps où elle vivait à Paris ?

— Ce n'est pas une impossibilité, étant donné l'existence qu'elle devait y mener... Non ! Ce que j'ai en tête est moins précis, plus subtil... Pour elle, je suis un quelconque policier de province qui fait son métier de son mieux et pose les questions qu'il a à poser... Une fois les réponses enregistrées, je passe au suivant... Vous voyez ce que je veux dire ? ... Cela vous explique qu'en entrant ici elle était très à son aise et que, hier après-midi, elle n'a pas cessé de l'être... Une ou deux fois elle a jeté un coup d'œil vers votre coin, mais j'ai compris qu'elle ne vous reconnaissait pas...

» Elle est descendue à l'Hôtel de la Gare... Comme dans la plupart des hôtels d'ici, on monte le journal aux clients en même temps que leur petit déjeuner... En voyant votre photo, elle s'est demandé pourquoi vous assistiez à notre entretien...

— Quelle conclusion en tirez-vous ?

— Vous oubliez votre réputation, l'idée que le public se fait de vous...

Il rougit, craignant que ses paroles soient mal interprétées.

— Il n'y a pas que le public, d'ailleurs, et, dans le métier, nous sommes les premiers...

— Passons...

— C'est important... Elle ne s'est pas dit que vous étiez par hasard dans ce fauteuil... Et, même si c'était un hasard, le fait que vous vous occupiez de l'affaire...

— Elle paraissait avoir peur ?

— Je n'irai pas jusque-là. Je l'ai trouvée différente, sur ses gardes. Je ne lui ai posé que des questions insignifiantes mais, chaque fois, elle a pris la peine de réfléchir avant de répondre...

— Elle n'a pas trouvé le notaire ?

— J'y ai pensé, moi aussi, et je lui en ai parlé... Son compagnon a dressé la liste des notaires de la ville et leur a téléphoné... Il paraît qu'aucun d'eux n'a eu Hélène Lange pour cliente... Un seul, qui était clerc il y a dix ans et qui a repris depuis l'étude de son patron, s'est souvenu d'avoir dressé l'acte de vente de cette maison...

— Vous avez son nom ?

— Maître Rambaud...

— Vous ne voulez pas lui téléphoner ?

— A cette heure-ci ?

— En province, les notaires habitent d'habitude la maison où se trouve leur étude...

— Que dois-je lui demander ?

— Si elle a payé par chèque ou par virement bancaire...

— Il faut que j'obtienne de mes cloueurs qu'ils s'abstiennent de taper pendant que je téléphone...

Maigret, lui, erra dans la salle de bains, dans la cuisine, sans penser à rien de précis.

— Eh bien ?

— Vous aviez deviné ?

— Quoi ?

— Qu'elle avait payé en billets ? C'est la seule fois que cela soit arrivé à notre Rambaud, de sorte qu'il s'en souvient. Il y en avait plein une petite valise...

— Vous avez fait interroger les employés des guichets de la gare ?

— Sapristi ! je n'y ai pas pensé...

— Je serais curieux de savoir si elle se rendait chaque mois au même endroit ou à des endroits différents...

— J'espère vous dire ça demain... Bon appétit... Et bonne soirée ! ...

C'était jour de musique au kiosque et les Maigret avaient assez marché pour avoir le droit de s'asseoir.

4

Il était dix minutes en avance, il ne savait pas pourquoi. Peut-être, ce matin-là, y avait-il moins à lire dans *la Tribune* ? Mme Maigret, qui disposait toujours de la salle de bains après lui, s'y trouvait encore, et il lui dit par la porte entrouverte :

— Je descends... Attends-moi en bas...

Il y avait un banc peint en vert sur le trottoir, pour les clients de l'hôtel. Le ciel était toujours aussi clair. Depuis qu'ils étaient à Vichy, il n'avait pas plu une seule fois.

Le patron l'attendait au bas de l'escalier, bien entendu.

— Alors, cet assassin ?

— Ce n'est pas mon affaire, répondit-il en souriant.

— Vous croyez que ces gens de Clermont-Ferrand sont à la hauteur ? Ce n'est pas une bonne chose, dans une ville comme la nôtre, d'avoir un étrangleur en liberté. Il paraît que plusieurs vieilles femmes sont déjà parties...

Il souriait vaguement en se dirigeant vers la rue du Bourbonnais et il aperçut de loin une tenture noire à la porte, avec une grande lettre « L » brodée en argent. On ne voyait plus de C.R.S. sur le trottoir. Y en avait-il un la veille ? Il ne s'en souvenait pas. Il n'y avait pas prêté attention. En somme, ce n'était pas son affaire. Ici, il n'était qu'un amateur, un curiste.

Il allait pousser le bouton de sonnerie quand il s'aperçut que la porte peinte en blanc était contre. Il la poussa, aperçut une fille très jeune, de seize ans à peine, qui passait un torchon mouillé sur les dalles du corridor.

Elle portait une robe si courte que, quand elle se penchait, on découvrait sa culotte rose. Ses jambes et ses cuisses étaient grosses, informes, comme cela arrive à l'âge difficile. On aurait dit les jambes d'une poupée bon marché, dont elles avaient la couleur artificielle.

Quand elle se retourna, il vit une face ronde, des yeux sans expression. Elle ne lui demandait pas qui il était, ni ce qu'il venait faire.

— C'est là... se contentait-elle de prononcer en désignant la porte du salon.

La pièce était dans l'ombre, tendue de noir, avec le cercueil reposant sur ce qui devait être la table de la salle à manger. Les deux cierges n'étaient pas allumés mais il y avait de l'eau bénite dans un bol de verre, avec un brin de buis.

La porte de la salle à manger était ouverte, celle de la cuisine aussi. Dans la salle à manger, on avait entassé les meubles et les objets du salon. Dans la cuisine, le jeune Dicelle était occupé à lire un album de bandes dessinées devant une tasse de café.

— Vous voulez un peu de café aussi ? J'en ai préparé un plein pot.

... Sur le fourneau à gaz d'Hélène Lange, qui n'aurait probablement pas apprécié qu'on use ainsi de sa cuisine.

— Le commissaire Lecœur n'est pas arrivé ?

— Il a été appelé d'urgence à Clermont-Ferrand tard dans la soirée... Il y a eu un hold-up à la caisse d'épargne, avec un tué, un bonhomme qui passait et qui, voyant la porte entrouverte après l'heure, l'a poussée machinalement au moment où les voleurs allaient sortir... L'un d'eux a tiré...

— Rien de nouveau ici ?

— Pas à ma connaissance...

— Vous ne vous êtes pas occupé de la gare ?

— C'est mon collègue Trigaud qui en est chargé... Il doit encore s'y trouver en ce moment...

— Cette petite domestique que je viens de voir a été interrogée, je suppose ? Que dit-elle ?

— Avec la tête qu'elle a, c'est déjà surprenant qu'elle parle ! Elle ne sait rien. Elle n'a été engagée que pour la saison. Son travail était de nettoyer les chambres des locataires. Elle ne s'occupait pas du rez-de-chaussée, car Mlle Lange faisait son ménage elle-même...

— Elle n'a jamais vu de visiteurs ?

— Seulement l'employé du gaz et des livreurs. Elle prenait son service à neuf heures et le terminait à midi... Les Maleski sont inquiets, là-haut... Ils ont payé jusqu'à la fin du mois... Ils se demandent s'ils ont le droit de rester... Il n'est pas facile de trouver une chambre en pleine saison et ils n'ont pas envie d'aller à l'hôtel...

— Qu'est-ce que le commissaire a décidé ?

— Je crois qu'ils restent... En tout cas, ils sont là... L'autre, la grosse, vient de sortir pour aller se faire tripatouiller par les masseurs...

— Francine Lange n'est pas venue ?

— Je l'attends... Personne n'est au courant de ce qui va se passer... Elle a tenu à ce qu'on installe une chapelle ardente, mais je me demande si les gens viendront... Mes instructions sont de rester ici, d'observer discrètement les visiteurs, s'il y en a...

— Bonne journée quand même... grommela Maigret en quittant la cuisine.

Il saisit machinalement un livre relié de toile noire sur un guéridon qui se trouvait auparavant dans le salon et qu'on avait garé avec le reste dans la salle à manger. C'était *Lucien Leuwen*. Le papier jauni gardait l'odeur particulière des livres qui viennent des bibliothèques municipales et des librairies qui font les abonnements de lecture. Un tampon violet donnait le nom du libraire et son adresse.

Il remit le livre à sa place et, l'instant d'après, il longeait tranquillement le trottoir. Une fenêtre s'ouvrit à sa hauteur. Une femme en bigoudis et en peignoir l'interpella.

— Dites-moi, monsieur le commissaire, est-ce vrai qu'on visite ?

Ce fut l'expression qui le surprit et il resta un instant sans comprendre.

— Je suppose, puisqu'il y a une chapelle ardente et que la porte est entrouverte...

— On la voit ?

— Autant que je sache, le cercueil est fermé...

Elle soupira :

— J'aime mieux ça... C'est quand même moins impressionnant...

Il trouva Mme Maigret assise sur le banc vert et elle se montra surprise de le revoir si tôt.

Ils se mirent à marcher, comme les autres matins. Ils n'avaient que quelques minutes de retard sur l'horaire, un horaire qui, d'ailleurs, n'avait jamais été établi mais qu'ils suivaient comme si c'était d'une importance capitale.

— Il y a du monde ?

— Personne. On attend...

Cette fois, ils commencèrent par le parc des enfants presque désert encore et ils en firent le tour à l'ombre des arbres. Certains de ceux-ci, comme le long de l'Allier, étaient des essences rares, d'Amérique, des Indes, du

Japon, et portaient un nom latin et un nom français sur une plaque de métal. Beaucoup avaient été envoyés en souvenir reconnaissant d'une cure à Vichy par des chefs d'Etat oubliés, des maharadjahs ou des petits princes orientaux.

Ils ne s'arrêtèrent presque pas devant les joueurs de boules. Mme Maigret ne demandait jamais à son mari où il allait. Il marchait droit devant lui, comme s'il avait un but, mais, la plupart du temps, s'il prenait une rue plutôt qu'une autre, c'était pour changer, trouver de nouvelles images, de nouveaux sons.

Un peu avant l'heure du verre d'eau, il s'engagea dans la rue Georges-Clemenceau, comme s'il avait des achats à faire, mais il tourna à gauche dans un des passages, le passage du Théâtre, où, devant une librairie, on voyait des livres d'occasion dans des boîtes et d'autres livres bariolés sur des tourniquets.

— Entre... dit-il à sa femme qui hésitait.

Le patron portait une longue blouse grise et était occupé à mettre de l'ordre. Il eut l'air de reconnaître Maigret, mais il attendit.

— Vous avez quelques minutes ?

— Je suis à votre disposition, monsieur Maigret. Je suppose que vous désirez me questionner au sujet de Mlle Lange ?

— C'était une de vos clientes, n'est-ce pas ?

— Elle venait au moins une fois par semaine, plus souvent deux, pour échanger ses livres. Elle avait un abonnement qui lui permettait d'emporter deux ouvrages à la fois...

— Il y a longtemps que vous la connaissiez ?

— J'ai repris le fonds il y a six ans. Je ne suis pas d'ici, mais de Paris, de Montparnasse. Elle venait déjà chez mon prédécesseur...

— Vous avez eu des entretiens avec elle ?

— Vous savez, elle ne parlait pas beaucoup...

— Elle ne vous demandait pas conseil pour le choix de ses lectures ?

— Elle avait ses idées. Venez voir par ici...

Derrière la librairie, une pièce était couverte du plancher au plafond de livres reliés de toile noire.

— Elle passait souvent une demi-heure, voire une heure, à examiner les volumes, lisant quelques lignes par-ci par-là...

— Sa dernière lecture a été *Lucien Leuwen*, de Stendhal.

— Stendhal était sa plus récente découverte... Elle a lu auparavant tout Chateaubriand, Alfred de Vigny, Jules Sandeau, Benjamin Constant, Musset, George Sand... Toujours les romantiques... Un jour, elle a emporté un Balzac, je ne sais plus lequel, et elle est venue le rendre le lendemain... Je lui ai demandé si cela lui avait déplu et elle a répondu quelque chose comme :

» — C'est trop brutal...

» Balzac, brutal ! ...

— Pas d'auteurs contemporains ?

— Elle n'a jamais essayé... Par contre, elle a lu et a relu la correspondance de George Sand et celle de Musset...

— Je vous remercie...

Il atteignait presque la porte quand le libraire le rappela.

— J'oubliais un détail qui vous amusera peut-être. Je m'étais étonné de trouver des livres annotés au crayon. Des phrases ou des mots étaient soulignés. Parfois il n'y avait qu'une croix en marge. Je me suis demandé quel client avait cette manie et j'ai fini par découvrir que c'était elle...

— Vous lui en avez parlé ?

— Il le fallait bien... Mon commis ne pouvait passer son temps à gommer ces marques...

— Quelle a été sa réaction ?

— L'air pincé, elle a dit :

» — Je vous demande bien pardon... Lorsque je lis, j'oublie que les livres ne sont pas à moi...

Les curistes, les troncs clairs des platanes, les taches de soleil étaient à leur place ainsi que les milliers de chaises jaunes.

Elle trouvait Balzac trop dur... Elle voulait sans doute dire trop réaliste... Elle se cantonnait dans la première moitié du XIXe siècle, ignorant superbement Flaubert, Hugo, Zola, Maupassant... Maigret n'en avait pas moins aperçu le premier jour, dans un coin du salon, une pile de magazines...

Comme malgré lui, il s'efforçait de fouiller toujours un peu plus le portrait qu'il se faisait d'elle. Elle n'avait que des lectures romantiques, sentimentales, mais son regard était parfois d'une dureté bien réelle.

— Tu as vu Lecœur ?

— Non. Il a été appelé à Clermont-Ferrand à cause d'un hold-up...

— Tu crois qu'il découvrira l'assassin ?

Maigret tressaillit. C'était à son tour d'être ramené à la réalité. En fait, il ne pensait pas en termes d'assassinat. Il en oubliait presque que la propriétaire de la maison à volets verts avait été étranglée et que la question numéro 1 était de retrouver son meurtrier.

Il cherchait quelqu'un, lui aussi. Il y pensait même plus souvent qu'il ne l'aurait voulu, au point que cela en devenait une obsession.

Ce qui l'intriguait, c'était l'homme qui, à un moment donné, avait trouvé place dans cette vie solitaire.

On n'en trouvait aucune trace rue du Bourbonnais, il

n'existait pas une photographie de lui, pas une lettre, un court billet.

Rien ! Rien de personne d'autre non plus, sinon des factures.

Il fallait remonter à Paris, à la rue Notre-Dame-de-Lorette, douze ans plus tôt, pour qu'il soit fait mention d'un visiteur assez flou qui venait une fois ou deux par semaine passer une heure dans l'appartement de celle qui était encore une jeune femme.

Même la sœur, Francine, qui habitait alors la même ville, prétendait ne rien savoir.

Elle dévorait des livres, regardait la télévision, faisait son marché, son ménage, se promenait sous les ombrages du parc, comme les curistes, sans adresser la parole à quiconque, et elle écoutait la musique devant le kiosque en regardant droit devant elle.

Cela le déroutait. Il avait connu, au cours de sa carrière, des êtres, hommes ou femmes, farouchement épris de leur liberté. Il avait rencontré des maniaques qui, retirés du monde, se retranchaient dans les endroits les plus invraisemblables, souvent les plus sordides.

Or, même ceux-là gardaient toujours un lien quelconque avec la vie extérieure. Pour les vieilles, un banc de square, par exemple, où elles retrouvaient une autre vieille, ou l'église, le confessionnal, le curé... Des vieux avaient comme ancre un bistrot où chacun les reconnaissait et les accueillait familièrement...

Ici, Maigret rencontrait pour la première fois la solitude à l'état pur.

Une solitude qui n'était même pas agressive. Mlle Lange ne se montrait pas désagréable avec ses voisins, ses fournisseurs. Elle ne faisait pas mine de les dédaigner et, malgré son goût pour certaines couleurs et certaines formes de robes, elle ne jouait pas les grandes dames.

Simplement, elle ne s'occupait pas des autres. Elle n'en avait pas besoin. Elle avait des locataires parce qu'elle disposait de chambres vides et qu'elle en tirait un revenu. Entre ces chambres et le rez-de-chaussée, une frontière était tracée et elle avait embauché une petite bonne plus ou moins stupide pour faire le ménage du haut.

— Vous permettez, monsieur le divisionnaire ?

Une ombre, devant Maigret, une longue silhouette qui tenait une chaise par le dossier. Le commissaire avait vu l'homme rue du Bourbonnais. C'était un collaborateur de Lecœur, probablement Trigaud. Il s'assit et Maigret lui demanda :

— Comment avez-vous su que vous me trouveriez ici ?

— Dicelle me l'a dit...

— Et comment Dicelle...

— Il n'existe pas un policier, en ville, qui ne vous connaisse de vue, de sorte que, où que vous alliez...

— Il y a du nouveau ?

— Cette nuit, j'ai passé une heure à la gare, car ce ne sont pas les mêmes employés que de jour... J'y suis retourné ce matin... Ensuite, j'ai téléphoné au commissaire Lecœur, qui est toujours à Clermont...

— Il ne viendra pas aujourd'hui ?

— Il ne sait pas encore. En tout cas, il arrivera demain de bonne heure pour l'enterrement. Il suppose que vous y serez aussi...

— Vous n'avez pas vu Francine ?

— Elle est passée à la maison mortuaire... La levée du corps aura lieu à neuf heures... C'est sans doute elle qui a envoyé les fleurs...

— Combien de gerbes ?

— Une seule...

— Vous vous assurerez que c'est elle... Pardon ! J'oublie que cela ne me regarde pas...

— Ce n'est pas l'opinion du chef, puisqu'il m'a bien recommandé de vous rendre compte de ce que j'ai appris... Je pense qu'il y en a, à la brigade, y compris votre serviteur, qui vont voyager...

— Elle allait loin ?

Trigaud tira une liasse de papiers de sa poche, finit par trouver la feuille qu'il cherchait.

— Ils ne se souviennent pas de tous ses déplacements, bien entendu, mais certains noms de villes les ont frappés... Par exemple, Strasbourg le mois après un voyage à Brest... Ils ont remarqué aussi que les correspondances n'étaient pas toujours faciles et il lui arrivait de changer de train deux ou trois fois... Carcassonne... Dieppe... Lyon... C'est moins loin... Lyon constitue d'ailleurs une exception... La plupart des voyages étaient plus longs... Nancy, Montélimar...

— Pas de petites villes ? Pas de villages ?

— Seulement des villes assez importantes... Il est vrai qu'elle pouvait se rendre ensuite ailleurs par autocar...

— Pas de billets pour Paris ?

— Aucun...

— Cela dure depuis longtemps ?

— Le dernier employé que j'ai interrogé travaille depuis neuf ans derrière le même guichet.

» — C'était déjà une cliente régulière, m'a-t-il affirmé.

» A la gare, on la connaissait. On attendait sa visite. Il arrivait aux employés de parier sur la ville qu'elle allait choisir.

— Y avait-il des dates plus ou moins fixes ?

— Non, justement... Certaines fois, on ne la voyait pas pendant six semaines, surtout l'été, pendant la saison, sans doute à cause de ses locataires... Ses déplacements ne correspondaient pas à la fin du mois, à une échéance fixe...

— Lecœur vous a-t-il dit ce qu'il compte faire ?

— Il a commandé un certain nombre de photographies... Il commencera par envoyer des hommes dans les villes les plus proches... Il adressera aussi, dès aujourd'hui, des photos aux P.J. locales...

— Vous ne savez pas pourquoi Lecœur m'a fait avertir ?

— Il ne m'en a rien dit... Il doit croire que vous avez votre idée... Moi aussi, d'ailleurs...

On le supposait toujours plus malin qu'il ne l'était et, s'il protestait, les gens étaient persuadés que c'était une ruse.

— Il vient du monde, rue du Bourbonnais ?

— D'après Dicelle, cela a démarré vers dix heures... Une bonne femme en tablier a poussé la porte et passé la tête, puis elle s'est avancée de quelques pas et elle a trouvé la chapelle ardente... Alors, elle a tiré un chapelet de la poche de son tablier et ses lèvres se sont mises à remuer... Elle a tracé une croix avec l'eau bénite et elle est partie...

» C'est elle qui a déclenché le défilé... Elle a alerté les voisines... Celles-ci sont venues à leur tour, seules ou par deux...

— Pas d'hommes ?

— Quelques-uns, le boucher, un menuisier qui habite au bout de la rue, des gens du quartier...

Pourquoi le crime n'aurait-il pas été commis par quelqu'un du quartier ? On s'occupait de chercher partout, de retracer la vie de la demoiselle en lilas à Nice, à Paris, ses voyages aux quatre coins de la France, mais personne ne pensait aux voisins, aux milliers de gens qui habitaient le quartier de France.

Maigret non plus.

— Il n'y a rien que vous me suggériez de faire ?

Ce n'était pas de son propre chef que Trigaud prononçait cette phrase, qui devait lui avoir été suggérée par ce gros malin de Lecœur. Puisqu'on avait Maigret sous la main, pourquoi ne pas s'en servir ?

— Je me demande si les employés des guichets pourraient se souvenir de quelques dates précises, pas beaucoup, deux ou trois suffiraient...

— J'en ai déjà une... Le 11 juin... Le type se la rappelle parce qu'il s'agissait de Reims, que sa femme est originaire de Reims et que, ce jour-là, c'était son anniversaire...

— A votre place, j'irais m'assurer à la banque qu'il y a eu un versement le 13 ou le 14...

— Je vois ce que vous voulez dire... Un chantage, hé ?

— Ou une pension...

— Pourquoi verser une pension à des dates différentes et à intervalles irréguliers ?

— Je me le demande aussi...

Trigaud regarda Maigret de travers, persuadé qu'il lui cachait quelque chose ou qu'il se moquait de lui.

— J'aimerais mieux m'occuper du hold-up, grommela-t-il. Avec les truands, on sait à peu près où l'on va... Je m'excuse de vous avoir dérangé... Mes respects, madame...

Il se levait, embarrassé, ne sachant comment décrocher, et il avait le soleil en plein dans les yeux...

— Il est trop tard pour la banque... J'y passerai à deux heures... Puis, s'il le faut, je retournerai à la gare...

Maigret aussi, jadis, avait fait ce travail-là, traîné ses semelles pendant des heures sur le pavé brûlant ou mouillé, interrogé des gens qui se méfiaient et à qui il fallait soutirer les mots un à un.

— Allons prendre notre verre d'eau...

Pendant que Trigaud se rafraîchirait vraisemblablement d'un grand verre de bière...

— A la source, vers onze heures... J'espère que j'y serai...

Une pointe de mauvaise humeur perçait dans sa voix. Mme Maigret avait craint qu'il ne s'ennuie à Vichy, dans l'inaction, avec sa seule compagnie du matin au soir. Son calme souriant des premiers jours ne l'avait rassurée qu'à moitié et elle s'était demandé combien de temps cet état d'esprit durerait.

Or, depuis trois jours, il était réellement mécontent chaque fois qu'une de leurs promenades lui manquait.

Aujourd'hui, c'était l'enterrement. Il avait promis à Lecœur d'y assister. Le soleil brillait toujours, avec, dans les rues, le même mélange de fraîcheur matinale et de moiteur.

La rue du Bourbonnais présentait un spectacle inhabituel. Outre les habitants qu'on apercevait aux fenêtres, accoudés comme pour voir défiler un cortège, des curieux formaient une frange le long des trottoirs, plus épaisse à hauteur de la maison mortuaire.

Le corbillard automobile était déjà arrivé. Derrière stationnait une voiture sombre, fournie sans doute par les pompes funèbres, puis une autre que Maigret ne connaissait pas.

Lecœur venait à sa rencontre.

— Il a bien fallu que j'abandonne mes truands, expliqua-t-il. Des hold-up, il s'en produit tous les jours. Le public y est habitué et cela ne l'émeut plus. Tandis qu'une femme étranglée chez elle, dans une ville aussi calme que Vichy, sans motif apparent...

Maigret reconnut la tignasse rousse du photographe de *la Tribune*. Deux ou trois autres opéraient dans la rue et l'un d'eux prit un cliché des deux policiers traversant la rue.

En somme, il n'y avait rien à voir et les curieux se regardaient les uns les autres avec l'air de se demander ce qu'ils faisaient là.

— Vous avez des hommes dans la rue ?

— Trois... Je ne vois pas Dicelle, mais il ne doit pas être loin... Il a eu l'idée de se faire accompagner par le garçon charcutier qui connaît tout le monde... Celui-ci pourra lui désigner les gens qui ne sont pas du quartier...

Cela n'avait rien de triste, d'impressionnant. Chacun attendait, Maigret y compris.

— Vous allez au cimetière ? demanda-t-il à Lecœur.

— J'aimerais que vous y veniez avec moi, patron... J'ai amené ma voiture personnelle, pensant qu'une auto de la police serait peut-être de mauvais goût...

— Francine ?

— Elle est arrivée il y a quelques minutes avec son gigolo... Elle est à l'intérieur...

— Je ne vois pas leur voiture...

— Les employés des pompes funèbres, qui savent ce qui convient et ce qui ne convient pas dans ces occasions, leur ont probablement fait comprendre qu'une auto rouge décapotable n'était guère plus de mise dans un convoi funèbre qu'une auto de police... C'est eux qui occuperont la voiture noire...

— Elle vous a parlé ?

— Elle m'a vaguement salué en arrivant... Elle paraît nerveuse, inquiète... Avant d'entrer dans la maison, elle a observé les badauds tout à l'entour comme si elle cherchait quelqu'un des yeux...

— Je n'aperçois pas votre jeune Dicelle...

— Parce qu'il a déniché une fenêtre, quelque part, pour s'y installer avec son garçon charcutier.

Des gens sortaient de la maison, deux personnes y entraient encore, la quittaient presque aussitôt. Puis le conducteur du corbillard monta sur son siège.

Comme à un signal, quatre hommes faisaient non sans peine franchir la porte par le cercueil et le glissaient dans la voiture. L'un d'eux rentrait dans la maison, revenait avec une gerbe et avec un bouquet plus petit.

— Le bouquet vient des locataires...

Francine Lange attendait sur le seuil, vêtue d'une robe noire qui ne lui allait pas et qu'elle avait dû acheter la veille rue Georges-Clemenceau. On devinait son compagnon derrière elle dans la pénombre du corridor.

Le corbillard avança de quelques mètres. Francine monta dans la voiture noire en compagnie de son amant.

— Venez, patron...

Les gens, le long des trottoirs, ne bougeaient pas, et seuls les photographes couraient au milieu de la chaussée.

— C'est tout ? questionnait Maigret en se retournant.

— Il n'y a pas d'autre famille, pas d'amis...

— Les locataires ?

— Maleski a rendez-vous avec son médecin à dix heures et la grosse Mme Vireveau sa séance de massage...

On franchit deux ou trois rues que le commissaire connaissait pour y avoir erré à l'aventure. Il bourrait sa pipe, observait les maisons, s'étonnait de se retrouver devant la gare.

Le cimetière n'était pas loin, de l'autre côté de la ligne de chemin de fer. Il était désert. Le corbillard roula jusqu'à la fin des allées carrossables.

Ainsi, ils n'étaient que quatre dans une allée de gravier, à part les pompes funèbres. Lecœur et Maigret se rapprochèrent naturellement du couple. Le gigolo avait mis des lunettes de soleil.

— Vous repartez bientôt ? demanda Maigret à la jeune femme.

Il avait posé la question pour dire quelque chose, sans y attacher d'importance, et il s'apercevait qu'elle l'observait d'une façon intense, comme pour découvrir une arrière-pensée au-delà de ses paroles.

— Je devrai probablement rester deux ou trois jours afin de tout arranger...

— Qu'allez-vous faire des locataires ?

— Je leur laisse finir le mois. Il n'y a pas de raison de les en empêcher. Je me contenterai de fermer les pièces du rez-de-chaussée...

— Vous comptez vendre la maison ? ...

Elle n'eut pas le temps de répondre car un des hommes en noir s'approchait d'elle. On transportait le cercueil, sur un brancard, jusqu'à une allée plus étroite, en bordure du cimetière, où une fosse était ouverte.

Un photographe — pas le grand roux, mais un autre — surgit Dieu sait d'où et prit quelques clichés tandis qu'on descendait le cercueil dans la tombe puis que, sur les indications du maître de cérémonie, Francine Lange jetait une pelletée de terre.

A quelques mètres, au-delà d'un mur bas, commençait un terrain vague où rouillaient des carcasses de voitures et, plus loin, se dressaient quelques maisons blanches.

Le corbillard s'éloignait. Le photographe aussi. Lecœur adressait un coup d'œil à Maigret qui ne comprenait pas car il paraissait plongé dans ses pensées. Au fait, à quoi pensait-il au juste ? A La Rochelle, qu'il aimait bien, à la rue Notre-Dame-de-Lorette, au temps de ses débuts, quand il était secrétaire du commissaire de police du IXe, aux joueurs de boules aussi...

Francine s'avançait vers eux, un mouchoir roulé en boule dans la main. Il n'avait pas servi à sécher ses larmes.

Elle n'avait pas pleuré. Elle n'avait pas été plus émue que les croque-morts ou le fossoyeur. Rien n'avait été émouvant dans cet enterrement aussi peu romantique que possible.

Si elle tripotait son mouchoir, c'est qu'elle cherchait une contenance.

— Je ne sais pas comment cela se passe... D'habitude, après les enterrements, il y a un repas, n'est-ce pas ? ... Mais vous n'avez certainement pas envie de déjeuner avec nous...

— Mes occupations... murmura Lecœur.

— Est-ce que je peux tout au moins vous offrir un verre ?

Maigret était surpris du changement qui s'était produit en elle. Même ici, dans le désert du cimetière, d'où le photographe lui-même disparaissait, elle ne cessait de regarder autour d'elle comme si un danger la menaçait.

— Nous aurons sans doute une autre occasion de nous rencontrer, répondait diplomatiquement Lecœur.

— Vous n'avez toujours rien découvert ?

Ce n'était pas lui qu'elle regardait en posant cette question, mais le commissaire Maigret, comme si c'était de lui qu'elle attendait quelque chose.

— L'enquête continue...

Maigret bourrait sa pipe à petits coups d'index, cherchant à comprendre. Cette fille-là avait certainement connu des coups durs et elle était capable de regarder la vie en face sans sourciller. Ce n'était pas la mort de sa sœur qui l'affectait car, le premier jour, elle s'était montrée pleine de vie et d'entrain.

— Dans ce cas, messieurs... Je ne sais pas comment dire... Au revoir, quoi ! ... Et merci d'être venus...

Si elle était restée une minute de plus, Maigret lui aurait peut-être demandé si personne ne l'avait menacée. Elle s'éloignait, perchée sur ses hauts talons, et dès qu'elle refermerait la porte de sa chambre d'hôtel elle allait se débarrasser de cette robe noire achetée pour la circonstance.

— Qu'est-ce que vous en dites ? demanda Maigret à son collègue de Clermont.

— Vous avez remarqué aussi ? ... J'aimerais avoir un entretien avec elle entre quatre murs, mais il faut que je trouve une raison plausible pour la convoquer. Aujourd'hui, cela paraîtrait indécent... Elle semble avoir peur...

— C'est mon impression aussi...

— Vous croyez qu'elle a reçu des menaces ? Que feriez-vous à ma place ?

— Que voulez-vous dire ?

— Nous ne savons pas pourquoi sa sœur a été étranglée... Cela pourrait être, après tout, un drame de famille... Nous ne connaissons à peu près rien de ces gens-là... Il s'agit peut-être d'une affaire dans laquelle les deux femmes sont impliquées... Ne vous a-t-elle pas dit qu'elle restait encore deux ou trois jours à Vichy ? ... Je n'ai pas beaucoup d'hommes disponibles, mais le hold-up attendra... Les professionnels, on finit toujours par les avoir...

Ils s'étaient installés dans la voiture et roulaient vers la sortie du cimetière.

— Je vais la faire surveiller aussi discrètement que possible, quoique, dans un hôtel, ce soit presque impossible... Où voulez-vous que je vous dépose ?

— Quelque part aux environs du parc...

— C'est vrai que vous êtes ici comme curiste... Je ne sais pas pourquoi je ne peux pas m'y faire...

Il crut d'abord que sa femme n'était pas arrivée, car il ne la voyait pas sur sa chaise. Ils étaient tellement habitués à se trouver chaque jour à la même place qu'il fut surpris de l'apercevoir sur une autre chaise, à l'ombre d'un autre arbre.

Il l'observa un moment sans être vu. Elle ne s'impatientait pas. En robe claire, les mains sur le giron, elle regardait passer les gens et un léger sourire de contentement éclairait son visage.

— Tu es là ! s'exclama-t-elle.

Puis, tout de suite :

— Nos chaises sont prises... Je les ai écoutés et je crois que ce sont des Hollandais... J'espère qu'ils ne sont que de passage et qu'on ne les trouvera pas tous les jours à notre place... Je ne pensais pas que cela serait fini si tôt...

— Le cimetière n'est pas loin...

— Il y avait du monde ?

— Dans la rue... Ensuite, nous n'étions que quatre...

— Elle avait amené son amant ? Viens prendre un verre...

Ils durent faire la queue un moment, puis Maigret acheta les journaux de Paris, qui parlaient à peine de l'étrangleur de Vichy. Un seul journal, la veille, avait publié justement ces mots en gros titre : *L'étrangleur de Vichy*. Et, un peu plus bas, c'était la photographie de Maigret qui figurait.

Il était curieux de connaître les résultats des recherches entreprises dans quelques-unes des villes où la dame, ou plutôt la demoiselle en lilas, se rendait à des dates irrégulières.

Pourtant, ses pensées étaient floues. Il lisait, l'esprit ailleurs, voyait les silhouettes des promeneurs au-dessus de son journal et bientôt ils durent reculer leurs chaises à cause du soleil qui les atteignait.

C'est ce que leur place, maintenant occupée par les Hollandais, avait de bon. Elle se situait à un endroit que le soleil n'atteignait pas aux heures où ils se trouvaient dans le parc.

— Tu ne veux pas un journal ?

— Non... Les deux rigolos viennent de passer et il t'a adressé un grand salut...

Ils s'étaient déjà perdus dans la foule.

— La sœur a pleuré ?

— Non.

Elle le préoccupait toujours. Lui aussi, s'il avait été chargé de l'enquête, aurait aimé la questionner dans le calme de son bureau.

Il y pensa encore plusieurs fois pendant la fin de la matinée. Ils marchèrent jusqu'à l'Hôtel de la Bérézina, montèrent se rafraîchir, se retrouvèrent à table. Toujours, sauf pour eux, des bouteilles de vin entamées à côté des flûtes de verre qui contenaient deux ou trois fleurs.

— Il y a des escalopes milanaises ou du foie de veau à la bourgeoise...

— Escalopes, soupira-t-il. On me les servira quand même nature. Moi, je ne fais que passer. Rian, lui, sera encore ici l'année prochaine et les années suivantes. C'est lui qui compte...

— Tu ne te sens pas mieux qu'à Paris ?

— Uniquement parce que je ne suis pas à Paris. D'ailleurs, je ne me suis jamais senti vraiment mal. Des lourdeurs, des vertiges, je suppose que cela arrive à tout le monde...

— Tu fais quand même confiance à Pardon...

— Il faut bien...

Ils avaient mangé les nouilles qui tenaient lieu de hors-d'œuvre et d'entrée et on venait de servir les escalopes quand on annonça à Maigret qu'il était demandé au téléphone.

Celui-ci se trouvait dans un petit salon dont la fenêtre donnait sur la rue.

— Allô ! ... Je ne vous dérange pas ? ... Vous étiez déjà à table ? ...

Il avait reconnu la voix de Lecœur et il grommela :

— Pour ce que je mange ! ...

— Il y a du nouveau... J'avais envoyé un de mes hommes pour surveiller l'Hôtel de la Gare... Il a eu l'idée, avant de commencer sa planque, de demander le numéro de la chambre de Francine Lange... Le réceptionniste l'a regardé d'un air surpris et lui a dit qu'elle était partie...

— Quand ?

— Une demi-heure à peine après nous avoir quittés... Il paraît que le couple est rentré et qu'avant de monter l'homme a demandé qu'on prépare la note... Ils ont dû boucler leurs valises à toute vitesse car, dix minutes après, ils téléphonaient pour appeler le bagagiste...

» Ils ont tout fourré dans la voiture rouge qui a foncé dans le trafic...

Maigret se taisait, Lecœur aussi, de sorte qu'il y eut un assez long silence.

— Qu'est-ce que vous en pensez, patron ? ...

— Elle a peur...

— C'est entendu, mais elle avait déjà peur ce matin, ça se voyait... Elle nous a néanmoins déclaré qu'elle comptait rester encore deux ou trois jours à Vichy...

— Peut-être pour que vous ne la reteniez pas ? ...

— De quel droit l'aurais-je retenue, à moins d'avoir quelque chose contre elle ?

— Vous connaissez la loi, mais elle ne la connaît pas.

— Nous saurons ce soir ou demain matin si elle est rentrée à La Rochelle...

— C'est le plus probable...

— Je le pense aussi, mais je n'en suis pas moins

furieux... J'avais l'intention de la revoir et de bavarder longuement avec elle... Il est vrai que je vais peut-être en savoir davantage... Vous êtes libre, à deux heures ? ...

C'était le moment de sa sieste et il répondit d'assez mauvaise grâce :

— Je n'ai rien de particulier à faire, évidemment.

— Pendant mon absence, ce matin, quelqu'un a téléphoné à la police locale et a demandé à me parler... J'y suis en ce moment... J'ai fini par accepter le bureau qu'on a offert de me prêter... Il s'agit d'une jeune fille qui a donné son nom... Madeleine Dubois... Et devinez ce qu'elle fait dans la vie ? ...

Maigret se tut.

— Elle est téléphoniste de nuit à l'Hôtel de la Gare. Mon collègue de Vichy lui a répondu que je serais sans doute au bureau, avenue Victoria, vers deux heures... Il lui a demandé si elle ne pouvait pas lui dire de quoi il s'agissait mais elle a préféré me voir personnellement... Je l'attends donc tout à l'heure...

— J'y serai...

Il ne fit pas la sieste mais découvrit la délicieuse villa blanche à tourelles, plantée au milieu d'un parc, qui servait de siège à la police de Vichy. Un C.R.S. le conduisit au bout d'un couloir, au premier étage, où un bureau presque vide de meubles avait été abandonné à Lecœur.

— Il est deux heures moins cinq... remarqua celui-ci. J'espère qu'elle ne va pas changer d'avis... Au fait, il faut que je trouve une troisième chaise...

On l'entendit ouvrir des portes, dans le couloir, jusqu'à ce qu'il découvre ce qu'il cherchait.

A deux heures exactement, le C.R.S. de service frappait à la porte et annonçait :

— Mme Dubois...

Celle-ci entrait, une petite personne vive, aux cheveux

sombres, au regard très mobile qui se posait tour à tour sur les deux hommes.

— A qui dois-je m'adresser ? ...

Lecœur se présenta, ne parla pas de Maigret qui s'assit dans un coin.

— Je ne sais pas si ce que j'ai à vous dire vous intéressera... Sur le moment, je n'y ai pas attaché d'importance... L'hôtel est plein... J'ai eu beaucoup de travail jusqu'à une heure du matin puis, comme d'habitude, je me suis assoupie... Il s'agit d'une de nos clientes, Mme Lange...

— Je suppose que vous parlez de Mlle Francine Lange ?

— Je la croyais mariée. Je sais que sa sœur est morte et qu'on l'a enterrée ce matin... Hier soir, vers huit heures et demie, quelqu'un a demandé à lui parler...

— Un homme ?

— Un homme, oui, avec une drôle de voix... Je suis à peu près certaine qu'il souffre d'asthme, car j'ai eu un oncle qui était atteint de cette maladie et qui parlait de la même manière...

— Il n'a pas dit son nom ?

— Non.

— Il n'a pas demandé le numéro de la chambre ?

— Non... J'ai sonné et personne n'a répondu... Alors, j'ai dit que la personne qu'il demandait n'était pas chez elle... Il a rappelé une seconde fois vers neuf heures et cela ne répondait toujours pas au 406...

— Mlle Lange et son compagnon n'avaient qu'une chambre pour eux deux ?

— Oui... L'homme a rappelé une troisième fois à onze heures et, cette fois, Mlle Lange a répondu... J'ai établi la communication...

Elle parut embarrassée, jeta un petit coup d'œil à Maigret comme pour se rendre compte de l'effet qu'elle produirait sur lui. Elle avait dû le reconnaître, elle aussi.

— Vous avez écouté ? ... murmura Lecœur gentiment.

— Je m'en excuse... Ce n'est pas mon habitude... Nous avons la réputation d'écouter les conversations, mais si les gens savaient comme c'est peu intéressant ils penseraient autrement... C'est peut-être à cause du meurtre de la sœur... Ou à cause de l'étrange voix de l'homme...

» — Qui est à l'appareil ? a-t-elle demandé.

» — Vous êtes bien Mlle Francine Lange ?

» — Oui...

» — Vous êtes seule dans la chambre ?

» Elle a hésité. Moi, j'étais à peu près sûre que son compagnon était avec elle.

» — Oui... Et d'ailleurs qu'est-ce que cela peut vous faire ? ...

» — J'ai un message confidentiel à vous communiquer... Ecoutez-moi bien... Si j'étais interrompu, je vous rappellerais dans une demi-heure...

» Il avait la respiration difficile, avec parfois une sorte de sifflement, comme mon oncle.

» — J'écoute... Vous ne m'avez toujours pas dit qui vous êtes...

» — Cela n'a pas d'importance... Il est indispensable que vous restiez quelques jours à Vichy... C'est dans votre intérêt... Je vous contacterai, je ne sais pas encore quand... Notre entretien pourra vous faire gagner une très grosse somme... Vous m'avez bien compris ? ...

» Il s'est tu et a raccroché. Après quelques minutes, le 406 a sonné.

» — Ici, Mlle Lange... Je viens de recevoir un coup de téléphone... Pouvez-vous me dire s'il venait de Vichy ou d'ailleurs ? ...

» — De Vichy...

» — Je vous remercie...

» Voilà... D'abord, j'ai pensé que cela ne me regardait

pas. Puis ce matin, ne pouvant m'endormir, j'ai téléphoné ici et j'ai demandé qui était chargé de l'enquête...

Elle tripotait nerveusement son sac, son regard allant et venant d'un des deux hommes à l'autre.

— Vous croyez que c'est important ?

— Vous n'êtes pas retournée à l'hôtel ?

— Je ne prends mon service qu'à huit heures du soir...

— Mlle Lange est partie.

— Elle n'a pas assisté à l'enterrement de sa sœur ?

— Elle a quitté Vichy presque tout de suite après l'enterrement.

— Ah ! ...

Puis, après un silence :

— Vous supposez que cet homme voulait l'attirer dans un guet-apens, n'est-ce pas ? Ce ne serait pas l'étrangleur, par hasard ?

Elle pâlissait à l'idée d'avoir eu l'assassin de la demoiselle en lilas au bout du fil.

Maigret ne regrettait plus d'avoir manqué sa sieste.

5

La téléphoniste partie, les deux hommes restaient à leur place, Maigret fumant lentement sa pipe, Lecœur une cigarette qui menaçait de lui brûler la moustache. La fumée s'étirait au-dessus des têtes. Dans la cour, on entendait une douzaine de C.R.S. se livrer à la gymnastique.

Il y eut un assez long silence. L'un et l'autre étaient de vieux routiers qui connaissaient les ficelles du métier. Ils avaient eu affaire à toutes sortes de criminels, à toutes sortes de témoins.

— C'est évidemment lui qui a téléphoné... soupirait enfin Lecœur.

Maigret ne répondait pas tout de suite. Ils ne réagissaient pas de la même manière. Sans parler de méthodes, un mot qu'ils n'aimaient ni l'un ni l'autre, ils avaient une différente approche d'un problème.

Ainsi, depuis que la demoiselle en lilas avait été étranglée, Maigret s'était assez peu préoccupé de l'assassin. Ce n'était pas voulu. Il restait comme hanté par la femme qu'il revoyait sur sa chaise jaune devant le kiosque à musique, par son long visage, son sourire assez doux que démentait parfois la dureté du regard.

De petites touches s'étaient ajoutées à cette image quand il avait connu la maison de la rue du Bourbonnais, le séjour à Nice, sa vie à Paris, tout au moins le peu qu'on en savait, et jusqu'aux livres qu'elle lisait.

L'étrangleur n'était qu'une silhouette, un homme grand et fort que Mme Vireveau prétendait avoir vu, marchant très vite, au coin de la rue, et qu'un tenancier de bar avait aperçu aussi sans distinguer ses traits.

Insensiblement, il se mettait à penser à lui.

— Je me demande comment il a appris que Francine Lange était descendue à l'Hôtel de la Gare...

Les journaux qui avaient annoncé l'arrivée de la sœur de la victime n'avaient fourni aucune adresse.

Maigret avançait à pas prudents, avec hésitation.

— Pourquoi n'aurait-il pas tout bonnement téléphoné aux différents hôtels en demandant à parler à Mlle Lange...

Il l'imaginait, devant un annuaire du téléphone. La liste des hôtels devait être longue. Avait-il procédé par ordre alphabétique ?

— Vous pourriez peut-être appeler un hôtel dont le nom commence par A ou par B...

L'œil amusé, Lecœur décrocha l'appareil.

— Voulez-vous me demander l'Hôtel d'Angleterre ? Non. Pas la direction, ni la réception. Je désire parler à la téléphoniste... Allô ! ... La téléphoniste de l'Hôtel d'Angleterre ? ... Ici, la Police Judiciaire... Quelqu'un vous a-t-il demandé à être mis en communication avec une certaine Mlle Lange ? ... Non, pas la victime... Sa sœur, Francine Lange... C'est cela... Demandez à votre collègue...

Il annonça à Maigret :

— Elles sont deux au standard... L'hôtel a cinq ou six cents chambres... Allô, oui... Hier matin ? ... Passez-moi votre collègue, voulez-vous ? ... Allô ! ... C'est vous qui avez reçu l'appel ? ... Rien ne vous a frappée ? ... Une voix rauque, dites-vous ? ... Comme si l'homme... Oui... Je comprends... Merci...

Et, à Maigret :

— Hier matin, vers dix heures... Une voix rauque, ou plutôt celle d'un homme qui a de la peine à respirer...

Quelqu'un qui faisait une cure, Maigret l'avait pensé dès le premier jour, et qui avait rencontré Hélène Lange par hasard... Il l'avait suivie pour connaître son adresse...

Le téléphone sonnait. C'était l'inspecteur envoyé à Lyon. Il n'avait pas trouvé trace de la victime dans les hôtels de la ville, mais une employée de la poste se souvenait d'elle. Elle était venue deux fois, les deux fois pour retirer à la poste restante une grosse enveloppe de papier bulle. La première fois, cette enveloppe attendait depuis une semaine. La seconde, elle venait juste d'arriver.

— Vous avez les dates ?

Rêveur, fumant toujours sa pipe à bouffées gourmandes, Maigret regardait travailler son collègue.

— Allô ! ... Le Crédit Lyonnais ? ... Vous avez établi la liste des versements que je vous ai demandée ? ... Non... Je la ferai prendre tout à l'heure... Pouvez-vous me dire s'il y a eu un versement tout de suite après le 13 janvier de l'année dernière et un autre après le 22 février de cette année ? ... J'attends, oui...

Cela ne prit pas longtemps.

— Un versement de huit mille francs le 15 janvier... Un autre de cinq mille francs le 23 février de cette année...

— La moyenne des versements est bien de cinq mille francs ?

— Presque tous... Les exceptions sont rares... J'ai le relevé sous les yeux... Je trouve, il y a cinq ans, une somme de vingt-cinq mille francs portée au crédit du compte... C'est la seule somme aussi importante...

— Toujours en billets ? ...

— Toujours...

— A combien se monte le compte à ce jour ?

— Quatre cent cinquante-deux mille six cent cinquante...

Lecœur répétait ces chiffres à Maigret.

— Elle était riche... murmura-t-il. Et pourtant elle louait des chambres meublées pendant la saison...

Il fut surpris d'entendre le commissaire lui répondre :

— Il est très riche...

— C'est vrai... Il semble que cet argent provienne d'une même source... Un homme qui peut verser cinq mille francs par mois et, à l'occasion, des sommes plus importantes...

Or, cet homme-là ignorait qu'Hélène Lange possédait, à Vichy, une petite maison blanche à volets vert pâle dans le quartier de France. A chaque envoi, l'adresse était changée.

L'argent n'était-il pas versé à date fixe et n'était-ce pas exprès que Mlle Lange ne le retirait que quelques jours plus tard, afin d'être sûre que le bureau de poste choisi ne serait pas surveillé ?

Un homme riche, en tout cas très à son aise... Quand il avait eu la sœur au bout du fil, il ne lui avait pas donné un rendez-vous précis... Il lui avait demandé de rester encore quelques jours à Vichy et d'attendre son appel... Pourquoi ? ...

— Il doit être marié... Il est ici avec sa femme, peut-être ses enfants... Il n'est pas libre quand il veut...

Lecœur semblait s'amuser à son tour en regardant travailler le cerveau de Maigret. Etait-ce tellement le cerveau ? C'était à l'homme, maintenant, qu'il s'efforçait de s'intégrer...

— Rue du Bourbonnais, il n'a pas trouvé ce qu'il cherchait... Et Hélène Lange n'a pas parlé... Si elle avait parlé, elle ne serait probablement pas morte... Il a voulu lui faire peur pour obtenir le renseignement dont il avait besoin...

— Malgré sa femme, il était donc libre ce soir-là...

Maigret se taisait, ruminait l'objection.

— Que jouait-on lundi au théâtre ?

Lecœur décrochait le téléphone pour se renseigner.

— *La Tosca*... Toutes les places étaient louées...

Ce n'était pas un raisonnement rigoureux, certes. Ce n'était même pas un raisonnement. Maigret essayait d'imaginer l'homme, un personnage assez important, descendu sans doute dans un des meilleurs hôtels de Vichy. Il avait sa femme, des amis...

La veille ou l'avant-veille, il avait rencontré Hélène Lange et l'avait suivie afin de connaître son adresse.

Ce soir-là, on jouait *La Tosca* au théâtre du Grand Casino. Les femmes ne sont-elles pas plus férues que les hommes d'opéra italien ?

— Pourquoi n'irais-tu pas sans moi ? ... La cure me fatigue... J'en profiterai pour me coucher de bonne heure...

Quel renseignement voulait-il obtenir d'Hélène Lange et pourquoi celle-ci refusait-elle obstinément de parler ?

Etait-il entré dans la maison avant elle, forçant une serrure facile, et avait-il fouillé le contenu des meubles avant son arrivée ?

Ne l'avait-il rejointe, au contraire, qu'au moment où elle était de retour chez elle, et son crime était-il déjà commis quand il avait mis le logement en désordre ?

— Pourquoi avez-vous ce petit sourire, patron ?

— Parce que je pense à un détail idiot... Avant d'en arriver à l'Hôtel de la Gare, le meurtrier a dû, s'il a suivi l'ordre alphabétique, lancer une trentaine d'appels... Cela ne vous dit rien ? ...

Il bourrait une nouvelle pipe.

— Toute la police le recherche... Il est probable que sa femme vit avec lui dans une chambre d'hôtel... Or, il va devoir répéter un grand nombre de fois un nom qui est le même que celui de la victime...

» Dans les hôtels, tous les appels passent par le standard... En outre, il y a sa femme, c'est une supposition plausible...

» Il est dangereux de téléphoner d'un café, d'un bar, où on peut être entendu...

» Si j'étais vous, Lecœur, je mettrais un certain nombre d'hommes à surveiller les cabines publiques...

— Mais puisqu'il a eu Francine Lange à l'appareil ! ...

— Il doit la rappeler...

— Elle n'est plus à Vichy...

— Il l'ignore...

A Paris, Maigret voyait sa femme trois fois par jour, comme la plupart des maris, à son réveil le matin, à midi et le soir. Encore lui arrivait-il souvent de ne pas rentrer déjeuner.

Il aurait donc pu faire n'importe quoi à son insu pendant le reste de la journée.

Mais à Vichy ? Ils passaient pratiquement ensemble

vingt-quatre heures sur vingt-quatre et il n'était pas le seul dans ce cas.

— Il ne peut même pas s'attarder trop longtemps dans une cabine téléphonique... soupirait-il.

Sans doute descendait-il sous prétexte d'aller acheter des cigarettes ou de prendre l'air pendant que sa femme s'habillait ? Un coup de téléphone ou deux... Si elle était curiste, elle aussi, et si elle se rendait à l'hydrothérapie, cela lui donnait à nouveau du temps...

Il l'imaginait, profitant de chaque occasion, les provoquant, mentant comme un gamin à sa mère.

Un homme corpulent, d'un certain âge, riche, occupant une situation importante, s'efforçant, à Vichy, d'améliorer son asthme...

— Cela ne vous surprend pas que la sœur soit partie ?

Francine Lange aimait l'argent. Dieu sait par où elle avait passé, lorsqu'elle vivait à Paris, pour s'en procurer. Elle possédait maintenant un commerce prospère. Elle allait hériter de sa sœur.

Mais était-elle femme à faire fi d'une somme importante ?

Etait-ce de la police qu'elle avait eu peur ? Cela ne paraissait pas probable. A moins qu'elle n'ait décidé de s'enfuir définitivement, de franchir les frontières.

Non ! Elle était retournée à La Rochelle, où la police pourrait la questionner tout aussi bien qu'à Vichy. Pour le moment, elle roulait encore, son gigolo au volant, tandis que les jeunes se retournaient avec envie sur la voiture rouge décapotée.

— Elle arrivera vers le milieu de l'après-midi, car ils doivent rouler vite...

— Les journaux ont-ils dit qu'elle vit à La Rochelle ?

— Non... Ils ont juste annoncé son arrivée...

— Elle avait déjà peur ce matin, à la maison mortuaire et au cimetière...

— Je me demande pourquoi c'est vous qu'il lui arrivait de regarder à la dérobée...

— Je crois que je comprends...

Maigret souriait non sans embarras.

— Les journalistes m'ont fait la réputation d'une sorte de confesseur... Elle a dû hésiter à se confier à moi, à me demander conseil... Puis elle s'est dit que le morceau était trop gros...

Lecœur fronçait les sourcils.

— Je ne vois pas...

— L'homme a essayé d'obtenir un renseignement d'Hélène Lange et ce renseignement était assez important pour lui faire perdre tout contrôle... Il est rare qu'on étrangle de sang-froid... Il est venu rue du Bourbonnais sans arme... Il n'avait pas l'intention de tuer... Or, il est reparti les mains vides...

Pensant à l'étranglement, Maigret ajouta :

— Si j'ose dire...

— Il suppose que la sœur possède le même renseignement ?

— C'est certain... Sinon, il ne se serait pas donné tant de mal et il n'aurait pas couru tant de risques pour savoir à quel hôtel elle était descendue... Il ne lui aurait pas téléphoné et ne lui aurait pas laissé entrevoir le versement d'une forte somme...

— Et elle, de son côté, sait ce qu'il lui veut ? ...

— C'est possible... murmura Maigret en regardant l'heure à sa montre.

— C'est probable, non ? ... La preuve, c'est qu'elle a eu assez peur pour partir sans rien nous en dire...

— Il faut que j'aille retrouver ma femme...

Il faillit ajouter :

— Comme l'autre ! ...

Comme cet homme corpulent, large d'épaules, obligé d'employer des ruses enfantines pour aller téléphoner d'une cabine publique.

Qui sait ? Les Maigret, au cours de leurs promenades quotidiennes, avaient peut-être croisé un certain nombre de fois ce couple-là. Il était possible qu'ils se soient trouvés les uns à côté des autres au moment du verre d'eau, que leurs chaises...

— N'oubliez pas les cabines téléphoniques...

— Il me faudrait autant d'hommes que vous en avez à Paris...

— J'en manque toujours... Quand téléphonerez-vous à La Rochelle ? ...

— Vers six heures, avant de partir pour Clermont-Ferrand, où j'ai rendez-vous avec le juge d'instruction... Il m'attend chez lui... Cette histoire le tracasse, car il est très bien avec la Compagnie Fermière et celle-ci n'apprécie guère ce genre de publicité... Si vous voulez être ici...

Mme Maigret l'attendait sur un banc. Jamais de leur vie les Maigret ne s'étaient autant assis sur des bancs ou des chaises de squares. Il était en retard mais elle ne lui adressa aucun reproche, se contentant de noter qu'il n'avait pas tout à fait le même air que le matin.

Elle connaissait ce visage-là, à la fois renfrogné et songeur.

— Où allons-nous ?

— Nous marchons...

Comme les autres jours. Comme l'autre couple. La femme ne devait se douter de rien. Elle se promenait avec son mari sans soupçonner que celui-ci tressaillait à la vue de chaque uniforme de police.

Il était un meurtrier. Il ne pouvait pas fuir sans devenir

suspect. Il devait continuer, comme les Maigret, sa routine quotidienne.

Etait-il descendu dans un des deux ou trois hôtels de luxe ? Cela ne regardait pas Maigret, mais, s'il avait été à la place de Lecœur...

— Lecœur est un excellent policier... murmura-t-il.

Ce qui signifiait, dans son for intérieur :

— Il y pensera sûrement. Il n'y a pas tant de pensionnaires, dans ces hôtels-là, pour que...

Mais il aurait aimé aller renifler lui-même.

— Tu n'oublies pas ton rendez-vous avec Rian...

— C'est aujourd'hui ?

— Demain à quatre heures...

Il lui faudrait à nouveau se déshabiller, se laisser tripoter, monter sur la bascule, écouter le jeune médecin blond discuter gravement la quantité d'eau qu'il boirait désormais. Allait-on le changer de sources ?

Il pensa à Janvier qui s'était installé dans son bureau, car Lucas était en vacances aussi. Il avait choisi la montagne, quelque part du côté de Chamonix.

Des petits voiliers, à la queue leu leu, remontaient lentement le vent, virant bord sur bord, chacun à son tour. Des couples passaient en pédalo et au bas du mur qui bordait l'Allier les golfs miniatures se suivaient tous les cinquante mètres.

Maigret se surprenait à se retourner chaque fois qu'ils croisaient un homme d'un certain âge, d'un certain embonpoint.

Pour lui, le meurtrier d'Hélène Lange avait cessé d'être une vague entité. Il commençait à prendre forme, à acquérir une personnalité.

Il était dans la ville, le long d'une de ces promenades que les Maigret suivaient avec tant de constance. Il accomplissait à peu près les mêmes gestes qu'eux, voyait les mêmes spectacles, les voiliers, les pédalos, les chaises jaunes dans le parc et la foule qui défilait à un rythme monotone.

A tort ou à raison, Maigret lui voyait une femme au côté, une femme assez forte aussi, qui se plaignait peut-être d'avoir mal aux pieds.

Que disaient-ils en marchant ? De quoi parlaient tous ces couples parmi lesquels les Maigret évoluaient ?

Il avait tué Hélène Lange... On le recherchait. Un mot, un geste, une imprudence, et il serait arrêté.

L'écroulement d'une vie. Son nom à la première page des journaux. Ses amis stupéfaits, sa fortune et celle des siens menacées.

Une cellule à la place d'un appartement douillet...

Le changement pouvait se produire en quelques minutes, en quelques secondes. Un inconnu allait peut-être lui tapoter l'épaule et, quand il tournerait la tête, il se trouverait nez à nez avec une médaille de police.

— Vous êtes bien M...

Monsieur qui ? Peu importe. La surprise, l'indignation de sa femme.

— Mais c'est une erreur, commissaire ! ... Je le connais bien... C'est mon mari... Tout le monde vous dira... Défends-toi donc, Jean ! ...

Jean, ou Pierre, ou Gaston...

Maigret en arrivait à regarder autour de lui comme à la dérobée.

— Et pourtant, il continue...

— Il continue quoi ?

— A vouloir connaître la vérité...

— De quoi parles-tu ?

— Tu sais de qui je parle... Il a téléphoné à Francine Lange... Il veut un entretien avec elle...

— Il ne va pas se faire prendre ?

— Si elle avait prévenu Lecœur à temps, on aurait organisé une souricière... C'est encore possible... Il ne connaît pas sa voix... Lecœur y a sûrement pensé... Il suffit de placer une femme d'à peu près son âge dans la chambre 406... Lorsqu'il téléphonera...

Maigret s'arrêta au beau milieu de l'allée et grogna, les poings serrés, comme si cela le mettait en rage :

— Que diable peut-il bien chercher pour accepter de tels risques ?

Une voix d'homme répondit :

— Allô ! ... Qui demandez-vous ?

— Je voudrais parler à Mlle Francine Lange...

— De la part de qui ?

— Du commissaire divisionnaire Lecœur...

— Un instant...

Maigret était assis en face de celui-ci, dans le bureau nu, et tenait le second écouteur à l'oreille.

— Allô ! ... Vous ne pourriez pas rappeler demain matin ? ...

— Non...

— Dans une demi-heure ? ...

— Dans une demi-heure, je serai en route...

— Nous venons juste d'arriver... Francine... je veux dire Mlle Lange, est dans son bain...

— Demandez-lui de ma part d'en sortir...

Lecœur adressait un clin d'œil à son collègue de Paris. On entendit à nouveau la voix de Lucien Romanel.

— Elle sera à l'appareil dans un instant... Le temps de se sécher...

— Il me semble que vous n'avez pas roulé vite...

— Nous avons eu une panne... Nous avons perdu près

d'une heure à chercher une pièce de rechange... La voici ! ...

— Allô ! ...

La voix paraissait plus lointaine que celle du gigolo.

— Mademoiselle Lange ? ... Ce matin, vous m'avez annoncé que vous resteriez encore deux ou trois jours à Vichy...

— C'était mon intention... J'ai changé d'avis...

— Puis-je vous demander pourquoi ?

— Je pourrais vous répondre que j'ai changé d'avis, point final. C'est mon droit, non ? ...

— Comme c'est le mien de me munir d'une commission rogatoire et de vous obliger à parler...

— Quelle différence cela fait-il que je sois à Vichy ou à La Rochelle ?

— Pour moi, une très grande... Maintenant, je répète ma question : qu'est-ce qui vous a fait changer d'avis ?

— J'ai eu peur...

— De quoi ?

— Vous le savez bien... Ce matin, j'avais déjà peur, mais je me disais qu'il n'oserait pas...

— Soyez plus claire, voulez-vous ? Peur de qui ?

— De l'homme qui a étranglé ma sœur... Je me suis dit que, s'il s'en est pris à elle, il est capable de s'en prendre à moi...

— Pour quelle raison ?

— Je ne sais pas...

— Vous le connaissez ?

— Non...

— Vous n'avez pas la moindre idée de qui il peut être ?

— Non...

— Pourtant, à midi, après m'avoir annoncé la prolongation de votre séjour à Vichy, vous quittiez l'hôtel en toute hâte...

— J'avais peur...

— Vous mentez... Plus exactement, vous aviez une raison particulière d'avoir peur...

— Je vous l'ai dite... Il a tué ma sœur... Il pouvait tout aussi bien...

— Pour quelle raison ?

— Je l'ignore...

— Et vous ignorez aussi la raison pour laquelle votre sœur a été tuée ?

— Si je la connaissais, je vous l'aurais dite...

— Dans ce cas, pourquoi ne m'avez-vous pas parlé du coup de téléphone ?

Il l'imaginait, en peignoir de bain, les cheveux mouillés, dans l'appartement où les valises venaient d'être ouvertes. L'appareil avait-il un second écouteur ? Sinon Romanel devait être devant elle et lui lancer des regards interrogateurs.

— Quel coup de téléphone ?

— Celui que vous avez reçu hier soir à votre hôtel...

— Je ne vois pas ce que vous...

— Faut-il que je vous rappelle les phrases de votre interlocuteur ? Ne vous a-t-il pas conseillé, justement, de rester encore deux ou trois jours à Vichy ? Ne vous a-t-il pas annoncé qu'il reprendrait contact avec vous et que cela pourrait vous rapporter une très forte somme ? ...

— J'ai à peine écouté...

— Pour quelle raison ? ...

— Parce que j'ai pris ça pour une blague... Ce n'est pas votre impression à vous ?

— Non.

Un non très sec, suivi d'un silence menaçant. A l'autre bout du fil, elle était désarçonnée et cherchait quelque chose à dire.

— Je ne suis pas de la police, moi... Je vous répète que j'ai pris ça pour une farce...

— On vous fait souvent des farces de ce genre ?

— Pas de ce genre...

— N'est-ce pas cet entretien téléphonique qui vous a effrayée assez pour vous pousser à quitter Vichy le plus tôt possible ? ...

— Puisque vous ne me croyez pas...

— Je vous croirai quand vous serez sincère...

— Cela m'a impressionnée...

— Quoi ?

— De savoir que l'homme était encore en ville... Toutes les femmes doivent avoir peur à l'idée qu'un étrangleur rôde dans les rues...

— Les hôtels, pourtant, ne se sont pas vidés d'un seul coup... Vous aviez déjà entendu cette voix ?

— Je ne crois pas...

— Une voix bien particulière...

— Je n'ai pas remarqué... J'étais trop surprise...

— Tout à l'heure, vous parliez d'une mauvaise farce...

— Je suis fatiguée... Avant-hier après-midi, j'étais encore en vacances aux Baléares... J'ai à peine dormi depuis...

— Ce n'est pas une raison pour mentir...

— Je n'ai pas l'habitude des interrogatoires... A plus forte raison par téléphone, après avoir été tirée de mon bain...

— Si vous le préférez, vous recevrez dans une heure la visite officielle de mon collègue de La Rochelle et tout ce que vous direz sera dûment enregistré...

— Je fais de mon mieux pour vous répondre...

Les yeux de Maigret riaient. Lecœur abattait du bon travail. Il ne s'y serait pas pris tout à fait de la même façon, mais le résultat aurait été le même.

— Vous saviez, hier, que la police était à la recherche du meurtrier de votre sœur... Vous n'ignoriez pas que le moindre indice pouvait être précieux...

— Je suppose, oui...

— Or, il y a toutes les chances pour que votre interlocuteur invisible soit justement le meurtrier... Vous y avez pensé... Vous en avez même été persuadée, puisque vous avez eu peur... Or, vous êtes une femme qui n'a pas froid aux yeux...

— Je l'ai peut-être pensé, mais je n'étais pas sûre...

— Toute autre personne, à votre place, nous aurait téléphoné pour nous mettre au courant... Pourquoi ne l'avez-vous pas fait ? ...

— Vous oubliez que je venais de perdre ma sœur, qui était ma seule parente, et que ses obsèques avaient lieu aujourd'hui...

— Ce qui ne vous a pas émue le moins du monde...

— Qu'en savez-vous ?

— Répondez à ma question...

— Vous m'auriez peut-être retenue...

— Ce ne sont pas des affaires urgentes qui vous appellent à La Rochelle, puisque vous deviez rester plusieurs jours encore aux Baléares...

— L'atmosphère m'oppressait... L'idée que cet homme...

— N'était-ce pas plutôt l'idée qu'à la suite de ce coup de téléphone nous pourrions vous poser certaines questions ?

— Vous auriez pu vous servir de moi comme appât... Quand il m'aurait rappelée pour me fixer un rendez-vous, vous m'y auriez envoyée et...

— Et... ?

— Rien... J'ai eu peur...

— Pourquoi votre sœur a-t-elle été étranglée ?

— Comment voulez-vous que je le sache ? ...

— Quelqu'un l'a retrouvée après un certain nombre d'années, l'a suivie, est entré chez elle...

— Je croyais qu'elle l'avait surpris en train de la cambrioler...

— Vous n'êtes pas si naïve... Il avait une question à lui poser, une question capitale...

— Laquelle ?

— C'est bien ce que je cherche à découvrir... Votre sœur avait hérité, mademoiselle Lange...

— De qui ? ...

— Je vous le demande...

— Nous avons hérité toutes les deux de ma mère... Elle n'était pas riche... Une boutique de mercerie à Marsilly et quelques milliers de francs sur un livret de caisse d'épargne...

— Son amant était riche ?

— Quel amant ? ...

— Celui qui, à Paris, allait la voir une ou deux fois par semaine dans son appartement de la rue Notre-Dame-de-Lorette...

— Je ne suis pas au courant...

— Vous ne l'avez jamais rencontré ?

— Non...

— Ne coupez pas, mademoiselle... Nous risquons d'en avoir encore pour longtemps... Allô ! ...

— Je suis là...

— Votre sœur était sténo-dactylo... Vous étiez manucure...

— Je suis devenue visagiste...

— Soit... Deux petites filles de Marsilly dont les parents étaient sans fortune... Vous allez à Paris toutes les deux... Vous n'y arrivez pas ensemble mais, pendant plusieurs années, vous vous y trouvez l'une et l'autre...

— Qu'est-ce que cela a d'extraordinaire ?

— Vous prétendez ne rien savoir des faits et gestes de votre sœur... Vous ne pouvez même pas me dire où elle travaillait...

— D'abord, il y avait la différence d'âge entre nous... Ensuite, nous ne nous sommes jamais bien entendues, même petites...

— Je n'ai pas fini... Il se fait que, bientôt, on vous retrouve, encore jeune, à la tête d'un salon de coiffure de La Rochelle qui a dû vous coûter cher...

— J'ai payé une partie du fonds par annuités...

— Il est possible que nous ayons, plus tard, à éclaircir ce point... Votre sœur, elle, disparaît en quelque sorte de la circulation... Elle passe d'abord cinq années à Nice... Vous êtes allée la voir ? ...

— Non.

— Vous aviez son adresse ?

— Elle m'a envoyé trois ou quatre cartes postales...

— En cinq ans ?

— Nous n'avions rien à nous dire...

— Et quand elle s'est installée à Vichy ? ...

— Elle ne m'en a pas parlé...

— Elle ne vous a pas écrit qu'elle habitait désormais cette ville où elle avait acheté une maison ?

— Je l'ai su par des amis...

— Quels amis ?

— Je ne m'en souviens pas... Des gens qui l'ont rencontrée à Vichy...

— Et qui lui ont parlé ? ...

— C'est possible... Vous m'embrouillez...

Lecœur, content de lui, adressait un nouveau clin d'œil à Maigret dont la pipe était éteinte et qui se livrait à une gymnastique délicate pour en bourrer une autre sans lâcher l'écouteur.

— Vous êtes allée au Crédit Lyonnais ? ...

— Quel Crédit Lyonnais ? ...

— Celui de Vichy...

— Non...

— Vous n'avez pas eu la curiosité de savoir de quelle somme vous héritez ?

— C'est mon notaire d'ici qui s'occupera de la succession... Je ne connais rien à ces choses-là...

— Vous êtes pourtant une femme d'affaires... Avez-vous une idée de la somme que votre sœur avait en banque ? ...

Il y eut un nouveau silence.

— Je vous écoute...

— Je ne peux pas vous répondre...

— Pourquoi ?

— Parce que je ne sais pas...

— Vous seriez surprise d'apprendre que cela approche des cinq cent mille francs ?

— C'est beaucoup...

Elle disait cela d'une voix calme.

— C'est beaucoup pour une petite dactylo partie un beau jour de Marsilly et qui n'a travaillé qu'une dizaine d'années à Paris...

— Elle ne m'a pas fait de confidences...

— Réfléchissez avant de répondre, car nous avons des moyens de nous assurer de la véracité de vos dires... Lorsque vous vous êtes installée à La Rochelle, n'est-ce pas votre sœur qui a versé les premiers fonds ? ...

Encore un silence. Or, le silence est plus impressionnant au téléphone que quand on a son interlocuteur devant soi. Il y a coupure complète.

— Vous avez besoin de réfléchir ? ...

— Elle m'a prêté un peu d'argent...

— Combien ? ...

— Il faudrait que je le demande à mon notaire...

— Votre sœur, à cette époque-là, n'habitait-elle pas Nice ? ...

— C'est possible... Oui...

— Vous avez donc été en rapport avec elle... Pas seulement par un échange de cartes postales... Il est probable que vous êtes allée la voir afin de lui donner des détails sur votre projet...

— J'ai dû y aller...

— Vous me disiez le contraire il y a un instant...

— Je ne m'y retrouve plus dans vos questions...

— Elles sont cependant claires, mais vos réponses le sont moins...

— Vous avez fini ?

— Pas encore... Et je vous conseille plus vivement que jamais de ne pas raccrocher, ce qui me forcerait à prendre des mesures assez désagréables... Cette fois, je veux une réponse nette, par oui ou par non... Dans l'acte de vente du fonds de commerce, est-ce votre nom ou celui de votre sœur qui figure ? ... Autrement dit, est-ce votre sœur la véritable propriétaire ?

— Non.

— Est-ce vous ?

— Non.

— Qui est-ce ?

— Les deux.

— Vous étiez donc associées et vous essayez de me faire croire que vous n'aviez aucun contact avec votre sœur...

— Ce sont des affaires de famille qui ne regardent personne...

— Pas quand un crime intervient...

— Cela n'a aucun rapport...

— Vous en êtes certaine ?

— Je le suppose...

— Vous le supposez si peu que vous avez quitté Vichy comme une folle...

— Vous avez encore des questions à poser ? ...

Maigret fit signe que oui, saisit un crayon sur le bureau et écrivit quelques mots sur un bloc.

— Un instant... Ne quittez pas l'appareil...

— Ce sera long ?

— Voici... Vous avez eu un enfant, n'est-ce pas ? ...

— Je vous en ai parlé.

— Vous avez accouché à Paris ?

— Non...

— Pourquoi ?

Sur le billet de Maigret, on lisait seulement : *Où a-t-elle accouché ? Où l'enfant a-t-il été inscrit ?*

Lecœur fignolait, peut-être à cause de la présence de son illustre collègue parisien.

— Je n'avais pas envie que ça se sache...

— Où vous êtes-vous rendue ?

— En Bourgogne...

— A quel endroit exactement ?

— Mesnil-le-Mont...

— C'est un village ?

— Plutôt un hameau...

— Il y a un médecin ?

— Il n'y en avait pas à cette époque-là.

— Et vous choisissiez, pour accoucher, un hameau sans médecin ?

— Comment croyez-vous que nos mères mettaient au monde ?

— C'est vous qui avez choisi cet endroit ? Vous y étiez déjà allée ?

— Non. J'ai regardé sur une carte routière...

— Vous y êtes allée seule ?

— Je me demande comment vous interrogez les coupables, si c'est ainsi que vous torturez les gens qui n'ont rien fait et qui, au contraire...

— Je vous ai demandé si vous y êtes allée seule...

— Non.

— Cela va déjà mieux. Vous voyez qu'il est plus simple de dire la vérité que de ruser. Qui vous accompagnait ?

— Ma sœur.

— Vous parlez bien de votre sœur Hélène ?

— Je n'en ai pas d'autre.

— C'était le temps où vous viviez à Paris toutes les deux et où vous ne vous rencontriez que par hasard... Vous ne saviez pas où elle travaillait... Elle aurait aussi bien pu être entretenue...

— Cela ne me regardait pas...

— Vous ne vous aimiez pas... Vous aviez aussi peu de rapports que possible l'une avec l'autre, mais elle abandonnait soudain son travail pour vous suivre dans un hameau perdu de Bourgogne...

Elle ne trouvait rien à dire.

— Combien de temps y êtes-vous restées ?

— Un mois...

— A l'hôtel ?

— A l'auberge...

— C'est une sage-femme qui vous a assistée ?

— Je ne suis pas sûre qu'elle ait été sage-femme mais elle aidait toutes les femmes enceintes du pays...

— Comment s'appelle-t-elle ?

— Elle avait plus de soixante-cinq ans à l'époque... Elle doit être morte...

— Vous ne vous rappelez pas son nom ?

— Mme Radèche...

— Vous avez déclaré l'enfant à la mairie ? ...

— Bien sûr...

— Vous-même ?

— J'étais au lit... Ma sœur y est allée avec le patron de l'auberge, qui a servi de témoin...

— Vous avez vu, ensuite, le registre de l'état civil ?

— Pourquoi serais-je allée le voir ?

— Vous possédez une copie de l'acte de naissance ?

— Depuis si longtemps...

— Où êtes-vous allée ensuite ?

— Ecoutez, je n'en peux plus... Si vous tenez absolument à me questionner pendant des heures, venez me voir ici...

Imperturbable, Lecœur prononçait :

— Où avez-vous conduit l'enfant ?

— A Saint-André... Saint-André-du-Lavion, dans les Vosges...

— En auto ?

— Je n'avais pas encore de voiture...

— Votre sœur non plus ?

— Elle n'a jamais conduit...

— Elle vous accompagnait ?

— Oui ! ... Oui ! ... Oui ! ... Et maintenant, pensez-en ce que vous voudrez... J'en ai marre, vous entendez ? ... Marre ! ... Marre ! ... Marre ! ...

Sur quoi, elle raccrocha.

6

— A quoi penses-tu ?

La question de tous les couples, de tous ceux qui vivent côte à côte pendant des années, qui se regardent vivre l'un l'autre et qui, se butant devant le mur du visage, le mur du regard, ne peuvent s'empêcher de murmurer timidement :

— A quoi penses-tu ?

Mme Maigret, il est vrai, ne prononçait ces mots que quand elle sentait son mari détendu, comme s'il existait une zone dans laquelle elle ne se reconnaissait pas le droit de pénétrer.

Après le long téléphone avec La Rochelle, il y avait eu le calme du dîner, dans la salle à manger blanche et reposante de leur hôtel, avec ses plantes vertes, ses bouteilles de vin et ses fleurs sur les tables.

Personne, en apparence, ne s'occupait des Maigret, qui n'en étaient pas moins le centre d'une attention discrète, à la fois admirative et affectueuse.

Maintenant, c'était la promenade du soir. On entendait quelque part dans le ciel des roulements de tonnerre et, dans l'air immobile, passaient soudain de brèves bourrasques.

Ils avaient pris, comme machinalement, par la rue du Bourbonnais, où il y avait de la lumière à une des fenêtres du premier étage, dans la chambre de la grosse Mme Vireveau. Les Maleski étaient sortis, pour se promener ou pour aller au cinéma.

Le rez-de-chaussée était obscur, silencieux. Les meubles avaient repris leur place. Hélène Lange était effacée.

Un jour, sans doute, le contenu de la maison s'entasserait sur le trottoir et un commissaire-priseur facétieux mettrait à l'encan ce qui avait constitué le cadre d'une existence.

Francine avait-elle emporté les photographies ? C'était improbable. Il était improbable aussi qu'elle les fasse chercher. On les vendrait avec le reste.

Ils marchaient tous les deux vers le parc, où les promenades aboutissaient presque fatalement, quand Mme Maigret avait posé sa question.

— Je pensais que Lecœur est un excellent enquêteur, répondait son mari.

Les questions que le commissaire de Clermont-Ferrand avait posées coup sur coup, sans laisser à Francine le temps de se reprendre, étaient bien faites pour la démonter. Il avait tiré le meilleur parti possible des éléments en sa possession, obtenu des résultats tangibles, qui serviraient de base pour la suite de l'enquête.

Pourquoi Maigret n'était-il pas tout à fait satisfait ? Il s'y serait pris autrement, c'était probable. Deux hommes, même s'ils appliquent une même méthode, le font d'une façon différente.

Mais il ne s'agissait pas de méthode. Le commissaire, au fond, enviait le brio de son collègue, son assurance, sa confiance en lui.

Pour Maigret, par exemple, la demoiselle en lilas n'était pas seulement la victime d'un meurtre, ni une personne qui avait mené tel genre d'existence. Il commençait à la connaître et s'efforçait, presque à son insu, d'approfondir cette connaissance.

C'était avant tout l'histoire de deux sœurs qu'il remâchait tout en effectuant sa promenade tandis qu'un Lecœur sans angoisses était parti joyeux vers son rendez-vous avec le juge d'instruction.

Qu'est-ce que celui-ci connaîtrait réellement de l'affaire, cantonné dans son cabinet où tout ce qui avait été de la vie venait se résumer dans les phrases compassées de rapports officiels ?

Deux sœurs, dans un village de la côte atlantique, dans une boutique près de l'église. Maigret connaissait ce village-là, où l'on travaillait à la fois la terre et la mer. Quatre ou cinq gros fermiers, en effet, possédaient des parcs à huîtres et des bouchots où ils élevaient les moules.

Il revoyait les femmes, jeunes et vieilles, y compris les petites filles, partir au lever du jour, parfois dans la nuit, selon l'heure de la marée. Bottées de caoutchouc, elles portaient d'épais tricots, de vieux vestons d'homme.

Sur la grève, elles ramassaient les huîtres dont les bancs étaient découverts tandis que les hommes s'occupaient des moules fixées dans des branchages que maintenaient des piquets.

La plupart des filles n'avaient pas leur certificat d'études et les garçons ne dépassaient guère ce stade non plus, en tout cas à l'époque où les sœurs Lange habitaient le village.

Hélène était une exception. Elle était allée à l'école de la ville, avait acquis assez d'instruction pour travailler dans un bureau.

Partant le matin à vélo, revenant le soir, c'était une demoiselle.

Et, plus tard, sa sœur ne devait-elle pas s'être débrouillée, elle aussi ?

— Elles sont à Paris toutes les deux... On ne les voit plus au pays... Elles nous dédaignent...

Leurs anciennes amies continuaient à gratter le matin les bancs d'huîtres et à travailler aux bouchots. Elles s'étaient mariées, élevaient des enfants qui jouaient à leur tour place de l'Eglise.

Hélène Lange était arrivée à ses fins à force de volonté froide. Toute jeune, elle avait refusé la vie qui aurait dû être la sienne, s'était tracé une autre voie, choisissant un monde personnel illustré à ses yeux par quelques écrivains romantiques.

Balzac était trop dur pour elle, trop proche de Marsilly,

de la boutique familiale et des bouchots où le froid roidissait les mains.

Francine s'était échappée, elle aussi, à sa façon. A quinze ans, un chauffeur de taxi l'avait déniaisée et elle ne voyait pas pourquoi elle serait avare de son corps attrayant et pulpeux, pourquoi elle n'userait pas, vis-à-vis des hommes, de son sourire aguicheur.

Chacune, en fin de compte, n'avait-elle pas réussi ?

La propriétaire de la maison de Vichy possédait un gros compte en banque et la cadette, rentrée au pays, étalait son opulence dans le meilleur salon de beauté de la ville.

Lecœur n'éprouvait pas le besoin de vivre avec elles, de les comprendre. Il établissait des faits, en tirait des déductions et, par conséquent, n'éprouvait pas de troubles de conscience.

A ces deux vies, un homme était mêlé, un homme dont nul ne connaissait le visage mais qui était ici, à Vichy, dans sa chambre d'hôtel, dans une allée du parc, dans une salle du Grand Casino, n'importe où.

Cet homme-là avait tué. Il était traqué. Il ne pouvait ignorer que la police, insensiblement, avec les moyens énormes dont elle dispose, se rapprochait de lui et le cernerait de plus en plus jusqu'au moment où une main indifférente se poserait sur son épaule.

Il avait une vie derrière lui, lui aussi. Il avait été enfant, jeune homme, amoureux, probablement marié, car l'inconnu qui, à Paris, se rendait un ou deux soirs par semaine rue Notre-Dame-de-Lorette n'y restait qu'une heure.

Hélène disparaissait et on la retrouvait, solitaire, à Nice, où elle semblait s'être plongée volontairement dans la foule anonyme.

Auparavant, elle avait fait un crochet par un petit village de Bourgogne, vécu un mois dans une auberge avec sa sœur, qui avait accouché.

Cet homme-là aussi, Maigret avait besoin de le connaître. Il était grand et fort. L'asthme, pour lequel il faisait sans doute une cure, lui donnait une voix reconnaissable.

Il avait tué pour rien. Il n'était pas allé rue du Bourbonnais pour tuer, mais pour poser une question.

Hélène Lange s'était tue. Même quand il l'avait saisie à la gorge pour l'effrayer, elle s'était refusée à parler et avait payé son silence de sa vie.

Il aurait pu renoncer. La prudence le lui ordonnait. Toute démarche de sa part devenait périlleuse. La machine policière s'était mise en marche.

Connaissait-il déjà l'existence de la sœur, de Francine Lange ? Celle-ci prétendait que non et c'était peut-être vrai.

Un journal lui apprenait qu'elle existait, qu'elle venait d'arriver à Vichy. Il se mettait en tête de la contacter, déployait des trésors de patience et de ruse pour découvrir le nom de l'hôtel où elle était descendue.

Si Hélène n'avait pas parlé, la cadette résisterait-elle à l'attrait d'une forte somme ?

L'homme était riche, important. Sinon, comment aurait-il versé plus de cinq cent mille francs au cours des dernières années ?

Cinq cent mille francs contre rien. Il ne recevait rien. Il ignorait même où vivait la femme à qui il envoyait l'argent en billets dans les différents bureaux de poste qu'elle lui désignait.

Sinon, Hélène Lange serait-elle morte plus tôt ?

— Restez encore à Vichy deux ou trois jours...

Il tentait sa dernière chance, quitte à se faire prendre. Il allait téléphoner. Il était peut-être préoccupé à le faire.

Cela dépendait du moment où il pourrait échapper à sa femme.

Or, à proximité de la plupart des cabines publiques, un collaborateur de Lecœur guettait.

Maigret s'était-il trompé en pensant qu'il ne téléphonerait pas d'un café, d'un bar, de sa chambre d'hôtel ?

Ils passaient devant une de ces cabines, sa femme et lui. A travers la vitre, ils apercevaient une très jeune fille qui parlait avec une joyeuse animation.

— Tu crois qu'il se fera prendre ?

— Très vite, oui.

Parce que cet homme voulait trop passionnément quelque chose. Qui sait s'il ne vivait pas depuis des années avec cette idée fixe, depuis que, chaque mois, il envoyait l'argent en espérant toujours ce hasard qui avait mis quinze ans à se produire ?

C'était peut-être un excellent homme d'affaires qui, dans la vie courante, ne perdait jamais son sang-froid.

Quinze ans à remâcher une idée...

Il avait serré trop fort, sans vouloir tuer. Ou alors...

Maigret s'arrêtait de marcher au beau milieu d'une allée et sa femme s'arrêtait automatiquement, lui lançait un bref coup d'œil.

... Ou alors, il s'était trouvé devant quelque chose de si monstrueux, de si inattendu, de si inacceptable...

— Je me demande comment Lecœur s'y prendra, murmura-t-il.

— Pour quoi faire ?

— Pour qu'il avoue...

— Il faut d'abord qu'on le retrouve et qu'on l'arrête...

— Il se laissera arrêter...

Ce serait un soulagement pour lui de ne plus avoir à chercher, à tricher, à...

— J'espère qu'il n'est pas armé ? ...

A cause de la question de sa femme, Maigret envisageait une nouvelle éventualité. L'homme, au lieu de se rendre, décidait d'en finir une fois pour toutes...

Lecœur avait-il recommandé à ses aides de se montrer prudents ? Maigret ne pouvait pas intervenir. Dans cette affaire, il n'était qu'un spectateur passif, aussi discret que possible.

Si même il se laissait arrêter, pourquoi parlerait-il ? Cela ne changerait rien à son geste, à la décision des jurés. Pour eux, il était un étrangleur, et les étrangleurs n'inspirent jamais l'indulgence, encore moins la sympathie, quelle que soit leur histoire.

— Avoue que tu aurais aimé t'occuper de...

Elle se permettait, à Vichy, des observations qu'elle ne lui aurait jamais faites à Paris. Parce qu'ils étaient en vacances ? Parce qu'ils passaient ensemble toutes les heures de la journée et qu'un contact plus intime s'établissait entre eux ?

Elle l'entendait presque penser.

— Je me le demande... Non... Je ne crois pas...

Pourquoi se tracassait-il ? Il était ici pour se reposer et pour nettoyer son organisme, selon l'expression du docteur Rian. Au fait, c'était demain qu'il devait voir le docteur et, pour une demi-heure, il ne serait qu'un patient préoccupé de son foie, de son estomac, de sa rate, de sa tension artérielle et de ses vertiges.

Quel âge avait Lecœur ? A peine cinq ans de moins que lui. Dans cinq ans, Lecœur, lui aussi, commencerait à penser à la retraite et à se demander ce qu'il ferait alors de ses journées.

Ils passaient devant les deux hôtels les plus luxueux de la ville, derrière le casino. De longues voitures étaient endormies au bord du trottoir. Un homme en smoking prenait le frais, dans un fauteuil de jardin qui flanquait la porte tournante.

Un lustre de cristal éclairait le hall au tapis d'Orient, aux colonnes de marbre, et un concierge galonné répondait aux questions d'une vieille dame en robe de soirée.

C'était peut-être cet hôtel-là que l'homme habitait, ou l'hôtel voisin, ou encore le Pavillon Sévigné, près du pont de Bellerive. Un chasseur tout jeunet, au regard déjà blasé, attendait devant l'ascenseur.

Lecœur s'était attaqué au point le plus faible, c'est-à-dire à Francine Lange, et celle-ci, surprise, en avait beaucoup dit.

Il s'arrangerait vraisemblablement pour la questionner à nouveau. Lui en apprendrait-elle davantage ? N'avait-elle pas sorti tout ce qu'elle savait ?

— Un instant... Il faut que j'achète du tabac...

Il entrait dans un café bruyant, où la plupart des consommateurs regardaient la télévision installée sur une console au-dessus des têtes. L'air sentait le vin et la bière. Le patron chauve n'arrêtait pas de remplir des verres qu'une fille en noir, à tablier blanc, emportait vers les tables.

Il regarda machinalement la cabine téléphonique, au fond de la salle, à côté des toilettes. La porte en était vitrée. La cabine était vide.

— Trois paquets de gris...

Ils n'étaient plus loin de l'Hôtel de la Bérézina et, quand ils s'en approchèrent, ils aperçurent le jeune Dicelle sur le seuil.

— Je peux vous parler un instant, patron ?

Mme Maigret n'en attendait pas davantage pour entrer et prendre sa clef au tableau.

— Pourquoi ne marcherions-nous pas ?

Les rues étaient vides. Les pas s'entendaient de loin.

— C'est Lecœur qui vous a conseillé de venir me voir ?

— Oui. Je l'ai eu au bout du fil. Il était chez lui, à Clermont, avec sa femme et ses enfants...

— Combien a-t-il d'enfants ?

— Trois... L'aîné a dix-huit ans et sera peut-être champion de natation...

— Que se passe-t-il ?

— Nous sommes une dizaine à surveiller les cabines téléphoniques... Le commissaire ne dispose pas d'assez d'hommes pour en mettre un par cabine et nous avons choisi celles du centre, surtout celles qui ne sont pas trop éloignées des principaux hôtels...

— Vous avez arrêté quelqu'un ?

— Pas encore... J'attends le commissaire, qui doit être en route... Tout a foiré par ma faute... J'étais en faction à proximité d'une cabine, boulevard Kennedy... C'était facile de me cacher, grâce aux arbres...

— Un homme est entré pour téléphoner ?

— Oui... Un homme grand, corpulent, répondant au signalement qui nous a été fourni... Il paraissait se méfier... Il a regardé autour de lui, mais il ne pouvait pas me voir...

» Il a commencé par composer un numéro... Ai-je trop avancé la tête ? ... C'est possible... C'est possible aussi qu'il ait soudain changé d'avis... Après avoir composé trois chiffres, il s'est arrêté net et est sorti de la cabine...

— Vous l'avez arrêté ?

— Mes instructions étaient de ne l'arrêter dans aucun cas mais de le suivre. J'ai été surpris de le voir, à moins de vingt mètres, rejoindre une femme qui se tenait dans l'ombre en l'attendant...

— Quel genre de femme ?

— Une femme très bien, d'une cinquantaine d'années...

— Ils ont eu l'air de se concerter ?

— Non. Elle lui a pris le bras et ils se sont dirigés vers l'Hôtel des Ambassadeurs...

Celui dont Maigret, une heure plus tôt, avait contemplé le hall et le lustre de cristal.

— Ensuite ?

— Rien. L'homme s'est avancé vers le concierge qui lui a tendu sa clef et lui a souhaité le bonsoir...

— Vous l'avez bien vu ?

— Assez bien... A mon avis, il est plus âgé que sa femme... Il doit approcher de la soixantaine... Ils ont pénétré dans l'ascenseur et je ne les ai pas revus...

— Il était en smoking ?

— Non... Il portait un complet sombre très bien coupé... Il a les cheveux argentés rejetés en arrière, le teint rose et, je crois, une petite moustache blanche...

— Vous avez interrogé le concierge ?

— Bien entendu. Le couple occupe le 105, au premier étage, une grande chambre et un salon... C'est leur première année à Vichy, mais ils connaissaient le propriétaire, qui possède également un hôtel à La Baule... Il s'agit de Louis Pélardeau, industriel, domicilié à Paris, boulevard Suchet...

— Il suit la cure ?

— Oui... J'ai demandé s'il ne parlait pas d'une façon particulière et le concierge m'a confirmé qu'il est asthmatique... Le docteur Rian les soigne tous les deux...

— Mme Pélardeau suit la cure aussi ?

— Oui... Ils ne paraissent pas avoir d'enfants... Ils ont retrouvé à l'hôtel des amis de Paris et ils font table commune dans la salle à manger... Parfois, ils vont ensemble au théâtre...

— Quelqu'un surveille l'hôtel ?

— J'ai chargé un C.R.S. de le faire en attendant qu'un collègue arrive sur les lieux, ce qui doit être le cas à présent... Le C.R.S., qui aurait pu m'envoyer paître, s'est montré très coopératif...

Dicelle était excité.

— Qu'est-ce que vous en pensez ? ... C'est lui, n'est-ce pas ? ...

Maigret ne répondit pas tout de suite, prit le temps de rallumer sa pipe. Ils n'étaient pas à cent mètres de chez la demoiselle en lilas.

— Je pense que c'est lui... soupira-t-il.

Le jeune inspecteur le regarda avec étonnement, car on aurait juré que le commissaire ne prononçait ces mots qu'à regret.

— Je dois attendre mon chef devant l'hôtel... Il y sera sûrement d'ici une vingtaine de minutes...

— Il vous a demandé que je sois là ?

— Il m'a dit que vous m'accompagneriez sûrement...

— Je dois d'abord avertir ma femme...

L'entracte, au théâtre du Grand Casino, avait déversé dans la rue une foule nombreuse, et beaucoup de spectateurs, surtout de femmes en robes légères ou très décolletées, regardaient avec inquiétude le ciel qu'illuminaient des éclairs.

Des nuages passaient bas, très vite, mais il y avait surtout, venant de l'ouest, une masse sombre, méchante, presque solide.

Devant l'Hôtel des Ambassadeurs, Maigret et Dicelle attendaient en silence tandis que, derrière son comptoir de bois verni, sur un fond de casiers et de clefs qui pendaient, le concierge les observait.

Lecœur arriva au moment où de grosses gouttes de pluie froide commençaient à tomber et où résonnait la sonnerie annonçant la fin de l'entracte. Il dut accomplir plusieurs manœuvres délicates pour ranger sa voiture et s'avança enfin, le front soucieux.

— Il est dans sa chambre ? questionna-t-il.

Dicelle s'empressa de répondre :

— Le 105, au premier. Ses fenêtres donnent sur la rue...

— Sa femme est là aussi ?

— Oui. Ils sont rentrés ensemble...

Une silhouette sortit de l'ombre et un policier que Maigret ne connaissait pas vint demander à mi-voix :

— Je continue la planque ?

— Oui...

Lecœur allumait une cigarette, se mettait à l'abri sur le seuil.

— Je n'ai pas le droit de l'arrêter entre le coucher et le lever du soleil, sauf en cas de flagrant délit...

Il mettait une certaine ironie dans cette récitation d'un article du Code d'instruction criminelle, ajoutait, songeur :

— Je n'ai même pas assez de charges contre lui pour obtenir un mandat d'arrêt...

Il semblait appeler Maigret à la rescousse, mais celui-ci ne bronchait pas.

— Je n'aime pas le laisser mariner toute la nuit... Il se doute qu'il est repéré... Il s'est passé quelque chose qui l'a empêché de donner son coup de téléphone... La présence de sa femme à quelques pas de la cabine téléphonique me mystifie...

Il ajouta comme un reproche :

— Vous ne dites rien, patron ? ...

— Je n'ai rien à dire...

— Que feriez-vous à ma place ?

— Je n'attendrais pas non plus... J'éviterais de monter là-haut, où ils sont sans doute occupés à se déshabiller... Il serait plus discret de lui envoyer un petit mot...

— Disant quoi, par exemple ?

— Que quelqu'un, dans le hall, a une communication personnelle à lui faire...

— Vous croyez qu'il descendra ?

— Je le parierais...

— Tu nous attends ici, Dicelle ? ... Ce n'est pas la peine d'entrer en force à l'hôtel...

Lecœur se dirigea vers le concierge tandis que Maigret restait debout au milieu du hall, regardant vaguement l'immense salon presque vide. Tous les lustres en étaient allumés et, très loin, dans un autre monde, semblait-il, quatre personnes âgées, deux hommes et deux femmes, jouaient au bridge avec des mouvements lents. La distance donnait une impression d'irréalité, comme une scène tournée au ralenti.

Le chasseur se précipita vers l'ascenseur, une enveloppe à la main. La voix assourdie de Lecœur prononça :

— On verra bien ce que cela donne...

Puis, comme s'il était frappé par l'atmosphère solennelle, il retira son chapeau. Maigret, lui aussi, avait son chapeau de paille à la main. Dehors, l'orage se déchaînait et la pluie tombait dru devant la porte. Plusieurs personnes, dont on ne voyait que le dos, s'étaient réfugiées sur le seuil.

Le chasseur ne resta pas longtemps absent et vint leur dire :

— M. Pélardeau descend tout de suite...

Ils s'étaient tournés malgré eux vers l'ascenseur. Maigret pouvait constater, chez son collègue qui lissait sa moustache entre le pouce et l'index, une certaine fébrilité.

Une sonnerie, là-haut. L'ascenseur montait, s'arrêtait un moment pour bientôt réapparaître.

Un homme en sortait, vêtu de sombre, le teint rose, les cheveux argentés, faisait des yeux le tour du hall et s'avançait vers les deux hommes, le regard interrogateur.

Lecœur avait dans le creux de la main sa médaille de commissaire qu'il montra discrètement.

— Je désirerais avoir un entretien avec vous, monsieur Pélardeau.

— Maintenant ?

C'était bien la voix rauque qu'on leur avait décrite. L'homme ne s'affolait pas. Il avait certainement reconnu Maigret et semblait surpris de voir celui-ci jouer un rôle muet.

— Maintenant, oui. Ma voiture est à la porte. Je vous conduirai à mon bureau...

Le visage devenait moins rose. Pélardeau avait une soixantaine d'années mais se tenait très droit et, dans son maintien, dans ses expressions de physionomie, gardait beaucoup de dignité.

— Je suppose qu'il ne servirait à rien de refuser ?

— A rien, sinon à compliquer les choses...

Un coup d'œil vers le concierge, puis vers le salon où les quatre silhouettes se dessinaient toujours dans le lointain. Un coup d'œil aussi à la pluie qui tombait.

— Il est superflu que je monte chercher un chapeau ou un imperméable, n'est-ce pas ?

Maigret rencontra le regard de Lecœur et, des yeux, lui désigna le plafond. Il était inutile, cruel, de laisser la femme en suspens, là-haut. La nuit s'annonçait longue et il y avait peu de chances pour que son mari revienne la rassurer.

Lecœur murmura :

— Vous pouvez faire monter un mot à Mme Pélardeau... A moins qu'elle ne soit au courant...

— Non... Que dois-je lui écrire ? ...

— Je ne sais pas... Que vous allez être retenu plus longtemps que vous ne le pensiez ? ...

L'homme se dirigea vers le comptoir.

— Vous avez un bout de papier, Marcel ?

Il était plus triste qu'accablé ou effrayé. Avec le crayon à bille qui traînait, il écrivit quelques mots, refusa l'enveloppe que le concierge lui tendait.

— Attendez quelques minutes pour le faire monter...

— Bien, monsieur Pélardeau...

Le concierge eut envie d'ajouter quelque chose, chercha ses mots et, ne les trouvant pas, se tut.

— Par ici...

Lecœur donnait des instructions à voix basse à un Dicelle déjà trempé, ouvrait la portière arrière.

— Entrez...

L'industriel se courba et pénétra le premier dans l'auto.

— Vous aussi, patron...

Maigret comprit que son collègue ne voulait pas laisser leur prisonnier seul à l'arrière. L'instant plus tard, ils roulaient dans les rues où des gens couraient tandis que d'autres restaient à l'abri des arbres. Il y en avait même, sous le kiosque, à la place des musiciens.

L'auto pénétra dans la cour du bâtiment de la police, avenue Victoria, et Lecœur n'eut que quelques mots à dire au C.R.S. de garde. Seule une partie des lampes étaient allumées dans les couloirs et le chemin parut long à Maigret.

— Entrez... Ce n'est pas confortable, mais je préfère ne pas vous emmener dès maintenant à Clermont-Ferrand...

Il se débarrassait de son chapeau, hésitait à retirer sa veste dont les épaules étaient mouillées comme celles de ses deux compagnons. En comparaison avec l'air soudain rafraîchi du dehors, il faisait très chaud dans la pièce où l'air stagnait.

— Asseyez-vous...

Maigret avait retrouvé son coin, où il bourrait lentement sa pipe sans détourner le regard du visage de l'industriel. Celui-ci avait pris place sur une chaise et attendait, calme en apparence.

C'était un calme dramatique, presque déchirant, le commissaire le sentait. Pas un trait du visage ne bougeait. Les yeux allaient d'un policier à l'autre et il essayait sans doute de comprendre le rôle effacé joué par Maigret.

Lecœur, pour se donner du temps, posait un bloc-notes devant lui, un crayon, murmurait comme pour lui-même :

— Vos réponses à mes questions ne seront pas enregistrées, car ceci n'est pas un interrogatoire officiel...

L'homme inclina la tête en signe d'assentiment.

— Vous vous appelez Louis Pélardeau et vous êtes industriel. Vous habitez à Paris, boulevard Suchet.

— C'est exact.

— Vous êtes marié, je suppose ?

— Oui.

— Vous avez des enfants ?

Il eut une hésitation, prononça avec une curieuse amertume :

— Non.

— Vous êtes ici en cure ?

— Oui.

— C'est la première fois que vous venez à Vichy ?

— Il m'est arrivé de traverser la ville en voiture...

— Jamais pour y rencontrer une personne déterminée ?

— Non.

Lecœur inséra une cigarette dans son fume-cigarette, l'alluma, resta encore un bon moment silencieux.

— Vous n'ignorez pas, je suppose, la raison pour laquelle je vous ai amené ici ?

L'homme réfléchit, le visage toujours indéchiffrable, mais Maigret avait déjà compris. Ce calme, ce manque d'expression, ce n'était pas tant de la maîtrise de soi-même que le résultat d'une extrême émotion.

Il était en état de choc et Dieu sait comment les images, autour de lui, lui apparaissaient, comment la voix de Lecœur résonnait à ses oreilles.

— Je préférerais ne pas répondre...

— Vous m'avez suivi sans protester...

— Oui...

— Vous vous attendiez à ce qui vous arrive ? ...

Il se tourna vers Maigret comme pour l'appeler au secours, puis il répéta d'une voix lasse :

— Je préférerais ne pas répondre...

Lecœur crayonnait un mot sur son bloc, cherchait une autre attaque.

— Vous avez eu la surprise, à Vichy, de rencontrer une personne que vous n'aviez plus vue depuis quinze ans...

Les yeux étaient légèrement humides mais on n'y voyait pas de larmes. C'était peut-être le fait de la lumière crue. Cette pièce, au bout d'un couloir, servait si rarement qu'elle était à peine meublée et que l'éclairage se réduisait à une ampoule pendant au bout de son fil.

— Ce soir, lorsque vous êtes sorti avec votre femme, saviez-vous que vous vous arrêteriez pour téléphoner ?

Il hésita, fit un signe affirmatif de la tête.

— Votre femme n'est donc pas au courant ?

— Du coup de téléphone que je devais donner ?

— Si vous voulez.

— Non.

— Elle ignore certains de vos faits et gestes ?

— Absolument.

— Vous êtes quand même entré dans une cabine publique...

— Elle m'a accompagné au dernier moment... Je n'ai pas eu la patience d'attendre une nouvelle occasion... Je lui ai dit que j'avais laissé la clef de notre appartement sur la porte et que je donnais un coup de fil au concierge...

— Pourquoi n'avez-vous pas fini de composer le numéro ?

— J'ai senti que j'étais observé...

— Vous n'avez rien vu ?

— Quelque chose a bougé derrière un arbre... En même temps, j'ai pensé que ce coup de téléphone était inutile...

— Pourquoi ?

Il ne répondit pas. Il tenait les deux mains sur ses genoux, à plat, des mains un peu grasses, blanches et soignées.

— Si vous désirez fumer...

— Je ne fume pas...

— La fumée ne vous dérange pas ?

— Ma femme fume beaucoup... Trop...

— Vous vous doutiez que ce n'était pas Francine Lange que vous auriez au bout du fil ?

Il ne répondit pas, une fois encore, mais il ne nia pas non plus.

— Vous l'avez appelée hier soir... Vous lui avez annoncé un nouveau coup de téléphone pour lui donner rendez-vous... J'ai tout lieu de supposer que l'heure et le lieu de ce rendez-vous étaient, ce soir, fixés dans votre esprit...

— Je m'excuse de ne pas coopérer davantage...

Il devait reprendre son souffle et un léger sifflement sortait de sa gorge entre certains mots.

— Ce n'est pas de la mauvaise volonté de ma part, croyez-le...

— Vous attendez d'être assisté d'un avocat ?

Sa main droite fit un geste vague, comme pour balayer cette idée.

— Il faudra cependant que vous en preniez un...

— Je le ferai, puisque la loi l'exige...

— Comprenez-vous bien, monsieur Pélardeau, que, dès à présent, vous êtes privé de votre liberté ?

Lecœur avait eu le tact de ne pas prononcer le mot prisonnier et Maigret lui en sut gré.

L'homme leur en imposait à tous deux, surtout dans ce bureau exigu, aux murs neutres. Assis sur une chaise en bois tourné, il paraissait plus grand que nature et il gardait un calme surprenant, une dignité inattendue.

Ils avaient interrogé l'un et l'autre des centaines de suspects et il en fallait beaucoup pour les impressionner. Ce soir, ils l'étaient.

— Je pourrais remettre cette conversation à demain, mais cela ne servirait à rien, n'est-ce pas ?

L'homme paraissait penser que c'était l'affaire du commissaire et non la sienne.

— Au fait, dans quelle branche de l'industrie travaillez-vous ?

— Les tréfileries...

On abordait un sujet dont il pouvait parler et il fournissait quelques détails, comme pour ne pas dire non à tout, ou se taire systématiquement.

— J'ai hérité de mon père une tréfilerie assez modeste, près du Havre... J'ai pu l'agrandir, en bâtir d'autres à Rouen, puis à Strasbourg...

— Vous êtes donc à la tête d'une affaire importante ?

— Oui.

Il paraissait s'en excuser.

— Vos bureaux sont à Paris ?

— Le siège social. Nous avons des bureaux plus modernes à Rouen et à Strasbourg, mais j'ai tenu à conserver le vieux siège social boulevard Voltaire...

Pour lui, c'était du passé. En quelques minutes, ce soir, tandis qu'un chasseur à galons dorés montait par l'ascenseur, un billet à la main, toute une partie de sa vie avait cessé d'exister.

Il le savait et c'était peut-être pourquoi il se laissait aller à en parler.

— Il y a longtemps que vous êtes marié ?

— Trente ans...

— Vous avez eu, autrefois, à votre service une certaine Hélène Lange ?

— Je préfère ne pas répondre.

Il en était ainsi chaque fois qu'on approchait du point sensible.

— Vous rendez-vous compte, monsieur Pélardeau, que vous ne me facilitez pas ma tâche ?

— Excusez-moi.

— Si vous avez l'intention de nier les faits que je vais avoir à vous reprocher, je préférerais le savoir dès maintenant...

— J'ignore ce que vous allez dire...

— Prétendez-vous que vous êtes innocent ?

— Dans un sens, non...

Lecœur et Maigret se regardèrent, car il venait de prononcer ce mot terrible simplement, naturellement, sans qu'un trait de son visage bouge.

Maigret revoyait les ombrages du parc, la verdure qui, à certains endroits, prenaient des tons irréels sous la lumière des lampadaires, les musiciens aux uniformes chamarrés.

Il revoyait surtout le visage long et mince d'Hélène Lange qui n'était encore, pour lui et sa femme, que la dame ou la demoiselle en lilas.

— Vous connaissiez Mlle Lange ?

Il resta immobile, le souffle suspendu, comme s'il étouffait. Il eut en effet une crise d'asthme. Son visage devint très rouge. Il tira un mouchoir de sa poche, ouvrit la bouche et se mit à tousser éperdument, le corps plié en deux.

Maigret se félicitait de ne pas être à la place de son collègue. Pour une fois, il laissait le travail désagréable à un autre.

— Je vous...

— Prenez votre temps, je vous en prie...

Les yeux embués, il s'efforçait en vain d'arrêter la quinte, qui dura plusieurs minutes.

Quand il se redressa, encore coloré, il commença par s'essuyer le visage.

— Pardonnez-moi...

On l'entendait à peine.

— Cela me prend plusieurs fois par jour... Le docteur Rian prétend que la cure me fera du bien...

L'ironie de ces mots le frappa soudain.

— Je veux dire : m'aurait fait du bien...

Ils avaient le même médecin, Maigret et lui. Ils s'étaient déshabillés dans la même pièce ripolinée, étendus sur la même table couverte d'un drap blanc...

— Vous m'avez demandé... ?

— Si vous connaissiez Hélène Lange...

— Cela ne me servirait à rien de le nier...

— Vous la haïssiez ?

Si Maigret l'avait pu, il aurait fait signe à son collègue qu'il s'engageait dans une mauvaise voie.

L'homme, en effet, regardait Lecœur avec un étonnement qui n'était pas feint et, un instant, ce personnage de soixante ans se montra d'une candeur presque enfantine.

— Pourquoi ? murmurait-il. Pourquoi l'aurais-je haïe ?

Il se tourna vers Maigret comme pour le prendre à témoin.

— Vous l'avez aimée ?

On assistait à une transformation inattendue. Il fronçait

les sourcils, cherchant à comprendre. Les deux dernières questions l'avaient surpris, comme si tout était remis en question.

— Je ne vois pas bien... balbutia-t-il.

Puis, une fois de plus, il les regarda tour à tour, laissant traîner plus longtemps son regard sur le visage de Maigret.

On sentait un malentendu quelque part.

— Vous lui rendiez visite dans son appartement de la rue Notre-Dame-de-Lorette...

— Oui...

Il semblait ajouter : « Mais en quoi cela importe-t-il ? »

— Je suppose que c'était vous qui payiez le loyer ?

Il répondit d'un signe discret.

— Elle était votre secrétaire ?

— Une de mes employées...

— Votre liaison a duré plusieurs années...

Le malentendu subsistait, c'était visible.

— J'allais la voir une ou deux fois par semaine...

— Votre femme était au courant ?

— Non, évidemment...

— Elle l'a été à un certain moment ?

— Jamais...

— Et maintenant ? ...

Le pauvre Pélardeau donnait l'impression d'un homme qui se heurte sans cesse au même mur.

— Maintenant non plus... Cela n'a aucun rapport...

Aucun rapport avec quoi ? Avec le crime ? Avec ses coups de téléphone ? Chacun parlait son langage, chacun suivait son idée, et ils étaient surpris l'un et l'autre de ne pas se comprendre.

7

Le regard de Lecœur tomba sur l'appareil téléphonique posé sur la table et il parut hésiter. Puis il aperçut une petite plaque avec un bouton blanc et il finit par presser celui-ci.

— Vous permettez ?... Je ne sais pas où ça sonne, pour autant que ça sonne quelque part... On verra bien s'il vient quelqu'un...

Il éprouvait le besoin d'une pause et ils attendirent en silence en évitant de se regarder. Des trois hommes, c'était peut-être Pélardeau le plus calme, le plus maître de lui, tout au moins extérieurement. Il est vrai qu'en ce qui le concernait tout était joué et qu'il n'avait plus rien à perdre.

On finit par entendre, très loin, résonner les marches d'un escalier de fer, puis il y eut des pas dans un couloir, dans un autre, enfin des coups discrets frappés à la porte.

— Entrez !

C'était un C.R.S. tout jeune, bien astiqué, qui, devant ces trois hommes d'un certain âge, donnait une impression de force vitale.

Lecœur, qui n'était qu'un étranger dans la maison, lui demanda :

— Vous avez un moment de libre ?

— Bien sûr, monsieur le commissaire. Nous étions occupés à jouer aux cartes...

— Voulez-vous garder M. Pélardeau pendant notre absence ?

Le C.R.S. n'était au courant de rien et regardait avec étonnement cet homme élégant qui lui en imposait.

— Volontiers, monsieur le commissaire...

Quelques instants plus tard, Lecœur et Maigret atteignaient le péristyle. Les marches étaient précédées d'une marquise sous laquelle on était à l'abri de la pluie qui dessinait d'épaisses hachures dans l'obscurité.

— J'étouffais, là-dedans... J'ai pensé que cela ne vous déplairait pas non plus de prendre l'air...

L'énorme nuage d'où partaient les éclairs était juste au-dessus de la ville et le vent tombait. La rue était déserte, sauf pour une voiture qui passait parfois au ralenti en soulevant des gerbes d'eau.

Le chef de la P.J. de Clermont-Ferrand allumait une cigarette, regardait la pluie rebondir sur le ciment, secouer le feuillage du jardin.

— Je sens que j'ai pataugé lamentablement, patron... J'aurais dû vous céder la place...

— Qu'est-ce que j'aurais fait d'autre ?... Vous lui avez donné confiance... Il en était à un point où il paraissait vain de répondre à vos questions... Il préférait se taire, quoi qu'il arrive... C'était un homme au bout de son rouleau, qui ne réagissait plus, qui acceptait...

— J'en ai eu l'impression...

— Petit à petit vous lui avez arraché quelques réponses... Il a commencé à se montrer intéressé... Puis il s'est passé une chose que je ne comprends pas encore... Une phrase que vous avez dite l'a frappé...

— Laquelle ?

— Je l'ignore... Ce que je sais, c'est qu'il s'est produit un déclic... Je n'ai pas cessé d'observer son visage... J'y ai soudain lu un étonnement immense... Il faudrait pouvoir peser tous les mots qui ont été dits... Il était certain que nous en savions davantage...

— Que nous savions quoi ?...

Maigret se tut et tira sur sa pipe.

— Un fait qui, pour lui, est évident, mais qui nous a échappé...

— J'aurais peut-être dû faire enregistrer notre entretien...

— Il se serait tu...

— Vous ne voulez vraiment pas continuer l'interrogatoire, patron ?

— Non seulement ce serait irrégulier et son avocat, plus tard, pourrait en tirer profit, mais je ne ferais pas mieux que vous, peut-être moins bien...

— Je ne sais plus par quel bout le prendre et, le plus fort, c'est que, tout coupable qu'il soit, j'en ai pitié... Ce n'est pas le genre de criminel auquel nous avons généralement affaire... Quand nous avons quitté l'hôtel, tout à l'heure, il m'a semblé qu'un monde venait de se refermer brutalement derrière lui...

— Il l'a senti, lui aussi...

— Vous croyez ?

— Il a voulu garder coûte que coûte une certaine dignité et il considérerait toute pitié comme une aumône...

— Je me demande s'il finira par craquer...

— Il parlera...

— Cette nuit ?

— Peut-être...

— Sur quel terrain ?...

Maigret ouvrit la bouche pour dire quelque chose, la referma, se remit à fumer sa pipe. Puis il prononça évasivement :

— A un moment donné, pas trop vite, vous pourriez faire allusion à Mesnil-le-Mont... En lui demandant, par exemple, s'il y est allé...

Il paraissait n'y attacher personnellement que peu d'importance.

— Vous croyez que oui ?

— Je suis incapable de répondre...

— Pour quelle raison se serait-il rendu là-bas et quel rapport cela pourrait-il avoir avec les événements de Vichy ?...

— Une vague intuition... s'excusa Maigret. Quand on est emporté par le courant, on se raccroche à n'importe quoi...

Le C.R.S. de faction lui aussi était jeune et, à ses yeux, les deux hommes qui bavardaient sous la marquise étaient des personnages prestigieux qui avaient atteint le sommet de la hiérarchie.

— J'aurais volontiers avalé un verre de bière...

Il y avait un bar au coin de la rue, mais il n'était pas question de foncer dans le déluge. Quant à Maigret, le mot bière amenait à ses lèvres un sourire résigné. Il avait promis à Rian. Il tenait parole.

— Nous montons ?

Ils trouvèrent le C.R.S. adossé au mur. Il se redressa vivement et se mit au garde-à-vous tandis que le prisonnier les observait tour à tour.

— Merci, mon petit... Vous pouvez aller...

Lecœur reprenait sa place et déplaçait un peu le bloc-notes, le crayon, l'appareil téléphonique.

— Je vous ai donné quelques minutes pour réfléchir, monsieur Pélardeau... Je ne veux pas vous presser de questions destinées à vous confondre... Pour le moment, j'essaie de me faire une idée... Il n'est pas facile d'entrer tout de go dans la vie d'un homme sans commettre d'erreurs...

Il cherchait le ton, comme les musiciens dans la fosse

d'orchestre avant le lever du rideau, et l'homme le regardait avec attention, mais sans émotion apparente.

— Vous étiez marié depuis un certain temps, je suppose, quand vous avez rencontré Hélène Lange ?

— J'avais dépassé la quarantaine... Je n'étais plus un jeune homme et je comptais quatorze ans de vie conjugale...

— Vous avez fait un mariage d'amour ?...

— C'est un mot auquel on donne un sens différent à mesure qu'on avance dans la vie...

— Il ne s'agissait pas d'un mariage de raison, ou de convenances ?

— Non... J'avais choisi... Et, de ce côté, je ne regrette rien, sinon le déchirement que je vais causer à ma femme... Nous sommes de très bons amis... Nous l'avons toujours été et j'ai trouvé auprès d'elle la plus large compréhension...

— Même au sujet d'Hélène Lange ?...

— Je ne lui en ai pas parlé...

— Pourquoi ?...

Il les regarda tour à tour.

— C'est un sujet qu'il m'est difficile d'aborder... Je ne suis pas un homme à femmes... J'ai beaucoup travaillé dans ma vie et, longtemps, je suis peut-être resté assez naïf...

— Une passion ? ...

— J'ignore le mot qui convient... Je découvrais un être tout différent de ceux que je connaissais... Hélène m'attirait et m'effrayait... Son exaltation me déroutait...

— Vous êtes devenu son amant ?...

— Après très longtemps...

— Elle vous faisait attendre ?

— Non. C'était moi... Elle n'avait pas eu de liaison avant moi... Mais tout ceci, pour vous, est banal, n'est-ce pas ?... Je l'aimais... Enfin, je croyais l'aimer... Elle ne demandait rien, se contentait d'une toute petite place dans ma vie, de ces visites hebdomadaires dont vous avez parlé...

— Il n'a pas été question que vous divorciez ?...

— Jamais ! D'ailleurs, j'aimais toujours ma femme, d'une autre manière, et je n'aurais pas accepté de la quitter...

Pauvre homme ! Il était certainement plus à l'aise dans ses bureaux, dans ses usines, ou à présider un conseil d'administration.

— C'est elle qui vous a quitté ?

— Oui...

Lecœur jeta un bref coup d'œil à Maigret.

— Dites-moi, monsieur Pélardeau, vous êtes-vous rendu à Mesnil-le-Mont ?...

Il devint pourpre, baissa la tête, balbutia :

— Non...

— Vous avez su qu'elle s'y trouvait ?

— Pas à ce moment-là...

— Vous étiez déjà séparés quand elle s'y est rendue ?

— Elle m'avait annoncé qu'elle ne me reverrait pas...

— Pourquoi ?

A nouveau l'ahurissement, l'incompréhension. A nouveau, ces regards d'homme qui ne sait plus où il en est.

— Elle ne voulait pas que notre enfant...

Ce fut au tour de Lecœur d'écarquiller les yeux tandis que Maigret ne bronchait pas, tassé sur lui-même, détendu, comme un gros chat satisfait.

— De quel enfant parlez-vous ?

— Mais... de celui d'Hélène... De mon fils...

Malgré lui, il prononçait ce dernier mot avec fierté.

— Vous prétendez qu'elle a eu un enfant de vous ?

— Philippe, oui...

Lecœur bouillait.

— Elle est parvenue à vous faire croire que...

Mais son interlocuteur, patient, hochait la tête.

— Elle ne m'a rien fait croire... J'ai la preuve...

— Quelle preuve ?

— L'extrait d'acte de naissance...

— Etabli par le maire de Mesnil-le-Mont ?

— Bien entendu...

— Il porte, comme nom de la mère, celui d'Hélène Lange ?

— Evidemment...

— Et vous n'êtes pas allé voir cet enfant que vous considériez comme votre fils ?

— Que je considère comme mon fils... Qui est mon fils... Je ne suis pas allé là-bas parce que j'ignorais encore où Hélène accoucherait...

— Pourquoi ce mystère ?

— Parce qu'elle ne voulait pas que son enfant se trouve plus tard dans une situation... comment dire ?... dans une situation équivoque...

— Vous ne pensez pas que ces scrupules sont démodés ?

— Pour certains, peut-être... Hélène aussi, dans ce sens, était démodée... Elle avait un haut sentiment de...

— Ecoutez, monsieur Pélardeau... Je crois que je commence à comprendre, mais il faut que nous laissions de côté, pour l'instant, ces questions de sentiments... Je m'excuse de devenir brutal... Les faits existent, et on ne peut rien contre eux, ni vous ni moi...

— Je ne vois pas où vous voulez en venir...

Une inquiétude encore vague commençait à devenir sensible sous son assurance apparente.

— Connaissiez-vous Francine Lange ?

— Non...

— Vous ne l'avez jamais rencontrée à Paris ?

— Jamais. Ni ailleurs...

— Vous ignoriez qu'Hélène avait une sœur ?

— Non... Elle m'a parlé d'une sœur plus jeune qu'elle... Elles étaient toutes les deux orphelines... Hélène avait dû abandonner ses études pour travailler afin que sa sœur...

Incapable d'y tenir, Lecœur se dressait, restait debout, et si le bureau avait été plus grand, il se serait mis à l'arpenter furieusement.

— Continuez... Continuez...

Il se passait la main sur le front.

— ... afin que sa sœur puisse recevoir l'éducation qu'elle méritait...

— Qu'elle méritait, hein !... Ne m'en veuillez pas, monsieur Pélardeau... Je vais vous faire très mal... Je devrais peut-être m'y prendre autrement, vous préparer à la vérité...

— Quelle vérité ?...

— Sa sœur, à quinze ans, travaillait dans un salon de coiffure, à La Rochelle, et était la maîtresse d'un chauffeur de taxi, avant de le devenir de je ne sais combien d'hommes...

— J'ai lu ses lettres...

— De qui ?...

— De Francine... Elle était en pension dans une école suisse très connue...

— Vous y êtes allé ?

— Non, bien entendu...

— Vous avez gardé ces lettres ?

— Je n'ai fait que les parcourir...

— Et, pendant ce temps-là, Francine était manucure dans un palace des Champs-Elysées... Commencez-vous à comprendre ?... Tout ce que vous avez vu n'était qu'une façade...

L'homme luttait encore. Ses traits, restés fermes, commençaient pourtant à se détendre et sa bouche eut soudain une moue si pitoyable que Maigret et Lecœur détournèrent la tête.

— Ce n'est pas possible... balbutia-t-il.

— C'est malheureusement la vérité...

— Mais pourquoi ?

C'était un dernier appel au destin. Qu'on lui dise donc tout de suite que ce n'était pas vrai, qu'on lui avoue que la police essayait de le démonter et inventait pour cela ces histoires ignobles...

— Je vous demande pardon, monsieur Pélardeau... Jusqu'à ce soir, jusqu'à ces dernières minutes, j'ignorais, moi aussi, à quel point les deux sœurs étaient complices...

Il hésita à se rasseoir. Il était encore trop nerveux pour le faire.

— Hélène ne vous a jamais parlé de mariage ?

— Non...

Le non était déjà moins catégorique.

— Même quand elle vous a annoncé qu'elle était enceinte ?...

— Elle ne voulait pas briser mon ménage...

— Donc, elle vous en a parlé...

— Pas dans le sens que vous croyez... Pour m'annoncer, justement, qu'elle allait disparaître...

— Se suicider ?

— Il n'en a pas été question... Puisque l'enfant ne pouvait être légitime...

Lecœur soupira, regarda Maigret une fois de plus. Ils se comprenaient. Ils imaginaient les scènes qui avaient dû se dérouler entre Hélène Lange et son amant.

— Vous ne me croyez pas... Moi-même...

— Essayez de regarder la vérité en face... Cela ne peut que vous faire du bien...

— Moi, au point où j'en suis ?...

Il désignait les murs autour de lui, comme il aurait désigné les murs d'une prison.

— Laissez-moi finir, si ridicule que cela vous paraisse... Elle voulait consacrer le reste de sa vie à élever notre enfant comme elle avait élevé sa sœur...

— Sans que jamais vous le voyiez ?

— Comment lui aurait-on expliqué ma présence ?

— Vous auriez pu être un oncle, un ami...

— Hélène haïssait le mensonge...

Il y avait tout à coup une pointe d'ironie dans sa voix, ce qui était bon signe.

— Ainsi, elle refusait que votre fils sache un jour que vous étiez son père ?...

— Plus tard, à sa majorité, elle lui aurait parlé...

Il ajouta de sa voix toujours rauque :

— Il a maintenant quinze ans...

Lecœur et Maigret gardaient un silence pénible.

— Quand je l'ai rencontrée, à Vichy, j'ai décidé de...

— Continuez...

— De le voir... De savoir où il était...

— Vous l'avez su ?

Il secouait la tête et il y avait enfin de vraies larmes dans ses yeux.

— Non...

— Où Hélène vous a-t-elle dit qu'elle allait accoucher ?

— Dans un village qu'elle connaissait... Elle n'a pas précisé lequel... Ce n'est que deux mois plus tard qu'elle m'a envoyé l'extrait d'acte de naissance... La lettre venait de Marseille...

— Combien d'argent lui avez-vous donné à son départ ?

— Cela importe ?

— Beaucoup... vous le verrez.

— Vingt mille francs... Je lui en ai envoyé trente mille à Marseille... Ensuite, j'ai tenu à lui faire une pension, afin que notre fils reçoive la meilleure éducation possible...

— Cinq mille francs par mois ?

— Oui...

— Sous quel prétexte vous faisait-elle adresser cet argent dans des villes différentes ?

— Elle n'était pas sûre de ma force de caractère...

— C'est le terme qu'elle employait ?

— Oui... J'avais fini par accepter de ne pas voir l'enfant avant ses vingt et un ans...

Lecœur semblait demander à Maigret :

— Que faut-il faire ?

Et Maigret abaissait deux ou trois fois les paupières, serrait davantage le tuyau de sa pipe entre ses dents.

8

Lecœur s'était rassis, lentement. Il se tournait vers l'homme aux traits brouillés qu'il venait de faire passer par tant d'émotions et prononçait comme à regret :

— Je vais encore vous faire mal, monsieur Pélardeau...

Un sourire amer semblait répondre : « Vous croyez qu'on peut me faire plus mal ? »

— J'ai beaucoup de sympathie, et même de respect, pour l'homme que vous êtes... Je ne joue aucune comédie afin d'obtenir des aveux dont nous n'avons d'ailleurs pas besoin... Ce que je dois vous dire, comme ce que je vous ai dit jusqu'ici, est la stricte vérité, et je regrette qu'elle soit aussi crue...

Un temps, pour donner à son interlocuteur le temps de se préparer.

— Vous n'avez jamais eu de fils d'Hélène Lange...

Il s'attendait à une protestation véhémente, voire à une scène violente. Or, il se trouva devant un être abattu, sans réaction, qui ne prononça pas un mot.

— Vous ne l'avez jamais soupçonné ?

Pélardeau leva la tête, la secoua, montra sa gorge, pour expliquer qu'il ne pouvait pas parler tout de suite. Il eut à peine le temps de tirer son mouchoir de sa poche avant d'être secoué par une crise d'asthme plus violente que la précédente.

Dans le silence, Maigret se rendit compte que, dehors aussi, le silence était tombé, que le tonnerre avait cessé, que la pluie ne rebondissait plus sur le pavé.

— Je vous demande pardon...

— Il vous est arrivé de soupçonner la vérité, n'est-ce pas ?

— Une fois... Une seule...

— Quand...

— Ici... Le soir où...

— Combien de jours avant l'aviez-vous rencontrée ?

— Deux jours...

— Vous l'avez suivie ?

— De loin... Pour savoir où elle habitait... Je m'attendais à la voir avec mon fils, ou à voir celui-ci sortir de la maison...

— Lundi soir, vous vous êtes montré au moment où elle allait rentrer ?...

— Non... J'ai vu sortir les locataires... Je savais qu'elle se trouvait dans le parc, à écouter la musique... Elle a toujours aimé la musique... Je n'ai eu aucune peine à ouvrir la porte... La clef de ma chambre a suffi...

— Vous avez fouillé les tiroirs.

— J'ai vu d'abord qu'il n'y avait qu'un lit...

— Les photos ?

— D'elle... Rien que d'elle... J'aurais tout donné pour découvrir une photo d'enfant...

— Et pour trouver des lettres ?

— Oui... Je me sentais devant un vide inexplicable... Même si Philippe était en pension, il devait...

— Elle vous a surpris chez elle en rentrant ?

— Oui... Je l'ai suppliée de me dire où était notre fils... Je me rappelle lui avoir demandé s'il était mort, s'il avait eu un accident...

— Elle refusait de répondre ?

— Elle était plus calme que moi... Elle me rappelait notre pacte...

— La promesse de vous rendre votre fils quand il aurait vingt et un ans ?...

— Oui... De mon côté, j'avais juré de ne pas essayer de prendre contact avec lui...

— Elle vous donnait de ses nouvelles ?

— Avec beaucoup de détails... Ses premières dents... Ses maladies infantiles... La nurse qu'elle avait engagée à une époque où elle se sentait faible... Puis l'école... Elle me racontait sa vie presque jour par jour...

— Sans mentionner l'endroit ?...

— Oui... Ces derniers temps, il voulait, paraît-il, devenir médecin...

Il regarda le commissaire sans fausse pudeur.

— Il n'a jamais existé ?

— Si... Mais il n'était pas votre fils...

— Il y avait un autre homme ?

Lecœur faisait non de la tête.

— C'est Francine Lange qui a accouché d'un garçon, à Mesnil-le-Mont... Jusqu'à ce que vous me l'affirmiez, j'ignorais, je l'avoue, que l'enfant avait été inscrit à l'état civil comme celui d'Hélène Lange... L'idée a dû venir aux deux sœurs quand Francine s'est trouvée enceinte... Comme je connais cette dernière, sa première pensée a dû être de le supprimer... Sa sœur a vu plus loin...

— J'y ai pensé, l'espace d'un éclair... Je vous l'ai dit... Ce soir-là, après avoir supplié, j'ai menacé... Pendant quinze ans, j'ai vécu dans la pensée de ce fils que je connaîtrais un jour... Nous n'avons pas d'enfants, ma femme et moi... Quand je me suis senti père... Mais à quoi bon ?...

— Vous l'avez saisie au cou ?...

— Pour lui faire peur, pour qu'elle parle... Je lui criais de dire la vérité... Je ne pensais pas à la sœur, mais je craignais que l'enfant soit mort, ou devenu infirme...

Il laissa pendre ses deux mains comme s'il ne restait dans son grand corps aucune parcelle d'énergie.

— J'ai serré trop fort... Je ne m'en suis pas rendu compte... Si seulement son visage avait exprimé une émotion quelconque !... Mais non !... Elle n'avait même pas peur...

— Quand vous avez appris par le journal que sa sœur était à Vichy, vous avez repris espoir ?

— Si l'enfant était vivant, si Hélène savait seule où il se trouvait, il n'y avait plus personne pour s'occuper de lui... Je m'attendais à être arrêté d'un jour à l'autre... Vous avez dû relever mes empreintes digitales...

— Sans les comparer avec les vôtres... Nous aurions quand même fini par arriver jusqu'à vous...

— Il fallait que je sache, que je prenne des dispositions...

— Vous avez téléphoné à différents hôtels, en suivant l'ordre alphabétique...

— Comment le savez-vous ?

C'était enfantin, mais Lecœur avait besoin d'une satisfaction.

— Vous appeliez de différentes cabines publiques...

— Vous m'aviez donc repéré ?...

— Presque...

— Mais Philippe ?

— Le fils de Francine Lange a été mis en nourrice, peu de temps après sa naissance, dans une famille Berteaux, des petits fermiers de Saint-André-du-Lavion, dans les Vosges... Avec votre argent, les deux sœurs ont acheté un salon de coiffure, à La Rochelle... Ni l'une ni l'autre ne s'est occupée de l'enfant, qui a continué à vivre à la campagne jusqu'à ce que, à deux ans et demi, il tombe dans une mare...

— Il est mort ?

— Oui... Pour vous, il devait rester en vie, et Hélène a inventé son enfance au fur et à mesure, ses premières classes, ses jeux et enfin, les derniers temps, son goût pour la médecine...

— C'est monstrueux...

— Oui...

— Qu'une femme puisse...

Il secouait la tête.

— Je ne mets pas vos paroles en doute... Mais quelque chose en moi se révolte contre cette vérité...

— Ce n'est pas la première fois qu'un tel cas se rencontre dans les annales criminelles... Je pourrais vous citer des précédents...

— Non... suppliait-il.

Il était tassé sur lui-même, sans ressort, sans plus rien à se raccrocher.

— Vous aviez raison, tout à l'heure, en disant que vous n'aviez pas besoin d'un avocat... Il vous suffirait de raconter votre histoire devant les jurés...

Il restait immobile, la tête dans les mains.

— Votre femme doit s'inquiéter... A mon avis, la vérité lui fera moins mal que ce qu'elle pourra imaginer...

Il semblait ne plus avoir pensé à elle et il montrait enfin son visage congestionné.

— Que vais-je lui dire...

— Vous ne pourrez malheureusement rien lui dire à présent... Je n'ai pas le droit de vous laisser en liberté, même pour un temps assez court... Je dois vous emmener à Clermont-Ferrand... A moins que le juge d'instruction ne s'y oppose, ce qui me surprendrait, votre femme sera autorisée à vous rendre visite...

Cette pensée troublait Pélardeau, qui finit par regarder Maigret d'un air désespéré.

— Vous ne pourriez pas vous en charger, vous ?

Maigret interrogea son collègue d'un coup d'œil et Lecœur haussa les épaules comme pour dire que ce n'était pas son affaire.

— Je ferai de mon mieux...

— Vous devrez vous y prendre avec précaution, car, depuis quelques années, elle n'a pas le cœur solide... Nous ne sommes plus jeunes ni l'un ni l'autre...

Maigret non plus. Il se sentait vieux, ce soir. Il avait hâte de retrouver sa femme, le ronron quotidien de leurs promenades à travers Vichy et les petites chaises jaunes du parc.

Ils descendirent ensemble.

— Je vous dépose, patron ?

— Je préfère marcher...

Les pavés luisaient. La voiture noire s'éloigna en emportant vers Clermont-Ferrand Lecœur et Pélardeau.

Maigret alluma sa pipe et enfonça machinalement les mains dans ses poches. Il ne faisait pas froid mais le thermomètre, grâce à l'orage, était quand même descendu de plusieurs degrés.

De l'eau s'égouttait des deux arbustes qui flanquaient la porte de l'Hôtel de la Bérézina.

— C'est toi, enfin !... soupira Mme Maigret en sortant du lit pour l'accueillir. J'ai rêvé que tu étais Quai des Orfèvres, à mener un interrogatoire qui n'en finissait pas et à faire monter sans cesse des verres de bière...

Après l'avoir observé un moment, elle murmura :

— C'est fini ?

— Oui...

— Qui est-ce ?

— Un homme très bien, qui dirige des milliers d'employés et d'ouvriers, mais qui est resté très naïf...

— J'espère que, demain, tu vas dormir ?

— Hélas, non... Il faut que j'aille expliquer à sa femme...

— Elle ne sait pas ?

— Non.

— Elle est ici ?

— A l'Hôtel des Ambassadeurs...

— Et lui ?

— Dans une demi-heure, il entrera à la prison de Clermont-Ferrand...

Pendant qu'il se déshabillait, elle continuait à l'observer, lui trouvant un drôle d'air.

— Combien d'années crois-tu qu'il...

Et Maigret, bourrant la dernière pipe de la journée, dont il ne tirait que quelques bouffées avant de se mettre au lit :

— J'espère qu'il sera acquitté...

Epalinges (Vaud), le 11 septembre 1967.

MAIGRET A PEUR

1

Le petit train sous la pluie

Tout à coup, entre deux petites gares dont il n'aurait pu dire le nom et dont il ne vit presque rien dans l'obscurité, sinon des lignes de pluie devant une grosse lampe et des silhouettes humaines qui poussaient des chariots, Maigret se demanda ce qu'il faisait là.

Peut-être s'était-il assoupi un moment dans le compartiment surchauffé ? Il ne devait pas avoir perdu entièrement conscience car il savait qu'il était dans un train ; il en entendait le bruit monotone ; il aurait juré qu'il avait continué à voir, de loin en loin, dans l'étendue obscure des champs, les fenêtres éclairées d'une ferme isolée. Tout cela, et l'odeur de suie qui se mélangeait à celle de ses vêtements mouillés, restait réel, et aussi un murmure régulier de voix dans un compartiment voisin, mais cela perdait en quelque sorte de son actualité, cela ne se situait plus très bien dans l'espace, ni surtout dans le temps.

Il aurait pu se trouver ailleurs, dans n'importe quel petit train traversant la campagne et il aurait pu être, lui, un Maigret de quinze ans qui s'en revenait le samedi du collège par un omnibus exactement pareil à celui-ci, aux wagons antiques dont les cloisons craquaient à chaque effort de la locomotive. Avec les mêmes voix, dans la nuit, à chaque arrêt, les mêmes hommes qui s'affairaient autour du wagon de messageries, le même coup de sifflet du chef de gare.

Il entrouvrit les yeux, tira sur sa pipe qui s'était éteinte et son regard se posa sur l'homme assis dans l'autre coin du compartiment. Celui-ci aurait pu se trouver, jadis, dans le train qui le ramenait chez son père. Il aurait pu être le comte, ou le propriétaire du château, le personnage important du village ou de n'importe quelle petite ville.

Il portait un costume de golf de tweed clair et un imperméable comme on n'en voit que dans certains magasins très chers. Son chapeau était un chapeau de chasse vert, avec une minuscule plume de faisan glissée sous le ruban. Malgré la chaleur, il n'avait pas retiré ses gants fauves, car ces gens-là n'enlèvent jamais leurs gants dans un train ou dans une auto. Et, en dépit de la pluie, il n'y avait pas une tache de boue sur ses chaussures bien cirées.

Il devait avoir soixante-cinq ans. C'était déjà un vieux monsieur. N'est-il pas curieux que les hommes de cet âge-là se préoccupent tellement des détails de leur apparence ? Et qu'ils jouent encore à se distinguer du commun des mortels ?

Son teint était du rose particulier à l'espèce, avec une petite moustache d'un blanc argenté dans laquelle se dessinait le cercle jaune laissé par le cigare.

Son regard, cependant, n'avait pas toute l'assurance qu'il aurait dû avoir. De son coin, l'homme observait Maigret qui, de son côté, lui jetait de petits coups d'œil, et qui, deux ou trois fois, parut sur le point de parler. Le train repartait, sale et mouillé, dans un monde obscur semé de lumières très dispersées et parfois, à un passage à niveau, on devinait quelqu'un à bicyclette qui attendait la fin du convoi.

Est-ce que Maigret était triste ? C'était plus vague que ça. Il ne se sentait pas tout à fait dans sa peau. Et d'abord, ces trois derniers jours, il avait trop bu, parce que c'était nécessaire, mais sans plaisir.

Il s'était rendu au congrès de police international qui, cette année-là, se tenait à Bordeaux. On était en avril. Quand il avait quitté Paris, où l'hiver avait été long et monotone, on croyait le printemps tout proche. Or, à Bordeaux, il avait plu pendant les trois jours, avec un vent froid qui vous collait les vêtements au corps.

Par hasard, les quelques amis qu'il rencontrait d'habitude dans ces congrès, comme Mr Pyke, n'y étaient pas. Chaque pays semblait s'être ingénié à n'envoyer que des jeunes, des hommes de trente à quarante ans qu'il n'avait jamais vus. Ils s'étaient tous montrés très gentils pour lui, très déférents, comme on l'est avec un aîné qu'on respecte en trouvant qu'il date un peu.

Était-ce une idée ? Ou bien la pluie qui n'en finissait pas l'avait-elle mis de mauvaise humeur ? Et tout le vin qu'ils avaient dû boire dans les caves que la Chambre de Commerce les invitait à visiter ?

— Tu t'amuses bien ? lui avait demandé sa femme au téléphone.

Il avait répondu par un grognement.

— Essaie de te reposer un peu. En partant, tu m'as paru fatigué. De toute façon, cela te changera les idées. Ne prends pas froid.

Peut-être s'était-il soudain senti vieux ? Même leurs discussions, qui portaient presque toutes sur de nouveaux procédés scientifiques, ne l'avaient pas intéressé.

Le banquet avait eu lieu la veille au soir. Ce matin, il y avait eu une dernière réception, à l'Hôtel de Ville cette fois, et un lunch largement arrosé. Il avait promis à Chabot de profiter de ce qu'il ne devait être à Paris que le lundi matin pour passer le voir à Fontenay-le-Comte.

Chabot non plus ne rajeunissait pas. Ils avaient été amis

jadis quand il avait fait deux ans de médecine, à l'université de Nantes. Chabot, lui, étudiait le droit. Ils vivaient dans la même pension. Deux ou trois fois, le dimanche, il avait accompagné son ami chez sa mère, à Fontenay.

Et, depuis, à travers les années, ils s'étaient peut-être revus dix fois en tout.

— Quand viendras-tu me dire bonjour en Vendée ?

Mme Maigret s'était mise de la partie.

— Pourquoi, en revenant de Bordeaux, ne passerais-tu pas voir ton ami Chabot ?

Il aurait dû être à Fontenay depuis deux heures déjà. Il s'était trompé de train. A Niort, où il avait attendu longtemps, à boire des petits verres dans la salle d'attente, il avait hésité à téléphoner pour que Chabot vienne le prendre en voiture.

Il ne l'avait pas fait, en fin de compte, parce que, si Julien venait le chercher, il insisterait pour que Maigret couche chez lui, et le commissaire avait horreur de dormir chez les gens.

Il descendrait à l'hôtel. Une fois là, seulement, il téléphonerait. Il avait eu tort de faire ce détour au lieu de passer chez lui, boulevard Richard-Lenoir, ces deux jours de vacances. Qui sait ? Peut-être qu'à Paris, il ne pleuvait plus et que le printemps était enfin arrivé.

— Ainsi, ils vous ont fait venir...

Il tressaillit. Sans s'en rendre compte, il avait dû continuer à regarder vaguement son compagnon de voyage et celui-ci venait de se décider à lui adresser la parole. On aurait dit qu'il en était gêné lui-même. Il croyait devoir mettre dans sa voix une certaine ironie.

— Pardon ?

— Je dis que je me doutais qu'ils feraient appel à quelqu'un comme vous.

Puis, Maigret n'ayant toujours pas l'air de comprendre :

— Vous êtes bien le commissaire Maigret ?

Le voyageur redevenait homme du monde, se soulevait sur la banquette pour se présenter :

— Vernoux de Courçon.

— Enchanté.

— Je vous ai reconnu tout de suite, pour avoir vu souvent votre photographie dans les journaux.

A la façon dont il disait cela, il avait l'air de s'excuser d'être de ceux qui lisent les journaux.

— Cela doit vous arriver souvent.

— Quoi ?

— Que les gens vous reconnaissent.

Maigret ne savait que répondre. Il n'avait pas encore les deux pieds bien d'aplomb dans la réalité. Quant à l'homme, des gouttelettes de sueur se voyaient sur son front, comme s'il s'était mis dans une situation dont il ne savait comment se tirer à son avantage.

— C'est mon ami Julien qui vous a téléphoné ?

— Vous parlez de Julien Chabot ?

— Le juge d'instruction. Ce qui m'étonne, c'est qu'il ne m'en ait rien dit quand je l'ai rencontré ce matin.

— Je ne comprends toujours pas.

Vernoux de Courçon le regarda plus attentivement, sourcils froncés.

— Vous prétendez que c'est par hasard que vous venez à Fontenay-le-Comte ?

— Oui.

— Vous n'allez pas chez Julien Chabot ?

— Si, mais...

Tout à coup Maigret rougit, furieux contre lui-même, car il venait de répondre docilement, comme il le faisait jadis avec les gens du genre de son interlocuteur, « les gens du château ».

— Curieux, n'est-ce pas ? ironisait l'autre.

— Qu'est-ce qui est curieux ?

— Que le commissaire Maigret, qui n'a sans doute jamais mis les pieds à Fontenay...

— On vous a dit cela ?

— Je le suppose. En tout cas, on ne vous y a pas vu souvent et je n'ai jamais entendu qu'il en fût fait mention. C'est curieux, dis-je, que vous y arriviez juste au moment où les autorités sont émues par le mystère le plus abracadabrant qui...

Maigret frotta une allumette, tira à petites bouffées sur sa pipe.

— J'ai fait une partie de mes études avec Julien Chabot, énonça-t-il calmement. Plusieurs fois, jadis, j'ai été l'hôte de sa maison de la rue Clemenceau.

— Vraiment ?

Froidement, il répéta :

— Vraiment.

— Dans ce cas, nous nous verrons sans doute demain soir, chez moi, rue Rabelais, où Chabot vient chaque samedi faire le bridge.

On s'arrêtait une dernière fois avant Fontenay. Vernoux de Courçon n'avait pas de bagages, seulement une serviette de cuir marron posée à côté de lui sur la banquette.

— Je suis curieux de voir si vous percerez le mystère. Hasard ou non, c'est une chance pour Chabot que vous soyez ici.

— Sa mère vit toujours ?

— Aussi solide que jamais.

L'homme se levait pour boutonner son imperméable, tirer sur ses gants, ajuster son chapeau. Le train ralentissait, des lumières plus nombreuses défilaient et des gens se mettaient à courir sur le quai.

— Enchanté d'avoir fait votre connaissance. Dites à Chabot que j'espère vous voir avec lui demain soir.

Maigret se contenta de répondre d'un signe de tête et ouvrit la portière, se saisit de sa valise, qui était lourde, et se dirigea vers la sortie sans regarder les gens au passage.

Chabot ne pouvait pas l'attendre à ce train-là, qu'il n'avait pris que par hasard. Du seuil de la gare, Maigret vit l'enfilade de la rue de la République où il pleuvait de plus belle.

— Taxi, monsieur ?

Il fit signe que oui.

— Hôtel de France ?

Il dit encore oui, se tassa dans son coin, maussade. Il n'était que neuf heures du soir, mais il n'y avait plus aucune animation dans la ville où seuls deux ou trois cafés restaient encore éclairés. La porte de l'Hôtel de France était flanquée de deux palmiers dans des tonneaux peints en vert.

— Vous avez une chambre ?

— A un seul lit ?

— Oui. Si c'était possible, je désirerais manger un morceau.

L'hôtel était déjà en veilleuse, comme une église après les vêpres. On dut aller s'informer à la cuisine, allumer deux ou trois lampes dans la salle à manger.

Pour ne pas monter dans sa chambre, il se lava les mains à une fontaine de porcelaine.

— Du vin blanc ?

Il était écœuré de tout le vin blanc qu'il avait dû boire à Bordeaux.

— Vous n'avez pas de bière ?

— Seulement en bouteille.

— Dans ce cas, donnez-moi du gros rouge.

On lui avait réchauffé de la soupe et on lui découpait du jambon. De sa place, il vit quelqu'un qui pénétrait, détrempé, dans le hall de l'hôtel et qui, ne trouvant personne à qui parler, jetait un coup d'œil dans la salle à manger, paraissait rassuré en apercevant le commissaire. C'était un garçon roux, d'une quarantaine d'années, avec de grosses joues colorées et des appareils photographiques en bandoulière sur son imperméable beige.

Il secoua son chapeau pour en faire tomber la pluie, s'avança.

— Vous permettez, avant tout, que je prenne une photo ? Je suis le correspondant de l'*Ouest-Éclair* pour la région. Je vous ai aperçu à la gare mais je n'ai pu vous rejoindre à temps. Ainsi, ils vous ont fait venir pour éclaircir l'affaire Courçon.

Un éclair. Un déclic.

— Le commissaire Féron ne nous avait pas parlé de vous. Le juge d'instruction non plus.

— Je ne suis pas ici pour l'affaire Courçon.

Le garçon roux sourit, du sourire de quelqu'un qui est du métier et à qui on ne la fait pas.

— Évidemment !

— Quoi, évidemment ?

— Vous n'êtes pas ici *officiellement*. Je comprends. N'empêche que...

— Que rien du tout !

— La preuve, c'est que Féron m'a répondu qu'il accourait.

— Qui est Féron ?

— Le commissaire de police de Fontenay. Quand je vous ai aperçu, à la gare, je me suis précipité dans la cabine téléphonique et je l'ai appelé. Il m'a dit qu'il me rejoignait ici.

— *Ici ?*

— Bien sûr. Où seriez-vous descendu ?

Maigret vida son verre, s'essuya la bouche, grommela :

— Qui est ce Vernoux de Courçon avec qui j'ai voyagé depuis Niort ?

— Il était dans le train, en effet. C'est le beau-frère.

— Le beau-frère de qui ?

— Du Courçon qui a été assassiné.

Un petit personnage brun de poil pénétrait à son tour dans l'hôtel, repérait aussitôt les deux hommes dans la salle à manger.

— Salut, Féron ! lança le journaliste.

— Bonsoir, toi. Excusez-moi, monsieur le commissaire. Personne ne m'a annoncé votre arrivée, ce qui vous explique que je n'étais pas à la gare. Je mangeais un morceau, après une journée harassante, quand...

Il désignait le rouquin.

— Je me suis précipité et...

— Je disais à ce jeune homme, prononça Maigret en repoussant son assiette et en saisissant sa pipe, que je n'ai rien à voir avec votre affaire Courçon. Je suis à Fontenay-le-Comte, par le plus grand des hasards, pour serrer la main de mon vieil ami Chabot et...

— Il sait que vous êtes ici ?

— Il a dû m'attendre au train de quatre heures. En ne me voyant pas, sans doute s'est-il dit que je ne viendrais que demain ou que je ne viendrais pas du tout.

Maigret se levait.

— Et maintenant, si vous le permettez, je vais passer lui dire bonsoir avant d'aller me coucher.

Le commissaire de police et le reporter paraissaient aussi décontenancés l'un que l'autre.

— Vous ne savez vraiment rien ?

— Rien de rien.

— Vous n'avez pas lu les journaux ?

— Depuis trois jours, les organisateurs du congrès et la

Chambre de Commerce de Bordeaux ne nous en ont pas laissé le loisir.

Ils échangeaient un coup d'œil dubitatif.

— Vous savez où habite le juge ?

— Mais oui. A moins que la ville ait changé depuis la dernière visite que je lui ai faite.

Ils ne se décidaient pas à le lâcher. Sur le trottoir, ils restaient debout à ses côtés.

— Messieurs, j'ai bien l'honneur de vous saluer.

Le reporter insista :

— Vous n'avez aucune déclaration pour l'*Ouest-Éclair* ?

— Aucune. Bonsoir, messieurs.

Il gagna la rue de la République, franchit le pont et, le temps qu'il mit à monter jusque chez Chabot, ne croisa pas deux personnes. Chabot habitait une maison ancienne qui, autrefois, faisait l'admiration du jeune Maigret. Elle était toujours pareille, en pierres grises, avec un perron de quatre marches et de hautes fenêtres à petits carreaux. Un peu de lumière filtrait entre les rideaux. Il sonna, entendit des pas menus sur les dalles bleues du corridor. Un judas s'ouvrit dans la porte.

— M. Chabot est chez lui ? demanda-t-il.

— Qui est-ce ?

— Le commissaire Maigret.

— C'est vous, Monsieur Maigret ?

Il avait reconnu la voix de Rose, la bonne des Chabot, qui était déjà chez eux trente ans auparavant.

— Je vous ouvre tout de suite. Attendez seulement que je retire la chaîne.

En même temps, elle criait vers l'intérieur :

— Monsieur Julien ! C'est votre ami Monsieur Maigret... Entrez, Monsieur Maigret... Monsieur Julien est allé cet après-midi à la gare... Il a été déçu de ne pas vous trouver. Comment êtes-vous venu ?

— Par le train.

— Vous voulez dire que vous avez pris l'omnibus du soir ?

Une porte s'était ouverte. Dans le faisceau de lumière orangée se tenait un homme grand et maigre, un peu voûté, qui portait un veston d'intérieur en velours marron.

— C'est toi ? disait-il.

— Mais oui. J'ai raté le bon train. Alors, j'ai pris le mauvais.

— Tes bagages ?

— Ils sont à l'hôtel.

— Tu es fou ? Il va falloir que je les fasse chercher. Il était entendu que tu descendais ici.

— Écoute, Julien...

C'était drôle. Il devait faire un effort pour appeler son ancien camarade par son prénom et cela sonnait étrangement. Même le tutoiement qui ne venait pas tout seul.

— Entre ! J'espère que tu n'as pas dîné ?

— Mais si. A l'Hôtel de France.

— Je préviens Madame ? questionnait Rose.

Maigret intervint.

— Je suppose qu'elle est couchée ?

— Elle vient juste de monter. Mais elle ne se met pas au lit avant onze heures ou minuit. Je...

— Jamais de la vie. J'interdis qu'on la dérange. Je verrai ta mère demain matin.

— Elle ne sera pas contente.

Maigret calculait que Mme Chabot avait au moins soixante-dix-huit ans. Au fond, il regrettait d'être venu. Il n'en accrochait pas moins son pardessus lourd de pluie au portemanteau ancien, suivait Julien dans son bureau, tandis que Rose, qui avait elle-même passé la soixantaine, attendait les ordres.

— Qu'est-ce que tu prends ? Une vieille fine ?

— Si tu veux.

Rose comprit les indications muettes du juge et s'éloigna. L'odeur de la maison n'avait pas changé et c'était encore une chose qui, jadis, avait fait envie à Maigret, l'odeur d'une maison bien tenue, où les parquets sont encaustiqués et où l'on fait de la bonne cuisine.

Il aurait juré qu'aucun meuble n'avait changé de place.

— Assieds-toi. Je suis content de te voir...

Il aurait été tenté de dire que Chabot, lui non plus, n'avait pas changé. Il reconnaissait ses traits, son expression. Comme chacun avait vieilli de son côté, Maigret se rendait mal compte du travail des années. Il n'en était pas moins frappé par quelque chose de terne, d'hésitant, d'un peu veule, qu'il n'avait jamais remarqué chez son ami.

Était-il comme cela jadis ? Était-ce Maigret qui ne s'en était pas aperçu ?

— Cigare ?

Il y en avait une pile de boîtes sur la cheminée.

— Toujours la pipe.

— C'est vrai. J'avais oublié. Moi, il y a douze ans que je ne fume plus.

— Ordre du médecin ?

— Non. Un beau jour, je me suis dit que c'était idiot de faire de la fumée et...

Rose entrait avec un plateau sur lequel il y avait une bouteille couverte d'une fine poussière de cave et un seul verre de cristal.

— Tu ne bois plus non plus ?

— J'ai cessé à la même époque. Juste un peu de vin coupé d'eau aux repas. Toi, tu n'as pas changé.

— Tu trouves ?

— Tu parais jouir d'une santé magnifique. Cela me fait vraiment plaisir que tu sois venu.

Pourquoi n'avait-il pas l'air tout à fait sincère ?

— Tu m'as promis si souvent de passer par ici, pour t'excuser au dernier moment, que je t'avoue que je ne comptais pas trop sur toi.

— Tout arrive, tu vois !

— Ta femme ?

— Va bien.

— Elle ne t'a pas accompagné ?

— Elle n'aime pas les congrès.

— Cela s'est bien passé ?

— On a beaucoup bu, beaucoup parlé, beaucoup mangé.

— Moi, je voyage de moins en moins.

Il baissa la voix, car on entendait des pas à l'étage supérieur.

— Avec ma mère, c'est difficile. D'autre part, je ne peux plus la laisser seule.

— Elle est toujours aussi solide ?

— Elle ne change pas. Sa vue, seulement, faiblit un peu. Cela la désole de ne plus pouvoir enfiler ses aiguilles, mais elle s'obstine à ne pas porter de lunettes.

On sentait qu'il pensait à autre chose en regardant Maigret un peu de la même façon que Vernoux de Courçon le regardait dans le train.

— Tu es au courant ?

— De quoi ?

— De ce qui se passe ici.

— Il y a presque une semaine que je n'ai pas lu les journaux. Mais j'ai voyagé tout à l'heure avec un certain Vernoux de Courçon qui se prétend ton ami.

— Hubert ?

— Je ne sais pas. Un homme dans les soixante-cinq ans.

— C'est Hubert.

Aucun bruit ne venait de la ville. On entendait seulement la pluie qui battait les vitres et, de temps en temps, le craquement des bûches dans l'âtre. Le père de Julien Chabot était déjà juge d'instruction à Fontenay-le-Comte et le bureau n'avait pas changé quand son fils s'y était assis à son tour.

— Dans ce cas, on a dû te raconter...

— Presque rien. Un journaliste s'est précipité sur moi avec son appareil photographique dans la salle à manger de l'hôtel.

— Un roux ?

— Oui.

— C'est Lomel. Qu'est-ce qu'il t'a dit ?

— Il était persuadé que j'étais ici pour m'occuper de je ne sais quelle affaire. Je n'avais pas eu le temps de l'en dissuader que le commissaire de police arrivait à son tour.

— En somme, à l'heure qu'il est, toute la ville sait que tu es ici ?

— Cela t'ennuie ?

Chabot parvint juste à cacher son hésitation.

— Non... seulement...

— Seulement quoi ?

— Rien. C'est fort compliqué. Tu n'as jamais vécu dans une ville sous-préfecture comme Fontenay.

— J'ai habité Luçon plus d'un an, tu sais !

— Il n'y a pas eu d'affaire dans le genre de celle que j'ai sur les bras.

— Je me souviens d'un certain assassinat, à l'Aiguillon...

— C'est vrai. J'oubliais.

Il s'agissait d'une affaire, justement, au cours de laquelle Maigret s'était vu obligé d'arrêter comme assassin un ancien magistrat que tout le monde considérait comme tout à fait respectable.

— Ce n'est quand même pas aussi grave. Tu verras cela

demain matin. Je serais surpris si les journalistes de Paris ne nous arrivaient pas par le premier train.

— Un meurtre ?

— Deux.

— Le beau-frère de Vernoux de Courçon ?

— Tu vois que tu es au courant !

— C'est tout ce qu'on m'a dit.

— Son beau-frère, oui, Robert de Courçon, qui a été assassiné voilà quatre jours. Rien que cela aurait suffi à faire du bruit. Avant-hier, c'était le tour de la veuve Gibon.

— Qui est-ce ?

— Personne d'important. Au contraire. Une vieille femme qui vivait seule tout au bout de la rue des Loges.

— Quel rapport entre les deux crimes ?

— Tous les deux ont été commis de la même manière, sans doute avec la même arme.

— Revolver ?

— Non. Un objet contondant, comme nous disons dans les rapports. Un morceau de tuyau de plomb, ou un outil dans le genre d'une clef anglaise.

— C'est tout ?

— Ce n'est pas assez ?... Chut !

La porte s'ouvrait sans bruit et une femme toute petite, toute maigre, vêtue de noir, s'avançait la main tendue.

— C'est vous, Jules !

Depuis combien d'années personne ne l'appelait-il plus ainsi ?

— Mon fils est allé à la gare. En rentrant, il m'a affirmé que vous ne viendriez plus et je suis montée. On ne vous a pas servi à dîner ?

— Il a dîné à l'hôtel, maman.

— Comment, à l'hôtel ?

— Il est descendu à l'Hôtel de France. Il refuse de...

— Jamais de la vie ! Je ne vous permettrai pas de...

— Écoutez, madame. Il est d'autant plus souhaitable que je reste à l'hôtel que les journalistes sont déjà après moi. Si j'acceptais votre invitation, demain matin, sinon ce soir, ils seraient pendus à votre sonnette. Mieux vaut, d'ailleurs, qu'on ne prétende pas que je suis ici sur la demande de votre fils...

C'était ça, au fond, qui chiffonnait le juge, et Maigret en voyait la confirmation sur son visage.

— On le dira quand même !

— Je le nierai. Cette affaire, ou plutôt ces affaires, ne me regardent pas. Je n'ai nullement l'intention de m'en occuper.

Chabot avait-il craint qu'il se mêle de ce qui ne le regardait pas ? Ou bien s'était-il dit que Maigret, avec ses méthodes parfois quelque peu personnelles, pourrait le mettre dans une situation délicate ?

Le commissaire tombait à un mauvais moment.

— Je me demande, maman, si Maigret n'a pas raison.

Et, tourné vers son ancien ami :

— Vois-tu, il ne s'agit pas d'une enquête comme une autre. Robert de Courçon, qui a été assassiné, était un homme connu, plus ou moins apparenté à toutes les grandes familles de la région. Son beau-frère Vernoux est un personnage en vue, lui aussi. Après le premier crime, des bruits ont commencé à courir. Puis la veuve Gibon a été assassinée, et cela a changé quelque peu le cours des racontars. Mais...

— Mais... ?

— C'est difficile à t'expliquer. Le commissaire de police s'occupe de l'enquête. C'est un brave homme, qui connaît la ville, encore qu'il soit du Midi, d'Arles, je crois. La brigade mobile de Poitiers est sur les lieux aussi. Enfin, de mon côté...

La vieille dame s'était assise, comme en visite, sur le bord d'une chaise, et écoutait parler son fils comme elle eût écouté le sermon à la grand-messe.

— Deux assassinats en trois jours, c'est beaucoup, dans une ville de huit mille habitants. Il y a des gens qui prennent peur. Ce n'est pas seulement à cause de la pluie que, ce soir, on ne rencontre personne dans les rues.

— Que pense la population ?

— Certains prétendent qu'il s'agit d'un fou.

— Il n'y a pas eu vol ?

— Dans aucun des deux cas. Et, dans les deux cas, l'assassin a pu se faire ouvrir la porte sans que ses victimes se méfient. C'est une indication. C'est même à peu près la seule que nous possédions.

— Pas d'empreintes ?

— Aucune. S'il s'agit d'un fou, il commettra sans doute d'autres meurtres.

— Je vois. Et toi, qu'est-ce que tu penses ?

— Rien. Je cherche. Je suis troublé.

— Par quoi ?

— C'est encore trop confus pour que je puisse l'expliquer. J'ai une terrible responsabilité sur les épaules.

Il disait cela à la façon d'un fonctionnaire accablé. Et c'était bien un fonctionnaire que Maigret avait maintenant devant lui, un fonctionnaire de petite ville qui vit dans la terreur du faux pas.

Est-ce que le commissaire était devenu comme ça avec l'âge, lui aussi ? A cause de son ami, il se sentait vieillir.

— Je me demande si je ne ferais pas mieux de reprendre le premier train pour Paris. En définitive, je ne suis passé par Fontenay que pour te serrer la main. C'est fait. Ma présence ici risque de te créer des complications.

— Que veux-tu dire ?

Le premier mouvement de Chabot n'avait pas été de protester.

— Déjà le rouquin et le commissaire de police sont persuadés que c'est toi qui m'as appelé à la rescousse. On va prétendre que tu as peur, que tu ne sais comment t'en tirer, que...

— Mais non.

Le juge repoussait mollement cette idée.

— Je ne te permettrai pas de t'en aller. J'ai quand même le droit de recevoir mes amis comme bon me semble.

— Mon fils a raison, Jules. Et je crois, quant à moi, qu'il faut que vous habitiez chez nous.

— Maigret préfère avoir ses mouvements libres, pas vrai ?

— J'ai mes habitudes.

— Je n'insiste pas.

— Il n'en sera pas moins préférable que je parte demain matin.

Peut-être Chabot allait-il accepter ? La sonnerie du téléphone retentit et cette sonnerie-là n'était pas la même qu'ailleurs, elle avait un son vieillot.

— Tu permets ?

Chabot décrocha.

— Le juge d'instruction Chabot à l'appareil.

La façon dont il disait cela était encore un signe et Maigret s'efforça de ne pas sourire.

— Qui ?... Ah ! oui... Je vous écoute, Féron... Comment ?... Gobillard ?... Où ?... Au coin du Champ-de-Mars et de la rue... je viens tout de suite... oui... Il est ici... Je ne sais pas... Qu'on ne touche à rien en m'attendant...

Sa mère le regardait, une main sur la poitrine.

— Encore ? balbutia-t-elle.

Il fit signe que oui.

— Gobillard.

Il expliqua à Maigret :

— Un vieil ivrogne que tout le monde connaît à Fontenay, car il passe la plus grande partie de ses journées à pêcher à la ligne près du pont. On vient de le trouver sur le trottoir, mort.

— Assassiné ?

— Le crâne fracassé, comme les deux autres, vraisemblablement avec le même instrument.

Il s'était levé, avait ouvert la porte, décrochait au portemanteau un vieux trench-coat et un chapeau déformé qui ne devait lui servir que les jours de pluie.

— Tu viens ?

— Tu penses que je dois t'accompagner ?

— Maintenant qu'on sait que tu es ici, on se demanderait pourquoi je ne t'emmène pas. Deux crimes, c'était beaucoup. Avec un troisième, la population va être terrorisée.

Au moment où ils sortaient, une petite main nerveuse saisit la manche de Maigret et la vieille maman souffla à son oreille :

— Veillez bien sur lui, Jules ! Il est tellement consciencieux qu'il ne se rend pas compte du danger.

2

Le marchand de peaux de lapins

A ce degré d'obstination, de violence, la pluie n'était plus seulement de la pluie, le vent du vent glacé, cela devenait une méchanceté des éléments, et tout à l'heure, sur le quai mal abrité de la gare de Niort, harassé par cet hiver dont les dernières convulsions n'en finissaient pas, Maigret avait pensé à une bête qui ne veut pas mourir et qui s'acharne à mordre, jusqu'au bout.

Cela ne valait plus la peine de se protéger. Il n'y avait pas seulement l'eau du ciel, mais celle qui tombait des gouttières en grosses gouttes froides, et il en dégoulinait sur les portes des maisons, le long des trottoirs où des ruisseaux faisaient un bruit de torrent, on avait de l'eau partout, sur le visage, dans le cou, dans les chaussures et jusque dans les poches des vêtements qui ne parvenaient plus à sécher entre deux sorties.

Ils marchaient contre le vent, sans parler, penchés en avant, le juge dans son vieil imperméable dont les pans avaient des claquements de drapeau, Maigret dans son pardessus qui pesait cent kilos, et, après quelques pas, le tabac s'éteignit avec un grésillement dans la pipe du commissaire.

Par-ci par-là, on voyait une fenêtre éclairée, mais pas beaucoup. Après le pont, ils passèrent devant les vitres du Café de la Poste et eurent conscience que des gens les regardaient par-dessus les rideaux ; la porte s'ouvrit, après qu'ils se furent éloignés, et ils entendirent des pas, des voix derrière eux.

Le meurtre avait eu lieu tout près de là. A Fontenay, rien n'est jamais bien loin et il est le plus souvent inutile de sortir sa voiture du garage. Une courte rue s'amorçait à droite, reliant la rue de la République au Champ-de-Mars. Devant la troisième ou la quatrième maison, un groupe se tenait sur le trottoir, près des lanternes d'une ambulance, certains portant une lampe de poche à bout de bras.

Un petit homme se détacha, le commissaire Féron, qui faillit commettre la gaffe de s'adresser à Maigret plutôt qu'à Chabot.

— Je vous ai téléphoné tout de suite, du Café de la Poste. J'ai également téléphoné au procureur.

Une forme humaine était couchée en travers du trottoir, une main pendait dans le ruisseau, et on voyait le clair de la peau entre les souliers noirs et le bas du pantalon : Gobillard, le mort, ne portait pas de chaussettes. Son chapeau gisait à un mètre de lui. Le commissaire braqua sa lampe électrique vers le visage et, comme Maigret se penchait en même temps que le juge, il y eut un éclair, un déclic, puis la voix du journaliste roux qui demandait :

— Encore une, s'il vous plaît. Rapprochez-vous, Monsieur Maigret.

Le commissaire recula en grognant. Près du corps, deux ou trois personnes le regardaient, puis, bien à part, à cinq ou six mètres, il y avait un second groupe, plus nombreux, où l'on parlait à mi-voix.

Chabot questionnait, à la fois officiel et excédé :

— Qui l'a découvert ?

Et Féron répondait en désignant une des silhouettes les plus proches :

— Le docteur Vernoux.

Est-ce que celui-là aussi appartenait à la famille de l'homme du train ? Autant qu'on en pouvait juger dans l'obscurité, il était beaucoup plus jeune. Peut-être trente-cinq ans ? Il était grand, avec un long visage nerveux, portait des lunettes sur lesquelles glissaient des gouttes de pluie.

Chabot et lui se serraient la main de la façon machinale des gens qui se rencontrent tous les jours et même plusieurs fois par jour.

Le docteur expliquait à mi-voix :

— Je me rendais chez un ami, de l'autre côté de la place. J'ai aperçu quelque chose sur le trottoir. Je me suis penché. Il était déjà mort. Pour gagner du temps, je me suis précipité au Café de la Poste d'où j'ai téléphoné au commissaire.

D'autres visages entraient les uns après les autres dans le rayon des lampes électriques, avec toujours des hachures de pluie qui les auréolaient.

— Vous êtes là, Jussieux ?

Poignée de main. Ces gens-là se connaissaient comme les élèves d'une même classe à l'école.

— Je me trouvais justement au café. Nous faisions un bridge et nous sommes tous venus...

Le juge se souvint de Maigret qui se tenait à l'écart, présenta :

— Le docteur Jussieux, un ami. Commissaire Maigret...

Jussieux expliquait :

— Même procédé que pour les deux autres. Un coup violent sur le sommet du crâne. L'arme a légèrement glissé vers la gauche cette fois. Gobillard a été attaqué de face, lui aussi, sans rien tenter pour se protéger.

— Ivre ?

— Vous n'avez qu'à vous pencher et renifler. A cette heure-ci, d'ailleurs, comme vous le connaissez...

Maigret écoutait d'une oreille distraite. Lomel, le journaliste roux, qui venait de prendre un second cliché, essayait de l'attirer à l'écart. Ce qui frappait le commissaire était assez difficilement définissable.

Le plus petit des deux groupes, celui qui se tenait près du cadavre, paraissait n'être composé que de gens qui se connaissaient, qui appartenaient à un milieu déterminé : le juge, les deux médecins, les hommes qui, sans doute, jouaient tout à l'heure au bridge avec le docteur Jussieux et qui tous devaient être des notables de l'endroit.

L'autre groupe, moins en lumière, ne gardait pas le même silence. Sans manifester à proprement parler, il laissait sourdre une certaine hostilité. Il y eut même deux ou trois ricanements.

Une auto sombre vint se ranger derrière l'ambulance et un homme en sortit, qui s'arrêta net en reconnaissant Maigret.

— Vous êtes ici, patron !

Cela ne paraissait pas l'enchanter de rencontrer le commissaire. C'était Chabiron, un inspecteur de la Mobile attaché depuis quelques années à la brigade de Poitiers.

— Ils vous ont fait venir ?

— Je suis ici par hasard.

— Cela s'appelle tomber à pic, hein ?

Lui aussi ricanait.

— J'étais en train de patrouiller la ville avec ma bagnole, ce qui explique que cela ait pris du temps de m'avertir. Qui est-ce ?

Féron, le commissaire de police, lui expliquait :

— Un certain Gobillard, un type qui fait le tour de Fontenay une fois ou deux par semaine pour ramasser les peaux de lapins. C'est lui aussi qui rachète les peaux de bœufs et de moutons à l'abattoir municipal. Il a une charrette et un vieux cheval et il habite une bicoque en dehors de la ville. Il passe le plus clair de son temps à pêcher près du pont en se servant des appâts les plus dégoûtants, de la moelle, des boyaux de poulets, du sang coagulé...

Chabiron devait être pêcheur.

— Il prend du poisson ?

— Il est à peu près le seul à en prendre. Le soir, il va de bistrot en bistrot, buvant dans chacun une chopine de rouge jusqu'à ce qu'il ait son compte.

— Jamais de pétard ?

— Jamais.

— Marié ?

— Il vit seul avec son cheval et des quantités de chats.

Chabiron se tourna vers Maigret :

— Qu'est-ce que vous en pensez, patron ?

— Je n'en pense rien.

— Trois en une semaine, ce n'est pas mal pour un patelin comme celui-ci.

— Qu'est-ce qu'on en fait ? demandait Féron au juge.

— Je ne pense pas qu'il soit nécessaire d'attendre le procureur. Il n'était pas chez lui ?

— Non. Sa femme essaie de le toucher par téléphone.

— Je crois qu'on peut transporter le corps à la morgue.

Il se tourna vers le docteur Vernoux.

— Vous n'avez rien vu d'autre, rien entendu ?

— Rien. Je marchais vite, les mains dans les poches. J'ai presque buté sur lui.

— Votre père est chez lui ?

— Il est rentré ce soir de Niort ; il dînait quand je suis parti.

Autant que Maigret pouvait comprendre, c'était le fils du Vernoux de Courçon avec qui il avait voyagé dans le petit train.

— Vous pouvez l'emporter, vous autres.

Le journaliste ne lâchait pas Maigret.

— Est-ce que vous allez vous en occuper, cette fois ?

— Certainement pas.

— Pas même à titre privé ?

— Non.

— Vous n'êtes pas curieux ?

— Non.

— Vous croyez, vous aussi, à des crimes de fou ?

Chabot et le docteur Vernoux, qui avaient entendu, se regardèrent, toujours avec cet air d'appartenir à un même clan, de se connaître si bien qu'il n'est plus besoin de mots.

C'était naturel. Cela existe partout. Rarement, néanmoins, Maigret avait eu à ce point l'impression d'une coterie. Dans une petite ville comme celle-ci, évidemment, il y a les notables, peu nombreux, qui, par la force des choses, se rencontrent, ne serait-ce que dans la rue, plusieurs fois par jour.

Puis il y a les autres, ceux, par exemple, qui se tenaient groupés à l'écart et qui ne paraissaient pas contents.

Sans que le commissaire eût rien demandé, l'inspecteur Chabiron lui expliquait :

— Nous étions venus à deux. Levras, qui m'accompagnait, a dû partir ce matin parce que sa femme attend un bébé d'un moment à l'autre. Je fais ce que je peux. Je prends l'affaire par tous les bouts à la fois. Mais, pour ce qui est de faire parler ces gens-là...

C'était le premier groupe, celui des notables, que son menton désignait. Sa sympathie allait visiblement aux autres.

— Le commissaire de police, lui aussi, fait son possible. Il ne dispose que de quatre agents. Ils ont travaillé toute la journée. Combien en avez-vous en patrouille à ce moment, Féron ?

— Trois.

Comme pour confirmer ses dires, un cycliste en uniforme s'arrêtait au bord du trottoir et secouait la pluie de ses épaules.

— Rien ?

— J'ai vérifié l'identité de la demi-douzaine de personnes que j'ai rencontrées. Je vous donnerai la liste. Toutes avaient une bonne raison d'être dehors.

— Tu remontes un instant chez moi ? demanda Chabot à Maigret.

Il hésita. S'il le fit, c'est qu'il avait envie de boire quelque chose pour se réchauffer et qu'il s'attendait à ne plus rien trouver à l'hôtel.

— Je fais le chemin avec vous, annonça le docteur Vernoux. A moins que je vous dérange ?

— Pas du tout.

Cette fois, ils avaient le vent dans le dos et pouvaient parler. L'ambulance s'était éloignée avec le corps de Gobillard et on voyait son feu rouge du côté de la place Viète.

— Je ne vous ai guère présentés. Vernoux est le fils d'Hubert Vernoux que tu as rencontré dans le train. Il a fait sa médecine mais ne pratique pas et est surtout intéressé par des recherches.

— Des recherches !... protesta vaguement le médecin.

— Il a été deux ans interne à Sainte-Anne, se passionne pour la psychiatrie et, deux ou trois fois par semaine, se rend à l'asile d'aliénés de Niort.

— Vous croyez que ces trois crimes sont l'œuvre d'un fou ? questionna Maigret, plutôt par politesse.

Ce qu'on venait de lui dire n'était pas pour lui rendre Vernoux sympathique, car il n'appréciait guère les amateurs.

— C'est plus que probable, sinon certain.

— Vous connaissez des fous à Fontenay ?

— Il en existe partout mais, le plus souvent, on ne les découvre qu'au moment de la crise.

— Je suppose que cela ne pourrait pas être une femme ?

— Pourquoi ?

— A cause de la force avec laquelle, chaque fois, les coups ont été portés. Il ne doit pas être facile de tuer, en trois occasions, de cette façon-là, sans jamais avoir besoin de s'y reprendre.

— D'abord, beaucoup de femmes sont aussi vigoureuses que des hommes. Ensuite quand il s'agit de fous...

Ils étaient déjà arrivés.

— Rien à dire, Vernoux ?
— Pas pour le moment.
— Je vous verrai demain ?
— Presque sûrement.

Chabot chercha la clef dans sa poche. Dans le corridor, Maigret et lui s'ébrouèrent pour faire tomber la pluie de leurs vêtements et il y en eut tout de suite des traînées sur les dalles. Les deux femmes, la mère et la bonne, attendaient dans un petit salon trop peu éclairé qui donnait sur la rue.

— Vous pouvez aller vous coucher, maman. Il n'y a rien à faire d'autre cette nuit, que de demander à la gendarmerie de faire patrouiller les hommes disponibles.

Elle finit par se décider à monter.

— Je suis vraiment humiliée que vous ne couchiez pas chez nous, Jules !

— Je vous promets que, si je reste plus de vingt-quatre heures, ce dont je doute, je ferai appel à votre hospitalité.

Ils retrouvèrent l'air immobile du bureau, où la bouteille de fine était toujours à sa place. Maigret se servit, alla se camper le dos au feu, son verre à la main.

Il sentait que Chabot était mal à son aise, que c'était pour cela qu'il l'avait ramené. Avant tout, le juge téléphonait à la gendarmerie.

— C'est vous, lieutenant ? Vous étiez couché ? Je suis navré de vous déranger à cette heure...

Une horloge au cadran mordoré, sur lequel on distinguait à peine les aiguilles, marquait onze heures et demie.

— Encore un, oui... Gobillard... Dans la rue, cette fois... Et de face, oui... On l'a déjà transporté à la morgue... Jussieux doit être en train de pratiquer l'autopsie, mais il n'y a pas de raison qu'elle nous apprenne quoi que ce soit... Vous avez des hommes sous la main ?... Je crois qu'il serait bon qu'ils patrouillent la ville, pas tant cette nuit que dès les premières heures, de façon à rassurer les habitants... Vous comprenez ?... Oui... Je l'ai senti tout à l'heure aussi... Merci, lieutenant.

En raccrochant, il murmura :

— Un charmant garçon, qui a passé par Saumur...

Il dut se rendre compte de ce que cela signifiait — toujours une question de clan ! — et rougit légèrement.

— Tu vois ! Je fais ce que je peux. Cela doit te sembler enfantin. Nous te donnons sans doute l'impression de lutter avec des fusils de bois. Mais nous ne disposons pas d'une organisation comme celle à laquelle tu es habitué à Paris. Pour les empreintes digitales, par exemple, je suis chaque fois obligé de faire venir un expert de Poitiers. Ainsi pour tout. La police locale est plus habituée à de menues contraventions qu'à des crimes. Les inspecteurs de Poitiers, eux, ne connaissent pas les gens de Fontenay...

Il reprit après un silence :

— J'aurais autant aimé, à trois ans de la retraite, ne pas avoir une affaire comme celle-là sur le dos. Au fait, nous avons à peu près le même âge. Toi aussi, dans trois ans...

— Moi aussi.

— Tu as des plans ?

— J'ai même déjà acheté une petite maison à la campagne, sur les bords de la Loire.

— Tu t'ennuieras.

— Tu t'ennuies ici ?

— Ce n'est pas la même chose. J'y suis né. Mon père y est né. Je connais tout le monde.

— La population ne paraît pas contente.

— Tu es à peine arrivé et tu as déjà compris ça ? C'est vrai. Je crois que c'est inévitable. Un crime, passe encore. Surtout le premier.

— Pourquoi ?

— Parce qu'il s'agissait de Robert de Courçon.

— On ne l'aimait pas ?

Le juge ne répondit pas tout de suite. Il semblait choisir d'abord ses mots.

— En réalité, les gens de la rue le connaissaient peu, sinon pour le voir passer.

— Marié ? des enfants ?

— Un vieux célibataire. Un original, mais un type bien. S'il n'y avait eu que lui, la population serait restée assez froide. Juste la petite excitation qui accompagne toujours un crime. Mais, coup sur coup, il y a eu la vieille Gibon, et maintenant Gobillard. Demain, je m'attends...

— Cela a commencé.

— Quoi ?

— Le groupe qui se tenait à l'écart, des gens de la rue, je suppose, et ceux qui sont sortis du Café de la Poste, m'ont paru plutôt hostiles.

— Cela ne va pas jusque-là. Cependant...

— La ville est très à gauche ?

— Oui et non. Ce n'est pas tout à fait cela non plus.

— Elle n'aime pas les Vernoux ?

— On te l'a dit ?

Pour gagner du temps, Chabot questionna :

— Tu ne t'assieds pas ? Encore un verre ? Je vais essayer de t'expliquer. Ce n'est pas facile. Tu connais la Vendée, ne serait-ce que de réputation. Longtemps, ceux qui faisaient parler d'eux ont été les propriétaires de châteaux, des comtes, des vicomtes, des petits « de » qui vivaient entre eux et formaient une société fermée. Ils existent encore, presque tous ruinés, et ne comptent plus guère. D'aucuns n'en continuent pas moins à porter beau et on les regarde avec une certaine pitié. Tu comprends ?

— C'est pareil dans toutes les campagnes.

— Maintenant, ce sont les autres qui ont pris leur place.

— Vernoux ?

— Toi qui l'as vu, devine ce que faisait son père.

— Pas la moindre idée ! Comment veux-tu ?...

— Marchand de bestiaux. Le grand-père était valet de ferme. Le père Vernoux rachetait le bétail dans la région, et l'acheminait vers Paris, par troupeaux entiers, le long des routes. Il a gagné beaucoup d'argent. C'était une brute, toujours à moitié ivre, et il est d'ailleurs mort du *delirium tremens*. Son fils...

— Hubert ? Celui du train ?

— Oui. On l'a envoyé au collège. Je crois qu'il a fait un an d'université. Dans les dernières années de sa vie, le père s'était mis à acheter des fermes et des terres en même temps que des bêtes et c'est ce métier-là qu'Hubert a continué.

— En somme, c'est un marchand de biens.

— Oui. Il a ses bureaux près de la gare, la grosse maison en pierre de taille, c'est là qu'il habitait avant de se marier.

— Il a épousé une fille de château ?

— D'une façon, oui. Mais pas tout à fait non plus. C'était une Courçon. Cela t'intéresse ?

— Bien sûr !

— Cela te donnera une idée plus juste de la ville. Les Courçon s'appelaient en réalité Courçon-Lagrange. A l'origine, ce n'étaient même que des Lagrange, qui ont ajouté Courçon à leur nom quand ils ont racheté le château de Courçon. Cela se passait il y a trois ou quatre générations. Je ne sais plus ce que le fondateur de la dynastie vendait. Sans doute des bestiaux, lui aussi, ou de la ferraille. Mais c'était oublié à l'époque où Hubert Vernoux est entré en scène. Les enfants et les petits-enfants ne travaillaient plus. Robert de Courçon, celui qui a été assassiné, était admis par l'aristocratie et il était l'homme le plus calé de la contrée en matière de blasons. Il a écrit plusieurs ouvrages sur le sujet. Il avait deux sœurs, Isabelle et Lucile. Isabelle a épousé Vernoux qui, du coup, a signé Vernoux de Courçon. Tu m'as suivi ?

— Ce n'est pas trop difficile ! Je suppose qu'au moment de ce mariage-là les Courçon avaient redescendu la pente et se trouvaient sans argent ?

— A peu près. Il leur restait un château hypothéqué dans la forêt de Mervent et l'hôtel particulier de la rue Rabelais qui est la plus belle demeure de la ville et qu'on a maintes fois voulu classer comme monument historique. Tu la verras.

— Hubert Vernoux est toujours marchand de biens ?

— Il a de grosses charges. Émilie, la sœur aînée de sa femme, vit avec eux. Son fils, Alain, le docteur, que tu viens de rencontrer, refuse de pratiquer et se livre à des recherches qui ne rapportent rien.

— Marié ?

— Il a épousé une demoiselle de Cadeuil, de la vraie noblesse, celle-ci, qui lui a déjà donné trois enfants. Le plus jeune a huit mois.

— Ils vivent avec le père ?

— La maison est suffisamment grande, tu t'en rendras compte. Ce n'est pas tout. En plus d'Alain, Hubert a une fille, Adeline, qui a épousé un certain Paillet, rencontré pendant des vacances à Royan. Ce qu'il fait dans la vie, je l'ignore, mais je crois savoir que c'est Hubert Vernoux qui subvient à leurs besoins. Ils vivent le plus souvent à Paris. De temps en temps, ils apparaissent pour quelques jours ou quelques semaines et je suppose que cela signifie qu'ils sont à sec. Tu comprends maintenant ?

— Qu'est-ce que je dois comprendre ?

Chabot eut un sourire morose qui, pour un instant, rappela à Maigret son camarade d'antan.

— C'est vrai. Je te parle comme si tu étais d'ici. Tu as

vu Vernoux. Il est plus hobereau que tous les hobereaux de la contrée. Quant à sa femme et la sœur de sa femme, elles semblent lutter d'ingéniosité pour se rendre odieuses au commun des mortels. Tout cela constitue un clan.

— Et ce clan ne fréquente qu'un petit nombre de gens.

Chabot rougit pour la seconde fois ce soir-là.

— Fatalement, murmura-t-il, un peu comme un coupable.

— De sorte que les Vernoux, les Courçon et leurs amis deviennent, dans la ville, un monde à part.

— Tu as deviné. De par ma situation, je suis obligé de les voir. Et, au fond, ils ne sont pas aussi odieux qu'ils paraissent. Hubert Vernoux, par exemple, est en réalité, je le jurerais, un homme accablé de soucis. Il a été très riche. Il l'est moins et je me demande même s'il l'est encore, car, depuis que la plupart des fermiers sont devenus propriétaires, le commerce de la terre n'est plus ce qu'il était, Hubert est écrasé de charges, se doit d'entretenir tous les siens. Quant à Alain, que je connais mieux, c'est un garçon hanté par une idée fixe.

— Laquelle ?

— Il est préférable que tu le saches. Tu sauras du même coup pourquoi, tout à l'heure, dans la rue, lui et moi avons échangé un regard inquiet. Je t'ai dit que le père d'Hubert Vernoux est mort du *delirium tremens*. Du côté de la mère, c'est-à-dire des Courçon, les antécédents ne sont pas meilleurs. Le vieux Courçon s'est suicidé dans des circonstances assez mystérieuses que l'on a tenues secrètes. Hubert avait un frère, Basile, dont on ne parle jamais, et qui s'est tué à l'âge de dix-sept ans. Il paraît que, si loin qu'on remonte, on trouve des fous ou des excentriques dans la famille.

Maigret écoutait en fumant sa pipe à bouffées paresseuses, trempant parfois les lèvres dans son verre.

— C'est la raison pour laquelle Alain a étudié la médecine et est entré comme interne à Sainte-Anne. On prétend, et c'est plausible, que la plupart des médecins se spécialisent dans les maladies dont ils se croient menacés.

» Alain est hanté par l'idée qu'il appartient à une famille de fous. D'après lui, Lucile, sa tante, est à moitié folle. Il ne me l'a pas dit, mais je suis persuadé qu'il épie, non seulement son père et sa mère, mais ses propres enfants.

— Cela se sait dans le pays ?

— Certains en parlent. Dans les petites villes, on parle toujours beaucoup, et avec méfiance, des gens qui ne vivent pas tout à fait comme les autres.

— On en a parlé particulièrement après le premier crime ?

Chabot n'hésita qu'une seconde, fit oui de la tête.

— Pourquoi ?

— Parce qu'on savait, ou qu'on croyait savoir, qu'Hubert Vernoux et son beau-frère Courçon ne s'entendaient pas. Peut-être aussi parce qu'ils habitaient juste en face l'un de l'autre.

— Ils se voyaient ?

Chabot eut un petit rire du bout des dents.

— Je me demande ce que tu vas penser de nous. Il ne me semble pas qu'à Paris de pareilles situations puissent exister.

Le juge d'instruction avait honte, en somme, d'un milieu qui était un peu le sien, puisqu'il y vivait d'un bout de l'année à l'autre.

— Je t'ai dit que les Courçon étaient ruinés quand Isabelle a épousé Hubert Vernoux. C'est Hubert qui a fait une pension à son beau-frère Robert. Et Robert ne le lui a jamais pardonné. Quand il parlait de lui, il disait avec ironie :

» — *Mon beau-frère le millionnaire.*

» Ou encore :

» — *Je vais le demander au Riche-Homme.*

» Il ne mettait pas les pieds dans la grande maison de la rue Rabelais dont, par ses fenêtres, il pouvait suivre toutes les allées et venues. Il habitait, en face, une maison plus petite, mais décente, où une femme de ménage venait chaque matin. Il cirait ses bottes et préparait ses repas lui-même, mettait de l'ostentation à faire son marché, vêtu comme un châtelain en tournée sur ses terres, et semblait porter comme un trophée des bottes de poireaux ou d'asperges. Il devait s'imaginer qu'il mettait Hubert en rage.

— Hubert enrageait-il ?

— Je ne sais pas. C'est possible. Il ne continuait pas moins à l'entretenir. Plusieurs fois, on les a vus, quand ils se rencontraient dans la rue, échanger des propos aigres-doux. Un détail qui ne s'invente pas : Robert de Courçon ne fermait jamais les rideaux de ses fenêtres, de sorte que la famille d'en face le voyait vivre toute la journée. Certains prétendent qu'il lui arrivait de leur tirer la langue.

» De là à prétendre que Vernoux s'était débarrassé de lui, ou l'avait assommé dans un moment de colère...

— On l'a prétendu ?

— Oui.

— Tu y as pensé aussi ?

— Professionnellement, je ne repousse a priori aucune hypothèse.

Maigret ne put s'empêcher de sourire de cette phrase pompeuse.

— Tu as interrogé Vernoux ?

— Je ne l'ai pas convoqué à mon bureau, si c'est cela que tu veux dire. Il n'y avait quand même pas assez d'éléments pour suspecter un homme comme lui.

Il avait dit :

« Un homme comme lui. »

Et il se rendait compte qu'il se trahissait, que c'était se reconnaître comme faisant plus ou moins partie du clan. Cette soirée-là, cette visite de Maigret devaient être pour lui un supplice. Ce n'était pas un plaisir pour le commissaire non plus, encore qu'il n'eût plus à présent la même envie de repartir.

— Je l'ai rencontré dans la rue, comme chaque matin, et lui ai posé quelques questions, sans en avoir l'air.

— Qu'est-ce qu'il a dit ?

— Qu'il n'avait pas quitté son appartement ce soir-là.

— A quelle heure le crime a-t-il été commis ?

— Le premier ? A peu près comme aujourd'hui, aux alentours de dix heures du soir.

— Que font-ils, chez les Vernoux, à ce moment-là ?

— En dehors du bridge du samedi, qui les réunit tous au salon, chacun vit sa vie sans s'occuper des autres.

— Vernoux ne dort pas dans la même chambre que sa femme ?

— Il trouverait cela petit-bourgeois. Chacun a son appartement, à des étages différents. Isabelle est au premier, Hubert dans l'aile du rez-de-chaussée qui donne sur la cour. Le ménage d'Alain occupe le second étage, et la tante, Lucile, deux chambres au troisième, qui sont mansardées. Quand la fille et son mari sont là...

— Ils y sont à présent ?

— Non. On les attend dans quelques jours.

— Combien de domestiques ?

— Un ménage, qui est avec eux depuis vingt ou trente ans, plus deux bonnes assez jeunes.

— Qui couchent où ?

— Dans l'autre aile du rez-de-chaussée. Tu verras la maison. C'est presque un château.

— Avec une issue par-derrière ?

— Il y a une porte, dans le mur de la cour, qui donne sur une impasse.

— De sorte que n'importe qui peut entrer ou sortir sans être vu !

— Probablement.

— Tu n'as pas vérifié ?

Chabot était au supplice et, parce qu'il se sentait en faute, il éleva la voix, presque furieux contre son ami.

— Tu parles comme certaines gens du peuple le font ici. Si j'étais allé interroger les domestiques, alors que je n'avais aucune preuve, pas la moindre indication, la ville entière aurait été persuadée qu'Hubert Vernoux ou son fils était coupable.

— Son fils ?

— Lui aussi, parfaitement ! Car, du moment qu'il ne travaille pas et qu'il s'occupe de psychiatrie, il y en a pour le considérer comme fou. Il ne fréquente pas les deux cafés de l'endroit, ne joue ni au billard ni à la belote, ne court pas après les filles et il lui arrive, dans la rue, de s'arrêter brusquement pour regarder quelqu'un avec des yeux grossis par les verres de ses lunettes. On les déteste assez pour que...

— Tu les défends ?

— Non. Je veux garder mon sang-froid et, dans une sous-préfecture, ce n'est pas toujours facile. J'essaie d'être juste. Moi aussi, j'ai pensé que le premier crime était peut-être une affaire de famille. J'ai étudié la question sous tous ses aspects. Le fait qu'il n'y ait pas eu vol, que Robert de Courçon n'ait pas tenté de se défendre, m'a troublé. Et j'aurais sans doute pris certaines dispositions si...

— Un instant. Tu n'as pas demandé à la police de suivre Hubert Vernoux et son fils ?

— A Paris, c'est praticable. Pas ici. Tout le monde connaît nos quatre malheureux agents de police. Quant aux inspecteurs de Poitiers, ils étaient repérés avant d'être descendus de voiture ! Il est rare qu'il y ait plus de dix personnes à la fois dans la rue. Tu veux, dans ces conditions-là, suivre quelqu'un sans qu'il s'en doute ?

Il se calma soudain.

— Excuse-moi. Je parle si fort que je vais éveiller ma mère. C'est que je voudrais te faire comprendre ma position. Jusqu'à preuve du contraire, les Vernoux sont innocents. Je jurerais qu'ils le sont. Le second crime, deux jours après le premier, en a été presque la preuve. Hubert Vernoux pouvait être amené à tuer son beau-frère, à le frapper dans un moment de colère. Il n'avait aucune raison de se rendre au bout de la rue des Loges pour assassiner la veuve Gibon qu'il ne connaît probablement pas.

— Qui est-ce ?

— Une ancienne sage-femme dont le mari, mort depuis longtemps, était agent de police. Elle vivait seule, à moitié impotente, dans une maison de trois pièces.

» Non seulement il y a eu la vieille Gibon, mais, ce soir, Gobillard. Celui-ci, les Vernoux le connaissaient, comme tout Fontenay le connaissait. Dans chaque ville de France, il existe au moins un ivrogne de son espèce qui devient une sorte de personnage populaire.

» Si tu peux me citer une seule raison pour tuer un bonhomme de cette espèce...

— Suppose qu'il ait vu quelque chose ?

— Et la veuve Gibon, qui ne sortait plus de chez elle ? Elle aurait vu quelque chose aussi ? Elle serait venue rue Rabelais, passé dix heures du soir, pour assister au crime à travers les vitres ? Non, vois-tu. Je connais les méthodes d'investigations criminelles. Je n'ai pas assisté au congrès de Bordeaux et je retarde peut-être sur les dernières découvertes scientifiques, mais j'ai l'impression de savoir mon métier et de l'exercer en conscience. Les trois victimes appartiennent à des milieux complètement différents et n'avaient aucun rapport entre elles. Toutes les trois ont été tuées de la même façon, et, d'après les blessures, on peut conclure avec la même arme, et toutes les trois ont été attaquées de face, ce qui suppose qu'elles étaient sans méfiance. S'il s'agit d'un fou, ce n'est pas un fou gesticulant ou à moitié enragé dont chacun se serait écarté. C'est donc ce que j'appellerais un fou lucide, qui suit une ligne de conduite déterminée et est assez avisé pour prendre ses précautions.

— Alain Vernoux n'a pas beaucoup expliqué sa présence en ville, ce soir, sous une pluie battante.

— Il a dit qu'il allait voir un ami de l'autre côté du Champ-de-Mars.

— Il n'a pas cité de nom.

— Parce que c'est inutile. Je sais qu'il rend souvent visite à un certain Georges Vassal, qui est célibataire et qu'il a connu au collège. Même sans cette précision, je n'aurais pas été surpris.

— Pourquoi ?

— Parce que l'affaire le passionne encore plus que moi, pour des raisons plus personnelles. Je ne prétends pas qu'il soupçonne son père, mais je n'en suis pas éloigné. Il y a quelques semaines il m'a parlé de lui et des tares familiales...

— Comme ça, tout de go ?

— Non. Il revenait de La Roche-sur-Yon et me citait un cas qu'il avait étudié. Il s'agissait d'un homme ayant passé la soixantaine qui, jusque-là, s'était comporté normalement, et qui, le jour où il a dû verser la dot qu'il avait toujours promise à sa fille, a été pris de démence. On ne s'en est pas aperçu tout de suite.

— Autrement dit, Alain Vernoux aurait erré la nuit dans Fontenay à la recherche de l'assassin ?

Le juge d'instruction eut une nouvelle révolte.

— Je suppose qu'il est plus qualifié pour reconnaître un dément dans la rue que nos braves agents qui sillonnent la ville, ou que toi et moi ?

Maigret ne répondit pas.

Il était passé minuit.

— Tu es sûr que tu ne veux pas coucher ici ?

— Mes bagages sont à l'hôtel.

— Je te vois demain matin ?

— Bien sûr.

— Je serai au Palais de Justice. Tu sais où c'est ?

— Rue Rabelais, non ?

— Un peu plus haut que chez Vernoux. Tu verras d'abord les grilles de la prison, puis un bâtiment qui ne paie pas de mine. Mon bureau est au fond du couloir, près de celui du procureur.

— Bonne nuit, vieux.

— Je t'ai mal reçu.

— Mais non, voyons !

— Tu dois comprendre mon état d'esprit. C'est le genre d'affaire pour me mettre la ville à dos.

— Parbleu !

— Tu te moques de moi ?

— Je te jure que non.

C'était vrai. Maigret était plutôt triste, comme chaque fois qu'on voit un peu du passé s'en aller. Dans le corridor, en endossant son pardessus détrempé, il renifla l'odeur de la maison, qui lui avait toujours paru si savoureuse et lui sembla fade.

Chabot avait perdu presque tous ses cheveux, ce qui découvrait un crâne pointu comme celui de certains oiseaux.

— Je te reconduis...

Il n'avait pas envie de le faire. Il disait ça par politesse.

— Jamais de la vie !

Maigret ajouta une plaisanterie qui n'était pas bien fine, pour dire quelque chose, pour finir sur une note gaie :

— Je sais nager !

Après quoi, relevant les revers de son manteau, il fonça dans la bourrasque. Julien Chabot resta un certain temps sur le seuil, dans le rectangle de lumière jaunâtre, puis la porte se referma et Maigret eut l'impression que, dans les rues de la ville, il n'y avait plus que lui.

3

L'instituteur qui ne dormait pas

Le spectacle des rues était plus déprimant dans la lumière du matin que la nuit, car la pluie avait tout sali, laissant des traînées sombres sur les façades dont les couleurs étaient devenues laides. De grosses gouttes tombaient encore des corniches et des fils électriques, parfois du ciel qui s'égouttait, toujours dramatique, avec l'air de reprendre des forces pour de nouvelles convulsions.

Maigret, levé tard, n'avait pas eu le courage de descendre pour son petit déjeuner. Maussade, sans appétit, il avait seulement envie de deux ou trois tasses de café noir. Malgré la fine de Chabot, il croyait encore retrouver dans sa bouche l'arrière-goût du vin blanc trop doux ingurgité à Bordeaux.

Il pressa une petite poire pendue à la tête de son lit. La femme de chambre en noir et en tablier blanc qui répondit à son appel le regarda si curieusement qu'il s'assura que sa tenue était correcte.

— Vous ne voulez vraiment pas des croissants chauds ? Un homme comme vous a besoin de manger le matin.

— Seulement du café, mon petit. Un énorme pot de café.

Elle aperçut le complet que le commissaire avait mis à sécher la veille sur le radiateur et s'en saisit.

— Qu'est-ce que vous faites ?

— Je vais lui donner un coup de fer.

— Non, merci, c'est inutile.

Elle l'emporta tout de même !

A son physique, il aurait juré que, d'habitude, elle était plutôt revêche.

Deux fois pendant sa toilette elle vint le déranger, une fois pour s'assurer qu'il avait du savon, une autre pour apporter un second pot de café qu'il n'avait pas réclamé. Puis elle lui rapporta le complet, sec et repassé. Elle était maigre, la poitrine plate, avec l'air de manquer de santé, mais devait être dure comme du fer.

Il pensa qu'elle avait lu son nom sur la fiche, en bas, et que c'était une passionnée de faits divers.

Il était neuf heures et demie du matin. Il traîna, par protestation contre il ne savait quoi, contre ce qu'il considérait vaguement comme une conspiration du sort.

Quand il descendit l'escalier au tapis rouge, un homme de peine qui montait le salua d'un respectueux :

— Bonjour, Monsieur Maigret.

Il comprit en arrivant dans le hall, où l'*Ouest-Éclair* était étalé sur un guéridon, avec sa photographie en première page.

C'était la photo prise au moment où il se penchait sur le corps de Gobillard. Un double titre annonçait sur trois colonnes :

« *Le Commissaire Maigret s'occupe des crimes de Fontenay.* »

« Un marchand de peaux de lapins est la troisième victime. »

Avant qu'il ait eu le temps de parcourir l'article, le directeur de l'hôtel s'approcha de lui avec autant d'empressement que la femme de chambre.

— J'espère que vous avez bien dormi et que le 17 ne vous a pas trop dérangé ?

— Qu'est-ce que le 17 ?

— Un voyageur de commerce qui a trop bu hier soir et qui a été bruyant. Nous avons fini par le changer de chambre afin qu'il ne vous éveille pas.

Il n'avait rien entendu.

— Au fait, Lomel, le correspondant de l'*Ouest-Éclair*, est passé ce matin pour vous voir. Quand je lui ai annoncé que vous étiez encore couché, il a dit que cela ne pressait pas et qu'il vous verrait tout à l'heure au Palais de Justice. Il y a aussi une lettre pour vous.

Une enveloppe bon marché, comme on en vend par pochettes de six, de six teintes différentes, dans les épiceries. Celle-ci était verdâtre. Au moment de l'ouvrir, Maigret constata qu'une demi-douzaine de personnes, dehors, avaient le visage collé à la porte vitrée, entre les palmiers en tonneaux.

« Ne vou léssé pas imprecioné par lai gents de la Haute. »

Ceux qui attendaient sur le trottoir, dont deux femmes en tenue de marché, s'écartèrent pour le laisser passer et il y avait quelque chose de confiant, d'amical dans la façon dont on le regardait, pas tant par curiosité, pas tant parce qu'il était célèbre, mais comme si on comptait sur lui. Une des femmes dit sans oser s'approcher :

— Vous le trouverez, vous, Monsieur Maigret !

Et un jeune homme qui avait l'apparence d'un garçon

livreur marcha au même pas que lui sur le trottoir opposé afin de mieux le regarder.

Sur les seuils, des femmes discutaient le dernier crime et s'interrompaient pour le suivre des yeux. Un groupe sortit du Café de la Poste et, là aussi, il lut de la sympathie dans les regards. On semblait vouloir l'encourager.

Il passa devant chez le juge Chabot où Rose secouait des chiffons par la fenêtre du premier étage, ne s'arrêta pas, traversa la place Viète et monta la rue Rabelais où, à gauche, se dressait un vaste hôtel particulier au fronton armorié qui devait être la maison des Vernoux. Il n'y avait aucun signe de vie derrière les fenêtres fermées. En face, une petite maison, ancienne aussi, aux volets clos, était probablement celle où Robert de Courçon avait achevé sa vie solitaire.

De temps en temps passait une rafale de vent humide. Des nuages couraient bas, sombres sur un ciel couleur de verre dépoli, et des gouttes d'eau tombaient de leur frange. Les grilles de la prison paraissaient plus noires d'être mouillées. Une dizaine de personnes stationnaient devant le Palais de Justice qui n'avait rien de prestigieux, étant moins vaste, en fait, que la maison des Vernoux, mais qui s'ornait quand même d'un péristyle et d'un perron de quelques marches.

Lomel, ses deux appareils toujours en bandoulière, fut le premier à se précipiter et il n'y avait pas de trace de remords sur son visage poupin ni dans ses yeux d'un bleu très clair.

— Vous me confierez vos impressions avant de les donner aux confrères de Paris ?

Et comme Maigret, renfrogné, lui désignait le journal qui dépassait de sa poche, il sourit.

— Vous êtes fâché ?

— Je croyais vous avoir dit...

— Écoutez, commissaire. Je suis obligé de faire mon métier de journaliste. Je savais que vous finiriez par vous occuper de l'affaire. J'ai seulement anticipé de quelques heures sur...

— Une autre fois, n'anticipez pas.

— Vous allez voir le juge Chabot ?

Dans le groupe se trouvaient déjà deux ou trois reporters de Paris et il eut du mal à s'en débarrasser. Il y avait aussi des curieux qui paraissaient décidés à passer la journée en faction devant le Palais de Justice.

Les couloirs étaient sombres. Lomel, qui s'était fait son guide, le précédait, lui montrait le chemin.

— Par ici. C'est beaucoup plus important pour nous que pour les canards de la capitale ! Vous devez comprendre ! « Il » est dans son bureau depuis huit heures du matin. Le procureur est ici aussi. Hier soir, pendant qu'on le cherchait partout, il se trouvait à La Rochelle, où il avait fait un saut en voiture. Vous connaissez le procureur ?

Maigret, qui avait frappé et à qui on avait crié d'entrer, ouvrit la porte et la referma, laissant le reporter roux dans le couloir.

Julien Chabot n'était pas seul. Le docteur Alain Vernoux était assis en face de lui dans un fauteuil et se leva pour saluer le commissaire.

— Bien dormi ? questionna le juge.

— Pas mal du tout.

— Je m'en suis voulu de ma pauvre hospitalité d'hier. Tu connais Alain Vernoux. Il est venu me voir en passant.

Ce n'était pas vrai. Maigret aurait juré que c'était lui que le psychiatre attendait et même, peut-être, que cette entrevue avait été combinée entre les deux hommes.

Alain avait retiré son pardessus. Il portait un complet de laine rèche, aux lignes indécises, qui aurait eu besoin d'un coup de fer. Sa cravate était mal nouée. Sous le veston dépassait un sweater jaune. Ses souliers n'avaient pas été cirés. Tel quel, il n'en appartenait pas moins à la même catégorie que son père dont la tenue était si méticuleuse.

Pourquoi cela faisait-il tiquer Maigret ? L'un était trop soigné, tiré à quatre épingles. L'autre, au contraire, affectait une négligence que n'aurait pu se permettre un employé de banque, un professeur de lycée, ou un voyageur de commerce, mais on ne devait trouver de complets en ce tissu-là que chez un tailleur exclusif de Paris, peut-être de Bordeaux.

Il y eut un silence assez gênant. Maigret, qui ne faisait rien pour aider les deux hommes, alla se camper devant le maigre feu de bûches de la cheminée que surmontait la même horloge en marbre noir que celle de son bureau du quai des Orfèvres. L'administration avait dû les commander jadis par centaines, sinon par milliers. Peut-être retardaient-elles toutes également de douze minutes, comme celle de Maigret ?

— Alain me disait justement des choses intéressantes, murmura enfin Chabot, le menton dans la main, dans une pose qui faisait très juge d'instruction. Nous parlions de folie criminelle...

Le fils Vernoux l'interrompit.

— Je n'ai pas affirmé que ces trois crimes sont l'œuvre d'un fou. J'ai dit que, *s'ils étaient l'œuvre d'un fou...*

— Cela revient au même.

— Pas exactement.

— Mettons que ce soit moi qui aie dit que tout semble indiquer que nous sommes en présence d'un fou.

Et, tourné vers Maigret :

— Nous en avons parlé hier soir, toi et moi. L'absence de motif, dans les trois cas... La similitude des moyens...

Puis, à Vernoux :

— Répétez donc au commissaire ce que vous m'exposiez, voulez-vous ?

— Je ne suis pas expert. En la matière, je ne suis qu'un amateur. Je développais une idée générale. La plupart des gens se figurent que les fous agissent invariablement en fous, c'est-à-dire sans logique ni suite dans les idées. Or, dans la réalité, c'est souvent le contraire. Les fous ont leur logique à eux. La difficulté, c'est de découvrir cette logique-là.

Maigret le regardait sans rien dire, avec ses gros yeux un peu glauques du matin. Il regrettait de ne pas s'être arrêté en chemin pour boire un verre qui lui aurait ravigoté l'estomac.

Ce petit bureau, où commençait à flotter la fumée de sa pipe et où dansaient les courtes flammes des bûches, lui semblait à peine réel et les deux hommes qui discutaient de folie en le guettant du coin de l'œil lui apparaissaient un peu comme des figures de cire. Eux non plus n'étaient pas dans la vie. Ils faisaient des gestes qu'ils avaient appris, parlaient comme on leur avait appris.

Qu'est-ce qu'un Chabot pouvait savoir de ce qui se passait dans la rue ? Et, à plus forte raison, dans la tête d'un homme qui tue ?

— C'est cette logique que, depuis le premier crime, j'essaie de déceler.

— Depuis le premier crime ?

— Mettons depuis le second. Dès le premier, pourtant, dès l'assassinat de mon oncle, j'ai pensé à l'acte d'un dément.

— Vous avez trouvé ?

— Pas encore. Je n'ai fait que noter quelques éléments du problème, qui peuvent fournir une indication.

— Par exemple ?

— Par exemple, qu'*il* frappe de face. Ce n'est pas facile

d'exprimer ma pensée simplement. Un homme qui voudrait tuer pour tuer, c'est-à-dire pour supprimer d'autres êtres vivants, et qui, en même temps, ne désirerait pas être pris, choisirait le moyen le moins dangereux. Or, celui-ci ne veut certainement pas être pris, puisqu'il évite de laisser des traces. Vous me suivez ?

— Jusqu'ici, ce n'est pas trop compliqué.

Vernoux fronça les sourcils, sentant l'ironie dans la voix de Maigret. C'était possible, au fond, qu'il soit un timide. Il ne regardait pas les gens dans les yeux. A l'abri des gros verres de ses lunettes, il se contentait de petits coups d'œil furtifs, puis fixait un point quelconque de l'espace.

— Vous admettez qu'il fait l'impossible pour ne pas être pris ?

— Cela en a l'air.

— Il attaque néanmoins trois personnes la même semaine et, les trois fois, réussit son coup.

— Exact.

— Dans les trois cas, il aurait pu frapper par-derrière, ce qui réduisait les chances qu'une victime se mette à crier.

Maigret le regardait fixement.

— Comme même un fou ne fait rien sans raison, j'en déduis que l'assassin éprouve le besoin de narguer le sort, ou de narguer ceux qu'il attaque. Certains êtres ont besoin de s'affirmer, fût-ce par un crime ou par une série de crimes. Parfois, c'est pour se prouver à eux-mêmes leur puissance, ou leur importance, ou leur courage. D'autres sont persuadés qu'ils ont une revanche à prendre contre leurs semblables.

— Celui-ci ne s'est, jusqu'à présent, attaqué qu'à des faibles. Robert de Courçon était un vieillard de soixante-treize ans. La veuve Gibon était impotente et Gobillard, au moment où il a été attaqué, était ivre mort.

Le juge, cette fois, venait de parler, le menton toujours sur la main, apparemment content de lui.

— J'y ai pensé aussi. C'est peut-être un signe, peut-être un hasard. Ce que je cherche à trouver, c'est la sorte de logique qui préside aux faits et gestes de l'inconnu. Quand nous l'aurons découverte, nous ne serons pas loin de mettre la main sur lui.

Il disait « nous » comme s'il participait tout naturellement à l'enquête, et Chabot ne protestait pas.

— C'est pour cela que vous étiez dehors hier soir ? questionna le commissaire.

Alain Vernoux tressaillit, rougit légèrement.

— En partie. Je me rendais bien chez un ami, mais je vous avoue que, depuis trois jours, je parcours les rues aussi souvent que possible en étudiant le comportement des passants. La ville n'est pas grande. Il est probable que l'assassin ne vit pas terré chez lui. Il marche sur les trottoirs, comme tout le monde, prend peut-être son verre dans les cafés.

— Vous croyez que vous le reconnaîtriez si vous le rencontriez ?

— C'est une chose possible.

— Je pense qu'Alain peut nous être précieux, murmura Chabot avec une certaine gêne. Ce qu'il nous a dit ce matin me paraît plein de bon sens.

Le docteur se levait et, au même moment, il y eut du bruit dans le couloir, on frappa à la porte, l'inspecteur Chabiron passa la tête.

— Vous n'êtes pas seul ? disait-il en regardant, non Maigret, mais Alain Vernoux, dont la présence parut lui déplaire.

— Qu'est-ce que c'est, inspecteur ?

— J'ai avec moi quelqu'un que je voudrais que vous interrogiez.

Le docteur annonça :

— Je m'en vais.

On ne le retint pas. Pendant qu'il sortait, Chabiron dit à Maigret, non sans amertume :

— Alors, patron, il paraît qu'on s'en occupe ?

— Le journal le dit.

— Peut-être l'enquête ne sera-t-elle pas longue. Il se pourrait qu'elle soit finie dans quelques minutes. Je fais entrer mon témoin, monsieur le juge ?

Et, tourné vers la demi-obscurité du corridor :

— Viens ! N'aie pas peur.

Une voix répliqua :

— Je n'ai pas peur.

On vit entrer un petit homme maigre, vêtu de bleu marine, au visage pâle, aux yeux ardents.

Chabiron le présenta :

— Émile Chalus, instituteur à l'école des garçons. Assieds-toi, Chalus.

Chabiron était un de ces policiers qui tutoient invariablement coupables et témoins avec la conviction que cela les impressionne.

— Cette nuit, expliqua-t-il, j'ai commencé à interroger les habitants de la rue où Gobillard a été tué. On prétendra peut-être que c'est de la routine...

Il eut un coup d'œil vers Maigret, comme si le commissaire avait été un adversaire personnel de la routine.

— ... Mais il arrive que la routine ait du bon. La rue n'est pas longue. Ce matin, de bonne heure, j'ai continué à la passer au peigne fin. Émile Chalus habite à trente mètres de l'endroit où le crime a été commis, au second étage d'une maison dont le rez-de-chaussée et le premier sont occupés par des bureaux. Raconte, Chalus.

Celui-ci ne demandait qu'à parler, encore qu'il n'éprouvât manifestement aucune sympathie pour le juge. C'est vers Maigret qu'il se tourna.

— J'ai entendu du bruit sur le trottoir, comme un piétinement.

— A quelle heure ?

— Un peu après dix heures du soir.

— Ensuite ?

— Des pas se sont éloignés.

— Dans quelle direction ?

Le juge d'instruction posait les questions, avec chaque fois un regard à Maigret comme pour lui offrir la parole.

— Dans la direction de la rue de la République.

— Des pas précipités ?

— Non, des pas normaux.

— D'homme ?

— Certainement.

Chabot avait l'air de penser que ce n'était pas une fameuse découverte, mais l'inspecteur intervint.

— Attendez la suite. Dis-leur ce qui s'est passé après, Chalus.

— Il s'est écoulé un certain nombre de minutes et un groupe de gens a pénétré dans la rue, venant également de la rue de la République. Ils se sont attroupés sur le trottoir, parlant à voix haute. J'ai entendu le mot docteur, puis le mot commissaire de police, et je me suis levé pour aller voir à la fenêtre.

Chabiron jubilait.

— Vous comprenez, monsieur le juge ? Chalus a entendu des piétinements. Tout à l'heure, il m'a précisé qu'il y avait eu aussi un bruit mou, comme celui d'un corps qui tombe sur le trottoir. Répète, Chalus.

— C'est exact.

— Tout de suite après, quelqu'un s'est dirigé vers la rue de la République, où se trouve le Café de la Poste. J'ai d'autres témoins dans l'antichambre, les consommateurs qui se trouvaient à ce moment-là au café. Il était dix heures dix quand le docteur Vernoux y est entré et, sans rien dire, s'est dirigé vers la cabine téléphonique. Après avoir parlé dans l'appareil, il a aperçu le docteur Jussieux qui jouait aux cartes et lui a murmuré quelque chose à l'oreille. Jussieux a annoncé aux autres qu'un crime venait d'être commis et ils se sont tous précipités dehors.

Maigret fixait son ami Chabot dont les traits s'étaient figés.

— Vous voyez ce que cela signifie ? continuait l'inspecteur avec une sorte de joie agressive, comme s'il exerçait une vengeance personnelle. D'après le docteur Vernoux, celui-ci a aperçu un corps sur le trottoir, un corps déjà presque froid, et s'est dirigé vers le Café de la Poste pour téléphoner à la police. S'il en était ainsi, il y aurait eu deux fois des pas dans la rue et Chalus, qui ne dormait pas, les aurait entendus.

Il n'osait pas encore triompher, mais on sentait son excitation croître.

— Chalus n'a pas de casier judiciaire. C'est un instituteur distingué. Il n'a aucune raison pour inventer une histoire.

Maigret refusa une fois encore l'invitation à parler que son ami lui adressait du regard. Alors, il y eut un silence assez long. Probablement par contenance, le juge crayonna quelques mots sur un dossier qu'il avait devant lui et, quand il releva la tête, il était tendu.

— Vous êtes marié, Monsieur Chalus ? demanda-t-il d'une voix mate.

— Oui, monsieur.

L'hostilité était sensible entre les deux hommes. Chalus était tendu, lui aussi, et sa façon de répondre agressive. Il semblait défier le magistrat d'anéantir sa déposition.

— Des enfants ?

— Non.

— Votre femme se trouvait avec vous la nuit dernière ?

— Dans le même lit.

— Elle dormait ?

— Oui.

— Vous vous êtes couchés ensemble ?

— Comme d'habitude quand je n'ai pas trop de devoirs à corriger. Hier, c'était vendredi et je n'en avais pas du tout.

— A quelle heure vous êtes-vous mis au lit, votre femme et vous ?

— A neuf heures et demie, peut-être quelques minutes plus tard.

— Vous vous couchez toujours d'aussi bonne heure ?

— Nous nous levons à cinq heures et demie du matin.

— Pourquoi ?

— Parce que nous profitons de la liberté accordée à tous les Français de se lever à l'heure qui leur plaît.

Maigret, qui l'observait avec intérêt, aurait parié qu'il s'occupait de politique, appartenait à un parti de gauche et probablement était ce qu'on appelle un militant. C'était l'homme à défiler dans les cortèges, à prendre la parole dans les meetings, l'homme aussi à glisser des pamphlets dans les boîtes aux lettres et à refuser de circuler en dépit des injonctions de la police.

— Vous vous êtes donc couchés tous les deux à neuf heures et demie et je suppose que vous vous êtes endormis ?

— Nous avons encore parlé pendant une dizaine de minutes.

— Cela nous mène à dix heures moins vingt. Vous vous êtes endormis tous les deux ?

— Ma femme s'est endormie.

— Et vous ?

— Non. J'éprouve de la difficulté à trouver le sommeil.

— De sorte que, quand vous avez entendu du bruit sur le trottoir, à trente mètres de chez vous, vous ne dormiez pas ?

— C'est exact.

— Vous n'aviez pas dormi du tout ?

— Non.

— Vous étiez complètement éveillé ?

— Assez pour entendre des piétinements et un bruit de corps qui tombe.

— Il pleuvait ?

— Oui.

— Il n'y a pas d'étage au-dessus du vôtre ?

— Non. Nous sommes au second.

— Vous deviez entendre la pluie sur le toit ?

— On finit par ne plus y prêter attention.

— L'eau courant dans la gouttière ?

— Certainement.

— De sorte que les bruits que vous avez entendus n'étaient que des bruits parmi d'autres bruits ?

— Il y a une différence sensible entre de l'eau qui coule et des hommes qui piétinent ou un corps qui tombe.

Le juge ne lâchait pas encore prise.

— Vous n'avez pas eu la curiosité de vous lever ?

— Non.

— Pourquoi ?

— Parce que nous ne sommes pas loin du Café de la Poste.

— Je ne comprends pas.

— C'est fréquent, le soir, que des gens qui ont trop bu passent devant chez nous, et il leur arrive de s'étaler sur le trottoir.

— Et aussi d'y rester ?

Chalus ne trouva rien à répondre tout de suite.

— Puisque vous avez parlé de piétinements, je suppose que vous avez eu l'impression qu'il y avait plusieurs hommes dans la rue, tout au moins deux ?

— Cela va de soi.

— Un seul homme s'est éloigné dans la direction de la rue de la République. C'est bien cela ?

— Je le suppose.

— Puisqu'il y a eu crime, deux hommes, au minimum, se trouvaient à trente mètres de chez vous au moment des piétinements. Vous me suivez ?

— Ce n'est pas difficile.

— Vous en avez entendu un qui repartait ?

— Je l'ai déjà dit.

— Quand les avez-vous entendus arriver ? Sont-ils arrivés ensemble ? Venaient-ils de la rue de la République ou du Champ-de-Mars ?

Chabiron haussa les épaules. Émile Chalus, lui, réfléchissait, le regard dur.

— Je ne les ai pas entendus arriver.

— Vous ne supposez pourtant pas qu'ils se tenaient dans la pluie, depuis longtemps, l'un attendant le moment propice pour tuer l'autre ?

L'instituteur serra les poings.

— C'est tout ce que vous avez trouvé ? grommela-t-il entre les dents.

— Je ne comprends pas.

— Cela vous gêne que quelqu'un de votre monde soit mis en cause. Mais votre question ne tient pas debout. Je n'entends pas nécessairement quelqu'un qui passe sur le trottoir, ou plus exactement je n'y fais pas attention.

— Pourtant...

— Laissez-moi finir, voulez-vous, au lieu d'essayer de me mettre dedans ? Jusqu'au moment où il y a eu des piétinements, je n'avais aucune raison de prêter attention à ce qui se passait dans la rue. Après, au contraire, mon esprit était en éveil.

— Et vous affirmez que, depuis le moment où un corps est tombé sur le trottoir jusqu'au moment où plusieurs personnes sont arrivées du Café de la Poste, nul n'est passé dans la rue ?

— Il n'y a eu aucun pas.

— Vous rendez-vous compte de l'importance de cette déclaration ?

— Je n'ai pas demandé à la faire. C'est l'inspecteur qui est venu me questionner.

— Avant que l'inspecteur vous questionne, vous n'aviez aucune idée de la signification de votre témoignage ?

— J'ignorais la déposition du docteur Vernoux.

— Qui vous a parlé de déposition ? Le docteur Vernoux n'a pas été appelé à déposer.

— Mettons que j'ignorais ce qu'il a raconté.

— C'est l'inspecteur qui vous l'a dit ?

— Oui.

— Vous avez compris ?

— Oui.

— Et je suppose que vous avez été enchanté de l'effet que vous alliez produire ? Vous détestez les Vernoux ?

— Eux et tous ceux qui leur ressemblent.

— Vous vous êtes plus particulièrement attaqué à eux dans vos discours ?

— Cela m'est arrivé.

Le juge, très froid, se tourna vers l'inspecteur Chabiron.

— Sa femme a confirmé ses dires ?

— En partie. Je ne l'ai pas amenée, car elle était occupée à son ménage, mais je peux aller la chercher. Ils se sont bien couchés à neuf heures et demie. Elle en est sûre, parce que c'est elle qui a remonté le réveil, comme tous les soirs. Ils ont un peu parlé. Elle s'est endormie et, ce qui l'a réveillée, cela a été de ne plus sentir son mari près d'elle. Elle l'a vu debout devant la fenêtre. A ce moment-là, il était dix heures et quart et un groupe de gens stationnaient autour du corps.

— Ils ne sont descendus ni l'un ni l'autre ?

— Non.

— Ils n'ont pas eu la curiosité de savoir ce qui se passait ?

— Ils ont entrouvert la fenêtre et ont entendu dire que Gobillard venait d'être assommé.

Chabot, qui évitait toujours de regarder Maigret, paraissait découragé. Sans conviction, il posait encore quelques questions :

— D'autres habitants de la rue supportent son témoignage ?

— Pas jusqu'à présent.

— Vous les avez tous interrogés ?

— Ceux qui se trouvaient chez eux ce matin. Certains étaient déjà partis pour leur travail. Deux ou trois autres, qui étaient au cinéma hier soir, ne savent rien.

Chabot se tourna vers l'instituteur.

— Vous connaissez personnellement le docteur Vernoux ?

— Je ne lui ai jamais parlé, si c'est cela que vous voulez dire. Je l'ai croisé souvent dans la rue, comme tout le monde. Je sais qui il est.

— Vous n'entretenez aucune animosité particulière contre lui ?

— Je vous ai déjà répondu.

— Il ne vous est pas arrivé de comparaître en justice ?

— J'ai été arrêté une bonne douzaine de fois, lors de manifestations politiques, mais on m'a toujours relâché après une nuit au violon et naturellement un passage à tabac.

— Je ne parle pas de ça.

— Je comprends que cela ne vous intéresse pas.

— Vous maintenez votre déclaration ?

— Oui, même si elle vous ennuie.

— Il ne s'agit pas de moi.

— Il s'agit de vos amis.

— Vous êtes assez sûr de ce que vous avez entendu hier au soir pour ne pas hésiter à envoyer quelqu'un au bagne ou à l'échafaud ?

— Ce n'est pas moi qui ai tué. L'assassin n'a pas hésité, lui, à supprimer la veuve Gibon et le pauvre Gobillard.

— Vous oubliez Robert de Courçon.

— Celui-là, je m'en f... !

— Je vais donc appeler le greffier afin qu'il prenne votre déposition par écrit.

— A votre aise.

— Nous entendrons ensuite votre femme.

— Elle ne me contredira pas.

Chabot tendait déjà la main vers un timbre électrique qui se trouvait sur son bureau quand on entendit la voix de Maigret qu'on avait presque oublié et qui demandait doucement :

— Vous souffrez d'insomnies, Monsieur Chalus ?

Celui-ci tourna vivement la tête.

— Qu'est-ce que vous voulez insinuer ?

— Rien. Je crois vous avoir entendu dire tout à l'heure que vous vous endormez difficilement, ce qui explique que, couché à neuf heures et demie, vous ayez été encore éveillé à dix heures.

— Il y a des années que j'ai des insomnies.

— Vous avez consulté le médecin ?

— Je n'aime pas les médecins.

— Vous n'avez essayé aucun remède ?

— Je prends des comprimés.

— Tous les jours ?

— C'est un crime ?

— Vous en avez pris hier avant de vous coucher ?

— J'en ai pris deux, comme d'habitude.

Maigret faillit sourire en voyant son ami Chabot renaître à la vie comme une plante longtemps privée d'eau qu'on arrose enfin. Le juge ne put s'empêcher de reprendre lui-même la direction des opérations.

— Pourquoi ne nous disiez-vous pas que vous aviez pris un somnifère ?

— Parce que vous ne me l'avez pas demandé et que cela me regarde. Dois-je vous annoncer aussi quand ma femme prend un purgatif ?

— Vous avez avalé deux comprimés à neuf heures et demie ?

— Oui.

— Et vous ne dormiez pas à dix heures dix ?

— Non. Si vous aviez l'habitude de ces drogues-là, vous sauriez qu'à la longue elles ne font presque plus d'effet. Au début, un comprimé me suffisait. Maintenant, avec deux, il me faut plus d'une demi-heure pour m'assoupir.

— Il est donc possible que, quand vous avez entendu du bruit dans la rue, vous étiez déjà assoupi ?

— Je ne dormais pas. Si j'avais dormi, je n'aurais rien entendu.

— Mais vous pouviez somnoler. A quoi pensiez-vous ?

— Je ne m'en souviens pas.

— Jurez-vous que vous n'étiez pas dans un état entre la veille et le sommeil ? Pesez bien ma question. Un parjure est un délit grave.

— Je ne dormais pas.

L'homme était honnête, au fond. Il avait certainement été enchanté de pouvoir abattre un membre du clan Vernoux et il l'avait fait avec jubilation. Maintenant, sentant le triomphe lui glisser des doigts, il essayait de se raccrocher, sans toutefois oser mentir.

Il jeta à Maigret un regard triste où il y avait un reproche, mais pas de colère. Il semblait dire :

« — Pourquoi m'as-tu trahi, toi qui n'es pas de leur bord ? »

Le juge ne perdait pas son temps.

— A supposer que les comprimés aient commencé à produire leur effet, sans cependant vous endormir tout à fait, il se peut que vous ayez entendu les bruits dans la rue et votre somnolence expliquerait que vous n'ayez pas entendu de pas avant le meurtre. Il a fallu un piétinement, la chute d'un corps, pour attirer votre attention. N'est-il pas admissible qu'ensuite, après que les pas se sont éloignés, vous soyez retombé dans votre somnolence ? Vous ne vous êtes pas levé. Vous n'avez pas éveillé votre femme. Vous ne vous êtes pas inquiété, vous nous l'avez dit, comme si tout cela s'était passé dans un monde inconsistant. Ce n'est que quand un groupe d'hommes qui parlaient à voix haute s'est arrêté sur le trottoir que vous vous êtes réveillé complètement.

Chalus haussa les épaules et les laissa retomber avec lassitude.

— J'aurais dû m'y attendre, dit-il.

Puis il ajouta quelque chose comme :

— Vous et vos pareils...

Chabot n'écoutait plus, disait à l'inspecteur Chabiron :

— Dressez quand même un procès-verbal de sa déposition. J'entendrai sa femme cet après-midi.

Quand ils furent seuls, Maigret et lui, le juge affecta de

prendre des notes. Il se passa bien cinq minutes avant qu'il murmurât, sans regarder le commissaire :

— Je te remercie.

Et Maigret, grognon, tirant sur sa pipe :

— Il n'y a pas de quoi.

4

L'Italienne aux ecchymoses

Pendant tout le déjeuner, dont le plat de résistance était une épaule de mouton farcie comme Maigret ne se souvenait pas d'en avoir mangé, Julien Chabot eut l'air d'un homme en proie à une mauvaise conscience.

Au moment de franchir le seuil de sa maison, il avait cru nécessaire de murmurer :

— Ne parlons pas de ça devant ma mère.

Maigret n'en avait pas l'intention. Il remarqua que son ami se penchait sur la boîte aux lettres où, repoussant quelques prospectus, il prenait une enveloppe semblable à celle qu'on lui avait remise le matin à l'hôtel, à la différence que celle-ci, au lieu d'être verdâtre, était rose saumon. Peut-être provenait-elle de la même pochette ? Il ne put s'en assurer à ce moment-là, car le juge la glissa négligemment dans sa poche.

Ils n'avaient guère parlé en revenant du Palais de Justice. Avant de s'en éloigner, ils avaient eu une courte entrevue avec le procureur et Maigret avait été assez surpris de voir que celui-ci était un homme de trente ans à peine, tout juste sorti des écoles, un beau garçon qui ne paraissait pas prendre ses fonctions au tragique.

— Je m'excuse pour hier soir, Chabot. Il y a une bonne raison pour laquelle on n'est pas parvenu à me toucher. J'étais à La Rochelle et ma femme l'ignorait.

Il avait ajouté avec un clin d'œil :

— Heureusement !

Puis, ne doutant de rien :

— Maintenant que vous avez le commissaire Maigret pour vous aider, vous n'allez pas tarder à mettre la main sur l'assassin. Vous croyez, vous aussi, que c'est un fou, commissaire ?

A quoi bon discuter ? On sentait que les rapports entre le juge et le procureur n'étaient pas exagérément amicaux.

Dans le couloir, ce fut l'assaut des journalistes déjà au courant de la déposition de Chalus. Celui-ci avait dû leur parler. Maigret aurait parié qu'en ville aussi on savait. C'était difficile d'expliquer cette atmosphère-là. Du Palais de Justice à la maison du juge, ils ne rencontrèrent qu'une cinquantaine de personnes, mais cela suffisait pour prendre la température locale. Les regards qu'on adressait aux deux hommes manquaient de confiance. Les gens du peuple, surtout les femmes qui revenaient du marché, avaient une attitude presque hostile. En haut de la place Viète, il y avait un petit café où des gens assez nombreux prenaient l'apéritif et, à leur passage, on entendit une rumeur peu rassurante, des ricanements.

Certains devaient commencer à s'affoler et la présence des gendarmes qui patrouillaient la ville à vélo ne suffisait pas à les rassurer ; ils ajoutaient au contraire une touche dramatique à l'aspect des rues en rappelant qu'il y avait quelque part un tueur en liberté.

Mme Chabot n'avait pas essayé de poser de questions. Elle était aux petits soins pour son fils, pour Maigret aussi, à qui elle semblait demander du regard de le protéger, et elle s'efforçait de mettre sur le tapis des sujets de tout repos.

— Vous vous souvenez de cette jeune fille qui louchait et avec qui vous avez dîné ici un dimanche ?

Elle avait une mémoire effrayante, rappelait à Maigret des gens qu'il avait rencontrés, plus de trente ans auparavant, lors de ses brefs passages à Fontenay.

— Elle a fait un beau mariage, un jeune homme de Marans qui a fondé une importante fromagerie. Ils ont eu trois enfants, plus beaux les uns que les autres, puis, tout à coup, comme si le sort les trouvait trop heureux, elle a été atteinte de tuberculose.

Elle en cita d'autres, qui étaient devenus malades ou qui étaient morts, ou qui avaient eu d'autres malheurs.

Au dessert, Rose apporta un énorme plat de profiteroles et la vieille femme observa le commissaire avec des yeux malicieux. Il se demanda d'abord pourquoi, sentant qu'on attendait quelque chose de lui. Il n'aimait guère les profiteroles et il en mit une sur son assiette.

— Allons ! Servez-vous. N'ayez pas honte !...

La voyant déçue, il en prit trois.

— Vous n'allez pas me dire que vous avez perdu votre appétit ? Je me rappelle le soir où vous en avez mangé douze. Chaque fois que vous veniez, je vous faisais des profiteroles et vous prétendiez que vous n'en aviez pas mangé de pareilles ailleurs.

(Ce qui, entre parenthèses, était vrai : il n'en mangeait jamais nulle part !)

Cela lui était sorti de la mémoire. Il était même surpris d'avoir jamais manifesté un goût pour les pâtisseries. Il avait dû dire cela, jadis, par politesse.

Il fit ce qu'il y avait à faire, s'exclama, mangea tout ce qu'il y avait sur son assiette, en reprit.

— Et les perdreaux au chou ! Vous vous en souvenez ? Je regrette que ce ne soit pas la saison, car...

Le café servi, elle se retira discrètement et Chabot, par habitude, posa une boîte de cigares sur la table, en même temps que la bouteille de fine. La salle à manger n'avait pas plus changé que le bureau et c'était presque angoissant de retrouver les choses tellement pareilles, Chabot lui-même qui, vu d'une certaine façon, n'avait pas tant changé.

Pour faire plaisir à son ami, Maigret prit un cigare, allongea les jambes vers la cheminée. Il savait que l'autre avait envie d'aborder un sujet précis, qu'il y pensait depuis qu'ils avaient quitté le Palais. Cela prit du temps. La voix du juge, qui regardait ailleurs, était mal assurée.

— Tu crois que j'aurais dû l'arrêter ?

— Qui ?

— Alain.

— Je ne vois aucune raison d'arrêter le docteur.

— Pourtant, Chalus paraît sincère.

— Il l'est sans contredit.

— Tu penses aussi qu'il n'a pas menti ?

Au fond, Chabot se demandait pourquoi Maigret était intervenu, car, sans lui, sans la question du somnifère, la déposition de l'instituteur aurait été beaucoup plus accablante pour le fils Vernoux. Cela intriguait le juge, le mettait mal à l'aise.

— D'abord, dit Maigret en fumant gauchement son cigare, il est possible qu'il se soit réellement assoupi. Je me méfie toujours du témoignage des gens qui ont entendu quelque chose de leur lit, peut-être à cause de ma femme.

» Maintes fois, il lui arrive de prétendre qu'elle ne s'est endormie qu'à deux heures du matin. Elle est de bonne foi, prête à jurer. Or, il se fait souvent que je me suis réveillé moi-même pendant sa soi-disant insomnie et que je l'ai vue endormie.

Chabot n'était pas convaincu. Peut-être s'imaginait-il que son ami avait seulement voulu le tirer d'un mauvais pas ?

— J'ajoute, poursuivait le commissaire, que, si même c'est le docteur qui a tué, il est préférable de ne pas l'avoir mis en état d'arrestation. Ce n'est pas un homme à qui on peut arracher des aveux par un interrogatoire à la chansonnette, encore moins par un passage à tabac.

Le juge repoussait déjà cette idée d'un geste indigné.

— Dans l'état actuel de l'enquête, il n'y a même pas un commencement de preuve contre lui. En l'arrêtant, tu donnais satisfaction à une partie de la population qui serait venue manifester sous les fenêtres de la prison en criant : « A mort. » Cette excitation créée, il aurait été difficile de la calmer.

— Tu le penses vraiment ?

— Oui.

— Tu ne dis pas cela pour me rassurer ?

— Je le dis parce que c'est la vérité. Comme il arrive toujours dans un cas de ce genre, l'opinion publique désigne plus ou moins ouvertement un suspect et je me suis souvent demandé comment elle le choisit. C'est un phénomène mystérieux, un peu effrayant. Dès le premier jour, si je comprends bien, les gens se sont tournés vers le clan Vernoux, sans trop se demander s'il s'agissait du père ou du fils.

— C'est vrai.

— Maintenant, c'est vers le fils que s'aiguille la colère.

— Et s'il est l'assassin ?

— Je t'ai entendu, avant de partir, donner des ordres pour qu'on le surveille.

— Il peut échapper à la surveillance.

— Ce ne serait pas prudent de sa part, car s'il se montre trop dans la ville il risque de se faire écharper. Si c'est lui, il fera quelque chose, tôt ou tard, qui fournira une indication.

— Tu as peut-être raison. Au fond, je suis content que tu sois ici. Hier, je l'avoue, cela m'a un peu irrité. Je me disais que tu allais m'observer et que tu me trouverais gauche, maladroit, vieux jeu, je ne sais pas, moi. En province, nous souffrons presque tous d'un complexe d'infériorité, surtout vis-à-vis de ceux qui viennent de Paris. A plus forte raison quand il s'agit d'un homme comme toi ! Tu m'en veux ?

— De quoi ?

— Des bêtises que je t'ai dites.

— Tu m'as dit des choses fort sensées. Nous aussi, à Paris, nous avons à tenir compte des situations et à mettre des gants avec les gens en place.

Chabot se sentait déjà mieux.

— Je vais passer mon après-midi à interroger les témoins que Chabiron m'a dénichés. La plupart d'entre eux n'ont rien vu ni entendu, mais je ne veux négliger aucune chance.

— Sois gentil avec la femme Chalus.

— Avoue que ces gens-là te sont sympathiques.

— Oui, sans doute !

— Tu m'accompagnes ?

— Non. Je préfère renifler l'air de la ville, boire un verre de bière par-ci par-là.

— Au fait, je n'ai pas ouvert cette lettre. Je ne voulais pas le faire devant ma mère.

Il tirait de sa poche l'enveloppe saumon et Maigret reconnut l'écriture. Le papier provenait bien de la même pochette que le billet qu'il avait reçu le matin.

« Taché de savoir ce que le docteur faisé à la fille Sabati. »

— Tu connais ?
— Jamais entendu ce nom-là.
— Je crois me souvenir que tu m'as dit que le docteur Vernoux n'est pas coureur.
— Il a cette réputation-là. Les lettres anonymes vont commencer à pleuvoir. Celle-ci vient d'une femme.
— Comme la majorité des lettres anonymes ! Cela t'ennuierait de téléphoner au commissariat ?
— Au sujet de la fille Sabati ?
— Oui.
— Tout de suite ?
Maigret fit signe que oui.
— Passons dans mon bureau.
Il décrocha le récepteur, appela le commissaire de police.
— C'est vous, Féron ? Ici, le juge d'instruction. Connaissez-vous une certaine Sabati ?
Il fallut attendre. Féron était allé interroger ses agents, peut-être examiner les registres. Quand il parla à nouveau, Chabot, tout en écoutant, crayonna quelques mots sur son buvard.
— Non. Probablement aucune connexion. Comment ? Certainement pas. Ne vous occupez pas d'elle pour le moment.
En disant cela, il cherchait du regard l'approbation de Maigret et celui-ci lui adressa de grands signes de tête.
— Je serai à mon bureau dans une demi-heure. Oui. Merci.
Il raccrocha.
— Il existe bien une certaine Louise Sabati à Fontenay-le-Comte. Fille d'un maçon italien qui doit travailler à Nantes ou dans les environs. Elle a été quelque temps ser-

veuse à l'Hôtel de France, puis fille de salle au Café de la Poste. Elle ne travaille plus depuis plusieurs mois. A moins qu'elle ait déménagé récemment, elle habite au tournant de la route de La Rochelle, dans le quartier des casernes, une grande maison délabrée où vivent six ou sept familles.

Maigret, qui en avait assez de son cigare, en écrasait le bout incandescent dans le cendrier avant de bourrer une pipe.

— Tu comptes aller la voir ?

— Peut-être.

— Tu penses toujours que le docteur... ?

Il s'interrompit, les sourcils froncés.

— Au fait, qu'allons-nous faire ce soir ? Normalement, je devrais aller chez les Vernoux pour le bridge. A ce que tu m'as dit, Hubert Vernoux s'attend à ce que tu m'accompagnes.

— Eh bien ?

— Je me demande si, dans l'état de l'opinion...

— Tu as l'habitude d'y aller chaque samedi ?

— Oui.

— Donc, si tu n'y vas pas, on en conclura qu'ils sont suspects.

— Et si j'y vais, on dira...

— On dira que tu les protèges, c'est tout. On le dit déjà. Un peu plus ou un peu moins...

— Tu as l'intention de m'accompagner ?

— Sans aucun doute.

— Si tu veux...

Le pauvre Chabot ne résistait plus, s'abandonnait aux initiatives de Maigret.

— Il est temps que je monte au Palais.

Ils sortirent ensemble et le ciel était toujours du même blanc à la fois lumineux et glauque, comme un ciel qu'on voit reflété par l'eau d'une mare. Le vent restait violent et, aux coins de rues, les robes des femmes leur collaient au corps, parfois un homme perdait son chapeau et se mettait à courir après avec des gestes grotesques.

Chacun s'en alla dans une direction opposée.

— Quand est-ce que je te revois ?

— Je passerai peut-être par ton cabinet. Sinon, je serai chez toi pour dîner. A quelle heure est le bridge des Vernoux ?

— Huit heures et demie.

— Je t'avertis que je ne sais pas jouer.

— Cela ne fait rien.

Des rideaux bougeaient au passage de Maigret qui suivait le trottoir, la pipe aux dents, les mains dans les poches, la tête penchée pour empêcher son chapeau de s'envoler. Une fois seul, il se sentait un peu moins rassuré. Tout ce qu'il venait de dire à son ami Chabot était vrai. Mais, quand il était intervenu, le matin, à la fin de l'interrogatoire Chalus, il n'en avait pas moins obéi à une impulsion et, derrière celle-ci, il y avait le désir de tirer le juge d'une situation embarrassante.

L'atmosphère de la ville restait inquiétante. Les gens avaient beau aller à leurs occupations comme d'habitude, on n'en sentait pas moins une certaine angoisse dans le regard des passants qui semblaient marcher plus vite, comme s'ils redoutaient de voir soudain surgir l'assassin. Les autres jours, Maigret l'aurait juré, les ménagères ne devaient pas se grouper sur les seuils comme aujourd'hui, à parler bas.

On le suivait des yeux et il croyait lire sur les visages une question muette. Allait-il faire quelque chose ? Ou bien l'inconnu pourrait-il continuer à tuer impunément ?

Certains lui adressaient un salut timide comme pour lui dire :

« — Nous savons qui vous êtes. Vous avez la réputation de mener à bien les enquêtes les plus difficiles. Et, *vous*, vous ne vous laisserez pas impressionner par certaines personnalités. »

Il faillit entrer au Café de la Poste pour boire un demi. Malheureusement il y avait au moins une douzaine de personnes à l'intérieur, qui toutes tournèrent la tête vers lui quand il s'approcha de la porte, et il n'eut pas envie, tout de suite, d'avoir à répondre aux questions qu'on lui poserait.

Au fait, pour se rendre dans le quartier des casernes, il fallait traverser le Champ-de-Mars, une vaste étendue nue encadrée d'arbres récemment plantés qui grelottaient sous la bise.

Il prit la même petite rue que le docteur avait prise la veille au soir, celle où Gobillard avait été assommé. En passant devant une maison, il entendit des éclats de voix au second étage. C'était sans doute là qu'habitait Emile Chalus, l'instituteur. Plusieurs personnes discutaient avec passion, des amis à lui qui avaient dû venir aux nouvelles.

Il traversa le Champ-de-Mars, contourna la caserne, prit la rue de droite et chercha la grande bâtisse délabrée que son ami lui avait décrite. Il n'y en avait qu'une de ce genre-là, dans une rue déserte, entre deux terrains vagues. Ce que cela avait été jadis, il était difficile de le deviner, un entrepôt ou un moulin, peut-être une petite manufacture ? Des enfants jouaient dehors. D'autres, plus petits, le derrière nu, se traînaient dans le corridor. Une grosse femme aux cheveux qui lui tombaient dans le dos passa la tête par l'entrebâillement d'une porte et celle-là n'avait jamais entendu parler du commissaire Maigret.

— Qu'est-ce que vous cherchez ?

— Mlle Sabati.

— Louise ?

— Je crois que c'est son prénom.

— Faites le tour de la maison et entrez par la porte de derrière. Montez l'escalier. Il n'y a qu'une porte. C'est là.

Il fit ce qu'on lui disait, frôla des poubelles, enjamba des détritus, cependant qu'il entendait les clairons sonner dans la cour de la caserne. La porte extérieure dont on venait de lui parler était ouverte. Un escalier raide, sans rampe, le conduisit à un étage qui n'était pas de niveau avec les autres et il frappa à une porte peinte en bleu.

D'abord, on ne répondit pas. Il frappa plus fort, entendit des pas de femme en savates, dut néanmoins frapper une troisième fois avant qu'on lui demande :

— Qu'est-ce que c'est ?

— Mlle Sabati ?

— Que voulez-vous ?

— Vous parler.

Il ajouta à tout hasard :

— De la part du docteur.

— Un instant.

Elle repartit, sans doute pour passer un vêtement convenable. Quand elle ouvrit enfin la porte, elle portait une robe de chambre à ramages, en mauvais coton, sous laquelle elle ne devait avoir qu'une chemise de nuit. Ses pieds étaient nus dans les pantoufles, ses cheveux noirs non coiffés.

— Vous dormiez ?

— Non.

Elle l'examinait des pieds à la tête avec méfiance. Derrière elle, au-delà d'un palier minuscule, on voyait une chambre en désordre dans laquelle elle ne le priait pas d'entrer.

— Qu'est-ce qu'*il* me fait dire ?

Comme elle tournait un peu la tête de côté, il remarqua

une ecchymose autour de l'œil gauche. Elle n'était pas tout à fait récente. Le bleu commençait à tourner au jaune.

— N'ayez pas peur. Je suis un ami. Je voudrais seulement vous parler pendant quelques instants.

Ce qui dut la décider à le laisser entrer c'est que deux ou trois gamins étaient venus les observer au bas des marches.

Il n'y avait que deux pièces, la chambre, qu'il ne fit qu'entrevoir et dont le lit était défait, et une cuisine. Sur la table, un roman était ouvert à côté d'un bol qui contenait encore du café au lait, un morceau de beurre restait sur une assiette.

Louise Sabati n'était pas belle. En robe noire et tablier blanc, elle devait avoir cet air fatigué qu'on voit à la plupart des femmes de chambre dans les hôtels de province. Il y avait pourtant quelque chose d'attachant, de presque pathétique dans son visage pâle où des yeux sombres vivaient intensément.

Elle débarrassa une chaise.

— C'est vraiment Alain qui vous a envoyé ?

— Non.

— Il ne sait pas que vous êtes ici ?

En disant cela, elle jetait vers la porte un regard effrayé, restait debout, prête à la défense.

— N'ayez pas peur.

— Vous êtes de la police ?

— Oui et non.

— Qu'est-ce qui est arrivé ? Où est Alain ?

— Chez lui, probablement.

— Vous êtes sûr ?

— Pourquoi serait-il ailleurs ?

Elle se mordit la lèvre où le sang monta. Elle était très nerveuse, d'une nervosité maladive. Un instant, il se demanda si elle ne se droguait pas.

— Qui est-ce qui vous a parlé de moi ?

— Il y a longtemps que vous êtes la maîtresse du docteur ?

— On vous l'a dit ?

Il prenait son air le plus bonhomme et n'avait d'ailleurs aucun effort à faire pour lui montrer de la sympathie.

— Vous venez seulement de vous lever ? questionna-t-il au lieu de répondre.

— Qu'est-ce que ça peut vous faire ?

Elle avait gardé une pointe d'accent italien, pas beaucoup. Elle devait avoir à peine plus de vingt ans et son corps, sous la robe de chambre mal coupée, était cambré ; seule la poitrine, qui avait dû être provocante, se fatiguait un peu.

— Cela ne vous ennuierait pas de vous asseoir près de moi ?

Elle ne tenait pas en place. Avec des mouvements fébriles, elle saisit une cigarette, l'alluma.

— Vous êtes sûr qu'Alain ne va pas venir ?

— Cela vous fait peur ? Pourquoi ?

— Il est jaloux.

— Il n'a aucune raison d'être jaloux de moi.

— Il l'est de tous les hommes.

Elle ajouta d'une drôle de voix :

— Il a raison.

— Que voulez-vous dire ?

— Que c'est son droit.

— Il vous aime ?

— Je crois que oui. Je sais que je n'en vaux pas la peine, mais...

— Vous ne voulez vraiment pas vous asseoir ?

— Qui êtes-vous ?

— Le commissaire Maigret, de la Police Judiciaire de Paris.

— J'ai entendu parler de vous. Qu'est-ce que vous faites ici ?

Pourquoi ne pas lui parler franchement ?

— J'y suis venu par hasard, pour rencontrer un ami que je n'ai pas vu depuis des années.

— C'est lui qui vous a parlé de moi ?

— Non. J'ai rencontré aussi votre ami Alain. Au fait, ce soir, je suis invité chez lui.

Elle sentait qu'il ne mentait pas, mais n'était pas encore rassurée. Elle n'en attira pas moins une chaise vers elle, ne s'assit pas tout de suite.

— S'il n'est pas dans l'embarras pour le moment, il risque d'y être d'une heure à l'autre.

— Pourquoi ?

Au ton dont elle prononçait ce mot, il conclut qu'elle savait déjà.

— Certains pensent qu'il est peut-être l'homme qu'on recherche.

— A cause des crimes ? Ce n'est pas vrai. Ce n'est pas lui. Il n'avait aucune raison de...

Il l'interrompit en lui tendant la lettre anonyme que le juge lui avait laissée. Elle la lut, visage tendu, sourcils froncés.

— Je me demande qui a écrit ça.

— Une femme.

— Oui. Et sûrement une femme qui habite la maison.

— Pourquoi ?

— Parce que personne d'autre n'est au courant. Même dans la maison, j'aurais juré que personne ne savait qui il est. C'est une vengeance, une saleté. Jamais Alain...

— Asseyez-vous.

Elle s'y décida enfin, prenant soin de croiser les pans de son peignoir sur ses jambes nues.

— Il y a longtemps que vous êtes sa maîtresse ?

Elle n'hésita pas.

— Huit mois et une semaine.

Cette précision faillit le faire sourire.

— Comment cela a-t-il commencé ?

— Je travaillais comme fille de salle au Café de la Poste. Il y venait de temps en temps, l'après-midi, s'asseyait toujours à la même place, près de la fenêtre, d'où il regardait passer les gens. Tout le monde le connaissait et le saluait, mais il n'entamait pas facilement la conversation. Après un certain temps, j'ai remarqué qu'il me suivait des yeux.

Elle le regarda soudain avec défi.

— Vous voulez vraiment savoir comment ça a commencé ? Eh bien ! je vais vous le dire, et vous verrez que ce n'est pas l'homme que vous croyez. Vers la fin, il lui arrivait de venir prendre un verre le soir. Une fois, il est resté jusqu'à la fermeture. J'avais plutôt tendance à me moquer de lui, à cause de ses gros yeux qui me suivaient partout. Ce soir-là, j'avais rendez-vous, dehors, avec le marchand de vins que vous rencontrerez certainement. Nous tournions à droite, par la petite rue et...

— Et quoi ?

— Eh bien ! nous nous installions sur un banc du Champ-de-Mars. Vous avez compris ? Cela ne durait jamais longtemps. Quand ça a été fini, je suis repartie seule pour traverser la place et rentrer chez moi et j'ai entendu des pas derrière moi. C'était le docteur. J'ai eu un peu peur. Je me suis retournée et lui ai demandé ce qu'il me voulait. Tout penaud, il ne savait que répondre. Savez-vous ce qu'il a fini par murmurer ?

» — *Pourquoi avez-vous fait ça ?*

» Et moi j'ai éclaté de rire.

» — *Cela vous ennuie ?*

» — *Cela m'a fait beaucoup de chagrin.*

» — *Pourquoi ?*

» C'est ainsi qu'il a fini par m'avouer qu'il m'aimait, qu'il n'avait jamais osé me le dire, qu'il était très malheureux. Vous souriez ?

— Non.

C'était vrai. Maigret ne souriait pas. Il voyait fort bien Alain Vernoux dans cette situation-là.

— Nous avons marché jusqu'à une heure ou deux du matin, le long du chemin de halage, et, à la fin, c'est moi qui pleurais.

— Il vous a accompagnée ici ?

— Pas ce soir-là. Cela a pris une semaine entière. Pendant ces jours-là, il passait presque tout son temps au café, à me surveiller. Il était même jaloux de me voir dire merci au client quand je recevais un pourboire. Il l'est toujours. Il ne veut pas que je sorte.

— Il vous frappe ?

Elle porta instinctivement la main à l'ecchymose de sa joue et, la manche du peignoir s'élevant, il vit qu'il y avait d'autres bleus sur ses bras, comme si on les avait serrés fortement entre des doigts puissants.

— C'est son droit, répliqua-t-elle non sans fierté.

— Cela arrive souvent ?

— Presque chaque fois.

— Pourquoi ?

— Si vous ne comprenez pas, je ne peux pas vous l'expliquer. Il m'aime. Il est obligé de vivre là-bas avec sa femme et ses enfants. Non seulement il n'aime pas sa femme, mais il n'aime pas ses enfants.

— Il vous l'a dit ?

— Je le sais.

— Vous le trompez ?

Elle se tut, le fixa, l'air féroce. Puis :

— On vous l'a dit ?

Et, d'une voix plus sourde :

— Cela m'est arrivé, les premiers temps, quand je n'avais pas compris. Je croyais que c'était comme avec les autres. Lorsqu'on a commencé, comme moi, à quatorze ans, on n'y attache pas d'importance. Quand il l'a su, j'ai pensé qu'il allait me tuer. Je ne dis pas ça en l'air. Je n'ai jamais vu un homme aussi effrayant. Pendant une heure, il est resté étendu sur le lit, les yeux au plafond, les poings serrés, sans dire un mot, et je sentais qu'il souffrait terriblement.

— Vous avez recommencé ?

— Deux ou trois fois. J'ai été assez bête.

— Et depuis ?

— Non !

— Il vient vous voir tous les soirs ?

— Presque tous les soirs.

— Vous l'attendiez hier ?

Elle hésita, se demandant où ses réponses pouvaient le conduire, voulant coûte que coûte protéger Alain.

— Quelle différence cela peut-il faire ?

— Il faut bien que vous sortiez pour faire votre marché.

— Je ne vais pas jusqu'en ville. Il y a un petit épicier au coin de la rue.

— Le reste du temps, vous êtes enfermée ici ?

— Je ne suis pas enfermée. La preuve, c'est que je vous ai ouvert la porte.

— Il n'a jamais parlé de vous enfermer ?

— Comment l'avez-vous deviné ?

— Il l'a fait ?

— Pendant une semaine.

— Les voisines s'en sont aperçues ?

— Oui.

— C'est pour cela qu'il vous a rendu la clef ?

— Je ne sais pas. Je ne comprends pas où vous voulez en venir.

— Vous l'aimez ?

— Vous vous figurez que je vivrais cette vie-là si je ne l'aimais pas ?

— Il vous donne de l'argent ?

— Quand il peut.

— Je le croyais riche.

— Tout le monde croit ça, alors qu'il est exactement dans le cas d'un jeune homme qui doit demander chaque semaine un peu d'argent à son père. Ils vivent tous dans la même maison.

— Pourquoi ?

— Est-ce que je sais ?

— Il pourrait travailler.

— Cela le regarde, non ? Des semaines entières, son père le laisse sans argent.

Maigret regarda la table où il n'y avait que du pain et du beurre.

— C'est le cas en ce moment ?

Elle haussa les épaules.

— Qu'est-ce que ça peut faire ? Moi aussi, jadis, je me faisais des idées sur les gens qu'on croit riches. De la façade, oui ! Une grosse maison avec rien dedans. Ils sont tout le temps à se chamailler pour soutirer un peu d'argent au vieux, et les fournisseurs attendent parfois des mois pour se faire payer.

— Je croyais que la femme d'Alain était riche.

— Si elle avait été riche, elle ne l'aurait pas épousé. Elle se figurait qu'il l'était. Quand elle s'est aperçue du contraire, elle s'est mise à le détester.

Il y eut un silence assez long. Maigret bourrait sa pipe, lentement, rêveusement.

— Qu'est-ce que vous êtes en train de penser ? questionna-t-elle.

— Je pense que vous l'aimez vraiment.

— C'est déjà ça !

Son ironie était amère.

— Ce que je me demande, poursuivit-elle, c'est pourquoi les gens s'en prennent tout à coup à lui. J'ai lu le journal. On ne dit rien de précis, mais je sens qu'on le soupçonne. Tout à l'heure, par la fenêtre, j'ai entendu des femmes qui parlaient dans la cour, très haut, exprès, pour que je ne perde pas un mot de ce qu'elles disaient.

— Qu'est-ce qu'elles disaient ?

— Que, du moment qu'on cherchait un fou, il n'y avait pas à aller loin pour le trouver.

— Je suppose qu'elles ont entendu les scènes qui se déroulaient chez vous ?

— Et après ?

Elle devint soudain presque furieuse et se leva de sa chaise.

— Vous aussi, parce qu'il s'est mis à aimer une fille comme moi et parce qu'il en est jaloux, vous allez vous figurer qu'il est fou ?

Maigret se leva à son tour, essaya, pour la calmer, de lui poser la main sur l'épaule, mais elle le repoussa avec colère.

— Dites-le, si c'est votre idée.

— Ce n'est *pas* mon idée.

— Vous croyez qu'il est fou ?

— Certainement pas parce qu'il vous aime.

— Mais il l'est quand même ?

— Jusqu'à preuve du contraire, je n'ai aucune raison d'en arriver à cette conclusion-là.

— Qu'est-ce que cela signifie au juste ?

— Cela signifie que vous êtes une bonne fille et que...

— Je ne suis pas une bonne fille. Je suis une traînée, une ordure, et je ne mérite pas que...

— Vous êtes une bonne fille et je vous promets de faire mon possible pour qu'on découvre le vrai coupable.

— Vous êtes persuadé que ce n'est pas lui ?

Il souffla, embarrassé, se mit, par contenance, à allumer sa pipe.

— Vous voyez bien que vous n'osez pas le dire !

— Vous êtes une bonne fille, Louise. Je reviendrai sans doute vous voir...

Mais elle avait perdu sa confiance et, en refermant la porte derrière lui, elle grommelait :

— Vous et vos promesses !...

De l'escalier, au bas duquel des gamins le guettaient, il crut l'entendre ajouter pour elle-même :

— Vous n'êtes quand même qu'un sale flic !

5

La partie de bridge

Quand ils sortirent, à huit heures et quart, de la maison de la rue Clemenceau, ils eurent presque un mouvement de recul, tant le calme et le silence qui les enveloppaient soudain étaient surprenants.

Vers cinq heures de l'après-midi, le ciel était devenu d'un noir de Crucifixion et il avait fallu allumer les lampes partout dans la ville. Deux coups de tonnerre avaient éclaté, brefs, déchirants, et enfin les nuages s'étaient vidés, non en pluie mais en grêle, on avait vu les passants disparaître, comme balayés par la bourrasque, tandis que des boules blanches rebondissaient sur le pavé ainsi que des balles de ping-pong.

Maigret, qui se trouvait à ce moment-là au Café de la Poste, s'était levé comme les autres et tout le monde était resté debout près des vitres, à regarder la rue du même œil qu'on suit un feu d'artifice.

Maintenant, c'était fini et on était dérouté de n'entendre ni la pluie ni le vent, de marcher dans un air immobile, de voir, en levant la tête, des étoiles entre les toits.

Peut-être à cause du silence que troublait seul le bruit de leurs pas, ils marchèrent sans rien dire, montant la rue vers la place Viète. Juste à l'angle de celle-ci, ils frôlèrent un homme qui se tenait dans l'obscurité, sans bouger, un brassard blanc sur son pardessus, un gourdin à la main, et qui les suivit des yeux sans souffler mot.

Quelques pas plus loin, Maigret ouvrit la bouche pour une question et son ami, qui l'avait devinée, expliqua d'une voix contrainte :

— Le commissaire m'a téléphoné un peu avant mon départ du bureau. Cela mijotait depuis hier. Ce matin, des gamins sont allés déposer des convocations dans les boîtes aux lettres. Une réunion a eu lieu à six heures et *ils* ont constitué un comité de vigilance.

Le *ils* ne se rapportait pas aux gamins évidemment, mais aux éléments hostiles de la ville.

Chabot ajouta :

— Nous ne pouvons pas les en empêcher.

Juste devant la maison des Vernoux, rue Rabelais, trois autres hommes à brassard se tenaient sur le trottoir et les regardèrent s'approcher. Ils ne patrouillaient pas, restaient là, en faction, et on aurait pu croire qu'ils les attendaient, qu'ils allaient peut-être les empêcher d'entrer. Maigret crut reconnaître, dans le plus petit des trois, la maigre silhouette de l'instituteur Chalus.

C'était assez impressionnant. Chabot hésita à s'avancer vers le seuil, fut probablement tenté de continuer son chemin. Cela ne sentait pas encore l'émeute, ni même le désordre, mais c'était la première fois qu'ils rencontraient un signe aussi tangible du mécontentement populaire.

Calme en apparence, très digne, non sans une certaine solennité, le juge d'instruction finit par gravir les marches et soulever le marteau de la porte.

Derrière lui, il n'y eut pas un murmure, pas une plaisanterie. Toujours sans bouger, les trois hommes le regardaient faire.

Le bruit du marteau se répercuta à l'intérieur comme dans un église. Tout de suite, comme s'il s'était tenu là pour les attendre, un maître d'hôtel mania des chaînes, des verrous et les accueillit d'une révérence silencieuse.

Cela ne devait pas se passer ainsi d'habitude, car Julien Chabot marqua un temps d'arrêt sur le seuil du salon, regrettant peut-être d'être venu.

Dans une pièce aux proportions de salle de danse le grand lustre de cristal était allumé, d'autres lumières brillaient sur des tables, il y avait, groupés dans les différents angles et autour de la cheminée, assez de fauteuils pour asseoir quarante personnes.

Or, un seul homme se tenait là, au bout le plus éloigné de la pièce, Hubert Vernoux, les cheveux blancs et soyeux, qui surgissait d'un immense fauteuil Louis XIII et arrivait à leur rencontre, la main tendue.

— Je vous ai annoncé hier, dans le train, que vous viendriez me voir, Monsieur Maigret. J'ai d'ailleurs téléphoné aujourd'hui à notre ami Chabot pour m'assurer qu'il vous amènerait.

Il était vêtu de noir et son vêtement ressemblait quelque peu à un smoking, un monocle pendait à un ruban sur sa poitrine.

— Ma famille sera là dans un instant. Je ne comprends pas pourquoi tout le monde n'est pas descendu.

Dans le compartiment pauvrement éclairé, Maigret l'avait mal vu. Ici, l'homme lui paraissait plus vieux. Quand il avait traversé le salon, sa démarche avait cette raideur mécanique des arthritiques dont les mouvements semblent commandés par des ressorts. Le visage était bouffi, d'un rose presque artificiel.

Pourquoi le commissaire pensa-t-il à un acteur devenu vieux qui s'efforce de continuer à jouer son rôle et vit dans la terreur que le public s'aperçoive qu'il est déjà à moitié mort ?

— Il faut que je leur fasse dire que vous êtes ici.

Il avait sonné, s'adressait au maître d'hôtel.

— Voyez si Madame est prête. Prévenez aussi Mlle Lucile, le docteur et Madame...

Quelque chose n'allait pas. Il en voulait à sa famille de ne pas être là. Pour le mettre à l'aise, Chabot disait en regardant les trois tables de bridge qui étaient préparées :

— Henri de Vergennes va venir ?

— Il m'a téléphoné pour s'excuser. La tempête a défoncé l'allée du château et il est dans l'impossibilité de faire sortir sa voiture.

— Aumale ?

— Le notaire a la grippe depuis ce matin. Il s'est mis au lit à midi.

Personne ne viendrait, en somme. Et c'était comme si la famille elle-même hésitait à descendre. Le maître d'hôtel ne reparaissait pas. Hubert Vernoux désigna les liqueurs sur la table.

— Servez-vous, voulez-vous ? Je vous demande de m'excuser un instant.

Il allait les chercher lui-même, montait le grand escalier aux marches de pierre, à la rampe de fer forgé.

— Combien de personnes assistent d'habitude à ces bridges ? questionna Maigret à voix basse.

— Pas beaucoup. Cinq ou six, en dehors de la famille.

— Qui est généralement au salon quand tu arrives ?

Chabot fit signe que oui, à regret. Quelqu'un entrait sans bruit, le docteur Alain Vernoux, qui, lui, ne s'était pas changé et portait le même complet mal repassé que le matin.

— Vous êtes seuls ?

— Votre père vient de monter.

— Je l'ai rencontré dans l'escalier. Ces dames ?

— Je crois qu'il est allé les appeler.

— Je ne pense pas qu'il vienne quelqu'un d'autre ?

Alain eut un mouvement de la tête vers les fenêtres que voilaient de lourds rideaux.

— Vous avez vu ?

Et, sachant qu'on avait compris de quoi il parlait :

— Ils surveillent l'hôtel. Il doit y en avoir en faction devant la porte de la ruelle aussi. C'est une très bonne chose.

— Pourquoi ?

— Parce que, si un nouveau crime est commis, on ne pourra pas l'attribuer à quelqu'un de la maison.

— Vous prévoyez un nouveau crime ?

— S'il s'agit d'un fou, il n'y a aucune raison pour que la série en reste là.

Mme Vernoux, la mère du docteur, fit enfin son entrée, suivie par son mari qui avait le teint animé, comme s'il avait dû discuter pour la décider à descendre. C'était une femme de soixante ans, aux cheveux encore bruns, aux yeux très cernés.

— Le commissaire Maigret, de la Police Judiciaire de Paris.

Elle inclina à peine la tête et alla s'asseoir dans un fauteuil qui devait être le sien. En passant, elle s'était contentée, pour le juge, d'un furtif :

— Bonsoir, Julien.

Hubert Vernoux annonçait :

— Ma belle-sœur descend tout de suite. Tout à l'heure, nous avons eu une panne d'électricité qui a retardé le dîner. Je suppose que le courant a été coupé dans toute la ville ?

Il parlait pour parler. Les mots n'avaient pas besoin d'avoir un sens. Il fallait remplir le vide du salon.

— Un cigare, commissaire ?

Pour la seconde fois depuis qu'il était à Fontenay, Maigret en accepta un, parce qu'il n'osait pas sortir sa pipe de sa poche.

— Ta femme ne descend pas ?

— Elle est probablement retenue par les enfants.

Il était déjà évident qu'Isabelle Vernoux, la mère, avait consenti à faire acte de présence, après Dieu sait quels marchandages, mais qu'elle était décidée à ne pas participer activement à la réunion. Elle avait pris un travail de tapisserie et n'écoutait pas ce qui se disait.

— Vous jouez au bridge, commissaire ?

— Désolé de vous décevoir, mais je ne joue jamais. Je m'empresse d'ajouter que je prends beaucoup de plaisir à suivre une partie.

Hubert Vernoux regarda le juge.

— Comment allons-nous jouer ? Lucile jouera certainement. Vous et moi. Je suppose, Alain...

— Non. Ne comptez pas sur moi.

— Reste ta femme. Veux-tu aller voir si elle est bientôt prête ?

Cela devenait pénible. Personne, en dehors de la maîtresse de maison, ne se décidait à s'asseoir. Le cigare de Maigret lui donnait une contenance. Hubert Vernoux en avait allumé un aussi et s'occupait à remplir les verres de fine.

Les trois hommes qui montaient la garde dehors pouvaient-ils s'imaginer que les choses se passaient ainsi à l'intérieur ?

Lucile descendit enfin et c'était, en plus maigre, en plus anguleux, la réplique de sa sœur. Elle aussi n'accorda qu'un bref regard au commissaire, marcha droit vers une des tables de jeu.

— On commence ? questionna-t-elle.

Puis, désignant vaguement Maigret :

— Il joue ?

— Non.

— Qui joue, alors ? Pourquoi m'a-t-on fait descendre ?

— Alain est allé chercher sa femme.

— Elle ne viendra pas.

— Pourquoi ?

— Parce qu'elle a ses névralgies. Les enfants ont été insupportables toute la soirée. La gouvernante a donné congé et est partie. C'est Jeanne qui s'occupe du bébé...

Hubert Vernoux s'épongea.

— Alain la décidera.

Et, tourné vers Maigret :

— J'ignore si vous avez des enfants. Il en est sans doute toujours ainsi dans les grandes familles. Chacun tire de son côté. Chacun a ses occupations, ses préférences...

Il avait raison : Alain amena sa femme, quelconque, plutôt boulotte, les yeux rouges d'avoir pleuré.

— Excusez-moi... dit-elle à son beau-père. Les enfants m'ont donné du mal.

— Il paraît que la gouvernante...

— Nous en parlerons demain.

— Le commissaire Maigret...

— Enchantée.

Celle-ci tendit la main, mais c'était une main inerte, sans chaleur.

— On joue ?

— On joue.

— Qui ?

— Vous êtes sûr, commissaire, que vous ne désirez pas être de la partie ?

— Certain.

Julien Chabot, déjà assis, en familier de la maison, battait les cartes, les étalait au milieu du tapis vert.

— A vous de tirer, Lucile.

Elle retourna un roi, son beau-frère un valet. Le juge et la femme d'Alain tirèrent un trois et un sept.

— Nous sommes ensemble.

Cela avait pris près d'une demi-heure, mais ils étaient enfin installés. Dans son coin, Isabelle Vernoux mère ne regardait personne. Maigret s'était assis en retrait, derrière Hubert Vernoux dont il voyait le jeu en même temps que celui de sa belle-fille.

— Passe.

— Un trèfle.

— Passe.

— Un cœur.

Le docteur était resté debout, avec l'air de ne savoir où se mettre. Tout le monde était en service commandé. Hubert Vernoux les avait réunis, presque de force, pour garder à la maison, peut-être à l'intention du commissaire, l'apparence d'une vie normale.

— Eh bien ! Hubert ?

Sa belle-sœur, qui était sa partenaire, le rappelait à l'ordre.

— Pardon !... Deux trèfles...

— Vous êtes sûr que vous ne devriez pas en dire trois ?

J'ai annoncé un cœur sur votre trèfle, ce qui signifie que j'ai au moins deux honneurs et demi...

Dès ce moment-là, Maigret commença à se passionner à la partie. Non pas au jeu en lui-même, mais pour ce qu'il lui révélait du caractère des joueurs.

Son ami Chabot, par exemple, était d'une régularité de métronome, ses annonces exactement ce qu'elles devaient être, sans audace comme sans timidité. Il jouait sa main calmement, n'adressait aucune observation à sa partenaire. C'est tout juste si, quand la jeune femme ne lui donnait pas correctement la réplique, une ombre de contrariété passait sur son visage.

— Je vous demande pardon. J'aurais dû répondre trois piques.

— Cela n'a pas d'importance. Vous ne pouviez pas savoir ce que j'ai en main.

Dès le troisième tour, il annonça et réussit un petit schelem, s'en excusa :

— Trop facile. Je l'avais dans mon jeu.

La jeune femme, elle, avait des distractions, essayait de se reprendre et, quand la main lui restait, regardait autour d'elle comme pour demander de l'aide. Il lui arriva de se tourner vers Maigret, les doigts sur une carte, pour lui demander conseil.

Elle n'aimait pas le bridge, n'était là que parce qu'il le fallait, pour faire le quatrième.

Lucile, au contraire, dominait la table de sa personnalité. C'était elle qui, après chaque coup, commentait la partie et distribuait des observations aigres-douces.

— Puisque Jeanne a annoncé deux cœurs, vous deviez savoir de quel côté faire l'impasse. Elle avait fatalement la dame de cœur.

Elle avait raison, d'ailleurs. Elle avait toujours raison. Ses petits yeux noirs semblaient voir à travers les cartes.

— Qu'est-ce que vous avez aujourd'hui, Hubert ?

— Mais...

— Vous jouez comme un débutant. C'est tout juste si vous entendez les annonces. Nous aurions pu gagner la manche par trois sans atout et vous demandez quatre trèfles que vous ne réussissez pas.

— J'attendais que vous le disiez...

— Je n'avais pas à vous parler de mes carreaux. C'était à vous de...

Hubert Vernoux essaya de se rattraper. Il fut comme ces joueurs à la roulette qui, une fois en perte, se raccrochent à l'espoir que la chance va tourner d'un moment à l'autre et essayent tous les numéros, voyant avec rage sortir celui qu'ils viennent d'abandonner.

Presque toujours, il annonçait au-dessus de son jeu, comptant sur les cartes de sa partenaire, et, quand il ne les trouvait pas, mordait nerveusement le bout de son cigare.

— Je vous assure, Lucile, que j'étais parfaitement dans mon droit en annonçant deux piques d'entrée.

— Sauf que vous n'aviez ni l'as de pique ni celui de carreau.

— Mais j'avais...

Il énumérait ses cartes, le sang lui montait à la tête, tandis qu'elle le regardait avec une froideur féroce.

Pour se remettre à flot, il annonçait toujours plus dangereusement, au point que ce n'était plus du bridge, mais du poker.

Alain était allé tenir un moment compagnie à sa mère. Il revint se camper derrière les joueurs, regardant les cartes sans intérêt de ses gros yeux brouillés par les lunettes.

— Vous y comprenez quelque chose, commissaire ?

— Je connais les règles. Je suis capable de suivre la partie, mais pas de la jouer.

— Cela vous intéresse ?

— Beaucoup.

Il examina le commissaire avec plus d'attention, parut comprendre que l'intérêt de Maigret résidait dans le comportement des joueurs bien plus que dans les cartes et il regarda sa tante et son père d'un air ennuyé.

Chabot et la femme d'Alain gagnèrent le premier robre.

— On change ? proposa Lucile.

— A moins que nous prenions notre revanche comme nous sommes.

— Je préfère changer de partenaire.

Ce fut un tort de sa part. Elle se trouvait à jouer avec Chabot, qui ne faisait pas d'erreur et à qui il lui était impossible d'adresser des reproches. Jeanne jouait mal. Mais, peut-être parce qu'elle annonçait invariablement trop bas, Hubert Vernoux gagna les deux manches coup sur coup.

— C'est de la chance, rien d'autre.

Ce n'était pas tout à fait vrai. Il avait eu du jeu, certes. Mais, s'il avait annoncé avec autant d'audace, il n'aurait pas gagné, car rien ne pouvait lui laisser espérer les cartes que lui apportait sa partenaire.

— On continue ?

— On finit le tour.

Cette fois, Vernoux était avec le juge, les deux femmes ensemble. Et ce furent les hommes qui gagnèrent, de sorte que Hubert Vernoux avait gagné deux parties sur trois.

On aurait dit qu'il en était soulagé, comme si cette partie avait eu pour lui une importance considérable. Il s'épongea, alla se verser à boire, apporta un verre à Maigret.

— Vous voyez que, quoi qu'en dise ma belle-sœur, je ne suis pas si imprudent. Ce qu'elle ne comprend pas, c'est que, si on parvient à saisir le mécanisme de pensée de l'adversaire, on a la partie à moitié gagnée, quelles que soient les cartes. Il en est de même pour vendre une ferme ou un terrain. Sachez ce que l'acheteur a dans la tête et...

— Je vous en prie, Hubert.

— Quoi ?

— Vous pourriez peut-être ne pas parler affaires ici ?

— Je vous demande pardon. J'oublie que les femmes veulent qu'on gagne de l'argent mais qu'elles préfèrent ignorer comment il se gagne.

Cela aussi, c'était une imprudence. Sa femme, de son lointain fauteuil, le rappela à l'ordre.

— Vous avez bu ?

Maigret l'avait vu boire trois ou quatre cognacs. Il avait été frappé par la façon dont Vernoux remplissait son verre, furtivement, comme à la sauvette, dans l'espoir que sa femme et sa belle-sœur ne le verraient pas. Il avalait l'alcool d'un trait puis, par contenance, remplissait le verre du commissaire.

— J'ai juste pris deux verres.

— Ils vous ont porté à la tête.

— Je crois, commença Chabot en se levant et en tirant sa montre de sa poche, qu'il est temps que nous partions.

— Il est à peine dix heures et demie.

— Vous oubliez que j'ai beaucoup de travail. Mon ami Maigret doit commencer à être fatigué, lui aussi.

Alain paraissait déçu. Maigret aurait juré que, pendant toute la soirée, le docteur avait rôdé autour de lui avec l'espoir de l'attirer dans un coin.

Les autres ne les retinrent pas. Hubert Vernoux n'osa pas insister. Que se passerait-il quand les joueurs seraient partis et qu'il resterait seul en face des trois femmes ? Car Alain ne comptait pas. C'était visible. Personne ne s'était occupé de lui. Il monterait sans doute dans sa chambre ou dans son laboratoire. Sa femme faisait davantage partie de la famille que lui-même.

C'était une famille de femmes, en somme, Maigret le découvrait tout à coup. On avait permis à Hubert Vernoux de jouer au bridge, à la condition de bien se tenir, et on n'avait cessé de le surveiller comme un enfant.

Était-ce pour cela que, hors de chez lui, il se raccrochait si désespérément au personnage qu'il s'était créé, attentif aux moindres détails vestimentaires ?

Qui sait ? Peut-être, tout à l'heure, en allant les chercher là-haut, les avait-il suppliées d'être gentilles avec lui, de lui laisser jouer son rôle de maître de maison sans l'humilier par leurs remarques.

Il louchait vers la carafe de fine.

— Un dernier verre, commissaire, ce que les Anglais appellent un *night cap ?*

Maigret, qui n'en avait pas envie, dit oui pour lui donner l'occasion d'en boire un aussi, et tandis que Vernoux portait le verre à ses lèvres il surprit le regard fixe de sa femme, vit la main hésiter puis, à regret, reposer le verre.

Comme le juge et le commissaire arrivaient à la porte, où le maître d'hôtel les attendait avec leur vestiaire, Alain murmura :

— Je me demande si je ne vais pas vous accompagner un bout de chemin.

Il ne paraissait pas s'inquiéter, lui, des réactions des femmes, qui semblaient surprises. La sienne ne protesta pas. Cela devait lui être indifférent qu'il sorte ou non, étant donné le peu de place qu'il tenait dans sa vie. Elle s'était rapprochée de sa belle-mère dont elle admirait le travail en hochant la tête.

— Cela ne vous ennuie pas, commissaire ?

— Pas du tout.

L'air de la nuit était frais, d'une autre fraîcheur que les

nuits précédentes, et on avait envie de s'en emplir les poumons, de saluer les étoiles qu'on retrouvait à leur place après si longtemps.

Les trois hommes à brassard étaient toujours sur le trottoir et, cette fois, reculèrent d'un pas pour les laisser passer. Alain n'avait pas mis de pardessus. Il s'était coiffé, en passant devant le portemanteau, d'un chapeau de feutre mou que les pluies récentes avaient déformé.

Vu comme cela, le corps en avant, les mains dans les poches, il ressemblait plus à un étudiant de dernière année qu'à un homme marié et père de famille.

Dans la rue Rabelais, ils ne purent parler, car les voix portaient loin et ils avaient conscience de la présence des trois veilleurs derrière eux. Alain sursauta en frôlant celui qui était en faction au coin de la place Viète et qu'il n'avait pas vu.

— Je suppose qu'ils en ont mis dans toute la ville ? murmura-t-il.

— Certainement. Ils vont se relayer.

Peu de fenêtres restaient éclairées. Les gens se couchaient tôt. On voyait de loin, dans la longue perspective de la rue de la République, les lumières du Café de la Poste encore ouvert, et deux ou trois passants isolés disparurent l'un après l'autre.

Quand ils atteignirent la maison du juge, ils n'avaient pas encore eu le temps d'échanger dix phrases. Chabot murmura à regret :

— Vous entrez ?

Maigret dit non :

— Il est inutile d'éveiller ta mère.

— Elle ne dort pas. Elle ne se couche jamais avant que je sois rentré.

— Nous nous verrons demain matin.

— Ici ?

— Je passerai au Palais.

— J'ai un certain nombre de coups de téléphone à donner avant de me coucher. Peut-être y a-t-il du nouveau ?

— Bonsoir, Chabot.

— Bonsoir, Maigret. Bonsoir, Alain.

Ils se serrèrent la main. La clef tourna dans la serrure ; un moment plus tard la porte se refermait.

— Je vous accompagne jusqu'à l'hôtel ?

Il n'y avait plus qu'eux dans la rue. L'espace d'un éclair, Maigret eut la vision du docteur sortant une main de sa poche et lui frappant le crâne avec un objet dur, un bout de tuyau de plomb ou une clef anglaise.

Il répondit :

— Volontiers.

Ils marchèrent. Alain ne se décidait pas tout de suite à parler. Quand il le fit, ce fut pour demander :

— Qu'est-ce que vous en pensez ?

— De quoi ?

— De mon père.

Qu'est-ce que Maigret aurait pu répondre ? Ce qui était intéressant c'était le fait que la question était posée, que le jeune docteur soit sorti de chez lui rien que pour la poser.

— Je ne crois pas qu'il ait eu une existence heureuse, murmura cependant le commissaire, sans y mettre trop de conviction.

— Il y a des gens qui ont une existence heureuse ?

— Pendant un certain temps, tout au moins. Vous êtes malheureux, Monsieur Vernoux ?

— Moi, je ne compte pas.

— Vous essayez pourtant de décrocher votre part de joies.

Les gros yeux se fixèrent sur lui.

— Que voulez-vous dire ?

— Rien. Ou, si vous préférez, qu'il n'existe pas de gens

absolument malheureux. Chacun se raccroche à quelque chose, se crée une sorte de bonheur.

— Vous vous rendez compte de ce que cela signifie ?

Et, comme Maigret ne répondait pas :

— Savez-vous que c'est à cause de cette recherche de ce que j'appellerais les compensations, cette recherche d'un bonheur malgré tout, que naissent les manies et, souvent, les déséquilibres ? Les hommes qui, en ce moment, boivent et jouent aux cartes au Café de la Poste, essaient de se persuader qu'ils y trouvent du plaisir.

— Et vous ?

— Je ne comprends pas la question.

— Vous ne cherchez pas des compensations ?

Cette fois, Alain fut inquiet, soupçonna Maigret d'en savoir davantage, hésitant à l'interroger.

— Vous oserez vous rendre, ce soir, au quartier des casernes ?

C'était plutôt par pitié que le commissaire demandait ça, pour le débarrasser de ses doutes.

— Vous savez ?

— Oui.

— Vous lui avez parlé ?

— Longuement.

— Qu'est-ce qu'elle vous a dit ?

— Tout.

— J'ai tort ?

— Je ne vous juge pas. C'est vous qui avez évoqué la recherche instinctive des compensations. Quelles sont les compensations de votre père ?

Ils avaient baissé la voix, car ils étaient arrivés devant la porte ouverte de l'hôtel dans le hall duquel une seule lampe restait allumée.

— Pourquoi ne répondez-vous pas ?

— Parce que j'ignore la réponse.

— Il n'a pas d'aventures ?

— Certainement pas à Fontenay. Il est trop connu et cela se saurait.

— Et vous ? Cela se sait aussi ?

— Non. Mon cas n'est pas le même. Quand mon père se rend à Paris ou à Bordeaux, je suppose qu'il s'offre des distractions.

Il murmura pour lui-même :

— Pauvre papa !

Maigret le regarda avec surprise.

— Vous aimez votre père ?

Pudiquement, Alain répondit :

— En tout cas, je le plains.

— Il en a toujours été ainsi ?

— Cela a été pis. Ma mère et ma tante se sont un peu calmées.

— Qu'est-ce qu'elles lui reprochent ?

— D'être un roturier, le fils d'un marchand de bestiaux qui s'enivrait dans les auberges de villages. Les Courçon ne lui ont jamais pardonné d'avoir eu besoin de lui, comprenez-vous ? Et, du temps du vieux Courçon, la situation était plus cruelle parce que Courçon était encore plus cinglant que ses filles et que son fils Robert. Jusqu'à la mort de mon père, tous les Courçon de la terre lui en voudront de ce qu'ils ne vivent que de son argent.

— Comment vous traitent-ils, vous ?

— Comme un Vernoux. Et ma femme, dont le père était vicomte de Cadeuil, fait bloc avec ma mère et ma tante.

— Vous aviez l'intention de me dire tout ça ce soir ?

— Je ne sais pas.

— Vous teniez à me parler de votre père ?

— J'avais envie de savoir ce que vous pensiez de lui.

— N'étiez-vous pas surtout anxieux de savoir si j'avais découvert l'existence de Louise Sabati ?

— Comment avez-vous su ?

— Par une lettre anonyme.

— Le juge est au courant ? La police ?

— Ils ne s'en préoccupent pas.

— Mais ils le feront ?

— Pas si on découvre l'assassin dans un délai assez court. J'ai la lettre dans ma poche. Je n'ai pas parlé à Chabot de mon entrevue avec Louise.

— Pourquoi ?

— Parce que je ne pense pas que, dans l'état de l'enquête, cela présente de l'intérêt.

— Elle n'y est pour rien.

— Dites-moi, Monsieur Vernoux...

— Oui.

— Quel âge avez-vous ?

— Trente-six ans.

— A quel âge avez-vous terminé vos études ?

— J'ai quitté la Faculté de Médecine à vingt-cinq ans et j'ai fait ensuite un internat de deux ans à Sainte-Anne.

— Vous n'avez jamais été tenté de vivre par vous-même ?

Il parut soudain découragé.

— Vous ne répondez pas ?

— Je n'ai rien à répondre. Vous ne comprendriez pas.

— Manque de courage ?

— Je savais que vous appelleriez cela comme ça.

— Vous n'êtes pourtant pas revenu à Fontenay-le-Comte pour protéger votre père ?

— Voyez-vous, c'est à la fois plus simple et plus compliqué. Je suis revenu un jour pour passer quelques semaines de vacances.

— Et vous êtes resté ?

— Oui.

— Par veulerie ?

— Si vous voulez. Encore que ce ne soit pas exact.

— Vous aviez l'impression que vous ne pouviez pas faire autre chose ?

Alain laissa tomber le sujet.

— Comment est Louise ?

— Comme toujours, je suppose.

— Elle n'est pas inquiète ?

— Il y a longtemps que vous ne l'avez vue ?

— Deux jours. Je me rendais chez elle hier au soir. Après, je n'ai pas osé. Aujourd'hui non plus. Ce soir, c'est pis, avec les hommes qui patrouillent les rues. Comprenez-vous pourquoi, dès le premier meurtre, c'est à nous que la rumeur publique s'en est prise ?

— C'est un phénomène que j'ai souvent constaté.

— Pourquoi nous choisir ?

— Qui croyez-vous qu'ils soupçonnent ? Votre père ou vous ?

— Cela leur est égal, pourvu que ce soit quelqu'un de la famille. Ma mère ou ma tante feraient aussi bien leur affaire.

Ils durent se taire car des pas approchaient. C'étaient deux hommes à brassard, à gourdins, qui les dévisagèrent en passant. L'un d'eux braqua sur eux le faisceau d'une torche électrique et, en s'éloignant, dit tout haut à son compagnon :

— C'est Maigret.

— L'autre est le fils Vernoux.

— Je l'ai reconnu.

Le commissaire conseilla à son compagnon :

— Vous feriez mieux de rentrer chez vous.

— Oui.

— Et de ne pas discuter avec eux.

— Je vous remercie.

— De quoi ?

— De rien.

Il ne tendit pas la main. Le chapeau de travers, il s'éloigna, penché en avant, dans la direction du pont, et la patrouille qui s'était arrêtée le regarda passer en silence.

Maigret haussa les épaules, pénétra dans l'hôtel et attendit qu'on lui remît sa clef. Il y avait deux autres lettres pour lui, sans doute anonymes, mais le papier n'était plus le même, ni l'écriture.

6

La messe de dix heures et demie

Quand il sut que c'était dimanche, il se mit à traîner. Déjà avant ça, il avait joué à un jeu secret de sa toute petite enfance. Il lui arrivait encore d'y jouer couché à côté de sa femme, ayant soin de n'en rien laisser deviner. Et elle s'y trompait, disait en lui apportant sa tasse de café :

— Qu'est-ce que tu rêvais ?

— Pourquoi ?

— Tu souriais aux anges.

Ce matin-là, à Fontenay, avant d'ouvrir les yeux, il sentit un rayon de soleil qui lui traversait les paupières. Il ne faisait pas que le sentir. Il avait l'impression de le voir à travers la fine peau qui picotait et, sans doute à cause du sang qui circulait dans celle-ci, c'était un soleil plus rouge que celui du ciel, triomphant, comme sur les images.

Il pouvait créer tout un monde avec ce soleil-là, des gerbes d'étincelles, des volcans, des cascades d'or en fusion. Il suffisait de remuer légèrement les paupières, à la façon d'un kaléidoscope, en se servant des cils comme d'une grille.

Il entendit les pigeons qui roucoulaient sur une corniche au-dessus de sa fenêtre, puis des cloches sonnèrent en deux endroits à la fois, et il devinait les clochers pointant dans le ciel qui devait être d'un bleu uni.

Il continuait le jeu tout en écoutant les bruits de la rue et c'est alors, à l'écho que laissaient les pas, à une certaine qualité de silence, qu'il reconnut qu'on était dimanche.

Il hésita longtemps avant de tendre le bras pour saisir sa montre sur la table de nuit. Elle marquait neuf heures et demie. A Paris, boulevard Richard-Lenoir, si le printemps était enfin venu aussi, Mme Maigret devait avoir ouvert les fenêtres et faisait la chambre, en peignoir et en pantoufles, pendant qu'un ragoût mijotait sur le feu.

Il se promit de lui téléphoner. Comme il n'y avait pas le téléphone dans les chambres, il fallait attendre qu'il descende pour l'appeler de la cabine.

Il pressa la poire électrique. La femme de chambre lui parut plus propre, plus gaie que la veille.

— Qu'est-ce que vous allez manger ?

— Rien. Je voudrais beaucoup de café.

Elle avait la même façon curieuse de le regarder.

— Je vous fais couler un bain ?

— Seulement quand j'aurai bu mon café.

Il alluma une pipe, alla ouvrir la fenêtre. L'air était encore frais, il dut passer sa robe de chambre, mais on sentait déjà de petites vagues tièdes. Les façades, les pavés avaient séché. La rue était déserte, avec parfois une famille endimanchée qui passait, une femme de la campagne qui tenait un bouquet de lilas violets à la main.

La vie de l'hôtel devait se dérouler au ralenti car il attendit longtemps son café. Il avait laissé les deux lettres reçues la veille au soir sur la table de nuit. L'une des deux était signée. L'écriture était aussi nette que sur une gravure, d'une encre noire comme de l'encre de Chine.

« Vous a-t-on dit que la veuve Gibon est la sage-femme qui a accouché Mme Vernoux de son fils Alain ?

C'est peut-être utile à savoir.

Salutations.

Anselme Remouchamps. »

La seconde lettre, anonyme, était écrite sur du papier d'excellente qualité dont on avait coupé la partie supérieure, sans doute pour supprimer l'en-tête. Elle était écrite au crayon.

« Pourquoi n'interroge-t-on pas les domestiques ? Ils en savent plus que n'importe qui. »

Quand il avait lu ces deux lignes-là, la veille au soir, avant de se coucher, Maigret avait eu l'intuition qu'elles avaient été écrites par le maître d'hôtel qui l'avait accueilli sans un mot rue Rabelais et qui, au départ, lui avait passé son pardessus. L'homme, brun de poil, la chair drue, avait entre quarante et cinquante ans. Il donnait l'impression d'un fils de métayer qui n'a pas voulu cultiver la terre et qui entretient autant de haine pour les gens riches qu'il voue de mépris aux paysans dont il est sorti.

Il serait sans doute facile d'obtenir un spécimen de son écriture. Peut-être même le papier appartenait-il aux Vernoux ?

Tout cela était à vérifier. A Paris, la besogne aurait été simple. Ici, en définitive, cela ne le regardait pas.

Quand la femme de chambre entra enfin avec le café, il lui demanda :

— Vous êtes de Fontenay ?

— Je suis née rue des Loges.

— Vous connaissez un certain Remouchamps ?

— Le cordonnier ?

— Son prénom est Anselme.

— C'est le cordonnier qui habite deux maisons plus loin que ma mère, celui qui a sur le nez une verrue aussi grosse qu'un œuf de pigeon.

— Quel genre d'homme est-ce ?

— Il est veuf depuis je ne sais combien d'années. Je l'ai toujours connu veuf. Il ricane drôlement au passage des petites filles, pour leur faire peur.

Elle le regarda avec surprise.

— Vous fumez votre pipe avant de boire votre café ?

— Vous pouvez préparer mon bain.

Il alla le prendre dans la salle de bains au fond du couloir, resta longtemps dans l'eau chaude, à rêvasser. Plusieurs fois il ouvrit la bouche comme pour parler à sa femme, qu'il entendait d'habitude, pendant son bain, aller et venir dans la chambre voisine.

Il était dix heures et quart quand il descendit. Le patron était derrière le bureau, en tenue de cuisinier.

— Le juge d'instruction a téléphoné deux fois.

— A quelle heure ?

— La première fois, un peu après neuf heures, la seconde il y a quelques minutes. La seconde fois, j'ai répondu que vous n'alliez pas tarder à descendre.

— Puis-je avoir la communication avec Paris ?

— Un dimanche, ce ne sera peut-être pas long.

Il dit son numéro, alla prendre l'air sur le seuil. Il n'y avait personne, aujourd'hui, pour le regarder. Un coq chantait quelque part, pas loin, et on entendait couler l'eau de la Vendée. Quand une vieille femme en chapeau violet passa près de lui, il aurait juré que ses vêtements dégageaient une odeur d'encens.

C'était bien dimanche.

— Allô ! C'est toi ?

— Tu es toujours à Fontenay ? Tu me téléphones de chez Chabot ? Comment va sa mère ?

Au lieu de répondre, il questionna à son tour :

— Quel temps fait-il à Paris ?

— Depuis hier midi, c'est le printemps.

— Hier midi ?

— Oui. Cela a commencé aussitôt après le déjeuner.

Il avait perdu une demi-journée de soleil !

— Et là-bas ?

— Il fait beau aussi.

— Tu n'as pas pris froid ?

— Je suis très bien.

— Tu rentres demain matin ?

— Je crois.

— Tu n'es pas sûr ? Je croyais...

— Je serai peut-être retenu quelques heures.

— Par quoi ?

— Du travail.

— Tu m'avais dit...

... Qu'il en profiterait pour se reposer, bien sûr ! Est-ce qu'il ne se reposait pas ?

Ce fut à peu près tout. Ils échangèrent les phrases qu'ils avaient l'habitude d'échanger par téléphone.

Après quoi il demanda Chabot chez lui. Rose lui répondit que le juge était parti pour le Palais à huit heures du matin. Il appela le Palais de Justice.

— Du nouveau ?

— Oui. On a retrouvé l'arme. C'est pourquoi je t'ai appelé. On m'a répondu que tu dormais. Tu peux monter jusqu'ici ?

— J'y serai dans quelques minutes.

— Les portes sont fermées. Je vais te guetter par la fenêtre et je t'ouvrirai.

— Cela ne va pas ?

Chabot, à l'appareil, paraissait abattu.

— Je t'en parlerai.

Maigret n'en prit pas moins son temps. Il tenait à savourer le dimanche et il se trouva bientôt, marchant lentement, dans la rue de la République où le Café de la Poste avait déjà installé les chaises et les guéridons jaunes de la terrasse.

Deux maisons plus loin, la porte de la pâtisserie était ouverte et Maigret ralentit encore pour respirer l'odeur sucrée.

Les cloches sonnaient. Une certaine animation naissait dans la rue, à peu près en face de chez Julien Chabot. C'était la foule qui commençait à sortir de la messe de dix heures et demie à l'église Notre-Dame. Il lui sembla que les gens ne se comportaient pas tout à fait comme ils devaient le faire les autres dimanches. Rares étaient les fidèles qui s'éloignaient directement pour rentrer chez eux.

Des groupes se formaient sur la place, qui ne discutaient pas avec animation, mais parlaient bas, souvent se taisaient en regardant les portes par où s'écoulait le flot des paroissiens. Même les femmes s'attardaient, tenant leur livre de messe doré sur tranches dans leur main gantée, et presque toutes portaient un chapeau clair de printemps.

Devant le parvis, une longue auto brillante stationnait, avec, debout près de la portière, un chauffeur en uniforme noir en qui Maigret reconnut le maître d'hôtel des Vernoux.

Est-ce que ceux-ci, qui n'habitaient pas à plus de quatre cents mètres, avaient l'habitude de se faire conduire à la grand-messe en auto ? C'était possible. Cela faisait peut-être partie de leurs traditions. Il était possible aussi qu'ils aient pris la voiture aujourd'hui, pour éviter, dans les rues, le contact des curieux.

Ils sortaient justement et la tête blanche d'Hubert Vernoux dépassait les autres. Il marchait à pas lents, son chapeau à la main. Quand il fut en haut des marches, Maigret reconnut, à ses côtés, sa femme, sa belle-sœur et sa bru.

La foule s'écartait insensiblement. On ne faisait pas la haie à proprement parler, mais il n'y en avait pas moins un espace vide autour d'eux et tous les regards convergeaient vers leur groupe.

Le chauffeur ouvrit la portière. Les femmes entrèrent d'abord. Puis Hubert Vernoux prit place à l'avant et la limousine glissa en direction de la place Viète.

Peut-être à ce moment-là, un mot lancé par quelqu'un dans la foule, un cri, un geste aurait-il suffi à faire éclater la colère populaire. Ailleurs qu'à la sortie de l'église, cela aurait eu des chances de se produire. Les visages étaient durs et, si les nuages avaient été balayés du ciel, il restait de l'inquiétude dans l'air.

Quelques personnes saluèrent timidement le commissaire. Avaient-elles encore confiance en lui ? On le regardait monter la rue à son tour, la pipe à la bouche, les épaules rondes.

Il contourna la place Viète, s'engagea dans la rue Rabelais. En face de chez Vernoux, sur l'autre trottoir, deux jeunes gens qui n'avaient pas vingt ans montaient la garde. Ils ne portaient pas de brassard, n'avaient pas de gourdin. Ces accessoires semblaient réservés aux patrouilles de nuit. Ils n'en étaient pas moins en service commandé et ils s'en montraient fiers.

L'un souleva sa casquette au passage de Maigret, l'autre pas.

Six ou sept journalistes étaient groupés sur les marches du Palais de Justice dont les grandes portes étaient fermées et Lomel s'était assis, ses appareils posés à côté de lui.

— Vous croyez qu'on va vous ouvrir ? lança-t-il à Maigret. Vous connaissez la nouvelle ?

— Quelle nouvelle ?

— Il paraît qu'on a retrouvé l'arme. Ils sont en grande conférence là-dedans.

La porte s'entrouvrit. Chabot fit signe à Maigret d'entrer vite et, dès qu'il fut passé, repoussa le battant comme s'il craignait une invasion en force des reporters.

Les couloirs étaient sombres et toute l'humidité des dernières semaines stagnait entre les murs de pierre.

— J'aurais voulu, d'abord, te parler en particulier, mais cela a été impossible.

Il y avait de la lumière dans le bureau du juge. Le procureur était là, assis sur une chaise qu'il renversait en arrière, la cigarette aux lèvres. Le commissaire Féron y était aussi, ainsi que l'inspecteur Chabiron qui ne put s'empêcher de lancer à Maigret un regard à la fois triomphant et goguenard.

Sur le bureau, le commissaire vit tout de suite un morceau de tuyau de plomb d'environ vingt-cinq centimètres de long et quatre centimètres de diamètre.

— C'est ça ?

Tout le monde fit signe que oui.

— Pas d'empreintes ?

— Seulement des traces de sang et deux ou trois cheveux collés.

Le tuyau, peint en vert sombre, avait fait partie de l'installation d'une cuisine, d'une cave ou d'un garage. Les sections étaient nettes, faites vraisemblablement par un professionnel plusieurs mois auparavant, car le métal avait eu le temps de se ternir.

Le morceau avait-il été coupé lorsqu'on avait déplacé un évier ou un appareil quelconque ? C'était probable.

Maigret ouvrit la bouche pour demander où l'objet avait été découvert quand Chabot parla :

— Racontez, inspecteur.

Chabiron, qui n'attendait que ce signal, prit un air modeste :

— Nous, à Poitiers, nous en sommes encore aux bonnes vieilles méthodes. De même que j'ai questionné avec mon camarade tous les habitants de la rue, je me suis mis à fouiller dans les coins. A quelques mètres de l'endroit où Gobillard a été assommé, il y a une grande porte qui donne sur une cour appartenant à un marchand de chevaux et entourée d'écuries. Ce matin, j'ai eu la curiosité d'y aller voir. Et, parmi le fumier qui couvre le sol, je n'ai pas tardé à trouver cet objet-là. Selon toutes probabilités, l'assassin, entendant des pas, l'a lancé par-dessus le mur.

— Qui l'a examiné pour les empreintes ?

— Moi. Le commissaire Féron m'a aidé. Si nous ne sommes pas des experts, nous en savons assez pour relever des empreintes digitales. Il est certain que le meurtrier de Gobillard portait des gants. Quant aux cheveux, nous sommes allés à la morgue pour les comparer avec ceux du mort.

Il conclut avec satisfaction :

— Ça colle.

Maigret se garda d'émettre une opinion quelconque. Il y eut un silence, que le juge finit par rompre.

— Nous étions en train de discuter de ce qu'il convient maintenant de faire. Cette découverte paraît, du moins à première vue, confirmer la déposition d'Émile Chalus.

Maigret ne dit toujours rien.

— Si l'arme n'avait pas été découverte sur les lieux, on aurait pu prétendre qu'il était difficile, pour le docteur, de s'en débarrasser avant d'aller téléphoner au Café de la Poste. Comme l'inspecteur le souligne avec un certain bon sens...

Chabiron préféra dire lui-même ce qu'il en pensait :

— Supposons que l'assassin se soit réellement éloigné, son crime commis, avant l'arrivée d'Alain Vernoux, ainsi que celui-ci le prétend. C'est son troisième crime. Les deux autres fois, il a emporté l'arme. Non seulement nous n'avons rien trouvé rue Rabelais, ni rue des Loges, mais il semble évident qu'il a frappé les trois fois avec le même tuyau de plomb.

Maigret avait compris, mais il valait mieux le laisser parler.

— L'homme n'avait aucune raison, cette fois-ci, de lancer l'arme par-dessus un mur. Il n'était pas poursuivi. Nul ne l'avait vu. Mais si nous admettons que c'est le docteur qui a tué, il était indispensable qu'il se débarrasse d'un objet aussi compromettant avant de...

— Pourquoi avertir les autorités ?

— Parce que cela le mettait hors du coup. Il a pensé que personne ne soupçonnerait celui qui donnait l'alarme.

Cela paraissait logique aussi.

— Ce n'est pas tout. Vous le savez.

Il avait prononcé ces derniers mots avec une certaine gêne, car Maigret, sans être son supérieur direct, n'en était pas moins un monsieur qu'on n'attaque pas en face.

— Racontez, Féron.

Le commissaire de police, gêné, écrasa d'abord sa cigarette dans le cendrier. Chabot, lugubre, évitait de regarder son ami. Il n'y avait que le procureur à observer de temps en temps son bracelet-montre en homme qui a des choses plus agréables à faire.

Après avoir toussé, le petit commissaire de police se tournait vers Maigret.

— Quand, hier, on m'a téléphoné pour me demander si je connaissais une certaine fille Sabati...

Le commissaire comprit et eut peur, tout à coup. Il eut, dans la poitrine, une sensation désagréable et sa pipe se mit à avoir mauvais goût.

— ... Je me suis naturellement demandé si cela avait un rapport avec l'affaire. Cela ne m'est revenu que vers le milieu de l'après-midi. J'étais occupé. J'ai failli envoyer un de mes hommes, puis je me suis dit que je passerais la voir à tout hasard en allant dîner.

— Vous y êtes allé ?

— J'ai appris que vous l'aviez vue avant moi.

Féron baissait la tête, en homme à qui cela en coûte de porter une accusation.

— Elle vous l'a dit ?

— Pas tout de suite. D'abord, elle a refusé de m'ouvrir sa porte et j'ai dû user des grands moyens.

— Vous l'avez menacée ?

— Je lui ai annoncé que cela pourrait lui coûter cher de jouer ce jeu-là. Elle m'a laissé entrer. J'ai remarqué son œil au beurre noir. Je lui ai demandé qui lui avait fait ça. Pendant plus d'une demi-heure, elle est restée muette comme une carpe, à me regarder d'un air méprisant. C'est alors que j'ai décidé de l'emmener au poste, où il est plus facile de *les* faire parler.

Maigret avait un poids sur les épaules, non seulement à cause de ce qui était arrivé à Louise Sabati, mais à cause de l'attitude du commissaire de police. Malgré ses hésitations, son humilité apparente, celui-ci était très fier, au fond, de ce qu'il avait fait.

On sentait qu'il s'était attaqué allègrement à cette fille du peuple qui n'avait aucun moyen de défense. Or, il devait sortir lui-même du bas peuple. C'était à une de ses pareilles qu'il s'en était pris.

Presque tous les mots qu'il prononçait maintenant, d'une voix qui gagnait en assurance, faisaient mal à entendre.

— Étant donné qu'il y a plus de huit mois qu'elle ne travaille plus, elle est légalement sans ressource, c'est la première chose que je lui ai fait remarquer. Et, comme elle reçoit régulièrement un homme, cela la classe dans la catégorie des prostituées. Elle a compris. Elle a eu peur. Elle s'est débattue longtemps. Je ne sais comment vous vous êtes arrangé, mais elle a fini par m'avouer qu'elle vous avait tout dit.

— Tout quoi ?

— Ses relations avec Alain Vernoux, le comportement de celui-ci, qui piquait des crises de rage aveugle et la rouait de coups.

— Elle a passé la nuit au violon ?

— Je l'ai relâchée ce matin. Cela lui a fait du bien.

— Elle a signé sa déposition ?

— Je ne l'aurais pas laissée partir sans ça.

Chabot adressa à son ami un regard de reproche.

— Je n'étais au courant de rien, murmura-t-il.

Il avait dû déjà le leur dire. Maigret ne lui avait pas parlé de sa visite dans le quartier des casernes et, maintenant, le juge devait considérer ce silence, qui le mettait lui-même dans un mauvais pas, comme une trahison.

Maigret restait calme en apparence. Son regard errait, rêveur, sur le petit commissaire mal bâti qui avait l'air d'attendre des félicitations.

— Je suppose que vous avez tiré des conclusions de cette histoire ?

— Elle nous montre en tout cas le docteur Vernoux sous un jour nouveau. Ce matin, de bonne heure, j'ai interrogé les voisines qui m'ont confirmé qu'à presque chacune de ses visites des scènes violentes éclataient dans le logement, à tel point que, plusieurs fois, elles ont failli appeler la police.

— Pourquoi ne l'ont-elles pas fait ?

— Sans doute parce qu'elles ont pensé que cela ne les regardait pas.

Non ! Si les voisines n'avaient pas donné l'alarme, c'était parce que cela les vengeait que la fille Sabati, qui n'avait rien à faire de ses journées, fût battue. Et, probablement, plus Alain frappait, plus elles étaient satisfaites.

Elles auraient pu être les sœurs du petit commissaire Féron.

— Qu'est-elle devenue ?

— Je lui ai ordonné de rentrer chez elle et de se tenir à la disposition du juge d'instruction.

Celui-ci toussa à son tour.

— Il est certain que les deux découvertes de ce matin mettent Alain Vernoux dans une situation difficile.

— Qu'a-t-il fait, hier soir, en me quittant ?

Ce fut Féron qui répondit :

— Il est retourné chez lui. Je suis en contact avec le comité de vigilance. Ne pouvant empêcher ce comité de se former, j'ai préféré m'assurer sa collaboration. Vernoux est rentré chez lui tout de suite.

— A-t-il l'habitude d'assister à la messe de dix heures et demie ?

Chabot, cette fois, répondit.

— Il ne va pas à la messe du tout. C'est le seul de la famille.

— Il est sorti ce matin ?

Féron eut un geste vague.

— Je ne le pense pas. A neuf heures et demie, on ne m'avait encore rien signalé.

Le procureur prit enfin la parole, en homme qui commence à en avoir assez.

— Tout ceci ne nous mène à rien. Ce qu'il s'agit de savoir, c'est si nous possédons assez de charges contre Alain Vernoux pour le mettre en état d'arrestation.

Il regarda fixement le juge.

— C'est vous que cela regarde, Chabot. C'est votre responsabilité.

Chabot, à son tour, regardait Maigret, dont le visage restait grave et neutre.

Alors, au lieu d'une réponse, le juge d'instruction prononça un discours.

— La situation est celle-ci. Pour une raison ou pour une autre, l'opinion publique a désigné Alain Vernoux dès le premier assassinat, celui de son oncle Robert de Courçon. Sur quoi les gens se sont-ils basés, je me le demande encore. Alain Vernoux n'est pas populaire. Sa famille est plus ou moins détestée. J'ai bien reçu vingt lettres anonymes me désignant la maison de la rue Rabelais et m'accusant de ménager des gens riches avec qui j'entretiens des relations mondaines.

» Les deux autres crimes n'ont pas atténué ces soupçons, au contraire. Depuis longtemps, Alain Vernoux passe aux yeux de certains pour « un homme pas comme les autres ».

Féron l'interrompit :

— La déposition de la fille Sabati...

— ... Est accablante pour lui, tout comme, à présent que l'arme a été retrouvée, la déposition Chalus. Trois crimes en une semaine, c'est beaucoup. Il est naturel que la population s'inquiète et cherche à se protéger. Jusqu'ici, j'ai hésité à agir, jugeant les indices insuffisants. C'est une grosse responsabilité, en effet, comme vient de le remarquer le procureur. Une fois en état d'arrestation, un homme du caractère de Vernoux, même coupable, se taira.

Il surprit un sourire, qui n'était pas sans ironie ni amertume, sur les lèvres de Maigret, rougit, perdit le fil de ses idées.

— Il s'agit de savoir s'il vaut mieux l'arrêter maintenant ou attendre que...

Maigret ne put s'empêcher de grommeler entre ses dents :

— On a bien arrêté la fille Sabati et on l'a gardée toute la nuit !

Chabot l'entendit, ouvrit la bouche pour répondre, pour répliquer, sans doute, que ce n'était pas la même chose, mais au dernier moment se ravisa.

— Ce matin, à cause du soleil du dimanche, de la messe, nous assistons à une sorte de trêve. Mais, à cette heure déjà, autour de l'apéritif, dans les cafés, on doit recommencer à parler. Des gens, en se promenant, vont passer exprès devant l'hôtel des Vernoux. On sait que j'y ai joué au bridge hier au soir et que le commissaire m'accompagnait. Il est difficile de faire comprendre...

— Vous l'arrêtez ? questionna le procureur en se levant, jugeant que les tergiversations avaient assez duré.

— J'ai peur, vers la soirée, d'un incident qui pourrait avoir des conséquences graves. Il suffit d'un rien, d'un gamin lançant une pierre dans les vitres, d'un ivrogne se mettant à crier des invectives devant la maison. Dans l'état d'esprit de la population...

— Vous l'arrêtez ?

Le procureur cherchait son chapeau, ne le trouvait pas. Le petit commissaire, servile, lui disait :

— Vous l'avez laissé dans votre bureau. Je vais vous le chercher.

Et Chabot, tourné vers Maigret, murmurait :

— Qu'est-ce que tu en penses ?

— Rien.

— A ma place, qu'est-ce que... ?

— Je ne suis pas à ta place.
— Tu crois que le docteur est fou ?
— Cela dépend de ce qu'on appelle un fou.
— Qu'il a tué ?
Maigret ne répondit pas, chercha lui aussi son chapeau.
— Attends un instant. J'ai à te parler. D'abord, il faut que j'en finisse. Tant pis si je me trompe.
Il ouvrit le tiroir de droite, y prit une formule imprimée qu'il se mit à remplir tandis que Chabiron lançait à Maigret un regard plus goguenard que jamais.
Chabiron et le petit commissaire avaient gagné. La formule était un mandat d'amener. Chabot hésita encore une seconde au moment de la signer et d'y apposer les cachets.
Puis il se demanda auquel des deux hommes il allait la remettre. Le cas ne s'était pas encore présenté à Fontenay d'une arrestation comme celle-ci.
— Je suppose...
Enfin :
— Au fait, allez-y tous les deux. Aussi discrètement que possible, afin d'éviter les manifestations. Il vaudrait mieux prendre une voiture.
— J'ai la mienne, fit Chabiron.
Ce fut un moment désagréable. On aurait dit, pendant quelques instants, que chacun avait un peu honte. Peut-être pas tant parce qu'ils doutaient de la culpabilité du docteur, dont ils se sentaient à peu près sûrs, que parce qu'ils savaient, au fond d'eux-mêmes, que ce n'était pas à cause de sa culpabilité qu'ils agissaient, mais par peur de l'opinion publique.
— Vous me tiendrez au courant, murmura le procureur qui sortit le premier et qui ajouta : Si je ne suis pas chez moi, appelez-moi chez mes beaux-parents.
Il allait passer le reste du dimanche en famille. Féron et Chabiron sortirent à leur tour et c'était le petit commis-

saire qui avait le mandat soigneusement plié dans son portefeuille.

Chabiron revint sur ses pas, après un coup d'œil par la fenêtre du couloir, pour demander :

— Les journalistes ?

— Ne leur dites rien maintenant. Partez d'abord vers le centre de la ville. Annoncez-leur que j'aurai une déclaration à leur faire d'ici une demi-heure et ils resteront.

— On l'amène ici ?

— Directement à la prison. Au cas où la foule tenterait de le lyncher, il sera plus facile de l'y protéger.

Tout cela prit du temps. Ils restèrent enfin seuls. Chabot n'était pas fier.

— Qu'est-ce que tu en penses ? se décida-t-il à questionner. Tu me donnes tort ?

— J'ai peur, avoua Maigret qui fumait sa pipe d'un air sombre.

— De quoi ?

Il ne répondit pas.

— En toute conscience, je ne pouvais pas agir autrement.

— Je sais. Ce n'est pas à cela que je pense.

— A quoi ?

Il ne voulait pas avouer que c'était l'attitude du petit commissaire à l'égard de Louise Sabati qui lui restait sur l'estomac.

Chabot regarda sa montre.

— Dans une demi-heure, ce sera fini. Nous pourrons aller l'interroger.

Maigret ne disait toujours rien, avec l'air de suivre Dieu sait quelle pensée mystérieuse.

— Pourquoi ne m'en as-tu pas parlé hier soir ?

— De la fille Sabati ?

— Oui.

— Pour éviter ce qui est arrivé.

— C'est arrivé quand même.

— Oui. Je ne prévoyais pas que Féron s'en préoccuperait.

— Tu as la lettre ?

— Quelle lettre ?

— La lettre anonyme que j'ai reçue à son sujet et que je t'ai remise. Maintenant, je suis obligé de la verser au dossier.

Maigret fouilla ses poches, la trouva, fripée, encore humide de la pluie de la veille, et la laissa tomber sur le bureau.

— Tu ne veux pas regarder si les journalistes les ont suivis ?

Il alla jeter un coup d'œil par la fenêtre. Les reporters et les photographes étaient toujours là, avec l'air d'attendre un événement.

— Tu as l'heure juste ?

— Midi cinq.

Ils n'avaient pas entendu sonner les cloches. Avec toutes les portes fermées, ils étaient là comme dans une cave où ne pénétrait aucun rayon de soleil.

— Je me demande comment il réagira. Je me demande aussi ce que son père...

La sonnerie du téléphone résonna. Chabot fut si impressionné qu'il resta un instant sans décrocher, murmura enfin, en fixant Maigret :

— Allô...

Son front se plissa, ses sourcils se rapprochèrent :

— Vous êtes sûr ?

Maigret entendait des éclats de voix dans l'appareil, sans pouvoir distinguer les mots. C'était Chabiron qui parlait.

— Vous avez fouillé la maison ? Où êtes-vous en ce moment ? Bon. Oui. Restez-y. Je...

Il se passa la main sur le crâne d'un geste angoissé.

— Je vous rappellerai dans quelques instants.

Quand il raccrocha, Maigret se contenta d'un mot.

— Parti ?

— Tu t'y attendais ?

Et, comme il ne répondait pas :

— Il est rentré chez lui hier soir tout de suite après t'avoir quitté, nous en avons la certitude. Il a passé la nuit dans sa chambre. Ce matin, de bonne heure, il s'est fait monter une tasse de café.

— Et les journaux.

— Nous n'avons pas de journaux le dimanche.

— A qui a-t-il parlé ?

— Je ne sais pas encore. Féron et l'inspecteur sont toujours dans la maison et interrogent les domestiques. Un peu après dix heures, toute la famille, sauf Alain, s'est rendue à la messe avec la voiture conduite par le maître d'hôtel.

— Je les ai vus.

— A leur retour, personne ne s'est inquiété du docteur. C'est une maison où, sauf le samedi soir, chacun vit dans son coin. Quand mes deux hommes sont arrivés, une bonne est montée pour avertir Alain. Il n'était pas chez lui. On l'a appelé dans toute la maison. Tu crois qu'il a pris la fuite ?

— Que dit l'homme en faction dans la rue ?

— Féron l'a questionné. Il paraît que le docteur est sorti un peu après le reste de la famille et est descendu vers la ville à pied.

— On ne l'a pas suivi ? Je croyais...

— J'avais donné des instructions pour qu'on le suive. Peut-être la police a-t-elle pensé que, le dimanche matin, ce n'était pas nécessaire. Je ne sais pas. Si on ne met pas la main sur lui, on prétendra que j'ai fait exprès de lui laisser le temps d'échapper.

— On le dira certainement.

— Il n'y a pas de train avant cinq heures de l'après-midi. Alain n'a pas d'auto.

— Il n'est donc pas loin.

— Tu crois ?

— Cela m'étonnerait qu'on ne le retrouve pas chez sa maîtresse. D'habitude, il ne se glisse chez elle que le soir, à la faveur de l'obscurité. Mais il y a trois jours qu'il ne l'a pas vue.

Maigret n'ajouta pas qu'Alain savait qu'il était allé la voir.

— Qu'est-ce que tu as ? questionna le juge d'instruction.

— Rien. J'ai peur, c'est tout. Tu ferais mieux de les envoyer là-bas.

Chabot téléphona. Après quoi, tous les deux restèrent assis face à face, en silence, dans le bureau où le printemps n'était pas encore entré et où l'abat-jour vert de la lampe leur donnait un air malade.

7

Le trésor de Louise

Maigret, pendant qu'ils attendaient, eut soudain l'impression gênante de regarder son ami à la loupe. Chabot lui paraissait encore plus vieilli, plus éteint que quand il était arrivé l'avant-veille. Il y avait juste assez de vie en lui, d'énergie, de personnalité pour mener l'existence qu'il menait et quand, brusquement, comme c'était le cas, on réclamait de lui un effort supplémentaire, il s'effondrait, honteux de son inertie.

Or, ce n'était pas une question d'âge, le commissaire l'aurait juré. Il avait toujours dû être ainsi. C'était Maigret qui s'était trompé, jadis, à l'époque où ils étaient étudiants et où il avait envié son ami. Chabot, alors, était pour lui le type de l'adolescent heureux. A Fontenay, une mère aux petits soins pour lui, l'accueillait dans une maison confortable où les choses avaient un aspect solide et définitif. Il savait qu'il hériterait, outre cette maison, de deux ou trois fermes et il recevait assez d'argent chaque mois pour en prêter à ses camarades.

Trente ans avaient passé et Chabot était devenu ce qu'il devait devenir. Aujourd'hui, c'était lui qui se tournait vers Maigret pour lui demander son aide.

Les minutes coulaient. Le juge feignait de parcourir un dossier dont son regard ne suivait pas les lignes dactylographiées. Le téléphone ne se décidait pas à sonner.

Il tira sa montre de sa poche.

— Il ne faut pas cinq minutes, en voiture, pour se rendre là-bas. Autant pour en revenir. Ils devraient...

Il était midi et quart. Il fallait laisser aux deux hommes quelques minutes pour aller voir dans la maison.

— S'il n'avoue pas et si, dans deux ou trois jours, je n'ai pas découvert des preuves indiscutables, j'en serai quitte pour demander ma retraite anticipée.

Il avait agi par peur du gros de la population. A présent c'était des réactions des Vernoux et de leurs pairs qu'il s'effrayait.

— Midi vingt. Je me demande ce qu'ils font.

A midi vingt-cinq, il se leva, trop nerveux pour rester assis.

— Tu n'as pas de voiture ? lui demanda le commissaire.

Il parut gêné.

— J'en ai eu une qui me servait le dimanche pour conduire ma mère à la campagne.

C'était drôle d'entendre parler de campagne par quelqu'un qui habitait une ville où des vaches paissaient à cinq cents mètres de la rue principale.

— Maintenant que ma mère ne sort plus que pour la messe le dimanche, qu'est-ce que je ferais d'une auto ?

Peut-être était-il devenu avare ? C'était probable. Pas tellement par sa faute. Quand on possède un petit bien comme le sien, on craint fatalement de le perdre.

Maigret avait l'impression, depuis son arrivée à Fontenay, d'avoir compris des choses auxquelles il n'avait jamais pensé, et il se créait, d'une petite ville, une image différente de celle qu'il s'était faite jusque-là.

— Il y a certainement du nouveau.

Les deux policiers étaient partis depuis plus de vingt minutes. Cela ne demandait pas longtemps de fouiller le logement de deux pièces de Louise Sabati. Alain Vernoux n'était pas l'homme à s'enfuir par la fenêtre et il était difficile d'imaginer une chasse à l'homme dans les rues du quartier de la caserne.

Il y eut un moment d'espoir quand ils entendirent le moteur d'une auto qui gravissait la rue en pente et le juge resta immobile, dans l'attente, mais la voiture passa sans s'arrêter.

— Je ne comprends plus.

Il tirait sur ses longs doigts couverts de poils clairs, jetait de brefs regards à Maigret comme pour le supplier de le rassurer, cependant que le commissaire s'obstinait à rester impénétrable.

Quand, un peu après midi et demi, la sonnerie fonctionna enfin, Chabot se jeta littéralement sur l'appareil.

— Allô ! cria-t-il.

Mais, tout de suite, il fut déconfit. C'était une voix de femme qu'on entendait, d'une femme qui ne devait pas avoir l'habitude de téléphoner et qui parlait si fort que le commissaire l'entendait de l'autre bout de la pièce.

— C'est le juge ? questionnait-elle.

— Le juge d'instruction Chabot, oui. J'écoute.

Elle répétait du même ton :

— C'est le juge ?

— Mais oui ! Qu'est-ce que vous voulez ?

— Vous êtes le juge ?

Et lui, furieux :

— Oui. Je suis le juge. Vous ne m'entendez pas ?

— Non.

— Qu'est-ce que vous voulez ?

Si elle lui avait demandé une fois de plus s'il était le juge, il aurait probablement lancé l'appareil à terre.

— Le commissaire veut que vous veniez.

— Comment ?

Mais maintenant, parlant à quelqu'un d'autre, dans la pièce d'où elle lui téléphonait, elle annonçait d'une autre voix :

— Je le lui ai dit. Quoi ?

Quelqu'un commandait :

— Raccrochez.

— Raccrocher quoi ?

On entendait du bruit dans le Palais de Justice. Chabot et Maigret tendirent l'oreille.

— On frappe de grands coups à la porte.

— Viens.

Ils coururent le long des couloirs. Les coups redoublaient. Chabot se hâta de tirer le verrou et de tourner la clef dans la serrure.

— On vous a téléphoné ?

C'était Lomel, encadré de trois ou quatre confrères. On en voyait d'autres qui montaient la rue dans la direction de la campagne.

— Chabiron vient de passer au volant de sa voiture. Il y avait près de lui une femme évanouie. Il a dû la conduire à l'hôpital.

Une auto stationnait au bas des marches.

— A qui est-ce ?

— A moi, ou plutôt à mon journal, dit un reporter de Bordeaux.

— Conduisez-nous.

— A l'hôpital ?

— Non. Descendez d'abord vers la rue de la République. Vous prendrez à droite, dans la direction de la caserne.

Ils s'entassèrent tous dans la voiture. Devant chez les Vernoux, un groupe d'une vingtaine de personnes s'était formé et on les regarda passer en silence.

— Qu'arrive-t-il, juge ? questionna Lomel.

— Je ne sais pas. On devait procéder à une arrestation.

— Le docteur ?

Il n'eut pas le courage de nier, de jouer au plus fin. Quelques personnes étaient assises à la terrasse du Café de la Poste. Une femme endimanchée sortait de la pâtisserie, une boîte de carton blanc suspendue à son doigt par une ficelle rouge.

— Par là ?

— Oui. Maintenant, à gauche... Attendez... tournez après ce bâtiment...

On ne pouvait se tromper. Devant la maison où Louise occupait un logement, cela grouillait, surtout des femmes et des enfants qui se précipitèrent vers les portières quand la voiture s'arrêta. La grosse femme qui avait accueilli Maigret la veille se tenait au premier rang, les poings sur les hanches.

— C'est moi qui suis allée vous téléphoner de l'épicerie. Le commissaire est en haut.

Cela se passait dans la confusion. La petite troupe contournait la maison, Maigret, qui connaissait les lieux, en avait pris la tête.

Les curieux, plus nombreux de ce côté-ci, bouchaient la porte extérieure. Il y en avait même dans l'escalier en haut duquel le petit commissaire de police était obligé de monter la garde devant la porte défoncée.

— Laissez passer... Écartez-vous...

Féron avait le visage défait, les cheveux sur le front. Il avait perdu son chapeau quelque part. Il parut soulagé qu'on arrivât à la rescousse.

— Vous avez averti le commissariat pour qu'on m'envoie du renfort ?

— Je ne savais pas que... commença le juge.

— J'avais recommandé à cette femme de vous dire...

Les journalistes essayaient de photographier. Un bébé pleurait. Chabot, que Maigret avait fait passer devant lui, atteignait les dernières marches en demandant :

— Que se passe-t-il ?

— Il est mort.

Il poussa le battant dont le bois avait en partie volé en éclats.

— Dans la chambre.

Celle-ci était en désordre. La fenêtre ouverte laissait pénétrer le soleil et les mouches.

Sur le lit défait, le docteur Alain Vernoux était étendu, tout habillé, ses lunettes sur l'oreiller à côté de son visage d'où le sang s'était déjà retiré.

— Racontez, Féron.

— Il n'y a rien à raconter. Nous sommes arrivés, l'inspecteur et moi, et on nous a désigné cet escalier. Nous avons frappé. Comme on ne répondait pas, j'ai fait les injonctions d'usage. Chabiron a donné deux ou trois coups d'épaule dans le battant. Nous l'avons trouvé comme il est, où il est. J'ai tâté son pouls. Il ne bat plus. J'ai placé un miroir devant sa bouche.

— Et la fille ?

— Elle était par terre, comme si elle avait glissé du lit, et elle avait vomi.

Ils marchaient tous dans ce qu'elle avait rendu.

— Elle ne bougeait plus, mais elle n'était pas morte. Il n'y a pas de téléphone dans la maison. Je ne pouvais pas courir le quartier à la recherche d'un appareil. Chabiron l'a chargée sur son épaule et l'a transportée à l'hôpital. Il n'y avait rien d'autre à faire.

— Vous êtes sûr qu'elle respirait ?

— Oui, avec un drôle de râle dans la gorge.

Les photographes travaillaient toujours. Lomel prenait des notes dans un petit carnet rouge.

— Toute la maisonnée m'est tombée sur le dos. Des gamins, un moment, sont parvenus à se faufiler dans la pièce. Je ne pouvais pas m'éloigner. Je voulais vous avertir. J'ai envoyé la femme qui a l'air de servir de concierge en lui recommandant de vous dire...

Désignant le désordre autour de lui, il ajouta :

— Je n'ai même pas pu jeter un coup d'œil dans le logement.

Ce fut un des journalistes qui tendit un tube de véronal vide.

— Il y a en tout cas ceci.

C'était l'explication. De la part d'Alain Vernoux, il s'agissait sûrement d'un suicide.

Avait-il obtenu que Louise se tue avec lui ? Lui avait-il administré la drogue sans rien dire ?

Dans la cuisine, un bol de café au lait contenait encore un fond de liquide et on voyait un morceau de fromage à côté d'une tranche de pain, dans le pain la trace de la bouche de la fille.

Elle se levait tard, Alain Vernoux avait dû la trouver en train de prendre son petit déjeuner.

— Elle était habillée ?

— En chemise. Chabiron l'a enroulée dans une couverture et l'a emportée comme ça.

— Les voisins n'ont pas entendu de dispute ?

— Je n'ai pas pu les questionner. Ce sont les gosses qui se tiennent au premier rang et les mères ne font rien pour les écarter. Écoutez-les.

Un des journalistes appuyait son dos à la porte qui ne fermait plus, pour empêcher qu'elle soit poussée de l'extérieur.

Julien Chabot allait et venait comme dans un mauvais rêve, en homme qui a perdu le contrôle de la situation.

Deux ou trois fois, il se dirigea vers le corps avant d'oser poser la main sur le poignet qui pendait.

Il répéta à plusieurs reprises, oubliant qu'il l'avait déjà dit, ou décidé à se convaincre lui-même :

— Le suicide est évident.

Puis il demanda :

— Chabiron ne doit pas revenir ?

— Je suppose qu'il restera là-bas pour questionner la fille si elle revient à elle. Il faudrait avertir le commissariat. Chabiron a promis de m'envoyer un médecin...

Celui-ci frappait à la porte, un jeune interne qui se dirigea directement vers le lit.

— Mort ?

Il fit oui de la tête.

— La fille qu'on vous a amenée ?

— On s'en occupe. Elle a des chances de s'en tirer.

Il regarda le tube, haussa les épaules, grommela :

— Toujours la même chose.

— Comment se fait-il qu'il soit mort alors qu'elle...

Il désigna la vomissure sur le plancher.

Un des reporters, qui avait disparu sans qu'on s'en aperçût, rentrait dans la pièce.

— Il n'y a pas eu de dispute, dit-il. J'ai questionné les voisines. C'est d'autant plus certain que, ce matin, les fenêtres des logements étaient pour la plupart ouvertes.

Lomel, lui, fouillait sans vergogne les tiroirs qui ne contenaient pas grand-chose, du linge et des vêtements bon marché, des bibelots sans valeur. Puis il se penchait pour regarder sous le lit et Maigret le voyait se coucher sur le sol, tendre le bras, retirer une boîte à chaussures en carton qu'entourait un ruban bleu. Lomel se retira à l'écart avec son butin et il régnait assez de désordre pour qu'on le laisse tranquille.

Il n'y eut que Maigret à s'approcher de lui.

— Qu'est-ce que c'est ?

— Des lettres.

La boîte en était à peu près pleine, non seulement de lettres, mais de courts billets écrits en hâte sur des bouts de papier. Louise Sabati avait tout gardé, peut-être à l'insu de son amant, presque certainement même, sinon elle n'aurait pas caché la boîte sous le lit.

— Laissez voir.

Lomel paraissait impressionné en les lisant. Il dit d'une voix mal assurée :

— Ce sont des lettres d'amour.

Le juge s'était enfin aperçu de ce qui se passait.

— Des lettres ?

— Des lettres d'amour.

— De qui ?

— D'Alain. Signées de son prénom, parfois seulement de ses initiales.

Maigret, qui en avait lu deux ou trois, aurait voulu empêcher qu'on se les passe de main en main. C'étaient probablement les lettres d'amour les plus émouvantes qu'il lui eût été donné de lire. Le docteur les avait écrites avec la fougue et parfois la naïveté d'un jeune homme de vingt ans.

Il appelait Louise : « *Ma toute petite* ».

Parfois : « *Ma pauvre petite à moi* ».

Et il lui disait, comme tous les amants, la longueur des journées et des nuits sans elle, le vide de la vie, de la maison où il se heurtait aux murs comme un frelon, il lui disait qu'il aurait voulu l'avoir connue plus tôt, avant qu'aucun homme ne l'eût touchée, et les rages qui le prenaient, le soir, seul dans son lit, quand il pensait aux caresses qu'elle avait subies.

Certaines fois, il s'adressait à elle comme à un enfant irresponsable et d'autres fois il lui échappait des cris de haine et de désespoir.

— Messieurs... commença Maigret, la gorge serrée.

On ne faisait pas attention à lui. Cela ne le regardait pas. Chabot, rougissant, les verres de ses lunettes embuées, continuait à parcourir les papiers.

« *Je t'ai quittée il y a une demi-heure et j'ai regagné ma prison. J'ai besoin de reprendre contact avec toi...* »

Il la connaissait depuis huit mois à peine. Il y avait là près de deux cents lettres et, certains jours, il lui était arrivé d'en écrire trois, coup sur coup. Certaines ne portaient pas de timbre. Il devait les apporter avec lui.

« *Si j'étais un homme...* »

Ce fut un soulagement pour Maigret d'entendre arriver les gens de la police qui écartaient la foule et la marmaille.

— Tu ferais mieux de les emporter, souffla-t-il à son ami.

Il fallut les reprendre dans toutes les mains. Ceux qui les rendaient paraissaient gênés. On hésitait maintenant à se tourner vers le lit et, quand on jetait un coup d'œil au corps étendu, c'était furtivement, avec l'air de s'en excuser.

Tel quel, sans ses lunettes, le visage détendu et serein, Alain Vernoux paraissait dix ans de moins que dans la vie.

— Ma mère doit s'inquiéter... remarqua Chabot en regardant sa montre.

Il oubliait la maison de la rue Rabelais où il y avait toute une famille, un père, une mère, une femme, des enfants, qu'il faudrait se décider à avertir.

Maigret le lui rappela. Le juge murmura :

— J'aimerais autant ne pas y aller moi-même.

Le commissaire n'osait pas s'offrir. Peut-être son ami, de son côté, n'osait-il pas le lui demander.

— Je vais envoyer Féron.

— Où ? questionna celui-ci.

— Rue Rabelais, pour les prévenir. Parlez d'abord à son père.

— Qu'est-ce que je lui dis ?

— La vérité.

Le petit commissaire grommela entre ses dents :

— Jolie corvée !

Ils n'avaient plus rien à faire ici. Plus rien à découvrir, dans le logement d'une pauvre fille dont la boîte de lettres constituait le seul trésor. Sans doute ne les avait-elle pas toutes comprises. Cela n'avait pas d'importance.

— Tu viens, Maigret ?

Et, au médecin :

— Vous vous chargez de faire transporter le corps ?

— A la morgue ?

— Une autopsie sera nécessaire. Je ne vois pas comment...

Il se tourna vers les deux agents.

— Ne laissez entrer personne.

Il descendit l'escalier, la boîte en carton sous le bras, dut fendre la foule amassée en bas. Il n'avait pas pensé à la question de voiture. Ils étaient à l'autre bout de la ville. De lui-même, le journaliste de Bordeaux se précipita.

— Où voulez-vous que je vous conduise ?

— Chez moi.

— Rue Clemenceau ?

Ils firent la plus grande partie du trajet en silence. Ce ne fut qu'à cent mètres de sa maison que Chabot murmura :

— Je suppose que cela termine l'affaire.

Il ne devait pas en être si sûr, car il examinait Maigret à la dérobée. Et celui-ci n'approuvait pas, ne disait ni oui ni non.

— Je ne vois aucune raison, s'il n'était pas coupable, pour...

Il se tut car, en entendant l'auto, sa mère, qui devait se morfondre, ouvrait déjà la porte.

— Je me demandais ce qui était arrivé. J'ai vu des gens courir comme s'il se passait quelque chose.

Il remercia le reporter, crut devoir lui proposer :

— Un petit verre ?

— Merci. Je dois téléphoner d'urgence à mon journal.

— Le rôti va être trop cuit. Je vous attendais à midi et demi. Tu parais fatigué, Julien. Vous ne trouvez pas, Jules, qu'il a mauvaise mine ?

— Tu devrais nous laisser un instant, maman.

— Vous ne voulez pas manger ?

— Pas tout de suite.

Elle se raccrochait à Maigret.

— Il n'y a rien de mauvais ?

— Rien qui puisse vous inquiéter.

Il préféra lui avouer la vérité, tout au moins une part de la vérité.

— Alain Vernoux s'est suicidé.

Elle fit seulement :

— Ah !

Puis, hochant la tête, elle se dirigea vers la cuisine.

— Entrons dans mon bureau. A moins que tu aies faim ?

— Non.

— Sers-toi à boire.

Il aurait aimé un verre de bière, mais il savait qu'il n'y en avait pas dans la maison. Il fouilla le placard à liqueurs, prit au hasard une bouteille de pernod.

— Rose va t'apporter de l'eau et de la glace.

Chabot s'était laissé tomber dans son fauteuil où la tête de son père, avant la sienne, avait dessiné une tache plus sombre dans le cuir. La boîte à chaussures était sur le bureau, avec le ruban qu'on avait renoué.

Le juge avait un besoin urgent d'être rassuré. Ses nerfs étaient à nu.

— Pourquoi ne prends-tu pas un peu d'alcool ?

Au regard que Chabot lança vers la porte, Maigret comprit que c'était sur les instances de sa mère qu'il ne buvait plus.

— J'aime mieux pas.

— Comme tu voudras.

Malgré la température douce ce jour-là, un feu continuait à flamber dans la cheminée et Maigret, qui avait trop chaud, dut s'en éloigner.

— Qu'est-ce que tu en penses ?

— De quoi ?

— De ce qu'il a fait. Pourquoi, s'il n'était pas coupable...

— Tu as lu quelques-unes de ses lettres, non ?

Chabot baissa la tête.

— Le commissaire Féron a fait irruption hier dans le logement de Louise, l'a questionnée, emmenée au commissariat, gardée toute la nuit au violon.

— Il a agi sans mes instructions.

— Je sais. Il l'a fait quand même. Ce matin, Alain s'est précipité pour la voir et a tout appris.

— Je ne vois pas ce que cela changeait.

Il le sentait fort bien, mais il ne voulait pas l'avouer.

— Tu crois que c'est pour ça ?...

— Je crois que c'est suffisant. Demain, toute la ville aurait été au courant. Féron aurait probablement continué à harceler la fille, on l'aurait finalement condamnée pour prostitution.

— Il a été imprudent. Ce n'est pas une raison pour se détruire.

— Cela dépend de qui.

— Tu es persuadé qu'il n'est pas coupable.

— Et toi ?

— Je pense que tout le monde le croira coupable et sera satisfait.

Maigret le regarda avec surprise.

— Tu veux dire que tu vas clore l'affaire ?

— Je ne sais pas. Je ne sais plus.

— Tu te souviens de ce qu'Alain nous a dit ?

— A quel sujet ?

— Qu'un fou a sa logique. Un fou, qui a vécu toute sa vie sans que personne s'aperçoive de sa folie, ne se met pas soudain à tuer sans raison. Il faut tout au moins une provocation. Il faut une cause, qui peut paraître insuffisante à une personne sensée, mais qui lui paraît suffisante, à lui.

» La première victime a été Robert de Courçon et, à mes yeux, c'est celle qui compte, parce que c'est la seule qui puisse nous fournir une indication.

» La rumeur publique, elle non plus, ne naît pas de rien.

— Tu te fies à l'opinion de la foule ?

— Il lui arrive de se tromper dans ses manifestations. Cependant, presque toujours, j'ai pu le constater au cours des années, il existe une base sérieuse. Je dirais que la foule a un instinct...

— De sorte que c'est bien Alain...

— Je n'en suis pas là. Quand Robert de Courçon a été tué, la population a fait un rapprochement entre les deux maisons de la rue Rabelais et, à ce moment-là, il n'était pas encore question de folie. Le meurtre de Courçon n'était pas nécessairement l'œuvre d'un fou ou d'un maniaque. Il a pu y avoir des raisons précises pour que quelqu'un décide de le tuer, ou le fasse dans un mouvement de colère.

— Continue.

Chabot ne luttait plus. Maigret aurait pu lui dire n'importe quoi et il aurait approuvé. Il avait l'impression que c'était sa carrière, sa vie, qu'on était en train de détruire.

— Je ne sais rien de plus que toi. Il y a eu deux autres crimes, coup sur coup, tous les deux inexplicables, tous les deux commis de la même façon, comme si l'assassin tenait à souligner qu'il s'agissait d'un seul et même coupable.

— Je croyais que les criminels s'en tenaient généralement à une méthode, toujours la même.

— Je me demande, moi, pourquoi il était si pressé.

— Si pressé de quoi ?

— De tuer à nouveau. Puis de tuer encore. Comme pour bien établir dans l'opinion qu'un fou criminel courait les rues.

Cette fois, Chabot releva vivement la tête.

— Tu veux dire qu'il n'est pas fou ?

— Pas exactement.

— Alors ?

— C'est une question que je regrette de n'avoir pas discutée plus à fond avec Alain Vernoux. Le peu qu'il nous en a dit me reste dans la mémoire. Même un fou n'agit pas nécessairement en fou.

— C'est évident. Sinon, il n'y en aurait plus en liberté.

— Ce n'est pas non plus, a priori, parce qu'il est fou qu'il tue.

— Je ne te suis plus. Ta conclusion ?

— Je n'ai pas de conclusion.

Ils tressaillirent en entendant le téléphone. Chabot décrocha, changea d'attitude, de voix.

— Mais oui, madame. Il est ici. Je vous le passe.

Et à Maigret :

— Ta femme.

Elle disait à l'autre bout du fil :

— C'est toi ? Je ne te dérange pas au moment de déjeuner ? Vous êtes toujours à table ?

— Non.

C'était inutile de lui apprendre qu'il n'avait pas encore mangé.

— Ton patron m'a appelée il y a une demi-heure et m'a demandé si tu rentrais sûrement demain matin. Je n'ai pas su que lui répondre, car quand tu m'as téléphoné, tu ne paraissais pas certain. Il m'a dit, si j'avais l'occasion de te téléphoner à nouveau, de t'annoncer que la fille de je ne sais quel sénateur a disparu depuis deux jours. Ce n'est pas encore dans les journaux. Il paraît que c'est très important, que cela risque de faire du bruit. Tu sais de qui il s'agit ?

— Non.

— Il m'a cité un nom, mais je l'ai oublié.

— Bref, il veut que je rentre sans faute ?

— Il n'a pas parlé comme ça. J'ai cependant compris que cela lui ferait plaisir que tu prennes toi-même l'affaire en main.

— Il pleut ?

— Il fait un temps merveilleux. Que décides-tu ?

— Je ferai l'impossible pour être à Paris demain matin. Il doit bien y avoir un train de nuit. Je n'ai pas encore consulté l'indicateur.

Chabot lui fit signe qu'il existait un train de nuit.

— Tout va bien à Fontenay ?

— Tout va bien.

— Fais mes amitiés au juge.

— Je n'y manquerai pas.

Quand il raccrocha, il n'aurait pas pu dire si son ami était désespéré ou enchanté de le voir partir.

— Tu dois rentrer ?

— Pour bien faire.

— Il est peut-être temps que nous nous mettions à table ?

Maigret laissa à regret la boîte blanche qui lui faisait un peu l'effet d'un cercueil.

— N'en parlons pas devant ma mère.

Ils n'étaient pas encore au dessert quand on sonna à la porte. Rose alla ouvrir, vint annoncer :

— C'est le commissaire de police qui demande...

— Faites-le entrer dans mon bureau.

— C'est ce que j'ai fait. Il attend. Il dit que ce n'est pas urgent.

Mme Chabot s'efforçait de parler de choses ou d'autres

comme si de rien n'était. Elle retrouvait des noms dans sa mémoire, des gens qui étaient morts, ou qui avaient quitté la ville depuis longtemps, et dont elle dévidait l'histoire.

Ils se levèrent enfin de table.

— Je vous fais servir le café dans ton bureau ?

On le leur servit à tous les trois et Rose posa des verres et la bouteille de fine sur le plateau d'un geste quasi sacerdotal. Il fallut attendre que la porte fût refermée.

— Alors ?

— J'y suis allé.

— Un cigare ?

— Merci. Je n'ai pas encore déjeuné.

— Vous voulez que je vous fasse servir un morceau ?

— J'ai téléphoné à ma femme que je ne tarderais plus à rentrer.

— Comment cela s'est-il passé ?

— Le maître d'hôtel m'a ouvert la porte et je lui ai demandé à voir Hubert Vernoux. Il m'a laissé dans le corridor pendant qu'il allait le prévenir. Cela a pris longtemps. Un garçon de sept ou huit ans est venu me regarder du haut de l'escalier et j'ai entendu la voix de sa mère qui le rappelait. Quelqu'un d'autre m'a observé par l'entrebâillement d'une porte, une vieille femme, mais je ne sais pas si c'est Mme Vernoux ou sa sœur.

— Qu'est-ce que Vernoux a dit ?

— Il est arrivé du fond du couloir et, parvenu à trois ou quatre mètres de moi, a questionné sans cesser d'avancer :

» — *Vous l'avez trouvé ?*

» Je lui ai dit que j'avais une mauvaise nouvelle à lui annoncer. Il n'a pas proposé de me faire entrer au salon, m'a laissé debout sur le paillasson, en me regardant du haut de sa taille, mais j'ai bien vu que ses lèvres et que ses doigts tremblaient.

» — *Votre fils est mort,* ai-je fini par annoncer.

» Et il a répliqué :

» — *C'est vous qui l'avez tué ?*

» — *Il s'est suicidé, ce matin, dans la chambre de sa maîtresse.*

— Il a paru surpris ? questionna le juge d'instruction.

— J'ai l'impression que cela lui a causé un choc. Il a ouvert la bouche comme pour poser une question, s'est contenté de murmurer :

» — *Il avait donc une maîtresse !*

» Il ne m'a pas demandé qui elle était, ni ce qu'il était advenu d'elle. Il s'est dirigé vers la porte pour l'ouvrir et ses derniers mots, en me congédiant, ont été :

» — *Peut-être que maintenant ces gens vont nous laisser la paix.*

» Il désignait du menton les curieux amassés sur le trottoir, les groupes qui stationnaient de l'autre côté de la rue, les journalistes qui profitaient de ce qu'il se tenait un instant sur le seuil pour le photographier.

— Il n'a pas essayé de les éviter ?

— Au contraire. Quand il les a aperçus, il s'est attardé, leur faisant face, les regardant dans les yeux, puis, lentement, il a refermé la porte et j'ai entendu qu'il tirait les verrous.

— La fille ?

— Je suis passé par l'hôpital. Chabiron reste à son chevet. On n'est pas encore sûr qu'elle s'en tire, à cause de je ne sais quelle malformation du cœur.

Sans toucher à son café, il avala le verre de fine, se leva.

— Je peux aller manger ?

Chabot fit signe que oui et se leva à son tour pour le reconduire.

— Qu'est-ce que je fais ensuite ?

— Je ne sais pas encore. Passez par mon bureau. Le procureur m'y attendra à trois heures.

— J'ai laissé deux hommes, à tout hasard, devant la maison de la rue Rabelais. La foule défile, s'arrête, discute à mi-voix.

— Elle est calme ?

— Maintenant qu'Alain Vernoux s'est suicidé, je pense qu'il n'y a plus de danger. Vous savez comment ça va.

Chabot regarda Maigret avec l'air de dire :

« — Tu vois ! »

Il aurait tant donné pour que son ami lui réponde :

« — Mais oui. Tout est fini. »

Seulement, Maigret ne répondait rien.

8

L'invalide du Gros-Noyer

Un peu avant le pont, en descendant de chez les Chabot, Maigret avait tourné à droite et, depuis dix minutes, il suivait une longue rue qui était ni ville ni campagne.

Au début, les maisons, blanches, rouges, grises, y compris la grande maison et les chais d'un marchand de vins, étaient encore accolées les unes aux autres, mais cela n'avait pas le caractère de la rue de la République, par exemple, et certaines d'entre elles, blanchies à la chaux, sans étage, étaient presque des chaumières.

Puis il y avait eu des vides, des venelles qui laissaient entrevoir les potagers descendant en pente douce vers la rivière, parfois une chèvre blanche attachée à un piquet.

Il ne rencontra à peu près personne sur les trottoirs mais, par les portes ouvertes, aperçut, dans la pénombre, des familles qui semblaient immobiles, à écouter la radio ou à manger de la tarte, ailleurs, un homme en manches de chemise qui lisait le journal, ailleurs encore, une petite vieille assoupie près d'une grosse horloge à balancier de cuivre.

Les jardins, petit à petit, devenaient plus envahissants, les vides plus larges entre les murs, la Vendée se rapprochait de la route, charriant les branches arrachées par les dernières bourrasques.

Maigret, qui avait refusé de se laisser conduire en voiture, commençait à le regretter, car il n'avait pas pensé que le chemin était aussi long, et le soleil était déjà chaud sur sa nuque. Il mit près d'une demi-heure à atteindre le carrefour du Gros-Noyer, après lequel il ne semblait y avoir que des prés.

Trois jeunes gens, vêtus de bleu marine, les cheveux cosmétiqués, qui se tenaient adossés à la porte d'une auberge et ne devaient pas savoir qui il était, le regardaient avec l'ironie agressive des paysans pour l'homme de la ville égaré chez eux.

— La maison de Mme Page ? leur demanda-t-il.

— Vous voulez dire Léontine ?

— Je ne connais pas son prénom.

Cela suffit à les faire rire. Ils trouvaient drôle qu'on ne connût pas le prénom de Léontine.

— Si c'est elle, allez voir à cette porte-là.

La maison qu'ils lui désignaient ne comportait qu'un rez-de-chaussée, si bas que Maigret pouvait toucher le toit de la main. La porte, peinte en vert, était en deux parties, comme certaines portes d'étable, la partie supérieure ouverte, la partie inférieure fermée.

D'abord, il ne vit personne dans la cuisine qui était très propre, avec un poêle de faïence blanche, une table ronde couverte d'une toile cirée à carreaux, des lilas dans un vase bariolé sans doute gagné à la foire ; la cheminée était envahie par des bibelots et des photographies.

Il agita une petite sonnette pendue à une ficelle.

— Qu'est-ce que c'est ?

Maigret la vit sortir de la chambre dont la porte s'ouvrait sur la gauche : c'étaient les seules pièces de la maison. La femme pouvait avoir aussi bien cinquante ans que soixante-cinq. Sèche et dure comme l'était déjà la femme de chambre de l'hôtel, elle l'examinait avec une méfiance paysanne, sans s'approcher de la porte.

— Qu'est-ce que vous voulez ?

Puis, tout de suite :

— Ce n'est pas vous dont ils ont mis la photo dans le journal ?

Maigret entendit remuer dans la chambre. Une voix d'homme s'informa :

— Qui est-ce, Léontine ?

— Le commissaire de Paris.

— Le commissaire Maigret ?

— Je crois que c'est comme ça qu'il s'appelle.

— Fais-le entrer.

Sans bouger, elle répéta :

— Entrez.

Il tira lui-même le loquet pour ouvrir la partie inférieure de la porte. Léontine ne l'invitait pas à s'asseoir, ne lui disait rien.

— Vous étiez la femme de ménage de Robert de Courçon, n'est-ce pas ?

— Pendant quinze ans. La police et les journalistes m'ont déjà posé toutes les questions. Je ne sais rien.

D'où il était, le commissaire percevait maintenant une chambre blanche aux murs ornés de chromos, le pied d'un haut lit de noyer avec un édredon rouge dessus, et de la fumée de pipe lui venait jusqu'aux narines. L'homme bougeait toujours.

— Je veux voir comme il est... murmurait-il.

Et elle, à Maigret, sans aménité :

— Vous entendez ce que dit mon mari ? Avancez. Il ne peut pas quitter son lit.

L'homme qui y était assis avait le visage envahi de barbe ; des journaux et des romans populaires étaient étalés autour de lui. Il fumait une pipe en écume à long tuyau et, sur la table de nuit, à portée de sa main, il y avait un litre de vin blanc et un verre.

— Ce sont ses jambes, expliqua Léontine. Depuis qu'il a été coincé entre les tampons de deux wagons. Il travaillait au chemin de fer. Cela s'est mis dans les os.

Des rideaux de guipure tamisaient la lumière et deux pots de géraniums égayaient l'appui de la fenêtre.

— J'ai lu toutes les histoires qu'on raconte sur vous, Monsieur Maigret. Je lis toute la journée. Avant je ne lisais jamais. Apporte un verre, Léontine.

Maigret ne pouvait refuser. Il trinqua. Puis, profitant de ce que la femme restait dans la pièce, il tira de sa poche le morceau de tuyau de plomb qu'il s'était fait confier.

— Vous connaissez ça ?

Elle ne se troubla pas. Elle dit :

— Bien sûr.

— Où l'avez-vous vu pour la dernière fois ?

— Sur la grande table du salon.

— Chez Robert de Courçon ?

— Chez Monsieur, oui. Cela provient de la remise, où on a dû changer une partie de la tuyauterie, l'hiver dernier, parce que la gelée avait crevé les conduites d'eau.

— Il gardait ce bout de tuyau sur sa table ?

— Il y avait de tout. On appelait ça le salon, mais c'était la pièce où il vivait tout le temps et où il travaillait.

— Vous faisiez son ménage ?

— Ce qu'il me permettait de faire, balayer par terre, prendre les poussières — et encore, sans déranger aucun objet ! — et laver la vaisselle.

— Il était maniaque ?

— Je n'ai pas dit ça.

— Tu peux le dire au commissaire, lui soufflait son mari.

— Je n'ai pas à me plaindre de lui.

— Sauf qu'il y a des mois que tu n'as pas été payée.

— Ce n'est pas sa faute. Si les autres, en face, lui avaient donné l'argent qu'ils lui devaient...

— Vous n'avez pas été tentée de jeter ce tuyau ?

— J'ai essayé. Il m'a commandé de le laisser là. Ça lui servait de presse-papier. Je me souviens qu'il a ajouté que cela pourrait être utile si les cambrioleurs essayaient de pénétrer chez lui. C'est une drôle d'idée, car il y avait plein de fusils aux murs. Il les collectionnait.

— C'est vrai, monsieur le commissaire, que son neveu s'est tué ?

— C'est vrai.

— Vous pensez que c'est lui ? Encore un coup de blanc ? Moi, voyez-vous, comme je le disais à ma femme, les gens riches, je n'essaie pas de les comprendre. Ça ne pense pas, ça ne sent pas comme nous.

— Vous connaissiez les Vernoux ?

— Comme tout le monde, pour les avoir rencontrés dans la rue. J'ai entendu raconter qu'ils n'avaient plus d'argent, qu'ils en avaient même emprunté à leurs domestiques, et cela doit être vrai puisque le patron de Léontine ne recevait plus sa pension et qu'il ne pouvait pas la payer.

Sa femme lui faisait signe de moins parler. Il n'avait d'ailleurs pas grand-chose à dire mais il était heureux d'avoir de la compagnie et de voir en chair et en os le commissaire Maigret.

Celui-ci les quitta avec, dans la bouche, le goût aigrelet du vin blanc. Sur le chemin du retour, il trouva un peu d'animation. Des jeunes gens et des jeunes filles à vélo s'en retournaient vers la campagne. Des familles se dirigeaient lentement vers la ville.

Ils devaient être toujours réunis, au Palais, dans le bureau du juge. Maigret avait refusé de se joindre à eux, car il ne voulait pas influencer la décision qu'ils allaient prendre.

Décideraient-ils de clore l'instruction en considérant le suicide du docteur comme un aveu ?

C'était probable et, dans ce cas, Chabot garderait un remords toute sa vie.

Quand il atteignit la rue Clemenceau et qu'il plongea le regard dans la perspective de la rue de la République, il y avait presque de la foule, des gens se promenaient sur les deux trottoirs, d'autres sortaient du cinéma, et, à la terrasse du Café de la Poste, toutes les chaises étaient occupées. Le soleil prenait déjà les tons rougeâtres du couchant.

Il se dirigea vers la place Viète, passa devant la maison de son ami où il entrevit Mme Chabot derrière les vitres du premier étage. Rue Rabelais, des curieux stationnaient encore en face de chez les Vernoux mais, peut-être parce que la mort était passée par là, les gens se tenaient à distance respectueuse, la plupart sur le trottoir d'en face.

Maigret se répéta encore une fois que cette affaire ne le regardait pas, qu'il avait un train à prendre le soir même, qu'il risquait de mécontenter tout le monde et de se brouiller avec son ami.

Après quoi, incapable de résister, il tendit la main vers le marteau de la porte. Il dut attendre longtemps, sous les regards des promeneurs, entendit enfin des pas et le maître d'hôtel entrouvrit le battant.

— Je voudrais voir M. Hubert Vernoux.

— Monsieur n'est pas visible.

Maigret était entré sans y être invité. Le hall restait dans la pénombre. On n'entendait aucun bruit.

— Il est dans son appartement ?

— Je crois qu'il est couché.

— Une question : les fenêtres de votre chambre donnent-elles sur la rue ?

Le maître d'hôtel parut gêné, parla bas.

— Oui. Au troisième. Ma femme et moi couchons dans les mansardes.

— Et vous pouvez voir la maison d'en face ?

Alors qu'ils n'avaient rien entendu, la porte du salon s'ouvrit et Maigret reconnut dans l'entrebâillement la silhouette de la belle-sœur.

— Qu'est-ce que c'est, Arsène ?

Elle avait vu le commissaire mais ne lui adressait pas la parole.

— Je disais à Monsieur Maigret que Monsieur n'est pas visible.

Elle finit par se tourner vers lui.

— Vous vouliez parler à mon beau-frère ?

Elle se résignait à ouvrir la porte plus grande.

— Entrez.

Elle était seule dans le vaste salon aux rideaux fermés ; une seule lampe était allumée sur un guéridon. Il n'y avait aucun livre ouvert, aucun journal, aucun travail de couture ou autre. Elle devait être assise là, à ne rien faire, quand il avait soulevé le marteau.

— Je peux vous recevoir à sa place.

— C'est lui que je désire voir.

— Même si vous allez chez lui, il ne sera probablement pas en état de vous répondre.

Elle marcha vers la table où se trouvaient un certain nombre de bouteilles, en saisit une qui avait contenu du marc de Bourgogne et qui était vide.

— Elle était à moitié pleine à midi. Il n'est pas resté un quart d'heure dans cette pièce alors que nous étions encore à table.

— Cela lui arrive souvent ?

— Presque tous les jours. Maintenant, il va dormir jusque cinq ou six heures et il aura alors les yeux troubles. Ma sœur et moi avons essayé d'enfermer les bouteilles, mais il trouve le moyen de s'arranger. Il vaut mieux que cela se passe ici que dans Dieu sait quel estaminet.

— Il fréquente parfois les estaminets ?

— Comment voulez-vous que nous le sachions ? Il sort par la petite porte, à notre insu, et quand, après, on lui voit ses gros yeux, quand il commence à bégayer, on sait ce que cela signifie. Il finira comme son père.

— Il y a longtemps que cela a commencé ?

— Des années. Peut-être buvait-il avant aussi et cela lui faisait-il moins d'effet ? Il ne paraît pas son âge, mais il a quand même soixante-sept ans.

— Je vais demander au maître d'hôtel de me conduire chez lui.

— Vous ne voulez pas revenir plus tard ?

— Je repars pour Paris ce soir.

Elle comprit qu'il était inutile de discuter, pressa un timbre. Arsène parut :

— Conduisez monsieur le commissaire chez Monsieur.

Arsène la regardait, surpris, avec l'air de lui demander si elle avait réfléchi.

— Il arrivera ce qu'il arrivera !

Sans le maître d'hôtel, Maigret se serait perdu dans les

couloirs qui se croisaient, larges et sonores comme des couloirs de couvent. Il entrevit une cuisine où scintillaient des cuivres et où, comme au Gros-Noyer, une bouteille de vin blanc se trouvait sur la table, sans doute la bouteille d'Arsène.

Celui-ci ne semblait plus rien comprendre à l'attitude de Maigret. Après la question au sujet de sa chambre, il s'était attendu à un véritable interrogatoire. Or, on ne lui demandait rien.

Dans l'aile droite du rez-de-chaussée, il frappait à une porte de chêne sculpté.

— C'est moi, Monsieur ! disait-il en élevant la voix pour être entendu de l'intérieur.

Et, comme on percevait un grognement :

— Le commissaire, qui est avec moi, insiste pour voir Monsieur.

Ils restèrent immobiles pendant que quelqu'un allait et venait dans la pièce et, finalement, entrouvrait la porte.

La belle-sœur ne s'était pas trompée en parlant des gros yeux qui fixaient le commissaire avec une sorte de stupeur.

— C'est vous ! balbutiait Hubert Vernoux, la langue épaisse.

Il avait dû se coucher tout habillé. Ses vêtements étaient fripés, ses cheveux blancs retombaient sur son front et il y passa la main d'un geste machinal.

— Qu'est-ce que vous voulez ?

— Je désirerais un entretien avec vous.

C'était difficile de le mettre à la porte. Vernoux, comme s'il n'avait pas encore bien repris ses sens, s'effaçait. La pièce était très grande, avec un lit à baldaquin en bois sculpté, très sombre, aux draperies de soie passée.

Tous les meubles étaient anciens, plus ou moins du

même style, et faisaient penser à une chapelle ou à une sacristie.

— Vous permettez ?

Vernoux pénétra dans une salle de bains, se fit couler un verre d'eau et se gargarisa. Quand il revint, il était déjà un peu mieux.

— Asseyez-vous. Dans ce fauteuil si vous voulez. Vous avez vu quelqu'un ?

— Votre belle-sœur.

— Elle vous a dit que j'avais bu ?

— Elle m'a montré la bouteille de marc.

Il haussa les épaules.

— C'est toujours la même chanson. Les femmes ne peuvent pas comprendre. Un homme à qui on vient d'annoncer brutalement que son fils...

Un liquide embua ses yeux. Sa voix avait baissé d'un ton, pleurnicharde.

— C'est un coup dur, commissaire. Surtout quand on n'a que ce fils. Que fait sa mère ?

— Aucune idée...

— Elle va se porter malade. C'est son truc. Elle se porte malade et on n'ose plus rien lui dire. Vous comprenez ? Alors, sa sœur la remplace : elle appelle ça prendre la maison en main...

Il faisait penser à un vieux comédien qui veut coûte que coûte émouvoir. Dans son visage un peu gonflé, les traits changeaient d'expression à une vitesse étonnante. En quelques minutes, ils avaient successivement exprimé l'ennui, une certaine crainte, puis la douleur paternelle, l'amertume à l'égard des deux femmes. Maintenant la crainte revenait à la surface.

— Pourquoi avez-vous tenu à me voir ?

Maigret, qui ne s'était pas assis dans le fauteuil qu'on

lui avait désigné, tira le morceau de tuyau de sa poche et le posa sur la table.

— Vous alliez souvent chez votre beau-frère ?

— Environ une fois par mois, pour lui porter son argent. Je suppose qu'on a appris que je lui passais de quoi vivre ?

— Vous avez donc aperçu ce morceau de tuyau sur son bureau ?

Il hésita, comprenant que la réponse à cette question était capitale, et aussi qu'il lui fallait prendre une décision rapide.

— Je crois que oui.

— C'est le seul indice matériel qu'on possède dans cette affaire. Jusqu'ici, on ne paraît pas en avoir compris toute la signification.

Il s'asseyait, tirait sa pipe de sa poche et la bourrait. Vernoux restait debout, les traits tirés comme par un violent mal de tête.

— Vous avez un instant à me consacrer ?

Sans attendre la réponse, il enchaînait :

— On a affirmé que trois crimes étaient plus ou moins identiques sans remarquer que le premier est, en fait, complètement différent des autres. La veuve Gibon, comme Gobillard, ont été tués de sang-froid, avec préméditation. L'homme qui a sonné à la porte de l'ancienne sage-femme venait là pour tuer et l'a fait sans attendre, dans le corridor. Sur le seuil, il avait déjà son arme à la main. Quand, deux jours plus tard, il a attaqué Gobillard, il ne visait peut-être pas celui-ci en particulier, mais il était dehors pour tuer. Vous comprenez ce que je veux dire ?

Vernoux, en tout cas, faisait un effort, presque douloureux, pour deviner où Maigret essayait d'en arriver.

— L'affaire Courçon est différente. En entrant chez lui, le meurtrier n'avait pas d'armes. Nous pouvons en déduire qu'il ne venait pas avec des intentions homicides. Quelque chose s'est produit, qui l'a poussé à son geste. Peut-être l'attitude de Courçon, souvent provocante, peut-être même, de sa part, un geste menaçant ?

Maigret s'interrompit pour frotter une allumette et tirer sur sa pipe.

— Qu'est-ce que vous en pensez ?

— De quoi ?

— De mon raisonnement.

— Je croyais cette histoire terminée.

— Même à supposer qu'elle le soit, j'essaie de comprendre.

— Un fou ne doit pas s'embarrasser de ces considérations.

— Et s'il ne s'agissait pas d'un fou, en tout cas pas d'un fou dans le sens que l'on donne d'habitude à ce mot ? Suivez-moi encore un instant. Quelqu'un se rend chez Robert de Courçon, le soir, sans se cacher, puisqu'il n'a pas encore de mauvaises intentions, et, pour des raisons que nous ignorons, est amené à le tuer. Il ne laisse aucune trace derrière lui, emporte l'arme, ce qui indique qu'il ne veut pas se laisser prendre.

» Il s'agit donc d'un homme qui connaît la victime, qui a l'habitude d'aller la voir à cette heure-là.

» C'est fatalement dans cette direction que la police cherchera.

» Et il y a toutes les chances pour qu'elle arrive au coupable.

Vernoux le regardait avec l'air de réfléchir, de peser le pour et le contre.

— Supposons maintenant qu'un autre crime soit commis, à l'autre bout de la ville, sur une personne qui n'a rien à voir avec l'assassin ni avec Courçon. Que va-t-il arriver ?

L'homme ne réprima pas tout à fait un sourire. Maigret poursuivit :

— On ne cherchera plus *nécessairement* parmi les relations de la première victime. L'idée qui viendra à l'esprit de chacun est qu'il s'agit d'un fou.

Il prit un temps.

— C'est ce qui s'est produit. Et l'assassin, par surcroît de précaution, pour consolider cette hypothèse de folie, a commis un troisième crime, dans la rue, cette fois, sur la personne du premier ivrogne venu. Le juge, le procureur, la police s'y sont laissé prendre.

— Vous pas ?

— Je n'ai pas été le seul à ne pas y croire. Il arrive que l'opinion publique se trompe. Souvent aussi, elle a le même genre d'intuition que les femmes et les enfants.

— Vous voulez dire qu'elle a désigné mon fils ?

— Elle a désigné cette maison.

Il se leva, sans insister, se dirigea vers une table Louis XIII qui servait de bureau et sur laquelle du papier à lettre était posé sur un sous-main. Il en prit une feuille, tira un papier de sa poche.

— Arsène a écrit, laissa-t-il tomber négligemment.

— Mon maître d'hôtel ?

Vernoux se rapprocha vivement et Maigret remarqua que, malgré sa corpulence, il avait la légèreté fréquente à certains gros hommes.

— Il a envie d'être questionné. Mais il n'ose pas se présenter de lui-même à la police ou au Palais de Justice.

— Arsène ne sait rien.

— C'est possible, encore que sa chambre donne sur la rue.

— Vous lui avez parlé ?

— Pas encore. Je me demande s'il vous en veut de ne

pas lui payer ses gages et de lui avoir emprunté de l'argent.

— Vous savez cela aussi ?

— Vous n'avez rien à me dire, vous, Monsieur Vernoux ?

— Qu'est-ce que je vous dirais ? Mon fils...

— Ne parlons pas de votre fils. Je suppose que vous n'avez jamais été heureux ?

Il ne répondit pas, fixa le tapis à ramages sombres.

— Tant que vous aviez de l'argent, les satisfactions de vanité ont pu vous suffire. Après tout, vous étiez le riche-homme de l'endroit.

— Ce sont des questions personnelles qu'il me déplaît d'aborder.

— Vous avez perdu beaucoup d'argent, ces dernières années ?

Maigret prit un ton plus léger, comme si ce qu'il disait n'avait pas d'importance.

— Contrairement à ce que vous pensez, l'enquête n'est pas finie et l'instruction reste ouverte. Jusqu'ici, pour des raisons qui ne me regardent pas, les recherches n'ont pas été conduites selon les règles. On ne pourra pas s'empêcher plus longtemps d'interroger vos domestiques. On voudra aussi mettre le nez dans vos affaires, examiner vos relevés de banque. On apprendra, ce que tout le monde soupçonne, que, depuis des années, vous luttez en vain pour sauver les restes de votre fortune. Derrière la façade il n'y a plus rien, qu'un homme traité sans ménagements par sa famille elle-même, depuis qu'il n'est plus capable de faire de l'argent.

Hubert Vernoux ouvrit la bouche. Maigret ne le laissa pas parler.

— On fera aussi appel à des psychiatres.

Il vit son interlocuteur relever la tête d'un geste brusque.

— J'ignore quelle sera leur opinion. Je ne suis pas ici à titre officiel. Je repars pour Paris ce soir et mon ami Chabot garde la responsabilité de l'instruction.

» Je vous ai dit tout à l'heure que le premier crime n'était pas nécessairement l'œuvre d'un fou. J'ai ajouté que les deux autres avaient été commis dans un but précis, à la suite d'un raisonnement assez diabolique.

» Or, cela ne me surprendrait pas que les psychiatres prennent ce raisonnement-là comme un indice de folie, d'une sorte de folie particulière, et plus courante qu'on ne croit, qu'ils appellent paranoïa.

» Vous avez lu les livres que votre fils doit avoir dans son cabinet ?

— Il m'est arrivé d'en parcourir.

— Vous devriez les relire.

— Vous ne prétendez pas que j'ai...

— Je ne prétends rien. Je vous ai vu hier jouer aux cartes. Je vous ai vu gagner. Vous devez être persuadé que vous gagnerez cette partie-ci de la même manière.

— Je ne joue aucune partie.

Il protestait mollement, flatté, au fond, que Maigret s'occupe autant de lui et rende un hommage indirect à son habileté.

— Je tiens à vous mettre en garde contre une faute à ne pas commettre. Cela n'arrangerait rien, au contraire, qu'il y ait un nouveau carnage, ou même un seul crime. Vous comprenez ce que je veux dire ? Ainsi que le soulignait votre fils, la folie a ses règles, sa logique.

Une fois de plus, Vernoux ouvrait la bouche et le commissaire ne le laissait toujours pas parler.

— J'ai terminé. Je prends le train de neuf heures et demie et je dois aller boucler ma valise avant le dîner.

Son interlocuteur, dérouté, déçu, le regardait sans plus comprendre, faisait un geste pour le retenir, mais le commissaire se dirigeait vers la porte.

— Je trouverai mon chemin.

Il y mit un certain temps, puis retrouva la cuisine d'où Arsène jaillit, l'œil interrogateur.

Maigret ne lui dit rien, suivit le couloir central, ouvrit lui-même la porte que le maître d'hôtel referma derrière lui.

Il n'y avait plus, sur le trottoir d'en face, que trois ou quatre curieux obstinés. Est-ce que, ce soir, le comité de vigilance allait continuer ses patrouilles ?

Il faillit se diriger vers le Palais de Justice où la réunion se poursuivait probablement, décida de faire comme il l'avait annoncé et d'aller boucler sa valise. Après quoi, dans la rue, il eut envie d'un verre de bière et s'assit à la terrasse du Café de la Poste.

Tout le monde le regardait. On parlait à voix plus basse. Certains se mettaient à chuchoter.

Il but deux grands demis, lentement, en les savourant, comme s'il eût été à une terrasse des Grands Boulevards, et des parents s'arrêtaient pour le désigner à leurs enfants.

Il vit passer Chalus, l'instituteur, en compagnie d'un personnage ventru à qui il racontait une histoire en gesticulant. Chalus ne vit pas le commissaire et les deux hommes disparurent au coin de la rue.

Il faisait presque noir et la terrasse s'était dégarnie quand il se leva péniblement pour se diriger vers la maison de Chabot. Celui-ci vint lui ouvrir, lui lança un regard inquiet.

— Je me demandais où tu étais.

— A une terrasse de café.

Il accrocha son chapeau au portemanteau, aperçut la

table dressée dans la salle à manger, mais le dîner n'était pas prêt et son ami le fit d'abord entrer dans son bureau.

Après un assez long silence, Chabot murmura sans regarder Maigret :

— L'enquête continue.

Il semblait dire :

« — Tu as gagné. Tu vois ! nous ne sommes pas si lâches que ça. »

Maigret ne sourit pas, fit un petit signe d'approbation.

— Dès à présent, la maison de la rue Rabelais est gardée. Demain, je procéderai à l'interrogatoire des domestiques.

— Au fait, j'allais oublier de te rendre ceci.

— Tu pars vraiment ce soir ?

— Il le faut.

— Je me demande si nous aboutirons à un résultat.

Le commissaire avait posé le tuyau de plomb sur la table, fouillait ses poches pour en tirer la lettre d'Arsène.

— Louise Sabati ? questionna-t-il.

— Elle paraît hors de danger. Cela l'a sauvée de vomir. Elle venait de manger et la digestion n'était pas commencée.

— Qu'est-ce qu'elle a dit ?

— Elle répond par monosyllabes.

— Elle savait qu'ils allaient mourir tous les deux ?

— Oui.

— Elle y était résignée ?

— Il lui a dit qu'on ne les laisserait jamais être heureux.

— Il ne lui a pas parlé des trois crimes ?

— Non.

— Ni de son père ?

Chabot le regarda dans les yeux.

— Tu crois que c'est lui ?

Maigret se contenta de battre les paupières.

— Il est fou ?

— Les psychiatres décideront.

— A ton avis ?

— Je répète volontiers que les gens sensés ne tuent pas. Mais ce n'est qu'une opinion.

— Peut-être pas très orthodoxe ?

— Non.

— Tu parais soucieux.

— J'attends.

— Quoi ?

— Qu'il se passe quelque chose.

— Tu crois qu'il se passera quelque chose aujourd'hui ?

— Je l'espère.

— Pourquoi ?

— Parce que j'ai rendu visite à Hubert Vernoux.

— Tu lui as dit...

— Je lui ai dit comment et pourquoi les trois crimes ont été commis. Je lui ai laissé entendre comment l'assassin devait normalement réagir.

Chabot, si fier tout à l'heure de la décision qu'il avait prise, se montrait à nouveau effrayé.

— Mais... dans ce cas... tu n'as pas peur que...

— Le dîner est servi, vint annoncer Rose, tandis que Mme Chabot, qui se dirigeait vers la salle à manger, leur souriait.

9

La fine Napoléon

Une fois de plus, à cause de la vieille dame, il fallait se taire, ou plutôt ne parler que de choses et d'autres, sans rapport avec leurs préoccupations, et, ce soir-là, il fut question de cuisine, en particulier de la façon de préparer le lièvre à la royale.

Mme Chabot avait fait à nouveau des profiteroles et Maigret en mangea cinq, écœuré, le regard sans cesse fixé sur les aiguilles de la vieille horloge.

A huit heures et demie, il ne s'était encore rien produit.

— Tu n'es pas pressé. J'ai commandé un taxi qui passera d'abord par l'hôtel pour prendre tes bagages.

— Il faut, de toute façon, que j'aille là-bas pour régler ma note.

— J'ai téléphoné qu'on la mette sur mon compte. Cela t'apprendra à ne pas descendre chez nous quand, une fois tous les vingt ans, tu daignes venir à Fontenay.

On servit le café, la fine. Il accepta un cigare, parce que c'était la tradition et que la mère de son ami n'aurait pas été contente qu'il refuse.

Il était neuf heures moins cinq et la voiture ronronnait devant la porte, le chauffeur attendait, quand la sonnerie du téléphone résonna enfin.

Chabot se précipita, décrocha.

— C'est moi, oui... Comment ?... Il est mort ?... Je ne vous entends pas, Féron... Parlez moins fort... Oui... Je viens immédiatement... Qu'on le transporte à l'hôpital, cela va de soi...

Il se tourna vers Maigret.

— Je dois monter tout de suite là-haut. Il est indispensable que tu rentres cette nuit ?

— Sans faute.

— Je ne vais pas pouvoir t'accompagner à la gare.

A cause de sa mère, il n'en disait pas plus, saisissait son chapeau, son manteau de demi-saison.

Sur le trottoir seulement, il murmura :

— Il y a eu une scène atroce chez les Vernoux, Hubert Vernoux, ivre mort, s'est mis à tout casser dans sa chambre et, à la fin, déchaîné, s'est entaillé le poignet avec son rasoir.

Le calme du commissaire le surprit.

— Il n'est pas mort, poursuivait Chabot.

— Je sais.

— Comment le sais-tu ?

— Parce que ces gens-là ne se suicident pas.

— Son fils, pourtant...

— Va. On t'attend.

La gare n'était qu'à cinq minutes. Maigret se rapprocha du taxi.

— Nous avons juste le temps, dit le chauffeur.

Le commissaire se tourna une dernière fois vers son ami qui paraissait désemparé au milieu du trottoir.

— Tu m'écriras.

Ce fut un voyage monotone. A deux ou trois gares, Maigret descendit pour boire un verre d'alcool et finit par s'assoupir, vaguement conscient, à chaque arrêt, des cris du chef de gare et du grincement des chariots.

Il arriva à Paris au petit jour et un taxi le conduisit chez lui où d'en bas il sourit à la fenêtre ouverte. Sa femme l'attendait sur le palier.

— Pas trop fatigué ? Tu as dormi un peu ?

Il but trois grandes tasses de café avant de se détendre.

— Tu prends un bain ?

Bien sûr qu'il allait en prendre un ! C'était bon de retrouver la voix de Mme Maigret, l'odeur de l'appartement, les meubles et les objets à leur place.

— Je n'ai pas bien compris ce que tu m'as dit au téléphone. Tu t'es occupé d'une affaire ?

— Elle est finie.

— Qu'est-ce que c'était ?

— Un type qui ne se résignait pas à perdre.

— Je ne comprends pas.

— Cela ne fait rien. Il y a des gens qui, plutôt que de dégringoler la pente, sont capables de n'importe quoi.

— Tu dois savoir ce que tu dis, murmura-t-elle philosophiquement, sans plus s'en préoccuper.

A neuf heures et demie, dans le bureau du chef, on le mettait au courant de la disparition de la fille du sénateur. C'était une vilaine histoire, avec réunions plus ou moins orgiaques dans une cave et stupéfiants à la clef.

— Il est à peu près certain qu'elle n'est pas partie de son plein gré et il y a peu de chances qu'on l'ait enlevée. Le plus probable, c'est qu'elle aura succombé à une dose trop forte de drogue et que ses amis, affolés, auront fait disparaître le cadavre.

Maigret copia une liste de noms, d'adresses.

— Lucas en a déjà entendu quelques-uns. Jusqu'ici, personne ne se décide à parler.

N'était-ce pas son métier de faire parler les gens ?

— Bien amusé ?

— Où ça ?

— A Bordeaux.

— Il a plu tout le temps.

Il ne parla pas de Fontenay. Il eut à peine le temps d'y

penser, pendant trois jours, qu'il passa à confesser de jeunes imbéciles qui se croyaient malins.

Puis, dans son courrier, il trouva une lettre qui portait le cachet de Fontenay-le-Comte. Par les journaux, il connaissait déjà, en gros, l'épilogue de l'affaire.

Chabot, de son écriture nette et serrée, un peu pointue, qu'on aurait pu prendre pour une écriture de femme, lui fournissait les détails.

« A un moment donné, peu après ton départ de la rue Rabelais, il s'est glissé dans la cave et Arsène l'a vu remonter avec une bouteille de fine Napoléon qu'on gardait dans la famille Courçon depuis deux générations. »

Maigret ne put s'empêcher de sourire. Hubert Vernoux, pour sa dernière ivresse, ne s'était pas contenté de n'importe quel alcool ! Il avait choisi ce qu'il y avait de plus rare dans la maison, une bouteille vénérable qu'on conservait un peu comme un gage de noblesse.

« Quand le maître d'hôtel est venu lui annoncer que le dîner était servi, il avait déjà les yeux hagards, bordés de rouge. Avec un grand geste théâtral, il lui a commandé de le laisser seul, lui a crié :

— Que les garces dînent sans moi !

Elles se sont mises à table. Environ dix minutes plus tard, on a entendu des bruits sourds qui provenaient de son appartement. On a envoyé Arsène voir ce qui se passait, mais la porte était fermée à clef, et Vernoux était en train de briser tout ce qui lui tombait sous la main en hurlant des obscénités.

C'est sa belle-sœur, quand on lui a rendu compte de ce qui arrivait, qui a suggéré :

— La fenêtre...

Elles ne se sont pas dérangées, sont restées assises dans la salle à manger pendant qu'Arsène gagnait la cour. Une fenêtre était entrouverte. Il a écarté les rideaux. Vernoux l'a vu. Il avait déjà un rasoir à la main.

Il a crié à nouveau qu'on le laisse seul, qu'il en avait assez et, d'après Arsène, a continué à employer des mots orduriers qu'on ne l'avait jamais entendu prononcer.

Comme le maître d'hôtel appelait à l'aide, car il n'osait pas pénétrer dans la chambre, l'autre s'est mis à se taillader le poignet. Le sang a giclé. Vernoux l'a regardé avec épouvante, et, dès lors, il s'est laissé faire. Quelques instants plus tard, il tombait, tout mou, sur le tapis, évanoui.

Depuis, il se refuse à répondre aux questions. A l'hôpital, le lendemain, on l'a trouvé occupé à éventrer son matelas et on a dû l'enfermer dans une cellule capitonnée.

Desprez, le psychiatre, est venu de Niort l'examiner une première fois : il aura, demain, une consultation avec un spécialiste de Poitiers.

D'après Desprez, la folie de Vernoux ne fait guère de doute, mais il préfère, à cause du retentissement de l'affaire dans le pays, prendre toutes ses précautions.

J'ai délivré le permis d'inhumer pour Alain. Les obsèques ont lieu demain. La fille Sabati est toujours à l'hôpital et va tout à fait bien. Je ne sais qu'en faire. Son père doit travailler quelque part en France sans qu'on parvienne à mettre la main dessus. Je ne peux pas la renvoyer dans son logement, car elle a encore des idées de suicide.

Ma mère parle de la prendre comme bonne à la maison afin de soulager un peu Rose qui se fait vieille. Je crains que les gens... »

Maigret n'eut pas le temps de lire la lettre jusqu'au bout ce matin-là, car on lui amenait un témoin important. Il la fourra dans sa poche. Ce qu'il en advint, il ne le sut jamais.

— Au fait, annonça-t-il le soir à sa femme, j'ai reçu des nouvelles de Julien Chabot.

— Qu'est-ce qu'il dit ?

Il chercha la lettre, ne la trouva pas. Elle avait dû sortir de sa poche alors qu'il en retirait son mouchoir ou sa blague à tabac.

— Ils vont engager une nouvelle bonne.

— C'est tout ?

— A peu près.

Ce fut longtemps après qu'en se regardant dans la glace d'un œil inquiet, il murmura :

— Je l'ai trouvé vieilli.

— De qui parles-tu ?

— De Chabot.

— Quel âge a-t-il ?

— Mon âge à deux mois près.

Mme Maigret mettait de l'ordre dans la pièce, comme toujours avant d'aller se coucher.

— Il aurait mieux fait de se marier, conclut-elle.

Shadow Rock Farm, Lakeville (Connecticut), 27 mars 1953.

MAIGRET SE FÂCHE

A paru dans le volume intitulé
La Pipe de Maigret

1

La vieille dame dans le jardin

Mme Maigret, qui écossait des petits pois dans une ombre chaude où le bleu de son tablier et le vert des cosses mettaient des taches somptueuses, Mme Maigret, dont les mains n'étaient jamais inactives, fût-ce à deux heures de l'après-midi par la plus chaude journée d'un mois d'août accablant, Mme Maigret, qui surveillait son mari comme un poupon, s'inquiéta :

— Je parie que tu vas déjà te lever...

Pourtant le fauteuil transatlantique dans lequel Maigret était étendu n'avait pas craqué. L'ancien commissaire de la P.J. n'avait pas poussé le plus léger soupir.

Sans doute, avec l'habitude qu'elle avait de lui, avait-elle vu passer un frémissement imperceptible sur son visage laqué de sueur. Car c'était vrai qu'il était sur le point de se lever. Mais, par une sorte de respect humain, il s'obligea à rester étendu.

C'était le deuxième été qu'ils passaient dans leur maison de Meung-sur-Loire depuis qu'il avait pris sa retraite. Il n'y avait pas un quart d'heure qu'avec satisfaction il s'était étendu dans le confortable fauteuil hamac et sa pipe fumait doucement. L'air, autour de lui, était d'une fraîcheur d'autant plus appréciable qu'à deux mètres à peine, passé la frontière d'ombre et de soleil, c'était la fournaise bruissante de mouches.

A un rythme régulier, les petits pois tombaient dans la bassine émaillée. Mme Maigret, les genoux écartés, en avait plein son tablier, et il y en avait deux grands paniers, cueillis du matin, pour la conserve.

Ce que Maigret appréciait le plus dans sa maison, c'était cet endroit où ils se trouvaient, un endroit qui n'avait pas de nom, une sorte de cour entre la cuisine et le jardin, mais une cour en partie couverte, qu'on avait meublée peu à peu, au point d'y installer un fourneau, un buffet, et d'y prendre la plupart des repas. Cela tenait un peu du patio espagnol et il y avait par terre des carreaux rouges qui donnaient à l'ombre une qualité toute spéciale.

Maigret tint bon cinq minutes, peut-être un peu plus, regardant à travers ses paupières mi-closes le potager qui semblait fumer sous un soleil écrasant. Puis, rejetant tout respect humain, il se leva.

— Qu'est-ce que tu vas encore faire ?

Il avait facilement l'air, comme ça, dans l'intimité conjugale, d'un enfant boudeur qu'on a pris en faute.

— Je suis sûr que les aubergines sont encore couvertes de doryphores, grommela-t-il. Et cela, à cause de *tes* salades...

Il y avait un mois que durait cette petite guerre des salades. Comme il y avait de la place libre entre les pieds d'aubergine, Mme Maigret, un soir, y avait repiqué des salades.

— C'est toujours autant de place de gagnée, avait-elle remarqué.

Au moment même, il n'avait pas protesté, parce qu'il n'avait pas pensé que les doryphores sont encore plus gourmands de feuilles d'aubergine que de pommes de terre. A cause des salades, il était impossible, à présent, de les traiter à la bouillie d'arsenic.

Et Maigret, dix fois par jour, comme il le faisait en ce moment, coiffé de son immense chapeau de paille, allait se pencher sur les feuilles d'un vert pâle qu'il retournait délicatement pour y cueillir les petites bêtes rayées. Il les gardait dans sa main gauche jusqu'à ce que celle-ci fût pleine et il venait, l'air grognon, les jeter dans le feu avec un regard de défi à sa femme.

— Si tu n'avais pas repiqué de salades...

La vérité, c'est que, depuis qu'il était à la retraite, elle ne l'avait pas vu rester une heure entière dans son fameux fauteuil qu'il avait triomphalement rapporté du Bazar de l'Hôtel-de-Ville en jurant d'y faire des siestes mémorables.

Il était là, en plein soleil, les pieds nus dans des sabots de bois, un pantalon en toile bleue qui glissait le long de ses hanches et lui faisait comme un arrière-train d'éléphant, une chemise de paysan, à petits dessins compliqués, ouverte sur son torse velu.

Il entendit le bruit du heurtoir qui se répercutait dans les pièces vides et ombreuses de la maison comme une cloche dans un couvent. Quelqu'un frappait à la grande porte, et Mme Maigret, comme toujours quand il y avait une visite imprévue, commençait par s'affoler. Elle le regardait de loin comme pour lui demander conseil.

Puis elle soulevait son tablier, qui formait une grosse poche, se demandait où déverser ses petits pois, dénouait enfin les cordons du tablier, car jamais elle ne serait allée ouvrir en négligé.

Le heurtoir retombait à nouveau, deux fois, trois fois, impérieux, rageur, eût-on dit. Il sembla à Maigret qu'à travers le frémissement de l'air il percevait le léger ronronnement d'un moteur d'auto. Il continuait à se pencher sur les aubergines, cependant que sa femme arrangeait ses cheveux gris devant un bout de miroir.

Elle avait à peine eu le temps de disparaître dans l'ombre de la maison qu'une petite porte s'ouvrait dans le mur du jardin, la petite porte verte, donnant sur la ruelle, par laquelle n'entraient que les familiers. Une vieille dame en deuil se dressait dans l'encadrement, si raide, si sévère, si cocasse en même temps, qu'il devait longtemps se souvenir de cette vision.

Elle ne restait qu'un instant immobile, après quoi, d'un pas décidé, alerte, qui ne s'harmonisait pas avec son grand âge, elle marchait droit vers Maigret.

— Dites-moi, domestique... Ce n'est pas la peine de prétendre que votre maître n'est pas ici... Je me suis déjà renseignée.

Elle était grande et maigre, avec un visage tout plissé où la sueur avait délayé une épaisse couche de poudre. Ce qu'il y avait de plus frappant, c'étaient deux yeux d'un noir intense, d'une vie extraordinaire.

— Allez tout de suite lui dire que Bernadette Amorelle a fait cent kilomètres pour lui parler...

Certes, elle n'avait pas eu la patience d'attendre devant la porte fermée. On ne la lui faisait pas, à elle ! Comme elle le disait, elle s'était renseignée chez les voisins et ne s'était pas laissé impressionner par les volets clos de la maison.

Est-ce qu'on lui avait indiqué la petite porte du jardin ? Ce n'était pas nécessaire. Elle était de taille à la trouver toute seule. Et maintenant elle marchait vers la cour ombragée où Mme Maigret venait de reparaître.

— Voulez-vous aller dire au commissaire Maigret...

Mme Maigret ne comprenait pas. Son mari suivait à pas lourds, une petite lueur amusée dans le regard. C'était lui qui disait :

— Si vous voulez vous donner la peine d'entrer...

— Il fait la sieste, je parie. Est-ce qu'il est toujours aussi gros ?

— Vous le connaissez bien ?

— Qu'est-ce que cela peut vous faire ? Allez lui annoncer Bernadette Amorelle et ne vous occupez pas du reste...

Elle se ravisa, fouilla dans son sac à main d'un ancien modèle, un réticule en velours noir, à fermoir d'argent, comme on en vendait vers 1900.

— Tenez... dit-elle en tendant une petite coupure.

— Excusez-moi de ne pouvoir accepter, madame Amorelle, mais je suis l'ex-commissaire Maigret...

Alors elle eut un mot magnifique, qui devait rester une tradition dans la maison. Le regardant des sabots aux cheveux en désordre — car il avait retiré son vaste chapeau de paille — elle laissa tomber :

— Si vous voulez...

Pauvre Mme Maigret ! Elle avait beau adresser des signes à son mari, il ne s'en apercevait pas. Ses gestes, qui se voulaient discrets, signifiaient :

« Conduis-la donc dans le salon... Est-ce qu'on reçoit les gens dans une cour qui sert de cuisine et de tout ?... »

Mais Mme Amorelle s'était installée dans un petit fauteuil de rotin et s'y trouvait fort bien. Ce fut elle qui, remarquant l'agitation de Mme Maigret, lui lança avec impatience :

— Mais laissez donc le commissaire tranquille...

Pour un peu, elle eût prié Mme Maigret de s'en aller, et c'est d'ailleurs ce que fit celle-ci, car elle n'osait pas continuer son travail en présence de la visiteuse et elle ne savait où se mettre.

— Vous connaissez mon nom, n'est-ce pas, commissaire ?

— Amorelle des carrières de sable et des remorqueurs ?

— Amorelle et Campois, oui...

Il avait fait une enquête, jadis, dans la Haute Seine, et il avait vu passer à longueur de journée des trains de bateaux portant le triangle vert de la maison Amorelle et Campois. Dans l'île Saint-Louis, il lui arrivait souvent, quand il appartenait encore au Quai, d'apercevoir les bureaux Amorelle et Campois, à la fois propriétaires de carrières et armateurs.

— Je n'ai pas de temps à perdre et il faut que vous me compreniez. Tout à l'heure, j'ai profité de ce que mon gendre et ma fille étaient chez les Malik pour dire à François de mettre la vieille Renault en marche... Ils ne se doutent de rien... Ils ne rentreront sans doute pas avant la soirée... Vous comprenez ?

— Non... Oui...

A la rigueur, il comprenait que la vieille femme était partie en fraude, à l'insu de sa famille.

— Je vous jure que, s'ils savaient que je suis ici...

— Pardon ! Où étiez-vous ?

— A Orsenne, évidemment...

Comme une reine de France aurait dit :

« A Versailles ! »

Est-ce que tout le monde ne savait pas, ne devait pas savoir que Bernadette Amorelle, d'Amorelle et Campois, habitait Orsenne, un hameau au bord de la Seine entre Corbeil et la forêt de Fontainebleau ?

— Ce n'est pas la peine de me regarder comme si vous me croyiez folle. Ils essayeront sans doute de vous le faire croire. Je vous jure que ce n'est pas vrai.

— Pardon, madame, puis-je me permettre de vous demander votre âge ?

— Je permets, jeune homme. J'aurai quatre-vingt-deux ans le 7 septembre... Mais toutes mes dents sont à moi, si c'est cela que vous regardez... Et il est probable que j'en enterrerai encore quelques-uns... Je serais bien heureuse, en particulier, d'enterrer mon gendre...

— Vous ne voulez pas boire quelque chose ?

— Un verre d'eau fraîche, si vous en avez...

Il la servit lui-même.

— A quelle heure avez-vous quitté Orsenne ?

— A onze heures et demie... Dès qu'ils ont été partis... J'avais prévenu François... François, c'est l'aide-jardinier, un bon petit garçon... C'est moi qui ai aidé sa mère à l'accoucher... Personne ne soupçonne à la maison qu'il sait conduire une automobile... Une nuit que je ne dormais pas — car il faut vous dire, commissaire, que je ne dors jamais — j'ai découvert qu'il s'essayait au clair de lune sur la vieille Renault... Cela vous intéresse ?

— Vivement...

— Il ne vous en faut pas beaucoup... La vieille Renault, qui n'était même pas au garage, mais dans les écuries, est une limousine qui date du temps de feu mon mari... Comme il est mort il y a vingt ans, calculez... Eh bien ! ce gamin, je ne sais pas comment, est parvenu à la faire marcher et, la nuit, il s'amusait à faire des tours sur la route...

— C'est lui qui vous a amenée ?

— Il m'attend dehors...

— Vous n'avez pas déjeuné ?

— Je mange quand j'ai le temps... Je déteste les gens qui éprouvent toujours le besoin de manger...

Et, malgré elle, elle eut un coup d'œil réprobateur à l'abdomen rebondi du commissaire.

— Voyez comme vous suez. Cela ne me regarde pas... Mon mari, lui aussi, a voulu n'en faire qu'à sa tête et voilà belle lurette qu'il n'est plus là... Il y a deux ans que vous êtes à la retraite, n'est-ce pas ?

— Bientôt deux ans, oui.

— Donc, vous vous embêtez... Donc, vous allez accepter ce que je vous propose... Il y a un train à cinq heures qui part d'Orléans, où je pourrai vous déposer en passant. Naturellement, ce serait plus facile de vous emmener en auto jusqu'à Orsenne, mais vous ne passeriez pas inaperçu et tout serait raté.

— Pardon, madame, mais...

— Je sais bien que vous allez faire des histoires. Or, moi, j'ai absolument besoin que vous veniez passer quelques jours à Orsenne. Cinquante mille si vous réussissez. Et, si vous ne trouvez rien, mettons dix mille, plus vos frais...

Elle ouvrait son sac, maniait des billets tout préparés.

— Il y a une auberge. Vous ne risquez pas de vous tromper, car il n'en existe qu'une. Cela s'appelle *L'Ange.* Vous y serez fort mal, car la pauvre Jeanne est à moitié toquée. Encore une que j'ai connue toute petite. Peut-être qu'elle ne voudra pas vous recevoir, mais vous saurez vous y prendre, je n'en doute pas. Du moment que vous lui parlerez maladies, elle sera contente. Elle est persuadée qu'elle les a toutes.

Mme Maigret apportait un plateau avec du café, et la vieille dame, indifférente à cette attention, la rabrouait :

— Qu'est-ce que c'est que ça ? Qui est-ce qui vous a commandé de nous servir le café ? Emportez...

Elle la prenait pour la bonne, comme elle avait pris Maigret pour le jardinier.

— Je pourrais vous raconter des tas d'histoires, mais je connais votre réputation et je sais que vous êtes assez intelligent pour tout découvrir par vous-même. Ne vous laissez pas impressionner par mon gendre, c'est tout ce que je vous recommande. Il a emberlificoté tout le monde. Il est poli. Jamais on n'a vu quelqu'un d'aussi poli. Il en devient écœurant. Mais le jour où on lui coupera la tête...

— Pardon, madame...

— Pas tant de pardons, commissaire. J'avais une petite-fille, une seule, la fille de ce Malik de malheur. Car mon gendre s'appelle Malik. Cela aussi vous devez le savoir. Charles Malik... Ma petite-fille, Monita, aurait eu ses dix-huit ans la semaine prochaine...

— Vous voulez dire qu'elle est morte ?

— Il y a sept jours exactement. Nous l'avons enterrée avant-hier. On l'a retrouvée, noyée, sur le barrage d'aval... Et, quand Bernadette Amorelle vous dit que ce n'est pas un accident, vous pouvez le croire. Monita nageait comme un poisson. On essayera de vous faire croire qu'elle était imprudente, qu'elle allait se baigner toute seule à six heures du matin et quelquefois la nuit. Elle ne se serait pas noyée pour cela. Et, s'ils insinuent qu'elle a peut-être voulu se suicider, vous leur répondrez qu'ils ont menti.

On venait soudain, sans transition, de passer de la comédie au drame, mais ce qu'il y avait d'étrange, c'est que le ton restait celui de la comédie. La vieille dame ne pleurait pas. Il n'y avait pas la moindre humidité à ses yeux d'un noir étonnant. Tout son être sec et nerveux continuait à être animé de la même vitalité qui, malgré tout, avait quelque chose d'assez comique.

Elle allait droit son chemin, poursuivait son idée sans souci des formes habituelles. Elle regardait Maigret sans avoir l'air de douter un seul instant qu'il lui fût tout acquis, simplement parce qu'elle le voulait ainsi.

Elle était partie en cachette, dans une auto invraisemblable, avec un gamin qui savait à peine conduire. Elle avait traversé ainsi toute la Beauce, sans déjeuner, à l'heure la plus chaude. Maintenant, elle regardait l'heure à une montre qu'elle portait, à l'ancienne mode, au bout d'une chaîne en sautoir.

— Si vous avez des questions à me poser, faites-le vite, déclara-t-elle, déjà prête à se lever.

— Vous n'aimez pas votre gendre, à ce que je comprends.

— Je le hais.

— Votre fille le hait-elle aussi ? Est-elle malheureuse avec lui ?

— Je n'en sais rien et cela m'est égal.

— Vous ne vous entendez pas avec votre fille ?

— J'aime mieux l'ignorer. Elle n'a aucun caractère, aucun sang dans les veines.

— Vous dites que, voilà sept jours, donc mardi de la semaine dernière, votre petite fille s'est noyée dans la Seine.

— Jamais de la vie. Vous feriez bien de prêter plus d'attention à ce que je vous raconte. On a retrouvé Monita, morte, dans la Seine, au-dessus du barrage d'aval.

— Cependant elle ne portait pas de blessure et le médecin a délivré le permis d'inhumer ?

Elle se contenta de le regarder d'un air de souverain mépris, avec peut-être une ombre de pitié.

— Vous êtes la seule, à ce que je comprends, à soupçonner que cette mort pourrait ne pas être naturelle.

Cette fois, elle se leva.

— Ecoutez, commissaire. Vous avez la réputation d'être le policier le plus intelligent de France. Tout au moins celui qui a obtenu les plus grands succès. Habillez-vous. Bouclez votre valise. Dans une demi-heure, je vous dépose à la gare des Aubrais. Ce soir à sept heures, vous serez à l'*Auberge de l'Ange*. Il vaut mieux que nous n'ayons pas l'air de nous connaître. Chaque jour, vers midi, François ira boire l'apéritif à *L'Ange*. D'habitude, il ne boit pas, mais je lui en donnerai l'ordre. Afin que nous puissions communiquer sans que cela leur mette la puce à l'oreille.

Elle fit quelques pas vers le jardin, décidée sans doute à s'y promener en dépit de la chaleur, en l'attendant.

— Dépêchez-vous.

Puis, se retournant :

— Vous aurez peut-être l'obligeance de faire servir quelque chose à boire à François. Il doit être dans l'auto. Du vin coupé d'eau. Pas de vin pur, car il faut qu'il me ramène à la maison, et il n'a pas l'habitude.

Mme Maigret, qui avait dû tout entendre, se tenait derrière la porte du vestibule.

— Qu'est-ce que tu fais, Maigret ? questionna-t-elle, le voyant se diriger vers l'escalier à boule de cuivre.

Il faisait frais dans la maison, où régnait une bonne odeur d'encaustique, de foin coupé, de fruits qui mûrissent et de cuisine mijotée. Cette odeur-là, qui était celle de son enfance, de la maison de ses parents, Maigret avait mis cinquante ans à la retrouver.

— Tu ne vas pas suivre cette vieille folle ?

Il avait laissé ses sabots sur le seuil. Il marchait pieds nus sur les carreaux froids, puis sur les marches de chêne ciré de l'escalier.

— Sers à boire au chauffeur et monte m'aider à faire ma valise.

Il y avait une petite flamme dans ses yeux, une petite flamme qu'il reconnut quand, dans le cabinet de toilette, il se débarbouilla à l'eau fraîche et se regarda dans la glace.

— Je ne te comprends plus ! soupira sa femme. Toi qui, tout à l'heure encore, ne pouvais rester au repos à cause de quelques doryphores.

Le train. Il avait chaud. Il fumait dans son coin. L'herbe des talus était jaune, les petites gares fleuries défilaient, un homme, dans le halo de soleil, agitait ridiculement son petit drapeau rouge et soufflait dans un sifflet, comme les enfants.

Les tempes de Maigret étaient devenues grises. Il était un peu plus calme, un peu plus lourd qu'autrefois, mais il n'avait pas l'impression d'avoir vieilli depuis qu'il avait quitté la P.J.

C'était par vanité plutôt ou par une sorte de pudeur que, depuis deux ans, il refusait systématiquement de s'occuper de toutes les affaires qu'on venait lui proposer, surtout des banques, des compagnies d'assurances, des bijoutiers qui lui soumettaient des cas embarrassants.

On aurait dit, quai des Orfèvres :

« Le pauvre Maigret repique au truc, il en a déjà assez de son jardin et de la pêche à la ligne. »

Or, voilà qu'il se laissait embobiner par une vieille femme surgie dans l'encadrement de la petite porte verte.

Il la revoyait, raide et digne, dans l'antique limousine que conduisait avec une périlleuse désinvolture un François en tenue de jardinier qui n'avait pas pris le temps de changer ses sabots contre des souliers.

Il l'entendait lui dire, après avoir vu Mme Maigret agiter la main sur le seuil au moment de leur départ :

— C'est votre femme, n'est-ce pas ? J'ai dû la vexer en la prenant pour la servante... Je vous avais bien pris pour le jardinier.

Et l'auto était repartie pour sa course plus qu'aventureuse, après l'avoir déposé en face de la gare des Aubrais, où François, se trompant dans ses vitesses, avait failli écrabouiller en marche arrière toute une grappe de vélos.

C'étaient les vacances. On voyait des Parisiens partout dans la campagne et dans les bois, des autos rapides sur les routes, des canoës sur les rivières et des pêcheurs en chapeau de paille au pied de chaque saule.

Orsenne n'était pas une gare, mais une halte où

quelques rares trains daignaient s'arrêter. A travers les arbres des parcs, on apercevait les toits de quelques grosses villas et, au-delà, la Seine, large et majestueuse à cet endroit.

Maigret aurait eu bien de la peine à dire pourquoi il avait obtempéré aux ordres de Bernadette Amorelle. Peut-être à cause des doryphores ?

Soudain, lui aussi, comme les gens qu'il avait coudoyés dans le train, qu'il rencontrait en descendant le raidillon, qu'il voyait partout depuis qu'il avait quitté Meung, lui aussi se sentait en vacances.

Un autre air que celui de son jardin l'enveloppait, il marchait, allègre, dans un décor nouveau, il trouvait, en bas du chemin en pente, la Seine que longeait une route large pour livrer passage aux voitures.

Des écriteaux, avec des flèches, annonçaient depuis la gare : *Auberge de l'Ange,* et il suivait les flèches, pénétrait dans un jardin aux tonnelles délabrées, poussait enfin la porte vitrée d'une véranda où l'air, à cause du soleil enfermé entre les parois des vitres, était étouffant.

— Quelqu'un ! appela-t-il.

Il n'y avait qu'un chat, sur un coussin, par terre, des cannes à pêche dans un coin.

— Quelqu'un !...

Il descendit une marche et se trouva dans la salle où le balancier de cuivre d'une vieille horloge oscillait paresseusement avec un déclic à chaque fin de course.

— Il n'y a personne dans cette baraque ! grommela-t-il.

Au même moment on remua, tout près de lui. Il tressaillit et aperçut dans la pénombre un être qui bougeait, entortillé de couvertures. C'était une femme, la Jeanne sans doute, dont Mme Amorelle avait parlé. Ses cheveux noirs et gras lui pendaient des deux côtés de la figure et elle avait le cou entouré d'une épaisse compresse blanche.

— C'est fermé ! dit-elle d'une voix de mal de gorge.

— Je sais, madame. On m'a appris que vous étiez souffrante...

Aïe ! ce mot « souffrance », ridiculement faible, n'était-il pas une injure ?

— Vous voulez dire que je suis presque morte ? Personne ne veut le croire... On me tracasse.

Elle achevait pourtant de rejeter la couverture qui enveloppait ses jambes et elle se levait, les chevilles épaisses au-dessus des pantoufles de feutre.

— Qui est-ce qui vous a envoyé ici ?

— Figurez-vous que j'y suis venu jadis, il y a plus de vingt ans, et que c'est une sorte de pèlerinage que...

— Alors, vous avez connu Marius ?

— Parbleu !

— Pauvre Marius... Vous savez qu'il est mort ?

— On me l'a dit. Je ne voulais pas le croire.

— Pourquoi ?... Il n'a jamais eu de santé, lui non plus... Voilà trois ans qu'il est mort et que je me traîne... Vous comptiez coucher ici ?

Elle avait aperçu la valise qu'il avait posée sur le seuil.

— Je comptais y passer quelques jours, oui. A condition de ne vous donner aucun dérangement. Dans votre état...

— Vous venez de loin ?

— Des environs d'Orléans.

— Vous n'êtes pas en auto ?

— Non. Je suis arrivé par le train.

— Et vous n'avez plus de train pour repartir aujourd'hui. Mon Dieu ! Mon Dieu ! Raymonde !... Raymonde !... Je parie qu'elle est encore à courir. Enfin ! Je vais voir avec elle... Si elle veut bien... Parce qu'elle a un drôle de caractère. C'est la servante, mais elle profite de ce que je suis malade pour n'en faire qu'à sa tête et on dirait que c'est elle qui commande. Tiens ! qu'est-ce qu'il vient faire par ici, celui-là ?

Elle regardait par la vitre un homme dont on entendait le pas sur le gravier. Maigret le regardait aussi et commençait à froncer les sourcils, car le nouveau venu lui rappelait vaguement quelqu'un.

Il était en tenue de tennis ou de campagne, pantalon de flanelle blanche, veston et souliers blancs, et, ce qui frappa l'ancien commissaire, ce fut un brassard de crêpe qu'il portait au bras.

Il entra, en habitué.

— Bonjour, Jeanne...

— Qu'est-ce que vous voulez, monsieur Malik ?

— Je suis venu te demander si...

Il s'interrompit, regardant Maigret en face, souriant soudain, et il lança :

— Jules !... Par exemple !... Qu'est-ce que tu fais ici, toi ?

— Pardon...

D'abord, depuis des années et des années, personne ne l'appelait Jules, à tel point qu'il en avait presque oublié son prénom. Sa femme elle-même avait la manie, qui finissait par le faire sourire, de l'appeler Maigret.

— Tu ne te souviens pas ?

— Non...

Et pourtant ce visage coloré, aux traits bien dessinés, au nez proéminent, aux yeux clairs, trop clairs, ne lui était pas inconnu. Le nom de Malik non plus, qui déjà, quand Mme Amorelle l'avait prononcé, avait réveillé quelque chose de confus dans sa mémoire.

— Ernest...

— Comment, Ernest ?

Est-ce que Bernadette Amorelle n'avait pas parlé d'un Charles Malik ?

— Le lycée de Moulins.

Maigret avait bien fréquenté le lycée de Moulins pendant trois ans, à l'époque où son père était régisseur dans un château de la région. Cependant...

Chose curieuse, si sa mémoire était infidèle, il était pourtant sûr que c'était un souvenir plutôt déplaisant que lui rappelait ce visage soigné, cet homme plein d'assurance. Au surplus, il n'aimait pas être tutoyé. Il avait toujours eu la familiarité en horreur.

— Le Percepteur...

— J'y suis, oui... Je ne vous aurais pas reconnu.

— Qu'est-ce que tu fais ici ?

— Moi ? Je...

L'autre éclatait de rire.

— Nous en parlerons tout à l'heure... Je savais bien que le commissaire Maigret n'était autre que mon vieil ami Jules. Tu te souviens du professeur d'anglais ?... Inutile de faire préparer une chambre, Jeanne. Mon ami couchera à la villa...

— Non ! prononça Maigret d'un air grognon.

— Hein ? Tu dis ?

— Je dis que je coucherai ici... C'est déjà convenu avec Jeanne.

— Tu y tiens ?

— J'y tiens.

— A cause de la vieille ?

— Quelle vieille ?

Un sourire malicieux flottait sur les lèvres minces d'Ernest Malik, et ce sourire-là, c'était encore le sourire du gamin d'autrefois.

On l'appelait le Percepteur parce que son père était percepteur des contributions à Moulins. Il était très maigre, avec un visage en lame de couteau et les yeux clairs, d'un gris pas engageant.

— Ne te trouble pas, Jules. Tu comprendras cela tout

à l'heure... Dis donc, Jeanne, n'aie pas peur de répondre franchement. Est-ce que ma belle-mère est folle, oui ou non ?

Et Jeanne, glissant sans bruit sur ses pantoufles, de murmurer sans enthousiasme :

— J'aime autant ne pas me mêler de vos affaires de famille.

Elle regardait déjà Maigret avec moins de sympathie, sinon avec méfiance.

— Alors, est-ce que vous restez ou est-ce que vous allez avec lui ?

— Je reste.

Malik regardait toujours son ancien condisciple d'un air narquois, comme si tout cela faisait partie d'une bonne farce dont Maigret eût été la victime.

— Tu vas bien t'amuser, je t'assure... Je ne connais rien de plus gai que l'*Auberge de l'Ange.* Tu as vu l'ange, tu as marché !

Se souvint-il brusquement de son deuil ? Toujours est-il qu'il prit un air plus grave pour ajouter :

— Si tout cela n'était pas triste, on en rirait bien tous les deux... Monte au moins jusqu'à la maison. Mais si ! C'est nécessaire... Je t'expliquerai... Le temps de prendre l'apéritif et tu auras compris.

Maigret hésitait encore. Il était là, immobile, énorme en comparaison de son compagnon qui était aussi grand que lui, mais d'une rare sveltesse.

— Je viens, prononça-t-il enfin comme à regret.

— Tu accepteras sans doute de dîner avec nous ? Je ne dis pas que la maison soit très gaie actuellement, après la mort de ma nièce, mais...

Au moment de partir, Maigret aperçut Jeanne qui, d'un coin sombre, les regardait partir. Et il eut l'impression qu'il y avait de la haine dans le regard qu'elle laissait peser sur l'élégante silhouette d'Ernest Malik.

2

Le second fils du percepteur

Tandis que les deux hommes marchaient le long de la rivière, ils devaient donner l'impression que l'un tenait l'autre en laisse et que celui-ci, grognon et balourd comme un gros chien à poils longs, se laissait traîner.

Et le fait est que Maigret était mal à l'aise. Déjà, à l'école, il n'avait aucune sympathie pour le Percepteur. En outre, il avait horreur de ces gens surgis de votre passé qui vous tapent amicalement sur l'épaule et se permettent de vous tutoyer.

Enfin Ernest Malik représentait un type humain qui l'avait toujours fait se hérisser.

Il marchait avec désinvolture, lui, à l'aise dans son complet de flanelle blanche admirablement coupé, le corps soigné, le poil lustré, la peau sèche malgré la chaleur. Déjà il jouait le grand seigneur qui fait visiter ses domaines à un croquant.

Il y avait — il y avait toujours eu — dans ses yeux clairs, une petite étincelle d'ironie, même quand il était gamin, un éclat furtif qui proclamait :

« Je t'ai eu et je t'aurai encore... Je suis tellement plus intelligent que toi !... »

La Seine, qui dessinait une courbe molle, s'étalait très large, à leur gauche, bordée de roseaux. A droite, des murs bas, les uns très vieux, les autres presque neufs, séparaient la route des villas.

Il y en avait peu : quatre ou cinq, autant que le commissaire put en juger. Elles étaient cossues, blotties dans de grands parcs bien entretenus dont on apercevait les allées en passant devant les grilles.

— La villa de ma belle-mère, que tu as eu le plaisir de voir aujourd'hui, annonça Malik comme ils atteignaient un large portail aux pilastres surmontés de lions de pierre. Le vieil Amorelle l'a rachetée, voilà une quarantaine d'années, à un baron de la finance du second Empire.

On distinguait, dans l'ombre des arbres, une vaste construction qui n'était pas particulièrement belle, mais qui faisait solide et riche. De minuscules jets tournants arrosaient les pelouses, cependant qu'un vieux jardinier, qui semblait échappé d'un catalogue de marchand de graines, ratissait les allées.

— Qu'est-ce que tu penses de Bernadette Amorelle ? questionna Malik en se retournant vers son ancien condisciple et en lui plantant dans les yeux son regard pétillant de malice.

Maigret s'épongeait et l'autre avait l'air de dire :

« Pauvre vieux ! Tu n'as pas changé, toi ! Tu es toujours bien le fils pataud d'un intendant de château ! De la grosse chair paysanne. De la naïveté et peut-être du bon sens ! »

Et à voix haute :

— Marchons... J'habite un peu plus loin, après le tournant. Tu te souviens de mon frère ?... C'est vrai que tu ne l'as pas connu au lycée, car il a trois ans de moins que nous. Mon frère Charles a épousé une des filles Amorelle à peu près dans le même temps que j'épousais l'autre... C'est lui qui habite cette villa, l'été, avec sa femme et notre belle-maman. C'est sa fille qui est morte la semaine dernière...

Cent mètres encore et ils découvraient, à gauche, un ponton tout blanc, luxueux comme les pontons des grands clubs, au bord de la Seine.

— Ici commence mon domaine... J'ai quelques petits bateaux, car il faut bien s'amuser un peu dans ce trou perdu... Tu fais de la voile ?

Quelle ironie dans sa voix en demandant au gros Maigret s'il faisait de la voile dans un de ces frêles esquifs qu'on voyait entre des bouées !

— Par ici...

Une grille aux flèches dorées. Une allée dont le sable clair brillait. Le parc était en pente douce et bientôt on découvrait une construction moderne beaucoup plus vaste que la maison des Amorelle. Des tennis à gauche, d'un rouge sombre dans le soleil. Une piscine à droite.

Et Malik, de plus en plus désinvolte, comme une jolie femme qui joue négligemment avec un bijou valant des millions, semblait dire :

« Regarde de tous tes yeux, gros balourd. Tu es ici chez Malik. Mais oui, chez le petit Malik que vous nommiez dédaigneusement le Percepteur parce que son papa passait ses journées derrière un grillage dans un bureau obscur. »

De grands chiens danois venaient lui lécher les mains et il acceptait cet humble hommage comme sans s'en apercevoir.

— Si tu veux, nous allons prendre l'apéritif sur la terrasse en attendant la cloche du dîner... Mes fils doivent être sur la Seine à faire du bateau...

Derrière la villa, un chauffeur en bras de chemise lavait au jet une puissante voiture américaine aux nickels éblouissants.

Ils gravissaient les marches, s'installaient sous un parasol rouge, dans des fauteuils de rotin larges comme des fauteuils clubs. Un maître d'hôtel en veste blanche s'empressait, et Maigret avait davantage l'impression de se trouver dans un palace de ville d'eaux que dans une maison particulière.

— *Rose ?... Martini ?... Manhattan ?...* Qu'est-ce tu préfères, Jules ? Si j'en crois ta légende, que je connais comme tout le monde par les journaux, tu préfères un grand demi sur le zinc ?... Malheureusement, je n'ai pas encore installé de zinc ici... Cela viendra peut-être... Ce serait assez rigolo. Deux *Martini,* Jean ! Ne te gêne pas pour fumer ta pipe. Qu'est-ce que nous disions ? Ah ! oui... Mon frère et ma belle-sœur sont, bien entendu, assez sonnés par cette histoire... Ils n'avaient que cette fille-là, tu comprends ? Ma belle-sœur n'a jamais joui de beaucoup de santé...

Est-ce que Maigret écoutait ? Si oui, il n'en avait pas conscience. Et cependant les mots prononcés se gravaient automatiquement dans sa mémoire.

Enfoncé dans son fauteuil, les yeux mi-clos, une pipe tiède entre ses lèvres boudeuses, il regardait vaguement le paysage, qui était très beau. Le soleil commençait à décliner et à se colorer de rouge. De la terrasse où ils se trouvaient, on découvrait toute la boucle de la Seine, bordée en face d'eux par des collines boisées où tranchait, d'un blanc cru, la saignée d'une carrière.

Quelques voiles blanches évoluaient sur l'eau sombre et soyeuse du fleuve, quelques canoës vernis glissaient lentement, une barque à moteur bourdonnait, et, quand elle disparaissait au loin, l'air vibrait encore au rythme de son moteur.

Le valet de chambre avait posé devant eux des verres de cristal qui se couvraient d'une fine buée.

— Ce matin, je les avais invités tous les deux à passer

la journée à la maison. Inutile d'inviter ma belle-mère. C'est une femme qui a horreur de la famille et à qui il arrive de rester des semaines sans sortir de sa chambre...

Son sourire proclamait :

« Tu ne peux comprendre, pauvre gros Maigret. Tu es habitué, toi, aux petites gens qui mènent une petite vie banale et qui ne peuvent se permettre la moindre originalité. »

Et c'était vrai que Maigret était mal à l'aise dans ce milieu. Le décor lui-même, trop harmonieux, aux lignes trop calmes, le hérissait. Il en arrivait — et ce n'était pas la jalousie, car il n'était pas mesquin à ce point-là — à détester ce tennis si net, ce chauffeur trop bien nourri, qu'il avait entrevu astiquant l'auto somptueuse. Le ponton, avec ses plongeoirs, ses petits bateaux amarrés alentour, la piscine, les arbres taillés, les allées au sable uni et comme sans une tache faisaient partie d'un univers où il ne pénétrait qu'à regret et où il se sentait terriblement lourd.

— Je te raconte tout ceci pour t'expliquer mon arrivée, tout à l'heure, chez cette bonne Jeanne. Quand je te dis cette bonne Jeanne, c'est une façon de parler, car c'est bien le plus perfide animal de la terre. Du temps de son mari, de son Marius, elle le trompait avec acharnement et, depuis qu'il est mort, elle gémit du matin au soir sur sa mémoire.

» Donc mon frère et ma belle-sœur étaient ici. Au moment de se mettre à table, ma belle-sœur s'aperçoit qu'elle a oublié ses pilules. Elle a la manie de se droguer. Ses nerfs, dit-elle. Je me propose pour aller les chercher. Au lieu de passer par la route, je traverse les jardins, car les deux propriétés sont voisines.

» Un hasard que je regarde par terre. En passant devant les anciennes écuries, je remarque des traces de roues.

J'ouvre la porte et je m'étonne de ne pas voir à sa place la vieille limousine de mon défunt beau-père...

» Voilà, mon vieux, comment je suis arrivé jusqu'à toi. J'ai interrogé le jardinier, qui m'a avoué que son aide était parti une heure plus tôt avec la voiture et qu'il avait emmené Bernadette.

» Quand ils sont rentrés, j'ai fait appeler le gamin et je l'ai questionné. J'ai su qu'il était allé à Meung-sur-Loire et qu'il avait déposé un gros homme avec une valise à la gare des Aubrais. Je m'excuse, mon vieux. C'est lui qui a dit un gros homme.

» J'ai tout de suite pensé que ma charmante belle-mère avait été se confier à quelque policier privé, car elle a la folie de la persécution et elle est persuadée que la mort de sa petite-fille cache Dieu sait quel mystère.

» J'avoue que je n'ai pas pensé à toi... Je savais qu'il y avait un Maigret dans la police, mais je n'étais pas sûr que c'était le Jules du lycée.

» Qu'est-ce que tu en dis ?

Et Maigret de laisser tomber :

— Rien.

Il ne disait rien. Il pensait à sa maison si différente, à son jardin, aux aubergines, aux petits pois qui tombaient dans la bassine émaillée, et il se demandait pourquoi il avait suivi sans discuter cette vieille dame autoritaire qui l'avait littéralement enlevé.

Il pensait au train bourdonnant de chaleur, à son ancien bureau du Quai des Orfèvres, à toutes les crapules qu'il avait interrogées, à tant de petits bars, d'hôtels malpropres, d'endroits invraisemblables où ses enquêtes l'avaient conduit.

Il pensait à tout cela et il en était d'autant plus furieux, plus vexé d'être là, dans un milieu hostile, sous l'œil sardonique du Percepteur.

— Tout à l'heure, si cela t'amuse, je te ferai visiter la maison. J'en ai fait les plans moi-même avec l'architecte. Evidemment, nous ne l'habitons pas toute l'année, mais seulement l'été. J'ai un appartement à Paris, avenue Hoche. J'ai aussi acheté une villa à trois kilomètres de Deauville, et nous y sommes allés en juillet. En août, le public, à la mer, est impossible. Maintenant, si le cœur t'en dit, je t'invite volontiers à passer quelques jours avec nous. Tu joues au tennis ? Tu montes à cheval ?...

Pourquoi ne lui demandait-il pas aussi s'il jouait au golf et s'il faisait du ski nautique ?

— Remarque que, si tu attaches la moindre importance à ce que ma belle-mère t'a raconté, je ne t'empêche nullement de faire ta petite enquête. Je me mets à ton entière disposition, et si tu as besoin d'une voiture et d'un chauffeur... Tiens ! voici ma femme.

Elle apparaissait sur le perron, venant de la maison, vêtue de blanc, elle aussi.

— Je te présente Maigret, un vieil ami de lycée... Ma femme...

Elle tendait une main blanche et molle au bout d'un bras blanc, et tout était blanc chez elle, son visage, ses cheveux d'un blond trop clair.

— Asseyez-vous, monsieur, je vous en prie...

Qu'y avait-il, chez elle, qui donnait une impression de malaise ? Peut-être qu'on la sentait comme absente ? Sa voix était neutre, si impersonnelle qu'on pouvait se demander si c'était elle qui avait parlé. Elle s'asseyait dans un grand fauteuil et on soupçonnait qu'elle aurait pu tout aussi bien être ailleurs. Pourtant, elle adressait un léger signe à son mari. Celui-ci ne comprenait pas. Du regard, elle désignait l'unique étage de la villa. Elle précisait :

— C'est Georges-Henry...

Alors, fronçant les sourcils, Malik se levait, disait à Maigret :

— Tu permets un instant ?

Ils restaient là, immobiles et silencieux, la femme et le commissaire, puis soudain il y eut, à l'étage supérieur, comme le début d'un vacarme. Une porte était poussée brusquement. Des pas rapides. Une des fenêtres se fermait. Des voix étouffées. Les échos d'une dispute, sans doute, en tout cas d'une discussion assez âpre.

Tout ce que Mme Malik trouvait à dire, c'était :

— Vous n'étiez jamais venu à Orsenne ?

— Non, madame.

— C'est assez joli pour qui aime la campagne. C'est surtout reposant, n'est-ce pas ?

Et le mot reposant prenait dans sa bouche une valeur toute particulière. Elle était si molle, si lasse peut-être, ou dotée de si peu de vivacité, son corps s'abandonnait avec tant d'inertie dans le fauteuil de rotin qu'elle était le repos personnifié, le repos perpétuel.

Pourtant, elle tendait l'oreille aux bruits de l'étage qui allaient en s'apaisant et, quand on n'entendit plus rien, elle prononça encore :

— Il paraît que vous dînez avec nous ?

Si bien élevée qu'elle fût, elle ne parvenait pas à exprimer une joie simplement polie. Elle constatait. Elle constatait à regret. Malik revenait, et, au moment où Maigret le regardait, il accrochait à nouveau sur ses traits son sourire étroit.

— Tu m'excuses ?... Il y a toujours à s'occuper des domestiques.

On attendait la cloche du dîner avec une certaine gêne. Malik, en présence de sa femme, semblait moins désinvolte.

— Jean-Claude n'est pas rentré ?

— Je crois que je l'aperçois sur le ponton.

Un jeune homme en short venait en effet de débarquer d'un léger voilier qu'il amarrait et, son chandail sur le bras, il se dirigeait lentement vers la maison. A cet instant, la cloche sonnait et on passait dans la salle à manger, où on devait bientôt retrouver, lavé, peigné et vêtu de flanelle grise, Jean-Claude, le fils aîné d'Ernest Malik.

— Si j'avais su plus tôt que tu viendrais, j'aurais invité mon frère et ma belle-sœur, afin que tu fasses la connaissance de toute la famille. Demain, si tu veux, je les inviterai, ainsi que nos voisins, qui ne sont pas très nombreux. C'est chez nous le lieu de réunion... Il y a presque toujours du monde... On entre, on sort, on fait comme chez soi.

La salle à manger était vaste et riche. La table était de marbre veiné de rose et les couverts posés sur de minuscules napperons individuels.

— En somme, si j'en crois ce que les journaux ont raconté de toi, tu n'as pas mal réussi dans la police ? Drôle de métier. Je me suis souvent demandé pourquoi on devenait policier, à quel moment et comment on se sentait la vocation. Car, enfin...

Sa femme était plus absente que jamais. Maigret observait Jean-Claude, qui, de son côté, dès qu'il ne se croyait pas regardé, examinait le commissaire attentivement.

Froid comme le marbre de la table, le jeune homme. A dix-neuf ou vingt ans, il avait déjà l'assurance de son père. Celui-là ne devait pas se laisser facilement troubler et, pourtant, il y avait comme de la gêne dans l'air.

On ne parlait pas de Monita, qui était morte la semaine précédente. Peut-être préférait-on n'en pas parler en présence du maître d'hôtel.

— Vois-tu, Maigret, disait Malik, vous avez tous été aveugles, autant que vous étiez, au lycée, et vous ne vous doutiez pas de ce que vous disiez en m'appelant le Percepteur. Nous étions quelques-uns, souviens-toi, qui n'étions pas riches, tenus plus ou moins à l'écart des fils de hobereaux et de gros bourgeois. Il y en avait qui en souffraient, d'autres, comme toi, que cela laissait indifférents.

» Moi, on m'appelait le Percepteur avec mépris, et pourtant c'est ce qui a fait ma force...

» Si tu savais tout ce qui passe par les mains d'un percepteur ! J'ai connu les sales dessous des familles les plus solides en apparence... J'ai connu les tripotages de ceux qui s'enrichissaient. J'ai vu ceux qui montaient et ceux qui descendaient, même ceux qui dégringolaient, et je me suis mis à étudier le mécanisme de tout cela...

» La mécanique sociale, si tu veux. Pourquoi on monte et pourquoi on descend.

Il parlait avec un orgueil méprisant, dans la salle à manger de grand luxe, aux fenêtres de laquelle le décor lui-même était encore comme une affirmation de sa réussite.

— Moi, j'ai monté...

Les mets étaient sans doute de choix, mais l'ancien commissaire n'avait aucun goût pour ces petits plats compliqués aux sauces invariablement constellées d'éclats de truffes ou de queues d'écrevisses. Le maître d'hôtel, à chaque instant, se penchait pour remplir un des verres rangés devant lui.

Le ciel devenait vert d'un côté, d'un vert froid et comme éternel, rouge de l'autre, avec des traînées violacées et quelques nuages d'un blanc ingénu. Des canoës s'attardaient sur la Seine, où parfois un poisson, en sautant, dessinait une série de cercles lents.

Malik devait avoir l'oreille fine, aussi fine que Maigret, qui entendit, lui aussi. Et pourtant, c'était à peine perceptible, le silence du soir seul permettait au moindre bruit de prendre une suffisante ampleur.

Un grattement d'abord, comme à une fenêtre du premier étage, du côté où, tout à l'heure, avant le dîner, il y avait eu des éclats de voix. Puis un bruit mou dans le parc.

Malik et son fils s'étaient regardés. Mme Malik n'avait pas bronché et avait continué à porter sa fourchette à sa bouche.

En un éclair, Malik eut posé sa serviette sur la table et, l'instant d'après, il avait bondi dehors, souple et silencieux sur ses semelles de crêpe.

Pas plus que la maîtresse de maison, le domestique n'avait paru s'étonner de cet incident. Mais Jean-Claude, lui, avait rougi légèrement. Et maintenant il cherchait quelque chose à dire, il ouvrait la bouche, balbutiait quelques mots.

— Mon père est encore agile pour son âge, n'est-ce pas ?

Avec, justement, le même sourire que son père. Autrement dit :

« Il se passe quelque chose, évidemment, mais cela ne vous regarde pas. Contentez-vous de manger et ne vous occupez pas du reste. »

— Il me bat régulièrement au tennis, où pourtant je ne suis pas trop mauvais. C'est un homme étonnant...

Pourquoi Maigret répéta-t-il, en regardant son assiette :

— Etonnant...

Quelqu'un était enfermé là-haut, dans une chambre, c'était clair. Ce quelqu'un ne devait pas être content d'être claustré de la sorte, puisque, avant le dîner, Malik avait été obligé de monter pour le morigéner.

Ce même quelqu'un avait essayé de profiter du repas qui réunissait toute la famille dans la salle à manger pour s'enfuir. Il avait sauté dans la terre molle, plantée d'hortensias, qui entourait la maison.

C'était ce bruit de chute dans la plate-bande que Malik avait entendu en même temps que le commissaire.

Or il avait bondi dehors. Cela devait être grave, suffisamment grave pour lui faire prendre une attitude pour le moins étrange.

— Votre frère joue au tennis aussi ? questionna Maigret en levant la tête et en regardant le jeune homme en face.

— Pourquoi demandez-vous ça ? Non, mon frère n'est pas sportif.

— Il a quel âge ?

— Seize ans... Il vient d'être recalé à son bachot, et mon père est furieux.

— C'est pour cela qu'il l'a enfermé dans sa chambre ?

— Probablement... Ça ne va pas toujours très fort entre Georges-Henry et mon père.

— Par contre, vous devez vous entendre fort bien avec votre père, n'est-ce pas ?

— Assez bien.

Maigret regarda par hasard la main de la maîtresse de maison et il s'aperçut avec étonnement qu'elle était tellement crispée sur son couteau que les articulations en devenaient bleuâtres.

Ils attendaient tous les trois, tandis que le maître d'hôtel changeait une fois de plus les assiettes. L'air était plus calme que jamais, au point qu'on entendait le moindre frémissement des feuilles dans les arbres.

Quand il avait pris pied dans le jardin, Georges-Henry s'était mis à courir. Dans quelle direction ? Pas vers la Seine, car on l'aurait vu. Derrière, au fond du parc, passait la ligne de chemin de fer. A droite, c'était le parc de la maison Amorelle.

Le père devait courir derrière son fils. Et Maigret ne put s'empêcher de sourire en pensant à la rage qui animait certainement Malik, contraint à cette poursuite sans gloire.

Ils eurent le temps de manger le fromage, puis le dessert. C'était l'instant où ils auraient dû se lever et passer au salon ou sur la terrasse, où il faisait encore jour. En regardant sa montre, le commissaire constata qu'il y avait douze minutes que le maître de maison s'était élancé dehors.

Mme Malik ne se levait pas. Son fils essayait de la rappeler discrètement à son devoir quand on entendit enfin des pas dans le hall voisin.

C'était le Percepteur, avec son sourire, un sourire un peu crispé malgré tout, et la première chose que Maigret remarqua fut qu'il avait changé de pantalon. Celui-ci était en flanelle blanche aussi, mais il sortait évidemment de l'armoire, le pli encore intact.

Est-ce que, dans sa course, Malik s'était accroché aux ronces ? Ou bien avait pataugé dans quelque ruisseau ?

Il n'avait pas eu le temps d'aller loin. Sa réapparition n'en constituait pas moins un record, car il n'était pas essoufflé, ses cheveux gris fer étaient lissés avec soin, rien dans sa tenue ne trahissait le désordre.

— J'ai un chenapan de...

Le fils était digne du père, car il l'interrompit le plus naturellement du monde :

— Encore Georges-Henry, je parie ? Je disais justement au commissaire qu'il a séché son bac et que tu l'avais enfermé dans sa chambre pour le forcer à étudier.

Malik ne broncha pas, ne marqua aucune satisfaction, aucune admiration pour ce repêchage en voltige. Et pourtant c'était du beau jeu. Ils venaient de se renvoyer la balle avec autant de précision qu'au tennis.

— Merci, Jean, disait Malik au maître d'hôtel qui voulait le servir. Si Madame le désire, nous passerons sur la terrasse.

Puis à sa femme :

— A moins que tu te sentes lasse ?... Dans ce cas, mon ami Maigret ne t'en voudra pas de te retirer. Tu permets, Jules ?... Ces derniers jours ont été durs pour elle. Elle avait beaucoup d'affection pour sa nièce.

Qu'est-ce qui grinçait ? Les mots étaient quelconques, l'intonation banale. Et pourtant Maigret avait l'impression de découvrir, de flairer plutôt sous chaque phrase des choses troubles ou menaçantes.

Toute droite maintenant dans sa robe blanche, Mme Malik les regardait, et Maigret, sans savoir au juste pourquoi, n'aurait pas été étonné de la voir s'effondrer sur les dalles de marbre noir et blanc.

— Si vous le permettez, balbutia-t-elle.

Elle tendit encore une fois la main, qu'il effleura et qu'il trouva froide. Les trois hommes franchirent la porte-fenêtre et se trouvèrent sur la terrasse.

— Les cigares et la fine, Jean, commanda le maître de maison.

Et s'adressant à brûle-pourpoint à Maigret :

— Tu es marié ?

— Oui.

— Des enfants ?

— Je n'ai pas cette chance.

Un retroussis de lèvres qui n'échappa pas à Jean-Claude, mais qui ne le choqua pas.

— Assieds-toi, prends un cigare !

On en avait apporté plusieurs boîtes, des havanes et des manilles, plusieurs flacons d'alcool aussi, aux formes diverses.

— Le petit, vois-tu, ressemble à sa grand-mère. Il n'est pas Malik pour deux sous.

Une des difficultés de la conversation, un des soucis de Maigret, c'était qu'il ne pouvait se résoudre à tutoyer son ancien condisciple.

— Vous l'avez rattrapé ? questionna-t-il en hésitant.

Et l'autre s'y méprit. C'était fatal. Une lueur de satisfaction passa dans ses yeux. Il croyait, évidemment, que l'ex-commissaire était impressionné par son faste et n'osait pas se permettre un ton plus familier.

— Tu peux me dire tu, laissa-t-il tomber avec condescendance en faisant craquer un cigare entre ses doigts longs et soignés. Quand on a usé ses fonds de culotte ensemble sur les bancs du lycée... Non, je ne l'ai pas rattrapé et je n'en avais pas l'intention...

Il mentait. Il suffisait de l'avoir vu bondir hors de la pièce.

— Seulement, je désirais savoir où il allait... C'est un grand nerveux, impressionnable comme une fille.

» Tout à l'heure, quand je me suis absenté un instant, c'était chez lui que je montais pour lui faire des remontrances. J'ai été assez dur avec lui et j'ai toujours peur...

Lut-il dans les yeux de Maigret que celui-ci, par analogie, pensait à Monita, qui s'était noyée et qui était nerveuse, elle aussi ? Sans doute, car il se hâta d'ajouter :

— Oh ! ce n'est pas ce que tu penses. Il s'aime trop pour ça ! Mais il lui arrive de faire des fugues. Une fois, il est resté huit jours absent et on l'a trouvé par hasard sur un chantier où il venait de se faire embaucher.

L'aîné écoutait avec indifférence. Il était du côté de son père, c'était clair. Il méprisait profondément ce frère dont on parlait et qui ressemblait à sa grand-mère.

— Comme je savais qu'il n'avait pas d'argent de poche, je l'ai suivi et je suis bien tranquille... Il est tout bonnement allé retrouvé la vieille Bernadette et, à cette heure, il doit pleurer dans son giron.

L'ombre commençait à s'épaissir, et Maigret avait l'impression que son interlocuteur s'inquiétait moins de ses propres expressions de physionomie. Ses traits devenaient plus durs, le regard encore plus aigu, sans cette ironie qui en tempérait quelque peu la férocité.

— Tu tiens absolument à aller coucher chez Jeanne ? Je pourrais faire prendre ton bagage par un domestique.

Cette insistance déplut à l'ancien commissaire, qui y vit comme une menace. Peut-être avait-il tort ? Peut-être se laissait-il conseiller par sa mauvaise humeur ?

— J'irai coucher à *L'Ange*, dit-il.

— Tu acceptes mon invitation pour demain ? Tu verras ici quelques types intéressants. Nous ne sommes pas nombreux. Six villas en tout, en comptant l'ancien château qui est de l'autre côté de l'eau. Mais cela suffit pour fournir quelques phénomènes !

Justement on entendit un coup de feu du côté de la rivière. Maigret n'avait pas eu le temps de tressaillir que son compagnon expliquait :

— Le père Groux qui chasse les ramiers. Un original que tu verras demain. C'est à lui toute la colline que tu aperçois, ou plutôt que l'obscurité t'empêche de distinguer sur l'autre rive. Il sait que je suis acheteur, et il y a vingt ans qu'il s'obstine à ne pas vendre, bien qu'il n'ait pas un sou vaillant.

Pourquoi la voix avait-elle baissé d'un ton, comme il arrive à quelqu'un qui parle et qui soudain est frappé par une nouvelle idée ?

— Tu es capable de retrouver ton chemin ? Jean-Claude va te reconduire jusqu'à la grille. Tu fermeras, Jean-Claude ? Tu suis le chemin de halage et, à deux cents mètres, tu prends le routin qui te conduit tout droit à *L'Ange*... Si tu aimes les histoires, tu seras servi, car la vieille Jeanne, qui souffre d'insomnie, doit déjà te guetter et t'en racontera pour ton argent, surtout si tu compatis à ses malheurs et si tu as pitié de ses multiples maux.

Il acheva de boire son verre et resta debout, laissant entendre que la séance était terminée.

— A demain, vers midi. Je compte sur toi.

Il tendit une main sèche et vigoureuse.

— C'est rigolo de se retrouver après si longtemps... Bonsoir, vieux.

Un « bonsoir, vieux » un peu protecteur, distant.

Déjà, tandis que Maigret, accompagné de l'aîné, descendait les marches du perron, il disparaissait dans la maison.

Il n'y avait pas de lune et la nuit commençait à être assez noire. Maigret, qui suivait le chemin de halage, entendait le bruit lent et monotone d'une paire d'avirons. Une voix dit assez bas :

— Stop !

Le bruit cessa et fut remplacé par un autre, par celui d'un épervier qu'on venait de lancer au bord. Sans doute des braconniers ?

Il continua sa route, fumant sa pipe, fourrant ses mains dans ses poches, mécontent de lui et des autres et se demandant, en somme, ce qu'il faisait là au lieu d'être chez lui.

Il dépassait le mur qui clôturait le parc des Amorelle. Au moment où il passait devant la grille, il avait aperçu une lumière à une des fenêtres. Maintenant, sur sa gauche, c'étaient des fourrés sombres dans lesquels, un peu plus loin, il allait trouver le routin conduisant chez la vieille Jeanne.

Soudain, il y eut un claquement sec suivi aussitôt d'un léger bruit sur le sol à quelques mètres devant lui. Il s'immobilisa, ému, bien que cela ressemblât à la détonation de tout à l'heure, quand Malik lui avait parlé d'un vieil original qui passait ses soirées à chasser le ramier.

Aucun bruit. Il y avait quelqu'un pourtant, non loin de lui, probablement sur le mur des Amorelle, quelqu'un qui avait tiré avec une carabine et qui n'avait pas tiré en l'air, vers quelque ramier posé sur une branche, mais vers le sol, vers Maigret qui passait.

Il eut une moue de mauvaise humeur et de satisfaction tout ensemble. Il serra les poings, furieux, et pourtant cela le soulageait. Il aimait mieux ça.

— Crapule ! gronda-t-il à mi-voix.

Il était inutile de chercher son agresseur, de se précipiter comme Malik l'avait fait tout à l'heure. Dans la nuit, il ne trouverait rien et il risquait de tomber bêtement dans quelque trou.

Les mains toujours dans ses poches, la pipe aux dents, la carrure large et la démarche volontairement lente, il continua sa route et il affichait son mépris en ne rompant pas un seul instant la cadence de son pas.

Il atteignit *L'Ange,* quelques minutes plus tard, sans qu'on l'eût pris à nouveau pour cible.

3

Tableau de famille dans le salon

A neuf heures et demie, il n'était pas encore levé. La fenêtre grande ouverte laissait depuis longtemps pénétrer les bruits du dehors, le caquet des poules qui grattaient le fumier dans une cour, la chaîne d'un chien, les appels insistants des remorqueurs et ceux, plus sourds, des péniches à moteur.

Maigret avait la gueule de bois, et même ce qu'il aurait appelé une sale gueule de bois. Il connaissait maintenant le secret de la vieille Jeanne, la tenancière de *L'Ange*. Elle était encore dans la salle à manger, la veille au soir, quand il était rentré, près de l'horloge à balancier de cuivre. Malik avait eu raison de l'avertir qu'elle l'attendait. Mais sans doute était-ce moins pour parler que pour boire.

« Elle picole ferme ! » se disait-il maintenant dans son demi-sommeil qu'il n'osait pas rompre trop brutalement par crainte du sérieux mal de tête qu'il savait trouver au bout.

Il aurait dû s'en apercevoir tout de suite. Il en avait connu d'autres, des femmes sur le retour, qui ont perdu toute coquetterie, qui se traînent comme celle-ci, dolentes, geignantes, le visage luisant, les cheveux gras, à se plaindre de toutes les maladies du bon Dieu.

— Je prendrais bien un petit verre, avait-il dit en s'asseyant auprès d'elle, ou plutôt en s'installant à califourchon sur une chaise. Et vous, madame Jeanne ?... Qu'est-ce que je vous offre ?...

— Rien, monsieur. Il vaut mieux que je ne boive pas. Tout me fait mal.

— Une toute petite liqueur ?

— C'est bien pour vous tenir compagnie... Du kummel, alors. Voulez-vous vous servir vous-même ?... Les bouteilles sont sur l'étagère. J'ai encore les jambes tellement enflées ce soir.

Elle se piquait le nez au kummel, voilà tout. Et lui aussi avait bu du kummel par politesse. Il en avait encore la nausée. Il se jurait de ne plus jamais avaler une goutte de kummel de sa vie.

Combien de petits verres avait-elle vidés sans en avoir

l'air ? Elle parlait, de sa voix geignante d'abord, puis avec plus d'animation. De temps en temps, en regardant ailleurs, elle saisissait la bouteille et se servait. Jusqu'au moment où Maigret comprit et où il remplit son verre toutes les dix minutes.

Drôle de soirée. La bonne était couchée depuis longtemps. Le chat était roulé en boule sur les genoux de Mme Jeanne, le balancier de l'horloge allait et venait dans sa caisse vitrée, et la femme parlait, de Marius d'abord, son défunt mari, d'elle-même, jeune fille de bonne famille, qui avait raté, pour suivre Marius, un mariage avec un officier qui, depuis, était devenu général.

— Il est venu ici avec sa femme et ses enfants, voilà trois ans, quelques jours avant la mort de Marius. Il ne me reconnaissait pas.

De Bernadette Amorelle :

— Ils disent qu'elle est folle, mais ce n'est pas vrai. Seulement, elle a un drôle de caractère. Son mari était une grosse brute. C'est lui qui a créé, avec Campois, les grandes carrières de la Seine.

Elle n'était pas bête du tout, Mme Jeanne.

— Je sais maintenant ce que vous êtes venu faire ici... Tout le monde le sait... Je crois que vous perdez votre temps.

Elle parlait des Malik, d'Ernest et de Charles.

— Vous n'avez pas encore vu Charles ? Vous le verrez... Et sa femme, la plus jeune des demoiselles Amorelle, qui était Mlle Aimée. Vous les verrez. Nous sommes un tout petit pays, n'est-ce pas ? A peine un hameau. Et pourtant il s'y passe de curieuses choses. Oui, on a retrouvé Mlle Monita sur le barrage.

Non, elle, Mme Jeanne, ne savait rien. Est-ce qu'on peut jamais savoir ce qu'une jeune fille a dans la tête ?...

Elle buvait, Maigret buvait, l'écoutait parler, emplissait

les verres, subissait comme un envoûtement et disait parfois :

— Je vous empêche d'aller vous coucher.

— Si c'est pour moi, vous n'avez pas à vous gêner. Je dors si peu avec toutes mes douleurs ! Mais si vous avez sommeil...

Il restait encore un peu. Et, quand ils étaient montés chacun par un escalier différent, il avait entendu un vacarme indiquant que Mme Jeanne s'étalait sur les marches.

Elle ne devait pas être levée encore. Il se décidait à sortir du lit et à se diriger vers la toilette, pour boire d'abord, pour boire de l'eau fraîche à longues gorgées, pour laver ensuite sa mauvaise sueur d'alcool, de kummel. Non ! jamais plus il ne toucherait à un verre de kummel.

Tiens ! quelqu'un venait d'arriver à l'auberge. Il entendait la voix de la servante qui disait :

— Puisque je vous répète qu'il dort encore...

Il se pencha par la fenêtre et vit, en conversation avec Raymonde, une femme de chambre en noir et en tablier blanc.

— C'est pour moi ? questionna-t-il.

Et la femme de chambre de prononcer, la tête levée :

— Vous voyez bien qu'il ne dort pas !

Elle tenait une lettre à la main, une enveloppe bordée de noir, et elle annonçait :

— Il y a une réponse.

Raymonde lui monta la lettre. Il avait passé son pantalon, et ses bretelles lui battaient sur les cuisses. Il faisait déjà chaud. Une fine vapeur montait de la rivière.

Voulez-vous venir me voir le plus tôt possible ? Il vaudrait mieux que vous suiviez ma femme de chambre qui vous conduira dans mon appartement, sinon on ne vous laisserait peut-être pas monter. Je sais que vous devez les rencontrer tous à midi.

Bernadette Amorelle.

Il suivait la femme de chambre, qui avait une quarantaine d'années et qui était très laide, qui avait les mêmes yeux en boutons de bottines que sa maîtresse. Elle ne prononçait pas une parole et semblait dire par son attitude :

« Inutile d'essayer de me faire parler. J'ai la consigne et je ne me laisserai pas faire. »

Ils longeaient le mur, franchissaient la grille, suivaient l'allée qui conduisait à la vaste demeure des Amorelle. Des oiseaux chantaient dans tous les arbres du parc. Le jardinier poussait une brouette de fumier.

La maison était moins moderne que celle d'Ernest Malik, moins fastueuse, comme déjà estompée par le brouillard du temps.

— Par ici...

Ils ne pénétraient pas par la grande porte qui surmontait le perron, mais par une petite porte de l'aile droite, et ils gravissaient un escalier aux murs garnis d'estampes du siècle dernier. Ils n'avaient pas encore atteint le palier qu'une porte s'ouvrait, que Mme Amorelle apparaissait, aussi droite, aussi catégorique que la veille.

— Vous y avez mis du temps, déclara-t-elle.

— Ce monsieur n'était pas prêt... Il a fallu que j'attende qu'il s'habille...

— Entrez par ici, commissaire. J'aurais cru qu'un homme comme vous se levait tôt.

C'était sa chambre, une chambre très vaste, à trois fenêtres. Le lit à colonnes était déjà fait. Des objets traînaient sur les meubles, et on sentait que la vie presque entière de la vieille dame se déroulait dans cette pièce, que c'était son domaine exclusif, dont elle n'entrouvrait pas volontiers la porte.

— Asseyez-vous. Mais si... Je déteste parler à quelqu'un qui reste debout. Vous pouvez fumer votre pipe, si c'est cela qui vous manque. Mon mari fumait la pipe du matin au soir. Cela sent moins mauvais que le cigare... Ainsi, vous avez déjà dîné chez mon neveu ?

Cela aurait pu être comique de se voir ainsi traité en petit garçon, mais Maigret, ce matin-là, n'avait pas le sens de l'humour.

— J'ai dîné avec Ernest Malik, en effet, laissa-t-il tomber, bourru.

— Qu'est-ce qu'il vous a dit ?

— Que vous étiez une vieille folle et que son fils Georges-Henry était presque aussi fou que vous.

— Vous l'avez cru ?

— Ensuite, comme je rentrais à *L'Ange,* quelqu'un, qui juge sans doute que ma carrière est assez fournie, a tiré un coup de feu dans ma direction. Je suppose que le jeune homme était ici ?

— Quel jeune homme ?... Vous voulez parler de Georges-Henry ? Je ne l'ai pas vu de la soirée.

— Son père a pourtant prétendu qu'il s'était réfugié chez vous...

— Si vous prenez tout ce qu'il dit pour parole d'évangile...

— Vous n'avez pas de ses nouvelles ?

— Aucune, et je serais bien contente d'en avoir. En somme, qu'est-ce que vous avez appris ?

A ce moment-là, il la regarda et se demanda, sans savoir pourquoi, si elle désirait tellement qu'il apprît quelque chose.

— Il paraît, reprit-elle, que vous êtes très bien avec mon neveu Ernest.

— Nous étions dans la même classe au lycée de Moulins, et il s'obstine à me tutoyer comme quand nous avions douze ans.

Il était dans ses mauvais jours. La tête lui faisait mal. Sa pipe avait mauvais goût, et il avait dû partir pour suivre la femme de chambre sans boire son café, car il n'y en avait pas de prêt à *L'Ange*.

Il commençait à en avoir assez de cette famille où on s'espionnait mutuellement et où personne n'avait l'air de dire la vérité.

— J'ai peur pour Georges-Henry, murmurait-elle maintenant. Il aimait beaucoup sa cousine. Je ne suis pas sûre qu'il n'y ait rien eu entre eux.

— Il a seize ans.

Elle le toisa.

— Et vous croyez que cela empêche ?... Je n'ai jamais été aussi amoureuse qu'à seize ans et, si j'avais dû commettre une bêtise, c'est à cet âge-là que je l'aurais commise. Vous feriez bien de retrouver Georges-Henry.

Et lui, froid, presque sarcastique :

— Où me conseillez-vous de chercher ?

— C'est votre métier et pas le mien. Je me demande pourquoi son père a prétendu qu'il l'avait vu venir ici. Malik sait fort bien que ce n'est pas vrai.

Sa voix trahissait une réelle inquiétude. Elle allait et venait dans la chambre, mais, chaque fois que l'ex-commissaire faisait mine de se lever, elle lui répétait :

— Asseyez-vous.

Elle parlait comme pour elle-même.

— Ils ont organisé pour aujourd'hui un grand déjeuner. Charles Malik et sa femme y seront. Ils ont invité aussi le vieux Campois et cette vieille baderne de Groux. J'ai reçu un carton, moi aussi, ce matin à la première heure. Je me demande si Georges-Henry sera rentré.

— Vous n'avez rien d'autre à me dire, madame ?

— Qu'est-ce que cela signifie ?

— Rien. Lorsque vous êtes venue hier à Meung, vous avez laissé entendre que vous vous refusiez à croire que la mort de votre petite-fille était une mort naturelle.

Elle le regardait intensément, sans rien laisser percer de sa pensée.

— Et depuis que vous êtes ici, répliqua-t-elle avec un certain emportement, allez-vous dire que vous trouvez naturel ce qui s'y passe ?

— Je n'ai pas prétendu cela.

— Eh bien ! continuez. Allez à ce déjeuner.

— Vous y serez ?

— Je n'en sais rien. Regardez autour de vous. Ecoutez. Et, si vous êtes aussi fort qu'on le prétend...

Elle n'était pas contente de lui, c'était évident. Est-ce qu'il ne se montrait pas assez souple, assez respectueux de ses manies ? Etait-elle déçue qu'il n'eût encore rien découvert ?

Elle était nerveuse, inquiète, malgré son empire sur elle-même. Elle se dirigeait vers la porte, lui donnant ainsi congé.

— J'ai bien peur que ces crapules soient plus intelligentes que vous ! articula-t-elle en guise d'adieu. Nous verrons bien. A présent, je parie tout ce que vous voudrez que les autres vous attendent en bas.

C'était vrai. Il atteignait le corridor quand une porte s'ouvrit sans bruit. Une femme de chambre — qui n'était pas celle qui l'avait amené — lui disait avec révérence :

— M. et Mme Malik vous attendent dans le petit salon. Si vous voulez bien vous donner la peine de me suivre...

La maison était fraîche, les murs peints de couleurs passées, avec des portes sculptées, des trumeaux, des tableaux et des gravures partout. De moelleux tapis amortissaient les pas, et les persiennes ne laissaient pénétrer que juste ce qu'il fallait de lumière.

Une dernière porte. Il fit deux pas et se trouva en face de M. et Mme Malik, en grand deuil, qui l'attendaient.

Pourquoi eut-il non pas l'impression de la réalité, mais d'un tableau de famille savamment composé ? Il ne connaissait pas encore Charles Malik, chez qui il ne retrouvait aucun des traits de son frère, encore qu'il existât un air de famille. Il était un peu plus jeune, plus corpulent. Son visage sanguin était plus rose, et ses yeux, non pas gris comme ceux d'Ernest, mais d'un bleu presque candide.

Il n'avait pas non plus l'assurance de son frère et il avait des poches sous les yeux, une certaine mollesse des lèvres, de l'inquiétude dans le regard.

Il se tenait très droit devant la cheminée de marbre blanc, et sa femme était assise près de lui dans un fauteuil Louis XVI, les mains sur les genoux, comme pour une photographie.

L'ensemble respirait le chagrin, voire l'accablement. La voix de Charles Malik était hésitante.

— Entrez, monsieur le commissaire, et excusez-nous de vous avoir demandé de venir nous voir un moment.

Mme Malik, elle, ressemblait fort à sa sœur, mais en plus fin, avec quelque chose de la vivacité de sa mère. Cette vivacité, en ce moment, était comme voilée, mais son deuil récent suffisait à l'expliquer. Elle tenait à la main droite un petit mouchoir roulé en boule, qu'elle allait pétrir durant tout leur entretien.

— Asseyez-vous, je vous en prie. Je sais que nous sommes appelés à nous rencontrer tout à l'heure chez mon frère. Moi tout au moins, car je doute que ma femme se sente le courage d'assister à ce déjeuner. Je n'ignore pas dans quelles conditions vous êtes arrivé ici et je voudrais...

Il regarda sa femme, qui se contenta de le regarder très simplement mais très fermement.

— Nous venons de vivre des journées très pénibles, monsieur le commissaire, et l'entêtement de ma belle-mère paraît nous promettre des épreuves plus pénibles encore. Vous l'avez vue. Je ne sais pas ce que vous en pensez.

Maigret, en tout cas, eut bien besoin de ne pas le lui dire, car il sentait que son interlocuteur commençait à perdre pied et appelait à nouveau sa femme à son secours.

— Maman, dit celle-ci, a quatre-vingt-deux ans, il ne faut pas l'oublier. On l'oublie trop facilement parce qu'elle a une vitalité exceptionnelle... Malheureusement, sa raison n'est pas toujours à la hauteur de son activité. La mort de ma fille, qui était sa préférée, l'a complètement bouleversée.

— Je m'en suis rendu compte, madame.

— Vous pouvez voir, maintenant, dans quelle atmosphère nous vivons depuis cette catastrophe. Maman s'est mise en tête qu'il y avait sous celle-ci Dieu sait quel mystère.

— Le commissaire a certainement compris, reprit Charles Malik. Ne t'énerve pas, ma chérie... Ma femme est très nerveuse, monsieur le commissaire. Nous le sommes tous en ce moment. Notre affection pour ma belle-mère nous empêche seule de prendre les mesures qui sembleraient s'imposer. C'est pourquoi nous vous demandons...

Maigret dressa l'oreille.

— ... Nous vous demandons... de bien peser le pour et le contre avant de...

Au fait ! Est-ce que ce n'était pas ce gros homme hésitant qui avait tiré la veille au soir sur le commissaire ?

Cette idée qui lui venait soudain n'avait rien d'invraisemblable.

Ernest Malik était un animal à sang-froid et sans doute que, s'il eût tiré, il eût visé avec plus de précision. Celui-ci, au contraire...

— Je comprends votre situation, poursuivait le maître de maison, accoudé à la cheminée et plus portrait de famille que jamais. Elle est délicate, très délicate. En somme...

— En somme, trancha Maigret, avec son air le plus patelin, je me demande ce que je suis venu faire ici.

Il regardait l'autre en dessous et son tressaillement de joie ne lui échappa pas.

C'était exactement ce qu'on avait voulu lui faire dire. Que faisait-il là, en définitive ? Personne ne l'avait appelé, sinon une vieille femme de quatre-vingt-deux ans qui n'avait plus toute sa raison.

— Sans aller jusque-là, corrigeait Charles Malik, très homme du monde, étant donné que vous êtes un ami d'Ernest, je pense qu'il vaudrait mieux...

— J'écoute.

— Oui... Je pense qu'il serait convenable, mettons souhaitable, de ne pas trop entretenir ma belle-mère dans des idées que... qui...

— Vous êtes persuadé, monsieur Malik, que la mort de votre fille est absolument naturelle ?

— Je pense que c'est un accident.

Il avait rougi, mais il avait répondu avec fermeté.

— Et vous, madame ?

Le mouchoir n'était plus qu'une boule minuscule dans sa main.

— Je pense comme mon mari.

— Dans ce cas, évidemment...

Il leur donnait de l'espoir. Il les sentait se gonfler de

l'espoir qu'il allait les débarrasser à jamais de sa lourde présence.

— ... Je suis bien obligé de me rendre à l'invitation de votre frère. Ensuite, si rien ne vient, si aucun fait nouveau ne requiert ma présence...

Il se levait, presque aussi mal à l'aise qu'eux. Il avait hâte d'être dehors, de respirer largement.

— Je vous reverrai donc tout à l'heure, disait Charles Malik. Je m'excuse de ne pas vous accompagner, mais j'ai encore à faire.

— Je vous en prie. Madame, mes hommages.

Il était encore dans le parc, à se diriger vers la Seine, lorsqu'il entendit un bruit qui le frappa. C'était celui de la manivelle d'un téléphone rural, avec la brève sonnerie annonçant que l'appel était entendu.

« Il téléphone à son frère pour le mettre au courant », pensa-t-il.

Et il croyait deviner les mots :

« Ça y est ! Il va s'en aller. Il l'a promis. Du moment qu'il ne se passe rien au déjeuner. »

Un remorqueur traînait ses huit chalands vers la haute Seine, et c'était un remorqueur à triangle vert, un remorqueur Amorelle et Campois ; les chalands étaient, eux aussi, des chalands Amorelle et Campois.

Il n'était que onze heures et demie. Il n'avait pas le courage de passer à *L'Ange,* où d'ailleurs il n'avait rien à faire. Il suivait la berge en ruminant des pensées confuses. Il s'arrêta comme un badaud devant le luxueux plongeoir d'Ernest Malik. Il tournait le dos à la maison de celui-ci.

— Eh bien ! Maigret ?

C'était Ernest Malik, vêtu cette fois d'un complet gris en fil à fil, chaussé de daim blanc, coiffé d'un panama.

— Mon frère vient de me téléphoner.

— Je sais.

— Il paraît que tu en as déjà par-dessus la tête des histoires de ma belle-mère.

Il y avait quelque chose de contenu dans la voix, quelque chose d'appuyé dans le regard.

— Si je comprends bien, tu as envie d'aller retrouver ta femme et tes salades ?

Alors, sans savoir pourquoi (c'est peut-être cela qu'on appelle l'inspiration), Maigret, se faisant plus lourd, plus épais, plus inerte que jamais :

— Non.

Malik marqua le coup. Tout son sang-froid ne parvint pas à l'empêcher de marquer le coup. Un instant, il eut l'air de quelqu'un qui essaie d'avaler sa salive, et on vit sa pomme d'Adam monter et redescendre deux ou trois fois.

— Ah !...

Un bref regard autour d'eux, mais ce n'était pas dans l'intention de pousser Maigret dans la Seine.

— Nous avons encore un bon moment devant nous, avant que les invités arrivent. Nous déjeunons tard d'habitude. Viens un instant dans mon bureau.

Pas un mot ne fut prononcé tandis qu'ils traversaient le parc. Maigret entrevit Mme Malik qui arrangeait des fleurs dans les vases du salon.

Ils contournaient la villa, et Malik précédait son hôte dans un bureau assez vaste, aux profonds fauteuils de cuir, aux murs ornés de maquettes de bateaux.

— Tu peux fumer...

Il refermait la porte avec soin, baissait à demi les persiennes, car le soleil entrait à flots dans la pièce. Enfin il s'asseyait à son bureau et jouait avec un coupe-papier en cristal.

Maigret s'était assis sur le bras d'un fauteuil et bourrait

lentement sa pipe avec un air aussi vide de pensée que possible. Comme le silence durait depuis un bon moment, il demanda avec douceur :

— Où est ton fils ?

— Lequel ?

Puis, se reprenant :

— Il ne s'agit pas de mon fils.

— Il s'agit de moi.

— Que veux-tu dire ?

— Rien.

— Eh bien ! oui, il s'agit de toi.

Et, à côté de l'homme élégant, à la silhouette nerveuse, au visage fin et soigné, Maigret faisait vraiment figure de balourd.

— Combien m'offres-tu ?

— Qui est-ce qui t'a dit que je comptais t'offrir quelque chose ?

— Je le suppose.

— Pourquoi pas, après tout ? L'administration n'est pas très généreuse. Je ne sais pas combien elle te verse comme retraite.

Et Maigret, toujours doux et humble :

— Trois mille deux.

Il ajouta, il est vrai, avec une candeur désarmante :

— Bien entendu, nous avons quelques économies.

Cette fois, Ernest Malik était vraiment troublé. Cela lui semblait trop facile. Il avait l'impression que son ancien condisciple se moquait de lui. Et pourtant...

— Ecoute...

— Je suis tout oreilles...

— Je sais bien ce que tu vas penser.

— Je pense si peu !

— Tu vas t'imaginer que tu me gênes, que j'ai quelque chose à cacher. Et quand bien même cela serait ?

— Oui, quand bien même cela serait ? Cela ne me regarde pas, n'est-il pas vrai ?

— Tu ironises ?

— Jamais.

— Tu perdrais ton temps avec moi, vois-tu. Tu te crois probablement très malin. Tu as réussi une carrière honorable en poursuivant des voleurs et des assassins. Eh bien ! ici, mon pauvre Jules, il n'y a ni voleurs, ni assassins. Comprends-tu ? Tu tombes, par le plus grand des hasards, dans un milieu que tu ne connais pas et où tu risques de faire beaucoup de mal. Voilà pourquoi je te dis...

— Combien ?

— Cent mille.

Il ne broncha pas, hochant la tête avec hésitation :

— Cent cinquante. J'irais jusqu'à deux cent mille.

Il s'était levé, nerveux, crispé, jouant toujours avec le coupe-papier qui, soudain, se brisa entre ses doigts. Une goutte de sang perla à l'index, et Maigret remarqua :

— Tu t'es fait mal...

— Tais-toi. Ou plutôt réponds à ma question. Je te signe un chèque de deux cent mille francs. Pas un chèque ? Peu importe... La voiture nous conduit tout à l'heure à Paris, où je passe prendre les fonds à ma banque. Je te reconduis à Meung.

Maigret soupirait.

— Qu'est-ce que tu réponds ?

— Où est ton fils ?

Cette fois, Malik ne put contenir sa colère.

— Cela ne te regarde pas. Cela ne regarde personne, tu entends ? Je ne suis pas dans ton bureau du Quai des Orfèvres et tu n'y es plus toi-même. Je te demande de t'en aller parce que ta présence ici est pour le moins inopportune. Les esprits travaillent. Les gens se demandent...

— Qu'est-ce qu'ils se demandent au juste ?

— Une dernière fois, je te propose de t'en aller gentiment. Je suis prêt, pour cela, à t'offrir une large compensation. C'est oui ou c'est non.

— C'est non, bien entendu.

— Fort bien. Dans ce cas, je suis obligé d'employer un autre ton.

— Ne te gêne pas.

— Je ne suis pas un enfant de chœur et je ne l'ai jamais été. Sinon, je ne serais pas devenu ce que je suis. Or, par ton obstination, par ta bêtise, oui, par ta bêtise, tu risques de déclencher des malheurs que tu ne soupçonnes même pas. Et tu es content, toi, n'est-ce pas ? Tu te crois toujours à la P.J. à cuisiner je ne sais quel petit escarpe ou bien quelque jeune voyou qui a étranglé une vieille femme.

» Je n'ai étranglé personne, sache-le. Je n'ai volé personne non plus.

— Dans ce cas...

— Silence ! Tu veux rester, donc tu resteras. Tu continueras à fourrer ton gros nez partout. Seulement, ce sera à tes risques et périls.

» Vois-tu, Maigret, je suis beaucoup plus fort que toi et je l'ai prouvé.

» Si j'avais été fait de la même pâte que la tienne, je serais devenu un brave petit percepteur des contributions directes comme mon père.

» Occupe-toi de ce qui ne te regarde pas, soit !

» Ce sera à tes risques et périls.

Il avait retrouvé son calme apparent et ses lèvres avaient à nouveau leur retroussis sarcastique.

Maigret, qui s'était levé, cherchait son chapeau autour de lui.

— Où vas-tu ?

— Dehors.

— Tu ne déjeunes pas avec nous ?

— Je préfère déjeuner ailleurs.

— Comme tu voudras. En cela encore, vois-tu, tu es petit. Petit et mesquin.

— C'est tout ?

— Pour cette fois-ci, oui.

Et, son chapeau à la main, il se dirigea tranquillement vers la porte. Il l'ouvrit, sortit sans se retourner. Dehors, une silhouette s'éloignait vivement, et il eut le temps de reconnaître Jean-Claude, le fils aîné, qui avait dû se tenir pendant toute cette conversation sous la fenêtre ouverte et qui avait entendu.

Il contourna à son tour la villa, et, dans l'allée principale, croisa deux hommes qu'il ne connaissait pas encore.

L'un des deux était petit, trapu, avec un cou énorme et de grosses mains vulgaires : M. Campois sans doute, car il ressemblait à la description que Jeanne lui en avait faite la veille au soir. L'autre, qui devait être son petit-fils, était un grand garçon au visage ouvert.

Tous deux le regardèrent avec un certain étonnement, qui se dirigeait paisiblement vers la grille, puis tous deux se retournèrent sur lui, s'arrêtèrent même pour l'observer.

« Et voilà une bonne chose de faite ! », se dit Maigret en s'éloignant le long de la Seine.

Une barque traversait le fleuve, conduite par un vieil homme en costume de toile jaunâtre, à la cravate du plus beau rouge. C'était M. Groux, qui arrivait à son tour au rendez-vous. Ils y seraient tous, sauf lui, pour qui, justement, ce déjeuner était organisé.

Et Georges-Henry ? Maigret commençait à hâter le pas. Il n'avait pas faim, mais terriblement soif. En tout cas, il se jurait que, quoi qu'il arrive, il ne boirait plus de petits verres de kummel avec la vieille Jeanne.

Quand il entra à *L'Ange,* il ne vit pas la patronne à sa

place habituelle près de la vieille horloge. Il passa la tête par l'entrebâillement de la porte de la cuisine, et Raymonde lui lança :

— Je croyais que vous ne déjeuniez pas ici ?

Puis, levant ses gros bras au ciel :

— Je n'ai rien préparé. Justement Madame est malade et ne veut pas descendre.

Il n'y avait même pas de bière dans la maison.

4

Le chenil du haut

Il aurait été difficile de dire comment ça s'était fait : toujours est-il que Maigret et Raymonde étaient maintenant une paire d'amis. Il y a une heure encore, elle avait bonne envie de lui interdire l'entrée de sa cuisine.

— Puisque je vous dis que je n'ai rien à manger.

Au surplus, elle n'aimait pas les hommes. Elle trouvait qu'ils étaient brutaux et qu'ils sentaient mauvais. La plupart, même des gens mariés, qui venaient à *L'Ange*, essayaient de la caresser et elle en était écœurée.

Elle avait voulu se faire bonne sœur. Elle était grande et molle malgré sa vigueur apparente.

— Qu'est-ce que vous cherchez ? s'impatientait-elle en voyant le commissaire planté sur ses deux jambes devant le placard ouvert.

— Un petit reste de quelque chose. N'importe quoi. Il fait si chaud que je n'ai pas le courage d'aller manger à l'écluse.

— Si vous croyez qu'il y a des restes ici ! D'abord, en

principe, la maison est fermée. Plus exactement, elle est en vente. Depuis trois ans. Et chaque fois qu'on est sur le point de vendre, la patronne hésite, cherche des objections et finit par dire non. Elle n'a pas besoin de ça pour vivre, allez !

— Qu'est-ce que vous allez manger, vous ?

— Du pain et du fromage.

— Vous croyez qu'il n'y en aura pas assez pour nous deux ?

Il avait l'air doux, avec son visage un peu congestionné et ses gros yeux. Il s'était installé comme chez lui dans la cuisine, et c'est en vain que Raymonde avait dit :

— Sortez de là, que le ménage n'est pas fait. Je vais mettre votre couvert dans la salle à manger.

Il s'était obstiné.

— Je vais voir s'il ne reste pas une boîte de sardines, mais ce serait bien un hasard. Il n'y a pas de boutiques aux environs. Le boucher, le charcutier et même l'épicier de Corbeil viennent livrer dans les grosses maisons, chez les Malik, chez les Campois. Avant, ils s'arrêtaient ici et on était ravitaillés. Mais la patronne finit par ne plus rien manger et elle pense que les autres n'ont qu'à faire comme elle. Attendez que je m'assure qu'il n'y a pas d'œufs au poulailler.

Il y en avait trois. Maigret insistait pour faire l'omelette, et elle riait en le regardant battre les œufs, jaune et blanc séparément.

— Pourquoi est-ce que vous n'êtes pas allé déjeuner chez les Malik, puisque vous êtes invité ? Il paraît qu'ils ont un cuisinier qui a été chef du roi de Norvège ou de Suède, je ne sais plus.

— Je préfère rester ici à faire la dînette avec vous.

— Dans la cuisine ! Sur une table sans nappe.

C'était pourtant vrai. Et Raymonde, sans s'en douter,

lui apportait une aide précieuse. Ici, il était à son aise. Il avait retiré sa veste et retroussé les manches de sa chemise. De temps en temps, il se levait pour verser l'eau bouillante sur le café.

— Je me demande ce qui la retient ici, avait dit, entre autres choses, Raymonde, en parlant de la vieille Jeanne. Elle a plus d'argent qu'elle n'en dépensera jamais, pas d'enfants, pas d'héritiers, car il y a longtemps qu'elle a mis ses neveux à la porte.

C'étaient des traits comme ça qui, se joignant à des souvenirs de la veille, à des détails insignifiants, achevaient pour Maigret de donner sa densité réelle au personnage de l'aubergiste.

Elle avait été belle, Raymonde l'avait dit aussi. Et c'était vrai. Cela se sentait malgré la cinquantaine mal soignée, malgré les cheveux gras et la peau incolore.

Une femme qui avait été belle, qui était intelligente et qui, soudain, s'était laissée aller, qui buvait, qui vivait farouchement dans son coin, à geindre et à boire jusqu'à en rester couchée des journées entières.

— Elle ne se décidera jamais à quitter Orsenne.

Eh bien ! quand tous les personnages auraient pris à ses yeux la même densité humaine, quand il les « sentirait » comme il sentait la patronne de *L'Ange*, le mystère serait bien près d'être éclairci.

Il y avait Bernadette Amorelle, qu'il n'était pas loin de comprendre.

— Le vieux M. Amorelle, qui est mort, n'était pas du tout un homme dans le genre de ses gendres. Plutôt dans le genre de M. Campois. Je ne sais pas si vous comprenez. Il était dur, mais juste. Il lui arrivait d'aller à l'écluse bavarder avec ses mariniers et il n'hésitait pas à boire le coup avec eux.

La première génération, en somme, la génération montante. La grande maison solide, sans faste exagéré.

Puis l'autre génération, les deux filles qui avaient épousé les frères Malik, la villa moderne, le ponton, les autos de grand luxe.

— Dites-moi, Raymonde, vous connaissiez bien Monita ?

— Bien sûr que je la connaissais. Je l'ai vue toute gamine, car il y a sept ans que je suis à *L'Ange* et, il y a sept ans, elle n'avait guère plus de dix ans. Un vrai garçon... Elle échappait toujours à sa gouvernante et on la cherchait partout. Il arrivait que tous les domestiques fussent envoyés le long de la Seine à appeler Monita. Le plus souvent elle faisait ses coups avec son cousin Georges-Henry.

Celui-là non plus, Maigret ne l'avait jamais vu. On le lui décrivait.

— Il n'était pas tiré à quatre épingles comme son frère, allez ! Presque toujours en short, et en short pas très propre, avec ses jambes nues, ses cheveux ébouriffés. Il avait une peur de son père !

— Monita et Georges-Henry étaient-ils amoureux ?

— Je ne sais pas si Monita était amoureuse. Une femme ça cache mieux ses sentiments. Mais lui, l'était certainement.

Il faisait calme dans cette cuisine où ne pénétrait qu'un rayon de soleil en biais. Maigret fumait sa pipe, les coudes sur la table de gros bois ciré, buvait son café à petites gorgées.

— Vous l'avez vu depuis la mort de sa cousine ?

— Je l'ai vu à l'enterrement. Il était très pâle, les yeux rouges. Au beau milieu de l'office, il s'est mis à sangloter. Au cimetière, au moment où on défilait devant la fosse ouverte, il a saisi soudain les fleurs à pleines brassées et les a jetées sur le cercueil.

— Et depuis ?

— Je crois qu'on ne le laisse pas sortir.

Elle regardait Maigret avec curiosité. Elle avait entendu dire que c'était un grand policier, qu'au cours de sa carrière il avait arrêté des centaines de criminels, qu'il avait débrouillé les affaires les plus compliquées. Et cet homme était là, en négligé, dans sa cuisine, à fumer sa pipe et à lui parler familièrement, à lui poser des questions banales.

Que pouvait-il espérer ? Elle n'était pas loin d'avoir à son égard un tout petit peu de pitié. Sans doute vieillissait-il, puisqu'on l'avait mis à la retraite.

— Maintenant, il faut que je fasse ma vaisselle, puis que je lave les carreaux.

Il ne s'en allait pas et son visage était toujours aussi placide, comme aussi vide de pensées.

— En somme, grommela-t-il soudain à mi-voix, Monita est morte et Georges-Henry a disparu.

Elle leva la tête vivement.

— Vous êtes sûr qu'il a disparu ?

Et lui se levait, changeait d'attitude, se durcissait, paraissait tout à coup décidé.

— Ecoutez-moi un instant, Raymonde. Attendez. Donnez-moi un crayon et un papier.

Elle arracha une page d'un carnet graisseux qui lui servait pour tenir ses comptes. Elle ne comprenait pas où il voulait en venir.

— Hier... Voyons... Nous en étions au fromage. Il était donc à peu près neuf heures du soir... Georges-Henry a sauté par la fenêtre de sa chambre et est parti en courant.

— De quel côté ?

— Vers la droite. S'il était descendu vers la Seine, je l'aurais vu traverser le parc. S'il était parti vers la gauche, je l'aurais vu aussi, car la salle à manger a des fenêtres des deux côtés. Attendez... Son père l'a suivi. Ernest Malik est resté douze minutes absent. Il est vrai que, sur ces douze minutes, il a pris le temps de changer de pantalon et de se donner un coup de peigne. Pour cela, il a dû monter dans sa chambre. Au moins trois ou quatre minutes. Réfléchissez bien avant de répondre, vous qui connaissez le pays. Par où Georges-Henry aurait-il pu se diriger s'il avait l'intention de quitter Orsenne ?

— A droite, c'est la maison de sa grand-mère et de son oncle, dit-elle d'abord en regardant le plan rudimentaire qu'il traçait tout en parlant. Entre les deux parcs, il n'y a pas de mur, mais une haie vive qu'on peut traverser à deux ou trois endroits.

— Et ensuite ?

— Du parc voisin, il a pu gagner le chemin de halage. En le suivant, on arrive à la gare.

— On ne peut pas quitter le chemin avant la gare ?

— Non... A moins de prendre un bateau et de traverser la Seine.

— Est-il possible de partir dans le fond du parc ?

— Si on dispose d'une échelle, au fond des deux parcs, c'est la ligne de chemin de fer. Chez les Amorelle, comme chez les Malik, il y a un mur trop haut pour qu'on puisse le franchir.

— Encore un renseignement. Quand je suis rentré une heure plus tard, il y avait une barque sur l'eau. J'ai entendu qu'on jetait l'épervier.

— C'est Alphonse, le fils de l'éclusier.

— Je vous remercie, Raymonde. Si cela ne vous ennuie pas, nous dînerons ensemble.

— Puisqu'il n'y a rien à manger.

— Il y a une épicerie à côté de l'écluse. J'achèterai ce qu'il faudra.

Il était content de lui. Il avait l'impression d'avoir repris pied sur la terre ferme, et Raymonde le vit s'éloigner à pas lourds en direction de l'écluse. Le barrage se trouvait à cinq cents mètres environ. Il n'y avait aucun bateau dans le sas, et l'éclusier, assis sur les pierres bleues de son seuil, taillait un bout de bois pour un de ses gamins, tandis qu'on voyait une femme aller et venir, un bébé sur les bras, dans l'ombre de la cuisine.

— Dites-moi... commença l'ancien commissaire.

L'autre s'était déjà levé et avait touché sa casquette.

— Vous venez au sujet de la demoiselle, n'est-ce pas ?

On le connaissait déjà dans le pays. Tout le monde était averti de sa présence.

— Ma foi, oui et non... Je suppose que vous ne savez rien à son sujet ?

— Sinon que je l'ai trouvée là, tenez. Près de la troisième aiguille du barrage. Cela m'a donné un choc, parce qu'on la connaissait bien. Souvent elle franchissait l'écluse pour descendre jusqu'à Corbeil avec son canoë.

— Votre fils était sur l'eau hier soir ?

L'homme se montra embarrassé.

— Ne craignez rien. Je ne m'occupe pas de braconnage. Je l'ai aperçu vers dix heures, mais je voudrais savoir s'il était déjà dehors une heure plus tôt.

— Il va vous le dire lui-même. Vous le trouverez dans son atelier, cent mètres plus bas. C'est lui le constructeur de bateaux.

Un atelier en planches où deux hommes étaient occupés à terminer une barque de pêche à fond plat.

— J'étais sur l'eau avec Albert, oui... c'est mon apprenti. Nous avons d'abord mis des nasses, puis en revenant...

— Si quelqu'un avait traversé la Seine en bateau, vers

neuf heures, entre la maison des Malik et l'écluse, est-ce que vous l'auriez vu ?

— Certainement. D'abord, il ne faisait pas encore noir. Ensuite, même si nous ne l'avions pas vu, nous l'aurions entendu. Quand on pêche comme nous pêchons, on a l'oreille fine et...

Dans la petite épicerie où se fournissaient les mariniers, Maigret acheta des conserves, des œufs, du fromage, du saucisson.

— On voit bien que vous êtes à *L'Ange !* remarqua la commerçante. Il n'y a jamais rien à manger dans cette auberge-là. Ils feraient mieux de fermer tout à fait.

Il monta à la gare. Ce n'était qu'une halte, avec une maisonnette de garde-barrière.

— Non, monsieur, il n'est passé personne vers cette heure-là, ni jusque dix heures et demie du soir. J'étais assis sur une chaise devant la maison avec ma femme. M. Georges-Henry ? Sûrement pas lui. Nous le connaissons bien et, d'ailleurs, il n'aurait pas manqué de nous causer, car il nous connaît aussi et il n'est pas fier.

Maigret, pourtant, s'obstina. Il regardait par-dessus les haies, interpellait de braves gens, presque tous des retraités, qui travaillaient dans leur jardin.

— M. Georges-Henry ? Non, on ne l'a pas vu. Est-ce qu'il aurait disparu comme sa cousine ?

Une grosse auto passa. C'était celle d'Ernest Malik, mais ce n'était pas celui-ci, c'était son frère qui se trouvait à l'intérieur et qui filait vers la route de Paris.

Quand Maigret rentra à *L'Ange*, il était sept heures du soir, et Raymonde éclata de rire en le voyant vider ses poches lourdes de provisions.

— Avec ça, dit-elle, nous allons pouvoir faire la dînette.

— La patronne est toujours dans son lit ? Personne n'est venu la voir ?

Raymonde hésita un instant.

— M. Malik est venu tout à l'heure. Quand je lui ai dit que vous étiez parti vers l'écluse, il est monté. Ils sont restés tous les deux un quart d'heure à chuchoter, mais je n'ai pas pu entendre ce qu'ils disaient.

— Cela lui arrive souvent de venir voir Jeanne ?

— Quelquefois, comme ça, en passant. Vous n'avez pas de nouvelles de Georges-Henry ?

Il alla fumer une pipe dans le jardin en attendant le dîner. Bernadette Amorelle paraissait sincère quand elle lui avait déclaré qu'elle n'avait pas vu son petit-fils. Cela ne prouvait rien, certes. Maigret n'était pas loin de croire qu'ils mentaient tous, autant qu'ils étaient.

Pourtant, il avait l'impression que c'était vrai.

Il y avait à Orsenne, dans l'entourage des Malik, quelque chose à cacher, à cacher coûte que coûte. Est-ce que cela se rapportait à la mort de Monita ? C'était possible, mais ce n'était pas fatal.

Toujours est-il qu'il y avait eu une première fuite. La vieille Mme Amorelle avait profité de l'absence de sa fille et de son gendre pour se faire conduire à Meung dans l'antique limousine et pour appeler Maigret au secours.

Or, le jour même, alors que l'ancien commissaire se trouvait dans la maison d'Ernest Malik, il y avait eu une seconde fuite. Cette fois, il s'agissait de Georges-Henry.

Pourquoi son père avait-il déclaré que le jeune homme était chez sa grand-mère ? Pourquoi, dans ce cas, ne l'avait-il pas amené ? Et pourquoi ne l'avait-il pas revu le lendemain ?

Tout cela était encore confus, certes. Ernest Malik avait raison quand il regardait Maigret avec un sourire à la fois sarcastique et méprisant. Ce n'était pas une affaire pour lui. Il n'y était pas à son aise. Il s'agissait d'un monde qu'il ne connaissait pas, qu'il avait de la peine à reconstituer.

Jusqu'au décor qui le choquait par ce qu'il y sentait d'artificiel. Ces grosses villas aux parcs déserts, aux persiennes closes, ces jardiniers qui allaient et venaient dans les allées, ce ponton, ces bateaux minuscules et trop bien vernis, ces autos luisantes qui attendaient dans les garages...

Et ces gens qui se tenaient, ces frères et ces belles-sœurs qui se détestaient peut-être, mais qui s'avertissaient du danger et qui faisaient bloc contre lui.

Ils étaient en grand deuil par surcroît. Ils avaient pour eux la dignité du deuil et de la douleur. A quel titre, de quel droit venait-il rôder autour d'eux et fourrer son nez dans leurs affaires ?

Il avait failli renoncer tout à l'heure, au moment, précisément, où il rentrait à *L'Ange* pour déjeuner. Et c'était l'atmosphère de la cuisine, avec son laisser-aller et son désordre, c'était Raymonde facile à apprivoiser, c'étaient les mots qu'elle avait prononcés, comme ça, sans s'en douter, les coudes sur la table, qui l'avaient retenu. Qu'il avait retenus.

Elle avait parlé de Monita qui avait l'air d'un garçon et qui s'échappait avec son cousin. De Georges-Henry en short douteux, à la tignasse hirsute.

Or Monita était morte et Georges-Henry avait disparu.

Il le chercherait. Il le trouverait. Cela, du moins, c'était son métier. Il avait fait le tour d'Orsenne. Il avait maintenant la quasi-certitude que le jeune homme n'était pas parti. A moins de supposer qu'il s'était terré dans quelque coin en attendant la nuit et qu'alors il avait pu s'éloigner sans être vu.

Maigret mangea avec appétit, toujours dans la cuisine, toujours en tête à tête avec Raymonde.

— Si la patronne nous voyait, elle ne serait pas contente, remarqua la servante. Elle m'a demandé tout à l'heure ce que vous aviez mangé. Je lui ai dit que je vous avais servi deux œufs sur le plat dans la salle à manger. Elle m'a demandé aussi si vous ne parliez pas de vous en aller.

— Avant ou après la visite de Malik ?

— Après...

— Dans ce cas, je parie que demain elle ne descendra pas encore.

— Elle est descendue tout à l'heure. Je ne l'ai pas vue. J'étais au fond du jardin. Mais j'ai remarqué qu'elle était descendue.

Il sourit. Il avait compris. Il imaginait Jeanne descendant sans bruit, après avoir guetté la sortie de sa servante, pour venir prendre une bouteille sur l'étagère !

— Je rentrerai peut-être tard, annonça-t-il.

— Ils vous ont à nouveau invité ?

— Je ne suis pas invité, non. Mais j'ai envie d'aller faire un tour.

Il se promena d'abord sur le chemin de halage en attendant la nuit. Puis il se dirigea vers le passage à niveau, où il vit le garde, dans l'ombre, assis près de sa porte, à fumer une pipe à long tuyau.

— Cela ne vous ennuie pas que j'aille faire un tour le long de la voie ?

— Ma foi, ce n'est pas réglementaire, mais du moment que vous êtes de la police, n'est-ce pas ? Attention, il y a un train qui passe à dix heures dix-sept.

Il n'eut que trois cents mètres à parcourir pour apercevoir le mur de la première propriété, celui de Mme Amorelle et de Charles Malik. La nuit n'était pas tout à fait tombée, mais, dans les maisons, il y avait longtemps qu'on avait allumé les lampes.

Il y avait de la lumière au rez-de-chaussée. Une des fenêtres du premier étage, une fenêtre de la chambre de la vieille dame, était grande ouverte, et c'était assez curieux de découvrir ainsi de loin, à travers le bleuté de l'air et le calme du parc, l'intimité d'un appartement où les meubles et les objets semblaient comme figés dans un éclairage jaunâtre.

Il s'attarda quelques instants à observer. Une silhouette passa dans le champ de son regard, et ce n'était pas celle de Bernadette, mais celle de sa fille, la femme de Charles, qui allait et venait nerveusement et qui paraissait parler avec véhémence.

La vieille dame devait être dans son fauteuil, ou dans son lit, ou dans un des coins de la chambre qu'il n'apercevait pas.

Il marcha encore le long du ballast et ce fut le second parc, celui d'Ernest Malik, moins touffu, plus aéré, avec ses allées larges et soigneusement entretenues. Ici aussi, il y avait des lumières, mais elles ne faisaient que filtrer à travers les lames des persiennes et on ne pouvait rien voir à l'intérieur.

Dans le parc même, qu'il dominait, caché derrière de jeunes noisetiers qui poussaient le long de la voie, Maigret aperçut deux hautes silhouettes blanches et silencieuses, et il se souvint des danois qui, la veille, étaient venus lécher les mains de leur maître.

Sans doute les lâchait-on toutes les nuits et devaient-ils être féroces.

A droite, au fond du parc, se dressait une maisonnette que le commissaire n'avait pas encore vue et qui était sans doute celle des jardiniers et du chauffeur.

Une lumière, là encore, une seule, qui s'éteignit une demi-heure plus tard.

On ne voyait pas encore la lune, et pourtant la nuit était moins noire que la précédente. Maigret, paisiblement, s'était assis sur le talus, en face des noisetiers qui le cachaient et qu'il pouvait écarter de la main comme un rideau.

Le train de dix heures dix-sept passa à moins de trois mètres de lui et il regarda son feu rouge qui disparaissait au tournant de la voie.

Les quelques lumières d'Orsenne s'éteignaient les unes après les autres. Le vieux Groux ne devait pas chasser le ramier ce soir-là, car le calme de la nuit ne fut troublé par aucun coup de feu.

Enfin, alors qu'il était près de onze heures, les deux chiens, qui s'étaient couchés côte à côte au bord d'une pelouse, se levèrent d'un même mouvement et se dirigèrent vers la maison.

Ils disparurent un moment derrière celle-ci, et, quand le commissaire les revit, les deux bêtes escortaient en gambadant une silhouette d'homme qui marchait à pas pressés et qui semblait venir droit vers lui.

C'était Ernest Malik, à n'en pas douter. La silhouette était trop mince et trop nerveuse pour être celle d'un des domestiques. Il portait des souliers à semelles de caoutchouc et il marchait sur les pelouses, portant à la main un objet qu'il était impossible de distinguer, mais qui était assez volumineux.

Un bon moment, Maigret se demanda où Malik pouvait bien aller de la sorte. Il le vit soudain obliquer à droite et approcher si près du mur qu'il entendait la respiration des deux chiens.

— Paix, Satan... Paix, Lionne.

Il y avait là, entre les arbres, une petite construction en briques qui devait être antérieure à la villa, un bâtiment bas, couvert de vieilles tuiles, d'anciennes écuries peut-être, ou un chenil ?

« Un chenil, se dit Maigret. Il vient tout simplement apporter à manger aux bêtes. »

Mais non ! Malik repoussait les chiens, tirait une clef de sa poche, pénétrait dans le bâtiment. On entendit nettement la clef tourner dans la serrure. Puis ce fut le silence, un silence très long, pendant lequel la pipe de Maigret s'éteignit sans qu'il osât la rallumer.

Une demi-heure s'écoula de la sorte, et enfin Malik sortit de la cabane dont il referma la porte avec soin derrière lui et, après avoir observé les alentours, se dirigea à pas rapides vers la villa.

A onze heures et demie, tout dormait ou semblait dormir et, quand Maigret repassa derrière le parc des Amorelle, il n'y avait plus qu'une toute petite lumière en veilleuse dans la chambre de la vieille Bernadette.

Pas de lumière non plus à *L'Ange*. Il se demandait comment il allait rentrer, quand la porte s'ouvrit sans bruit. Il aperçut, devina plutôt Raymonde, en chemise de nuit, pieds nus dans des pantoufles, qui mettait un doigt sur ses lèvres et qui lui soufflait :

— Montez vite. Ne faites pas de bruit. Elle ne voulait pas que je laisse la porte ouverte.

Il aurait bien voulu s'attarder, lui poser des questions, boire quelque chose, mais un craquement dans la chambre de Jeanne effraya la jeune fille, qui se précipita dans l'escalier.

Alors il resta un bon moment immobile. L'air sentait les œufs frits avec une petite pointe d'alcool. Pourquoi pas ? Il craqua une allumette, prit une bouteille sur l'étagère et la mit sous son bras pour monter se coucher.

La vieille Jeanne remuait dans sa chambre. Elle devait savoir qu'il était rentré. Mais il n'avait aucune envie d'aller lui tenir compagnie.

Il retira son veston, son col, sa cravate, lâcha ses bretelles sur ses reins et, dans son verre à dents, mélangea de la fine et de l'eau.

Une dernière pipe, accoudé à l'appui de la fenêtre, à contempler vaguement la verdure qui bruissait faiblement.

A sept heures seulement il s'éveilla en entendant Raymonde qui allait et venait dans la cuisine. La pipe à la bouche — la première pipe, la meilleure —, il descendit et lança un joyeux bonjour.

— Dites-moi, Raymonde, vous qui connaissez toutes les maisons du pays...

— Je les connais sans les connaître.

— Bon. Au fond du parc d'Ernest Malik, il y a d'un côté la maison des jardiniers.

— Oui. Le chauffeur et les domestiques y couchent également. Pas les femmes de chambre, qui dorment dans la villa.

— Mais de l'autre côté, près du talus du chemin de fer ?

— Il n'y a rien.

— Il y a un bâtiment très bas. Une sorte de cabane toute en longueur.

— Le chenil du haut, dit-elle.

— Qu'est-ce que le chenil du haut ?

— Dans le temps, bien avant que je vienne ici, les deux parcs n'en faisaient qu'un. C'était le parc des Amorelle. Le vieil Amorelle était chasseur. Il y avait deux chenils, celui du bas, comme on disait, pour les chiens de garde, et celui du haut pour les chiens de chasse.

— Ernest Malik ne chasse pas ?

— Pas ici, où il n'y a pas assez de gibier pour lui. Il possède un pavillon et des chiens en Sologne.

Quelque chose, pourtant, le chiffonnait.

— Le bâtiment est en bon état ?

— Je ne me souviens pas. Il y a longtemps que je ne suis pas allée dans le parc. Il y avait une cave où...

— Vous êtes sûre qu'il y a une cave ?

— Il y en avait une, en tout cas. Je le sais parce que les gens racontaient qu'un trésor était caché dans le parc. Il faut vous dire qu'avant que M. Amorelle fasse construire, il y a quarante ans et peut-être plus, il existait déjà une sorte de petit château en ruine. On prétendait qu'au temps de la Révolution des gens du château avaient caché leur trésor dans le parc. A un certain moment, M. Amorelle s'en est occupé et a fait venir des sourciers. Tous affirmaient que c'était dans la cave du chenil du haut qu'il fallait effectuer des fouilles.

— Tout cela n'a pas d'importance, grommela Maigret. Ce qui compte, c'est qu'il existe une cave. Et c'est dans cette cave-là, ma petite Raymonde, que le pauvre Georges-Henry doit être enfermé.

Il la regarda soudain avec d'autres yeux.

— A quelle heure y a-t-il un train pour Paris ?

— Dans vingt minutes. Après, vous n'en avez plus qu'à midi trente-neuf. Il en passe d'autres, mais ils ne s'arrêtent pas à Orsenne.

Il était déjà dans l'escalier. Sans prendre le temps de se raser, il s'habillait, et, un peu plus tard, on le voyait marcher à grands pas vers la gare.

Comme sa patronne frappait le plancher de sa chambre, Raymonde monta à son tour.

— Il est parti ? questionna la vieille Jeanne, qui était toujours couchée dans les draps moites.

— Il vient de partir en courant.

— Il n'a rien dit ?

— Non, madame.

— Il a payé ? Aide-moi à me lever.

— Il n'a pas payé, madame. Mais il a laissé sa valise et toutes ses affaires.

— Ah ! fit alors Jeanne, déçue, peut-être inquiète.

5

Le complice de Maigret

Paris était magnifiquement vaste et vide. Les cafés, autour de la gare de Lyon, sentaient bon la bière et le croissant trempé de café. Il y eut, entre autres, dans un salon de coiffure du boulevard de la Bastille, un quart d'heure d'une légèreté inoubliable, sans raison, parce que c'était Paris au mois d'août, que c'était le matin, et peut-être aussi parce que, tout à l'heure, Maigret irait serrer la main des camarades.

— On voit que vous rentrez de vacances. Vous avez attrapé un fameux coup de soleil.

C'était vrai. La veille, sans doute, quand il courait tout autour d'Orsenne pour s'assurer que Georges-Henry n'avait pas quitté le hameau.

C'était drôle comme, de loin, cette histoire perdait de sa consistance. Cependant, rasé de frais, la nuque dégagée, une petite trace de poudre derrière l'oreille, Maigret montait sur la plate-forme d'un autobus et, quelques minutes plus tard, il franchissait le portail de la Police Judiciaire.

Ici aussi, cela sentait les vacances et, dans les couloirs déserts où on laissait toutes les fenêtres ouvertes, l'air avait un goût qu'il connaissait bien. Beaucoup de bureaux vides. Dans le sien, dans son ancien bureau, il trouva Lucas, qui paraissait trop petit pour l'espace libre et qui se leva précipitamment, comme honteux d'être en faute, d'avoir pris la place de son ancien patron.

— Vous êtes à Paris, patron ?... Asseyez-vous.

Il remarquait tout de suite le coup de soleil. Tout le monde, ce jour-là, allait remarquer le coup de soleil et neuf personnes sur dix ne manqueraient pas de découvrir avec satisfaction :

— On voit bien que vous venez de la campagne !

Comme s'il n'y vivait pas depuis deux ans, à la campagne !

— Dis donc, Lucas, est-ce que tu te souviens de Mimile ?

— Mimile du cirque ?

— C'est cela. Je voudrais bien mettre la main sur lui aujourd'hui même.

— On dirait que vous êtes sur une affaire, patron...

— On dirait surtout que je suis en train de faire le c... ! Enfin... Je te raconterai ça une autre fois. Tu veux t'occuper de Mimile ?

Lucas ouvrit la porte du bureau des inspecteurs et parla bas. Il devait leur annoncer que l'ancien patron était là, qu'il avait besoin de Mimile. Pendant la demi-heure qui suivit, presque tous les hommes qui avaient été ceux de Maigret s'arrangèrent pour entrer dans le bureau de Lucas, sous un prétexte ou un autre, pour lui serrer la main.

— Un fameux coup de soleil, patron ! On voit bien que...

— Autre chose, Lucas. Je pourrais faire ça moi-même, mais ça m'ennuie. Je voudrais des tuyaux sur la maison Amorelle et Campois, du quai Bourbon. Les Sablières de la Seine, les remorqueurs et tout le reste.

— Je vais mettre Janvier là-dessus, patron. C'est urgent ?

— Je voudrais en avoir fini à midi.

Il rôda dans la maison, alla faire un petit tour à la section financière. On connaissait la maison Amorelle et Campois, mais on ne possédait pas de tuyaux particuliers.

— Une grosse boîte. Ils ont des tas de filiales. C'est solide et ça n'a rien à faire avec nous.

C'était bon de respirer ainsi l'air de la maison, de serrer la main, de lire la joie dans les yeux.

— Alors, ce jardin, patron ? Et la pêche à la ligne ?

Il monta aux Sommiers. Rien sur les Malik. Ce fut au dernier moment, alors qu'il allait sortir, qu'il pensa à chercher à la lettre C.

Campois... Roger Campois... Tiens ! tiens ! Il y a un dossier Campois : Roger Campois, fils de Désiré Campois, industriel. S'est tué d'une balle de revolver dans la tête dans une chambre d'hôtel du boulevard Saint-Michel.

Il vérifiait les dates, les adresses, les prénoms. Désiré Campois, c'était bien l'associé du vieil Amorelle, celui que Maigret avait aperçu à Orsenne. Il avait eu, d'un mariage avec une certaine Armande Tenissier, fille d'un entrepreneur de travaux publics, aujourd'hui décédée, deux enfants, un garçon et une fille.

C'était le garçon, Roger, fils de Désiré, qui s'était suicidé à l'âge de vingt-deux ans.

Fréquentait depuis plusieurs mois les tripots du Quartier latin et avait subi récemment de grosses pertes de jeu.

Quant à la fille, elle était mariée et avait eu un enfant, sans doute le jeune homme qui accompagnait son grand-père à Orsenne.

Etait-elle morte aussi ? Qu'était devenu son mari, un certain Lorigan ? Le dossier n'en faisait pas mention.

— Si on allait boire un demi, Lucas ?

A la brasserie Dauphine, bien entendu, derrière le Palais de Justice, où il avait vidé tant et tant de demis dans sa vie. L'air était savoureux comme un fruit, avec des bouffées fraîches sur un fond de chaleur. Et c'était un spectacle délicieux que celui d'une arroseuse municipale qui traçait de larges bandes mouillées sur le bitume.

— Ce n'est pas que je veuille vous questionner, patron, mais j'avoue que je me demande...

— Ce que je fabrique, hein ? Je me le demande aussi. Et il est bien possible que, cette nuit, je m'attire de sérieux désagréments. Tiens ! voilà Torrence !

Le gros Torrence, qu'on avait chargé de Mimile, savait où le trouver. Il avait déjà terminé sa mission.

— A moins qu'il ait encore une fois changé de métier depuis deux jours, patron, vous le trouverez comme garçon de ménagerie à Luna-Park. Un demi !

Puis, Janvier, le brave Janvier — qu'ils étaient donc tous braves, ce jour-là, et comme c'était bon de les trouver, comme c'était bon de travailler à la façon de jadis ! — Janvier s'asseyait à son tour devant le guéridon où les soucoupes commençaient à former une pile imposante.

— Qu'est-ce que vous voulez savoir au juste sur la maison Amorelle et Campois, patron ?

— Tout...

— Attendez...

Il tira un bout de papier de sa poche.

— Le vieux Campois, d'abord. Arrivé à dix-huit ans de son Dauphiné natal. Une sorte de paysan madré et obstiné. D'abord employé chez un entrepreneur de construction du quartier de Vaugirard, puis chez un architecte, puis enfin chez un entrepreneur de Villeneuve-Saint-Georges. C'est là qu'il a rencontré Amorelle.

» Amorelle, natif du Berry, a épousé la fille de son patron. Il s'est associé avec Campois, et tous deux ont acheté des terrains, en amont de Paris, où ils ont créé leur première sablière. Il y a quarante-cinq ans de cela...

Lucas et Torrence regardaient avec un sourire amusé leur ancien patron qui écoutait sans broncher. On aurait dit qu'à mesure que Janvier parlait Maigret reprenait sa physionomie des anciens jours.

— C'est par un vieil employé, qui est vaguement parent d'un parent de ma femme, que j'ai su tout cela. Je le connaissais de vue et quelques petits verres ont suffi à le faire parler.

— Continue.

— C'est l'histoire de toutes les grosses boîtes. Après quelques années, Amorelle et Campois possédaient une demi-douzaine de sablières dans la Haute Seine. Puis, au lieu de faire transporter leur sable par les péniches, ils ont acheté des bateaux. Enfin des remorqueurs. Il paraît que cela a fait du bruit à l'époque, parce que c'était la ruine des bateaux-écuries. Il y eut des manifestations devant les bureaux de l'île Saint-Louis... Car les bureaux, plus modestes alors, étaient déjà où ils sont maintenant. Amorelle a même reçu des lettres de menaces. Il a tenu bon et cela s'est tassé.

» A l'heure qu'il est, c'est une boîte énorme. On n'imagine pas l'importance d'une affaire comme celle-là et j'en suis resté ahuri. Aux sablières se sont ajoutées des carrières. Puis Amorelle et Campois ont pris des intérêts dans les chantiers de construction de Rouen où ils faisaient construire leurs remorqueurs. A l'heure qu'il est, ils ont la majorité des actions dans une dizaine d'affaires pour le moins, affaires de navigation, de carrières, de constructions navales, et aussi dans des entreprises de travaux publics et dans une affaire de bétonneuses.

— Les Malik ?

— J'y arrive. Mon bonhomme m'en a parlé. Il paraît que Malik le premier...

— Qu'appelles-tu le premier ?

— Celui qui est entré le premier dans la maison. Attendez, que je consulte mon papier. Ernest Malik, de Moulins.

— C'est cela.

— Il n'était pas du tout du métier, mais secrétaire d'un important conseiller municipal. C'est ainsi qu'il a fait connaissance des Amorelle et Campois. A cause des adjudications. Pots-de-vin et compagnie, quoi !... Et il a épousé la fille. C'était peu de temps après le suicide du jeune Campois, celui qui était dans l'affaire et s'est suicidé.

Maigret s'était comme enfoncé en lui-même et ses yeux étaient devenus tout petits. Lucas et Torrence se regardaient à nouveau, amusés de retrouver le patron comme ils le connaissaient dans ses meilleurs jours, avec cette moue des lèvres autour du tuyau de sa pipe, cette caresse de son gros pouce sur le fourneau et cette voussure des épaules.

— C'est à peu près tout, patron... Une fois dans la maison, Ernest Malik a fait venir son frère on ne sait d'où. Il était encore moins du métier que lui. Certains prétendent qu'il n'était qu'un petit agent d'assurances du côté de Lyon. N'empêche qu'il a épousé la seconde des demoiselles et que, depuis lors, les Malik sont de tous les conseils d'administration. Car il y a dans la boîte une kyrielle de sociétés différentes qui se tiennent entre elles. Il paraît que le vieux Campois n'a pour ainsi dire aucune autorité. Il aurait fait, en outre, la bêtise de vendre un gros paquet d'actions alors qu'il les croyait au plus haut.

» Seulement, contre les Malik, il reste la vieille Amorelle, qui ne peut pas les sentir. Et c'est elle qui détient encore, du moins on le pense, la majorité des actions des diverses sociétés. On prétend, dans les bureaux, qu'elle est capable, pour faire enrager ses gendres, de les déshériter dans la mesure où la loi le lui permet.

» C'est tout ce que j'ai trouvé.

Encore quelques demis.

— Tu déjeunes avec moi, Lucas ?

Ils déjeunèrent ensemble, comme au bon vieux temps. Puis un autobus conduisit Maigret à Luna-Park, où il fut d'abord déçu de ne pas trouver Mimile à la ménagerie.

— Il est sûrement dans un bistro des environs ! Vous le rencontrerez peut-être au *Cadran.* Peut-être chez *Léon,* à moins qu'il soit au tabac du coin de la rue.

Mimile était au tabac et Maigret commença par lui offrir un vieux marc. C'était un homme sans âge, au poil sans couleur, un de ces hommes que la vie a usés comme des pièces de monnaie, au point qu'ils n'ont pour ainsi dire plus de contours. On ne pouvait jamais dire s'il était ivre ou à jeun, car il avait du matin au soir le même regard flou, la même démarche nonchalante.

— Qu'est-ce qu'il y a pour votre service, patron ?

Il avait un dossier à la Préfecture, lui, et même un dossier assez chargé. Mais il y avait déjà de nombreuses années qu'il s'était assagi et qu'à l'occasion il rendait de menus services à ses anciens adversaires du Quai des Orfèvres.

— Tu peux t'absenter de Paris pendant vingt-quatre heures ?

— A condition que je trouve le Polonais.

— Quel Polonais ?

— Un type que je connais, mais qui a un nom trop compliqué pour que je le retienne. Il a été longtemps chez Amar et il pourrait soigner mes bêtes. Attendez que je téléphone. Un petit verre d'abord, hein, patron ?

Deux petits verres, trois petits verres, de courtes stations dans la cabine téléphonique et enfin Mimile déclare :

— Je suis votre homme !

Pendant que Maigret lui expliquait ce qu'il attendait de lui, Mimile avait l'air ahuri d'un Auguste qui reçoit un coup de bâton sur la tête et il répétait de ses lèvres molles :

— Ben, mon vieux ! Ben, mon vieux... Faut que ça soit vous qui me demandiez ça pour que je ne vous signale pas tout de suite au Quai. Pour un drôle de boulot, c'est un drôle de boulot.

— Tu as bien compris ?

— Je comprends, que j'ai compris.

— Tu auras tout ce qu'il faut ?

— Et le reste ! Ça me connaît.

Par prudence, le commissaire lui traça un petit plan des lieux, consulta l'indicateur et répéta à deux reprises ses instructions minutieuses.

— Que tout soit prêt à dix heures, quoi ! Comptez sur moi. Du moment que vous vous chargez d'expliquer le coup s'il y a des histoires...

Ils montèrent dans le même train, un peu après quatre heures, comme sans se connaître, et Mimile, qui avait enregistré aux bagages une vieille bicyclette appartenant au patron de la ménagerie, descendit une station avant la halte d'Orsenne.

Maigret, quelques minutes plus tard, débarquait tranquillement, comme un vieil habitué, et s'attardait avec le garde-barrière qui faisait fonction de chef de gare.

Il commença par faire remarquer qu'il faisait plus chaud à la campagne, qu'à Paris, et c'était vrai, car, dans la vallée, la chaleur, ce jour-là, était étouffante.

— Dites donc, ils ne doivent pas avoir un trop mauvais vin blanc, dans ce bistro ?

Car il y avait un bistro à cinquante mètres de la gare, et bientôt les deux hommes y étaient attablés, devant une bouteille de vin blanc, d'abord, puis devant des verres qui se succédaient à un rythme de plus en plus accéléré.

Une heure plus tard, il était évident que le garde-barrière dormirait bien cette nuit-là et c'était tout ce que Maigret voulait obtenir de lui.

Quant à lui, il avait eu soin de renverser la plus grande partie de l'alcool qu'on leur avait servi et il n'était pas trop somnolent tandis qu'il descendait vers la Seine et qu'un peu plus tard il pénétrait dans le jardinet de *L'Ange*.

Raymonde parut surprise de le revoir si vite.

— Et la patronne ? questionna-t-il.

— Elle est toujours dans sa chambre. A propos, il est arrivé une lettre pour vous. On l'a apportée peu de temps après votre départ. Peut-être que le train n'était pas encore passé. Si je n'avais pas été toute seule, je vous l'aurais portée à la gare.

Bordée de noir, comme de juste.

Monsieur,

Je vous prie de bien vouloir mettre fin à l'enquête que je vous avais demandée dans un moment de dépression bien compréhensible, étant donné mon âge et la secousse que je viens de subir.

J'ai pu donner ainsi à certains événements douloureux une interprétation incompatible avec les faits et je regrette maintenant de vous avoir dérangé de votre retraite.

Votre présence à Orsenne ne fait que compliquer une situation déjà pénible et je me permets d'ajouter que l'indiscrétion avec laquelle vous assumez la tâche que je vous avais confiée, la maladresse dont vous avez fait preuve jusqu'ici me font désirer vivement votre très prochain départ.

J'espère que vous voudrez bien comprendre et ne pas insister pour troubler une famille très éprouvée.

Lors de ma visite inconsidérée à Meung-sur-Loire, j'avais laissé sur votre table une liasse de dix mille francs, destinés à couvrir vos premiers frais. Veuillez trouver ci-joint un chèque de la même somme et considérer cette affaire comme terminée.

Mes salutations.

Bernadette Amorelle.

C'était bien sa grande écriture pointue, mais ce n'était pas son style, et Maigret, grimaçant un drôle de sourire, remit la lettre et le chèque dans sa poche, persuadé que les phrases qu'il venait de lire étaient plutôt du cru d'Ernest Malik que de celui de la vieille dame.

— Il faut que je vous dise aussi que la patronne m'a demandé tout à l'heure quand vous comptiez partir.

— Elle me met à la porte ?

La grosse Raymonde, aux formes à la fois robustes et molles, devint toute rouge.

— Ce n'est pas ce que j'ai voulu dire. Seulement, elle prétend qu'elle est malade pour un certain temps. Quand ses crises la prennent...

Il regarda en coin les bouteilles qui étaient la raison majeure de ces crises-là.

— Ensuite ?

— La maison va être vendue d'un jour à l'autre.

— Une fois de plus ! ironisa Maigret. Et après, douce Raymonde ?

— Ne vous occupez pas de moi. J'aurais préféré qu'elle vous fasse la commission elle-même. Elle dit que ce n'est pas convenable que je sois seule avec un homme dans la maison. Elle a entendu que nous mangions tous les deux dans la cuisine. Elle m'a adressé des reproches.

— Quand veut-elle que je parte ?

— Ce soir, demain matin au plus tard.

— Et il n'y a pas d'autre auberge dans le pays, n'est-ce pas ?

— Il y en a une à cinq kilomètres.

— Eh bien ! Raymonde, nous verrons ça demain matin.

— C'est que je n'ai rien à manger pour ce soir et qu'on m'a défendu...

— Je mangerai à l'écluse.

Ce qu'il fit. Il y avait, comme à côté de la plupart des

écluses, une petite épicerie destinée aux mariniers, où on leur servait à boire. Un train de bateaux était justement dans le sas, et les femmes, entourées de leurs gosses, en profitaient pour faire leur marché tandis que les hommes venaient boire un coup en vitesse.

Tous ces gens-là travaillaient pour Amorelle et Campois.

— Vous me donnerez une chopine de vin blanc, un bout de saucisson et une demi-livre de pain, commanda-t-il.

On ne faisait pas le restaurant. Il s'installa à un bout de table, à regarder l'eau qui bouillonnait au-dessous des vannes. Jadis les péniches cheminaient lentement le long des berges, traînées par de lourds chevaux qu'une petite fille, souvent pieds nus sur le chemin de halage, conduisait au bout de sa baguette.

C'étaient des « écuries » qu'on voyait encore sur certains canaux, mais qu'Amorelle et Campois, avec leurs remorqueurs fumants et leurs péniches à moteur, avaient chassées de la Haute Seine.

Le saucisson était bon, le vin léger, avec un petit goût acide. L'épicerie sentait la cannelle et le pétrole. Les portes d'amont ouvertes, le remorqueur emmenait ses péniches comme des poussins vers le haut du bief et l'éclusier venait boire un coup à la table de Maigret.

— Je croyais que vous deviez partir ce soir.

— Qui vous a dit cela ?

L'éclusier marqua un certain embarras.

— Vous savez, si on devait écouter tout ce qu'on raconte !

Malik se défendait. Il ne perdait pas son temps. Était-il venu en personne jusqu'à l'écluse ?

De loin, Maigret pouvait apercevoir, dans la verdure des parcs, les toits des orgueilleuses maisons des Amorelle et de Campois — celle de la vieille Amorelle et de son gendre, celle d'Ernest Malik, la plus somptueuse de toutes, celle de Campois, à mi-hauteur de la colline, presque campagnarde encore que solidement bourgeoise avec ses murs peints en rose. De l'autre côté de l'eau, la gentilhommière vieillotte, délabrée, de M. Groux, qui préférait hypothéquer ses propriétés que de voir ses bois transformés en carrières.

Il n'était pas loin, M. Groux. On le voyait, le crâne nu au soleil, vêtu comme toujours de toile kaki, assis dans un canot vert amarré entre deux perches et pêchant à la ligne.

Il n'y avait pas d'air, pas de rides sur l'eau.

— Dites-moi, vous qui connaissez ces choses-là, est-ce qu'il y aura de la lune ce soir ?

— Cela dépend à quelle heure. Elle se lèvera un peu avant minuit derrière le bois que vous voyez en amont. Elle en est à son premier quartier.

Maigret était assez content de lui et pourtant il ne parvenait pas à dissiper une petite angoisse qui s'était installée dans sa poitrine et qui grandissait au lieu de disparaître à mesure que le temps passait.

Une certaine nostalgie aussi. Il avait passé une heure au Quai des Orfèvres, avec des hommes qu'il connaissait si bien, qui l'appelaient toujours patron, mais qui...

Qu'avaient-ils dit entre eux après son départ? Que le métier lui manquait, évidemment ! Qu'il était moins heureux qu'il voulait le faire croire, dans sa campagne ! Qu'il se jetait sur la première occasion de retrouver les émotions d'autrefois !

Un amateur, en somme ! Il faisait figure d'amateur.

— Encore un coup de blanc ?

L'éclusier ne disait pas non, avait la manie de s'essuyer les lèvres avec sa manche après chaque gorgée.

— Je suis sûr que le jeune Malik, Georges-Henry, a dû aller pêcher maintes fois avec votre fils ?

— Oh ! oui, monsieur.

— Il devait aimer ça, n'est-ce pas ?

— Il aimait l'eau, il aimait les bois, les bêtes !

— Un brave garçon !

— Un brave garçon, oui. Pas fier. Si vous les aviez vus tous les deux avec la petite demoiselle... Souvent ils descendaient ensemble en canoë. Je leur proposais de les écluser, quoique d'habitude on n'écluse pas les petites embarcations. Mais c'étaient eux qui ne voulaient pas. Ils préféraient transporter leur canoë de l'autre côté du sas. Je les voyais rentrer à la nuit tombante.

Il avait, lui, à la nuit tombante, ou plutôt à la nuit tombée, une tâche désagréable à accomplir. Après, on verrait bien. On verrait s'il s'était trompé, s'il n'était qu'une vieille bête qui avait mérité sa retraite ou s'il était encore capable de quelque chose.

Il paya. Il marcha lentement, en fumant sa pipe, le long de la berge. L'attente était longue, on aurait dit que ce soir-là le soleil ne se décidait pas à se coucher. L'eau moirée coulait lentement, sans bruit, avec seulement un murmure à peine perceptible, et des mouchettes la frôlaient dangereusement, excitant les poissons à sauter.

Il ne vit personne, ni les frères Malik, ni leurs domestiques. Tout était, ce soir-là, comme au point mort et, un peu avant dix heures, laissant derrière lui la lumière qui brillait dans la chambre de Jeanne, à *L'Ange,* et dans la cuisine où se tenait Raymonde, il se dirigea, comme la veille, vers la gare.

Les petits verres de vin blanc avaient sans doute fait leur effet, car le garde-barrière n'était pas à son poste, sur le seuil de la maison. Maigret put passer sans être vu et suivre le ballast.

Derrière le rideau de noisetiers à l'endroit, à peu près, où il était caché la veille, il trouva Mimile à son poste, un Mimile paisible, jambes écartées, une cigarette éteinte à la bouche, qui semblait prendre le frais.

— Il n'est pas encore venu ?

— Non.

Ils attendirent ainsi en silence. De temps en temps, ils se chuchotaient quelques mots à l'oreille. Comme la veille, une fenêtre était ouverte chez Bernadette Amorelle et, parfois, on voyait passer la vieille dame dans le rayon faiblement lumineux.

A dix heures et demie seulement, une silhouette se profila dans le parc de Malik et les choses se passèrent exactement comme la nuit précédente. L'homme, qui portait un paquet, fut accosté par ses chiens, qui le suivirent jusqu'à la porte du chenil d'en haut. Il y pénétra, resta beaucoup plus longtemps que la veille et rentra enfin dans la maison, où une fenêtre s'éclaira au premier étage, s'ouvrit un moment tandis qu'on fermait les persiennes.

Les chiens erraient dans le parc avant de se coucher et ils vinrent flairer l'air non loin du mur, sentant sans doute la présence des deux hommes.

— J'y vais, patron ? chuchota Mimile.

Un des danois retroussa ses lèvres, comme prêt à gronder, mais l'homme de Luna-Park avait déjà lancé dans sa direction un objet qui s'écrasa sur le sol avec un bruit mou.

— A moins qu'ils soient mieux dressés que je le pense, murmura Mimile. Mais je n'ai pas peur. Les bourgeois ne savent pas dresser les chiens et, si même on leur donne un animal bien dressé, ils ont vite fait de l'abîmer.

Il avait raison. Les deux bêtes rôdaient en reniflant autour de ce qu'on avait jeté. Maigret, anxieux, avait laissé éteindre sa pipe. Enfin, un des chiens prenait la viande du bout des dents et la secouait tandis que l'autre, jaloux, faisait entendre un grognement menaçant.

— Il y en aura pour tout le monde ! ricana Mimile en lançant un second morceau. Vous disputez pas, mes agneaux !

Cela dura cinq minutes à peine. On vit les bêtes blanches errer un instant, tourner en rond, malades, puis se coucher sur le flanc, et, à ce moment-là, Maigret n'était pas fier.

— C'est fait, patron. On y va ?

Il valait mieux attendre encore, attendre la nuit complète et l'extinction de toutes les lumières. Mimile s'impatientait.

— Tout à l'heure, vous allez voir la lune se lever et ce sera trop tard.

Mimile avait emporté une corde qui était déjà attachée au tronc d'un jeune frêne en bordure de la voie, tout près du mur.

— Attendez que je descende le premier.

Le mur avait un peu plus de trois mètres de haut, mais il était en bon état, sans une saillie.

— Ce sera plus difficile de remonter par là. A moins qu'on trouve une échelle dans leur sacré jardin. Tenez ! il y a une brouette dans la petite allée. En la dressant contre le mur, ça nous aidera déjà.

Mimile était animé, joyeux, en homme qui se retrouve dans son élément.

— Si on m'avait dit que je ferais ce truc-là avec vous...

Ils approchaient de l'ancien chenil ou de l'ancienne écurie, qui était une construction en briques, sans étage, avec une cour cimentée qu'entourait une grille.

— Pas besoin de lampe électrique, soufflait Mimile en tâtant la serrure.

La porte était ouverte et ils recevaient au visage une bouffée de paille moisie.

— Fermez donc la porte ! Dites donc, il me semble qu'il n'y a personne ici dedans !

Maigret alluma sa lampe de poche et ils ne virent rien autour d'eux, qu'un vieux bat-flanc démantibulé, un harnais verdi qui pendait à un crochet, un fouet par terre, de la paille mêlée de foin et de poussière.

— C'est en dessous, fit Maigret. Il doit y avoir une trappe ou une ouverture quelconque.

Ils n'eurent qu'à remuer la paille pour trouver, en effet, une forte trappe aux lourdes ferrures. La trappe n'était fermée que par un verrou que Maigret, la poitrine serrée, tira lentement.

— Qu'est-ce que vous attendez ? souffla encore Mimile.

Rien. Et pourtant il y avait des années qu'il n'avait pas connu cette émotion-là.

— Vous voulez que j'ouvre ?

Non. Il soulevait la trappe. On n'entendait aucun bruit dans la cave, et pourtant ils eurent en même temps la sensation qu'il y avait là un être vivant.

La lampe électrique, soudain, éclaira l'espace noir en dessous d'eux, les rayons blanchâtres frôlèrent un visage, une silhouette qui bondit.

— Restez tranquille, prononça Maigret à mi-voix.

Il essayait de suivre, avec sa lampe, la silhouette qui allait d'un mur à l'autre, comme une bête traquée. Il disait machinalement :

— Je suis un ami.

Mimile proposait :

— Je descends ?

Et une voix, en bas, prononçait :

— Surtout, que personne ne me touche !

— Mais non ! Mais non ! On ne vous touchera pas.

Maigret parlait, parlait, comme dans un rêve ou plutôt comme on parle pour calmer un enfant en proie à un cauchemar. Et c'était bien à un cauchemar que cette scène ressemblait.

— Restez tranquille. Attendez qu'on vous sorte de là.

— Et si je ne veux pas sortir ?

Une voix fiévreuse, mordante, de gamin halluciné.

— Je descends ? proposait toujours Mimile, qui avait hâte d'en finir.

— Ecoutez, Georges-Henry ! Je suis un ami. Je sais tout.

Et ce fut soudain comme s'il eût prononcé le mot clef des contes de fées. L'agitation prit fin d'une seconde à l'autre. Il y eut un silence de quelques secondes, puis une voix changée questionna, méfiante :

— Qu'est-ce que vous savez ?

— Il faut d'abord sortir d'ici, mon petit bonhomme. Je vous jure que vous n'avez rien à craindre.

— Où est mon père ? Qu'en avez-vous donc fait ?

— Votre père est dans sa chambre, dans son lit, sans doute.

— Ce n'est pas vrai !

L'accent était plein d'amertume. On le trompait. Il avait la quasi-certitude qu'on le trompait, comme on l'avait toujours trompé. C'était cela, cette hantise, que sa voix révélait au commissaire, qui commençait à s'impatienter.

— Votre grand-mère m'a tout dit.

— Ce n'est pas vrai !

— C'est elle qui est venue me chercher et qui...

Et le gosse, criant presque :

— Elle ne sait rien ! Il n'y a que moi qui...

— Chut ! Ayez confiance, Georges-Henry. Venez. Quand vous serez sorti d'ici, nous parlerons tranquillement.

Allait-il se laisser convaincre ? Sinon, il faudrait descendre dans son trou, opérer vilainement, le prendre à bras-le-corps, le réduire à l'impuissance, et peut-être se débattrait-il, grifferait-il, mordrait-il comme un jeune animal affolé.

— Je descends ? répétait Mimile, qui commençait à être moins tranquille et qui se tournait parfois vers la porte avec crainte.

— Ecoutez, Georges-Henry. Je suis de la police.

— Cela ne regarde pas la police ! Je déteste la police ! Je déteste la police !

Il s'interrompit. Une idée venait de le frapper et, sur un autre ton, il reprit :

— D'ailleurs, si c'était la police, vous auriez...

Il hurla :

— Laissez-moi ! Laissez-moi ! Allez-vous-en ! Vous mentez ! Vous savez bien que vous mentez ! Allez dire à mon père...

A ce moment une voix martela, du côté de la porte qui venait de s'ouvrir sans bruit :

— Excusez-moi de vous déranger, messieurs.

La lampe de Maigret éclaira la silhouette d'Ernest Malik qui se tenait debout, très calme, un gros revolver à la main.

— Je crois, mon pauvre Jules, que je serais en droit de t'abattre, ainsi que ton compagnon.

On entendait, en dessous, les dents du gosse qui claquaient.

6

Mimile et son prisonnier

Sans manifester le moindre étonnement, Maigret se tourna lentement vers le nouveau venu et ne parut pas voir le revolver que celui-ci tenait braqué sur lui.

— Sors le gosse de là, dit-il de sa voix la plus ordinaire, en homme qui, ayant essayé d'accomplir une tâche et n'y ayant pas réussi, demande à un autre d'essayer à son tour.

— Écoute, Maigret... commença Malik.

— Pas maintenant. Pas ici. Tout à l'heure, j'écouterai tout ce que tu voudras.

— Tu avoues que tu t'es mis dans un mauvais cas ?

— Je te dis de t'occuper de l'enfant. Tu ne te décides pas ? Mimile, descends dans le trou.

Alors seulement Ernest Malik prononça d'une voix sèche :

— Tu peux sortir, Georges-Henry.

L'enfant ne bougeait pas.

— Entends-tu ce que je dis ? Sors ! La punition a assez duré.

Maigret tressaillit. Ainsi, c'était cela qu'on allait essayer de lui faire croire ? Qu'il s'agissait d'une punition ?

— Tu n'es pas fort, Malik.

Et, penché sur le trou, d'une voix douce et calme :

— Vous pouvez venir maintenant, Georges-Henry. Vous ne craignez plus rien. Ni de votre père, ni de personne.

Mimile tendit la main et aida le jeune homme à se hisser

au niveau du sol. Georges-Henry se tenait replié sur lui-même, évitant de regarder son père, guettant le moment de s'enfuir.

Et cela, Maigret l'avait prévu. Car il avait tout prévu, même et surtout l'arrivée inopinée de Malik. A tel point que Mimile avait reçu des instructions en conséquence et qu'il ne restait plus maintenant qu'à les exécuter.

Les quatre hommes ne pouvaient pas rester indéfiniment debout dans l'ancien chenil, et Maigret, le premier, se dirigea vers la porte, sans se préoccuper de Malik qui lui barrait le passage.

— Nous serons mieux dans la maison pour causer, murmura-t-il.

— Tu tiens à causer ?

Le commissaire haussa les épaules. En passant devant Mimile, il eut le temps de lui lancer un coup d'œil qui signifiait :

« Attention à la manœuvre. »

Car elle était délicate et un faux mouvement pouvait tout compromettre. Ils sortaient l'un après l'autre et Georges-Henry sortait le dernier, se glissait dehors en évitant de s'approcher de son père. Ils marchaient tous les quatre dans l'allée et c'était au tour de Malik de manifester une certaine inquiétude. La nuit était noire. La lune ne s'était pas encore levée. Maigret avait éteint sa lampe électrique.

Ils avaient à peine cent mètres à parcourir encore. Qu'est-ce que le gosse attendait ? Est-ce que l'ex-commissaire s'était trompé ?

On aurait dit, maintenant, que personne n'osait parler, que personne ne voulait prendre la responsabilité de ce qui allait se passer.

Encore soixante mètres. Dans une minute, il serait trop tard et Maigret avait envie de donner un coup de coude à Georges-Henry pour le rappeler à la réalité.

Vingt mètres... Dix mètres... Il fallait s'y résigner. Qu'est-ce qu'ils allaient faire tous les quatre dans une des pièces de la maison dont on commençait à distinguer la façade blanche ?

Cinq mètres. Trop tard ! Ou plutôt non. Georges-Henry se montrait plus avisé que Maigret lui-même, car il avait pensé à une chose : qu'arrivé à la maison son père devrait prendre la tête du petit groupe pour ouvrir la porte.

A ce moment précis, il fit un bond et, l'instant d'après, on entendit bruisser les herbes et les branches dans les fourrés du parc. Mimile n'avait pas loupé la manœuvre et courait sur ses talons.

Malik perdit à peine une seconde, mais ce fut une seconde de trop. Son réflexe fut de braquer son revolver vers la silhouette de l'homme de cirque. Il aurait tiré. Mais, avant qu'il n'ait eu le temps de presser sur la gâchette, Maigret avait abattu son poing sur son avant-bras et l'arme tomba à terre.

— Voilà ! fit avec satisfaction le commissaire.

Il dédaigna de ramasser l'arme, qu'il envoya du bout du pied vers le milieu de l'allée. De son côté, une sorte de respect humain empêcha Ernest Malik d'aller la ramasser. A quoi bon ?

La partie qui se jouait maintenant entre eux deux ne pouvait en aucune sorte être influencée par un revolver.

Ce fut, pour Maigret, une minute assez émouvante. Justement parce qu'il l'avait prévue. La nuit était si calme qu'on entendait, déjà loin, les pas des deux hommes qui se suivaient. Malik et lui tendaient l'oreille. Il était facile de se rendre compte que Mimile ne perdait pas de terrain.

Ils avaient dû pénétrer dans le parc voisin, où ils couraient toujours et d'où, sans doute, ils gagneraient le chemin de halage.

— Voilà, répéta Maigret comme le bruit s'atténuait jusqu'à devenir à peine perceptible. Si nous entrions ?

Malik tourna la clef qu'il avait déjà introduite tout à l'heure dans la serrure et s'effaça. Puis il manœuvra le commutateur électrique et on vit sa femme debout, en peignoir blanc, au détour de l'escalier.

Elle les regardait tous les deux avec de grands yeux stupéfaits, ne trouvant rien à dire, et ce fut son mari qui lui lança avec humeur :

— Va te coucher !

Ils étaient tous les deux dans le bureau de Malik et Maigret, debout, commençait à bourrer sa pipe en jetant de petits coups d'œil satisfaits à son adversaire. Malik, lui, marchait de long en large, les mains derrière le dos.

— Tu n'as pas l'intention de porter plainte ? questionna doucement Maigret. C'est pourtant l'occasion ou jamais. Tes deux chiens empoisonnés. Escalade et effraction. Tu pourras même soutenir qu'il y a eu tentative d'enlèvement... Après le coucher du soleil, par-dessus le marché... De sorte que ça va chercher les travaux forcés. Allons, Malik... le téléphone est là, à portée de ta main. Un appel à la gendarmerie de Corbeil et celle-ci sera obligée de m'arrêter...

» Qu'est-ce qui ne va pas ?... Qu'est-ce qui t'empêche d'agir comme tu en as envie ?...

Le tutoiement ne le gênait plus, maintenant, bien au contraire, mais ce n'était pas celui qu'avait inauguré Malik à leur première rencontre. C'était le tutoiement que le commissaire employait volontiers avec ses « clients ».

— Cela t'ennuie de raconter à tout le monde que tu tenais ton fils enfermé dans une cave ?... D'abord, c'est ton droit de père de famille. Le droit de punir. Combien de fois, quand j'étais petit, ne m'a-t-on pas menacé de m'enfermer dans la cave !

— Silence, veux-tu ?

Il s'était campé devant Maigret et il le regardait intensément, essayant de lire ce qu'il y avait derrière les paroles de son interlocuteur.

— Qu'est-ce que tu sais au juste ?

— Voilà enfin la question que j'attendais.

— Qu'est-ce que tu sais ? s'impatientait Malik.

— Et toi, qu'est-ce que tu crains que je sache ?

— Une première fois je t'ai demandé de ne plus t'occuper de mes affaires.

— Et j'ai refusé.

— Une seconde fois et une dernière fois je te dis...

Mais déjà Maigret secouait la tête.

— Non... Vois-tu, maintenant, c'est impossible.

— Tu ne sais rien...

— Dans ce cas, que crains-tu ?

— Tu n'apprendras rien...

— Je ne te gêne donc pas.

— Quant au gosse, il ne parlera pas. Je sais que c'est sur lui que tu comptes.

— C'est tout ce que tu as à me dire, Malik ?

— Je te demande de réfléchir. Tout à l'heure, j'aurais pu t'abattre et je commence à regretter de ne pas l'avoir fait.

— Tu as peut-être eu tort, en effet. Dans quelques instants, quand je sortirai, il sera encore temps de me tirer une balle dans le dos. Il est vrai que, maintenant, le gosse est loin, qu'il y a quelqu'un avec lui. Allons ! J'ai envie d'aller me coucher. Donc, pas de téléphone ? Pas de plainte ? Pas de gendarmerie ? C'est vu, c'est entendu ?

Il se dirigea vers la porte.

— Bonne nuit, Malik.

Au moment où il allait disparaître dans le hall d'entrée, il se ravisa, revint sur ses pas pour laisser tomber, la face lourde, le regard pesant :

— Vois-tu, je sens que ce que je vais découvrir est tellement laid, tellement sale, qu'il m'arrive d'hésiter à continuer.

Il partit sans se retourner, referma violemment la porte derrière lui et se dirigea vers la grille. Celle-ci était fermée. La situation était grotesque, de se trouver ainsi dans le parc de la propriété sans que personne ne s'occupât de lui.

Il y avait toujours de la lumière dans le bureau, mais Malik ne songeait pas à reconduire son adversaire.

Escalader le mur du fond ? Tout seul, Maigret ne se fiait pas à son agilité. Chercher le sentier qui permettait de passer dans le parc des Amorelle dont la grille n'était peut-être pas fermée à clef ?

Il haussa les épaules, se dirigea vers la maison du jardinier et frappa la porte à petits coups.

— Qu'est-ce que c'est ? fit à l'intérieur une voix endormie.

— Un ami de M. Malik qui voudrait qu'on lui ouvre la grille.

Il entendit le vieux domestique qui passait un pantalon et cherchait ses sabots. La porte s'entrouvrit.

— Comment se fait-il que vous soyez dans le parc ? Où sont les chiens ?

— Je crois qu'ils dorment, murmura Maigret. A moins qu'ils ne soient morts.

— Et M. Malik ?

— Il est dans son bureau.

— Il a pourtant la clef de la grille.

— C'est possible. Il est tellement préoccupé qu'il n'y a même pas pensé.

Le jardinier le précéda en grommelant, se retournant

parfois pour lancer un regard inquiet à ce visiteur nocturne. Dès que Maigret changeait le rythme de son pas, l'homme tressaillait, comme s'il se fût attendu à être frappé par derrière.

— Merci, mon brave homme.

Il rentra tranquillement à *L'Ange*. Il fut obligé de lancer des cailloux sur les vitres de Raymonde pour éveiller celle-ci et se faire ouvrir la porte.

— Quelle heure est-il ? Je croyais que vous ne rentreriez plus. Tout à l'heure, j'ai entendu qu'on courait dans le petit chemin. Ce n'était pas vous ?

Il se servit lui-même à boire et alla dormir. A huit heures, rasé de frais, sa valise à la main, il prenait le train pour Paris. A neuf heures et demie, après avoir bu son café et mangé des croissants dans un petit bar, il pénétrait au Quai des Orfèvres.

Lucas était au rapport dans le bureau de son chef. Maigret s'installa à son ancienne place, près de la fenêtre ouverte, et un remorqueur Amorelle et Campois passait justement sur la Seine, donnant deux grands coups de sirène avant de s'engager sous le pont de la Cité.

A dix heures, Lucas entra, des papiers à la main, posa ceux-ci sur un coin du bureau.

— Vous êtes là, patron ? Je vous croyais à nouveau à Orsenne.

— Il n'y a pas de coup de téléphone pour moi ce matin ?

— Pas encore. Vous attendez un coup de téléphone ?

— Il faudrait avertir le standard. Qu'on me passe la communication tout de suite, ou, si je ne suis pas là, qu'on prenne le message.

Il ne voulait pas laisser voir sa nervosité, mais ses pipes se succédaient avec une rapidité inhabituelle.

— Fais ton travail comme si je n'étais pas là.

— Rien de palpitant ce matin. Un coup de couteau rue Delambre.

Le petit trantran quotidien. Il connaissait si bien cela. Il avait retiré son veston, comme autrefois, quand il était ici chez lui. Il entrait dans les bureaux, serrait les mains, écoutait un bout d'interrogatoire ou de conversation téléphonique.

— Ne vous dérangez pas, les enfants.

A onze heures et demie, il descendit boire un verre en compagnie de Torrence.

— Au fait, il y a un renseignement que je voudrais que tu me déniches. Il s'agit toujours d'Ernest Malik. J'aimerais savoir s'il est joueur. Ou s'il l'a été jadis, quand il était jeune. Il ne doit pas être impossible de retrouver quelqu'un qui l'ait connu il y a vingt-cinq ans.

— Je trouverai, patron.

A midi moins le quart, il n'y avait toujours rien, et les épaules de Maigret se faisaient plus courbes, sa démarche plus hésitante.

— Je crois que j'ai fait le c... ! lui arrivait-il de lancer à Lucas, qui expédiait les affaires courantes.

Chaque fois que la sonnerie du téléphone retentissait dans le bureau, il décrochait lui-même. Enfin, quelques instants avant midi, ce fut son nom qu'on prononça.

— Maigret... Où es-tu ?... Où est-il ?...

— A Ivry, patron. Je fais vite, parce que j'ai peur qu'il en profite. Je ne sais pas le nom de la rue. Je n'ai pas eu le temps de voir. Un petit hôtel. La maison a trois étages et le rez-de-chaussée est peint en brun. Cela s'appelle : *A ma Bourgogne.* Juste en face, il y a une usine à gaz.

— Qu'est-ce qu'il fait ?

— Je n'en sais rien. Je crois qu'il dort. Je file, c'est plus prudent.

Maigret alla se camper devant un plan de Paris et de la banlieue.

— Tu connais une usine à gaz, à Ivry, toi, Lucas ?

— Il me semble que je vois ça, un peu plus loin que la gare.

Quelques minutes plus tard, Maigret, installé dans un taxi découvert, roulait vers les fumées d'Ivry. Il dut chercher un certain temps dans les rues qui entouraient en effet une usine à gaz et il finit par apercevoir un hôtel miteux dont le rez-de-chaussée était peint en brun sombre.

— Je vous attends ? questionna le chauffeur.

— Je pense que cela vaut mieux.

Maigret entra dans le restaurant où des ouvriers, presque tous des étrangers, mangeaient à même les tables de marbre. Une épaisse odeur de ragoût et de gros vin rouge prenait à la gorge. Une forte fille en noir et blanc se faufilait entre les tables, portant des quantités incroyables de petits plats en épaisse faïence grisâtre.

— Vous cherchez le type qui est venu téléphoner tout à l'heure ?... Il a dit que vous montiez au troisième. Vous pouvez passer par ici.

Un couloir étroit, avec des graffiti sur les murs. L'escalier était sombre, éclairé seulement par une lucarne au second étage. Dès qu'il eut dépassé cet étage, Maigret aperçut des pieds, une paire de jambes.

C'était Mimile, assis sur la dernière marche de l'escalier et tenant au bec une cigarette non allumée.

— Donnez-moi d'abord du feu, patron. Je n'ai même pas pris le temps de demander des allumettes en bas quand je suis allé téléphoner. Je n'ai pas pu fumer depuis hier soir.

Il y avait une flamme joyeuse et narquoise tout ensemble dans ses prunelles claires.

— Vous voulez que je vous fasse une petite place ?

— Où est-il ?

Dans le couloir, on apercevait quatre portes du même brun sinistre que la devanture. Elles portaient des numéros gauchement peints : 21, 22, 23, 24.

— Il est au 21. Moi, j'ai le 22. C'est rigolo ! On dirait que c'est fait exprès... Vingt-deux ! V'là les flics !

Il aspirait avidement la fumée, se levait, s'étirait.

— Si des fois vous voulez entrer dans ma tôle... Mais je vous préviens que cela ne sent pas bon et que c'est pas haut de plafond. Tant que j'étais seul, je préférais barrer le passage, vous comprenez ?

— Comment as-tu fait pour aller téléphoner ?

— Justement... Depuis le matin j'attendais une occasion. Car il y a un bout de temps que nous sommes ici. Depuis six heures du matin.

Il ouvrit la porte du 22, et Maigret aperçut un lit en fer peint en noir et couvert d'une vilaine couverture rougeâtre, une chaise à fond de paille et une cuvette sans broc sur un guéridon. Les chambres du troisième étage étaient mansardées et, dès le milieu de la pièce, on était obligé de se baisser.

— Ne restons pas ici, car il est vif comme une anguille. Déjà deux fois ce matin il a essayé de filer. Je me suis demandé un moment s'il ne serait pas capable de s'en aller par les toits, mais je me suis aperçu que c'est impossible.

L'usine à gaz, en face, avec ses cours noires de charbon. Mimile avait le teint brouillé des gens qui n'ont pas dormi et qui ne se sont pas lavés.

— C'est encore dans l'escalier qu'on est le mieux et qu'il sent le moins mauvais. Ici, ça pue la chair malade, vous ne trouvez pas ? Comme une odeur de vieux pansement.

Georges-Henry dormait ou feignait de dormir, car, collant l'oreille à la porte, on n'entendait aucun bruit dans sa chambre. Les deux hommes se tenaient dans l'escalier et Mimile expliquait en fumant cigarette sur cigarette pour se rattraper.

— D'abord, comment je vous ai téléphoné. Je ne voulais pas quitter la planque, comme on dit chez vous. Et, d'autre part, il fallait que je vous prévienne comme c'était convenu. A un moment donné, vers neuf heures, il y a une femme qui est descendue, celle du 24. J'ai pensé lui demander de vous donner un coup de fil ou de porter un message Quai des Orfèvres. Seulement, ici, ce ne serait peut-être pas prudent de parler de la police et je sais pas si je ne me serais pas fait vider.

» Vaut mieux attendre une autre occasion, Mimile, que je me suis dit. Ce n'est pas le moment d'avoir une bagarre.

» Quand j'ai vu le type du 23 qui sortait à son tour de chez lui, j'ai compris tout de suite que c'était un Polonais. Le Polonais, ça me connaît. Je baragouine assez bien leur langue.

» Je me suis mis à lui parler et il a été tout content d'entendre son sabir.

» Je lui ai raconté une histoire de poule. Qu'elle était dans la chambre. Qu'elle voulait me plaquer. Bref, il a accepté de monter la faction pendant les quelques minutes qu'il m'a fallu pour descendre téléphoner.

— Tu es sûr que le gosse est toujours là ?

Mimile lui adressa un clin d'œil malin, prit dans sa poche une paire de pinces dans lesquelles il serra le bout de la clef qui était à l'intérieur de la chambre, mais qui dépassait.

Il fit signe à Maigret d'approcher sans bruit et, avec des mouvements d'une incroyable douceur, il fit tourner la clef, entrouvrit la porte.

Le commissaire se pencha et, dans une pièce toute pareille à la voisine, dont la fenêtre était ouverte, il vit le jeune homme étendu tout habillé en travers du lit.

Il dormait, le doute n'était pas possible. Il dormait comme on dort encore à son âge, les traits détendus, la bouche entrouverte dans une moue enfantine. Il ne s'était pas déchaussé et un de ses pieds pendait du lit.

Avec les mêmes précautions, Mimile referma la porte.

— Que je vous raconte maintenant comment ça s'est passé. Une fameuse idée que vous avez eue de me faire prendre mon vélo. Une plus fameuse encore que j'ai eue, de le cacher près du passage à niveau.

» Vous vous souvenez comme il est parti au galop. Un vrai lapin. Il faisait des détours dans le parc et fonçait à travers les broussailles avec l'espoir de me semer.

» A un moment donné, nous avons franchi une haie, l'un derrière l'autre, et je suis resté sans le voir. C'est par le bruit que j'ai su qu'il s'était dirigé vers une maison. Pas tout à fait vers la maison, mais vers une sorte de hangar d'où je l'ai vu sortir une bicyclette.

— La villa de sa grand-mère, précisa Maigret. Le vélo devait être un vélo de femme, celui de sa cousine Monita.

— Un vélo de femme, oui. Il saute dessus, mais, dans les allées, il ne pouvait pas aller vite, et j'étais toujours derrière lui. Je n'osais pas encore lui parler, parce que je ne savais pas ce qui se passait de votre côté.

— Malik a voulu tirer sur toi.

— Je m'en doutais. C'est drôle, mais j'en ai eu le pressentiment. A ce point qu'à un moment donné je me suis immobilisé peut-être moins d'une seconde, comme si j'attendais le coup. Bref, on a de nouveau pataugé dans le noir, et maintenant il poussait sa machine devant lui. Il l'a fait passer par-dessus une autre haie. Nous nous trouvions dans un petit chemin qui descendait vers la Seine et, là non plus, il ne pouvait pas rouler vite. Sur le chemin de halage, cela a été différent, et j'ai perdu un bon bout de terrain, mais je l'ai rattrapé en montant vers la gare, à cause de la côte.

» Il devait être bien tranquille, parce qu'il ne pouvait pas se douter que j'avais ma bécane un peu plus loin.

» Pauvre gosse ! Il y allait dur, de toutes ses forces. Il était sûr de m'échapper, n'est-ce pas ?

» Ah ! bien oui. J'attrape ma machine au passage, j'en mets un coup et, au moment où il s'y attendait le moins, me voilà à rouler à côté de lui comme si de rien n'était.

» — Aie pas peur, petit, que je lui dis.

» Je voulais le rassurer. Il était comme fou. Il pédalait de plus en plus vite, à en avoir le souffle tout chaud.

» — Puisque je te dis de ne pas avoir peur... Tu connais le commissaire Maigret, pas vrai ? Il n'a pas envie de te faire du mal, au contraire.

» De temps en temps, il se tournait vers moi et me lançait, rageur :

» — Laissez-moi !

» Puis, avec des sanglots dans la voix :

» — Je ne dirai quand même rien.

» J'en avais pitié, je vous assure. Ce n'est pas un métier que vous m'avez fait faire. Sans compter que, dans une descente, je ne sais plus où, sur une route nationale, il fait une embardée et va s'étaler en plein sur le macadam, que j'ai littéralement entendu sa tête sonner.

» Je descends de ma machine. Je veux l'aider à se relever. Il était déjà en selle, plus fou, plus rageur que jamais.

» — Arrête, petit. Je parie que tu t'es fait mal. Tu ne risques rien à ce que nous causions un moment, pas vrai ? Je ne suis pas un ennemi, moi.

» Je me demandais depuis un moment ce qu'il fabriquait, penché sur son guidon, avec une main que je ne voyais pas. Faut vous dire que la lune s'était levée et qu'il faisait assez clair.

» Je roule plus près. Je n'étais pas à un mètre de lui quand il fait un geste. Je me baisse. Heureusement ! Ce petit voyou venait bel et bien de me lancer à la tête une clef anglaise qu'il avait prise dans sa sacoche. Elle m'est passée à moins d'un doigt du front.

» Du coup, il avait encore plus peur. Il se figurait que je lui en voulais, que j'allais me venger. Et je parlais toujours. Ce serait rigolo de pouvoir répéter tout ce que je lui ai raconté cette nuit-là.

» — Tu dois te rendre compte, n'est-ce pas, que tu n'arriveras pas à me semer ? D'ailleurs, c'est la consigne. Va où tu voudras, tu me trouveras toujours derrière toi... Rapport au commissaire. Quand il sera là, cela ne me regardera plus.

» A un carrefour, il a dû se tromper de route, car nous nous sommes éloignés de Paris et, après avoir traversé je ne sais combien de villages, tout blancs sous la lune, nous sommes tombés sur la route d'Orléans. Imaginez le chemin, depuis la route de Fontainebleau !

» Il avait fini, par force, par ralentir, mais il évitait de me parler et même de se tourner de mon côté.

» Puis le jour s'est levé et nous étions dans la banlieue de Paris. J'ai de nouveau eu chaud, parce qu'il a eu l'idée de s'élancer dans toutes les petites rues qui se présentaient pour essayer de me semer.

» Il devait être mort de fatigue... Je le voyais tout pâle, les paupières rouges. Il ne tenait plus sur sa selle que par habitude.

» — On ferait mieux d'aller se coucher, mon petit. Tu vas finir par attraper du mal.

» Et alors, quand même, il m'a parlé. Il a dû le faire machinalement, sans le savoir. Oui, je suis persuadé qu'il était tellement épuisé qu'il ne savait plus ce qu'il faisait. Vous avez déjà vu l'arrivée d'un *cross* quand, après la ligne d'arrivée, on est obligé de soutenir le type et qu'il regarde le cinéma avec des yeux hagards ?

» — Je n'ai pas d'argent, qu'il m'a dit.

» — Cela ne fait rien. J'en ai, moi. On ira où tu voudras, mais il faut que tu te reposes.

» On était dans ce quartier-ci. Je ne pensais pas qu'il m'obéirait si vite. Il a vu le mot hôtel au-dessus de la porte qui était ouverte. Il y avait justement des ouvriers qui sortaient.

» Il est descendu de vélo et il pouvait à peine marcher, tellement il était raide. Si le bistro avait été ouvert, je lui aurais offert un verre, mais je ne sais pas s'il aurait accepté.

» Il est fier, vous savez. C'est un drôle de garçon. Je ne sais pas ce qu'il a dans la tête, mais il tient à son idée et vous n'en avez pas fini avec lui.

» On a poussé les deux vélos sous l'escalier. Si on ne les a pas chipés, ils doivent encore y être.

» Il montait devant moi. Au premier, il ne savait pas comment s'y prendre parce qu'on ne voyait personne.

» — Patron !... que j'ai crié.

» Ce n'était pas un patron, mais une patronne. Plus forte qu'un homme, et pas commode.

» — Qu'est-ce que vous voulez ?

» Et elle nous regardait comme si elle pensait à des choses malpropres.

» — On veut deux chambres. Une à côté de l'autre si possible.

» Elle a fini par nous donner deux clefs, le 21 et le 22. C'est tout, patron. Maintenant, si cela ne vous dérange pas de rester ici un moment, j'irais bien boire un verre ou deux et peut-être manger quelque chose. Depuis le matin que je renifle des odeurs de cuisine...

— Ouvre-moi la porte, dit Maigret quand Mimile remonta, fleurant le marc.

— Vous voulez l'éveiller ? protesta l'autre, qui commençait à considérer le jeune homme comme son protégé. Vous feriez mieux de le laisser roupiller tout son saoul.

Maigret lui adressa un signe rassurant et entra sans bruit dans la chambre, où, sur la pointe des pieds, il allait s'accouder à la lucarne. On chargeait les fours de l'usine à gaz et les flammes étaient toutes jaunes dans le soleil, on devinait la sueur sur le torse des hommes demi-nus, qui s'essuyaient le front de leurs bras noirs.

L'attente fut longue. Le commissaire eut tout le temps de réfléchir. De temps en temps, il se tournait vers son jeune compagnon qui commençait à quitter les régions du sommeil total et serein pour entrer dans le sommeil plus agité qui précède le réveil. Parfois son front se plissait. Sa bouche s'ouvrait davantage, comme s'il eût voulu parler. Il rêvait qu'il parlait, sans doute. Il devenait farouche. Il disait non de toutes les forces de son être.

Puis la moue s'accentuait et c'était à des larmes qu'on s'attendait. Mais il ne pleura pas. Il se retourna d'abord de tout son poids sur le sommier défoncé qui gémit. Il chassa une mouche qui s'était posée sur son nez. Ses paupières frémirent, étonnées d'être transpercées par le soleil.

Enfin il eut les yeux grands ouverts, fixés sur le plafond en pente, exprimant un étonnement naïf, puis sur la large silhouette noire du commissaire qu'il voyait à contre-jour.

Du coup, il retrouva tous ses esprits. Au lieu de s'agiter, il resta immobile, une froide volonté qui le faisait un peu ressembler à son père envahissant son visage et durcissant ses traits.

— Je ne dirai quand même rien, articula-t-il.

— Je ne vous demande pas de me dire quoi que ce soit, répliqua Maigret d'une voix à peine bourrue. Et d'ailleurs qu'est-ce que vous pourriez me dire ?

— Pourquoi m'a-t-on poursuivi ? Qu'est-ce que vous faites dans ma chambre ? Où est mon père ?

— Il est resté là-bas.

— Vous êtes sûr ?

On aurait dit qu'il n'osait pas bouger, comme si le moindre mouvement eût été susceptible d'attirer sur lui un danger inconnu. Il restait couché sur le dos, les nerfs tendus, les yeux écarquillés.

— Vous n'avez pas le droit de me poursuivre ainsi. Je suis libre. Je n'ai rien fait.

— Est-ce que vous préférez que je vous reconduise chez votre père ?

De l'effroi dans les yeux gris.

— C'est pourtant ce que la police ferait immédiatement si elle mettait la main sur vous. Vous n'êtes pas majeur. Vous n'êtes qu'un enfant.

Brusquement dressé, il fut en proie à une crise de désespoir.

— Mais je ne veux pas !... Je ne veux pas !... hurla-t-il.

Maigret entendit Mimile qui remuait sur le palier et qui devait le considérer comme une brute.

— Je veux qu'on me laisse tranquille. Je veux...

Le commissaire surprit le regard affolé que le jeune homme lançait à la lucarne et il comprit. Sans doute, s'il ne s'était pas trouvé entre lui et la fenêtre, Georges-Henry eût-il été capable de sauter dans le vide.

— Comme votre cousine ?... articula-t-il lentement.

— Qui est-ce qui vous a dit que ma cousine... ?

— Ecoutez, Georges-Henry.

— Non...

— Il faudra bien que vous m'écoutiez. Je sais dans quelle situation vous êtes.

— Ce n'est pas vrai.

— Vous voulez que je précise ?

— Je vous le défends. Vous entendez ?

— Chut !... Vous ne pouvez pas retourner chez votre père et vous n'en avez pas envie.

— Je n'y retournerai jamais.

— D'autre part, vous êtes dans des dispositions d'esprit à faire n'importe quelle bêtise.

— Cela me regarde.

— Non. Cela regarde d'autres personnes aussi.

— Il n'y a personne qui s'intéresse à moi.

— Toujours est-il que, pendant quelques jours, vous avez besoin d'être surveillé.

Le jeune homme ricana douloureusement.

— Et c'est ce que j'ai décidé de faire, acheva Maigret en allumant paisiblement sa pipe. Bon gré, mal gré... Ce sera comme vous l'entendrez.

— Où voulez-vous me conduire ?

Et déjà, c'était clair, il pensait à l'évasion possible.

— Je n'en sais rien encore. J'avoue que la question est délicate, mais, de toute façon, vous ne pouvez pas non plus rester dans ce taudis.

— Cela vaut bien une cave.

Allons ! Il y avait un léger mieux puisqu'il devenait capable d'ironiser sur son propre sort.

— Pour commencer, nous allons déjeuner gentiment ensemble. Vous avez faim. Mais si...

— Je ne mangerai quand même pas.

Ce qu'il pouvait être jeune, bon Dieu !

— Mais moi, je mangerai. J'ai une faim de loup, affirma

Maigret. Vous serez sage. L'ami que vous connaissez et qui vous a suivi jusqu'ici est plus leste que moi et aura l'œil sur vous. N'est-ce pas, Georges-Henry ? Un bain aurait bien fait l'affaire, mais je ne vois pas la possibilité d'en prendre un ici. Lavez-vous le visage.

Il obéit d'un air boudeur. Maigret ouvrit la porte.

— Entre, Mimile. Je suppose que le taxi est toujours en bas ? Nous allons déjeuner tous les trois quelque part, dans un restaurant tranquille. Ou plutôt tous les deux, puisque tu as déjà mangé.

— Je recommencerai, n'ayez pas peur.

Il faut croire que Georges-Henry reprenait pied dans la vie, puisque, une fois en bas, ce fut lui qui objecta :

— Mais les vélos ?

— On viendra les rechercher ou on les enverra prendre.

Et, au chauffeur :

— Brasserie Dauphine.

Il était près de trois heures de l'après-midi quand ils se mirent à table dans l'ombre fraîche de la brasserie et qu'on posa devant eux d'imposantes piles de raviers.

7

Le poussin de Mme Maigret

— Allô !... C'est toi, madame Maigret ? Comment ? Où je suis ?

Ce mot-là lui rappela le temps de la P.J. quand il restait des quatre et cinq jours sans rentrer chez lui, sans parfois pouvoir donner de ses nouvelles et quand il téléphonait enfin des endroits les plus inattendus.

— A Paris, tout simplement. Et j'ai besoin de toi. Je te donne une demi-heure pour t'habiller. Je sais... C'est impossible... Peu importe... Dans une demi-heure, tu prendras l'auto de Joseph... Ou plutôt c'est Joseph qui viendra te prendre. Comment ? Si elle n'est pas libre ?... Ne crains rien, je lui ai déjà téléphoné. Il te conduira aux Aubrais et à six heures tu débarqueras à la gare d'Orsay. Dix minutes plus tard, enfin, un taxi te déposera place des Vosges.

C'était leur ancien domicile parisien qu'ils avaient conservé. Sans attendre l'arrivée de sa femme, Maigret y conduisit Georges-Henry et Mimile. Il y avait des papiers gris devant les vitres, des housses et encore des journaux sur tous les meubles, de la poudre insecticide sur les tapis.

— Un petit coup de main, les enfants...

On ne peut pas dire que Georges-Henry se fût humanisé au cours du repas. Mais, s'il n'avait pas desserré les dents pour parler, s'il avait continué à lancer à Maigret des regards farouches, du moins avait-il mangé avec un bel appétit.

— Je me considère toujours comme un prisonnier, articula-t-il, une fois dans l'appartement, et je vous préviens que je m'échapperai dès que j'en aurai l'occasion. Vous n'avez pas le droit de me retenir ici.

— C'est cela ! En attendant, un petit coup de main, s'il vous plaît !

Et Georges-Henry se mit au travail comme les autres, pliant les papiers, retirant les housses, maniant enfin l'aspirateur électrique. Ils avaient terminé et le commissaire versait de l'armagnac dans trois petits verres du beau service qu'on n'avait pas emporté à la campagne par crainte de le casser, quand Mme Maigret arriva.

— C'est pour moi que tu prépares un bain ? s'étonna-t-elle en entendant couler l'eau dans la baignoire.

— Non, ma chérie. C'est pour ce jeune homme, un charmant garçon qui va rester ici avec toi. On l'appelle Georges-Henry. Il a promis de s'enfuir à la première occasion, mais je compte sur Mimile, que je te présente, et sur toi pour l'empêcher de partir. Vous croyez que vous avez digéré, Georges-Henry ? Alors, passez dans la salle de bains.

— Tu t'en vas ?... Tu rentreras pour dîner ?... Tu ne sais pas, comme toujours ! Et il n'y a rien à manger ici.

— Tu as tout le temps de faire ton marché pendant que Mimile gardera le petit.

Il lui dit quelques mots à voix basse et elle regarda avec une soudaine douceur la porte de la salle de bains.

— Bon ! J'essayerai. Quel âge a-t-il ? Dix-sept ans ?

Une demi-heure plus tard, Maigret se retrouvait dans l'atmosphère familiale de la P.J. et s'informa de Torrence.

— Il est rentré, patron. Il doit être dans son bureau, à moins qu'il soit descendu boire un demi. J'ai déposé un message pour vous sur votre ancien bureau.

Il s'agissait d'un coup de téléphone reçu vers trois heures :

Voulez-vous dire au commissaire Maigret que, lundi de la semaine dernière, Bernadette Amorelle a fait venir son notaire pour rédiger son testament ? C'est Me Ballu, qui doit habiter Paris.

La standardiste ne savait pas exactement d'où le coup de téléphone était parti. Elle avait seulement entendu sur la ligne une employée qui disait :

« Allô ! Corbeil ! Je vous donne Paris. »

Cela venait donc vraisemblablement d'Orsenne ou des environs.

— C'était une voix de femme. Je me trompe peut-être,

mais j'ai l'impression qu'il s'agissait de quelqu'un qui n'a pas l'habitude de téléphoner.

— Vous demanderez au bureau de Corbeil l'origine du coup de téléphone.

Il entra chez Torrence, qui était occupé à rédiger un rapport.

— Je me suis renseigné comme vous me l'avez demandé, patron. Je me suis adressé à une douzaine de cercles, mais je n'ai trouvé trace d'Ernest Malik que dans deux d'entre eux, le *Haussmann* et le *Sporting*. Malik y va encore de temps en temps, mais beaucoup moins régulièrement qu'autrefois. Il paraît que c'est un joueur de poker de première force. Il ne s'approche jamais de la table de baccara. Poker et écarté. Il perd rarement ! Au *Sporting*, j'ai eu la chance de tomber sur un vieil inspecteur des jeux qui l'a connu il y a une trentaine d'années.

» Alors qu'il était encore étudiant, Malik était un des plus forts joueurs de poker du Quartier latin. Le vieil inspecteur, qui était garçon de café à *La Source* à cette époque, prétend que c'est aux cartes qu'il gagnait sa matérielle.

» Il se fixait un chiffre qu'il ne dépassait pas. Dès qu'il avait gagné une somme déterminée, il avait le sang-froid de se retirer, ce qui le faisait assez mal voir de ses partenaires.

— Tu connais un notaire Ballu, toi ?

— J'ai déjà entendu ce nom-là. Attendez !

Il feuilleta un annuaire.

— Batin... Babert... Bailly... Ballu... 75, quai Voltaire. C'est en face !

Chose curieuse, cette histoire de notaire chiffonnait l'ex-commissaire. Il n'aimait pas qu'on vînt ainsi le troubler en le jetant soudain sur une nouvelle piste, et il fut sur le point de ne pas s'en préoccuper.

Au standard, on lui annonça que l'appel venait de la

cabine de Seine-Port, à cinq kilomètres d'Orsenne. La receveuse de Seine-Port, interrogée au bout du fil, répondit qu'il s'agissait d'une femme de vingt-cinq à trente ans, qu'elle n'en connaissait pas davantage.

— Je ne l'ai pas beaucoup regardée, parce que c'était l'heure des sacs postaux. Comment ? Plutôt quelqu'un du peuple... Oui ! Peut-être une domestique.

Malik n'aurait-il pas été capable de faire téléphoner par une de ses domestiques ?

Maigret se fit annoncer chez Me Ballu, dont l'étude était fermée, mais qui voulut bien le recevoir. Il était très vieux, presque aussi vieux que Bernadette Amorelle elle-même. Ses lèvres étaient toutes jaunies par la nicotine, il parlait d'une petite voix cassée, puis tendait un cornet acoustique en écaille vers son interlocuteur.

— Amorelle ! Oui, j'entends bien. C'est une vieille amie, en effet ! Cela date... Attendez... C'était avant l'exposition de 1900 que son mari est venu me voir pour une affaire de terrains. Un curieux homme ! Je me souviens de lui avoir demandé s'il était parent avec les Amorelle de Genève, une vieille famille protestante qui...

Il voulut bien déclarer qu'il était, en effet, allé à Orsenne le lundi de la semaine précédente. Mais oui, Bernadette Amorelle avait rédigé avec lui un nouveau testament. Sur ce testament lui-même, il ne pouvait rien dire, évidemment. Il était là, dans son coffre d'un ancien modèle.

S'il y avait eu d'autres testaments avant celui-là ? Peut-être dix, peut-être davantage ? Oui, sa vieille amie avait la manie des testaments, une manie bien innocente, n'est-ce pas ?

Etait-il question de Monita Malik dans ce nouveau document ? Le notaire regrettait. Il ne pouvait rien dire à ce sujet. Secret professionnel !

— Elle a bon pied, bon œil, allez ! Je suis sûr que ce

n'est pas encore son dernier testament et que j'aurai encore le plaisir d'aller la voir.

Ainsi, Monita était morte vingt-quatre heures après cette visite du notaire à Orsenne. Est-ce qu'il y avait un rapport entre les deux événements ?

Pourquoi diable s'était-on donné la peine de jeter, en quelque sorte, cette nouvelle histoire dans les jambes de Maigret ?

Il longeait les quais. Il allait rentrer chez lui, dîner en compagnie de sa femme, de Georges-Henry et de Mimile. Du pont de la Cité, il vit un remorqueur qui remontait la Seine avec ses cinq ou six péniches. Un remorqueur Amorelle et Campois. Au même moment passait un gros taxi jaune du dernier modèle, presque neuf, et ces détails sans importance eurent sans doute une influence sur sa décision.

Il ne réfléchit pas. Il leva le bras. Le taxi s'arrêta au bord du trottoir.

— Vous avez de l'essence pour une longue course ?

Peut-être que, si le réservoir de l'auto n'avait pas été plein...

— Route de Fontainebleau. Après Corbeil, je vous conduirai.

Il n'avait pas dîné, mais il avait déjeuné assez tard. Il se fit arrêter devant un bureau de tabac pour acheter un paquet de gris et des allumettes.

La soirée était douce, le taxi découvert. Il s'était assis à côté du chauffeur, peut-être avec l'idée d'engager la conversation. Mais il desserra à peine les dents.

— A gauche, maintenant.

— Vous allez à Orsenne ?

— Vous connaissez ?

— Il m'est arrivé, il y a des années, de conduire des clients à *L'Ange.*

— Nous allons plus loin. Continuez le chemin de halage. Ce n'est pas cette villa-ci, ni la suivante. Continuez toujours.

Il fallait prendre un petit chemin à droite pour atteindre la maison de Campois, une maison qu'on ne voyait pas du dehors, car elle était complètement entourée de murs et, au lieu d'une grille, il y avait une porte pleine peinte en vert pâle.

— Attendez-moi !

— J'ai le temps ! Je venais de dîner quand vous m'avez fait signe.

Il tira la sonnette et on entendit dans le jardin un agréable carillon qui faisait penser à la cloche d'un presbytère. Deux vieilles bornes flanquaient le portail et une petite porte était aménagée dans un des portants.

— On n'a pas l'air de répondre, remarqua le chauffeur.

Il n'était pas tard, un peu plus de huit heures du soir. Maigret sonna à nouveau et, cette fois, on entendit sur le gravier des pas qui se rapprochaient ; une vieille servante en tablier bleu tourna une lourde clef dans la serrure, entrouvrit à peine la petite porte et jeta à Maigret un regard soupçonneux.

— Qu'est-ce que vous voulez ?

Il entrevoyait un jardin touffu, plein de fleurs sans prétention, de recoins inattendus et de mauvaises herbes, qui le fit penser à un jardin de curé.

— Je voudrais parler à M. Campois.

— Il est parti.

Déjà elle allait refermer la porte, mais il avait avancé le pied pour l'en empêcher.

— Pouvez-vous me dire où il est possible de le trouver ?

Est-ce qu'elle savait qui il était pour l'avoir vu rôder à Orsenne ?

— Vous ne le trouverez sûrement pas. M. Campois est en voyage.

— Pour longtemps ?

— Pour six semaines, au moins.

— Excusez-moi d'insister, mais il s'agit d'une affaire très importante. Puis-je au moins lui écrire ?

— Vous pouvez lui écrire si ça vous fait plaisir, mais je doute qu'il reçoive vos lettres avant son retour. Monsieur va faire une croisière en Norvège à bord du *Stella-Polaris.*

Juste à ce moment, Maigret entendit, dans le jardin, derrière la maison, le bruit d'un moteur qu'on essayait de mettre en marche et qui toussotait.

— Vous êtes sûre qu'il est déjà parti ?

— Puisque je vous dis...

— Et son petit-fils ?

— Il emmène M. Jean avec lui.

Maigret poussa la porte non sans peine, car la cuisinière la poussait vigoureusement.

— Qu'est-ce qui vous prend ? En voilà des manières !

— Il me prend que M. Campois n'est pas encore parti.

— Cela le regarde. Il ne veut voir personne.

— Il me recevra cependant.

— Voulez-vous bien sortir, espèce de grossier !

Débarrassé d'elle, qui refermait prudemment la porte derrière lui, il traversait le jardin, découvrait une maison rose toute simple, avec des rosiers qui montaient à l'assaut des fenêtres à volets verts.

Comme il levait la tête, son regard rencontra une fenêtre ouverte et, à cette fenêtre, un homme qui le regardait avec une sorte d'effroi.

C'était M. Campois, l'associé de feu Amorelle.

Il y avait des malles dans le large vestibule tout

imprégné de fraîcheur et d'une bonne odeur de fruits mûrissants dans lequel la vieille servante le rejoignit.

— Du moment que Monsieur vous a dit d'entrer... bougonnait-elle.

Et elle ouvrit à regret la porte d'un salon qui ressemblait à un parloir, avec, dans un coin, près d'une fenêtre aux volets mi-clos, un de ces vieux bureaux noirs qui rappelaient les maisons de commerce de jadis, les classeurs verts, les employés juchés sur de hautes chaises, un rond de cuir sous les fesses et une visière sur le front.

— Vous n'avez qu'à attendre ! Tant pis s'il rate son bateau.

Les murs étaient couverts de papier peint terni et, sur ce papier peint, des photographies se détachaient dans leurs cadres noirs ou dorés. Il y avait l'inévitable photo de mariage, un Campois déjà replet, les cheveux en brosse, avec, penchée sur son épaule, une tête de femme aux lèvres épaisses et au doux regard de mouton.

Tout de suite à droite, un jeune homme d'une vingtaine d'années, le visage plus allongé que celui de ses parents, les yeux doux, lui aussi, dans une pose pleine de timidité. Et, sous ce cadre, un nœud de crêpe.

Maigret s'approchait d'un piano encombré de photographies quand la porte s'ouvrit. Campois se tenait debout dans l'encadrement et il parut à Maigret plus petit et plus vieux que quand il l'avait aperçu une première fois.

C'était déjà un très vieil homme, malgré sa carrure et sa robustesse de paysan.

— Je sais qui vous êtes, dit-il sans préambule. Je n'ai pas pu refuser de vous recevoir, mais je n'ai rien à vous dire. Je pars dans quelques minutes pour un long voyage.

— Où embarquez-vous, monsieur Campois ?

— Au Havre, qui est le point de départ de la croisière.

— Vous devez sans doute prendre le train de dix heures vingt-deux à Paris ? Vous y serez.

— Je vous demande pardon, mais mes bagages ne sont pas terminés. En outre, je n'ai pas dîné. Je vous répète que je n'ai absolument rien à vous dire.

De quoi avait-il peur ? Car il avait peur, c'était visible. Il était vêtu de noir, avec une cravate noire montée sur un appareil, et le blanc de son teint tranchait vigoureusement dans le clair-obscur de la pièce. Il avait laissé la porte ouverte, comme pour signifier que cet entretien devait être bref, et il n'invitait pas son visiteur à s'asseoir.

— Vous avez fait beaucoup de croisières dans ce genre ?

— C'est...

Est-ce qu'il allait mentir ? Il en eut certainement le désir. On avait l'impression qu'il lui manquait quelqu'un auprès de lui pour lui souffler ce qu'il devait dire. Sa vieille honnêteté reprenait le dessus. Il ne savait pas mentir. Il avouait :

— C'est la première fois.

— Et vous avez soixante-quinze ans ?

— Soixante-dix-sept !

Allons ! Il valait mieux jouer le tout pour le tout. Le pauvre homme n'était pas de taille à se défendre longtemps et son regard peureux montrait qu'il était vaincu d'avance, et, peut-être, il était résigné déjà à cette défaite.

— Je suis sûr, monsieur Campois, qu'il y a trois jours encore vous ignoriez tout de ce voyage. Je parierais même qu'il vous fait un peu peur ! Les fjords de Norvège, à votre âge !...

Il balbutia, comme une leçon apprise :

— J'ai toujours désiré visiter la Norvège.

— Mais vous ne pensiez pas le faire ce mois-ci ! Quelqu'un y a pensé pour vous, n'est-ce pas ?

— Je ne sais pas ce que vous voulez dire. Mon petit-fils et moi...

— Votre petit-fils a dû être aussi étonné que vous. Peu importe, pour l'instant, qui a organisé pour vous cette croisière. Au fait, savez-vous où les billets ont été pris ?

Il n'en savait rien, son regard ahuri le proclamait. On lui avait dicté un rôle. Il le jouait en toute conscience. Mais il y avait des incidents qu'on n'avait pas prévus, entre autres cette intrusion inopinée de Maigret, et le pauvre homme ne savait plus à quel saint se vouer.

— Ecoutez, monsieur le commissaire, je vous répète que je n'ai rien à vous dire. Je suis chez moi. Je pars tout à l'heure en voyage. Admettez que j'ai le droit de vous demander de me laisser tranquille.

— Je suis venu pour vous parler de votre fils.

Il l'avait prévu, le vieux Campois se troubla, devint tout pâle, jeta au portrait un regard de détresse.

— Je n'ai rien à vous dire, répéta-t-il, se raccrochant à cette phrase qui ne signifiait plus rien.

Maigret tendit l'oreille, car il avait perçu un léger bruit dans le corridor. Campois devait l'avoir entendu aussi, et il se dirigea vers la porte et dit :

— Laissez-nous, Eugénie. On peut charger les bagages dans l'auto. Je viens tout de suite.

Cette fois, il referma la porte et alla s'asseoir machinalement à sa place, devant son bureau qui avait dû le suivre pendant sa longue carrière. Maigret s'assit en face de lui sans y être invité.

— J'ai beaucoup réfléchi, monsieur Campois, à la mort de votre fils.

— Pourquoi venez-vous me parler de cela ?

— Vous le savez bien. La semaine dernière, une jeune fille que vous connaissez est morte dans les mêmes conditions. Tout à l'heure, j'ai quitté un jeune homme qui a bien failli avoir la même fin. Par votre faute, n'est-ce pas ?

Il protesta dans un élan :

— Par ma faute ?

— Oui, monsieur Campois ! Et cela aussi, vous le savez. Vous ne voulez peut-être pas l'admettre, mais, au fond de vous-même...

— Vous n'avez pas le droit de venir chez moi me dire des choses aussi monstrueuses. Toute ma vie, j'ai été un honnête homme.

Mais il ne lui laissa pas le temps de se perdre dans des protestations.

— Où Ernest Malik a-t-il fait la connaissance de votre fils ?

Le vieillard se passa la main sur le front.

— Je ne sais pas.

— Vous habitiez déjà Orsenne ?

— Non ! A cette époque, j'habitais Paris, dans l'île Saint-Louis. Nous avions un grand appartement au-dessus des bureaux qui n'étaient pas encore aussi importants que maintenant.

— Votre fils travaillait dans ces bureaux ?

— Oui. Il venait de passer sa licence en droit.

— Les Amorelle avaient déjà leur villa d'Orsenne ?

— Ils sont arrivés ici les premiers, oui. Bernadette était une femme très remuante. Elle aimait recevoir. Il y avait toujours de la jeunesse autour d'elle. Le dimanche, elle invitait de nombreux amis à la campagne. Mon fils y venait aussi.

— Il était amoureux de l'aînée des demoiselles Amorelle ?

— Ils étaient fiancés.

— Et Mlle Laurence l'aimait ?

— Je ne sais pas. Je le suppose. Pourquoi me demandez-vous cela ? Après tant d'années...

Il aurait bien voulu échapper à cette sorte d'envoûtement sous lequel le commissaire le tenait. La pénombre envahissait de plus en plus la pièce où les portraits les regardaient de leurs yeux morts. Machinalement, le vieillard avait saisi une pipe d'écume à long tuyau de merisier, qu'il ne pensait pas à bourrer de tabac.

— Quel âge avait Mlle Laurence à cette époque ?

— Je ne sais plus. Il faudrait compter. Attendez...

Il balbutia des dates, du bout des lèvres, comme on récite un chapelet. Son front se plissait. Peut-être espérait-il encore qu'on viendrait le délivrer ?

— Elle devait avoir dix-sept ans.

— Sa sœur cadette, Mlle Aimée, en avait donc quinze à peine ?

— Cela doit être cela, oui. J'ai oublié.

— Et votre fils a fait la connaissance d'Ernest Malik, qui, si je ne me trompe, était alors secrétaire particulier d'un conseiller municipal. C'est par ce conseiller qu'il avait connu lui-même les Amorelle. C'était un jeune homme brillant.

— Peut-être...

— Il est devenu l'ami de votre fils et, sous son influence, votre fils a changé de caractère ?

— C'était un garçon très bon, très doux, protesta le père.

— Qui s'est mis à jouer et à faire des dettes...

— Je ne savais pas.

— Des dettes de plus en plus importantes, de plus en plus criardes. Si bien qu'un jour il en a été réduit aux expédients.

— Il aurait mieux fait de tout m'avouer.

— Vous êtes sûr que vous auriez compris ?

Le vieux baissa la tête, admit :

— A ce moment-là, peut-être que...

— Peut-être que vous n'auriez pas compris, que vous l'auriez jeté dehors. S'il vous avait dit, par exemple, qu'il avait pris de l'argent dans la caisse de votre associé, ou qu'il avait falsifié des écritures, ou...

— Taisez-vous !

— Il a préféré disparaître. Peut-être parce qu'on lui a conseillé de disparaître ? Peut-être que...

Campois passa ses deux mains sur son visage crispé.

— Mais pourquoi venez-vous me dire tout cela aujourd'hui ? Qu'est-ce que vous espérez ? Quel but poursuivez-vous ?

— Avouez, monsieur Campois, qu'à cette époque-là vous avez pensé ce que je pense aujourd'hui.

— Je ne sais pas ce que vous pensez... Je ne veux pas le savoir !

— Si même, au moment de la mort de votre fils, vous n'avez pas eu tout de suite des soupçons, vous avez dû réfléchir quand vous avez vu Malik épouser, quelques mois plus tard, Mlle Amorelle. Vous comprenez, n'est-ce pas ?

— Je ne pouvais rien faire.

— Et vous avez assisté au mariage !

— Il le fallait. J'étais l'ami d'Amorelle, son associé. Il s'était entiché d'Ernest Malik et il ne voyait plus que par lui.

— De sorte que vous vous êtes tu.

— J'avais une fille qui n'était pas encore mariée et qu'il fallait marier.

Maigret se leva, lourd, menaçant, laissa tomber sur le vieillard abattu un regard plein de colère concentrée.

— Et, pendant des années et des années, vous avez...

La voix, qui s'était enflée, mollissait à nouveau, tandis

qu'il regardait ce visage de vieil homme dont les yeux se remplissaient de liquide.

— Mais enfin, reprit-il avec une sorte d'angoisse, vous avez toujours su ce qu'était ce Malik qui a tué votre fils.

» Et vous n'avez rien dit !

» Et vous avez continué à lui serrer la main !

» Et vous avez acheté cette maison près de la sienne !

» Et, aujourd'hui encore, vous êtes prêt à lui obéir !

— Qu'est-ce que je pouvais faire d'autre ?

— Parce qu'il vous a acculé presque à la pauvreté. Parce que, par Dieu sait quelles combinaisons savantes, il est parvenu à vous délester de la plupart de vos actions. Parce que vous n'êtes plus rien, qu'un nom, dans la maison Amorelle et Campois. Parce que...

Et son poing s'abattit sur le bureau.

— Mais, sacrebleu ! vous ne vous rendez pas compte que vous êtes un lâche, que c'est à cause de vous que Monita est morte comme votre fils et qu'un gamin, Georges-Henry, a failli suivre leur exemple ?

— J'ai ma fille, mon petit-fils. Je suis vieux !

— Vous n'étiez pas vieux quand votre fils s'est tué. Mais vous teniez déjà à vos sous que vous n'avez même pas été capable de défendre contre un Malik.

Il faisait presque sombre, maintenant, dans la longue pièce où aucun des deux hommes ne songeait à allumer les lampes.

D'une voix sourde, le vieillard questionnait, et on le sentait en proie à la peur :

— Qu'est-ce que vous allez faire ?

— Et vous ?

Les épaules de Campois se tassèrent.

— Vous comptez toujours partir pour cette croisière dont vous n'avez pas envie ? Vous n'avez pas compris, non, qu'on vous éloignait dare-dare comme on éloigne les faibles dans les moments dramatiques ? Quand cette croisière a-t-elle été décidée ?

— Malik est venu me voir hier matin. Je ne voulais pas, mais j'ai dû finir par céder.

— Quel prétexte a-t-il choisi ?

— Que vous cherchiez à nous créer des ennuis au sujet de nos affaires de société. Qu'il valait mieux que je ne sois pas là.

— Vous l'avez cru ?

Le vieillard ne répondit pas, reprit un peu plus tard d'une voix lasse :

— Il est déjà venu trois fois aujourd'hui. Il a tout bousculé dans la maison pour hâter mon départ. Une demi-heure avant votre arrivée, il m'a encore téléphoné pour me rappeler qu'il était l'heure.

— Vous tenez toujours à vous en aller ?

— Je crois que c'est préférable, étant donné ce qui va peut-être se passer. Mais je pourrais rester au Havre. Cela dépendra de mon petit-fils. Il voyait volontiers Monita. Je crois qu'il caressait des espoirs de ce côté. Il a été très ému par sa mort.

Le vieux se leva soudain et se précipita vers l'appareil mural de téléphone, d'un ancien modèle. La sonnerie avait retenti, brutale, le rappelant à l'ordre.

— Allô ! Oui... Les bagages sont chargés. Je pars dans cinq minutes... Oui... Oui... Non... Non... Ce n'était pas pour moi... Sans doute...

Il raccrocha et lança à Maigret un regard un peu honteux.

— C'est lui ! Il vaut mieux que je parte.

— Qu'est-ce qu'il vous a demandé ?

— Si personne n'était venu me voir. Il a vu passer un taxi. Je lui ai dit...

— J'ai entendu...

— Je peux partir ?

A quoi bon le retenir ? Il avait travaillé ferme, jadis. Il s'était élevé à la force des poignets. Il avait acquis une situation enviable.

Et, par peur de perdre son argent, par peur de la misère qu'il avait connue pendant son enfance, il avait serré les fesses. Il continuait à les serrer, arrivé à la fin de sa vie.

— Eugénie ! Les bagages sont dans l'auto ?

— Mais vous n'avez pas dîné !

— Je mangerai en route. Où est Jean ?

— Près de la voiture.

— Au revoir, monsieur le commissaire. Ne dites pas que vous m'avez vu. En continuant le petit chemin et en tournant à gauche quand vous verrez une croix de pierre, vous retrouverez la grand-route à trois kilomètres d'ici. Il y a un tunnel sous la voie de chemin de fer.

Maigret traversa lentement le jardin baigné de calme, où la cuisinière le suivait à pas de gendarme. Le chauffeur de taxi s'était assis dans l'herbe sur le bord du chemin et jouait avec des fleurs des champs. Avant de remonter dans la voiture, il en mit une derrière son oreille, comme les mauvais garçons mettent une cigarette.

— On fait demi-tour ?

— Tout droit, grogna Maigret en allumant sa pipe. Puis à gauche quand vous verrez une croix.

Bientôt, ils entendaient dans la nuit le moteur d'une autre auto qui s'en allait en sens inverse, celle du vieux Campois qui allait se mettre à l'abri.

8

Le cadavre dans l'armoire

Pour entretenir sa mauvaise humeur, il fit arrêter le taxi devant un bistro, mal éclairé, dans Corbeil, et il commanda deux verres de marc, un pour le chauffeur, l'autre pour lui.

L'âpre goût de l'alcool lui serra le fond de la gorge, et il pensa que cette enquête s'était faite « sous le signe » du marc. Pourquoi ? Pur hasard. C'était sans doute la boisson qu'il aimait le moins. D'ailleurs, il y avait eu aussi l'écœurant kummel de la vieille Jeanne, et ce souvenir-là, ce tête-à-tête avec la vieille, alcoolique et bouffie, lui donnait encore le haut-le-cœur.

Pourtant elle avait été belle. Elle avait aimé Malik, qui s'était servi d'elle comme il se servait de tout ce qui l'approchait. Et c'était maintenant un curieux mélange d'amour et de haine, de rancune et de dévouement animal qu'elle cultivait pour cet homme qui n'avait qu'à paraître et lui donner des ordres.

Il y a des gens comme ça dans le monde. Il y en a d'autres, comme ces deux clients du petit bar, les deux seuls clients à cette heure tardive, un gros, qui était charcutier, et un maigre, malin, pontifiant, tout fier d'être employé dans un bureau, peut-être à la mairie, tous deux qui, à dix heures du soir, jouaient aux dames près d'un gros tuyau de poêle auquel, de temps en temps, le charcutier s'appuyait.

Le charcutier était sûr de lui, parce qu'il avait de l'argent et que cela lui était égal de perdre la tournée. Le maigre trouvait que le monde est mal fait parce qu'un intellectuel qui a fait des études devrait avoir la vie plus facile qu'un tueur de cochons.

— Encore un marc... deux marcs, pardon !

Campois roulait en direction de la gare Saint-Lazare, en compagnie de son petit-fils. Il devait être tout barbouillé, lui aussi. Sans doute les dures paroles de Maigret lui repassaient-elles dans la mémoire, et le reste, d'anciens souvenirs.

Il s'en allait au Havre. Pour un peu, il serait parti vers les fjords de Norvège, sans en avoir envie, comme un colis, parce que Malik... et c'était déjà un très vieil homme. C'est pénible de dire à d'aussi vieilles gens les vérités que Maigret avait dites.

On roulait à nouveau. Le commissaire, dans son coin, restait sombre et renfrogné.

Bernadette Amorelle était encore une plus vieille femme. Et ce qu'il ne savait pas, ce qu'il ne pouvait pas savoir, parce qu'il n'était pas Dieu le Père, c'est qu'elle avait vu le vieux Campois passer dans son auto surchargée de malles.

Elle avait compris elle aussi. Peut-être était-elle plus fine que Maigret ? Il y a des femmes, des vieilles surtout, qui possèdent un véritable don de seconde vue.

Si Maigret avait été là, sur le ballast, par exemple, comme les deux soirs précédents, il aurait vu ses trois fenêtres ouvertes, avec de la lumière et, dans cet éclairage un peu rose, la vieille dame qui appelait sa femme de chambre.

— Il a fait partir le vieux Campois, Mathilde.

Il n'aurait pas entendu, mais il aurait vu les deux femmes s'entretenir longuement, aussi pointues l'une que l'autre, puis il aurait vu Mathilde disparaître, Mme Amorelle aller et venir dans sa chambre, sa fille enfin, Aimée, la femme de Charles Malik, entrer avec un air de coupable.

C'était le drame qui se déclenchait. Il avait couvé pendant plus de vingt ans. Depuis quelques jours, depuis que Monita était morte, il était prêt à éclater d'une minute à l'autre.

— Arrêtez-moi ici !

Au beau milieu du pont d'Austerlitz. Il n'avait pas envie de rentrer chez lui tout de suite. La Seine était noire. Il y avait de petites lumières sur les péniches endormies, des ombres qui rôdaient sur les quais.

Maigret fumait, marchait lentement, les mains dans les poches, dans les rues désertes où les réverbères formaient comme des guirlandes.

Place de la Bastille, au coin de la rue de la Roquette, on voyait des lumières plus aiguës, éclatantes, de cet éclat blafard qui est le luxe des quartiers pauvres — comme certaines baraques foraines, celles où l'on joue pour gagner des paquets de sucre ou des bouteilles de mousseux —, les lumières qu'il faut, probablement, pour faire sortir les gens de leurs petites rues sombres et étouffantes.

Il marcha, lui aussi, vers ces lumières-là, vers le café trop vaste et trop vide où sévissait un accordéon et où quelques hommes, quelques femmes attendaient Dieu sait quoi en buvant.

Il les connaissait. Il avait passé tant d'années à s'occuper des petites affaires des hommes qu'il les connaissait tous — même les gens comme Malik, qui se croient plus forts ou plus malins.

Avec ceux-ci, il y a un mauvais moment à passer, celui où, malgré soi, on se laisse impressionner par leur belle maison, par leur auto, par leurs domestiques et par leurs manières.

Il faut arriver à les voir comme les autres, à les voir tout nus...

Maintenant, c'était Ernest Malik qui avait peur, aussi peur qu'un petit maquereau de la rue de la Roquette qu'on fait grimper, à deux heures du matin, au cours d'une rafle, dans le panier à salade.

Maigret ne voyait pas les deux femmes, dans la chambre de Bernadette, jouer une scène pathétique. Il ne voyait pas Aimée, la femme de Charles, tomber à genoux au milieu du tapis, se traîner à genoux aux pieds de sa mère.

Cela n'avait plus d'importance. Chaque famille, comme disent les Anglais, a son « cadavre dans l'armoire ».

Deux belles maisons, là-bas, au bord de la rivière, à un coude qui rendait celle-ci plus large et plus aimable, deux belles maisons harmonieuses dans la verdure entre des collines molles, de ces maisons qu'on regarde en soupirant, par les portières des trains.

On devrait y être tellement heureux !

Et de longues vies, comme celle d'un Campois qui avait beaucoup travaillé, qui était maintenant tout usé et qu'on envoyait sur une voie de garage.

Une Bernadette Amorelle qui avait dépensé tant de trépidante énergie.

Il marchait, furieux. La place des Vosges était déserte. Il y avait de la lumière à ses fenêtres. Il sonna, grogna son nom en passant devant la loge de la concierge. Sa femme, qui reconnut son pas, vint lui ouvrir.

— Chut ! il dort. Il vient seulement de s'endormir.

Et après ? Est-ce qu'il n'allait pas le réveiller, le prendre aux épaules, le secouer ?

— Allons, petit d'homme, ce n'est plus le moment de faire des manières.

Qu'on en finisse une bonne fois avec ce cadavre dans

l'armoire, avec cette affaire écœurante où, d'un bout à l'autre, il n'était salement question que d'argent.

Car voilà tout ce qu'il y avait derrière ces belles maisons aux parcs si bien entretenus : de l'argent !

— Tu as l'air d'être de mauvaise humeur. Tu as dîné ?

— Oui... Non.

Au fait, il n'avait pas dîné et il mangea tandis que Mimile prenait le frais à la fenêtre en fumant des cigarettes. Quand il se dirigea vers la chambre d'ami où dormait Georges-Henry, Mme Maigret protesta :

— Tu ne devrais pas le réveiller.

Il haussa les épaules. Quelques heures de plus ou de moins... Qu'il dorme ! Sans compter que lui aussi avait sommeil.

Il ne savait pas quel drame se jouait cette nuit-là.

Il ne pouvait pas deviner que Bernadette Amorelle, toute seule, sortait de chez elle dans la nuit et que sa fille cadette, Aimée, les yeux fous, essayait en vain de téléphoner, cependant que Charles, derrière elle, répétait :

— Mais qu'est-ce que tu as ? Qu'est-ce que ta mère t'a dit ?

Maigret ne s'éveilla qu'à huit heures du matin.

— Il dort toujours, lui annonça sa femme.

Il se rasa, s'habilla, déjeuna sur un coin de table et bourra sa première pipe. Quand il entra dans la chambre du jeune homme, celui-ci commençait à s'agiter.

— Lève-toi, lui dit-il de cette voix calme, un peu lasse, qu'il avait quand il était décidé à en finir.

Il mit quelques instants à comprendre pourquoi le gamin n'osait pas se lever. C'est qu'il était tout nu dans les draps et qu'il n'osait pas se montrer.

— Reste couché si tu veux. Tu t'habilleras tout à l'heure. Comment as-tu appris ce que ton père a fait ? C'est Monita qui te l'a dit, n'est-ce pas ?

Georges-Henry le fixait avec une véritable épouvante.

— Tu peux parler, maintenant que je sais...

— Qu'est-ce que vous savez ? Qui est-ce qui vous a dit ?

— Le vieux Campois savait aussi.

— Vous êtes sûr ? Ce n'est pas possible. S'il avait su...

— Que ton père a tué son fils. Seulement il ne l'a pas tué d'un coup de couteau ou d'une balle de revolver. Et ces crimes-là...

— Qu'est-ce qu'on vous a encore dit ? Qu'est-ce que vous avez fait ?

— Ma foi, il y a tant de saletés dans cette histoire qu'une de plus ou de moins...

Il était écœuré. Cela lui arrivait souvent quand il arrivait au bout d'une enquête, peut-être à cause de la tension nerveuse, peut-être parce que, quand on atteint à l'homme tout nu, c'est plutôt vilain et déprimant.

Il régnait une bonne odeur dans l'appartement. On entendait les oiseaux et les fontaines de la place des Vosges. Des gens s'en allaient à leur travail, dans le soleil frais et léger du matin.

Devant lui, un gamin pâle qui se couvrait jusqu'au menton et qui ne le quittait pas des yeux.

Qu'est-ce que Maigret pouvait faire pour lui, pour les autres ? Rien ! On n'arrête pas un Malik. La justice ne s'occupe pas de ces crimes-là. Il n'y aurait qu'une solution...

C'est drôle qu'il y pensa juste avant le coup de téléphone. Il était là, debout, tirant sur sa pipe, embarrassé par ce gamin qui ne savait que faire, et il eut un instant la vision d'un Ernest Malik à qui on glissait un revolver dans la main, à qui on ordonnait posément :

« Tire ! »

Mais il ne tirerait pas ! Il n'accepterait pas de se tuer ! Il faudrait l'aider.

La sonnerie résonnait avec insistance dans l'appartement. Mme Maigret répondait, frappait à la porte.

— C'est pour toi, Maigret.

Il passa dans la salle à manger, saisit le récepteur.

— J'écoute...

— C'est vous, patron ? Ici, Lucas. En arrivant à la P.J., je trouve un message important pour vous d'Orsenne, oui... Cette nuit, Mme Amorelle...

On ne l'aurait peut-être pas cru s'il avait prétendu que, dès ce moment, il savait. Et pourtant c'était vrai.

Elle avait suivi à peu près le même chemin que lui, parbleu. Elle était arrivée aux mêmes conclusions, presque à la même heure. Seulement, elle, elle était allée jusqu'au bout.

Et, comme elle savait qu'un Malik ne tirerait pas, elle avait tiré, calmement.

— ... Mme Amorelle a abattu Ernest Malik d'un coup de revolver. Chez lui, oui... Dans son bureau. Il était en pyjama et en robe de chambre. C'est la gendarmerie qui a téléphoné ici à la première heure pour qu'on avertisse, car elle demande à vous voir...

— J'irai, dit-il.

Il rentra dans la chambre où le jeune homme, qui avait passé son pantalon, montrait un torse encore maigre.

— Ton père est mort, annonça-t-il en regardant ailleurs.

Un silence. Il se retourna. Georges-Henry ne pleurait pas, restait immobile à le regarder.

— Il s'est tué ?

Ainsi donc, ils n'étaient pas deux, mais trois à avoir pensé à la même solution. Qui sait si le gamin n'avait pas été tenté, à certain moment, de tenir l'arme ?

Il y avait néanmoins un reste d'incrédulité dans sa voix tandis qu'il questionnait :

— Il s'est tué ?

— Non. C'est ta grand-mère.
— Qui est-ce qui lui a dit ?
Il se mordit les lèvres.
— Qui lui a dit quoi ?
— Ce que vous savez... Campois ?
— Non, mon petit. Ce n'est pas à cela que tu pensais...
Et, ce qui lui prouvait qu'il avait raison, c'est que son interlocuteur rougissait.
— Il y a autre chose, n'est-ce pas ? Ce n'est pas parce que ton père, jadis, a poussé le fils Campois à se suicider que Bernadette Amorelle l'a abattu.
Il marcha de long en large. Il aurait pu insister. Il serait venu à bout d'un adversaire qui n'était pas à sa taille.
— Reste ici, prononça-t-il enfin.
Il alla prendre son chapeau dans la salle à manger.
— Continuez à le surveiller, lança-t-il à sa femme et à Mimile, qui déjeunait à son tour.
Le temps était radieux, l'air tellement savoureux dans sa fraîcheur matinale qu'on avait envie d'y mordre comme dans un fruit.
— Taxi... Route de Fontainebleau. Je vous guiderai.
Il y avait trois ou quatre voitures sur le chemin de halage, celles du Parquet, sans doute. Quelques curieux devant la grille que gardait un gendarme indifférent. Il salua Maigret, qui s'avança le long de l'allée et qui gravit bientôt le perron.
Le commissaire de la brigade mobile de Melun était déjà là, le chapeau sur la tête, un cigare entre les lèvres.
— Content de vous revoir, Maigret... Je ne savais pas que vous aviez repris du service. Une curieuse affaire, hein ! Elle vous attend. Elle refuse de parler avant de vous avoir vu. C'est elle qui a téléphoné, cette nuit, vers une heure, à la gendarmerie, pour annoncer qu'elle venait de tuer son gendre.

» Vous allez la voir. Elle est aussi calme que si elle venait de faire des confitures ou de ranger ses armoires.

» C'est d'ailleurs à ranger ses affaires qu'elle a passé la nuit et, quand je suis arrivé, sa valise était prête...

— Où sont les autres !

— Son second gendre, Charles, est dans le salon avec sa femme. Le substitut et le juge d'instruction sont en train de les interroger. Ils prétendent qu'ils ne savent rien, que la vieille, depuis quelque temps, était étrange.

Maigret s'engagea lourdement dans l'escalier et, ce qui lui arrivait rarement, il vida sa pipe et la mit dans sa poche avant de frapper à la porte que gardait un second gendarme. Le geste était tout simple, et pourtant c'était comme un hommage rendu à Bernadette Amorelle.

— Qu'est-ce que c'est ?

— Le commissaire Maigret.

— Qu'il entre.

On l'avait laissée seule avec sa femme de chambre et, à l'entrée de Maigret, elle était assise devant un joli petit secrétaire et occupée à écrire une lettre.

— C'est pour mon notaire, dit-elle en s'excusant. Laissez-nous, Mathilde.

Le soleil entrait à flots par les trois fenêtres dans cette chambre où la vieille femme avait passé tant d'années. Il y avait une flamme joyeuse dans son regard et même — Dieu sait si le moment pouvait paraître incongru — une sorte de gaminerie.

Elle était contente d'elle. Elle était fière de ce qu'elle avait fait. Elle se montrait un peu narquoise à l'égard de ce gros commissaire qui, lui, n'aurait pas été capable d'en finir.

— Il n'y avait pas d'autre solution, n'est-ce pas ? dit-elle. Asseyez-vous. Vous savez que je déteste parler à des gens debout.

Puis, se levant elle-même, cillant un peu à cause du soleil qui l'éblouissait :

— Hier soir, quand j'ai enfin obtenu qu'Aimée m'avoue tout...

Il eut le malheur de broncher. A peine. Un tressaillement au nom d'Aimée, la femme de Charles Malik. Elle était aussi fine que lui et elle comprit.

— J'aurais dû m'en douter que vous ne saviez pas ça. Où est Georges-Henry ?

— Chez moi, avec ma femme.

— Dans votre maison de Meung ?

Et elle souriait au souvenir du Maigret qu'elle avait pris pour le domestique quand elle était allée le chercher dans son jardin, par la petite porte verte.

— A Paris, dans mon appartement de la place des Vosges.

— Il sait ?

— Je l'ai mis au courant avant de venir.

— Qu'est-ce qu'il a dit ?

— Rien, il est calme.

— Pauvre gosse ! Je me demande comment il a eu le courage de ne pas parler. Vous ne trouvez pas que c'est drôle, vous, d'aller en prison à mon âge ? Ces messieurs, d'ailleurs, sont bien gentils. Au début, ils ne voulaient pas me croire. Ils pensaient que je m'accusais pour sauver le vrai coupable. Pour un peu c'est eux qui auraient exigé des preuves.

» Cela s'est fort bien passé. Je ne sais pas exactement quelle heure il était. J'avais mon revolver dans mon sac. Je suis allée là-bas. Il y avait de la lumière au premier. J'ai sonné. Par la fenêtre, Malik m'a demandé ce que je voulais...

» — Te parler, lui ai-je répondu.

» Je suis sûre qu'il avait peur. Il me priait de revenir le

lendemain, prétendait qu'il n'était pas bien, qu'il souffrait de névralgies.

» — Si tu ne descends pas tout de suite, lui ai-je crié, je te fais arrêter.

» Il a fini par descendre, en pyjama et en robe de chambre. Vous l'avez vu ?

— Pas encore.

— J'ai insisté : Allons dans ton bureau. Où est ta femme ?

» — Elle est couchée. Je crois qu'elle dort.

» — Tant mieux.

» — Vous êtes sûre, maman, que nous ne pouvons pas remettre cette conversation à demain ?

» Et savez-vous ce que je lui ai répondu ?

» — Cela ne t'avancerait pas beaucoup, va. Quelques heures de plus ou de moins...

» Il essayait de comprendre. Il était froid comme un brochet. J'ai toujours prétendu qu'il ressemblait à un brochet, mais on se moquait de moi.

» Il a ouvert la porte de son bureau.

» — Asseyez-vous, m'a-t-il dit.

» — Ce n'est pas la peine.

» A-t-il deviné ce que j'allais faire ? J'en suis persuadée. La preuve, c'est qu'il a eu un coup d'œil machinal au tiroir de son bureau où il range d'habitude son revolver. Si je lui en avais donné le temps, je parie qu'il se serait défendu et il aurait sans doute tiré le premier.

» — Ecoute, Malik, ai-je poursuivi. Je suis au courant de toutes tes saletés. Roger est mort (Roger, c'était le fils de Campois), ta fille est morte, ton fils...

Maigret avait écarquillé les yeux aux mots *ta fille*. Il venait enfin de comprendre et il regardait la vieille femme avec une stupéfaction qu'il ne cherchait plus à cacher.

— Puisqu'il n'y a pas d'autre moyen d'en sortir et que

personne n'a le courage de le faire, autant que ce soit une vieille grand-mère qui s'en charge. Adieu, Malik.

» Et en prononçant le dernier mot, j'ai tiré. Il était à trois pas de moi. Il a porté les mains à son ventre, car j'ai tiré trop bas. J'ai encore pressé deux fois la gâchette.

» Il est tombé, et Laurence est accourue comme une folle.

» — Voilà, lui ai-je dit. Maintenant nous serons tranquilles et nous pourrons respirer.

» Pauvre Laurence. Je crois que cela a été un soulagement pour elle aussi. Il n'y a qu'Aimée pour le pleurer.

» — Appelle un médecin si tu veux, mais je pense que ce n'est pas la peine, ai-je continué. Il est bien mort ! Et, s'il ne l'était pas, je l'achèverais d'une balle dans la tête. Maintenant, je te conseille de venir passer le reste de la nuit chez nous. C'est inutile d'appeler les domestiques.

» Nous sommes parties toutes les deux. Aimée est accourue à notre rencontre, tandis que Charles restait sur le seuil, l'air sournois.

» — Qu'est-ce que tu as fait, maman ? Pourquoi Laurence... ?

» J'ai mis Aimée au courant. Elle s'en doutait, après la conversation que nous venions d'avoir dans ma chambre. Charles n'osait pas ouvrir la bouche. Il nous suivait comme un gros chien.

» Je suis rentrée ici et j'ai téléphoné à la gendarmerie. Ils ont été très convenables.

— Ainsi donc, murmura Maigret après un silence, c'est Aimée.

— Je ne suis qu'une vieille bête, car j'aurais dû m'en douter. Pour Roger Campois, par exemple, j'ai toujours soupçonné quelque chose. Tout au moins que c'était Malik qui l'avait habitué à jouer.

» Dire que j'étais contente, à ce moment-là, qu'il devînt

notre gendre ! Il était plus brillant que les autres. Il avait l'art de m'amuser. Mon mari avait des goûts de petit-bourgeois et même de paysan, et c'est Malik qui nous a appris à vivre, qui nous a conduits à Deauville. Tenez, avant lui, je n'avais jamais mis les pieds dans un casino et je me souviens qu'il m'a donné les premiers jetons pour jouer à la roulette.

» Il a épousé Laurence...

— Parce que Aimée était trop jeune, n'est-ce pas ? Parce qu'elle n'avait que quinze ans à cette époque ? Si Aimée avait eu deux ans de plus, Roger Campois aurait peut-être vécu. Il aurait épousé l'aînée et Malik la cadette.

On entendait des allées et venues, en bas. Par les fenêtres on voyait un groupe se diriger vers la villa de Malik, où le corps se trouvait toujours.

— Aimée l'aimait vraiment, soupira Mme Amorelle. Elle l'aime encore, malgré tout. Elle me hait maintenant, pour ce que j'ai fait cette nuit.

Le cadavre dans l'armoire ! S'il n'y avait eu, dans cette armoire symbolique, que le cadavre du timide Roger Campois !

— Quand a-t-il pensé à faire venir son frère pour épouser votre fille cadette ?

— Peut-être deux ans après son propre mariage. Et j'étais naïve ! Je voyais bien qu'Aimée ne s'intéressait qu'à son beau-frère, que, de sa sœur et d'elle, c'était elle la plus amoureuse. Des gens qui ne nous connaissaient pas s'y trompaient et, en voyage, quand nous étions tous ensemble, c'était elle, malgré son jeune âge, qu'on appelait madame.

» Laurence n'était pas jalouse. Elle ne voyait rien, se contentait de vivre dans l'ombre de son mari, dont la personnalité l'écrasait.

— Monita était donc la fille d'Ernest Malik ?

— Je le sais depuis hier. Mais il y a d'autres choses que, toute vieille que je suis, j'aime autant ne pas savoir.

Ce frère qu'on faisait venir de Lyon où il n'était qu'un gagne-petit, à qui on faisait épouser une riche héritière.

Est-ce qu'il savait, lui, à ce moment-là ?

Sans doute ! C'était un mou, un humble ! Il épousait, puisqu'on lui disait d'épouser. Il servait de paravent ! Moyennant ce rôle de mari qu'on lui faisait jouer, il partageait avec son frère la fortune des Malik.

Ainsi Ernest avait deux femmes, des enfants dans les deux maisons.

Et c'était cela que Monita avait découvert. C'était cela qui l'avait submergée de dégoût et qui l'avait conduite à se noyer.

— Je ne sais pas exactement comment elle a appris la vérité, mais, depuis hier soir, je m'en doute. La semaine dernière, j'avais fait venir le notaire pour changer mon testament.

— Me Ballu, je sais...

— Il y a longtemps que je ne m'entendais plus avec les Malik et, chose curieuse, c'est encore Charles que je détestais le plus. Pourquoi, je n'en sais rien... Je le trouvais sournois. Je n'étais pas loin de penser qu'il était plus mauvais que son frère.

» Je voulais les déshériter toutes les deux, laisser toute la fortune à Monita.

» Le même soir, Aimée me l'a avoué hier au cours de la scène que nous avons eue, Ernest est venu voir Charles pour discuter de la question.

» Ce nouveau testament dont ils ne connaissaient pas les dispositions les effrayait. Ils sont restés longtemps en tête à tête dans le bureau de Charles, au rez-de-chaussée. Aimée était montée se coucher. Ce n'est que beaucoup plus tard, quand son mari est monté à son tour, qu'elle a remarqué :

» — Monita n'est pas rentrée ?

» — Pourquoi dis-tu cela ?

» — Elle n'est pas venue me dire bonsoir comme d'habitude.

» Charles est allé dans la chambre de la jeune fille. Il n'y avait personne, le lit n'était pas défait. Il est descendu et il l'a trouvée dans le boudoir, toute pâle, comme glacée dans l'obscurité.

» — Qu'est-ce que tu fais ici ?

» Elle avait, paraît-il, l'air de ne pas entendre. Elle a accepté de monter.

» Je suis sûre, maintenant, qu'elle avait tout entendu. Elle savait. Et, le matin, avant que quiconque soit debout, dans la maison, elle sortait comme pour aller prendre son bain, ce qui lui arrivait souvent.

» Seulement, elle n'a pas voulu nager.

— Et elle a eu le temps de parler à son cousin... à son cousin qu'elle aimait et qui est, en réalité, son frère.

On frappait à la porte, timidement. Bernadette Amorelle alla ouvrir et se trouva en présence du commissaire de Melun.

— La voiture est en bas, annonça-t-il, non sans quelque gêne, car c'était la première fois de sa carrière qu'il arrêtait une femme de quatre-vingt-deux ans.

— Dans cinq minutes, riposta-t-elle, comme si elle eût parlé à son maître d'hôtel. Nous avons encore quelques mots à nous dire, mon ami Maigret et moi.

Quand elle revint vers le commissaire, elle remarqua, ce qui prouvait son étonnante présence d'esprit :

— Pourquoi n'avez-vous pas fumé votre pipe ? Vous savez bien que vous le pouvez. Je suis allée vous chercher. Je ne savais pas ce qui se tramait. Je me demandais au début si on n'avait pas tué Monita parce que je venais d'en faire mon héritière. Je vous avoue, à vous — mais cela ne les regarde pas, il y a des choses qui ne les regardent pas — que je n'étais pas sûre qu'on ne veuille pas m'empoisonner. Voilà, commissaire. Il reste le petit. Je suis contente que vous vous en soyez occupé, car on ne m'enlèvera pas de la tête qu'il aurait fini comme Monita.

» Mettez-vous à leur place... A leur âge, découvrir tout à coup...

» Pour le gamin, c'était encore plus grave. Il a voulu savoir. Les garçons sont plus entreprenants que les filles. Il savait que son père gardait ses papiers personnels dans un petit meuble dont la clef ne le quittait pas et qui se trouvait dans sa chambre.

» Il l'a forcé, le lendemain de la mort de Monita. C'est Aimée qui me l'a dit. Ernest Malik la tenait au courant de tout, il savait qu'il pouvait avoir confiance en elle, que c'était pire qu'une esclave.

» Malik s'est aperçu qu'on avait fracturé son meuble et il a soupçonné aussitôt son fils.

— Quels documents a-t-il pu découvrir ? soupira Maigret.

— Je les ai brûlés cette nuit. J'ai chargé Laurence d'aller me les chercher, mais Laurence n'osait plus rentrer dans la maison où se trouvait le cadavre de son mari.

» Aimée y est allée.

» Il y avait des lettres d'elle, des petits billets aussi qu'ils se passaient ici même pour se donner des rendez-vous.

» Il y avait des reçus signés Roger Campois. Non seulement Malik lui prêtait de l'argent pour mieux l'enfoncer, mais il lui en faisait prêter par des usuriers à qui il rachetait les effets.

» Il gardait tout cela.

Et, la lèvre méprisante :

— Il avait malgré tout une âme de comptable !

Elle ne comprit pas pourquoi Maigret rectifiait, en se levant avec effort :

— De percepteur !

Ce fut lui qui la mit en voiture, et elle passa le bras par la portière pour lui tendre la main.

— Vous ne m'en voulez pas trop ? questionna-t-elle au moment où l'auto de la police démarrait, l'emmenant vers sa prison.

Et il ne sut jamais s'il s'agissait du fait de l'avoir arraché pour quelques jours à la paix de son jardin de Meung-sur-Loire ou du coup de revolver.

Il y avait un « cadavre dans l'armoire » depuis de longues années, et c'était la vieille dame qui s'était chargée du nettoyage, comme ces grand-mamans qui ne peuvent supporter de saleté dans la maison.

4 août 1945.

Achevé d'imprimer
par Maury Imprimeur
pour le compte de France Loisirs, Paris

N° d'édition : 27748
Dépôt légal : mai 1999